VERSO

un label dirigé par Glenn Tavennec

W0216132

FIRST-TIME CALLER

L'AUTRICE

B. K. Borison habite à Baltimore avec son mari, un enfant en bas âge et un chien géant. Dès le collège, elle a commencé à écrire dans les marges des livres qu'elle lisait et n'a pas arrêté depuis. *Lovelight*, sa première série rom-com en quatre saisons, est un véritable best-seller.

Retrouvez le label VERSO
sur les réseaux sociaux :
@verso_romans

B. K. BORISON

FIRST-TIME CALLER

roman

Traduit de l'anglais (États-Unis)
par Fabrice Canepa

VERSO

un label des
ÉDITIONS DU SEUIL
57, rue Gaston-Tessier, Paris XIXᵉ

Titre original : *First-Time Caller*
Publié pour la première fois en 2025 par Berkley,
une marque de Penguin Random House LLC, États-Unis
Traduit de l'anglais (États-Unis) par Fabrice Canepa
Design intérieur : Daniel Brount
© 2025, B.K. Borison
Extrait de *Lovelight Farms* © 2021, B.K. Borison

© Éditions du Seuil, sous la marque Verso, 2025,
pour la présente édition

ISBN 978-2-38643-317-7

Le Code de la propriété intellectuelle interdit les copies ou reproductions destinées à une utilisation collective. Toute représentation ou reproduction intégrale ou partielle faite par quelque procédé que ce soit, sans le consentement de l'auteur ou de ses ayants cause, est illicite et constitue une contrefaçon sanctionnée par les articles L. 335-2 et suivants du Code de la propriété intellectuelle.

À tous les romantiques invétérés,
y compris ceux qui ne le sont que malgré eux.

CHAPITRE 1
AIDEN

L'AMOUR N'EST QU'UN MENSONGE.

C'est du moins ce que m'assure l'affiche au-dessus de la porte. L'aphorisme est rédigé en belles lettres rondes, encadré de petits cœurs et signé d'une trace de rouge à lèvres en bas à gauche. C'est le genre de déclaration misanthrope que l'on s'attendrait à trouver placardée plus dans le couloir d'un lycée que dans un café où les gens viennent prendre leur petit-déjeuner.

Dans la vitrine sont suspendus des paniers auxquels sont accrochés des serpentins rouges et blancs en tissu. Ils s'agitent en tous sens chaque fois que quelqu'un ouvre la porte depuis la rue puis finissent par retomber mollement dès qu'elle se referme.

En attendant que Jackson revienne s'asseoir, je contemple sans le voir un ballon sur lequel quelqu'un a tracé un grand X au feutre noir. Je gratte pensivement ma joue qui s'ombre d'un début de barbe. Au même instant, une femme portant une sacoche de la taille d'une valise passe juste derrière moi, me cognant l'arrière du crâne au passage. Je croise les bras et étends mes jambes devant moi comme pour marquer mon territoire.

Je suis affamé et, si Jackson ne revient pas très vite, je crois que j'en serai peut-être réduit à grignoter le contenu de la salière. Je lui ai demandé de me prendre un croissant, deux bagels et un café version XXL. Ça lui apprendra à me tirer du lit à une heure indue. Je travaille beaucoup trop tard pour me lever avant dix heures du matin. Mais Jackson a insisté, allant jusqu'à me menacer lorsqu'il a compris qu'il ne parviendrait pas à me convaincre.

J'avoue que l'entendre jurer de cette façon m'a dissuadé d'inventer une excuse pour me défiler. Cela fait quatre ans que nous travaillons ensemble à la radio et, pendant tout ce temps, je ne l'ai jamais entendu élever la voix – et encore moins menacer quelqu'un de représailles physiques s'il refusait de le rejoindre dans le petit café-librairie situé à deux pas de chez lui.

— Tu as intérêt à être au Flibustier à huit heures pétantes ! m'a-t-il dit. Sinon, je débarque chez toi !

Sur le moment, j'étais bien trop décontenancé par sa tentative d'intimidation pour prêter attention à ce nom bizarre qui évoque plus un repaire de pirates qu'un café de quartier.

Jackson se fraie un chemin à travers la petite foule qui joue des coudes pour accéder au comptoir. Il se glisse sur le siège qui me fait face en tenant son plateau d'une main. Il porte un sweat-shirt gris par-dessus une chemise à carreaux et a retroussé ses manches. Contrairement à moi, il est parfaitement coiffé et rasé de frais. Je suis prêt à parier qu'il se lève à cinq heures, fait une heure de gym et se prépare un petit café bio-équitable à sept heures tapantes. Moi, je me suis traîné hors de mon lit et j'ai enfilé mon sweat à capuche de la veille qui gisait au pied du lit et arbore une belle tache de sauce tomate.

Nous nous sommes installés dans l'un des box du rez-de-chaussée mais j'ai vu qu'à l'étage, ils avaient de confortables fauteuils entourés d'étagères courant du sol au plafond et garnies de livres d'occasion. Visiblement, le Flibustier ne se contente pas de célébrer la vanité de l'amour : il propose une excellente sélection littéraire et, s'il faut en croire Jackson, les meilleurs cruffins de la ville – quoi que puissent être des cruffins…

En souriant, Jackson me tend ma tasse de café géante.

— Tu as vu l'affiche ?

— Difficile de la rater, lui dis-je en observant la décoration des lieux. Tu as vu les cupidons décapités qu'ils ont accrochés au plafond ?

Jackson dispose le contenu de son plateau sur la table.

— Chaque année, ils célèbrent l'anti-Saint-Valentin, m'explique-t-il. J'ai pensé que ça te plairait.

J'avoue que je ne sais pas trop quoi penser de ces cupidons décapités qui nous survolent. Je n'arrête pas de jeter un coup d'œil suspicieux à celui qui est situé le plus près de nous. Par miracle, il semble avoir échappé au massacre dont ont été victimes ses semblables et a encore sa tête. En revanche, j'ai la troublante impression qu'il m'observe avec attention.

— Est-ce que les gens aiment vraiment ce genre d'endroits ?

— Je me suis dit que ça te correspondrait bien, répond Jackson en rajustant ses lunettes qui ont glissé sur son nez. Que ça irait à merveille avec ton humeur de merde habituelle…

À l'époque où Jackson a commencé à travailler pour 101.6 LITE FM, jamais il n'aurait employé le mot « merde » dans une conversation courante. Mais j'imagine que passer presque chaque nuit en ma compagnie pendant quatre ans a fini par déteindre sur lui.

— Sympa, grommelé-je en tendant la main vers un des bagels.

Je me ravise au dernier moment et opte plutôt pour un croissant.

— Est-ce la raison de ma présence ici ? Tu veux que nous parlions de mon attitude ?

— De quoi d'autre ?

— Je ne sais pas, admets-je en jouant avec ma viennoiserie. Je pensais que tu voulais juste qu'on prenne le petit-déj ensemble. Pour discuter. C'est ce que font les amis d'habitude, non ?

— Des amis… C'est un terme que tu n'emploies que lorsque tu essaies de te défiler.

— Je ne me défile pas.

— Oh, si, tu te défiles ! Quant au petit-déjeuner que je voulais, c'était un de leurs délicieux cruffins mais ils ont tout vendu depuis une heure.

Un silence pesant s'ensuit. J'imagine qu'il essaie de me faire comprendre que si nous nous étions retrouvés ici à sept heures et demie comme il l'avait initialement suggéré, il serait en train de déguster sa viennoiserie préférée.

— Toutes mes excuses pour ce cruffin manqué.

— Excuses acceptées, répond Jackson en s'emparant du demi-croissant que j'ai laissé sur la table. Maintenant, parlons un peu des raisons pour lesquelles chaque soir, entre six heures et minuit, tu donnes l'impression qu'on t'a arraché le cœur alors que tu es censé dispenser des conseils amoureux ! Même mes bulletins météo finissent par en souffrir.

— Tes bulletins se portent très bien, marmonné-je.

À vrai dire, je me dis parfois que les bulletins météo et circulation que Jackson livre toutes les heures doivent constituer le segment préféré de nos auditeurs.

— Je ne sais pas quoi te dire, ajouté-je. Il faut croire que je n'ai plus vraiment de bons conseils à donner…

La réalité, c'est que je ne vaux guère mieux qu'un répondeur, ces temps-ci. Une sorte de blob amorphe qui écoute patiemment les intervenants vider leur sac et évacuer leurs frustrations. Cela fait désormais six ans que j'anime *Les Liens du cœur*, l'émission romantique la plus écoutée de Baltimore. Et j'ai fini par comprendre que la plupart des gens n'ont pas besoin de suggestions sur la façon de remettre leur vie en ordre ou d'assumer leurs responsabilités. Ils veulent juste s'écouter parler et cultiver leur narcissisme.

Et pour cela, ils sont prêts à épiloguer pendant vingt-six minutes et trente-deux secondes sur le fait que leur conjoint ne pense jamais à vider le lave-vaisselle – exemple vécu.

Je soupire.

— Tu as peur que mon attitude ne finisse par porter préjudice à l'émission, c'est bien ça ?

Jackson fronce les sourcils. Je remarque que des rides nouvelles se dessinent désormais au coin de sa bouche. J'ai réussi à le faire vieillir de dix ans en l'espace d'une conversation.

— Nous n'en sommes plus là, hélas ! répond-il. Je *sais* que cela porte préjudice à l'émission. Mais ce n'est pas le sujet. Je commence vraiment à m'inquiéter pour toi, Aiden. Et je me suis dit qu'il était peut-être temps que tu aies une conversation à cœur ouvert avec un ami. C'est ce que tu recommandes régulièrement à nos auditeurs mais je ne crois pas t'avoir jamais vu mettre ce conseil en pratique.

Il passe une main sur sa joue.

— Maggie m'a dit aussi que si tout le monde continuait à marcher sur des œufs pour ne pas risquer de te froisser, elle prendrait les choses en main et se chargerait elle-même de te botter le cul.

Maggie, la patronne de la radio, n'a jamais été du genre à mâcher ses mots.

— Nous y voilà, soupiré-je.

— Aiden, me dit Jackson en se penchant en avant, les sourcils froncés. Tu as traité un de nos auditeurs de sac à merde au beau milieu de l'émission.

— Parce que c'en était un, réponds-je en trempant mon demi-croissant dans mon café.

Il fait déborder la tasse en porcelaine ébréchée sur la table fatiguée. Je dois bien reconnaître que je sens plus de connexion émotionnelle avec cette tache de café qu'avec la plupart des auditeurs qui ont appelé la station de radio au cours de ces trois derniers mois.

— Il a comparé les femmes à du bétail, Jackson !

Il ne peut s'empêcher de tiquer.

— Je sais. Mais tu as déjà eu des interlocuteurs de ce genre auparavant.

Je me rembrunis encore et il me fait signe de me détendre.

— Je ne dis pas que je cautionne. Ce type était un vrai salopard, ça ne fait aucun doute. Mais tu as toujours su gérer ces personnes-là.

Jackson jette un coup d'œil aux alentours pour s'assurer que personne ne nous écoute.

— C'est la première fois que je t'entends te lancer dans une diatribe détaillant de façon aussi précise que créative ce que tu penses des opinions de l'un de tes auditeurs, ajoute-t-il à mi-voix. Maggie s'attend à recevoir un coup de fil de la Commission fédérale des communications d'une minute à l'autre. La seule raison pour laquelle nous pourrions y couper, d'après elle, c'est parce que ça s'est passé après vingt-deux heures. Et parce que je t'ai interrompu pour diffuser une alerte météo.

« Interrompu » est un doux euphémisme. Jackson s'est précipité dans le studio d'enregistrement et m'a quasiment arraché le micro avant de se lancer dans une description détaillée du phénomène de zones de basse pression.

— Tu as annoncé qu'il y allait avoir des orages. Mais le temps est resté au beau fixe.

— J'ai menti, reconnaît Jackson. Tu m'as forcé à mentir au sujet de la *météo*, Aiden !

Je retiens difficilement un sourire. Je sais combien il prend au sérieux son métier. Jackson aurait voulu travailler pour les services de la météo nationale, mais il a dû interrompre ses études et trouver du travail lorsque sa mère a brusquement décidé de rejoindre un groupe d'harmonicistes ambulants et qu'il a dû subvenir aux besoins de ses petites sœurs. Il aurait pu s'en laver les mains mais il a estimé qu'elles devaient grandir dans un environnement à peu près stable.

À présent, Jackson me considère attentivement.

— Qu'est-ce qui ne va pas, au juste ? me demande-t-il enfin.

Je continue à tremper mon croissant dans ma tasse alors qu'il est déjà complètement imbibé de café.

— Je ne sais pas, lui avoué-je enfin.

— Tu es irritable.

— C'est vrai.

— Colérique.

— Oui.

— Cassant et froid.

— C'est peut-être un peu exagéré mais pas complètement faux.

Jackson lève un sourcil. Je peux presque l'entendre penser : *Tu as traité quelqu'un de sac à merde avant de lancer ta tasse de café à travers la pièce comme si tu avais décidé de concourir au lancer de poids olympique.*

— Est-ce que tu as un problème familial ? me demande-t-il d'un ton prudent. Est-ce que ta mère… ?

— Elle va bien, l'interromps-je. Elle est même en pleine forme. Son cancer est en rémission. Tous les voyants sont au vert.

Six mois plus tôt, une telle issue paraissait totalement inenvisageable. Et quand je dis que tout va bien, cela ne reflète que très approximativement l'intensité du soulagement que j'éprouve chaque fois que je repense au fait que j'ai bien failli la perdre. La regarder lutter pied à pied contre cette maladie a été une véritable torture. Une fois de plus.

Je presse mes doigts contre mes tempes et m'efforce de conjurer l'image de son corps frêle étendu sur le lit d'hôpital, de ses bras piquetés de tubes et de fils, de son sourire tremblant…

Tout va bien, Aiden. Je vais bien, mon chéri.

Je secoue la tête. Le cancer a disparu. Les médecins se montrent très optimistes. Il n'y a aucune métastase. Je m'éclaircis la gorge et relève les yeux vers Jackson.

— Mes parents sont même partis en voyage pour célébrer ça, lui dis-je. Ils remontent en voiture le long de la côte. Ils avaient prévu cette virée durant le traitement pour se donner un objectif et ils s'y sont tenus.

De fait, ils ne cessent de m'envoyer des photos d'eux devant les panneaux routiers des différents États qu'ils traversent. J'en ai reçu une qui les montre tout sourire, emmitouflés dans des parkas sur une plage du Delaware. Il y en a une autre prise à New York sur laquelle ils arborent des casquettes de base-ball assorties. Et une très amusante de ma mère serrant contre elle un sachet de bonbons en face d'une pancarte du New Jersey. Elle porte un bonnet qui cache ses cheveux en train de repousser. Sur chacun de ces clichés, leurs visages sont rayonnants de bonheur.

— Tu aurais peut-être voulu les accompagner ? Est-ce que c'est pour ça que tu es de mauvais poil ?

Je secoue la tête.

— Non, je suis content pour eux.

— Alors qu'est-ce qui ne va pas ? s'enquiert Jackson. Quel est ton problème, au juste ?

Je fais lentement tourner ma tasse de café sur elle-même. C'est vrai que je fais peine à voir, ces temps-ci. Je suis aussi acariâtre que l'affirme Jackson. Et je serais bien incapable d'expliquer ce qui me cause un tel sentiment de malaise dès que je prends place dans la cabine d'enregistrement de la radio. Chaque fois que j'appuie sur le bouton rouge qui me met en relation avec les intervenants, j'éprouve la même sensation oppressante. C'est une forme de souffrance. Un sentiment d'absence. Je ne sais pas trop… Il me semble que si mes parents sont l'image même de la joie, je personnifie quant à moi une forme d'angoisse existentielle. Pourtant, j'adorais discuter avec les gens autrefois. J'aimais écouter leurs histoires et partager la mienne. Cela me donnait l'impression d'être connecté au reste du monde.

À présent, je me sens juste… vidé.

— Je ne sais pas, murmuré-je. J'ai pas mal…

Lutté.

Je n'ose prononcer le mot, peut-être parce que j'ai peur de le rendre plus tangible encore. La vérité, c'est que je lutte contre cette tendance dont parle Jackson mais que je n'ai aucune idée de la façon dont je pourrais bien la surmonter. Je ne sais même pas si c'est possible. Le fait est que je me suis lassé de l'amour, que j'ai répondu à trop d'appels sans intérêt. Les épreuves que ma famille a traversées n'ont rien arrangé, bien sûr. J'ai l'impression que dès que je commence à relever la tête, la réalité reprend cruellement le dessus et me renvoie au tapis. J'ai perdu l'espoir et je ne sais pas comment le recouvrer. Alors, il est plus facile d'y renoncer complètement.

Je déchire un morceau de croissant spongieux.

— Je devrais peut-être songer à me recycler, murmuré-je.

Jackson fronce les sourcils.

— Tu ne le penses pas vraiment.

Je hausse les épaules.

— Je ne sais pas, avoué-je. Peut-être, si…

Je pose mes coudes sur la table.

— Tu as entendu Maggie lors de nos réunions de rédaction. Les chiffres de l'émission ne sont pas terribles. Nous avons perdu plusieurs sponsors. Nous ne recevons plus que la moitié des appels et la plupart sont…

— Problématiques ? suggère Jackson.

— Inintéressants.

Le fait est que nous sommes une émission romantique qui a perdu tout romantisme.

Jackson s'adosse à son siège.

— C'est vrai, reconnaît-il. Mais Maggie a quelques idées à ce sujet. Elle m'a parlé de tas de nouveaux segments très prometteurs. Et elle veut faire de l'émission un podcast que les gens pourront écouter quand ils le voudront.

— Ce podcast n'a que quatorze abonnés… dont ma mère, lui rappelé-je.

— Et mes trois sœurs, acquiesce-t-il en riant.

De fait, cela fait à présent des mois que *Les Liens du cœur* ne parviennent plus à trouver leur public. Si nous ne redressons pas rapidement la barre, nous sommes condamnés.

La porte du café s'ouvre et un vent glacé s'engouffre entre les tables. Nous nous trouvons tout près du port et il fait ce jour-là un froid quasiment polaire. Plusieurs personnes installées près de l'entrée font entendre de vives protestations et la porte se referme bien vite, agitant sauvagement les clochettes qui y sont accrochées. Le cupidon au regard démoniaque se balance violemment sans jamais me quitter des yeux. Son arc et sa flèche sont pointés tout droit vers ma tête.

Il y a là une forme d'ironie poétique, j'imagine.

— Je ne comptais pas faire de vieux os dans le monde de la radio, initialement, ajouté-je. Et l'univers cherche peut-être à me faire comprendre qu'il est temps de passer à autre chose.

Jackson se penche de nouveau en avant et s'empare de la fin de mon croissant. Je ne le lui dispute pas.

— Depuis quand crois-tu aux signes, toi ? me demande-t-il. Je me rappelle la façon dont tu t'es moqué de Maggie lorsqu'elle a suggéré que nous diffusions des horoscopes du jour.

— Je ne crois pas aux horoscopes.

— C'est bien une réaction de Taureau, ironise Jackson.

Je ne relève pas.

— Il faut que quelque chose change.

Et il me semble que ce quelque chose, c'est moi.

Quelqu'un me bouscule de nouveau, me flanquant un coup de coude entre les omoplates. Avec un grognement douloureux, je m'écarte encore un peu plus du dossier de mon siège.

— Est-ce que tu as relayé toutes les questions que Maggie voulait me poser ? demandé-je. Je peux aller me chercher un autre croissant ?

Jackson fait la moue.

— Si tu veux. Je lui dirai que tu ne comprends pas ce qui se passe, que tu n'es pas sûr de continuer et que tu es devenu misanthrope alors que tu es l'animateur de l'émission radio de nuit la plus populaire de Baltimore.

— C'était peut-être la plus populaire mais ce n'est plus le cas aujourd'hui, grommelé-je en faisant tourner ma tasse de café à moitié vide comme si j'espérais qu'elle allait magiquement se reremplir. Je crois que nous devons faire moins bien encore que cette émission sur les chats sur la radio du service public.

— *Les Matous du matin* ?

— Oui.

Jackson me considère avec stupeur.

— C'est vraiment une émission sur les chats ?

Je hausse un sourcil.

— Tu t'attendais à ce que ça parle de quoi, au juste ?

— Ne me regarde pas comme si j'étais un idiot, objecte-t-il. Je croyais que c'était un surnom que se donnaient les animateurs.

Je secoue la tête et avale la fin de mon café tiède. *Les Matous du matin* ne diffusent que des chansons contenant le mot « chat ». Le reste du temps, les animateurs font des comparaisons de litières ou expliquent où trouver la meilleure herbe-aux-chats dans la région de Baltimore. C'est étrangement apaisant comme émission.

J'ai jeté un coup d'œil à leurs chiffres d'audience et ils ont trois fois plus d'auditeurs que nous.

Avec un soupir, je me renverse de nouveau sur mon siège, manquant me faire percuter par un sac à main. Le café n'a pas désempli depuis que nous sommes arrivés, bien au contraire. Il y a de plus en plus de clients qui se pressent autour du comptoir, sans doute pour échapper aux lourds nuages noirs venus de la mer. L'étage est bondé, lui aussi, et des gens se sont même assis par terre pour lire.

— Considère ton devoir comme accompli, marmonné-je en observant à travers la devanture le ciel qui a viré au gris plombé.

Février est un mois particulièrement déprimant à Baltimore et je ne pense pas que les cupidons décapités arrangent les choses.

— Tu peux dire à Maggie que tu m'as dûment fustigé et que je suis dans mes petits souliers, ajouté-je encore.

— Ce n'était pas le but de cette conversation.

J'en ai bien conscience. Il n'empêche : je me sens aussi embarrassé que s'il venait effectivement de me remonter les bretelles. Je n'avais pas imaginé que mon manque de motivation était devenu si criant. J'aurais sans doute dû me douter que jeter des tasses de café contre le mur du studio leur mettrait la puce à l'oreille.

— Je sais, soupiré-je.

Jackson est un ami et il s'est probablement désigné pour venir me parler parce qu'il tient à moi.

— Je vais essayer d'améliorer les choses, déclaré-je. Et tu as raison : le podcast pourrait être un début de solution. Je vais réfléchir de mon côté et essayer de trouver de nouveaux concepts.

— Tu pourrais peut-être aussi te mettre à la méditation, suggère Jackson. Si ça t'intéresse, je connais une très bonne appli pour ça.

Il rouvre la bouche, s'apprêtant probablement à me raconter en détail sa propre routine de méditation. Mais je suis sauvé par un mugissement de sirène assourdissant. La moitié de la clientèle sursaute violemment tandis que l'autre fait retentir des acclamations amusées.

— Qu'est-ce que c'est que ce bruit horrible ? m'exclamé-je en me bouchant les oreilles.

Jackson, quant à lui, continue à remuer son thé, comme si tout cela était parfaitement naturel. Et peut-être est-ce le cas dans cet étrange café.

— S'ils sont obligés d'appeler quelqu'un plus de deux fois pour qu'il vienne retirer sa commande, ils utilisent la sirène, explique-t-il posément. Généralement, ça permet de ramener un peu de calme dans la salle pour que la serveuse puisse se faire entendre.

Et de fait, une jeune femme aux cheveux blonds arborant une expression passablement exaspérée brandit un café glacé extra-large, manquant assommer au passage un client au crâne dégarni qui lit tranquillement son journal au comptoir.

— Brooks Robinson ! hurle-t-elle d'une voix presque aussi retentissante que la sirène. J'ai un café au lait pour Brooks Robinson !

La foule s'entrouvre et les gens s'écartent. Quelques têtes apparaissent même à l'étage, arborant des expressions pleines de curiosité. Un murmure se fait entendre. Il faut dire que Brooks Robinson est un nom qui compte à Baltimore.

— Tu crois que c'est vraiment de lui qu'il s'agit ? me demande Jackson.

Il se penche pour tenter d'avoir une meilleure vue.

— Franchement, je doute que le plus grand joueur de troisième but de tous les temps vienne chercher son café du matin dans un bar qui célèbre l'anti-Saint-Valentin, déclaré-je.

Jackson hausse les épaules.

— On ne sait jamais…

Je croise mes bras sur ma poitrine.

— Si jamais c'est bien lui, nous devrions peut-être lui demander s'il ne voudrait pas participer à l'ex-émission nocturne la plus populaire de la ville.

Jackson me décoche un sourire.

— Content de voir que tu vas de l'avant ! C'est avec ce genre de pensées positives qu'on parviendra à remettre le bateau à flot !

Je n'ose lui dire que c'était juste une plaisanterie. Qu'à mes yeux, le bateau a bel et bien coulé à pic depuis longtemps…

AIDEN VALENTINE : Est-ce que vous ne vous demandez pas parfois à quoi ça rime, tout cela ?

AUDITEUR : Que voulez-vous dire ?

AIDEN VALENTINE : Eh bien, à quoi ça rime ? Que faisons-nous sur cette terre ? Est-ce que nous ne nous contentons pas de nous débattre aveuglément en espérant que tout finira par s'arranger ?

[Silence]

AUDITEUR : J'appelais juste pour savoir si je ne devrais pas offrir plus souvent des fleurs à ma petite amie.

AIDEN VALENTINE : Qu'est-ce que ça change ? Les fleurs finissent par mourir. Les gens aussi.

AUDITEUR : Vous êtes sûr que vous animez une émission romantique ?

CHAPITRE 2
LUCIE

IL Y A QUELQUE CHOSE DANS LE HALL.

J'entends un son que j'ai d'abord pris pour un murmure, mais qui ressemble au bruit d'un sèche-linge dans lequel tourneraient des vêtements et une poignée de pièces. Ça me fait penser à Maya qui en laisse toujours inexplicablement traîner au fond de ses poches.

C'est un long frottement suivi d'un choc sourd.

Je n'ai vraiment aucune idée de ce que ça peut bien être.

Je finis par laisser tomber le livre que j'étais en train de lire et je me redresse en position assise. Chaque fois que j'arrive à me convaincre que j'ai dû l'imaginer, le bruit recommence. Mais aucun rai de lumière ne filtre sous la porte de la chambre de Maya. Et de ce côté du couloir, il y a juste le placard dans lequel nous rangeons les draps et les serviettes. La porte est bloquée et ne s'ouvre plus que sur une largeur de quelques centimètres. Nous ne pouvons y ranger que de petits objets comme des boîtes de mouchoirs, à condition de ne pas les enfoncer trop profondément sous peine de ne pas pouvoir les récupérer.

Mon Dieu… Se peut-il que ce placard soit hanté ? Y a-t-il à l'intérieur un esprit rendu fou par mon incapacité à plier correctement les draps-housses ? Si cette maison est vraiment possédée, je ferais peut-être mieux de la brûler et d'emménager avec Maya dans le café d'en face. Nos vêtements sentiraient le bagel et le café, mais, au moins, nous n'aurions pas à craindre de croiser un fantôme.

Je m'arrache à mon matelas moelleux et récupère ma tasse de thé vide que je brandis comme une arme contondante. Je n'ai aucune idée de ce que je pourrais bien en faire si je me retrouve nez à nez avec une femme translucide vêtue d'une robe victorienne flottant au milieu du couloir. Mais le simple fait d'avoir quelque chose à la main me rassure. Un peu.

Je jette un coup d'œil par l'embrasure de la porte de ma chambre en direction de l'escalier pour m'assurer que celle de l'entrée est bien fermée. La lueur des réverbères filtre à travers les vitraux multicolores qui s'ouvrent de chaque côté, baignant l'entrée d'une douce lueur kaléidoscopique.

Tout est parfaitement en ordre. Nos chaussures sont sagement alignées sous la rangée de patères accrochées au mur. Ma sacoche de travail est pendue à côté du cartable de Maya. Il n'y a rien là de fantomatique ou d'inquiétant.

J'entends de nouveau ce son mystérieux, nettement plus proche de moi que le placard supposément hanté. Je me tourne aussitôt vers la chambre de Maya. J'aperçois alors un morceau de tissu qui semble coincé entre la porte et le sol. De couleur bleu marine, il pourrait bien s'agir de la jolie couverture qui est généralement étendue sur le lit de ma fille.

Un nouveau bruit parvient jusqu'à mes oreilles… qui ressemble beaucoup à l'éclat de rire étouffé de ma fille de douze ans. Une fille de douze ans qui, à l'heure actuelle, devrait être en train de dormir dans son lit recouvert de sa jolie couverture bleu marine.

Sur la pointe des pieds, je me rapproche de sa chambre et presse mon oreille contre la porte. Lorsqu'elle avait huit ans, nous l'avons peinte en rose et décorée d'étoiles brillantes. Mais lorsqu'elle a atteint l'âge canonique de onze ans, elle a brusquement décidé qu'elle détestait ces décorations. J'ai donc décollé la plupart des étoiles mais il en reste quelques-unes situées en hauteur, hors de notre portée.

La voix étouffée de Maya me parvient à travers le battant.

— Je ne sais pas, dit-elle. Je ne suis pas sûre que ma mère serait ravie. Oui, bien sûr. C'est vrai qu'elle n'est pas là, pour le moment… Et au point où nous en sommes…

Qui est ce « nous » ? Et à quel point en sont-ils, exactement ? Mon cœur se met à battre la chamade et un irrépressible élan de panique m'envahit. Toutes les histoires les plus horribles que j'ai pu lire sur Internet au sujet des préadolescentes me reviennent brusquement en mémoire. Je tends la main vers la poignée, incapable de dominer la terreur qui m'habite. Mon esprit me fait soudain l'effet d'un verre de Coca dans lequel on aurait laissé tomber un Mentos. Folle d'angoisse, j'ouvre la porte à la volée. Ma tasse m'échappe des mains et atterrit sur le pouf où Maya aime s'installer pour lire.

Celle-ci pousse un hurlement d'effroi en me voyant apparaître aussi soudainement. Elle tente désespérément de cacher le téléphone sous sa couette, mais je traverse la pièce, écarte ses draps et les envoie rejoindre ma tasse sur le pouf. Ce faisant, j'ai bien conscience que je dois avoir l'air au moins aussi effrayante que le fantôme du placard.

— À qui est-ce que tu parlais ? m'exclamé-je.

Ma voix déformée par la peur dérape dans les aigus. Je sais bien que ma réaction est aux antipodes de ce que recommandent tous les livres traitant d'éducation que j'ai empruntés à la bibliothèque au fil des années. Mais c'est plus fort que moi.

Ma fille était en train de discuter avec quelqu'un au beau milieu de la nuit et son premier réflexe a été de cacher son téléphone. Je ne sais pas combien j'ai pu voir d'épisodes de séries policières qui commencent exactement de cette façon et se terminent à la morgue.

C'est d'autant plus inquiétant que Maya ne me cache rien, généralement. Elle aurait plutôt même tendance à me partager la moindre pensée qui lui traverse l'esprit – même quand je préférerais n'en rien savoir. La seule fois où elle m'a menti, elle était encore en troisième année d'école primaire. L'argent que je lui donnais pour payer son déjeuner avait mystérieusement tendance à disparaître et j'avais fini par découvrir qu'elle s'en servait pour acheter chaque jour des bretzels sucrés pour tous ses camarades de classe. Elle appelait ça la fête au bretzel. Je lui ai demandé d'arrêter et elle a pleuré durant tout le dîner. Elle est demeurée inconsolable durant les deux semaines qui se sont ensuivies.

Maya est quelqu'un de bien, une fille au grand cœur. Elle travaille sérieusement. Elle m'aide à faire le ménage. Elle s'accommode de mes horaires parfois ingrats. Et elle n'a jamais, *jamais* de conversations téléphoniques avec des inconnus au beau milieu de la nuit.

Je fais mine de récupérer l'appareil mais elle est plus rapide que moi et se jette dessus avant de le serrer contre sa poitrine. Ses grands yeux verts – copie conforme des miens – trahissent une irrépressible angoisse.

— Non, me dit-elle. Tu n'as pas le droit…

J'entends son correspondant parler au téléphone. Les mots sont indistincts mais l'intonation me laisse penser qu'il vient de poser une question. Et, surtout, je remarque qu'il s'agit d'une voix masculine.

Une voix masculine qui s'entretient avec ma fille mineure au beau milieu de la nuit.

Je prends une profonde inspiration, m'efforçant à grand-peine de recouvrer un semblant de calme.

— Maya, donne-moi ce téléphone.

Ses doigts se crispent sur le combiné.

— Ce n'est pas ce que tu crois, murmure-t-elle.

— Tu n'as absolument aucune idée de ce que je crois.

— Oh, si. Tu penses à tous ces films policiers qui parlent de détournement de mineurs. Et tu te dis que tu aurais probablement dû surveiller plus attentivement ce que je faisais sur Internet. Mais ce n'est vraiment pas ce que tu crois.

Sans me quitter des yeux, elle porte le téléphone à son oreille. J'ai l'impression de me trouver au moment culminant d'un des films qu'affectionnait tant mon père, lorsque le méchant de l'histoire menace de jeter du haut d'un immeuble un adorable petit chien si le héros n'accepte pas de lui obéir. Sauf que dans cette version, je ne sais pas trop si je joue le rôle du méchant ou du chien.

— Laissez-moi juste un instant, annonce Maya à son correspondant.

À voir la façon dont elle me regarde, je me dis que cela ne fait aucun doute : je dois être le méchant. Qui sait ? C'est peut-être même à ce moment précis que je deviens le méchant de cette histoire…

— Donne-moi tout de suite ce téléphone, Maya, lui ordonné-je d'une voix aussi posée que possible.

Apparemment, mes efforts sont insuffisants, car le regard qu'elle me lance trahit toujours autant d'appréhension. Elle acquiesce, puis fait non de la tête avant d'acquiescer de nouveau.

— D'accord, murmure-t-elle comme si elle se parlait à elle-même. C'est un peu plus rapide que prévu mais c'est peut-être un mal pour un bien…

— Mais qu'est-ce que tu racontes ?

— Cet appel…, me dit-elle en écartant légèrement l'appareil de son oreille.

L'écran n'affiche pas le nom de son correspondant. En revanche, il indique que l'appel en question dure déjà depuis plus de dix minutes, ce qui ne fait qu'alimenter mon angoisse. Cela fait dix minutes qu'elle s'entretient avec un inconnu alors que je débats de l'existence d'un fantôme dans mon placard à linge.

— Il est pour toi, ajoute-t-elle.

— Pardon ?

— Cet appel est pour toi, répète-t-elle d'une voix nettement plus calme que la mienne.

Impossible. Je ne m'entretiens qu'avec quatre personnes au quotidien et l'une d'elles se trouve déjà dans cette pièce.

— Très bien. Alors passe-le-moi.

— Je voulais juste…, commence-t-elle avant de s'interrompre brusquement. Laisse-lui une chance, d'accord ? Tâche de garder l'esprit ouvert.

Est-ce qu'on peut considérer que j'aurai l'esprit suffisamment ouvert lorsque ma tête aura explosé au beau milieu de la chambre ?

— Donne-moi ce téléphone, répété-je entre mes dents serrées.

— OK…

Elle se laisse glisser jusqu'au bord du lit et me tend l'appareil aussi précautionneusement que si elle remettait un engin explosif à un spécialiste du déminage.

— Super, maman. N'oublie pas que tu es la meilleure…

— Inutile de jouer les lèche-bottes !

Elle me répond par un petit hochement de la tête.

Je porte le téléphone à mon oreille. Ma respiration est rapide et oppressée. On dirait un dragon. Ou un tueur en série. Mieux, un dragon tueur en série. J'essaie de prendre de profondes inspirations pour calmer les battements erratiques de mon cœur, mais on ne peut pas vraiment dire que ce soit couronné de succès.

Je m'éclaircis la gorge, bien décidée à paraître sûre de moi, imposante – terrifiante, même.

— Puis-je savoir qui vous êtes, exactement ? demandé-je sèchement.

À l'autre bout du fil, l'homme marque une pause, visiblement pris de court par cette entrée en matière. J'entends alors un son étouffé – une toux, peut-être, ou un rire.

Mon inquiétude redouble encore, de même que la rage qui bouillonne en moi.

— Est-ce que vous trouvez ça drôle ?

— Je suis sûr que vous comprendrez très vite les raisons de mon amusement, me dit l'inconnu.

Il ne semble pas particulièrement ému du fait que la jeune fille avec laquelle il était en train de discuter s'est soudain changée en dragon.

— Et pour répondre à votre question, je m'appelle Aiden, reprend-il d'un ton parfaitement décontracté.

Je jette un coup d'œil en direction de ma fille qui s'est assise sur son lit en tailleur. Elle est allée récupérer sa couette décorée de sirènes et l'a ramenée sur ses épaules. J'ai soudain l'impression de la revoir lorsqu'elle avait quatre ans, avec ses nattes et ses pieds nus qui ne touchaient pas encore le sol. Mais lorsque je cligne les yeux, je la retrouve adolescente qui me contemple d'un air pensif.

— Très bien, Aiden, déclaré-je, dites-moi ce que vous faisiez au téléphone avec ma fille au beau milieu de la nuit ?

— Il est dix heures quarante-deux. Et figurez-vous que c'est elle qui m'a appelé.

— Je me moque de qui a appelé qui, répliqué-je, de nouveau sur le point de perdre mon sang-froid. Je me moque que vous soyez en réalité Jack Reacher ou qu'il s'agisse d'une prise d'otage ! Ma fille n'a que douze ans !

Maya plaque ses mains sur ses yeux et se laisse tomber à la renverse sur son lit avec un gémissement gêné.

— Je n'aime pas beaucoup ce que vous insinuez, dit alors le mystérieux Aiden.

— Et moi, je n'aime pas beaucoup ce que vous faites.

— Attendez une seconde, vous ne m'avez même pas laissé le temps de vous expliquer…

— De m'expliquer pourquoi vous avez des conversations téléphoniques nocturnes avec des mineurs ?

— Eh, attendez, nous ne faisions rien de répréhensible ! s'exclame-t-il vivement.

Au moins il a cessé de tourner la conversation en dérision et ne semble plus du tout amusé par la situation. C'est déjà ça.

Il laisse échapper un grognement de frustration et inspire profondément avant de reprendre la parole.

— Je crois que nous devrions recommencer à zéro.

— Ce n'est pas la peine, dis-je, estimant avoir suffisamment perdu mon temps avec cet individu. Je vais raccrocher.

— Attendez…

— Qu'y a-t-il ?

— Je vous dois une explication…

— Je suis sûre que vous en avez une excellente mais je ne suis pas intéressée.

Il émet un nouveau grondement.

— Posez la question à Maya, dans ce cas.

— Pardon ?

— Eh bien, puisque vous semblez décidée à ne pas croire un mot de ce que je pourrais bien vous dire, demandez à votre fille pourquoi elle m'a appelé à dix heures et demie du soir.

Aiden a une voix grave et légèrement rauque. Elle me fait penser au grondement du tonnerre lorsqu'il déboule du grand large et s'engouffre dans la baie de Chesapeake dans laquelle il se retrouve alors piégé, faisant trembler le ciel tout entier et semblant se répercuter au plus profond de vous. Mais c'est peut-être uniquement l'effet de la colère qui enfle en moi. Je ne sais pas. Je fronce les sourcils et écarte le téléphone de mon oreille, couvrant le micro de ma paume.

— Est-ce que tu es entrée dans une secte ? demandé-je à Maya.

Ce Aiden a une voix de gourou – ou au moins d'arnaqueur professionnel.

Maya secoue la tête en silence.

— Est-ce que c'est une sorte d'appel à l'aide ?

Son visage tressaille légèrement et elle se mordille nerveusement la lèvre inférieure avant de me répondre.

— Pas pour moi.

— Que veux-tu dire par là ?

— Elle veut dire que c'est un appel à l'aide *pour vous*, répond Aiden qui est apparemment parvenu à suivre notre conversation.

C'est vraiment le genre de voix qui vous vendrait n'importe quelle huile essentielle en vous faisant croire à ses propriétés magiques. Et je ne doute pas que cela fonctionne sur des âmes innocentes comme celle de ma fille mais je ne suis pas née de la dernière pluie.

— C'est pour cela qu'elle a appelé, reprend-il. Pour demander de l'aide – pas pour elle mais pour vous.

— Quel genre d'aide ? lui rétorqué-je, agacée.

Je suis à deux doigts de raccrocher et d'aller jeter ce téléphone dans le vide-ordures de la cuisine. Le peu de patience dont j'étais prête à faire preuve semble s'être brusquement évaporé. Peut-être a-t-il disparu au fond du placard à linge, avec les draps, les serviettes et les petites voitures que Maya s'amusait à faire rouler à l'intérieur lorsqu'elle avait six ans et que nous n'avons plus jamais revues depuis.

— J'anime une émission de radio, m'annonce alors Aiden. Maya m'a appelé pour me demander des conseils sentimentaux.

Ma main se crispe encore un peu plus sur le téléphone.

— Vous dispensez des conseils sentimentaux aux enfants de douze ans ?

— Comme je vous le disais, ce n'est pas pour elle qu'elle a appelé, m'assure-t-il, un sourire dans la voix. C'est pour vous. Je suis Aiden Valentine et vous êtes en direct dans *Les Liens du cœur*, l'émission la plus romantique de Baltimore…

AIDEN VALENTINE : Bienvenue dans *Les Liens du cœur*. Vous êtes à l'antenne !

AUDITRICE : À l'antenne ? En ce moment même ?

AIDEN VALENTINE : Oui, c'est l'idée.

AUDITRICE : C'est top.

AIDEN VALENTINE : Vous êtes jeune, n'est-ce pas ?

AUDITRICE : Pas si jeune que ça.

AIDEN VALENTINE : Disons, plus jeune que nos intervenants habituels.

AUDITRICE : Je sais. La plupart du temps, c'est une fille appelée Charlene qui vous appelle en pensant que vous êtes le restaurant chinois à emporter.

AIDEN VALENTINE : C'est pas faux. Mais dites-moi, comment vous appelez-vous ?

AUDITRICE : Maya. Mais ce n'est pas à mon sujet que je vous appelle. Je voudrais vous parler de ma mère.

CHAPITRE 3

AIDEN

UN LONG SILENCE PLANE SUR LES ONDES.

C'est une réaction parfaitement légitime, j'imagine. Je suis sûr que la mère de Maya ne s'attendait pas à découvrir sa fille en pleine conversation avec un animateur de radio au beau milieu de la soirée. Je ne sais pas si Maya pensait échapper à sa surveillance ou si elle avait anticipé la possibilité de se faire surprendre, mais il est clair que sa mère n'était pas impliquée dans sa décision de nous appeler.

Je regarde l'horloge accrochée au-dessus de la porte du studio égrener les secondes.

Les douze secondes de silence complet qui viennent de s'écouler constituent peut-être la tranche la plus captivante de l'émission depuis le début de cette année. Je jette un coup d'œil en direction de la lumière rouge située près du téléphone pour m'assurer que nous n'avons pas perdu la connexion. Quelques jours plus tôt, j'ai promis à Jackson que j'essaierais de m'investir un peu plus émotionnellement et c'est ce que je fais.

Le mieux, c'est que je n'ai même pas besoin de me forcer, ce soir. Lorsque j'ai pris l'appel, l'une des premières choses que m'a dites Maya, c'est :

— Écoutez, je sais que ma mère risque de me tuer. Mais il faut bien que je tente quelque chose…

Cette amorce captivante nous a entraînés dans une conversation à bâtons rompus concernant la vie amoureuse de sa mère – ou plutôt, son absence de vie amoureuse. Puis celle-ci a surpris sa fille, l'a plus ou moins accusée d'avoir rejoint une secte – dont je serais le gourou, j'imagine.

Je me tourne de nouveau vers la pendule. Une minute entière vient de s'écouler.

Cela fait des mois que je ne me suis pas autant amusé.

Les appels précédents ont été aussi déprimants que d'ordinaire. Une femme nous a contactés pour se plaindre du fait que son mari n'appréciait pas son ragoût de pommes de terre autant qu'il le devrait. Un interlocuteur nous a fait un exposé pontifiant sur le ramassis d'inexactitudes qu'il avait découvertes dans une romance historique qu'il avait achetée par erreur lors d'une revente de livres de bibliothèque. J'ai aussi eu droit à un appel erroné de quelqu'un qui cherchait à joindre une société de taxis.

Une soirée maussade parmi tant d'autres…

Alors je n'hésite pas à laisser à la maman de Maya tout le temps dont elle a besoin pour se remettre de ses émotions. Ce n'est pas comme si j'avais mieux à faire.

— Lucie ? Vous êtes toujours là ?

J'entends un son étouffé à l'autre bout du fil. Elle vient probablement de masquer le micro de son téléphone, ce qui n'empêche absolument pas sa question de résonner dans mon casque.

— Tu lui as donné mon nom ?

Maya m'a révélé bien des choses à son sujet, au cours des dernières minutes. Son prénom. Celui du vin qu'elle boit lorsqu'elle reste assise toute seule sur son canapé à regarder en boucle l'émission de téléréalité *Péril en haute mer*. Le fait qu'elle ne manque jamais de pleurer lorsque des crabes finissent dans la marmite.

Je sais vraiment beaucoup de choses à propos de Lucie.

— Oui. Elle m'a aussi dit que vous n'aviez pas eu de relation sérieuse depuis sa naissance. Pourquoi cela, Lucie ?

Elle ne peut réprimer un petit gémissement.

— Nous sommes vraiment en direct ?

— Oui.

— Vous en êtes sûr ?

— C'est ce que m'indique cette lumière rouge qui clignote juste en face de moi, confirmé-je.

— Mon Dieu, murmure Lucie d'un ton empli de lassitude. C'est tellement embarrassant…

— Il n'y a pas de quoi vous sentir embarrassée, vous savez, lui assuré-je aussitôt.

— Bien sûr, ironise-t-elle. Je ne vois effectivement pas ce qu'il y a de gênant à ce que ma fille appelle une émission de radio pour discuter de ma vie sentimentale…

— De ton absence de vie sentimentale, la reprend Maya.

Une pause s'ensuit, suivie d'un bruit de coussin jeté à travers la pièce et d'un éclat de rire de la jeune fille. En entendant ces sons, je sens mon cœur se serrer malgré moi. Je ne peux m'empêcher de penser à ma propre mère tenant son sachet de bonbons pressé contre sa poitrine. Ce sont ceux qu'elle glissait dans le sac en papier kraft dans lequel elle mettait mon déjeuner lorsque j'étais enfant. Elle ajoutait aussi chaque jour un petit mot manuscrit.

— Votre fille vous aime énormément, dis-je à Lucie.

J'ai bien conscience du fait que malgré le silence qui règne à l'autre bout du fil, tout un pan de la conversation muette entre Maya et sa mère nous échappe. Des regards. Des gestes que je ne peux qu'imaginer. Je suis bien décidé à faire tout ce qui est en mon pouvoir pour retenir Lucie en ligne. Je tiens là quelque chose de différent, quelque chose d'important. Pas de simples récriminations culinaires. Et pour la première fois depuis bien longtemps, je brûle de savoir ce qui va se passer ensuite.

— Parce que selon vous, c'est à ça que cela ressemble, l'amour, monsieur l'expert ? me demande-t-elle. À quelqu'un qui vous appelle derrière mon dos pour vous raconter tous mes secrets ?

Par-delà les accusations, je perçois de l'humour dans sa voix. C'est une jolie voix, d'ailleurs. Elle me fait penser à un filet de miel dans une tasse de thé.

Je sais que je suis parvenu à entrouvrir la porte, que le courant passe entre nous.

— Moi, ça me fait plutôt penser à une humiliation publique, ajoute-t-elle.

— Si vous voulez, nous pouvons dire que cet appel est motivé à soixante-dix pour cent par l'amour et à vingt pour cent par la rébellion adolescente.

Cette fois, elle rit vraiment. Je referme mes mains autour de ma tasse de café.

— Et les dix autres pour cent ?

— C'est de l'inquiétude. Maya a peur que vous ne vous sentiez seule. Et elle espérait que je pourrais vous aider.

Lucie demeure silencieuse, une fois de plus. Mais il y a de la gravité dans ce silence-là.

— Tu crois que je me sens seule ? demande-t-elle d'une voix plus douce qui semble trahir une pointe de fragilité.

— Oui, maman, répond Maya dans un murmure.

Lucie soupire.

Le silence perdure.

— Voilà ce que je vous suggère, lui dis-je en jetant un coup d'œil à la pendule. Je vais lancer une page de publicité et vous en profiterez pour décider si vous voulez bien tenter de jouer le jeu et discuter un moment avec moi. Je répondrai à toutes les questions que vous voudrez et nous partirons de là, d'accord ?

Elle hésite.

— Sur une échelle de un à dix, à quel point pensez-vous que ce sera embarrassant ?

— Tout dépend, j'imagine. Où en êtes-vous, actuellement ?

— À sept, peut-être ? Voire plutôt à huit.

— Difficile à dire, dans ce cas, lui dis-je en riant. Le mieux est de rester en ligne pour voir.

Je m'adosse à mon fauteuil et le fais pivoter en direction du panneau de contrôle dont j'ai toujours autant de mal à maîtriser l'utilisation au bout de presque six ans passés à animer cette émission.

— Très bien, Baltimore, reste avec nous. Nous revenons juste après ces quelques messages de nos sponsors.

— Nous reviendrons *peut-être* après les messages de vos sponsors, corrige Lucie d'un ton bougon mais résigné.

— Disons que l'un de nous au moins reviendra après ces quelques messages de nos sponsors, conclus-je avant de lancer les publicités pré-enregistrées.

Dans mon casque, je baisse le son de la première publicité qui vante les mérites d'un pépiniériste local pour pouvoir me concentrer sur ma conversation avec Lucie et Maya.

— Je suis vraiment désolé que vous vous soyez retrouvée sur la sellette de cette façon.

— J'en doute, réplique Lucie.

Son soupir résonne en stéréo dans mon casque – le son même de la résilience.

— Je ne suis pas sûre que ce soit à vous de vous excuser, de toute façon, ajoute-t-elle.

— Laissez-moi le faire tout de même, lui dis-je en tendant la main vers l'arrière.

Je tâtonne à la recherche de la cafetière et remplis ma tasse à ras bord avant d'avaler une longue gorgée de café pendant qu'il est encore chaud.

— Qu'en dites-vous, alors ? demandé-je.

— D'exposer mes secrets les plus intimes sur la place publique pendant que de parfaits inconnus m'écoutent ? Pour ne rien vous cacher, Aiden, cela ne m'enthousiasme pas plus que ça…

— Quels secrets ? objecte Maya en fond.

Un autre coussin la percute – elle ou le mur – et la jeune fille éclate de rire.

— Sérieusement, maman, tu n'as pas grand-chose à cacher.

— Ce n'était pas une raison pour appeler une radio et exposer ma vie privée sur la place publique !

— Au risque de me répéter, *quelle vie privée* ?

— Si cela peut vous rassurer, interviens-je, nous ne devons avoir qu'une dizaine d'auditeurs à l'heure actuelle…

Je me laisse retomber sur mon fauteuil qui fait entendre un grincement de protestation. Nous aurions dû le changer depuis longtemps mais, tout comme le reste de l'équipement de ce studio, nous le faisons durer faute de moyens.

— L'un d'entre eux est probablement ma propre mère, ajouté-je pour détendre l'atmosphère.

— Je ne suis pas sûre que ça me rassure beaucoup, soupire Lucie.

Je retiens mon souffle tandis qu'elle soupèse les options qui s'offrent à elle.

— Quelles sont vos qualifications, au juste ? Est-ce que vous êtes psychologue ?

— Non.

— Psychiatre ?

— Non.

— J'imagine qu'il n'y a pas vraiment de différence entre les deux…

— Les psychiatres peuvent rédiger des prescriptions.

— C'est vrai, concède-t-elle. Mais ça ne me dit pas ce que vous êtes exactement. Un chaman ? Un spécialiste du développement personnel ? Un chiromancien ?

— Ce ne serait pas très pratique de lire dans la paume de mes interlocuteurs par téléphone interposé. Et je ne suis pas non plus le gourou d'une secte, si ça peut vous rassurer.

— Vous avez entendu ça ?

— Vous n'avez pas idée de ce qu'on entend quand les gens activent la fonction mains libres de leur portable.

De fait, j'entends même en arrière-fond le froissement des draps du lit sur lequel Maya est assise. J'avale une nouvelle gorgée de café.

— Je ne comprends pas, reprend Lucie. Si vous n'êtes rien de tout cela, comment comptez-vous me donner des conseils ?

Je souris.

— Est-ce que vous voulez que je vous en donne ?

— C'était juste une hypothèse. Au cas où j'accepterais.

— C'est beaucoup plus simple que ça, en fait. Vous parlez et moi, je vous écoute.

— Et c'est censé tout régler ? s'exclame-t-elle d'un ton ouvertement dubitatif. Juste comme ça ?

— Il n'y a rien à régler, Lucie, objecté-je en considérant pensivement le léger éclat dans l'émail de ma tasse.

Je l'effleure du bout de mon pouce.

— Vous n'êtes pas une machine qu'il faudrait calibrer. Un grille-pain qu'on devrait réparer. Je ne suis ni un gourou, ni un psy, ni un professionnel des relations interpersonnelles. Je suis un type normal – qui aime parler avec les gens. Il m'arrive de donner quelques médiocres conseils. Mais je peux au moins vous jurer que vous ne risquez rien avec moi ou avec les gens qui m'écoutent. Je vous le promets. Si la conversation se porte sur des choses dont vous préféreriez ne pas parler, vous n'aurez qu'à me le dire. Et vous pourrez y mettre un terme à tout moment. Si vous avez ensuite l'impression que Maya a commis une grave erreur en m'appelant, vous pourrez toujours la priver indéfiniment de télévision…

La jeune fille fait entendre un cri de protestation et Lucie lâche un petit rire.

— Soyez certaine en tout cas que je n'ai pas la prétention de vous dire comment vivre votre vie, ajouté-je. Je vais juste écouter ce que vous avez à dire et nous verrons bien où cela nous mènera.

— Si ça nous mène quelque part, murmure-t-elle.

Je jette un coup d'œil à l'horloge.

— Une conversation mène toujours quelque part, lui assuré-je. Il vous reste environ une minute pour vous décider.

— S'il te plaît maman, dit Maya à voix basse derrière elle. Je pense vraiment que ça pourrait t'aider.

Lucie soupire de nouveau.

— J'imagine que je pourrai toujours raccrocher.

— Tout à fait, confirmé-je en espérant qu'elle n'en fera rien.

Il me reste encore deux heures à tenir avant la fin de l'émission et je préfère ne pas les passer à lancer des touillettes à café en bois dans la poubelle comme je le fais régulièrement lorsque les témoignages de mes auditeurs deviennent vraiment trop ennuyeux. Le pire, c'est que, dans ces cas-là, j'ai trop de temps pour réfléchir. Et ça ne me réussit pas.

— Vous me promettez que vous n'êtes pas un gourou ? plaisante Lucie.

— Pas pour le moment. Mais j'imagine que c'est une voie que je pourrais explorer si jamais je finis par me lasser de ce travail de présentateur radio.

Une nouvelle publicité chante les louanges d'un matelas dont « le confort se transmet jusque dans vos rêves ». Je ne suis même pas sûr que ça veuille dire quelque chose.

— C'est à vous de choisir, Lucie, conclus-je. Faites comme vous le sentez. Mais je suis sur le point de reprendre l'antenne.

— Vous avez vraiment douze auditeurs ?

— Vu l'heure, on doit être plus proche de neuf.

— Tant mieux.

Je ne peux réprimer un sourire ironique.

— Vous êtes prête ? lui demandé-je en effectuant les derniers réglages.

— Autant que je puisse l'être, j'imagine, soupire-t-elle.

Maya laisse échapper un hourra. Je repasse alors en direct et pousse le bouton du volume qui tressaute légèrement sous mes doigts comme à son habitude.

— Bonsoir, Baltimore. Heureux d'être de retour. Nous avons toujours en ligne Maya et Lucie. Maya nous a appelés pour demander des conseils pour sa mère Lucie…

De l'autre côté de la vitre insonorisée qui donne sur le couloir, j'aperçois Jackson qui se dirige vers le minuscule placard qu'il qualifie de bureau. Je ne suis pas vraiment convaincu qu'il ait besoin de rester si tard. Il pourrait très bien enregistrer ses bulletins météo à l'avance. Mais je crois qu'il aime cette routine. Quant à moi, j'apprécie sa compagnie. Je lui adresse un petit signe de la main qu'il me retourne. Mais je le vois s'immobiliser brusquement et me considérer avec curiosité. Peut-être a-t-il perçu l'intérêt qui se lit pour une fois dans mon regard.

— Je ne dirais pas que Maya a appelé *pour* moi, déclare alors Lucie.

Sa voix me fait penser à un bon whisky – avec ce dosage si particulier de douceur et d'amertume.

— Disons plutôt qu'elle a appelé *malgré* moi.

J'éclate de rire. La curiosité qui se lisait sur le visage de Jackson se mue en stupeur. Il s'approche et presse son visage contre la vitre pour me considérer avec attention.

Quoi ? articulé-je silencieusement.

Pendant ce temps, Maya et Lucie débattent de la légitimité de cet appel.

Jackson me décoche un large sourire qu'il désigne du doigt. On dirait un clown dément. Il me fait penser à ces jouets à ressort que l'on trouve parfois dans les brocantes du côté de Broadway – des visages déformés par une expression bien trop joviale, rendus plus terrifiants encore par la peinture qui s'écaille.

Arrête ça !

Il s'écarte de la vitre en riant puis s'éloigne sans cesser de jeter des coups d'œil par-dessus son épaule. Il manque alors percuter le distributeur de soda qu'il évite au dernier instant avant de disparaître au détour du couloir – non sans m'avoir jeté un dernier regard stupéfait.

Je fronce les sourcils et rajuste mon casque.

— Maman n'a pas eu le moindre petit ami depuis plus de dix ans ! me lance Maya d'une voix précipitée, comme si elle craignait que sa mère ne l'interrompe et voulait me faire passer un maximum d'informations le plus rapidement possible. Elle part travailler tous les matins et rentre directement à la maison. Il lui arrive juste de temps en temps d'aller voir sa meilleure amie Patty – sa seule amie, en fait. Mais elle ne sort jamais. Pas vraiment. Elle reste tout le temps à la maison.

— C'est ma maison, objecte Lucie. Je ne vois pas pourquoi je n'y séjournerais pas aussi souvent et aussi longtemps que je le souhaite.

— Maman…

— Je pensais que tu aimais que je sois là.

— C'est vrai, lui assure Maya, légèrement sur la défensive. J'aime passer du temps avec toi. Mais même quand je vais chez des amies, tu restes toute seule et je me sens un peu coupable, à chaque fois…

— Tu sais bien que j'aime passer du temps seule, fait Lucie d'une voix nettement plus sérieuse.

— Du temps, oui. Mais pas *tout* ton temps…

Je passe mes mains sur mon visage avant de les croiser derrière ma nuque.

— Et tu penses qu'avoir un petit ami réglerait ce problème ? lui demandé-je.

— Je ne sais pas, avoue Maya. J'imagine que ça la rendrait plus heureuse.

— Est-ce le cas, Lucie ? Est-ce que ça vous rendrait plus heureuse ?

— Certainement pas ! s'exclame-t-elle sans hésiter un seul instant.

Je ne peux réprimer un éclat de rire.

— Quelle conviction !

— J'aimerais vous poser une question, monsieur Valentine…

— Appelez-moi Aiden, je vous en prie, lui réponds-je d'une voix de velours – celle-là même que j'utilisais lorsque j'étais encore à l'université et que je m'imaginais animer une émission de radio.

Le son que laisse échapper Lucie, à mi-chemin entre rire et toussotement, trahit son amusement.

— Très bien, Aiden. Êtes-vous célibataire ?

Quelque peu désarçonné par cette question, je considère pensivement le mur qui me fait face. Lucie ne cesse de me surprendre, répondant de façon décalée à la plupart de mes questions et me forçant à m'adapter.

— Oui, réponds-je enfin.

— Est-ce que vous avez des aventures amoureuses ?

— Cela m'arrive.

— Qu'est-ce que vous en pensez ?

La dernière aventure de ce genre a eu lieu quatre mois auparavant. La soirée a été relativement agréable et s'est conclue de façon tout à fait satisfaisante. En rentrant chez moi, je me suis arrêté dans ma boulangerie italienne préférée pour y acheter des cannoli siciliens. Depuis, nous ne nous sommes pas revus.

De manière générale, je considère cependant ce genre de soirées comme une perte de temps. Mais ce n'est pas moi dont il est question dans cette émission.

— Je suis plus intéressé par ce que *vous* en pensez, réponds-je.

— Je trouve ça complètement nul.

Je ne peux m'empêcher de rire, une fois de plus, faisant tressauter mon casque. L'oreillette gauche émet alors un sifflement de parasites. Je la tapote doucement et rajuste l'arceau sur ma tête.

— Qu'est-ce qui vous fait dire ça ?

— Je déteste ça. Ça me donne toujours l'impression d'exécuter une de ces danses dont j'ignore totalement les pas. Je me sens complètement perdue. Et je vous jure que ce n'est pas une simple excuse. Je suis vraiment incompétente en la matière. Je n'arrive pas à comprendre l'intérêt de ce rituel. Et je me sens exposée comme dans ces rêves, vous savez ? Ceux où vous vous trouvez dans un endroit public et où vous vous apercevez brusquement que vous ne portez que des sous-vêtements.

— Je ne pense pas qu'un rendez-vous amoureux soit censé ressembler à cela.

— C'est votre opinion en tant qu'expert ?

— Oui, lui réponds-je en riant. Tout à fait.

— Pendant un temps, j'ai même essayé de recourir à une de ces applications de rencontres, avoue Lucie. Je crois que ces deux semaines ont été les plus embarrassantes de toute ma vie.

— Pour vous ? Ou pour vos…

— Malheureuses victimes ? suggère-t-elle.

— J'allais dire vos correspondants. Mais je vous laisse le choix des mots.

Lucie émet un petit grognement songeur. Elle demeure quelques instants silencieuse.

— Je ne savais même pas comment rendre mon profil attractif. Ça aurait dû me mettre la puce à l'oreille, j'imagine. J'ai eu tellement de mal à répondre aux questions et à établir mon profil. J'ai même dû demander à une amie de m'aider.

— La fameuse Patty ?

— Oui, s'esclaffe Lucie. Ma seule amie, apparemment.

— Peut-être ne vous considérez-vous pas de manière objective.

— Je doute que ce soit le cas de quiconque de nos jours. Durant tout le temps que j'ai passé sur cette application, j'avais l'impression de me transformer en caricature de moi-même. J'avais la sensation qu'il s'agissait d'une sorte de jeu dont mon cœur était l'enjeu. Et cela ne m'a pas plu du tout. Je suis contente pour tous les gens qui ont pu trouver un partenaire de cette façon mais ce n'est vraiment pas fait pour moi. J'aurais bien aimé. Mais cela n'a fait que renforcer ma conviction que je n'étais pas faite pour ça…

— Pas faite pour ce genre de rendez-vous ?

Le rire de Lucie est teinté d'une pointe d'amertume, cette fois-ci.

— Pas faite pour l'ensemble du processus. Peut-être pas faite pour l'amour. Je ne sais pas…

— Est-ce que vous avez quand même essayé ?

— Oui. Deux fois. Et lorsque j'ai fini par me résoudre au fait que cette appli ne me convenait pas, j'ai même tenté autre chose. Une de mes amies m'a organisé une rencontre avec un célibataire qu'elle connaissait. Tous ces rendez-vous se sont plutôt bien passés, à vrai dire. C'étaient des hommes bien. Mais je n'ai jamais ressenti l'envie de remettre ça ou d'aller plus loin…

— Il n'y avait pas d'étincelle, acquiescé-je.

— Ce n'est pas seulement cela. Ces rencontres me faisaient me sentir plus perdue encore… moins connectée… J'avais brusquement l'impression de nous percevoir comme des mondes qui entreraient en collision les uns avec les autres sans jamais se rencontrer vraiment. Je prenais conscience que je n'avais personne à qui me raccrocher. Et le pire, c'était cette impression que j'avais de devoir faire semblant – et que tous ceux que je rencontrais faisaient semblant, eux aussi.

Elle soupire et je sens qu'elle se reprend soudain, comme si elle se rendait brusquement compte de ce qu'elle venait de dire.

— Je ne sais pas. Tout cela vous semble peut-être sans queue ni tête. Vous devez vous dire que je divague complètement…

— Non, lui assuré-je en contemplant fixement le cercle que ma tasse à café a dessiné sur le bureau devant moi.

En réalité, je la trouve surtout très honnête – bien plus que la majeure partie des gens qui nous appellent d'ordinaire.

— Je crois que je vous comprends très bien, ajouté-je.

Combien de fois m'a-t-il semblé que je me laissais porter, ballotter d'un moment à l'autre, d'un événement à l'autre ? Ne m'est-il pas devenu difficile de m'enthousiasmer pour quoi que ce soit ? Il me semble parfois que je suis pris dans une nappe de brouillard dont je ne parviens pas à sortir.

Moi aussi, je me sens perdu et déconnecté – tout comme Lucie.

— Finalement, j'ai renoncé à ces tentatives, reprend-elle. J'ai déjà suffisamment d'amour dans ma vie et je ne suis pas sûre d'en avoir besoin de plus. Surtout, je ne veux pas me mettre en couple juste pour me convaincre que je peux le faire. C'est la conclusion à laquelle je suis parvenue et je pensais en avoir terminé avec tout ça. Mais je viens de franchir un nouveau degré de ridicule, apparemment. Ma propre fille a décidé d'appeler votre émission parce qu'elle s'inquiète de me voir rester seule à la maison...

— Je ne crois pas que ce soit ça qui l'inquiète, à proprement parler, objecté-je en étendant mes jambes sous le bureau. Où est-elle, d'ailleurs ? Elle est bien silencieuse, tout à coup...

— Elle s'est endormie, répond Lucie d'une voix pleine de tendresse maternelle.

Je demeure quelques instants silencieux, prêtant l'oreille aux bruits qui me parviennent de l'autre bout de la ligne. Un froissement de tissu. Une voiture qui passe au loin. Le vent qui souffle au-dehors et le plancher qui craque légèrement. Cela suffit à me faire imaginer la scène.

L'espace d'un instant, il me semble même deviner la forme du sourire de Lucie – comme une demi-lune dans les ténèbres.

— Est-ce que vous croyez que vous retenterez votre chance ? Maintenant que vous savez que Maya se fait du souci pour vous ?

— Je ne sais pas. Cela ne la regarde pas vraiment, même si je ne doute pas qu'elle veuille bien faire. Je ne suis pas sûre d'avoir envie de m'exposer de nouveau à tout ça...

— De quoi rêvez-vous, au juste ? Dans un monde idéal, est-ce que vous resteriez chez vous à regarder *Péril en haute mer* ?

— Probablement, me répond-elle, un sourire dans la voix. Mais peut-être pas toute seule. Peut-être avec quelqu'un...

Elle demeure silencieuse durant quelques instants et je retiens mon souffle.

— Je me sens peut-être plus seule que je ne le pensais, avoue-t-elle enfin.

Ce ne sont pas seulement ses mots qui me touchent mais aussi la façon dont elle les prononce. Calmement mais avec une pointe d'embarras – comme si elle se sentait un peu coupable de ne pas encore avoir trouvé ce qu'elle cherche.

Je m'éclaircis la gorge.

— Je pense que nous nous sentons tous un peu seuls, parfois.

— Est-ce que c'est votre cas ?

Je penche la tête de côté et me balance doucement sur mon fauteuil. Lorsque Jackson a quitté le café, l'autre jour, je suis demeuré assis pendant presque une heure, à regarder les gens entrer et sortir. Je n'avais nulle part où aller et c'était assez réconfortant de se trouver là, au chaud, comme bercé par le brouhaha des conversations, les appels réguliers de la serveuse derrière le bar et l'odeur du café et des livres.

— Oui.

J'appuie ma joue contre mon poing et observe pensivement ma tasse.

— Moi aussi, je me sens seul, parfois.

J'entends battre mon propre cœur un peu trop rapidement à mon goût. Je masse ma nuque et m'éclaircis de nouveau la gorge. Il est temps que je réoriente cette conversation dans une autre direction – que j'aborde des sujets qui me toucheront moins à titre personnel.

— Qu'est-ce qui pourrait vous faire changer d'avis ? demandé-je. Vous donner envie d'essayer de nouveau ?

Elle laisse échapper un petit ricanement.

— Je ne suis pas sûre d'avoir envie de réessayer.

Le ton de sa voix me fait rire une fois de plus. J'avais presque oublié à quel point ce genre de conversations peut être stimulant.

— Rien ne vous y oblige, vous savez, concédé-je avec un large sourire. Vous êtes une femme libre.

— Ce n'est pas ce que je voulais dire. Je n'ai pas envie d'*essayer*. Il me semble que je passe ma vie à *essayer*. Chaque jour qui passe, j'*essaie*. Et ça me fatigue. Ne pourrait-ce pas être simple, pour une fois ? Quelque chose qui se déroulerait de façon naturelle. Je ne veux pas être obligée de réfléchir à chacun de mes mots, à chacun de mes actes. Je ne veux pas être obligée de prendre des notes avant de me rendre à un dîner – ni même d'aller dîner dans un restaurant que je n'apprécie pas particulièrement. Je voudrais que ce soit plus simple. Je voudrais sentir une connexion immédiate avec quelqu'un, ces étincelles dont vous parliez. Je veux pouvoir rire sans me forcer. Je veux frissonner. Je veux me demander ensuite à quoi peut bien penser l'homme que j'ai rencontré – et espérer que c'est à moi. Je veux retrouver cette magie-là.

Malgré moi, je me sens un peu secoué par les mots qu'elle vient de prononcer. Je m'efforce cependant de conserver une certaine distance.

— De la magie ? répété-je. Alors vous faites partie de ces gens…

— Quels gens ?

— Les romantiques. Ceux qui croient aux étincelles, aux âmes sœurs, aux lendemains qui chantent et à ce fil d'or qui relie deux âmes faites l'une pour l'autre…

Lucie ne peut s'empêcher de pouffer.

— Ne me dites pas que vous qui animez une émission en grande partie consacrée à l'amour, vous n'êtes pas un romantique.

— Je ne sais pas, lui confessé-je en toute honnêteté. Je crois que j'en étais un, au départ. Mais cette partie de moi s'est fêlée. Je crois qu'elle a été brisée par les milliers de correspondants qui m'ont appelé pour me confier leurs peines de cœur. Ou pour me dire qu'ils ne parvenaient pas à trouver l'amour. Ce sentiment me paraît relever plus du conte de fées, désormais. Le genre de choses que l'on raconte aux enfants pour que la vie leur paraisse moins cruelle. Et c'est probablement ce pour quoi nous continuons à nous le raconter à nous-mêmes…

— J'imagine que vous devez trouver un peu ridicules les gens comme moi, dans ce cas, remarque Lucie un peu sèchement.

Je me redresse sur mon siège.

— Je vous ai promis que je ne me moquerais pas de vous, lui rappelé-je.

Elle soupire et je me détends légèrement. Je jette alors un coup d'œil par la petite fenêtre par laquelle on aperçoit la ville de Baltimore en contrebas. Ses grands immeubles m'apparaissent soudain comme des géants assoupis. Au loin, de petites lumières dansent sur les eaux du port. À l'autre bout de la ville, la tour Natty Boh illumine d'une chaude lueur rouge les bâtiments alentour.

Quelque part au sein de cette immense cité, Lucie est assise au bord du lit de sa fille, son téléphone pressé contre son oreille.

— Au fond, ça ne fait rien si vous pensez que tout cela est un peu ridicule… Vous n'êtes pas le seul.

Sa voix paraît soudain très lasse.

— Lorsque le monde entier ne cesse de vous répéter que ce que vous désirez est idiot, vous finissez par le croire. Vous finissez par penser que vous n'êtes pas digne de ce genre de sentiments. Que s'ils existent réellement, ils ne sont probablement pas destinés à des gens comme vous…

Elle soupire de nouveau et ce son qui résonne dans mes écouteurs me serre le cœur.

— Mais qu'y a-t-il de mal à vouloir y croire quand même ? Ce n'est pas parce que je suis une femme forte et indépendante que je n'ai pas le droit d'avoir envie que quelqu'un me tienne la main, qu'il me demande comment s'est passée ma journée… Qu'y a-t-il de mal à vouloir ressentir de la passion, du désir, de la tendresse ? À vouloir être l'objet d'attention et d'affection ? Et si c'est trop demander, je ne compte pas me satisfaire de moins. Ce qui explique sans doute pourquoi je reste toute seule chez moi, pourquoi je ne sors quasiment pas. Je suis juste fatiguée – fatiguée de devoir lutter pour quelque chose que certains trouvent de façon si naturelle. Lorsque j'ai arrêté d'avoir recours à ces applications, je crois que je me suis dit qu'une autre option se présenterait forcément à moi. Après tout, rien dans ma vie ne s'est déroulé comme je l'avais imaginé. Mais cela n'a pas d'importance. De toute façon, je ne veux pas d'une relation parce que je m'y sentirais obligée, parce que j'aurais besoin de cocher ça sur une liste de choses à faire dans ma vie. Je ne sortirai avec quelqu'un que si j'ai l'impression que cette personne va m'apporter quelque chose de plus. Je ne veux plus perdre mon temps et me contenter d'approximations.

— Vous voulez des garanties ?

— Non, répond-elle. Je veux des frissons. Je veux que l'on me désire. Je n'ai pas renoncé à ce rêve. Je me suis juste résignée à attendre le moment où il finira par se réaliser.

Ma main se referme autour de ma tasse de café que je serre doucement contre ma paume. J'ai la gorge légèrement nouée.

— Au fond, c'est vous qui devriez être assise à ma place.

Lucie éclate d'un rire cristallin. Je suis presque tenté d'arracher la prise de mon casque pour le laisser résonner dans le studio.

— Peut-être devrais-je vous prendre au mot.

Je pourrais la laisser raccrocher, en cet instant, mais je ne me sens pas encore prêt à le faire. Je veux profiter encore un peu de cette étrange sensation. Mais elle étouffe alors un bâillement et je jette un coup d'œil à la pendule. Je suis sidéré de voir qu'il est si tard. Cela fait près d'une heure que je n'ai pas diffusé de musique ni de publicité.

— J'espère que vous trouverez ce que vous cherchez, Lucie. Je l'espère de tout mon cœur.

— Merci.

J'entends un bruit de tissu, comme une couverture que l'on tire. Je m'imagine que Lucie sourit, quelque part dans la ville. L'espace d'une nuit, au moins, nous nous sommes sentis moins seuls, elle et moi.

— Je l'espère aussi, conclut-elle.

LUCIE STONE : Est-ce que vous avez envoyé une nouvelle page de pub ?

AIDEN VALENTINE : Oui. C'est la dernière de la soirée. Merci beaucoup d'être restée à l'antenne avec moi.

LUCIE STONE : Il n'y a pas de quoi. J'espère juste que je n'ai rien dit de trop embarrassant...

AIDEN VALENTINE : Je ne pense pas.

[Silence]

LUCIE STONE : Bien, je ferais sans doute mieux de raccrocher.

AIDEN VALENTINE : Oui, bien sûr.

LUCIE STONE : Eh bien, bonne nuit, Aiden Valentine.

[Elle raccroche]

AIDEN VALENTINE : Bonne nuit, Lucie.

CHAPITRE 4
LUCIE

— COMBIEN DE TEMPS ENCORE vas-tu continuer à faire ça ? m'enquiers-je.

Maya ajoute une brique au mur formé par les boîtes de céréales qui se dresse entre elle et moi. La seule partie d'elle que j'aperçois, ce sont ses cheveux attachés sur le dessus de sa tête. Ils me font penser à une corne de licorne.

— Aussi longtemps qu'il le faudra, répond-elle.

Une boîte de Frosties vient se poser au-dessus des Golden Grahams. Elle vacille dangereusement mais un bras jaillit de derrière cette muraille et s'empare du porte-serviette pour la consolider. Je fronce les sourcils. Jamais je n'aurais imaginé que nous avions autant de boîtes de céréales dans notre placard…

— Puis-je savoir pourquoi tu juges nécessaire de construire un tel château fort chaque matin ?

— Parce que tu ne m'as toujours pas parlé de ce qui s'est passé à la radio…

Maya émerge brièvement de derrière une boîte de Froot Loops pour me lancer un regard incisif de ses yeux vert pâle.

— Et parce que tu me fais peur, ajoute-t-elle.

— C'est vraiment à cause de ce qui s'est passé lors de cette émission ?

Elle confirme d'un hochement de la tête. Cela fait une semaine que je me suis entretenue avec Aiden Valentine des *Liens du cœur*. Après avoir raccroché, j'ai bordé Maya dans sa couette décorée de sirènes, j'ai allumé la guirlande lumineuse accrochée autour de sa bibliothèque. Puis je suis descendue à la cuisine où j'ai versé quelques larmes. Pour me réconforter, j'ai sorti la bouteille de sauvignon blanc à moitié vide qui se trouvait près d'un bocal de sauce tomate et j'en ai avalé deux gorgées avant de la remettre en place et de m'essuyer les lèvres du revers de la main.

Je n'en voulais pas vraiment à Maya d'avoir appelé cette station de radio pour leur parler de ma vie amoureuse inexistante. J'étais juste embarrassée. Humiliée. Presque effondrée, à vrai dire. J'avais révélé à Aiden bien plus de choses que je n'en avais eu l'intention initialement. Et je crois que j'ai toujours un peu de mal à me remettre de cette expérience. Durant toute la semaine, chaque fois que je sortais, j'avais l'impression désagréable que toute la ville connaissait mes secrets les plus intimes.

Je me demande aussi si je suis vraiment si pathétique que cela. Maya a-t-elle vraiment cru que *Les Liens du cœur* d'Aiden Valentine étaient ma dernière chance de salut ? Et ce type s'est quasiment moqué de moi lorsque je lui ai dit que je voulais encore croire à la magie d'une relation amoureuse. À l'entendre, on aurait pu penser qu'être romantique est une forme de mycose aussi rare qu'incurable.

Jusqu'à ce soir fatidique, j'avais gardé mes émotions enfouies au plus profond de moi, hésitant à les regarder de face et me sentant bien incapable de les interpréter. Je sais que Maya a grandi dans un environnement familial particulier mais je me suis toujours efforcée de compenser les manques affectifs qui pourraient en résulter. Son père et moi en avons beaucoup discuté, lorsqu'elle était petite.

Est-ce que quelque chose lui manque ? Est-ce qu'elle pense que la vie que nous avons me rend malheureuse ? Est-ce qu'elle la rend malheureuse, elle ?

Au cours de ces derniers jours, j'ai oscillé entre l'embarras, la peur de ne pas en faire assez pour ma fille et le désir d'oublier une bonne fois pour toutes ce malheureux incident radiophonique. Mais je crains que ce ne soit impossible.

Je m'empare de la boîte de Frosties, l'ouvre pour en sortir le sachet en plastique qu'elle contient et prends une poignée de céréales. À cet instant précis, mon téléphone portable posé sur la table à côté de moi se met à sonner. Jetant un coup d'œil à l'écran, je constate qu'il s'agit d'un numéro qui ne figure pas dans mon répertoire et je coupe la sonnerie.

— Je te dois des excuses, Maya.

Un profond silence me parvient de derrière le mur de Froot Loops.

— Pourquoi ? me demande-t-elle enfin.

— Je ne pensais pas que tout ça t'affectait autant, dis-je avant de verser les céréales dans ma bouche.

Tout ça. J'imagine que c'est une drôle de façon de qualifier le désert radioactif que constitue ma vie sentimentale.

Je soupire, laissant échapper une pluie de miettes de céréales qui retombent sur la table. J'avale une gorgée de café pour faire passer celles que j'ai dans la bouche.

— Si j'avais su que c'était le cas, j'en aurais parlé avec toi, reprends-je.

Maya écarte légèrement les Golden Grahams pour pouvoir me regarder en face.

— Je ne pensais pas que tu aurais envie de parler de ta vie amoureuse, déclare-t-elle posément.

Je fronce légèrement les sourcils.

— Pourquoi donc ?

— Parce que la seule fois où je t'ai interrogée à ce sujet, tu m'as répondu : « Je n'ai pas envie d'en discuter. »

Un sourire malicieux se dessine sur ses lèvres et elle écarte à leur tour les Froot Loops.

— Je me suis dit que si j'arrivais à te faire passer dans cette émission, que si j'expliquais à Aiden ta situation, il pourrait peut-être t'aider. C'est censé être un expert en la matière. Les secrétaires de la vie scolaire n'arrêtent pas de parler de lui. Elles trouvent qu'il a une voix super sexy.

Je ne suis pas aussi sûre que ma fille qu'une voix sexy suffise à régler ce genre de problèmes. Je reprends une poignée de céréales.

Maya me considère d'un air plein d'espoir.

— Est-ce que ça t'a aidée, au moins ? De lui parler ?

Je hausse les épaules. Ça ne m'a pas *pas* aidée. Je suis même prête à reconnaître que partager ses sentiments les plus profondément enfouis avec un étranger au beau milieu de la nuit a pu avoir un effet vaguement cathartique. J'imagine qu'à force de prendre à cœur les rôles qui me sont dévolus – mère, employée, fille –, j'en viens parfois à mettre sous le tapis les choses qui me font souffrir. Je ne veux pas que cela inquiète les gens autour de moi.

Le lendemain de ma conversation avec Aiden, j'avais un peu l'impression d'être dans un état second. Il me semblait que cette discussion m'avait émotionnellement décapée et que je me retrouvais le cœur à vif, plus exposée que je ne l'avais jamais été. J'avais l'impression de m'être plantée au beau milieu d'une place avec un mégaphone pour hurler à qui voulait les entendre mes secrets les plus intimes. Je m'attendais à tout instant à surprendre une expression de pitié dans le regard des gens qui m'entouraient.

J'ai entendu ce que vous avez dit. Je sais à quel point vous êtes pitoyable. Vous prétendez attendre la bonne rencontre mais cela n'arrivera peut-être jamais. Avez-vous pensé que c'était peut-être de vous que venait le problème ?

Je m'attendais à des murmures. À être montrée du doigt. À entendre des rires étouffés. Peut-être même à ce que quelqu'un dans la rue me jette le contenu de sa tasse de café…

Ce à quoi je ne m'attendais pas, en revanche, c'est à ce que le monde continue à tourner comme si de rien n'était, sans tenir le moindre compte de ma toute première prestation radiophonique. Absolument personne ne m'a rien dit à ce sujet – y compris dans ce véritable repaire de pipelettes où je travaille chaque jour de la semaine. Jamais je n'aurais pensé qu'un garage puisse être un tel lieu de commérage. Mais les trois autres mécaniciens avec lesquels je travaille sont pires qu'une bande de vieilles commères. J'ai bien cru que j'allais devoir m'enfuir au volant de la dépanneuse pour échapper à leurs quolibets.

Mais par chance, il semblerait qu'Aiden Valentine ait été le seul témoin de ma tirade passionnée au sujet de l'amour. Et je finis presque par me dire que ce n'était qu'un simple incident de parcours et qu'il était temps de tourner la page.

Ce serait peut-être déjà fait si Maya voulait bien cesser de bâtir chaque matin des forteresses en céréales.

J'écarte le paquet de Golden Grahams et le place contre celui de Tony le tigre.

— Je comprends ce que tu as essayé de faire et… je t'en suis reconnaissante. Mais c'est quelque chose qu'il faut que je règle par moi-même. Inutile d'appeler d'autres émissions de radio de ma part. Ou même de concocter des plans toute seule dans ton coin. Si tu veux me dire quelque chose, viens directement me parler. Ce sera plus simple. D'accord ?

Maya hoche la tête, visiblement à contrecœur. Elle évite sciemment mon regard et trace nerveusement sur la table des figures en forme de huit du bout du doigt.

— Je veux juste que tu ne te sentes plus aussi seule, maman.

À ces mots, mon cœur se serre dans ma poitrine. Me penchant en avant, je lui prends la main et la presse doucement dans la mienne comme lorsqu'elle avait trois ans et que j'en avais vingt et un. Je n'avais aucune idée de la façon dont était censée se comporter une maman, à cette époque. Mais j'imagine que je n'en sais pas beaucoup plus aujourd'hui. J'essaie juste de faire de mon mieux.

— Comment pourrais-je me sentir seule alors que je t'ai, toi ? objecté-je. Et ton père. Et Mateo. Et tous les gars du garage. Et Patty pour partager une bonne bouteille de temps à autre. Je ne me sens pas seule, ma chérie. Il y a beaucoup trop de monde dans ma vie pour ça.

Maya me serre la main à son tour.

— On peut se sentir seul même lorsqu'on est très entouré.

J'ouvre la bouche et la referme presque aussitôt avant de la considérer d'un œil suspicieux.

— Est-ce que par hasard, tu aurais regardé des rediffusions de l'émission d'Oprah avec Mateo ?

Grayson, mon ex, et Mateo, son mari, éprouvent une véritable fascination pour la télévision des années 1990. Et la plupart des conseils qu'ils me prodiguent sont des maximes tirées de vieilles émissions d'Oprah Winfrey.

— Non, grommelle Maya.

— Quand es-tu devenue aussi sage ?

— C'était en l'an 2022 que cette enfant découvrit la technologie que l'on appelle Internet, répond-elle, imitant la voix sentencieuse d'un présentateur de documentaires.

Je lève les yeux au ciel.

— Très malin. Maintenant, range-moi toutes ces boîtes de céréales et tâche de trouver tes chaussures. Ton père ne va pas tarder à passer te chercher. C'est lui qui doit te conduire au collège, aujourd'hui.

Maya file chercher ses affaires et je demeure assise à la table de la cuisine, grignotant des Frosties nature tout en essayant de me convaincre que je ne suis *pas* en train de faire une crise existentielle.

On peut se sentir seul même lorsqu'on est très entouré.

Je ne manque pas d'amour dans ma vie. Mais j'aspire apparemment à quelque chose de plus. Jusqu'ici, j'étais à peu près parvenue à me convaincre du contraire. Mais Aiden Valentine et ses *Liens du cœur* ont fait voler en éclats cette douce illusion.

Comment suis-je censée combler ce manque, à présent ? Comment puis-je recoller les morceaux ? Jusqu'ici, je n'ai pas eu beaucoup de chance. Mais peut-être m'y suis-je mal prise. Peut-être n'ai-je pas cherché au bon endroit. Peut-être ai-je été victime de mes propres insécurités. Je devrais peut-être réessayer…

Je me suis arrêtée de chercher parce que cela ne fonctionnait pas. Mais le *statu quo* pour lequel j'ai opté ne me convient pas beaucoup plus.

Si seulement il y avait un guide que je pouvais suivre… Une sorte de manuel qui m'expliquerait comment me déconstruire et tout réassembler pour me remettre dans le bon sens. Mais je ne suis même pas sûre de comprendre comment les choses sont censées fonctionner…

Mon téléphone retentit de nouveau et je coupe la sonnerie. C'est le même numéro que précédemment, quelqu'un qui ne figure pas dans mon répertoire mais dont l'indicatif désigne un poste fixe qui se trouve à Baltimore. Il est arrivé que Dan, mon patron, m'appelle pour me demander où se trouve l'un de nos outils. Une fois ou deux, il a utilisé le vieux téléphone de l'atelier. Il sert si rarement que je n'ai pas pris la peine d'enregistrer le numéro.

Maya revient dans la cuisine, toujours en chaussettes mais tenant à la main une paire de baskets qu'elle lance contre la porte de service. Elle commence alors à démanteler sa forteresse en boîtes de céréales. Je remarque qu'elle tient entre ses dents un stylo de couleur verte.

— Est-ce que tu vas travailler pour le journal du collège, après les cours ?

Elle acquiesce.

— Ensuite, c'est Mateo qui doit venir me chercher. Papa est en plein milieu d'une de ses créations. Mateo m'emmènera faire des courses. J'ai besoin d'accessoires pour commencer à fabriquer ma tenue de *cosplay* d'Indiana Jones.

— Super. Où comptes-tu aller… ?

Je suis interrompue par la porte de service qui s'ouvre à la volée, envoyant voler les chaussures de Maya. Une silhouette imposante se découpe dans l'encadrement et Maya pousse un cri d'effroi. Par réflexe, je projette la première chose qui me passe sous la main – la boîte de Frosties qui se trouve juste devant moi. L'intrus l'écarte du revers de la main.

— Mais ça ne va pas, Lucie ! Je te rappelle que j'ai besoin de cette main pour peindre !

— C'est toi qui ne vas pas bien, Grayson ! m'exclamé-je en lui lançant une autre boîte de céréales à la figure pour faire bonne mesure.

Il défonce ma porte sans frapper et il ose me reprocher mon attitude ? Il a déjà de la chance que je ne lui aie pas lancé à la figure la corbeille à fruits en céramique qui trône sur la table. Je pose ma main sur ma poitrine pour tenter de calmer les battements erratiques de mon cœur tandis que Maya s'écroule sur la table en poussant un soupir de soulagement.

— Tu viens d'enfoncer ma porte ! Tu te crois dans *New York, unité spéciale* ou quoi ?

Le père de Maya s'avance dans la cuisine et referme la porte derrière lui. Il arbore une expression furieuse qui contraste avec son T-shirt d'un vert délavé que barre le slogan douteux de son restaurant préféré « Chez Bertha, c'est tous les jours la fête de la moule ». Il n'a quasiment pas changé depuis l'époque où nous avons commencé à sortir ensemble. Nous avions alors seize ans et nous étions totalement immatures.

Tout comme alors, ses avant-bras et son T-shirt sont tachetés de projections de peinture. Il a dû s'interrompre au beau milieu de sa dernière création pour venir chercher Maya.

— Est-ce que par hasard tu aurais quelque chose à me dire ? demande-t-il en levant un sourcil accusateur.

Tout comme ceux de Maya, ses cheveux sont toujours en bataille. Leurs lourdes boucles jaillissent en tous sens et il est absolument impossible de les discipliner. Lorsque Maya est née, elle ressemblait déjà à Mowgli dans *Le Livre de la jungle* et elle n'a pas changé depuis. Grayson non plus.

— Non, réponds-je tandis que mon rythme cardiaque recouvre un semblant de normalité.

Il continue à me considérer d'un œil suspicieux.

— Toi, en revanche, tu as peut-être quelque chose à me dire ? Comme « Désolé d'avoir défoncé ta porte, Lucie » ?

Il secoue la tête d'un air décidé.

— Il n'est pas question que je m'excuse à ce sujet !

— C'est quoi ton problème, Gray ? Tu voulais juste me filer une crise cardiaque ?

Il ne répond pas. Je ne comprends pas ce qui peut bien motiver une entrée aussi fracassante mais je sais que Grayson a toujours aimé les scènes dramatiques. Son mari Mateo dit souvent que c'est sa façon à lui d'exprimer la part d'enfance qui est en lui. Mais je n'ai vraiment pas la patience de supporter ça, ce matin. Cela fait dix ans que Grayson a quitté cette maison pour s'installer dans celle d'à côté, mais je me demande parfois s'il ne considère pas mon domicile comme une succursale du sien.

— Est-ce que tu es prêt à emmener Maya ? lui demandé-je en désignant notre fille qui est toujours affalée sur la table de la cuisine. Elle était sur le point de mettre ses chaussures que tu as envoyées valser à l'autre bout de la pièce.

Gray ne fait pas mine de ramasser les baskets de Maya. J'ignore toujours pourquoi il est entré dans ma cuisine comme un dératé, avec près de dix minutes d'avance sur le programme.

— Est-ce que tu es venu m'emprunter de nouveau ma bouteille de ketchup ? Je t'ai dit que tu pouvais la garder.

Il secoue la tête et continue à me fixer de cet air suspicieux et passablement étrange.

— Je n'ai pas besoin de ketchup, déclare-t-il en posant ses mains sur ses hanches. En revanche, j'aimerais avoir quelques réponses.

— À quel sujet ?

— À propos de toi.

— De moi ? répété-je, interdite.

Il hoche la tête.

— Qu'est-ce que tu veux savoir, au juste ?

Il passe la main sur son visage et secoue la tête d'un air dubitatif, exactement comme lorsqu'il se trouve face à une toile vierge et n'a encore aucune idée de ce qu'il va bien pouvoir y peindre. Il y a de la frustration dans son regard. Visiblement, j'ai dû faire quelque chose qui l'a réduit au silence. Avec un soupir, il empoigne la chaise qui se trouve à côté de la mienne et se laisse tomber dessus. Il pose alors ses mains sur les miennes de chaque côté de ma tasse. J'essaie de retirer mes doigts mais il les retient.

— Tu sais que tu peux me parler, n'est-ce pas ?

Je finis par lui arracher mes mains et serre la tasse contre ma poitrine.

— Je te parle presque chaque jour, Grayson. Que se passe-t-il ? Tu commences vraiment à me faire peur…

De fait, une sourde angoisse s'est insinuée en moi. La dernière fois qu'il a fait irruption chez moi de cette façon, c'est lorsque Mateo s'est ouvert la main avec des cisailles à haies. Je jette un coup d'œil par-dessus son épaule en direction de la fenêtre. Le portail qui relie nos jardins respectifs est grand ouvert. De là où je me trouve, j'entends grincer ses charnières mangées par la rouille.

— Est-ce que Teo va bien ?

— Mateo va très bien. Lui aussi t'en veut mais il va bien.

— Pourquoi est-ce qu'il m'en voudrait ?

— Eh zut…, marmonne alors Maya qui est toujours à demi étendue sur la table en face de nous.

Elle arbore une moue qui me ferait presque sourire si je n'étais pas aussi déboussolée par l'attitude de Grayson et par l'état de la cuisine. Une des chaussures de Maya est allée se loger sous le four. Il y a des céréales répandues un peu partout sur le sol comme des confettis. Quant à Grayson, il me regarde toujours comme si je venais de lui voler son dernier cookie ou que j'avais réduit en pièces son dernier tableau.

Maya relève la tête et regarde son père fixement.

— Papa, lui dit-elle, laisse tomber.

— Toi, tu ne perds rien pour attendre, mini-Machiavel, réplique-t-il en fronçant les sourcils. Je n'arrive pas à croire que tu aies pu faire une chose pareille sans même m'en parler !

— Eh merde…, soupiré-je.

Je viens tout juste de comprendre qu'il n'y a qu'une chose qui puisse mettre Grayson dans cet état. Il déteste par-dessus tout se sentir exclu – surtout lorsqu'il s'agit d'un sujet qui lui tient à cœur depuis des années. Et s'il accuse Maya de cette manière, c'est qu'il *sait.*

Je ne sais pas comment il sait, mais il sait. Cela ne fait aucun doute.

D'une façon ou d'une autre, il a découvert que j'étais passée dans cette émission…

Et alors même que j'en prends conscience, je le vois hocher la tête.

— Ah, tu comprends enfin de quoi je veux parler.

Il pose ses mains sur mes épaules et me secoue doucement.

— Pourquoi ne m'as-tu pas dit que tu avais des problèmes sentimentaux ? demande-t-il en me secouant de plus belle. Tu aurais pu m'en parler à moi, le grand amour platonique de ta vie ?

— Gray…

— Je te connais depuis que nous avons trois ans et que tu venais chez moi pour me voler mes figurines de *Sesame Street* ! Comment as-tu pu me mentir de cette façon ?

— Je ne t'ai pas menti, protesté-je. J'ai juste…

Il balaie mes objections d'un revers de la main.

— Cela fait des années que j'essaie d'en discuter avec toi, Lucie. *Des années !* Et voilà que tu décides brusquement de raconter à un parfait inconnu que tu as envie d'un peu de magie dans ta vie !

Il me regarde d'un air aussi accusateur que si j'avais avoué à Aiden Valentine que je cherchais un dealer.

— De la magie ! répète-t-il. Alors que tu m'as toujours affirmé haut et fort que la simple idée de sortir avec quelqu'un te donnait la nausée !

Je ne peux prétendre le contraire. Et c'est la vérité… Même si je me suis gardée de préciser les véritables causes de cette répugnance. Même si je ne lui ai pas parlé du secret espoir que j'ai de rencontrer un jour quelqu'un qui saura trouver sa place dans la vie que je me suis construite. Ou de l'angoisse qui m'étreint à l'idée que je suis peut-être trop exigeante, trop naïve, trop fantasque… Ou que je m'y suis prise bien trop tard… Je n'avais pas envie de parler de tout cela avec qui que ce soit – et surtout pas avec Grayson. C'est mon plus vieil ami, le père de ma fille, mon coparent, le grand amour platonique de ma vie, comme il dit…

Grayson, lui, n'a jamais eu de mal à savoir qui il était. Il n'a pas eu de mal non plus à trouver Mateo. Je ne le crois pas capable de comprendre ce que je ressens vraiment. Et je ne voulais surtout pas lui donner de raisons de s'inquiéter à mon sujet.

Alors j'ai préféré mettre tout ça dans une jolie petite boîte que j'ai enfouie en moi, si profondément que je ne ressentais plus la douleur… jusqu'au moment où Aiden Valentine a pris une pelle pour déterrer la boîte et l'ouvrir au pied-de-biche.

Je repousse les mains de Grayson et fronce à mon tour les sourcils. J'ai la gorge nouée et la désagréable impression d'avoir explosé en vol comme la boîte de Frosties.

— Tu as entendu l'émission ? articulé-je.

— Oui.

— Comment ça se fait ?

— Je ne sais pas si tu es au courant, Lucie, mais lorsque tu passes à la radio, des tas de gens peuvent t'entendre…

— Je ne suis pas stupide, répliqué-je. Mais ça fait une semaine que l'émission a été diffusée. Quand l'as-tu écoutée ?

Il se penche légèrement en avant pour récupérer le téléphone portable qui se trouve dans la poche arrière de son jean. Posant son pouce couvert de peinture sur le capteur, il le débloque et ouvre une des applications avant de faire défiler une liste de messages. Maya se redresse enfin et je sens monter en moi un mauvais pressentiment, accompagné d'une irrésistible envie de me précipiter dans ma chambre à coucher pour aller me cacher sous ma couette.

Je pensais que c'était terminé. Je croyais m'en être tirée à bon compte.

Au bout de ce qui me paraît durer une éternité, Grayson incline l'écran de son portable pour que je puisse y jeter un coup d'œil.

— Je crois qu'à ce stade, toute la côte Est en a entendu parler.

Du pouce, il fait défiler des dizaines de messages sous une image arborant le logo des *Liens du cœur*. Je comprends qu'il s'agit du podcast de l'émission. De toute évidence, il a donné lieu à un véritable déluge de commentaires.

— Ton émission est devenue virale, m'assène alors Grayson.

Je laisse échapper ma tasse qui percute le carrelage avec un bruit sourd. Contre toute attente, elle ne se brise pas, mais bascule de côté, répandant encore un peu plus de céréales sur le sol de la cuisine.

— Eh merde, murmuré-je à l'unisson de Maya.

Je me faufile par la porte de service du garage. Mes traits sont dissimulés par ma capuche et une écharpe qui masque le bas de mon visage. C'est sans doute une précaution excessive mais j'ai besoin de me rassurer, pour le moment. J'ai de nouveau l'impression que tous les gens que je croise dans la rue vont me reconnaître et me juger. Et le pire, c'est que j'ai maintenant de bonnes raisons de le penser.

Grayson n'a pas exagéré : cette interview est réellement devenue virale. Au bout d'une semaine. Comment ? Pourquoi ? Je l'ignore. Je n'ai pas eu le courage de lire les commentaires sur le téléphone de Gray avant qu'il ne me le reprenne des mains. Je suis restée assise sur ma chaise, en proie à la stupeur, tandis qu'il le remettait dans la poche de son jean élimé. Il m'a jeté un regard qui semblait me promettre une conversation ultérieure puis a emmené Maya pour la conduire au collège.

Ne lui en déplaise, je n'ai absolument pas l'intention d'en reparler avec lui. Je ne compte en parler avec personne, d'ailleurs. Tout ce que je veux, c'est faire mes bagages, les mettre dans le coffre de ma vieille Subaru, aller chercher Maya au collège et partir pour… Je ne sais pas… Disons, San Jose. Je suis sûre que des tas de gens ont des voitures à faire réparer à San Jose.

— Tout va bien ?

Je sursaute et me cogne contre l'un des établis.

— Ça va, réponds-je à Angelo en tentant maladroitement de me défaire de mon épaisse parka.

Je finis par m'en débarrasser et la pose sur mon fauteuil à roulettes. J'ai vraiment besoin d'un café. Et peut-être aussi d'une réinitialisation psychique complète. Si seulement je pouvais revenir dans le temps et m'arracher le téléphone des mains, ce soir-là…

Mais c'est impossible. Et je ne peux pas non plus espérer que le sol s'ouvre sous mes pieds et me fasse brusquement disparaître. Alors j'imagine que je vais devoir faire comme si de rien n'était.

— Tu es sûre ? me demande Angelo en jetant en travers de son épaule le chiffon plein de cambouis sur lequel il vient de s'essuyer les mains.

Il me jette un coup d'œil inquisiteur par-dessus ses lunettes. Cela fait dix ans que je travaille dans ce garage et, durant tout ce temps, Angelo semble ne pas avoir pris une ride. Il doit pourtant avoir dans les soixante-cinq ans. Il prétend que c'est grâce à l'ouzo que son frère lui envoie régulièrement depuis la Grèce. Moi, je crois que c'est parce qu'il passe son temps à se moquer gentiment de tous ceux qui l'entourent.

Il plisse légèrement les yeux et me désigne d'un geste.

— D'habitude, tu n'as pas l'air si… stressée avant au moins neuf heures du matin, me dit-il, goguenard.

Il faut dire que, d'habitude, ma vie amoureuse ne fait pas l'objet de conversations à travers tout l'État. Mais j'imagine qu'il faut savoir garder l'esprit ouvert et apprécier la nouveauté. Je décroche mon bleu de travail si rageusement que j'arrache mon badge au passage. J'enfile les jambes et noue les manches autour de ma taille.

Dès que je me serai mise au travail, je pourrai faire le vide en moi. Lorsque je suis occupée, il m'est plus facile de gérer mes émotions et de résoudre mes problèmes. Je n'ai qu'à me concentrer pour mettre chaque chose à sa place et mon esprit peut alors se détendre.

Je me penche par-dessus la demi-cloison qui sépare nos postes de travail et récupère le porte-bloc auquel est accrochée la liste des missions du jour. Au loin, j'entends Harvey fredonner *Bye Bye Blackbird* en se trompant de paroles. Dan est installé dans le bureau et considère d'un œil réprobateur ce qu'affiche l'écran de son ordinateur. Quant à Angelo, il ne fait pas mine de s'éloigner. Tout est parfaitement normal, ici, et il me semble que je vais pouvoir le redevenir, moi aussi. Dès que je serai parvenue à me calmer, en tout cas.

Angelo pose alors la main sur la liste de tâches. Je remarque la cicatrice qui se dessine sur l'articulation de l'un de ses doigts et la tache de graisse qui macule le côté de son pouce.

— Il faut que je te parle de quelque chose.

— Je t'écoute, dis-je, surprise.

Je me tourne vers lui et constate qu'il me considère avec une étrange intensité. Le sérieux que trahissent ses grands yeux bleus ne lui ressemble pas. Il contraste avec son apparence échevelée habituelle – ses cheveux blancs en bataille donnent toujours l'impression qu'il vient tout juste d'être ébouriffé par une violente saute de vent. Je m'efforce de dominer la nervosité qui monte en moi.

— Que puis-je faire pour toi ?

— Ma mère avait un proverbe, déclare-t-il gravement.

Il marque une pause, comme s'il espérait une réponse. Mais je ne suis pas d'humeur à jouer aux devinettes. Ce qui s'est passé dans ma cuisine, ce matin-là, a eu raison de ma patience – et de ma dignité.

— Quel proverbe ?

— Elle avait coutume de dire que la vérité ne se trouve que dans la bouche des enfants et au fond d'une bouteille de vin. Elle répétait ça chaque fois que mon abruti de frère nous sortait une de ses absurdités à la table du dîner. Les enfants et le vin... Elle devait nous le répéter au moins deux ou trois fois par jour...

— OK, réponds-je d'une voix hésitante. Est-ce une façon de me dire que tu veux aller boire un coup ?

— Bien sûr que non ! s'exclame-t-il. Il est à peine neuf heures du matin. Ne sois pas ridicule...

Je ne peux m'empêcher de penser que c'est cette conversation qui est ridicule.

— Écoute, j'ai eu un début de matinée très difficile. Alors je ne suis pas vraiment d'humeur à jouer aux devinettes. Que veux-tu me dire, exactement ?

Angelo se rembrunit légèrement, visiblement décontenancé que je ne sois pas suspendue à ses lèvres. La musique qui résonne à l'autre bout de l'atelier augmente soudain de volume tandis que Harvey repousse du coude la porte donnant sur le petit bureau de la réception. Lui aussi a attaché le haut de son bleu de travail autour de sa taille, révélant le T-shirt blanc qu'il porte au-dessous. Il continue à chanter avec autant de conviction que s'il se trouvait face à une salle de concert emplie de spectateurs. Puis il esquisse un pas de valse très approximatif pour gagner son poste de travail.

— C'est à son tour de choisir la musique ?

— Malheureusement, soupire Angelo.

— Oh, ce n'est pas si terrible, répliqué-je en considérant avec une pointe d'amusement Harvey qui vient de se saisir d'un balai pour en faire sa partenaire de danse. En tout cas, c'est toujours mieux que ce que tu nous imposes un jeudi sur trois.

Il se redresse et me jette un regard indigné.

— C'est de la country ! proteste-t-il vivement.

— Et alors ?

— Tim McGraw est un chanteur extraordinaire !

Je lève les yeux au ciel.

— Je t'assure : si je dois supporter *Don't Take the Girl* une fois de plus, je ne réponds pas de mes actes !

Angelo croise les bras sur sa poitrine d'un air résolu.

— Que tu le veuilles ou non, tu l'entendras la semaine prochaine. Je te le garantis.

Il me considère d'un air dégoûté.

— Je n'ai même plus envie de te raconter mon histoire.

— Oh non, m'exclamé-je d'un air faussement effondré. Tu ne peux pas me faire ça…

J'ai du mal à m'empêcher de sourire. C'est exactement ce dont j'avais besoin pour me distraire : Angelo qui me raconte des anecdotes totalement dépourvues d'intérêt, Harvey qui chante faux et à tue-tête, Dan qui martyrise le clavier de son ordinateur parce qu'il a encore oublié comment imprimer une facture…

Je baisse de nouveau les yeux vers mon porte-bloc, cherchant par quoi je vais bien pouvoir commencer. Il faut que je règle le silencieux du pot d'échappement d'une vieille Ford Focus et que je fasse une révision complète d'une Coccinelle Volkswagen rose que les garçons m'ont bien évidemment réservée. Je décide de commencer par là.

Mais la main d'Angelo se pose de nouveau en travers de la liste.

Je soupire et relève les yeux vers lui en grognant.

— Qu'est-ce que tu me veux, au juste ?

— Le vin et les enfants, me dit-il en claquant des doigts. La vérité sort de la bouche des enfants et je suis heureux que tu aies écouté la tienne.

— Maya ?

Il s'essuie de nouveau les mains à l'aide de son chiffon et me jette un regard amusé par-dessus ses lunettes.

— Maya, acquiesce-t-il. Il me semble que c'est ta fille. Je suis invité à son anniversaire depuis des années.

— Évidemment. Mais qu'est-ce que Maya… ?

Je suis alors interrompue par Harvey qui vient apparemment de remarquer ma présence.

— Lu ! crie-t-il à pleins poumons.

Il coupe sa musique et ses baskets couinent sur le revêtement synthétique qui recouvre le sol tandis qu'il se dirige vers nous à grands pas. Dan s'est détourné de son ordinateur et se tient dans l'encadrement de la porte de son bureau, nous contemplant avec attention.

Harvey vient se planter face à moi et me décoche un large sourire.

— Je suis fier de toi, ma petite ! Tu as bien fait de dire ce que tu avais sur le cœur !

— Arrête de m'appeler comme ça, protesté-je. Tu as à peine huit mois de plus que moi et…

Je m'interromps brusquement et ferme les yeux, frappée par une brusque prise de conscience.

— Vous avez entendu, murmuré-je enfin d'une voix défaite.

— Oui ! s'exclame joyeusement Harvey. Sheila m'a envoyé le lien vers le podcast. Elle m'a dit que tout le monde ne parlait que de ça. Elle a ajouté que je devrais écouter l'émission et prendre des notes. Imagine ma surprise quand j'ai reconnu ta voix ! J'étais tellement stupéfait que j'ai bien failli recracher la bière que j'étais en train de boire ! Je n'aurais jamais imaginé que tu étais quelqu'un de si sensible.

Il pose sa large paume sur mon épaule qu'il serre doucement.

— Je suis fier de toi ! ajoute-t-il.

— Franchement, tu aurais dû nous en parler ! lance Dan depuis son bureau.

Je n'ose même pas rouvrir mes paupières et les regarder en face. Peut-être ferais-je mieux de rester là pendant tout le reste de la journée. Le temps s'écoulerait et je resterais immobile, plantée au milieu de l'atelier, les yeux clos, tandis que tout le monde s'activerait autour de moi…

Il m'était facile de faire abstraction de mon propre embarras lorsque je croyais que les témoins de ma confession se limitaient à Aiden et une poignée d'auditeurs inconnus – des gens que je ne risquais pas de croiser. Mais il s'agit désormais de personnes qui me connaissent et qui savent des choses très intimes que je n'aurais jamais imaginé partager avec eux – ni avec qui que ce soit d'autre, en réalité.

Mon téléphone se met alors à sonner et je le sors de ma poche. C'est le même numéro inconnu que précédemment. Et c'est la quatrième fois que ce mystérieux correspondant cherche à me joindre au cours de cette matinée. Me sentant à la fois intriguée et soulagée par cette diversion inattendue, je me détourne et m'éloigne en direction de mon établi.

Répondre à cet appel me donne au moins une excuse pour ignorer les regards insistants de mes collègues. Un moindre mal, en quelque sorte…

— Allô ?

— Bonjour, s'exclame une voix de femme à l'autre bout du fil. Est-ce que vous êtes bien Lucie ? Lucie Stone ?

Je serais prête à être n'importe qui d'autre en cet instant.

— Oui, réponds-je. Qui est à l'appareil ?

— Je m'appelle Maggie et je vous appelle de la part de 101.6 LITE FM. J'aurais une proposition à vous faire.

AUDITEUR : Et Lucie, alors ?

AIDEN VALENTINE : Lucie ?

AUDITEUR : Oui. La femme dont la gamine vous a appelé. Est-ce qu'elle a trouvé un amoureux ?

AIDEN VALENTINE : Je n'en ai pas la moindre idée.

CHAPITRE 5
AIDEN

JE ME TIENS DEVANT LES BUREAUX de la station de radio, un mug de café chaud à la main, et je regarde Jackson s'extraire de sa voiture par la fenêtre. Il y a une Coccinelle rose garée tout contre sa Honda, ce qui l'empêche d'ouvrir sa portière.

Dieu sait pourquoi il a décidé de jouer les acrobates au lieu de passer par la portière passager… ou de se garer ailleurs.

— Jackson ? l'interpellé-je. Tout va bien ?

Il se penche vers l'intérieur du véhicule pour récupérer son sac à dos qu'il jette dans ma direction. Il atterrit à mes pieds avec un bruit sourd. Ses lunettes sont de travers et son visage trahit un mélange de colère et de frustration.

— J'essaie de sortir de ma voiture.

— C'est ce qu'il semble, acquiescé-je posément avant d'avaler une nouvelle gorgée de café.

Il se tortille en grognant et son coude heurte son rétroviseur latéral.

— Ce serait nettement plus simple si Delilah apprenait à se garer !

— Delilah ?

— Delilah Stewart, précise-t-il. Celle qui travaille pour la chaîne d'informations en continu.

— Ah oui, c'est la fille de la météo, n'est-ce pas ?

— Un véritable cataclysme ambulant.

Il se tortille encore un peu pour s'extraire de son véhicule et son genou heurte le klaxon. Le bruit nous fait tous deux violemment sursauter.

— Elle n'a aucun respect pour son métier, ajoute Jackson. Et en plus, elle n'arrête pas d'empiéter sur ma place de parking !

Je jette un coup d'œil à la Coccinelle et constate qu'elle déborde effectivement nettement de son emplacement et qu'elle est garée en biais. La fameuse Delilah n'a même pas pris la peine de remonter ses vitres arrière.

— Tu aurais pu te mettre ailleurs, remarqué-je en contemplant le parking que nous partageons avec la chaîne d'informations locales.

Il y a au moins sept places disponibles qui ne sont pas obstruées par la présence d'une Coccinelle rose. Jackson cesse momentanément de gigoter et m'adresse un regard chagriné. J'ai beaucoup de mal à ne pas sourire en le voyant ainsi à cheval en travers de la portière de sa voiture.

— C'est *ma* place, me dit-il.

— Vraiment ?

— Vraiment.

— Je ne pensais pas qu'elles étaient nominatives.

— Je me gare au même endroit chaque jour depuis des années, objecte-t-il d'une voix qui dérape dangereusement dans les aigus.

Il finit de s'extraire péniblement de son véhicule et pousse un soupir de soulagement.

— Tu aurais pu passer par la portière passager, précisé-je en le voyant se faufiler péniblement entre les deux voitures séparées par moins de vingt centimètres. Ou même par l'arrière.

— Là n'est pas la question.

— Quelle est-elle, alors ?

Jackson parvint enfin à s'extraire d'entre les véhicules. Se penchant en avant, il prend appui sur ses genoux et inspire profondément avant de se redresser. Ses cheveux blond foncé sont désormais complètement en bataille.

Je devrais vraiment arriver plus souvent en avance si c'est le genre de spectacle auquel il me serait donné d'assister régulièrement !

Jackson désigne la Coccinelle d'un air révolté.

— Elle ne respecte pas les lignes de stationnement, s'exclame-t-il. C'est à se demander si elle sait qu'elles existent !

— Les lignes de stationnement ?

— Oui, les lignes de stationnement, reprend-il d'un ton agacé avant de désigner de nouveau la voiture. Il faut que quelqu'un lui fasse comprendre qu'elle est responsable de ses actes ! Elle ne peut pas faire toujours ce qu'elle veut comme elle le désire et se garer n'importe où. Elle doit respecter les règles !

— Et les lignes de stationnement, acquiescé-je gravement.

— Parfaitement.

— Je suis d'accord avec toi, dis-je d'un ton conciliant. Mais ce n'est peut-être pas la peine de te mettre dans des états pareils…

Il grommelle quelque chose d'indistinct.

— Qu'est-ce que tu dis ?

Jackson récupère son sac à dos et passe une des bretelles autour de son épaule.

— Je préférais quand c'était toi le grincheux d'entre nous deux.

Nous nous dirigeons vers l'entrée du studio.

— Ne te monte pas la tête, lancé-je en lui décochant une bourrade affectueuse. Je suis toujours le grincheux de l'équipe.

D'autant, qu'aujourd'hui, j'ai de bonnes raisons de l'être. Ce matin, Maggie m'a réveillé à neuf heures, m'arrachant à mon oreiller pour me parler de je ne sais quelle réunion de programmation. Très sincèrement, je n'arrive pas à imaginer en quoi une émission comme la nôtre pourrait bien susciter de telles urgences. À ma connaissance, le seul accroc que nous ayons connu, ces derniers temps, c'est de devoir retirer une publicité pour des hot-dogs que l'annonceur avait truffée d'allusions de très mauvais goût.

— Je trouve que tu t'es arrangé, ces derniers temps, me dit alors Jackson.

— De quelle façon ?

— Eh bien, tu es moins acariâtre, explique-t-il en frottant l'épaule qu'il s'est cognée en sortant de sa voiture. Tu avais même l'air presque joyeux, l'autre jour.

— Quand ça ? lui demandé-je, feignant la surprise.

En réalité, je vois pertinemment à quoi il fait allusion – au soir où cette femme m'a dit qu'elle voulait croire encore à la magie et où, l'espace de quelques instants, je me suis presque laissé aller à y croire, moi aussi…

— Lorsque cette gamine a appelé, me répond Jackson en haussant un sourcil. Celle qui voulait que tu l'aides à trouver un petit ami pour sa mère. Tu souriais tellement que je me suis demandé si tu n'avais pas eu une hémorragie cérébrale…

— Il m'arrive de sourire.

— Pas de cette façon.

— Si tu le dis…

Au fond, cela n'avait aucune importance. L'embellie de mon moral a été de courte durée et a brusquement pris fin lorsque Sharon de Federal Hill a appelé pour se plaindre du fait que son mari n'avait pas remarqué sa nouvelle coupe de cheveux. Je lui ai alors demandé si elle-même remarquait ce genre de choses. Et elle m'a répondu que la seule chose qu'elle remarquait, à ce stade, c'était quand la paie du mari en question tombait sur leur compte joint. Ma fragile bulle d'optimisme a alors volé en éclats et je me suis retrouvé de nouveau replongé dans ce torrent d'histoires d'amour aussi piteuses que déprimantes.

— Est-ce que tu sais de quoi Maggie veut nous parler ? demandé-je à Jackson.

Il remet de l'ordre dans sa tenue et je remarque que son écharpe habituelle est restée accrochée à la vitre de sa voiture, témoin silencieux de cette bataille épique.

— Je l'ignore. Mais à l'entendre, ça avait l'air vraiment très important.

— Maggie a tendance à en faire des caisses, déclaré-je avant de porter ma tasse de café à mes lèvres. Et elle déploie la même intensité sonore qu'un araponga blanc.

Jackson me jette un coup d'œil interloqué.

— Un quoi ? me demande-t-il.

— Un araponga blanc. C'est l'oiseau qui a le cri le plus bruyant du monde.

Comme nous débouchons dans le hall d'accueil, je fais un détour par la machine à café pour aller reremplir ma tasse. J'en profite pour chiper un cookie au passage. L'un des employés de la maintenance a un fils qui travaille chez Berger, une entreprise qui fabrique des gâteaux secs. Il nous en laisse une boîte chaque fois qu'il vient réparer les toilettes des hommes qui ont une fâcheuse tendance à fuir régulièrement.

— Ça ressemble un peu à un cri humain, précisé-je après avoir avalé une bouchée du délicieux cookie. Assez comparable à ceux que pousse Margaret lorsqu'elle me réveille à neuf heures du matin.

— Je connais ça.

Je trempe la fin de mon cookie dans mon café et le mets en entier dans ma bouche. J'adore vraiment les petits gâteaux Berger, qu'il s'agisse de ceux au chocolat ou de leurs biscuits sablés écossais. J'ai vraiment du mal à rester de mauvais poil quand j'en ai un dans la bouche.

Lorsque Jackson essaie d'en prendre un, je m'empare de la boîte.

— Eh ! proteste-t-il. Partage les cookies !

Je me détourne, serrant la boîte contre ma poitrine.

— Ils sont à moi. J'en ai beaucoup plus besoin que toi !

— Pourquoi est-ce que tu en aurais plus besoin ? proteste Jackson en essayant d'en attraper un. Tu as vu la façon dont j'ai été forcé de m'extraire de ma voiture ?

— Personne ne t'y obligeait, lui dis-je en fourrant un nouveau cookie dans ma bouche.

Ces gâteaux sont la seule chose qui me réussisse, ces temps-ci, et je refuse de m'en séparer. Pas question.

— Tu aurais pu te garer n'importe où ailleurs.

Une pluie de miettes s'échappe de ma bouche pour retomber sur ma chemise.

— Je me gare toujours au même endroit, insiste Jackson.

— Franchement, ça ne te ferait pas de mal de changer un peu tes habitudes de temps à autre, Jackson.

— Bonne idée. Je vais changer une de mes habitudes dès maintenant et prendre un cookie.

Sur ce, il m'assène un coup de poing dans les côtes et me subtilise la boîte de gâteaux pendant que je me plie en deux, recrachant la gorgée de café que je viens de boire. Elle macule tout le devant de ma chemise. Tandis que j'écarte le tissu trempé et brûlant de ma peau, Jackson avale gloutonnement les derniers cookies. Je hausse les sourcils et le considère avec stupeur.

— Est-ce que c'était vraiment nécessaire ? lui demandé-je d'un ton empli de reproches.

— Tu es le seul responsable, articule-t-il, les joues gonflées de cookies. Tu as refusé de partager de ton plein gré.

— Parce que tu n'es qu'une espèce de sal…

— Ça suffit, les enfants ! s'exclame Maggie de sa voix de stentor.

En tant que directrice de la radio, Maggie est celle qui valide notre paie, ce qui lui confère une certaine autorité. En cet instant, elle se tient sur le seuil de son bureau, une main soigneusement manucurée appuyée contre le chambranle de la porte. Son regard noisette se pose sur Jackson qui est en train de mastiquer les derniers cookies de la boîte avant de se tourner vers moi qui tente désespérément d'éviter une brûlure au troisième degré. Elle plisse alors les yeux.

— Si vous en avez terminé avec votre querelle d'amoureux, j'aimerais vous voir tous les deux dans mon bureau, déclare-t-elle.

Sur ce, elle disparaît à l'intérieur, certaine que nous ne tarderons pas à la suivre. Je vais chercher quelques serviettes en papier dans le distributeur situé près du lavabo des toilettes et tamponne ma chemise.

— Peut-être a-t-elle décidé de mettre un terme à mes souffrances et de déprogrammer l'émission, marmonné-je.

Ma chemise est à présent encore plus imbibée de caféine que je ne le suis moi-même. Jackson lance la boîte de cookies vide dans la poubelle.

— Ou peut-être a-t-elle décidé de t'envoyer faire un de ces stages de développement personnel pour t'aider à retrouver le sourire et ton entrain d'autrefois. Tu vois le genre : des discussions à cœur ouvert pour briser la glace, des sessions de *teambuilding*... Tout ce que tu aimes !

— Elle n'oserait pas, soufflé-je d'une voix blanche.

Jackson hausse les épaules.

— Elle en est capable. Et tu le mériterais vraiment. Je te jure : ta maturité émotionnelle a régressé. Elle ne vaut pas mieux que celle d'un lycéen, aujourd'hui...

— J'espère pour eux que les lycéens sont un peu plus mûrs que moi, grommelé-je.

Maggie nous attend dans son bureau exigu mais parfaitement rangé. Elle a les mains croisées, posées devant elle sur sa table de travail. Sur son visage se peint une expression pleine d'espoir. Dans un coin de la pièce est assise Eileen, notre ingénieure du son, casque autour du cou et les yeux rivés sur sa tablette. Ses tresses qui forment des dégradés de bleu sont ramenées en chignon sur le sommet de son crâne.

— Est-ce que Hughie doit nous rejoindre ? demande Jackson en prenant place sur la chaise confortable qui fait face à Eileen.

Avant de s'y installer, il a ramassé le coussin en forme de cœur qui s'y trouvait et le serre contre sa poitrine. Ce salopard arbore l'air satisfait d'un homme qui vient de s'empiffrer de délicieux cookies.

— Il ne devrait pas tarder, réplique Maggie sans me quitter des yeux.

J'avais presque oublié Hughie. À vrai dire, j'oublie souvent Hughie. Et puis, soudain, au moment où je m'y attends le moins, il surgit derrière la vitre insonorisée du studio, un sandwich à la main. Je ne sais pas depuis combien de temps il est en stage ici ni quel est exactement son statut officiel. Et le moment semble mal venu pour poser la question, vu la façon dont Maggie me regarde en cet instant.

— Assieds-toi, me dit-elle en désignant la chaise qui est placée juste en face d'elle.

Elle est assez près pour que Maggie puisse m'étrangler si elle se jette sur moi et cela me rend un peu nerveux.

— Pourquoi ? lui demandé-je d'un air suspicieux.

Je ne tiens vraiment pas à me voir imposer un stage de développement personnel. Et les discussions à cœur ouvert représentent pour moi ce qui se rapproche le plus de l'enfer. Maggie sourit et je me demande si elle peut détecter l'angoisse qui m'habite en cet instant.

— Parce que tout le monde est assis, Aiden. Ne sois pas ridicule…

À contrecœur, je prends place sur la chaise qu'elle me désigne. Elle me regarde toujours aussi fixement.

— Tu me fais peur.

— Je ne vois vraiment pas pourquoi. Je n'ai encore rien dit.

Elle n'a pas besoin de parler pour me terrifier. Il y a quelque chose d'inquiétant dans sa perfection, sa coupe de cheveux toujours impeccable, ses yeux qui semblent vous transpercer de part en part et tout savoir… Il ne faut pas se fier aux apparences : en dépit de son allure de femme menue et fluette, de ses tenues irréprochables, Maggie est une véritable force de la nature. Et j'ai parfaitement conscience du fait qu'à la longue, je l'ai peut-être poussée à bout.

— Je ne le pensais pas vraiment. Que tu criais aussi fort qu'un araponga blanc, je veux dire…

Jackson ne peut s'empêcher de pouffer, ce qu'il tente aussitôt de dissimuler d'un toussotement nerveux. Dans son coin, Eileen se fend d'un sourire, elle aussi. Maggie, quant à elle, semble quelque peu déroutée par ma remarque.

— Un quoi ?

— Peu importe, éludé-je assez maladroitement. Parle-nous de cette fameuse urgence.

Eileen range à contrecœur sa tablette dans son sac à dos. Une mèche de cheveux bleus lui retombe en travers de l'œil et elle la repousse machinalement.

— Est-ce que nous avons encore diffusé cette publicité obscène pour les hot-dogs ? demande-t-elle.

— Non, je vous rassure. Nous ne l'avons fait qu'une fois et nous ne pouvions pas savoir ce qu'il en était…

Jackson ricane de nouveau mais Maggie ne tient pas compte de cette interruption.

— Est-ce que l'un d'entre vous a jeté un coup d'œil à nos réseaux sociaux, ce matin ?

— Franchement, je préfère éviter, avoue Eileen. Surtout depuis que ce type nous a spammés avec quarante-sept mille photos de ses pieds…

— Tais-toi, El ! s'exclame Jackson en lui lançant le coussin en forme de cœur. J'étais presque parvenu à l'oublier, celui-là…

— Comment as-tu pu oublier une chose pareille ? rétorque-t-elle en ramassant le coussin qu'elle cale derrière sa nuque. C'est gravé dans mon esprit. J'en fais encore des cauchemars. Je ne sais pas si je pourrai un jour regarder un pied sans y repenser. Je crois que je vais demander à la radio de rembourser mes frais de psy.

Je ne peux réprimer un tressaillement au souvenir de ce type. Un véritable taré.

— C'est ça, l'urgence ? m'enquiers-je. Cette histoire de pieds ?

Maggie se masse doucement les tempes du bout des doigts.

— Non. Il ne s'agit ni des pieds, ni de la publicité pour les hot-dogs. Si vous me laissez en placer une, bande de clowns, je vais vous le dire…

Elle est interrompue par Hughie qui ouvre la porte du bureau à la volée.

— Ça y est ! s'exclame-t-il. Cette fois, on a fait le buzz ! L'émission est devenue virale !

Sur ce, il lance en l'air une poignée de confettis.

— 101.6 LITE FM va enfin faire son grand retour ! ajoute-t-il.

Il se rapproche de Maggie et tous deux se tapent dans la main tandis qu'un nuage de petits morceaux de papier coloré et de paillettes flotte dans l'air autour de nous. Je parcours la pièce des yeux, passablement sidéré. Les lunettes de Jackson sont couvertes de paillettes dorées. Quant à Eileen, elle jette un coup d'œil en direction de la porte comme si elle envisageait de s'enfuir en courant. J'époussette les confettis qui recouvrent les manches de ma chemise.

— Un grand retour ? ironisé-je. Je ne savais pas que nous étions partis.

— Tombés plutôt, réplique Maggie. Dégringolés dans l'enfer des taux d'audience en partie à cause de toi.

La bonne volonté dont Maggie semblait prête à faire preuve jusqu'ici s'est fissurée, laissant place à l'exaspération. Je savais qu'elle n'était pas ravie de mes prestations, mais visiblement j'avais sous-estimé à quel point.

— Je ne sais pas ce qui s'est passé chez toi. C'est comme si tu avais perdu ton âme. Ces derniers temps, l'émission a viré au cauchemar et j'en venais à me demander si on ne devrait pas la rebaptiser *Les cœurs brisés*.

Je lève les bras en un geste défensif.

— Je reconnais que j'ai été meilleur, dis-je en jetant un coup d'œil à Jackson pour quémander son soutien. Mais Jackson m'a donné quelques conseils, récemment. Et j'essaie d'améliorer les choses…

Maggie soupire et se renverse dans son fauteuil, faisant voler un petit nuage de paillettes. Elle me fait penser à une fée en colère, potentiellement violente.

— C'est vrai, concède-t-elle presque à contrecœur. Ça s'est arrangé…

Elle s'empare de son téléphone portable et débloque l'écran.

— Et je suppose que je ne peux pas te faire de reproches pour les appels que nous recevons…

— Merci. C'est exactement ce que j'expliquais à Jackson.

— Oui. Eh bien, nonobstant la question des responsabilités de chacun, poursuit-elle en faisant défiler quelque chose sur son écran, ce genre de réactions est précisément ce dont nous avons besoin.

Jackson se penche en avant, s'efforçant d'apercevoir ce qui s'affiche sur son téléphone.

— L'émission est vraiment devenue virale ? demande-t-il.

Maggie relève brièvement les yeux vers moi avant de se replonger dans la lecture des messages qui défilent à l'écran.

— Un extrait de l'émission l'est devenu, en tout cas.

Le ton de sa voix ne me dit rien de bon – pas plus que l'expression qui se lit sur son visage. Je me caresse pensivement la joue en regrettant amèrement de ne pas avoir gardé un cookie pour me remonter le moral. Car quelque chose me dit que, confettis ou pas, je suis sur la sellette.

— De quel segment s'agit… ?

Jackson s'interrompt aussitôt.

— Oh, dit-il en remontant ses lunettes sur son nez.

Un sourire en biais se dessine sur ses lèvres et il m'observe d'un air entendu. Ce n'est pas un, mais bien deux cookies qu'il me faudrait en cet instant.

— Je vois, murmure-t-il en haussant les sourcils.

Je m'agite nerveusement sur mon siège. Malheureusement, j'ai laissé mon téléphone portable dans ma voiture et je ne peux vérifier par moi-même ce qui provoque un tel amusement chez mes collègues.

— Est-ce quand j'ai jeté ma tasse à travers le studio ? leur demandé-je. Je n'ai pas juré à l'antenne depuis cet incident…

Personne ne me répond.

— Est-ce que quelqu'un a de nouveau fait un mixage de l'émission sur une musique de Céline Dion ?

Je n'obtiens toujours pas de réponse.

— J'aimerais bien savoir ce qui se passe, leur dis-je avec une pointe d'humeur.

— Ce n'est pas lorsque tu as jeté ta tasse de café, si théâtral que ça ait été, me répond enfin Maggie en me tendant son téléphone. C'est lorsque tu as discuté avec cette fille et sa mère, la semaine dernière…

Lucie. Son nom me revient aussitôt à l'esprit.

Son nom et sa voix de velours…

J'ai aussi souvent repensé à son rire depuis qu'elle a raccroché, il y a sept jours de cela. J'imagine que c'est dû en partie au manque de sommeil. Peut-être aussi à la succession d'appels inintéressants que j'ai reçus depuis. Pas un seul de mes interlocuteurs n'a fait preuve de cette désarmante honnêteté dont a témoigné Lucie.

En l'espace de quelques instants, je me rends compte que Hughie et Maggie n'ont pas exagéré : l'émission est réellement devenue virale. Des pages et des pages de commentaires se succèdent. Je lis un extrait qui a été reposté des centaines de fois et ne peux m'empêcher de grimacer en entendant ma propre voix :

— *Rien ne vous y oblige, vous savez. Vous êtes une femme libre.*

La voix de Lucie retentit alors, passionnée et pleine de vie.

— *Ce n'est pas ce que je voulais dire… Je n'ai pas envie d'*essayer. *Il me semble que je passe ma vie à* essayer. *Chaque jour qui passe,* j'essaie. *Et ça me fatigue. Ne pourrait-ce pas être simple, pour une fois ? Quelque chose qui se déroulerait de façon naturelle. Je ne veux pas être obligée de réfléchir à chacun de mes mots, à chacun de mes actes. Je ne veux pas être obligée de prendre des notes avant de me rendre à un dîner – ni même d'aller dîner dans un restaurant que je n'apprécie pas particulièrement. Je voudrais que ce soit plus simple. Je voudrais sentir une connexion immédiate avec quelqu'un, ces étincelles dont vous parliez. Je veux pouvoir rire sans me forcer. Je veux me demander ensuite à quoi peut bien penser l'homme que j'ai rencontré – et espérer que c'est à moi. Je veux retrouver cette magie-là…*

Je lis le sous-titre que l'internaute a inscrit au-dessous de l'enregistrement : La chose la plus vraie que j'aie jamais entendue. Je constate aussi que cet extrait a été écouté 6,3 millions de fois.

— Nom de Dieu, murmuré-je.

— Comme tu dis ! s'exclame Hughie avec enthousiasme.

Il tire de sa poche une nouvelle poignée de confettis qu'il lance dans ma direction. Et pendant qu'ils retombent et se glissent sous le col de ma chemise encore humide, je lis les commentaires qui s'ensuivent :

Interviewez-la de nouveau ! Cette fille sait de quoi elle parle !

J'espère qu'elle trouvera l'homme qu'elle cherche. Je prie pour ça. Elle le mérite !

Je suis sûre qu'elle est super hot ! Elle est hot ?

C'est si romantique…

Je peux postuler. Vous croyez que c'est possible ?

OMG, je crois de nouveau à l'amour !

Il doit y avoir des milliers de réactions du même acabit. Et il ne s'agit pas seulement d'habitants de Baltimore. Des internautes de tout le pays et même du monde entier se sont joints à la conversation. Ils échangent des commentaires sur leur façon de voir l'amour, sur ce qu'ils aimeraient ressentir. Ils discutent de ce que devrait être un rendez-vous amoureux. Ils adressent leurs vœux de bonheur à Lucie et à sa fille. Ils spéculent sur ses chances de trouver l'homme qu'elle recherche. Et bon nombre d'entre eux se disent prêts à sortir avec elle sans jamais l'avoir vue…

La gorge serrée par une étrange émotion, je rends à Maggie son téléphone. J'ai les paumes moites et je ressens une curieuse tension au niveau de la nuque. Mon cerveau est en ébullition et pourtant, je ne parviens pas réellement à formuler mes pensées de façon claire.

— C'est une bonne nouvelle, n'est-ce pas ? demandé-je en essuyant mes mains sur mon pantalon. C'est ce dont nous rêvions lorsque nous avons lancé cette émission…

Maggie hoche la tête mais je perçois toujours une lueur légèrement accusatrice dans son regard.

— C'est une bonne nouvelle. Et c'est ce que j'espérais lorsque je t'ai embauché, il y a six ans de cela. Mais nous ne pouvons en rester là.

— Je suis d'accord, dis-je, le cœur battant à tout rompre. Nous devons continuer dans cette voie…

Est-ce seulement possible ? L'appel de Lucie n'était pas à proprement parler un choix de programmation. Serai-je capable de recréer un tel moment radiophonique ? Peut-être. Nous pourrions commencer par effectuer un meilleur filtrage des appels. Je pourrais travailler en amont certaines de mes interventions, imaginer de nouvelles questions… Qui sait ? Peut-être que ce succès va attirer de nouveaux auditeurs, ce qui nous permettra de rendre l'émission plus interactive…

— C'est exactement ce que nous allons faire, approuve Maggie. Ce que *tu* vas faire.

— Bien sûr…

— Et j'imagine que ce sera nettement plus facile si Lucie coanime l'émission avec toi.

Je me fige brusquement.

— Pardon ?

Les trois autres nous considèrent tour à tour avec stupeur, Maggie et moi. Je me fais soudain l'impression d'être un joueur de tennis. Un sourire narquois se dessine alors sur les lèvres de ma directrice.

— J'imagine…, me dit-elle en détachant chaque mot comme si elle s'adressait à une personne mentalement déficiente, que ce sera nettement plus facile… si Lucie… coanime l'émission avec toi.

— J'avais entendu. C'est juste que…

— Est-ce que ça te pose un problème ?

Je me frotte nerveusement un sourcil, réprimant difficilement l'envie de lui répondre que oui, ça me pose un problème. Même si je n'ai aucune idée des raisons pour lesquelles tel est le cas.

— Je ne…

Je m'arrête aussitôt et avale difficilement ma salive.

— Comment…

— Je l'ai appelée hier et je lui ai demandé si ça l'intéresserait de participer à l'émission. Le nombre de nos auditeurs est monté en flèche depuis que cet entretien est devenu viral.

Elle brandit son téléphone.

— La plupart des commentateurs lui souhaitent de trouver le bonheur. Et je compte bien faire en sorte que *Les Liens du cœur* l'aident à y parvenir.

Je fronce légèrement les sourcils.

— De quelle façon ?

Maggie me considère comme si j'étais un attardé. Jackson toussote dans sa main. Eileen nous ignore complètement, bien trop absorbée par les commentaires qu'elle est toujours en train de parcourir sur son téléphone. Rien de ce qui se passe autour d'elle ne pourrait l'arracher à sa lecture. Quant à Hughie, il se trouve dans mon dos et je n'ai aucune idée de ce qu'il peut bien être en train de faire.

— Tu es le présentateur d'une émission romantique, me rappelle Maggie. Ne te crois-tu pas capable de l'aider à trouver l'histoire d'amour qu'elle mérite ?

— Tu veux dire… Tu penses à ces émissions de téléréalité comme *The Bachelorette* ?

— Exactement.

Une fois de plus, mon premier réflexe est de lui opposer un refus tout net. Ce n'est pas parce que je ne veux pas partager l'animation de l'émission avec Lucie mais parce que ça ne me semble pas approprié. Ce n'est pas ce qu'elle veut. Elle m'a dit au téléphone qu'elle espérait de la magie, qu'elle voulait trouver l'amour de façon naturelle. Je doute que participer à une émission de radio qui lui organisera des rencontres à la chaîne puisse s'apparenter de près ou de loin à de la magie.

Je m'éclaircis la gorge et remue nerveusement sur mon siège. J'ai bien conscience de marcher sur des œufs avec Maggie. En affichant mon désaccord avec elle, je risque de me faire attaquer à coups de talons aiguilles.

— Est-ce qu'elle a donné son accord ? lui demandé-je.

— Qui ça ?

— Lucie, bien sûr, réponds-je en m'efforçant de faire montre de patience. À moins que tu n'aies prévu de l'embaucher de force…

Hughie prend une brève inspiration tandis qu'Eileen s'enfonce encore un peu plus dans son fauteuil. Jackson, quant à lui, semble prêt à fuir ce bureau, même s'il doit pour cela sauter par la fenêtre. Mais, contrairement à leur attente, Maggie ne se jette pas sur moi pour m'étrangler à mains nues. Au lieu de cela, elle me considère attentivement, les yeux mi-clos, et un grand sourire s'étire sur ses lèvres.

Elle semble soudain très différente de la femme qui m'a jeté une orange à la tête à travers le couloir parce que j'avais eu l'audace de critiquer ses goûts en matière de stylos-billes. Son sourire s'élargit encore et une inquiétante allégresse se lit dans son regard.

— Tu me fais vraiment peur, avoué-je.

Elle laisse échapper un petit rire perlé.

— Je sais.

Je tente de reculer discrètement ma chaise pour m'écarter de son bureau.

— Pourquoi est-ce que tu me regardes de cette façon ?

— Parce que je m'aperçois une fois de plus que derrière ton apparence soigneusement cultivée de salopard grincheux et revêche, tu n'es qu'un gros nounours au cœur tendre.

— Tu te trompes.

— Je ne pense pas.

— Si, insisté-je. Le fait que je ne veuille pas imposer à une femme de participer de force à une compétition amoureuse assez malsaine n'est pas de la gentillesse. Juste de la décence la plus élémentaire.

Maggie lève les yeux au ciel.

— C'est bien noté. Mais je ne comptais pas la forcer…

Elle me contemple toujours d'un air calculateur et je me fais l'effet d'être un insecte sous le microscope d'un savant fou.

— Je trouve ça touchant que tu cherches à la défendre, ajoute-t-elle.

— Ce n'est pas ça…

— Tu l'aimes bien.

— Je ne la connais même pas.

— Alors pourquoi tiens-tu tant à la protéger ?

— Je ne te laisserais pas écraser une portée de chiots avec ta voiture. Ça ne veut pas dire pour autant que je sois prêt à en adopter un.

— Je me suis souvent dit qu'avoir un chien te ferait beaucoup de bien, déclare Jackson le plus sérieusement du monde.

Je préfère ignorer son intervention.

— Qu'est-ce que tu attends de moi, au juste, Maggie ?

— À t'entendre, on pourrait vraiment croire que je suis le grand méchant d'une aventure de James Bond, raille-t-elle.

Je me garde de le nier et elle hausse les épaules d'un air exaspéré.

— Je cherche seulement à capitaliser sur le renouveau de popularité que nous a valu cette émission, espèce d'idiot. J'essaie de faire en sorte que ce surcroît d'intérêt nous profite. Au cas où tu ne l'aurais pas remarqué, nos derniers chiffres d'audience ne sont pas terribles. Orion ne cesse de faire pression sur moi pour racheter la radio et je ne sais vraiment pas combien de temps encore je pourrai continuer à leur tenir tête.

Orion est un grand conglomérat qui regroupe des dizaines de stations de radio à travers tout le pays et, depuis six mois, ses dirigeants harcèlent Maggie pour tenter de la convaincre de rejoindre leur écurie. Nous préférerions tous que la radio reste indépendante et locale, mais l'érosion de nos chiffres d'audience fragilise chaque jour un peu plus cette position.

— C'est une opportunité pour nous de sauver non seulement l'émission, mais aussi la chaîne tout entière, reprend Maggie. Sans parler des postes de tous ceux qui se trouvent dans cette pièce, ajoute-t-elle en nous englobant d'un geste.

Voilà donc pourquoi elle nous a tous réunis. Maggie sait se montrer manipulatrice et rien ne vaut un bon vieux chantage émotionnel pour rallier ses troupes.

— Je ne forcerai personne, poursuit-elle. J'ai juste demandé à Lucie si elle serait prête à rejoindre l'émission pour s'entretenir avec toi des tenants et aboutissants de votre conversation initiale. J'espère que cela poussera tous ces gens à nous écouter et à devenir des auditeurs réguliers.

Voilà une façon bien alambiquée de présenter une émission de téléréalité – ou de radioréalité, en l'occurrence.

— Et qu'en a-t-elle dit ?

— Qu'elle y réfléchirait.

— Bien, soupiré-je.

Une telle réponse semble indiquer une certaine hésitation de la part de Lucie. Et si cette initiative devait vraiment se concrétiser que je le veuille ou non, je préfère qu'elle ait soigneusement pesé le pour et le contre avant de s'engager. Je sais que les intentions de Maya étaient louables mais il n'en reste pas moins qu'elle a forcé la main de sa mère, le premier soir. Cette fois-ci, je tiens à ce que Lucie agisse en son âme et conscience.

— Je suis convaincue qu'elle finira par accepter, ajoute Maggie.

— Qu'est-ce qui te fait dire cela ?

— Tu devrais le savoir, depuis le temps, Aiden, me répond Maggie avec un sourire débordant d'assurance. J'obtiens toujours ce que je veux.

En cet instant, je n'ai qu'une envie : enfiler une chemise sèche et me retrouver loin de ce bureau et de cet air empli de confettis, seul dans le calme et le silence de mon studio d'enregistrement. J'ai bien conscience du fait que je me suis fait complètement avoir.

Et il n'est même pas encore midi…

AUDITEUR : Je pense vraiment que je ferais un bon candidat.

AIDEN VALENTINE : Un candidat à quoi ?

AUDITEUR : Pour sortir avec Lucie.

AIDEN VALENTINE : [soupir] Vous et tous les hommes de Baltimore, apparemment.

AUDITEUR : J'ai trouvé qu'elle avait l'air vraiment sexy, au téléphone.

AIDEN VALENTINE : Cela ne suffit pas à faire de vous un bon candidat.

AUDITEUR : Plusieurs femmes m'ont dit que ma bite était...

[Tonalité]

CHAPITRE 6

LUCIE

— JE NE SAIS VRAIMENT PAS QUOI FAIRE, soupiré-je.

Le café dans lequel nous nous trouvons est totalement désert. J'ai croisé les bras devant moi sur la table et posé mon menton dessus.

Patty est juchée sur une chaise face à moi, une bouteille de vin à la main et le bouchon de liège entre les dents. Deux grandes tasses en porcelaine vides sont posées devant nous. Vers midi, elle m'a envoyé un SMS constitué d'un seul mot :

S.O.S. ?

J'ai failli éclater en sanglots en le découvrant.

Ce dont j'ai besoin en ce moment, c'est de vin, de cookies et de ma meilleure amie – dans cet ordre.

— Quels choix s'offrent à toi ? me demande Maggie en étudiant l'étiquette de la bouteille qu'elle vient de sortir.

La seule lumière qui éclaire la scène provient de la mezzanine et des lampes installées en haut de l'escalier et le long des étagères remplies de livres. Du coup, la pièce baigne dans un clair-obscur qui lui confère une atmosphère de douceur onirique – en dehors de ces terrifiants cupidons que Patty avait accrochés un peu partout pour l'anti-Saint-Valentin et qu'elle n'a toujours pas pris le temps de retirer. Ils me font l'effet d'esprits démoniaques voletant tout autour de nous.

Maya est chez son père, ce soir, et j'ai rejoint Patty dans son café qui est situé juste en face de chez moi pour m'apitoyer sur mon sort en buvant du mauvais vin.

Je tends à Patty ma tasse vide.

— Participer ou non à cette émission de radio, lui réponds-je enfin. Je ne sais vraiment pas quoi en penser.

Au lieu de remplir ma tasse, Patty renverse la tête en arrière et éclate de rire. Ses longs cheveux couleur de miel tressaillent dans son dos tandis qu'elle continue de rire à gorge déployée.

Au lycée, Patty était toujours en bons termes avec tout le monde. Elle jouait dans la pièce de théâtre annuelle et était l'une des meilleures joueuses de football. Elle avait été choisie comme reine de promo mais avait donné la couronne à sa dauphine en prétendant qu'elle était trop inconfortable à porter. Elle débordait d'énergie, d'enthousiasme et de charisme. Et pour une raison que je ne m'explique pas vraiment, elle avait décidé de me prendre sous son aile à notre entrée en seconde. Depuis, nous ne nous sommes jamais quittées.

— Mon Dieu, s'exclame-t-elle en essuyant ses larmes de rire sans même endommager son maquillage impeccable. J'en étais presque venue à oublier à quel point ces réunions de crise peuvent être amusantes.

Elle parvient à recouvrer un semblant de self-control mais, en avisant l'expression qui doit se peindre sur mon visage, elle éclate de nouveau de rire.

Je lui prends la bouteille des mains.

— Je suis ravie que tu trouves ça drôle.

— Hilarant, répond-elle en riant de plus belle.

Elle prend son visage entre ses mains et écarte les doigts pour me regarder remplir ma tasse à ras bord.

— Il n'y a vraiment qu'à toi que ce genre de choses arrive, Lucie.

— Si tu le dis…

Elle me reprend la bouteille pour se servir de façon nettement plus raisonnable.

— C'est vrai, insiste-t-elle. Tu es vraiment la personne la plus malchanceuse que je connaisse !

Elle lève sa tasse et je trinque avec elle presque à contrecœur.

— Tu exagères, dis-je d'un air renfrogné.

Patty avale une gorgée de vin avant de reprendre la parole.

— La toute première fois que tu as fait l'amour, tu es tombée enceinte, me rappelle-t-elle en commençant à compter sur ses doigts. Tu ne sors quasiment avec personne, mais, lorsque ça arrive, tu tombes toujours sur les plus mauvais numéros, poursuit-elle en levant l'index. Et quand ta fille décide de t'aider en appelant cette radio, l'émission devient presque instantanément virale et le monde entier se croit soudain autorisé à commenter ta vie amoureuse. Est-ce que j'oublie quelque chose ?

— Tu oublies le fait que la directrice de cette station de radio m'a demandé de participer régulièrement à ladite émission pour gloser sur le désastre qu'est ma vie amoureuse…

J'avale à mon tour une grande goulée de vin.

— Maggie, la directrice en question, m'a dit qu'ils voulaient m'aider à trouver l'homme de ma vie.

Patty lève les yeux au ciel.

— Tout ce qui les intéresse, c'est de gagner de nouveaux auditeurs. Et sans doute de nouveaux annonceurs. Qui sait ? Avec un peu de chance, tu pourrais te faire sponsoriser par une compagnie de lubrifiant…

— Patty !

— Quoi ? Il me semble que ce serait la collaboration parfaite, insiste-t-elle en me décochant un coup de pied complice sous la table. L'annonceur idéal pour ce genre d'émission.

— J'en doute.

— Ils ont toutes sortes de lubrifiants, de nos jours. Des lubrifiants qui chauffent naturellement. D'autres qui ont un goût de *piña colada*…

— Arrête de me parler de lubrifiant !

— D'accord, si tu insistes, répond Patty.

Elle se détourne et récupère une assiette sur laquelle sont disposés tous les cookies qu'elle n'a pas vendus ce jour-là. Elle la pose sur la table entre nous. La mère de Patty était une experte en matière de livres anciens travaillant pour la bibliothèque George-Peabody. Son père, quant à lui, possédait un stand de traiteur au marché de Cross Street. Patty dit toujours qu'ouvrir un café qui fait aussi office de pâtisserie et de librairie est pour elle une façon idéale d'honorer leur mémoire.

Je passe en revue les gâteaux restants pour trouver un cookie nappé de chocolat, une spécialité de sa famille. Je ne connais pas beaucoup de problèmes qui résistent à cette délicieuse ganache…

— Faisons le tour de la question, suggère Patty en se saisissant d'un cookie au chocolat blanc. Qu'est-ce qui pourrait te pousser à refuser ?

— Tu veux dire : à part le fait que tous les gens que je connais et tous ceux que je ne connais pas m'écouteront discuter des sujets qui me font me sentir le plus vulnérable ?

Patty hoche la tête et trempe son petit gâteau dans son vin. Elle croque ensuite dedans à belles dents et je ne peux réprimer un frisson. Elle peut vraiment se conduire comme une vraie barbare lorsque la fantaisie lui en prend.

— Tu marques un point, concède-t-elle. Mais tu sais, ma puce, des tas de gens se sentent vulnérables lorsqu'il est question de leur vie sentimentale. Je suis sûre que c'est pour cela que ton interview a eu un tel écho sur Internet. Pas parce que tu es spéciale.

— Merci.

Elle hausse les épaules.

— Tu vois ce que je veux dire. Je crois que ça réconforte les gens de savoir qu'ils ne sont pas les seuls à penser de cette façon.

Je pousse un soupir et repose ma tête sur mes bras.

— Tu dois avoir raison. J'imagine que c'est rassurant.

— Quoi d'autre ?

— Que veux-tu dire ?

— Tâchons d'être un peu positives. Quels avantages présenterait cette situation ?

— Eh bien, Maya est surexcitée à cette idée.

Ce n'est pas une exagération : lorsque je lui ai parlé du coup de téléphone de Maggie, elle s'est mise à sauter à pieds joints en battant des mains. Elle m'a ensuite serrée si fort dans ses bras que j'en ai gardé un bleu au niveau des côtes. Elle veut absolument que je trouve le bonheur. Et moi, je veux être le genre de parent dont elle puisse être fière – une mère pour qui elle n'ait pas à s'inquiéter.

Du bout de l'index, je dessine un smiley dans la buée qui recouvre la bouteille de vin.

— Elle est convaincue que si je participe à cette émission, je serai plus heureuse, ajouté-je.

— Est-ce que tu es malheureuse ?

— Je ne crois pas, réponds-je en haussant les épaules. Je n'ai jamais pensé l'être, à vrai dire, mais j'imagine que Maya doit avoir une bonne raison de croire le contraire. Elle a forcément vu en moi quelque chose qui l'a persuadée que je ne suis pas heureuse.

— Est-ce que Grayson a une opinion à ce sujet ?

— Grayson a *toujours* une opinion, répliqué-je en souriant. Mais j'ai préféré le tenir à l'écart, le temps de savoir où j'en suis exactement.

Ce n'est pas forcément simple d'éviter le père de ma fille qui se trouve vivre dans la maison voisine. D'autant qu'il n'est pas le genre d'homme à se faire oublier. Mais je ne tiens pas à ce qu'il influe sur mes décisions dans ce domaine.

Patty m'étudie avec un mélange de calme et d'attention.

— Et où en es-tu, exactement ?

Je finis ma tasse de vin et la lui tends. J'ai besoin d'un peu plus de courage liquide – ou d'un peu de réconfort. Peut-être des deux.

— J'aimerais bien le savoir, soupiré-je.

Trois cookies et une bouteille de vin plus tard, je prends congé de Patty et me dirige vers la porte du café en lui adressant un petit signe d'adieu. Elle y répond en agitant un bouchon de liège puis vient refermer à clé derrière moi.

M'avançant dans la rue, je me félicite que ma maison ne se trouve qu'à quelques pas de là. À la nuit tombée, ce quartier de la ville semble parfois prendre une apparence presque fantasmagorique. Les pancartes en bois peint auraient tout aussi bien pu être dessinées il y a quatre siècles de cela. Sous mes pieds, les pavés sont inégaux et glissants. La scène est illuminée par de vieux réverbères et des lanternes décoratives qui projettent des lueurs vacillantes. De chaque côté, les bâtiments se serrent les uns contre les autres, leurs toits se joignant selon des angles bizarres.

Le quartier est désert et semble totalement figé. Je m'arrête un instant pour me mettre au diapason de cette immobilité. L'air glacial me picote le nez et les joues. J'ai un peu trop bu de vin et trop mangé de cookies et je suis dans un état légèrement brumeux. À travers la fenêtre de mon salon, je vois briller la lumière que j'ai laissée allumée. J'ai hâte de regagner mon lit et de disparaître sous l'épais édredon que j'ai acheté sur un coup de tête un jour où j'ai zappé par hasard sur une émission de téléachat. Je prendrai le temps d'enfiler une paire de chaussettes et d'allumer le radiateur de ma chambre qui a une fâcheuse tendance à gémir et à glouglouter.

Mais en attendant, je demeure immobile au beau milieu du trottoir, à mi-chemin du café de Patty et de ma maison. Mes pensées embrumées semblent dériver au hasard. J'ai dit à Aiden que j'en avais assez de perdre mon temps à faire des choses qui ne m'intéressaient pas réellement mais je me demande si ce n'était pas un mensonge. Au fond, je ne suis pas sûre de savoir ce que je veux vraiment. Il existe incontestablement un abîme entre ce que je crois mériter et ce que je suis assez courageuse pour viser. Et je n'y ai sans doute pas assez réfléchi pour être capable de faire la part des choses.

Avec un soupir, je me remets en marche jusqu'à la porte de ma maison. Parler de mes sentiments lors d'une émission de radio n'est peut-être pas ce que je souhaite mais c'est peut-être ce qu'il me faut. J'ai besoin de sortir de ma zone de confort, d'essayer quelque chose de vraiment nouveau.

Avant que je ne puisse changer d'avis, je sors mon téléphone et active ma messagerie. J'ouvre l'e-mail que m'a envoyé Maggie juste après notre brève conversation, l'autre jour, et y réponds par quelques mots :

Je suis partante.

AUDITRICE : Je n'écoutais pas votre émission auparavant, mais j'ai entendu la conversation que vous avez eue avec cette jeune femme, Lucie. Un de mes petits-enfants l'avait écoutée.

AIDEN VALENTINE : De nombreux auditeurs nous ont découverts de cette façon. Merci pour votre appel.

AUDITRICE : À vrai dire, j'espérais... Eh bien, je me disais que, si elle nous écoute, je pourrais peut-être lui faire passer un message.

AIDEN VALENTINE : Bien sûr.

AUDITRICE : Cela fait soixante-cinq ans que mon époux et moi sommes mariés. Ce n'est pas un conte de fées tous les jours. Et nous avons beaucoup travaillé pour bâtir cette relation. Pour la préserver. J'ai beaucoup changé au fil des ans. Et lui aussi. Mais nous sommes toujours parvenus à retomber amoureux l'un de l'autre. À chaque fois.

[Silence]

AUDITRICE : Et il y a de la magie, aussi. En dehors des moments où nous devons travailler à notre relation, il y en a d'autres où tout semble s'aligner parfaitement. Je me dis souvent que c'est la façon qu'a l'univers de me dire que je suis précisément là où je dois être. Aux côtés de l'homme que j'aime, main dans la main.

[Rire]

AUDITRICE : Je voulais dire à Lucie qu'elle a raison de continuer à y croire, de vouloir de la magie. Et j'espère de tout cœur qu'elle trouvera ce qu'elle cherche.

CHAPITRE 7
AIDEN

— EST-CE QUE BOSTON VOUS PLAÎT ? Vous vous amusez bien ?

— Oh oui ! C'est vraiment charmant !

Je peux entendre le sourire dans la voix de ma mère et le murmure de mon père en arrière-plan. Ce qu'il dit la fait rire et je l'entends lui adresser un petit baiser. Il me suffit de fermer les yeux pour les imaginer tous les deux. Ils sont assis côte à côte sur un canapé près d'une cheminée et mon père a passé son bras autour des épaules de ma mère. Elle s'est penchée vers lui pour l'embrasser.

— Je m'amuse comme une folle, Aiden, me dit-elle.

Je souris et donne un coup de pied dans un petit caillou qui roule sur l'asphalte du parking.

— Tu le mérites, maman.

Elle mérite bien plus que cela, en réalité. Après toutes les mauvaises donnes que lui a servies l'existence, elle mérite de n'avoir plus que de bonnes cartes jusqu'à la fin de ses jours.

— Et toi ? me demande-t-elle. Est-ce que tu vas bien ?

— Oui, maman. Très bien. Comme toujours.

Je regarde la vapeur d'eau se condenser dans l'air en un petit nuage blanc devant ma bouche. Je ne me plains jamais. C'est une habitude que j'ai prise au fil de ces vingt dernières années, tandis que ma mère s'est vu diagnostiquer trois cancers successifs. En de telles circonstances, « Bien » est l'unique réponse acceptable lorsqu'elle me demande comment je vais. J'évite soigneusement de lui imposer mes états d'âme. C'est un réflexe que j'ai acquis et qui est désormais enraciné au plus profond de moi. Je fais rouler mes épaules pour tenter de me détendre.

— Je me prépare pour l'émission de ce soir, ajouté-je. Je suis sorti prendre l'air pendant que j'ai encore un peu de temps.

En réalité, si je me suis réfugié sur le parking, c'est surtout pour échapper à Jackson, Eileen, Maggie et Hughie qui se croient toujours obligés de m'adresser un signe du pouce chaque fois que nous nous croisons dans les couloirs. Ils me traitent tous comme si la survie de la radio dépendait du succès de la prochaine émission. C'est peut-être vrai, d'ailleurs, mais j'avoue que je préférerais qu'ils me mettent un peu moins la pression. Hélas, Maggie a pris l'habitude de hurler régulièrement à travers les couloirs je ne sais quelles absurdités à propos de l'existence des âmes sœurs et du grand amour. Elle s'est même mise à m'envoyer des citations d'*Orgueil et préjugés* par e-mail et j'ai fini par l'ajouter à la liste de mes correspondants indésirables.

— Nous t'avons écouté, tu sais.

Voilà qui ne fait qu'ajouter à l'anxiété qui m'oppresse, ces derniers temps.

Je presse mon poing contre ma poitrine, enfonçant mes jointures au creux de ma doudoune. Elles appuient contre la chaîne dont je ne me sépare jamais, la faisant pénétrer dans ma chair.

— Tu étais vraiment très bien. Ton père m'a même dit que tu étais devenu viril.

Je manque m'étrangler.

— Devenu quoi ? articulé-je.

— Viril… Tu sais, quand soudain, Internet tout entier se met à adorer ce que tu fais.

Je renverse la tête en arrière et contemple le ciel d'azur. En me levant ce matin-là, je ne m'étais vraiment pas attendu à ce genre de discussion lunaire.

— On dit viral, maman.

— Viril, viral, peu importe. Je suis fière de toi.

Elle marque une pause et je devine aussitôt ce qu'elle s'apprête à me dire.

— Nous serons à Acadia, la semaine prochaine. Est-ce que ça te dirait de nous rejoindre ?

Je me force à marquer quelques secondes d'arrêt avant de lui répondre en espérant que mon refus n'en sera que plus convaincant. J'aime beaucoup mes parents mais je préfère ne les fréquenter qu'à dose homéopathique. Lorsque je suis avec eux, j'ai tendance à m'inquiéter à leur sujet et à casser l'ambiance.

— Je ne pourrai pas, lui dis-je enfin. Nous avons pas mal de travail sur l'émission, en ce moment. Et la dernière fois que j'ai pris des vacances, quelqu'un a diffusé une publicité pour des hot-dogs qui frisait la pornographie.

— Je comprends, me répond ma mère en s'efforçant de ne pas laisser transparaître sa déception.

De mon côté, je fais mine de ne pas m'en rendre compte.

— Cela ne fait rien, ajoute-t-elle. Je tenais juste à ce que tu saches que tu es le bienvenu.

— Peut-être une prochaine fois, éludé-je.

— Bien sûr, mon chéri. Tu sais que je serai ravie de te voir dès que tu auras un peu de temps devant toi…

C'est ce qui s'apparente le plus à un reproche de la part de ma mère, qui regrette que je n'aie pas consacré plus de temps à la grande aventure familiale que mon père et elle ont entreprise au cours de ces deux dernières années. Mais cela suffit amplement à me culpabiliser.

— Lorsque vous rentrerez de voyage, je viendrai vous voir à la maison, lui assuré-je pour tenter d'endiguer les regrets que je sens percer dans sa voix. Nous organiserons une grande projection et vous me montrerez toutes les photos que vous aurez prises. Je me charge d'apporter le pop-corn.

Ma mère éclate d'un rire argentin et je me retrouve brusquement projeté des années en arrière, lorsqu'elle me serrait dans ses bras et que je posais le menton sur son épaule. Je me rappelle son odeur de savon et de livres – cette odeur si caractéristique de vieux papiers et de reliures de cuir. Je me rappelle les histoires qu'elle venait me raconter chaque soir au moment de dormir.

— Tu risques de regretter cette proposition en découvrant la cinquantième photo de feuille quasiment identique. La passion de ton père pour la botanique prend des proportions alarmantes.

— Je tiendrai le coup. On se voit à votre retour.

Quelqu'un frappe alors à la vitre derrière moi. Je me retourne et fronce les sourcils. Maggie me désigne sa montre puis la porte d'un air autoritaire et je comprends qu'il est temps que je rejoigne le studio.

— Il faut que je te laisse, maman. N'hésitez pas à m'appeler si vous avez besoin de quoi que ce soit, d'accord ?

— C'est promis. À bientôt, mon chéri. Et bonne émission à toi !

J'aimerais croire que l'émission sera bonne. Je me contenterais même d'une émission médiocre, à vrai dire. Mais Maggie compte sur moi pour réaliser quelque chose d'exceptionnel. Elle ne s'était pas trompée en voyant monter l'intérêt généré par mon entretien avec Lucie. Le nombre d'appels a plus que triplé. Je n'ai plus à prendre ceux de ce routier bien décidé à proclamer son amour pour les barres chocolatées et à les classer en fonction de la rapidité avec laquelle elles vous fondent entre les doigts. Animer l'émission est devenu nettement plus agréable. Amusant, presque. Et ce sont des mots que je n'avais pas associés à ce métier depuis bien longtemps.

En ôtant mon blouson, je me dirige à grands pas vers le bâtiment qui abrite la radio. Parvenu en haut des marches, j'aperçois une jeune femme qui se tient près de la porte d'entrée et étudie l'affichette qui est accrochée là, indiquant la présence d'un cabinet dentaire. Personne n'a jamais pris la peine de l'enlever ou de la remplacer par le nom de la radio.

La femme se penche en avant et fronce les sourcils. Ses lèvres bougent légèrement tandis qu'elle déchiffre l'affichette.

— Vous venez pour vos dents ? lui demandé-je.

Elle sursaute et se tourne vers moi. Elle a de longs cheveux châtains qui retombent librement sur ses épaules. Quelques mèches forment une virgule rebelle au-dessus de l'un de ses yeux. Quelquefois, des gens s'aventurent dans le bâtiment en croyant y trouver la chaîne d'informations en continu dont nous partageons le parking. Mais cette visiteuse ne semble pas vraiment vêtue pour passer sur un plateau de télévision. Elle porte un jean fatigué, un T-shirt et une paire de chaussures de sécurité noires. Un blouson de mécanicien trop large complète cette tenue.

— Pas vraiment, répond-elle en fronçant les sourcils. J'ai l'impression que je me suis trompée d'endroit…

— Qu'est-ce que vous cherchez ?

— Pas un traitement dentaire, en tout cas.

Elle soupire.

— Je crois que je préférerais ça, réflexion faite, ajoute-t-elle d'un air défait.

Je plonge les mains dans mes poches et m'avance vers elle. Elle est plutôt grande, mesurant peut-être cinq centimètres de moins que moi. Ses mains sont nerveusement crispées sur le porte-clés en forme de crabe qu'elle tient à la main. Maggie va sans doute me tuer si je perds mon temps ici alors qu'elle vient de me rappeler que j'étais en retard. Mais cette femme paraît réellement désemparée.

Je m'éclaircis la gorge avant de reprendre la parole.

— Est-ce que je peux vous aider ?

Mes paroles trahissent une certaine nervosité mais elle ne semble pas s'en apercevoir, continuant à considérer l'affichette d'un air songeur.

— Vous êtes dentiste ?

Je ris.

— Croyez-moi, il vaut mieux pour vous que je me tienne à l'écart de votre bouche…

Cette formulation terriblement maladroite semble cette fois capter son attention et elle se tourne vers moi. Un mélange de surprise et d'amusement arque ses sourcils d'une teinte légèrement plus sombre que ses cheveux. Ses yeux sont d'un vert translucide.

— Ce que je voulais dire, m'empressé-je d'ajouter, c'est que je ne suis pas qualifié pour m'occuper de votre bouche. En tant que dentiste, je veux dire…

Mon Dieu…

Je ne sais même pas comment c'est possible mais je crois que j'ai réussi à rendre la situation encore plus gênante. Je me tortille nerveusement tandis qu'elle continue à m'observer avec un demi-sourire un peu narquois.

J'en viens à prier pour que quelque chose se produise – qu'un morceau du bâtiment s'effondre sur moi, entraînant avec lui les tuyaux de plomberie antique et me précipitant directement dans la cave, par exemple…

— Je m'enfonce, marmonné-je. Je crois que j'ai besoin d'aide.

— Je croyais que c'était vous qui deviez m'aider ?

Je passe gauchement une main sur ma nuque.

— Nous devrions peut-être reprendre à zéro, suggéré-je.

Elle esquisse un petit geste de la main.

— Et rater une conversation aussi surréaliste ? réplique-t-elle. Ce serait dommage.

Elle secoue la tête, faisant voler ses belles boucles. Un large sourire se dessine à présent sur ses lèvres et je me rends brusquement compte du fait qu'elle est vraiment très belle. Ce constat ne fait qu'accentuer l'impression que j'ai de me trouver plus bas que terre, enfoncé loin sous le sol couvert de moutons de poussière et de cette tache de soda laissée par Eileen, plus de six mois auparavant.

Sans compter que Maggie va bel et bien me tuer. Je suis même surpris qu'elle n'ait pas déjà jailli de son bureau pour me lancer des oranges en m'accusant de ne pas faire mon travail. Je n'ai pas pour habitude de rejoindre le studio aussi tardivement mais je suis comme cloué sur place, incapable de bouger ou d'articuler la moindre phrase un tant soit peu cohérente.

— D'accord, acquiescé-je avant de m'éclaircir de nouveau la gorge.

Je jette un coup d'œil au couloir qui mène au studio d'enregistrement. Il me fait brusquement l'effet d'être un sanctuaire où je pourrai me réfugier, bien à l'abri derrière ses parois de verre insonorisé.

— Eh bien, dans ce cas, je vous adresse tous mes vœux de bonheur dentaire…

À m'entendre, il semble difficile de croire que je puisse être payé pour mes talents de conversation…

La jeune femme éclate de rire et je fronce les sourcils. Ce son me rappelle quelque chose. Mais je ne parviens pas réellement à me souvenir d'où j'ai bien pu l'entendre. Peut-être dans une autre vie, alors que j'étais capable d'avoir une conversation sensée en tête à tête avec un autre être humain.

— Merci, me dit-elle, partagée entre amusement et incertitude. C'est très gentil à vous… Je crois.

Je hoche la tête et la contemple l'espace d'un instant avant de me détourner pour franchir la porte et remonter le couloir. Peut-être ferais-je bien de changer le sujet du jour. Je passe mentalement en vue une liste de possibilités :

Comment nouer le dialogue avec une inconnue sans lui donner l'impression que vous voulez lui parler de fellation ?

Quelles sont les pires accroches pour aborder une femme ?

Comment garder le contrôle de votre langage corporel quand vous venez de commettre la pire des gaffes ?

Maggie surgit alors de son bureau comme un diable de sa boîte. Obnubilée par ses rêves d'audience, elle me jette un regard désapprobateur auquel je m'attendais. Puis elle aperçoit par-dessus mon épaule quelque chose qui lui arrache un large sourire. C'est exactement le même que celui qu'elle arborait lorsqu'elle m'a convoqué dans son bureau pour me parler des suites de l'émission.

Ce sourire ne me dit vraiment rien de bon.

— Vous êtes là ! s'exclame-t-elle, contrefaisant à merveille l'entrain et la bonne humeur de Julie Andrews dans *Mary Poppins* ou *La Mélodie du bonheur*.

Cette expression me paraît tellement surréaliste qu'il me faut quelques instants pour comprendre qu'elle s'adresse à la jeune femme qui se trouve derrière moi dans le hall d'entrée. J'ai l'impression d'être complètement dépassé par les événements – comme si je regardais la scène en décalé.

— Merci d'être venue aussi rapidement ! reprend Maggie.

La femme lui sourit à son tour – très différemment de la façon dont elle l'a fait avec moi, suite à mes commentaires scabreux de fétichiste dentaire. Son expression trahit cependant une certaine anxiété. Elle s'essuie nerveusement les mains sur le devant de son blouson avant de les plonger dans ses poches. Puis elle en ressort une et la tend à Maggie.

— Merci de m'avoir invitée.

Maggie s'avance vers elle, ignorant sa main tendue pour l'étreindre affectueusement. Mon étonnement se mue en stupeur. C'est la première fois que je la vois prendre quelqu'un dans ses bras. Je jette un coup d'œil suspicieux à sa malheureuse victime pour voir si elle n'est pas en train de l'étouffer ou de la poignarder discrètement à coups de stylo-bille. Mais Maggie finit par reculer d'un pas.

— Ne vous en faites pas. Comme je vous l'ai dit au téléphone, il n'y a aucune pression. Le mieux est que vous fassiez la connaissance de tout le monde puis vous pourrez décider de ce que vous voulez faire ensuite…

J'ai toujours cette étrange impression d'être en retard de phase tandis que Maggie entraîne la nouvelle venue en direction des bureaux. Elle arbore toujours ce terrifiant sourire. Et comme elles me dépassent, je prends soudain conscience de trois choses.

Les yeux de la femme sont exactement de la même couleur que le *Hedera canariensis*, le lierre des Canaries que mon père a planté dans le jardin de mes parents. Je ne sais combien de fois il m'a demandé de l'examiner très attentivement en me bombardant de détails encyclopédiques concernant cette plante.

Il y a un diminutif brodé au niveau de la poitrine sur le blouson de mécanicien que porte la femme. *Lu.*

Je me rappelle brusquement où j'ai entendu son rire.

AUDITEUR : À quoi ressemble-t-elle, cette Lucie ?

AIDEN VALENTINE : Je n'en ai pas la moindre idée.

AUDITEUR : Vraiment ?

AIDEN VALENTINE : Vraiment. J'ai juste entendu sa voix.

CHAPITRE 8

LUCIE

JE PENSAIS QUE LES GENS qui travaillent en radio étaient généralement disgracieux.

N'est-ce pas ce que l'on dit ? « Il a un visage fait pour la radio ». L'idée, j'imagine, c'est qu'il s'agit de gens qui peuvent être charmants et même charismatiques, mais qui ne pourraient pas faire carrière à la télévision ou au cinéma.

Je suppose que c'est une expression assez stupide. Et j'ai maintenant la preuve qu'elle est dépourvue de tout fondement.

Parce qu'Aiden Valentine n'a vraiment pas un visage fait pour la radio.

En réalité, il a le même genre de visage que ces mannequins que l'on voit dans les pubs pour les parfums – celles qui entrecoupent les feuilletons à l'eau de rose qui passent à la télévision durant l'après-midi. Le genre d'homme qui entre d'un air décidé dans le hall d'un hôtel cinq étoiles. Ou qui marche seul dans le désert. Ou encore qui se roule inexplicablement dans la poussière en étreignant son débardeur. Avec des loups tout autour de lui. Et de la musique mélancolique. Et des lumières dramatiques.

Aiden me fait penser à un prince charmant de Disney qui porterait des sweats à capuche Carhartt. En un peu plus cabossé, peut-être. Il a un nez droit, des cheveux noirs en bataille, des lèvres pleines et des yeux légèrement en amande dont je ne saurais vraiment dire s'ils sont bleus ou gris. Je n'ai pas réussi à le déterminer lorsque nous étions dans le hall d'entrée et j'en suis tout aussi incapable à présent, malgré mes efforts. Je n'arrête pas de lui jeter des regards à la dérobée à travers la vitre du studio d'enregistrement dans lequel il s'est installé.

J'avoue que je ne me suis toujours pas complètement remise de la stupeur que j'ai éprouvée en me retrouvant nez à nez avec lui après l'avoir entendu parler à la radio.

Je ne me suis pas trompée, en tout cas : ce type aurait tout pour faire un parfait gourou de secte.

— Ne faites pas attention à lui, me dit Maggie en me faisant signe de la suivre dans son bureau.

Cette pièce est minuscule, tenant plus du placard que de la véritable salle de travail.

— Il est un peu à cran, en ce moment, ajoute-t-elle.

Je croise le regard d'Aiden à travers la vitre insonorisée et il fronce légèrement les sourcils avant d'attraper son casque. Les écouteurs sont énormes et devraient lui donner l'air ridicule mais, curieusement, il n'en est rien. Il pivote alors sur son siège et se penche sur la console complexe qui se dresse devant lui.

J'ai beaucoup de mal à réconcilier cette vision d'Aiden avec le souvenir de notre entretien téléphonique. Je m'étais fait une image de lui dans ma tête – quelqu'un de plus vieux, de sage et de patient. Les tempes grisonnantes. Des lunettes au bout du nez. Une pile de livres traitant des arcanes des relations amoureuses posée à côté de lui. Buvant du thé et peut-être même fumant la pipe.

Jamais je n'aurais imaginé que je discutais avec un homme d'un mètre quatre-vingt-cinq, aux cheveux embroussaillés comme s'il sortait tout juste de son lit et ayant un penchant pour les sous-entendus buccodentaires.

Me détournant, je rejoins Maggie qui a déjà pris place derrière son bureau.

— Désolée. Qu'est-ce que vous disiez ?

— Que je ne voulais surtout pas vous forcer la main. Si vous ne vous sentez pas à l'aise, il ne faut pas hésiter à m'en faire part.

J'esquisse un petit geste évasif. Bien sûr, je me sens mal à l'aise. J'imagine que n'importe qui le serait, dans ma situation. Mais parfois, ce genre d'inconfort peut se révéler utile. Nécessaire, même. Ce peut être le prélude à des changements salutaires.

C'est en tout cas ce que m'ont répété tous les podcasts de développement personnel que j'ai écoutés tandis que je m'activais sous le châssis des voitures que j'étais chargée de réparer.

Maggie tapote son bureau du bout de son stylo-bille. Elle, en revanche, n'a probablement jamais eu besoin d'écouter un podcast de développement personnel de toute sa vie. Sa coiffure est impeccable, de même que le chemisier immaculé qu'elle porte par-dessus un pantalon légèrement bouffant. Elle semble descendre tout juste d'un podium de mode tandis que moi… eh bien, j'ai l'air de sortir de sous le châssis d'une voiture. Tous les podcasts du monde ne pourront rien y changer.

Je soupire.

— Je ne suis pas sûre…

Je m'efforce de ravaler mes doutes et de me raccrocher à une version de moi-même qui serait courageuse, assurée et emplie de confiance en soi.

— Je ne suis pas sûre que vos auditeurs aient envie d'écouter quelqu'un comme moi, ajouté-je. Je n'ai aucune expérience de ce genre de choses…

Maggie m'étudie longuement.

— Que veulent entendre les auditeurs, d'après vous ?

— Je n'en ai aucune idée. Mais je doute que ce soit une mécanicienne de vingt-neuf ans qui manque sérieusement d'estime de soi et dont la fille se croit obligée d'appeler une station de radio pour demander conseil au sujet de son absence de vie sentimentale…

Maggie lève deux sourcils qui forment un arc parfait.

— Il semble que 7,4 millions de personnes ne partagent pas cette analyse.

J'avale difficilement ma salive.

— Ça a encore augmenté ? murmuré-je.

— Ça n'arrête pas. Et je doute que ça cesse de sitôt, Lucie.

Elle croise les bras et les pose sur le bureau devant elle.

— Aiden a reçu plus d'appels cette semaine que nous n'en avons jamais eu depuis que l'émission existe. Y compris au tout début, lorsqu'il venait d'arriver et que *Les Liens du cœur* connaissaient leur âge d'or. Et c'est uniquement grâce à vous.

— Grâce à moi ?

— Grâce à vous.

Je mordille pensivement ma lèvre inférieure.

— Vous en êtes vraiment certaine ?

Elle se renverse dans son fauteuil d'un air assuré.

— Je ne me trompe jamais.

Et je la crois. Quelque chose me dit que cette femme n'a jamais commis la moindre erreur de toute sa vie. Je joue avec l'une des boucles qui percent le cartilage de mon oreille. C'est toujours ce que je fais lorsque je me sens nerveuse et je n'ai jamais pu me défaire de cette habitude.

— D'accord, murmuré-je. Mais qu'attendez-vous de moi, exactement ? Que voulez-vous que je fasse ?

— Rien de spécial, me répond-elle en m'observant avec attention. Je veux juste que vous soyez vous-même.

Je suis tentée de lui demander ce qu'elle entend par là. Et si elle a une idée à ce sujet, je serais ravie qu'elle me l'explique. Parce que, personnellement, je ne suis pas sûre de le savoir. Je suis habituée à être définie par d'autres que moi – la mère de Maya, Lu de l'équipe de mécaniciens du garage, la fille rebelle de Damian et Celeste… *Mais si, vous savez bien, celle qui est tombée enceinte alors qu'elle était encore toute jeune. Elle était si prometteuse. Que lui est-il arrivé, au juste ?*

S'ils savaient ce qui m'est arrivé. S'ils savaient que j'ai craqué en direct au beau milieu d'une émission de radio et qu'à cause de cela, je me retrouve actuellement dans ce bureau, sans avoir la moindre idée de ce qui m'attend…

— Que voulez-vous dire ?

— Au téléphone, vous étiez totalement honnête, m'explique-t-elle. Vulnérable. Vous avez dit tout haut ce que des tas de gens…

Maggie s'interrompt alors. Tandis qu'elle serre les lèvres, il me semble que son masque plein d'autorité et de sévérité se fissure momentanément, laissant brièvement entrevoir une facette bien plus douce de sa personnalité.

— Les choses que vous avez dites ont éveillé un écho chez beaucoup de gens. Ce sont des choses que la plupart d'entre eux pensent mais n'osent pas exprimer. Et il y a là une part de magie. De plus, il existe une évidente alchimie entre Aiden et vous. Je suis sûre que vous pourriez aider de nombreuses personnes. Quant à moi, je voudrais vous aider vous.

— M'aider de quelle façon ?

Un large sourire se dessine sur ses lèvres. Il a quelque chose de presque diabolique qui contraste étrangement avec la délicatesse de ses traits. C'est le genre de sourire qui pourrait réduire un homme en poussière, faire s'effondrer un empire ou lui permettre de doubler toute la file d'attente au moment de renouveler son permis de conduire…

— Vous avez su éveiller l'attention de quasiment tous les habitants de la côte Est. Ne voulez-vous pas découvrir ce que cela peut vous rapporter ?

— Me rapporter ? répété-je d'une voix hésitante.

— Sur le plan amoureux, me dit-elle sans détour.

Elle fait mine de balayer une poussière inexistante de la manche de son chemisier.

— Vous aurez vraiment l'embarras du choix.

Sauf que je ne veux pas avoir l'embarras du choix. Cette idée me terrifie même, à vrai dire. Cela fait deux ans que je n'ai pas eu le moindre rendez-vous amoureux et je serais sans doute bien incapable de trouver les mots justes en de telles circonstances.

Et puis, il y a toujours une petite part de moi qui attend de rencontrer la bonne personne au hasard d'une rue. Ou dans un café où nos commandes auraient été inversées. Je voudrais être au bon endroit, au bon moment. J'en ai assez de devoir toujours forcer les choses. C'est ce que j'ai expliqué à Aiden et il s'est moqué gentiment de moi et m'a traitée de romantique impénitente. Peut-être a-t-il raison. Peut-être est-ce une preuve de naïveté ou même d'immaturité de ma part. Mais c'est ainsi que je suis faite. Et je ne vois pas pourquoi je renoncerais à rêver à quelque chose de doux et de vraiment spécial.

— C'est peut-être le moment, déclare Maggie, semblant lire dans mes pensées. C'est peut-être de cette façon que vous allez trouver le grand amour. Vous pensez sans doute que je vous dis cela pour gagner des parts d'audience et de nouveaux sponsors – et c'est vrai. Après tout, c'est mon métier.

Elle croise les doigts et serre si fort ses mains l'une contre l'autre que ses phalanges blanchissent. L'intensité dont elle fait preuve en cet instant trahit l'honnêteté de sa réaction.

— Mais je pense aussi que c'est peut-être l'occasion que vous attendiez, reprend-elle avec conviction. Tous les choix que vous avez faits, tous les moments et les événements que vous avez traversés, toutes les décisions que vous avez prises vous ont conduite exactement là où vous vous trouvez actuellement. Et si c'était précisément pour pouvoir vous faire vivre enfin ce moment que vous attendez depuis si longtemps ?

Quelque part dans le couloir, un distributeur de friandises se fait entendre, suivi par le couinement de semelles sur le linoléum. La pendule posée sur le bureau de Maggie égrène patiemment les secondes. Et le radiateur cliquette doucement au moment où il se rallume.

— Ouah, m'exclamé-je enfin, impressionnée. Vous êtes vraiment très douée.

— Je suis la meilleure, confirme Maggie avec un sourire. Maintenant, que diriez-vous…

Elle est interrompue par l'arrivée d'un homme assez jeune et de petite taille qui tient une épaisse liasse de documents. Sa respiration est haletante, comme s'il avait couru pour venir jusqu'ici, et chacune de ses expirations se termine par un inquiétant sifflement.

Maggie le considère d'un air réprobateur mais ne semble pas surprise outre mesure par cette interruption. J'en déduis que cet homme doit être coutumier de ce genre d'entrées fracassantes.

— Tout va bien, Hughie ?

Sans un mot, il lui tend les documents qu'il a apportés. En lisant ce qui figure sur la page de garde, Maggie se redresse brusquement. Relevant la tête, elle transperce des yeux Hughie qui s'efforce toujours de reprendre sa respiration. Je n'ai aucune idée de ce qui peut bien être en train de se passer.

— Où as-tu trouvé ça ? lui demande-t-elle.

— On nous l'a envoyé par fax, siffle-t-il.

Il me fait penser à un ballon qui se dégonfle.

— Par fax ? répète Maggie en plissant les yeux. Il nous a envoyé ça par fax ?

Hughie hoche la tête.

— Quand ?

— À l'instant.

Maggie se lève si brusquement de son siège que l'une des photos accrochées derrière elle bascule légèrement sur le côté. Elle représente un homme d'un certain âge aux grands yeux rieurs. Entre ses bras, il tient une petite fille qui ressemble à Maggie en miniature. Elle porte une paire d'écouteurs beaucoup trop grands pour elle et est assise en tailleur sur une chaise en cuir placée devant un bureau sur lequel trône un micro. Il manque quelques dents de lait au grand sourire qui illumine son visage.

— Lucie, je suis vraiment désolée, me dit Maggie. Il faut que j'aille vérifier quelque chose. Si vous voulez bien m'attendre ici un moment…

S'avançant vers Hughie, elle le prend par le coude et l'entraîne dans le couloir.

— Bien sûr, réponds-je alors que tous deux sont déjà en train de disparaître. Pas de problème.

Pour m'occuper, j'observe les photos qui sont accrochées au mur. Puis je redresse la récompense en forme de micro doré qui est posée au coin de son bureau. Je compte ensuite jusqu'à dix dans ma tête puis recommence en tendant l'oreille pour entendre ce qui se passe dans le couloir.

Maggie n'est pas le genre de femme à collectionner les bibelots. En revanche, je remarque qu'elle n'a pas moins de sept blocs de Post-it de couleurs différentes, une impressionnante collection de trombones et un énorme badge rouge sur lequel est inscrit « La ferme ! » en lettres majuscules blanches.

Alors que je suis en train d'examiner un coupe-papier assez tranchant pour faire office de dague, j'entends un bruit résonner contre la vitre insonorisée séparant le bureau du studio d'enregistrement.

Je sursaute violemment et me retourne pour apercevoir Aiden qui est toujours assis derrière son micro et me regarde d'un air interrogateur. J'avais presque oublié sa présence. J'avais oublié également que, depuis sa console, il a une vue directe sur le bureau. Cela fait probablement cinq minutes qu'il m'observe en train de jouer avec les punaises de Maggie.

Nos regards se croisent durant quelques instants et il me semble que nous sommes aussi gênés l'un que l'autre. Ai-je imaginé le bruit contre la vitre ou a-t-il lancé quelque chose ? N'est-il pas censé être en train de travailler ? Peut-être veut-il me faire une nouvelle plaisanterie de dentiste ? À moins qu'il ne souhaite au contraire me présenter ses excuses pour ces allusions déplacées ? C'est assez difficile à dire, puisque nous sommes séparés par une vitre qui ne laisse passer absolument aucun son.

Il finit par déchirer une feuille du bloc-notes posé devant lui, la froisse et la projette contre la vitre. Elle rebondit quasiment en silence avant de retomber sur le sol, à côté d'une sorte de jouet pour chien en caoutchouc qu'il a dû lancer la première fois.

Je l'observe avec curiosité tandis qu'il écrit sur son bloc-notes. Puis il relève enfin la tête et me décoche un irrésistible petit sourire avant de brandir le court message qu'il vient de rédiger.

Venez me rejoindre.

Je pointe ma propre poitrine d'un air interrogatif. Son sourire s'élargit encore. *Qui d'autre ?* semble-t-il vouloir dire. Il reprend son calepin et ajoute quelques mots.

S'il vous plaît.

Il a pris soin de souligner cette ligne trois fois. Je me lève de façon assez mal assurée en essayant de me convaincre qu'il ne m'observe pas depuis très longtemps. Quittant le bureau, je me dirige vers la porte du studio. Il y a une petite lumière rouge qui brille juste au-dessus. Sur la vitre est collé un vieil autocollant sur lequel est imprimé le logo de l'émission. Je pose la main sur la poignée et ouvre doucement la porte.

À l'intérieur du studio une odeur de café froid se mêle à celle d'une bougie aromatisée à la senteur de conifère et de caramel. Un léger bourdonnement émane des machines, des micros et de la vieille cafetière posée en équilibre sur un caisson de rangement. Un autocollant proclamant « Rien ne vaut les moules de Chez Bertha » est apposé sur le pot en verre. Sa vue m'arrache un sourire. Elle me rappelle qu'Aiden et moi habitons la même ville, ce qui nous fait au moins un point commun. Sans compter le fait qu'il semble partager mon goût pour les moules recouvertes de cette inimitable sauce au beurre blanc.

Aiden est assis derrière sa console. Je ne peux m'empêcher de remarquer ses larges épaules et ses longues jambes étendues sous la table. Il me fait signe d'approcher tout en manipulant les commandes placées devant lui. Il fait monter un potentiomètre tout en en abaissant un autre. La vue de cet appareillage électronique complexe éveille aussitôt ma curiosité.

J'ai toujours aimé découvrir comment fonctionnent les objets qui m'entourent, examiner les mécanismes cachés dans les boîtiers. Lorsque j'étais enfant, je passais mon temps à démonter toutes sortes d'objets avant de les reconstruire méthodiquement : la télécommande de la télévision, le grille-pain, la voiture télécommandée de Grayson… Comprendre le monde qui m'entoure avait sur moi un effet apaisant. J'aimais savoir que si quelque chose se cassait, je serais capable de le remettre en état.

Cette manie innocente éveillait chez mes parents un mélange d'amusement et de résignation.

Chez Grayson aussi, d'ailleurs. Tout particulièrement après que j'ai découvert sa collection de comics de Spider Man.

— C'était très courageux à vous, dit alors Aiden.

Il me regarde du coin de l'œil tout en parlant à l'un de ses auditeurs. Sa voix paraît différente, dans ce studio. Plus profonde. Plus assurée. C'est peut-être parce qu'ici, il joue un personnage. Ou juste parce qu'il a besoin d'un peu de temps pour se sentir à l'aise. Quelle que soit la raison, il semble nettement plus détendu qu'il ne l'était dans le hall, tout à l'heure.

Il se penche légèrement pour ajuster un réglage et j'observe ses longues mains qui dépassent des manches de son sweat-shirt. Il émane de ses gestes une certaine grâce tandis qu'il manipule les commandes. Prenant brusquement conscience de la fixité avec laquelle je suis en train de le contempler, je ne peux m'empêcher de rougir. Heureusement, il fait assez sombre dans la minuscule cabine d'enregistrement. Il s'empare alors d'un casque et me le tend.

Je désigne de nouveau ma poitrine d'un air interrogateur et il lève les yeux au ciel. Il se penche par-dessus la console et presse le casque contre mon bras. Je finis par m'en saisir et nos doigts se frôlent. Ses yeux sont fixés sur le mur du fond et il a la tête légèrement inclinée de côté tandis qu'il écoute son correspondant. Il cligne alors des yeux et se tourne vers moi, désignant le casque que je tiens à la main.

Mettez-le, articule-t-il silencieusement.

Je m'exécute et, lorsque je place les écouteurs sur mes oreilles, j'entends une voix d'une femme qui est en train de lui parler.

— … et je ne suis pas sûre, vous savez.

Aiden marque son approbation.

— C'est juste…

La voix de la femme demeure en suspens. Le soupir qu'elle pousse trahit un mélange d'épuisement, d'exaspération et de frustration. Tous ces sentiments m'apparaissent clairement, compressés dans ce simple petit son. C'est une impression que je connais parfaitement, du plus profond de mon cœur.

— Je ne veux plus ressentir cela, reprend la femme. Et je ne me rendais même pas compte que c'était ce que j'éprouvais avant que je ne vous entende discuter avec Lucie. Je ne cessais d'acquiescer en écoutant ce qu'elle disait. Je crois que… Eh bien, j'ai passé tellement de temps à faire abstraction de mes propres envies, de mes propres besoins que j'ai fini par ne plus me rendre compte que j'agissais ainsi…

Aiden me considère attentivement depuis l'autre côté du bureau. Je soutiens son regard sans dire mot.

— Ce sont des choses qui arrivent, parfois, répond-il.

— J'imagine que c'est un peu idiot de prendre conscience de quelque chose d'aussi intime en écoutant discuter deux autres personnes. Toujours est-il que j'en ai assez de me contenter de moins que ce que je mérite, de me résigner. Je veux plus.

À ces mots, une douce sensation de chaleur envahit ma poitrine. Je presse mes paumes contre les écouteurs, comme si je voulais me rapprocher de la voix de cette femme. Ce qu'elle vient de dire m'a touchée en plein cœur.

— C'est Lucie qui m'a donné le courage de savoir ce que je voulais, poursuit-elle. J'espère qu'elle le sait. J'espère qu'elle sait combien ses paroles ont compté pour moi. Où qu'elle se trouve, je veux la remercier de m'avoir réveillée. De m'avoir rendu l'espoir. De m'avoir fait comprendre qu'il existait quelque chose de mieux pour moi… Ça a tout changé.

— Eh bien, Lucie, où que vous soyez, merci à vous, déclare Aiden en me souriant.

Je lui rends un sourire légèrement tremblant, un sourire manquant d'assurance mais plein d'espoir.

Ils continuent à discuter durant quelques instants, mais je ne fais plus trop attention à leurs paroles. Je suis bien trop concentrée sur les battements frénétiques de mon propre cœur et par le doux bourdonnement qui semble résonner dans ma tête. Il semble que j'aie vraiment accompli quelque chose d'utile. Pas simplement réparer un pot d'échappement ou changer l'huile d'un moteur. Pas seulement gratter la croûte grillée d'un sandwich au beurre de cacahuète. Ou relire le même livre dix-sept fois d'affilée. J'ai accompli quelque chose simplement en étant moi-même. En partageant mes angoisses. En laissant transparaître ma vulnérabilité. Exactement comme Maggie me l'a dit.

Aiden presse quelques boutons de sa console avant d'ôter son casque. Une mèche de cheveux rebelle se redresse et je distingue la légère marque rouge qu'a laissée l'écouteur sur sa joue. Il m'adresse un petit hochement de la tête et je retire mon casque à mon tour.

— Comment avez-vous su qu'elle dirait cela ? lui demandé-je.

Aiden m'observe de ses yeux dont je ne parviens toujours pas à déterminer la couleur dans la pénombre du studio.

— Je lui ai promis des cookies Berger en échange, répond-il sans hésiter.

À ces mots, je sens mon cœur se serrer dans ma poitrine.

— C'est vrai ?

Il secoue la tête en souriant d'un air malicieux.

— Non. Je ne sais pas combien vous pensez que je gagne, mais je peux vous dire que ce n'est pas assez pour corrompre tous mes auditeurs.

Je fronce les sourcils, me demandant s'il s'agit d'une plaisanterie. Ou bien encore d'un subterfuge destiné à me convaincre d'accepter la proposition de Maggie afin d'améliorer leurs scores d'écoute. Si tel est le cas, je suis bien décidée à partir sans me retourner. Je déteste me faire manipuler. Particulièrement en de telles circonstances. Pas après m'être dévoilée en public de cette façon. Après avoir exposé les aspects les plus sensibles de moi-même.

Ce serait tout bonnement insoutenable.

Aiden paraît alors se rendre compte qu'il a touché un nerf sensible, car il se redresse brusquement, faisant grincer son fauteuil.

— Je vous charrie. Je ne pouvais pas être sûr qu'elle allait parler de cela. Mais j'avais l'intuition qu'elle le ferait.

— Pourquoi ?

— Parce que la plupart des auditeurs qui nous ont appelés au cours de la dernière semaine disent plus ou moins la même chose.

Il se gratte pensivement la joue avant de bâiller. En arrière-plan, j'entends résonner un jingle. J'imagine qu'il a lancé une page de publicité.

— Je sais que vous cherchez l'amour. Et je ne suis vraiment pas sûr d'être la personne idéale pour vous aider à le trouver. Mais je crois que vous avez vraiment provoqué quelque chose, l'autre soir, que vous l'ayez voulu ou non…

J'ôte mon casque et le repose au bord de sa console.

— Si tel est le cas, c'était totalement malgré moi. Tout ce que j'ai fait, c'est parler avec vous.

— Et moi avec vous.

Il me considère attentivement, paraissant me jauger.

— Comment est-ce que ça fonctionnerait ? lui demandé-je gravement.

Il hausse les épaules.

— Comme vous le voudrez. Je pourrais être votre pilote sur la mer de l'amour, si vous voulez.

À mon tour, je le regarde fixement.

— Cela ne me dit vraiment rien qui vaille, réponds-je très honnêtement.

Il hoche la tête et se tortille nerveusement sur son fauteuil.

— Je me suis mal exprimé. Je crois qu'il faut que je vous dise quelque chose. Mais cela doit rester strictement entre nous, d'accord ?

J'acquiesce. L'accord paraît équitable, après tous les secrets que je lui ai confiés.

Il prend une profonde inspiration et je me prépare mentalement au pire.

— Je ne sais pas si je crois vraiment à l'amour, m'avoue-t-il enfin d'une voix calme et posée.

Je le dévisage avec une pointe de stupeur.

— Pardon ?

Il se gratte pensivement la joue et je ne peux m'empêcher de remarquer ses doigts longs et déliés. L'espace d'un instant, il jette un coup d'œil en direction de l'écran d'ordinateur situé face à lui. Puis il se tourne de nouveau vers moi.

— Je ne suis pas sûr que ce sentiment soit réel, précise-t-il.

Je sens toute l'incertitude qui perce dans sa voix. Visiblement, il n'a pas encore d'idée très arrêtée à ce sujet.

— Vous animez une émission qui parle d'amour et vous n'y croyez même pas ? m'exclamé-je.

— Pas si fort ! proteste-t-il en se renfrognant. C'est un peu plus compliqué que cela… Je reçois des tas d'appels et je dois dire que j'ai du mal à continuer à y croire. Si vous saviez les histoires que j'ai entendues… Mais l'autre soir, lorsque vous avez appelé, pour la première fois depuis longtemps, j'ai eu l'impression…

Il s'interrompt brusquement et soutient mon regard. J'aimerais vraiment beaucoup qu'il finisse cette phrase. Et je me demande s'il a ressenti ne serait-ce qu'une fraction de ce que moi, j'ai éprouvé, ce soir-là.

Mais il ne finit pas sa phrase. J'ai clairement l'impression qu'il a délibérément ravalé l'aveu qu'il s'apprêtait à me faire.

— Nous pourrions peut-être nous entraider. Vous pourrez m'aider à conserver mon poste. Et moi, je pourrais vous aider à trouver votre prince charmant. Qui sait ? Vous voir tomber amoureuse de quelqu'un ranimera peut-être la confiance dans mon cœur glacé et insensible.

— Vous devez me promettre…

J'avale difficilement ma salive, m'efforçant de dominer l'anxiété que je sens monter en moi. Mais la façon dont il a parlé de mon « prince charmant » ne m'inspire pas confiance.

— Vous devez me jurer que vous ne vous moquerez pas de moi.

Cette demande semble le prendre de court et il se rembrunit.

— Comment pouvez-vous penser que je ferais une chose pareille ?

Je hausse les épaules.

— Je sais que l'émission est devenue virale et que vous avez besoin de conforter votre taux d'audience. Et je sais qu'en tant que présentateur, vous jouez un rôle. Vous venez même de m'avouer que vous ne croyiez pas vraiment en l'amour. Alors je ne veux pas que vous vous serviez de moi comme d'un ressort comique. Je ne tiens pas à être plus embarrassée que je ne le suis déjà.

Sa mâchoire se crispe brièvement et je lis de la colère dans son regard.

— Ce n'est pas ce genre d'émission et je ne suis pas ce genre de personne. Et je vous assure que je ne cherche pas uniquement à protéger mon emploi. Vous aurez une véritable opportunité de me démontrer que c'est vous qui avez raison et moi qui ai tort d'être aussi cynique.

Il paraît être sur le point d'ajouter quelque chose mais se ravise au dernier moment. Finalement, il soupire et me regarde droit dans les yeux.

— Je vous promets, Lucie, que c'est tout sauf une plaisanterie à mes yeux.

Je hoche la tête. Je sais qu'il dit la vérité. Je ne saurais expliquer comment j'en suis aussi sûre mais tel est bien le cas.

— D'accord. Dans ce cas, je vais y réfléchir.

— Parfait, me dit-il en se massant doucement la nuque.

Il jette alors un coup d'œil à l'écran de son ordinateur et remet le casque sur ses oreilles. L'arceau ne parvient pas à plaquer la mèche rebelle qui se dresse toujours sur le côté de sa tête. Tandis qu'il manipule les potentiomètres pour couper la bande enregistrée et reprendre la parole, je me dirige vers la porte de la cabine d'enregistrement.

Comme je suis sur le point d'ouvrir la porte, je l'entends m'interpeller.

— Lucie ?

Je me retourne vers lui et constate qu'il a de nouveau les yeux fixés sur moi.

— Oui ?

— Pendant que vous réfléchissez à notre proposition, n'hésitez pas à me contacter si vous avez besoin de quelqu'un à qui parler, dit-il en tapotant l'un de ses écouteurs. Je serai là.

Ses paroles dissipent encore un peu plus l'hésitation qui persistait en moi. Je me mordille la lèvre pour réprimer un sourire.

— Moi aussi, je vous écouterai pendant ce temps.

Je me détourne, emportant avec moi l'image de son profil qui se découpe dans la pénombre. Il me donne une étrange impression de force et d'assurance. Mais je distingue aussi ce sourire étrangement pensif qu'éclaire la lueur bleutée de son moniteur.

AUDITRICE : Je veux y croire, moi aussi, vous savez. Je veux me convaincre qu'il y a quelqu'un là dehors qui m'attend. Mais c'est parfois difficile. Et il m'arrive de perdre espoir...

[Silence]

AIDEN VALENTINE : Oui, à moi aussi...

CHAPITRE 9
LUCIE

LORSQUE J'ARRIVE ENFIN CHEZ MOI, ce soir-là, je trouve un message accroché à la porte d'entrée. Il n'est constitué que de quelques mots :

Soirée paella.
Présence obligatoire.

Je sais reconnaître une menace de la part de Grayson lorsque j'en vois une. Lui, Mateo, Maya et moi avons coutume de dîner ensemble tous les mercredis soir. C'est notre façon à nous de préserver l'unité de notre famille recomposée. Lorsque Maya est née, Grayson et moi étions encore des ados inexpérimentés et totalement dépassés par la situation. Mais nous nous sommes alors fait la promesse que nous y ferions face ensemble. Nous savions déjà que notre famille ne serait jamais complètement comme les autres. Mais nous savions aussi que nous ne manquerions jamais de ce qui était le plus important à nos yeux : l'amour.

Des tonnes d'amour.

Et c'est ainsi que, chaque mercredi, Grayson nous prépare un de ses plats expérimentaux tandis que Mateo s'active avec lui aux fourneaux, ajoutant toutes sortes d'épices dès que Gray a le dos tourné. Pendant ce temps, Maya et moi restons tranquillement assises à la table de la cuisine en grignotant des tranches de fromage et de fruits frais en guise d'apéritif.

Un dîner-spectacle, a coutume de dire Maya avec une pointe d'ironie.

Une fois à l'intérieur, je contemple avec regret mon canapé et la couverture chauffante que Maya m'a offerte pour la fête des Mères. Puis je vais chercher la bouteille de vin à moitié vide dans le réfrigérateur. J'enfile une paire de chaussons dépareillés puis emprunte la porte de derrière pour gagner le portail qui relie mon jardin à celui de Gray et Mateo. Tandis que j'approche de leur maison, de la musique et des éclats de rire parviennent jusqu'à moi, me réchauffant le cœur. C'est ma famille. Et ils m'inspirent un sentiment d'appartenance. L'amour que j'éprouve à leur égard est le seul que j'aie jamais connu. Une forme d'amour que j'ai le sentiment d'avoir contribué à bâtir.

Je passe mon bras par l'entrebâillement de la porte donnant sur leur cuisine, brandissant ma bouteille de vin. Grayson pousse un joyeux hourra. Je pénètre alors dans la pièce et Maya saute au bas du tabouret sur lequel elle était juchée. Ses chaussettes bariolées glissent sur le plancher de bois poli tandis qu'elle se jette sur moi et entoure mon cou de ses bras pour me serrer contre elle. Elle m'arrive quasiment à l'épaule, à présent, sa dernière poussée de croissance en date ayant transformé mon bébé en adulte de poche.

Le plus souvent, cette idée m'emplit d'une certaine panique. Je ne peux m'empêcher de penser que tout va changer, qu'elle va continuer de grandir et que notre vie prendra une direction que je n'ai pas encore anticipée. Mais, en cet instant, je me contente de la presser contre moi, de sentir l'odeur de shampoing qui se dégage de ses cheveux et de me dire que j'ai dû prendre quelques bonnes décisions au fil des années pour que nous soyons toujours aussi unis.

— Dieu merci, te voilà ! me souffle-t-elle à l'oreille. Je crois que papa essaie de nous empoisonner.

Mateo se rapproche à son tour et parvient à se glisser entre nous pour me faire la bise.

— Il a décidé de cuisiner une paella, m'explique-t-il. Mais je ne sais pas pourquoi il choisit toujours les recettes les plus compliquées.

— Qu'est-ce que vous racontez ? nous interpelle Grayson qui s'active devant les fourneaux.

— Rien, répondons-nous de concert, ce qui rend cette assurance d'autant plus suspecte.

Mateo me prend la bouteille des mains et la tend à Gray qui examine l'étiquette tandis que son époux rajoute subrepticement une pincée de paprika à sa préparation.

— Est-ce que c'est le fameux vin que tu bois quand tu as le blues ? me demande Grayson.

— C'est celui que tu as ouvert quand tu es passé à la maison l'autre jour, lorsque tu étais en pleine création. C'est tout ce qui reste.

Je caresse le dos de Maya.

— Comment ça s'est passé au collège, aujourd'hui ?

Elle me décoche un sourire rayonnant.

— Super bien ! J'ai tout déchiré en techno. Notre prof s'est planté en nous montrant comment faire une vidange et finalement, c'est moi qui ai expliqué à la classe comment il fallait s'y prendre. Je me demande si je ne devrais pas ouvrir un atelier de réparation clandestin.

Je lui ébouriffe affectueusement les cheveux.

— Tu es bien ma digne fille. Dis-moi comment…

— Tut-tut ! proteste Grayson en brandissant sa cuillère en bois.

Il désigne à sa fille le tabouret qu'elle vient de quitter. Derrière son dos, Mateo ajoute discrètement une poudre verte à la paella.

— Pas le temps de parler du collège, poursuit Gray. Désolé, Mayounette, mais il y a des sujets plus pressants !

Maya lève les yeux au ciel et Grayson tourne sa cuillère vers moi, projetant au passage quelques grains de riz dans ma direction.

— Où étais-tu ? me demande-t-il.

Je lui jette un coup d'œil agacé.

— Tu sais pertinemment où j'étais.

— Et tu t'apprêtais à discuter de vidange comme si de rien n'était ? Je préférerais que tu nous dises comment ça s'est passé à la radio !

— Tu es toujours en colère, soupiré-je.

— Absolument pas, proteste Grayson dont le ton est en totale contradiction avec ses paroles.

Il agite de nouveau sa cuillère, faisant voler d'autres grains de riz à travers la cuisine.

— Je suis juste déçu, ajoute-t-il.

Maya le regarde avec de grands yeux.

— Ne me parle pas comme à une enfant, Grayson.

— Et toi, ne parle pas à de parfaits inconnus alors que c'est à moi que tu devrais te confier, Lucille !

Nous nous entre-regardons fixement tandis que la radio posée près du réfrigérateur continue à déverser un flot ininterrompu de musique salsa. Maya s'est détournée, feignant de se concentrer sur ce qui se trouve sur le plan de travail. Profitant de cette diversion, Mateo émiette un bouillon cube dans le plat.

Je ne veux pas me disputer avec Grayson. Il est la seule véritable constante dans mon existence. Et ce n'est pas parce que notre amour n'a pas débouché sur une relation de couple qu'il a disparu pour autant. Pendant très longtemps, nous avons été seuls au monde, lui et moi. Il savait absolument tout de moi – jusqu'à la moindre de mes pensées et de mes angoisses.

Et voilà effectivement que je me suis confiée à un parfait étranger…

— Je comprends que tu te sentes blessé, lui dis-je d'une voix légèrement radoucie. Mais si tu tiens absolument à te mettre en colère contre quelqu'un, tu n'as qu'à t'en prendre à ta fille.

— Eh ! proteste vivement Maya.

Grayson ravale un petit sourire.

— Maya et moi avons déjà eu une discussion à propos de ses interventions dans ta vie amoureuse.

Notre fille hoche gravement la tête.

— Désormais, je ne suis autorisée à prendre l'initiative que si j'ai recueilli l'aval des papas après consultation, récite-t-elle.

— Des deux papas, acquiescent Grayson et Mateo à l'unisson.

Je jette un regard étonné en direction de ce dernier. D'ordinaire, il s'interdit de prendre parti.

— Traître.

Il hausse les épaules.

— Cela fait des années que je t'encourage à te trouver un compagnon, me rappelle-t-il.

Maya lève un pouce approbateur.

— Sur ce point, les deux papas et moi sommes d'accord. Ça ne devrait pas poser problème…

— Voilà qui promet, murmuré-je en levant les yeux au ciel.

— Inutile de prendre ce ton ironique, fait Grayson qui brandit toujours sa cuillère comme une arme.

Mateo saisit doucement son poignet et guide l'instrument jusqu'à la marmite. Mais Grayson est trop agité pour se soucier de sa paella. Abandonnant la spatule, il s'écarte du fourneau et traverse la cuisine pour venir se planter devant moi. Je constate qu'il a troqué son T-shirt à l'effigie de Bertha contre un sweat plus élégant dont il a retroussé les manches. Cela signifie qu'il a probablement terminé son dernier projet artistique en date.

Il s'immobilise à vingt centimètres de moi, les bras croisés sur sa poitrine, et me considère d'un air réprobateur. S'il cherche à m'intimider, il risque fort d'être déçu. Derrière lui, Mateo fait tout son possible pour tenter de sauver notre dîner.

— Je crois que je vais être en colère contre toi pendant au moins trois mois, déclare Gray. Peut-être même six.

Je passe une main dans mes cheveux, me sentant soudain épuisée.

— Si tu veux. Peu importe…

Grayson se rembrunit encore.

— Tu ne veux même pas savoir pourquoi ?

Je me rapproche du plateau de fromages. À ce stade, seule une tranche de manchego a une chance de me remonter le moral.

— Je sais pourquoi. Parce que j'ai baissé la garde avec quelqu'un et que tu n'étais pas là pour le voir. Parce que je lui ai confié mes pensées les plus secrètes et inavouables et que tu estimes que c'est à toi que j'aurais dû en parler.

— Pas du tout.

— Vraiment ? lui demandé-je d'un ton dubitatif.

— Vraiment. Je suis en colère parce que tu ne m'as pas dit que tu avais des problèmes. C'est une violation manifeste du serment solennel que nous avons prononcé près des balançoires à l'âge de quatre et cinq ans respectivement.

Il décroise enfin les bras et s'empare d'un morceau de fromage qu'il glisse entre ses lèvres. Il le mâche rageusement sans me quitter des yeux.

— Et je suis en colère parce que tu souffrais pendant tout ce temps et que je ne m'en suis pas rendu compte, ajoute-t-il enfin.

Je me radoucis.

— Je ne crois pas que j'en avais conscience moi-même, dis-je d'une voix songeuse. En tout cas, pas jusqu'à ce que je me mette à en parler…

Il m'observe longuement et semble se détendre à son tour.

— Ça ne me plaît pas du tout de te savoir malheureuse.

— À moi non plus, avoué-je avec un pâle sourire. Mais il faut croire que notre fille est plus perspicace que nous. C'est pour cela qu'elle a appelé la radio, après tout…

— À ce propos, Maya m'a dit qu'ils t'avaient proposé de participer à l'émission. Est-ce que tu comptes accepter ?

Je hausse les épaules d'un air incertain. À l'autre bout de la cuisine, Mateo a coupé le gaz. Maya se laisse glisser au bas de son tabouret et va chercher la pile d'assiettes qui est posée près de la cuisinière. Cette routine me fait un bien fou. Je me laisse aller à ces sons familiers : la musique, le tintement des verres, le claquement du tiroir qui contient les couverts. Là, dans cette maison, ma solitude semble s'éloigner. Il est beaucoup plus facile de me convaincre que tout va bien.

— Je pense…

Je m'interromps et me mordille pensivement la lèvre inférieure.

Je me rappelle alors la femme qui a appelé l'émission et a parlé du courage qu'il faut pour changer ses habitudes. Je revois Aiden Valentine, ses cheveux en bataille et son regard franc. Je repense à la sensation que j'ai éprouvée lorsque je me trouvais dans ce studio, à cette exaltation que j'ai ressentie en plaçant ce casque sur ma tête et en songeant aux possibilités qui s'ouvraient à moi.

Je crois que vous avez vraiment provoqué quelque chose, l'autre soir, que vous l'ayez voulu ou non.

— Je crois que j'aimerais essayer quelque chose de différent, déclaré-je enfin.

Après le dîner pris sur la vieille table de la cuisine aux pieds dépareillés, nous passons au salon et nous nous installons sur le canapé le plus confortable du monde. Grayson, Mateo et Maya m'aident à me changer les idées, à oublier momentanément ma soudaine célébrité, l'émission de radio et mon absence de vie amoureuse. Grayson a reçu une nouvelle commande mais semble avoir du mal à se motiver. Le patron détestable de l'agence de pub pour laquelle travaille Mateo s'est mis en tête de supprimer la machine à glaçons qui se trouvait dans la salle de pause. Quant à Maya, elle nous parle du costume d'Indiana Jones qu'elle prépare avec son club de théâtre. Tandis qu'elle nous le décrit en détail, je natte ses longs cheveux avant de défaire les tresses. Je me sens si bien, en cet instant, gagnée par une douce sensation de chaleur qu'alimentent nos bruyants éclats de rire.

Nous finissons la demi-bouteille de vin et nous préparons un pot de décaféiné tandis que Maya file se coucher après avoir extorqué à son père la promesse qu'il l'emmènerait manger une pâtisserie au Flibustier avant de la conduire à l'école. Elle adresse un dernier petit signe de la main avant de monter dans sa chambre.

Je replie mes jambes sur le canapé tandis que Mateo s'appuie contre Grayson et pose sa tête contre son épaule. Gray lui caresse doucement l'épaule et dépose un petit baiser sur sa tempe. Ce geste complice m'inspire un sourire plein de tendresse.

— Alors ? Tu crois qu'ils vont t'organiser des rendez-vous amoureux ? me demande Grayson. Qu'ils vont essayer de trouver ton âme sœur ?

— Je ne sais pas. Je doute que des gens s'intéressent à moi simplement parce que ma conversation avec Aiden Valentine est devenue virale.

Gray hausse un sourcil.

— Je crois que tu sous-estimes grandement le pouvoir d'Internet.

— Et le pouvoir de Valentine, renchérit Mateo en bâillant.

Il écarte une mèche de cheveux d'un noir de jais qui lui retombe dans les yeux.

— Je peux te dire que les réceptionnistes de ma boîte sont vraiment très fans, ajoute-t-il.

— Tu veux parler d'Helen ? demande Gray d'un ton légèrement moqueur. Elle doit avoir dans les trois cent soixante-dix ans !

Mateo lui assène une petite tape sur la poitrine.

— Parle-nous un peu de lui, m'encourage Mateo. D'Aiden Valentine, je veux dire.

— Il est…

Sexy, pensé-je aussitôt. *Et socialement inadapté. C'est à se demander s'il parle à des gens, lorsqu'il n'est pas derrière un micro. Il anime une émission qui ne traite que d'amour et lui-même ne semble plus y croire. Je crois qu'il espère que je l'aiderai à renouer avec ses propres sentiments. Et lorsque je suis avec lui, je ne peux apparemment pas m'empêcher de lui raconter des choses que je préférerais garder pour moi. Et je ne sais pas si c'est une bonne chose ou pas.*

— Il est sympathique, déclaré-je enfin.

J'avale une gorgée de café et sens le liquide brûlant couler le long de ma gorge. Je glisse alors mes pieds sous le coussin du canapé.

— Il est vraiment…

Je repense au charisme qui se dégageait de lui, dans le studio d'enregistrement. À ses cheveux ébouriffés, à son profil lorsque je me suis détournée pour sortir…

— Sympathique, conclus-je après une pause un peu trop appuyée.

Grayson et Mateo échangent un regard entendu.

— Qu'est-ce qu'il y a ? C'est quoi ce coup d'œil ?

— Il est… sympathique, répète Grayson en contrefaisant ma voix. Il est vraiment sympathique.

Je lui lance un coussin.

— Et alors ? Il l'est. Et il n'est pas du tout comme je pensais.

— Comment l'imaginais-tu ?

— Eh bien… Un peu comme le héros du film *The Truman Show*, j'imagine. Mais il n'est pas du tout comme ça…

Grayson et Mateo échangent un nouveau regard étrange. Il m'arrive d'oublier à quel point il peut être agaçant d'assister à ce genre de discussion télépathique de couple. Je repose ma tasse de café sur la table basse et me laisse retomber en grognant contre le dossier du canapé. L'un d'eux se lève alors et j'entends grincer doucement le plancher. Puis, soudain, la voix d'Aiden envahit le salon.

J'ouvre un œil et j'aperçois Mateo qui se tient près de la porte de la cuisine. Il a sorti le petit poste de radio de poche qu'ils gardent dans un tiroir avec toutes sortes d'objets des plus disparates. Il hausse les épaules.

— Je suis curieux.

— À quel sujet ?

— Je me demande à quel point il est *sympathique*, rétorque Mateo en me décochant un sourire malicieux.

Je grogne de nouveau et pose mon bras en travers de mon visage. À la radio, Aiden continue à parler, s'interrompant parfois pour laisser place à un léger bruit de friture. Mateo ajuste le bouton de l'antique poste de radio. Un crépitement de parasite se fait entendre, suivi de quelques notes d'une vieille chanson de Whitney Houston. Puis la voix d'Aiden revient, nettement plus claire qu'auparavant. Elle emplit le salon, à la fois puissante et légèrement rauque.

Cela me fait penser à du café brûlant qu'on verserait sur la glace. Ou au bruit du tonnerre au loin.

— … Et peut-être est-ce la réponse, d'ailleurs. Peut-être n'y a-t-il pas de réponse. Je ne suis pas sûr que quiconque parmi nous sache vraiment ce qu'il fait. Mais nous faisons de notre mieux, n'est-ce pas ? Et nous pouvons tenter tous ensemble de faire de notre mieux. J'aime assez l'idée que vous êtes là, dehors, à m'écouter. Pendant que moi, je suis ici et je vous écoute en retour…

Il marque une pause et soupire. Ce son surgi du haut-parleur semble flotter dans le salon de Grayson tel un nuage de fumée bleutée.

— Nous avons reçu une visiteuse très particulière, ce soir, dans le studio, reprend-il. Je ne peux pas encore vous dire de qui il s'agit mais je pense que vous serez intéressés d'avoir de ses nouvelles. Je sais en tout cas que tel était mon cas…

Je ne peux m'empêcher de sourire. Aiden s'est de nouveau tu. Cette fois, le silence se prolonge longuement. Profondément enfoncée dans le canapé, je ne peux m'empêcher de penser à lui, seul dans sa cabine d'enregistrement. Je l'imagine plongé dans la pénombre, éclairé seulement par les vumètres de sa console audio. Je revois le sourire qui se dessinait sur ses lèvres lorsque je suis sortie.

— J'espère que tu es toujours là, Baltimore, ajoute-t-il enfin. Et je t'avoue que j'ai très envie de savoir ce qui va se passer, à présent…

AIDEN VALENTINE : Bonsoir à toi, Baltimore.

CHAPITRE 10
AIDEN

— ALORS ELLE VA LE FAIRE ?

D'un coup de pied, je fais mine de ramener ma chaise à roulettes à sa place initiale mais elle recule légèrement et je heurte le mur du couloir.

— Elle va le faire.

Jackson se replace également à l'autre bout du couloir. Il brandit un balai, son arme fétiche. Quant à moi, je me suis équipé de la pelle à poussière.

— Elle a vraiment accepté ? insiste-t-il.

Il se mordille la lèvre, évaluant ses chances de projeter la balle de tennis au-delà de ma position, dans la poubelle qui sert de panier. Mais je suis pour l'instant le champion incontesté du hockey de couloir. Je reconnais que ce n'est dû qu'en partie à mon habileté. L'autre raison de cette domination sans partage est le manque total de coordination œil-main dont fait preuve Jackson.

— Elle a accepté, lui confirmé-je avec une pointe d'agacement.

Ce doit être la vingt-cinquième fois qu'il me pose la question.

— Elle devrait arriver d'une minute à l'autre, d'ailleurs.

Jackson laisse tomber la balle de tennis au sol et la bloque à l'aide de son balai.

— Est-ce que tu as prévu un programme particulier pour l'émission ?

— J'en prévois toujours un.

— Je voulais dire, un programme qui tienne compte de la présence de Lucie !

Je soupire et me redresse légèrement sur ma chaise, la pelle à poussière posée sur les genoux.

— Est-ce que tu essaies de me distraire ou est-ce qu'il s'agit de véritables questions ?

Jackson propulse alors la balle de tennis à travers le couloir. Elle pénètre droit dans ma poubelle et heurte le fond avec un bruit sourd. Il lève les bras en l'air et effectue lentement un tour sur lui-même en saluant un public imaginaire.

Je jette ma pelle à poussière dans sa direction et me lève de mon siège.

— Ne sois pas mauvais perdant, me lance Jackson.

J'entends grincer les roues de son fauteuil tandis qu'il s'élance derrière moi, tentant de me rattraper. Mais il rit tellement qu'il ne parvient pas vraiment à prendre de l'élan.

— Je testais juste une théorie, ajoute-t-il.

Je ne suis pas du tout intéressé par la théorie en question. Tournant au coin du couloir, je traverse à grands pas la salle de pause et me dirige vers le studio. Je crois que j'ai grand besoin de me retrouver dans un espace insonorisé, coupé du reste du monde.

Mais en pénétrant dans la salle d'enregistrement, je m'aperçois qu'elle n'est pas vide. Il y a quelqu'un assis sur mon siège derrière la console.

Lucie m'attend en jouant avec une boule à neige que mon père m'a offerte pour Noël, il y a cinq ans de cela, alors que ma mère venait tout juste d'être admise à l'hôpital. Il tenait absolument à nous offrir des cadeaux et était descendu dans la petite boutique de l'hôpital Johns-Hopkins. Là, il avait acheté tout ce qu'il avait pu trouver. Nous avions trinqué à l'eau dans des gobelets en carton et beaucoup ri de la maladresse avec laquelle mon père avait emballé ces présents. Cela reste un excellent souvenir, en dépit des circonstances – l'un de mes préférés, peut-être.

Je n'y avais plus repensé depuis des années.

Lucie fait tourner la boule à neige entre ses doigts, la secouant régulièrement pour regarder tomber la neige sur les immeubles de Baltimore en miniature. Elle semble détendue et arbore un regard très doux et l'ombre d'un sourire illumine ses lèvres rose pâle.

Je referme la porte derrière moi.

— Ravi de voir que vous prenez vos aises.

Elle sursaute et se tourne vers moi, faisant onduler ses longs cheveux qui retombent librement sur ses épaules.

— Je suis désolée, murmure-t-elle en replaçant le globe à sa place à l'angle du bureau. Je ne voulais pas…

Elle se lève brusquement et rabat ses cheveux derrière ses oreilles. Elle triture nerveusement la rangée de boucles qui ornent le lobe et le cartilage. Je me rappelle l'avoir déjà vue faire ce geste.

— Je me suis permis d'entrer. Je n'aurais peut-être pas dû…

— Vous n'avez pas à être désolée, lui assuré-je en m'adossant à la porte.

Je n'avais encore jamais remarqué à quel point cette pièce était exiguë.

— Vous êtes ici chez vous, désormais. C'est ce que souhaite Maggie.

Elle me décoche un sourire empreint de nervosité.

— Seulement quelques soirs par semaine. Et pour une durée limitée.

Je hoche la tête.

— Ou jusqu'à ce que vous en ayez assez de me voir.

Elle continue à m'observer fixement.

— C'était une blague.

J'ai vraiment du mal à déchiffrer ses expressions.

— Très drôle, reconnaît-elle.

— Oui, je vois bien que vous riez aux éclats.

Je m'écarte de la porte et elle me suit des yeux. L'ombre d'un sourire joue à présent sur ses lèvres. Mais il est évident qu'elle cherche à le réprimer. Curieusement, cela me la rend encore plus sympathique.

— Quelque chose me dit que vous causerez ma perte, murmuré-je.

— Ne vous inquiétez pas, Aiden, rétorque-t-elle. Vous ne risquez rien avec moi.

Son sourire s'épanouit. Je me rappelle lui avoir dit cela, le soir où Maya a appelé. En revanche, je suis loin d'être convaincu par ses paroles.

Jackson débouche alors dans la salle contiguë, à cheval sur sa chaise à roulettes et brandissant son balai comme un trident. Cette entrée fracassante m'arrache à la contemplation de Lucie. Je vois les lèvres de Jackson bouger mais, fort heureusement, je ne peux entendre ce qu'il est en train de dire.

Il aperçoit Lucie et lui adresse un geste de la main enthousiaste. Elle lui rend son salut, visiblement surprise par son attitude.

— Est-ce que sa chaise est censée être un bateau ? me demande-t-elle.

— Un moyen de transport, en tout cas, soupiré-je.

Je n'arrive toujours pas à croire qu'il ait pu marquer contre moi.

— J'aimerais vous dire que vous vous habituerez à ce genre de scènes mais je préfère vous prévenir : cet endroit est plein de surprises.

— C'est lui qui présente les bulletins météo, n'est-ce pas ?

— Et le point sur la circulation routière, acquiescé-je. Il veille aussi à ce que je prenne mes vitamines. Il est très nul au hockey de couloir…

Je fronce les sourcils, me demandant pourquoi j'ai cru bon d'ajouter ce détail.

— J'exagère, me reprends-je alors. Il ne se débrouille pas si mal que ça. Et c'est aussi l'un de mes meilleurs amis.

Lucie acquiesce et je m'avance un peu plus dans la pièce pour jeter un coup d'œil à la console. Elle continue à observer Jackson tandis qu'il s'éloigne sur sa chaise et disparaît au détour du couloir. J'essaie de ne pas y prêter attention et me concentre sur mon rituel habituel. Eileen est déjà venue vérifier tout le matériel. Elle a installé un micro flambant neuf à côté du mien et a placé un bloc-notes vierge sur le bureau. Lucie s'écarte pour me laisser passer et je remarque alors la légère odeur d'huile de moteur qui s'accroche à ses vêtements. S'y mêlent la fragrance de son savon et une note fleurie qui m'évoque les pâquerettes. Elle rassemble ses cheveux et les place sur son épaule. Ses doigts s'activent, les tressant avec agilité. Je suis fasciné par la grâce qui émane de ce geste familier. C'est probablement quelque chose qu'elle a coutume de faire des dizaines de fois par jour mais je suis incapable de détourner le regard.

Elle n'est pas du tout telle que je le pensais. Ni lorsque je me suis entretenu avec elle au téléphone, quinze jours auparavant, ni lorsqu'elle est venue voir Maggie, un peu plus tôt dans la semaine, ni en cet instant, alors que nous nous trouvons dans ce studio et qu'elle me regarde comme si elle n'avait pas la moindre idée de ce qu'elle fait ici.

— Est-ce que je peux vous aider ? me demande-t-elle.

Je tourne la tête vers elle et la considère attentivement. Elle soutient mon regard et se balance d'un pied sur l'autre.

— Je n'ai pas l'habitude de ne rien faire, ajoute-t-elle.

Je suis tenté de lui demander de s'asseoir et de se détendre, peut-être aussi de me parler d'elle. Mais j'ai le sentiment qu'elle est beaucoup trop nerveuse pour cela. De plus, nous aurons tout le temps de faire cela pendant les heures que nous allons passer tous les deux dans cette pièce.

Je désigne donc la cafetière qui est posée derrière moi.

— Vous pourriez nous préparer un café, suggéré-je. Si vous avez faim, il y a toutes sortes de choses à grignoter dans la salle de pause. Prenez tout ce qui vous fera envie.

Elle s'empare du pot en verre.

— Cela faisait longtemps que je n'avais pas été reléguée à la préparation du café.

Je me morigène intérieurement. Je n'avais même pas pensé qu'elle puisse le prendre de cette façon. Embarrassé, je tends la main vers le pot mais elle l'écarte en riant et mes doigts effleurent le doux tissu de son sweat. Je retire précipitamment mon bras et ferme le poing. Mais cette pièce est minuscule et je risque à chaque instant de la toucher involontairement.

— Détendez-vous. Je plaisantais. Je devrais plutôt vous remercier de m'avoir trouvé une occupation.

Sur ce, elle se dirige vers la porte de la cabine d'enregistrement et je la suis des yeux jusqu'à ce qu'elle disparaisse. Mon cœur bat la chamade et ma respiration est étrangement oppressée. Cette sensation n'est pas nouvelle mais cela fait très longtemps que je ne l'ai pas éprouvée.

Le trac.

Il faut dire que l'enthousiasme des réseaux sociaux pour Lucie n'est pas retombé. Au contraire, même, Maggie s'est arrangée pour souffler sur les braises en laissant entendre que nous allions bientôt accueillir une mystérieuse invitée. Les internautes n'ont pas tardé à deviner son identité et désormais, tous attendent avec impatience le jour où elle fera officiellement son apparition dans l'émission.

Je ne suis pas exempt moi-même d'une certaine curiosité. Je n'ai aucune idée de la façon dont Lucie va réagir à l'antenne. Nous avons décidé de lancer ce soir même notre nouveau segment intitulé *Lucie cherche l'amour*. C'est Hughie qui a suggéré ce qui n'était initialement qu'un titre de travail. J'ai bien tenté de protester mais je me suis trouvé en minorité. Et le titre est resté.

Le moment de vérité est venu. Debout dans ce studio qui me semble soudain bien trop petit, je ne peux m'empêcher de songer aux choix de vie qui m'ont conduit jusqu'à cet instant précis. Me voilà en effet sur le point d'aider une femme à trouver quelque chose en quoi je ne suis même pas sûr de croire moi-même. Quelque chose qui ne m'a jamais réussi.

Lucie ne tarde pas à revenir avec le pot en verre rempli d'eau et un paquet de café moulu qui arbore une étiquette verte.

— Où l'avez-vous trouvé ? lui demandé-je, interloqué.

— Quelqu'un l'avait caché dans une vieille boîte de petits gâteaux de Noël tout en haut des étagères, m'explique-t-elle en commençant à préparer la cafetière.

Elle se tourne alors vers moi et m'interroge du regard.

— J'avais le droit de le prendre, n'est-ce pas ?

— Oui, bien sûr, dis-je d'un ton amusé.

En réalité, c'est moi qui ai pris l'habitude de dissimuler ma réserve de café dès la deuxième semaine où j'ai commencé à travailler pour la radio. J'en avais assez que tout le monde m'en vole sans même me le demander. Depuis lors, personne n'a réussi à mettre la main dessus – et ce n'est pas faute d'avoir essayé. Lucie, elle, l'a trouvé en moins de six minutes.

— Qu'est-ce qui vous a donné l'idée de fouiller les boîtes à gâteaux de Noël ? lui demandé-je, curieux.

— J'adore ça. Surtout les sablés écossais. Mais je devrais peut-être aller le remettre. Ça a l'air de vous mettre dans un drôle d'état.

Ce n'est pas tout à fait faux.

— Ne vous en faites pas pour ça.

Après tout, ce n'est jamais qu'un paquet de café. Je déplace quelques objets sur mon bureau. J'aurai nettement moins de place maintenant que nous serons deux.

— Est-ce que vous vous sentez prête pour ce soir ?

Elle pousse un soupir.

— Je crois que oui. J'imagine que nous aviserons au fur et à mesure…

— Je suis sûr que vous serez parfaite, dis-je en déplaçant légèrement la console.

Je veux pouvoir atteindre les commandes sans décocher à Lucie un coup de coude chaque fois que je tourne un bouton.

— Soyez vous-même, ajouté-je.

— C'est bien tout le problème, murmure-t-elle.

Je me fige un instant et la regarde. Les sourcils froncés, elle contemple la cafetière qui est en train de préparer un pot de mon mélange français préféré. Ses doigts sont crispés sur les manches de son sweat. Elle paraît hésitante, nerveuse même.

— Je n'y crois pas.

— Vous ne croyez pas quoi ? s'enquiert-elle, surprise.

Sans trop savoir pourquoi, je suis convaincu que Lucie n'est pas quelqu'un que les gens contredisent facilement – à part peut-être sa fille Maya.

Je me penche pour récupérer ma tasse de café et mon avant-bras effleure de nouveau le sien. Elle ne sursaute pas. Elle ne s'écarte pas et ne se rapproche pas non plus. Elle demeure juste parfaitement immobile.

— La nuit où vous avez appelé, je vous ai posé tout un tas de questions et vous y avez répondu, lui rappelé-je. Vous n'avez pas hésité. Vous n'avez pas tourné autour du pot. Vous m'avez rabattu mon caquet et vous avez charmé la moitié du pays au passage. Savez-vous ce que cela m'inspire ?

— Que je me montre beaucoup trop confiante avec les inconnus auxquels je parle au beau milieu de la nuit ?

— Je crois que vous savez très précisément qui vous êtes et ce que vous voulez. Simplement, vous n'y avez pas prêté attention depuis si longtemps que vous avez fini par l'oublier.

À ces mots, son expression se radoucit soudain. Elle ne détourne pas les yeux.

— Vous savez pourquoi vous êtes ici, Lucie, et vous savez ce que vous attendez de la vie. Ne prétendez pas le contraire. Tâchons simplement de trouver cette magie que vous cherchez, quelle que soit la forme qu'elle prendra. Toute la radio est derrière vous.

— Même vous ?

— Surtout moi, déclaré-je en attrapant ma tasse que je lui tends. Maintenant, servez-vous un bon café et enfilez votre casque. Je vais devoir faire quelques vérifications avant de lancer l'émission.

— Vous vous tenez trop loin de votre micro.

— Pardon ?

— Vous êtes trop éloignée du micro, répété-je. Du coup, on a l'impression que vous chuchotez.

— Je ne chuchote pas ! s'écrie-t-elle d'une voix retentissante.

Le son tonitruant sature mon casque et me fait grimacer.

— C'est vous qui chuchotez ! ajoute-t-elle, toujours aussi fort.

— Et maintenant, vous hurlez. Ce qu'il faudrait…

Je soupire et m'empare du pied de son micro que je rapproche du mien. Puis j'attrape l'accoudoir de son fauteuil et le tire vers moi. Nous nous retrouvons épaule contre épaule, avant-bras contre avant-bras et cuisse contre cuisse. Lucie se tourne vers moi et me considère d'un air stupéfait à travers les mèches de cheveux qui lui tombent dans les yeux.

— Vous m'avez déplacée de force ! s'exclame-t-elle, choquée.

— J'ai déplacé votre chaise. C'est nettement mieux, à présent.

— Mieux ?

Je tapote le pied de micro situé devant elle.

— De cette façon, le micro capte votre voix naturelle. Vous n'avez plus besoin de crier.

Elle cligne des paupières d'un air légèrement incertain. D'aussi près, je distingue très nettement les minuscules taches de rousseur qui constellent ses pommettes. Et je constate qu'elle sent effectivement la pâquerette. Ce parfum fleuri contraste avec une odeur légèrement métallique. Elle pousse alors un léger soupir et je sens son souffle effleurer ma gorge. Sous la table, elle décale ses jambes et nos genoux se heurtent.

— Pas besoin de crier, répète-t-elle.

Je vois ses lèvres bouger mais sa voix me parvient directement au creux de mes écouteurs, m'enveloppant complètement. Lucie en haute définition.

— C'est noté.

Quelqu'un frappe alors à la vitre de la cabine d'enregistrement. Lucie se tourne dans cette direction mais je garde les yeux fixés sur elle – et plus précisément sur son oreille délicate et la mèche de cheveux qui est accrochée derrière. Trois petits clous dorés ornent son lobe et, une fois de plus, je la vois les caresser les uns après les autres.

Je m'éclaircis nerveusement la gorge et me détourne.

Il n'y a vraiment pas assez de place dans ce studio.

Maggie frappe de nouveau à la vitre avant de lever deux doigts. Je hoche la tête et lève le pouce.

— Est-ce que vous êtes prête ?

— Sans doute pas.

Je lui souris.

— Je ne suis pas inquiet. Eileen s'occupe de la technique. Elle est dans la salle voisine. Elle ne va pas tarder à lancer le décompte et vous l'entendrez directement dans votre casque.

— Exact, intervient Eileen.

Lucie sursaute légèrement en entendant sa voix dans les écouteurs. Son genou heurte la table et je pose ma main sur sa cuisse pour éviter qu'elle ne touche de nouveau les micros. Je serre doucement sa jambe et Lucie laisse échapper un petit halètement de surprise. Je retire aussitôt ma paume et replace mes deux mains à plat sur le bureau. Côte à côte, nous regardons sans le voir le compte à rebours qui défile sur l'écran devant nous.

Décidément, les choses commencent bien.

— Bonne chance à vous, les amis, nous dit alors Eileen dans nos casques. Vous êtes à l'antenne dans cinq, quatre, trois, deux, un…

Le générique de l'émission se fait entendre et j'essaie de me concentrer sur la part de moi-même qui garde un semblant de calme et de raison. Je n'ai jamais été quelqu'un de très tactile et je préfère généralement garder mes distances. Il n'est pas question que je me conduise différemment avec Lucie. Et je me répète cela comme un mantra.

Tu ne dois pas toucher Lucie. Tu ne dois pas toucher Lucie.

Cela m'aide un peu à me détendre et je fais en sorte d'ignorer la douce chaleur qui émane de son corps près de moi. J'essaie d'ignorer également la légère inspiration qu'elle prend alors et qui trahit une évidente nervosité.

— Bonsoir à toi, Baltimore. Bienvenue dans *Les Liens du cœur* sur LITE FM. Je suis Aiden Valentine et j'ai à mes côtés une invitée très spéciale, ce soir. Elle va faire un petit bout de chemin à nos côtés et j'aimerais que tu l'accueilles comme il se doit.

J'adresse un petit signe de la tête à Lucie tout en surveillant l'écran sur lequel s'affichent les réactions des auditeurs sur les différents réseaux sociaux qui commencent déjà à s'activer. Pour le moment, nous n'avons pas encore d'appels en attente mais quelque chose me dit que cela ne va pas durer.

Un petit sourire se dessine sur les lèvres de Lucie.

— Bonsoir, Aiden Valentine, murmure-t-elle en se rapprochant légèrement de son micro.

J'imagine sa voix comme si elle se glissait à travers la petite fenêtre du studio et se répandait à travers toute la ville. Je l'imagine flottant au-dessus des venelles pavées de Fells Point avant de se faufiler le long des rues à flanc de colline, de l'autre côté du port. Elle contourne les petites églises en briques rouges du quartier de Little Italy et s'élance à la conquête des gratte-ciel de Harbor East. À travers toute la ville, des milliers d'auditeurs retiennent leur souffle, attendant de savoir ce qu'elle va leur dire ensuite.

Le sourire de Lucie s'élargit encore un peu.

— Bonsoir à toi, Baltimore.

Elle a prononcé ce nom comme le font les locaux, compressant le mot en deux syllabes familières. *Bal'more.*

Je souris à mon tour.

— Pouvez-vous vous présenter pour tous les amis de l'émission qui nous écoutent actuellement ?

Lucie prend une profonde inspiration et redresse les épaules.

— Je m'appelle Lucie, dit-elle en me regardant droit dans les yeux. Et j'espère vraiment que vous allez pouvoir m'aider à résoudre mon problème…

À cet instant, comme par magie, des dizaines d'appels apparaissent sur l'écran du standard.

LUCIE STONE : Est-ce que ce sont des auditeurs qui essaient de nous appeler ?

AIDEN VALENTINE : Oui.

LUCIE STONE : Pour discuter avec moi ?

AIDEN VALENTINE : Oui.

LUCIE STONE : Ouah... Prépare-toi à être déçu, Baltimore...

AIDEN VALENTINE : Prépare-toi à tomber sous le charme, Baltimore.

CHAPITRE 11

AIDEN

LUNDI SOIR

— QUELLES QUALITÉS TROUVEZ-VOUS ATTIRANTES chez un partenaire ?

À la lueur des moniteurs, je vois le visage de Lucie s'empourprer. Elle fait mine de triturer ses boucles d'oreilles mais en est empêchée par l'écouteur de son casque. Sa main retombe sur ses cuisses et elle entrecroise ses doigts.

— Je ne suis pas sûre, répond-elle lentement. Je ne crois pas y avoir jamais réfléchi…

— Vraiment ? m'étonné-je.

Elle hausse les épaules.

— Vous croyez que la plupart des gens dressent une liste exhaustive de ce genre de choses ?

Je souris.

— Probablement pas, concédé-je. Mais ils ont généralement une idée de ce qu'ils recherchent.

— Aiden, si je suis ici, c'est précisément parce que je ne suis pas très douée pour ces choses-là. Alors je crois que le mieux serait de repartir de la base…

Je ne peux retenir un petit éclat de rire.

— Bien vu. Commençons donc par une question facile. Est-ce que vous avez un petit faible pour une célébrité ?

Elle rougit de plus belle, ce que je trouve aussi inattendu que charmant.

— Je préfère ne pas vous le dire, murmure-t-elle.

— Pourquoi pas ?

— Eh bien, parce que…

Elle hésite, évitant soigneusement de croiser mon regard.

— Je ne préfère pas. Essayons autre chose.

— Il n'en est pas question.

— Pourquoi ?

— Parce que j'ai très envie de connaître la réponse. Et parce que nous ne pourrons pas avancer si vous refusez de me la donner.

Elle se pince les lèvres d'un air hésitant, croise puis décroise les jambes. Puis elle marmonne quelque chose d'indistinct dans le micro. Je ne parviens pas à entendre ce qu'elle dit et je sais que nos auditeurs ne le peuvent pas non plus.

— Qu'est-ce que vous avez dit ? lui demandé-je.

Elle me jette un coup d'œil presque résigné.

— Alan Alda.

— Pardon ? m'exclamé-je, incapable de réprimer un nouvel éclat de rire.

— Je savais que vous réagiriez comme ça. C'est pour cela que je ne voulais pas vous le dire.

Je ris de plus belle – tout autant de sa réponse que de l'expression pleine de défiance qui se peint à présent sur son visage.

— Quel âge a-t-il ? Dans les quatre-vingts ans ?

— Quatre-vingt-huit ans, répond-elle. Et je n'ai pas un faible pour lui aujourd'hui, évidemment. Je voulais parler d'Alan Alda en 1974. Hawkeye Pierce était vraiment irrésistible.

— Vous voulez parler de son rôle dans *M*A*S*H*, cette vieille série sur la guerre de Corée ?

— Elle repasse régulièrement à la télévision, réplique Lucie, sur la défensive.

Je me remets à rire – si fort que j'en ai mal au ventre. Je crois que cela fait des années que je n'ai pas autant ri. Lucie me considère d'abord d'un air réprobateur mais un sourire ne tarde pas à se former sur ses lèvres.

— Ça y est ? me demande-t-elle. Vous avez fini ?

— Non. Je crois que je ne m'en remettrai jamais.

J'essaie cependant de dominer mon hilarité et me mords la lèvre inférieure, luttant contre la nouvelle crise de fou rire qui monte en moi.

— Bien, nous savons maintenant que vous êtes attirée par les hommes qui ont le sens de l'humour. Ou bien par les vieillards en uniforme...

MERCREDI SOIR

— De quoi voulez-vous parler, ce soir ?

— Pas de mes goûts en matière de célébrités, en tout cas !

— Pourquoi pas de l'endroit idéal pour organiser un rendez-vous amoureux ?

Elle me considère en fronçant les sourcils.

— Aiden, soupire-t-elle.

— Qu'y a-t-il ?

— Je croyais vous avoir dit que j'étais totalement incompétente en la matière.

— C'est vrai. Mais comme je vous l'ai dit, nous sommes ici pour vous aider à trouver vos marques. Comment pouvez-vous dénicher l'homme de vos rêves si vous ne savez même pas ce que vous voudriez faire avec lui ?

Lucie fronce légèrement les sourcils. Ses jambes sont repliées sous sa chaise et ses deux mains sont nouées autour de sa tasse de café – mon café qu'elle s'est arrangée pour découvrir de nouveau, bien que j'aie changé de cachette. Un petit nuage de vapeur s'élève jusqu'à son visage.

— Cela n'a pas d'importance, me répond-elle enfin.

Je lui décoche un sourire moqueur.

— Vous vous défilez encore.

— Non, ce n'est pas ça. Mais à mes yeux, ce n'est pas une question d'activité... Peu importe où nous irions et ce que nous y ferions. Ce qui compte, c'est que j'aurais plaisir à passer du temps avec cette personne.

Je la regarde fixement et elle me retourne mon regard sans ciller.

— Que diriez-vous d'une balade au parc de Canton Waterfront ?

— Que c'est une excellente idée. J'adore me promener.

— Mais nous sommes en plein mois de février.

Elle hausse les épaules.

— C'est pour cela qu'on a inventé les manteaux, vous savez.

— D'accord, concédé-je en cherchant le pire endroit possible pour un rendez-vous amoureux. Et si cette personne vous proposait de vous emmener à une reconstitution historique en costumes de la bataille de Baltimore durant la guerre d'Indépendance ?

Elle grimace légèrement.

— J'imagine que ça pourrait être instructif.

— Même si vous deviez pour cela porter une robe à jupon et une charlotte ?

Elle lève un sourcil ironique.

— Ça devient vraiment très spécifique, remarque-t-elle malicieusement.

— Et si vous deviez brandir un drapeau en chantant l'hymne du *Star-Spangled Banner* ?

— Est-ce qu'il s'agit de l'un de vos fantasmes secrets, Aiden ?

— Non.

Même si je dois bien reconnaître que l'idée de voir Lucie vêtue d'une telle robe serait loin de me déplaire...

— Bon, alors disons qu'on vous donne rendez-vous sur le parking d'un Burger King abandonné, suggéré-je encore. Est-ce que vous iriez ?

— Est-ce qu'il s'agit de sortir avec quelqu'un ou de me faire assassiner ?

— Ce que j'essaie de vous faire comprendre, c'est que vous devez avoir un avis quant à l'endroit où vous aimeriez aller. Et qu'une telle opinion est parfaitement légitime.

Elle se mordille la lèvre, le front légèrement plissé. Je vois ses doigts caresser nerveusement le rebord de sa tasse. Elle me jette un coup d'œil hésitant avant de détourner brusquement les yeux.

— Qu'y a-t-il ? demandé-je.

Elle se tortille un peu sur sa chaise.

— Rien, élude-t-elle.

— Contrairement à nos auditeurs, je peux voir votre visage. Et quelque chose me dit qu'en fait, vous avez une réponse…

— Non, je…

— Dites-le-moi, l'encouragé-je.

— Je n'ai pas d'idée.

— Je vois bien que si. Dites-la-moi.

Elle baisse légèrement la tête.

— Vous allez encore vous moquer de moi.

Malgré moi, j'ai un pincement au cœur. Je pensais que nous avions dépassé ce stade, mais Lucie semble toujours convaincue que ce qu'elle pense est dénué d'intérêt ou de pertinence. Qu'est-ce qui la pousse à se dénigrer continuellement de cette façon ? À dissimuler qui elle est réellement ? Est-ce le père de Maya ? Ou quelqu'un d'autre ?

Je trace une croix sur ma poitrine.

— Je vous donne ma parole que je ne moquerai pas de vous.

— Ce que j'aimerais vraiment…, commence-t-elle d'une voix hésitante.

Une fois de plus, je la vois rassembler son courage et me sens impressionné. Ce que j'admire le plus, chez elle, c'est le fait qu'en dépit de ses propres doutes, elle est toujours prête à tenter sa chance.

— Je crois que ce qui me ferait plaisir, reprend-elle, ce serait d'aller pique-niquer quelque part.

— Pique-niquer ? répété-je.

— Oui, acquiesce-t-elle en évitant toujours mon regard. Pas forcément en extérieur, d'ailleurs. Ce pourrait tout aussi bien être sur le sol de mon salon ou du sien. Et je ne suis pas regardante sur la nourriture. Des sandwichs à emporter feraient très bien l'affaire… Mais nous pourrions construire une cabane… Et peut-être nous y installer pour regarder un film ensemble… Je ne sais pas. Je crois que ça me plairait…

— De manger assise par terre dans un salon ?

— Vous m'avez promis de ne pas vous moquer de moi, dit-elle en plissant les yeux.

Je lève les mains.

— Ce n'est pas mon intention, je vous assure. J'essaie juste de comprendre. Qu'est-ce qui vous plaît dans cette idée ?

Elle demeure longuement silencieuse. Si longtemps, en fait, que je suis presque tenté de lui poser une nouvelle question. Mais quelque chose m'en empêche. Peut-être le regard qu'elle arbore en cet instant. Ou bien la façon dont elle se tient si parfaitement immobile. Je me demande si elle a déjà réfléchi à ce genre de questions. Quelque chose me dit qu'elle s'interdit de le faire.

— J'imagine que cela me donnerait l'impression que la personne est là uniquement pour moi, avoue-t-elle enfin à voix basse.

Elle hausse les épaules.

— Je crois aussi qu'un moment n'a pas besoin d'être chic ou sophistiqué pour être vraiment spécial, reprend-elle. Ce serait une façon de faire comprendre… eh bien, que je préfère les distributeurs de soda aux magnums de champagne et les bouquets de marguerites aux roses. Ce qui compte, à mes yeux, ce sont les petites choses – celles qui prouvent que votre partenaire est réellement attentif.

Elle me regarde de nouveau et, une fois de plus, je sens mon cœur se serrer.

— Ce qui me plairait, ajoute-t-elle pensivement, c'est de constater que je mérite l'attention de cette personne. Je me dis qu'un moment parfaitement banal et ordinaire peut être sublimé par celui avec qui on le partage.

Elle baisse de nouveau les yeux vers sa tasse à moitié vide.

— Je crois que c'est ça que j'attends vraiment d'un rendez-vous amoureux, conclut-elle.

VENDREDI SOIR

— C'est une blague ?

— Pas du tout.

— Je suis sûre que si.

— Eh bien, vous vous trompez.

— Vous aviez vraiment les cheveux blonds ?

— Je me faisais faire des mèches blondes, confirmé-je. Et je vous confirme que ce n'a pas été la période la plus heureuse de ma scolarité au lycée.

Lucie renverse la tête en arrière et éclate de rire. Le son cristallin résonne dans mes écouteurs, m'arrachant un incoercible frisson. Je serre les poings et mes ongles mordent dans la chair de ma paume. Je n'aurais jamais cru qu'il serait aussi agréable d'avoir quelqu'un à mes côtés dans ce studio. Mais je dois bien reconnaître que j'apprécie de plus en plus la compagnie de Lucie.

— Est-ce que vous avez toujours des photos ? demande-t-elle.

— Pardon ?

— Des photos de cette époque, précise-t-elle avec un grand sourire, me ramenant à la conversation sur laquelle je devrais me concentrer au lieu de rêvasser. Je serais vraiment curieuse de voir ça !

— Désolé. Cela fait longtemps que j'ai détruit toutes les preuves.

LUNDI SOIR

— Je ne veux plus parler de moi, ce soir, décrète Lucie au beau milieu de l'émission.

Cela fait déjà quelque temps qu'elle ne me répond plus que du bout des lèvres, sans conviction. J'ai l'impression qu'elle est d'humeur songeuse, ce soir. Même les cookies n'ont pas suffi à la motiver.

— Dois-je vous rappeler que cette partie de l'émission vous est exclusivement consacrée ? répliqué-je d'un ton narquois.

— Vous exagérez…

Je lève les sourcils.

— D'accord, je veux bien reconnaître qu'elle m'est en grande partie consacrée, reconnaît-elle. Mais j'ai besoin de faire une pause. Vous n'avez qu'à me dire quelque chose à propos de vous pour changer.

— De moi ?

Elle hoche la tête.

— Oui. Confiez-moi un de vos secrets les plus inavouables, par exemple.

— Eh bien, vous ne perdez pas votre temps lorsque vous interrogez quelqu'un, vous !

Je gigote un peu nerveusement sur ma chaise et mon genou heurte légèrement le sien. Elle ne retire pas sa jambe et je n'écarte pas non plus la mienne. J'ai décidé qu'en fin de compte, un minimum de contact physique n'était pas forcément à proscrire. Tant qu'elle n'y voit pas d'inconvénient, évidemment.

— Je vous rappelle que j'ai commencé par vous poser quelques questions anodines avant d'attaquer les sujets plus sensibles.

— Mais vous avez tout de même fini par les aborder.

Je ne peux prétendre le contraire. Et je dois bien reconnaître que le sujet me passionne de plus en plus.

— En tant que présentateur de cette émission, est-ce que le fait de partager vos émotions profondes ne vous rendrait pas plus proche de vos auditeurs ?

— Je n'en ai pas.

— D'auditeurs ?

— Non, d'émotions profondes.

Elle me décoche un sourire malicieux.

— Je vois, acquiesce-t-elle d'un air moqueur. Vous faites partie de ces gens…

— Quels gens ?

— *Je n'éprouve aucune émotion*, gronde-t-elle d'une voix plus basse de quelques octaves que sa tessiture naturelle.

Je suppose qu'elle est en train de m'imiter.

— *Je suis un homme, un vrai, et je n'ai pas besoin d'émotions*, reprend-elle sur le même ton.

— Vous êtes vraiment très douée pour les imitations. Vous devriez penser à vous lancer dans la comédie.

— Aiden, me dit-elle d'une voix délibérément langoureuse qui éveille un frisson le long de ma colonne vertébrale. Confiez-vous à moi.

Je m'agite de nouveau sur ma chaise.

— Est-ce que vous savez aussi imiter Arnold Schwarzenegger ?

— Confiez-moi l'un de vos secrets, insiste-t-elle sur le même ton tentateur.

— Non.

— Mais si…

Je soupire et lève les yeux au ciel et contemple les serpentins accrochés au plafond. Ils datent d'avril dernier, lorsque Jackson a redécoré le studio à l'occasion de mon anniversaire. Je n'ai jamais pris le temps de décrocher ces derniers cotillons en papier qui pendent depuis lors au-dessus de mon bureau.

— Vous voulez que je vous confie un secret.

— Oui, s'il vous plaît.

— D'accord, lui dis-je en me rapprochant légèrement du micro.

Son sourire s'épanouit encore, illuminant son regard puis son visage tout entier.

— Je n'ai jamais dit cela à personne. Est-ce que vous êtes prête ?

— Vous pouvez parler librement, Aiden. Vous êtes en sécurité dans cette émission.

— Je vais vous dire quel serait le métier de mes rêves…

Je fais mine d'hésiter un instant et Lucie se penche légèrement vers moi, curieuse. Je me sens un peu coupable à l'idée de ce que je suis sur le point de faire.

— J'ai toujours rêvé de piloter un de ces bateaux violets en forme de dragon qui promènent les touristes dans le port de Baltimore.

Elle se renverse dans sa chaise, frustrée.

— Aiden ! proteste-t-elle.

— Quoi ? lui dis-je en riant. C'est mon secret.

— Même si c'était vrai, ce n'est vraiment pas le genre de révélation que j'espérais.

— C'est pourtant celle que je vous livre, répliqué-je en m'apprêtant à lancer les annonces de nos sponsors. Baltimore, nous nous retrouvons après une courte page de publicité. En attendant, tâche de réfléchir aux secrets que *tu* serais prêt à nous confier !

Je bascule du direct à la bande enregistrée et ôte mon casque avant de me frotter les oreilles. En règle générale, je profite de cette interruption pour aller jeter un coup d'œil en salle de pause et voir si quelqu'un n'aurait pas apporté des petits gâteaux. Ou alors, je vais faire un tour dans le parking pour prendre l'air et me détendre les jambes. Mais ce soir, je préfère rester dans le studio aux côtés de Lucie.

Elle me décoche un coup de coude.

— Vous faites ça souvent ?

— Quoi donc ? demandé-je en jetant un coup d'œil à ma tasse de café.

Elle est aux trois quarts vide et je fais rouler ma chaise jusqu'à la cafetière pour me resservir.

— Avouer que j'aimerais me balader à bord d'un dragon violet toute la journée ?

— Non, dit-elle en me tendant sa propre tasse. Refuser de parler de vous-même.

Je remplis sa tasse puis la mienne.

— Je parle de moi quasiment chaque soir.

— Ce n'est pas vrai. Vous parlez avec les gens. Il vous arrive de leur faire part de vos opinions. Mais vous leur confiez rarement des choses à votre sujet.

— Un bon présentateur doit surtout savoir écouter, dis-je avant d'avaler une gorgée de café brûlant.

Je m'étire doucement la nuque.

Je vois bien que Lucie n'apprécie pas ma réponse. Cela se voit à la moue qui se dessine sur ses lèvres. Je soupire et repose ma tasse sur le bureau.

— Qu'attendez-vous de moi, au juste ?

— Que vous me disiez quelque chose de vraiment honnête. Quelque chose qui vous concerne.

— Pourquoi ?

— Parce que je suis curieuse, répond-elle simplement.

Je tapote le rebord de la console du bout des doigts. Lucie a replié contre elle l'une de ses jambes et a posé son menton sur son genou. Elle me regarde attentivement et je soutiens son regard, me demandant si je vais accéder à sa requête ou tenter une nouvelle manœuvre dilatoire.

Mais je me sens fatigué. Et nous sommes à présent au cœur de la nuit. Il me semble que c'est une heure où les secrets n'en sont plus réellement, où le monde pourrait soudain se réduire à ce studio d'enregistrement sans même que je m'en aperçoive.

— Il m'arrive d'avoir de terribles coups de blues, lui dis-je gravement. Et dans ce cas, je peux passer des heures sur YouTube à regarder des extraits de films dramatiques. Juste des scènes – jamais des films entiers.

— Juste des scènes ?

Je hoche la tête. À vrai dire, je ne me rappelle même pas la dernière fois que j'ai regardé un film en entier. J'ai toujours l'impression que c'est une perte de temps. Je ne sais pas pourquoi, au juste.

Je reprends ma tasse et avale une nouvelle gorgée de café brûlant.

Lucie demeure quelques instants silencieuse.

— Et vous choisissez toujours des scènes tristes ? me demande-t-elle enfin.

J'acquiesce de nouveau.

— Est-ce qu'il vous arrive de pleurer en les regardant ?

Je repense soudain à la scène où le père de Kevin Costner réapparaît dans *Jusqu'au bout du rêve.* Celle-là marche à tous les coups.

— Parfois.

Lucie se rembrunit alors. Je suis toujours étonné par l'incroyable expressivité de son visage. Et je me demande souvent à quoi peut bien ressembler la vie de quelqu'un qui affiche toujours aussi ouvertement ses sentiments. Les miens sont enfouis tout au fond de moi. Si profondément, à vrai dire, que je ne suis pas sûr que j'arriverais moi-même à les retrouver s'il me prenait l'envie de les chercher…

— C'est triste, Aiden.

— Vous trouvez ?

— Oui, déclare-t-elle sans me quitter des yeux. C'est très triste. Et c'est un secret étrange.

— C'est sans doute pour cela que c'est un secret, Lucie. Parce que c'est étrange…

Elle réfléchit quelques instants à ma remarque.

— Est-ce que vous en avez d'autres ?

— Un seul ne vous suffit pas ?

Elle secoue la tête.

— D'accord… Eh bien, mon nom n'est pas vraiment Aiden Valentine.

— Très drôle, réplique-t-elle en levant les yeux au ciel.

— Je suis sérieux.

— Comment vous appelez-vous, alors ? James Bond ? Perd Hapley ?

— J'aimerais bien avoir un nom qui sonne aussi bien que ça, croyez-moi.

— Si vous le dites, monsieur « en fait, je ne m'appelle pas Aiden ».

— Oh, je m'appelle bien Aiden, lui dis-je en portant de nouveau ma tasse de café à mes lèvres. Mais mon véritable nom de famille est Valen. Je l'ai changé en Valentine pour passer à la radio. Je me suis dit que ça cadrerait mieux avec le thème de l'émission.

Et aussi parce que, lorsque j'ai commencé, j'aimais l'idée que mes identités publique et privée soient distinctes l'une de l'autre. Aiden Valen avait peut-être du mal à croire à l'amour avec un grand A mais tel n'était pas le cas d'Aiden Valentine… du moins, jusqu'à ce que le monde réel finisse par le rattraper et le priver de son bel optimisme.

Lucie me considère d'un air interdit.

— Vous êtes vraiment sérieux ! s'exclame-t-elle enfin.

Je hoche la tête.

— C'est ce que je viens de vous dire.

Je me retourne vers le moniteur de contrôle tandis qu'elle garde les yeux fixés sur la machine à café. Avisant le compte à rebours qui défile, je remets mes écouteurs.

— Vous avez besoin d'un peu de temps ? demandé-je à Lucie.

— On peut dire que vous m'avez donné matière à réflexion, ce soir.

— J'imagine, fais-je en désignant son casque. Pouvez-vous réfléchir et écouter en même temps ? Nous n'allons pas tarder à reprendre l'antenne.

Elle répond par l'affirmative, mais ne semble pas reprendre ses écouteurs. Dans mon oreille, Eileen a déjà commencé à compter mais Lucie ne peut l'entendre.

Je finis par me pencher vers elle et tends les mains vers le casque qu'elle porte autour du cou. Mes doigts effleurent sa nuque et elle frissonne brusquement. Ses yeux plongent dans les miens et je suis soudain fasciné par la couleur de ses iris. Le centre est d'un vert très pâle et translucide, évoquant la teinte d'une émeraude. Un cercle plus foncé se dessine en périphérie, me faisant l'effet d'un écrin entourant une pierre précieuse.

Je soulève son casque et le pose délicatement sur ses oreilles en prenant soin de ne pas accrocher au passage les petits anneaux argentés qu'elle porte ce jour-là. Je repousse alors doucement ses cheveux dans son dos et mes mains s'attardent un peu plus que nécessaire, effleurant le creux situé juste derrière son oreille. Sous mes doigts, je peux sentir battre son pouls puissant et régulier.

— Tout va bien ?

Elle me contemple comme si j'étais une énigme qu'elle ne savait comment résoudre. J'en ai autant à son service.

— Ça va, dit-elle en me décochant un petit sourire légèrement hésitant.

Je ne sais si elle cherche à me rassurer ou à dissimuler quelque mystère qui m'échappe. Mais ce moment partagé me semble à la fois délicat et précieux. Un peu effrayant aussi. Peut-être était-ce inévitable après tous ces secrets partagés au cœur de la nuit, au cœur de cette ville qui s'étend tout autour de nous, plongée dans l'obscurité.

Lucie tend la main vers son casque et rajuste les écouteurs.

— Tout va bien, Aiden.

Je laisse retomber mes mains. Le compte à rebours prend fin. Et c'est reparti.

LUCIE STONE : Vous savez quoi ? Aiden vient de m'avouer qu'il passait des heures à regarder des vidéos YouTube en pleurant !

AIDEN VALENTINE : [Soupir]

LUCIE STONE : En pleurant à chaudes larmes !

AIDEN VALENTINE : À quoi ça sert de vous confier un secret si c'est pour que vous le révéliez au monde entier ?

LUCIE STONE : [Rire]

AIDEN VALENTINE : Ce n'est pas drôle.

LUCIE STONE : Alors pourquoi est-ce que vous souriez ?

CHAPITRE 12
AIDEN

Elle est très douée. Digne et drôle à la fois. Sarcastique. Vive d'esprit avec un don pour l'improvisation. Nous nous partageons de plus en plus la parole lorsque des auditeurs nous appellent et Lucie a le don de tous les charmer.

Même les plus bizarres.

— Quelle taille mesurez-vous ? demande celui qui est actuellement en ligne.

Il s'agit d'un homme qui s'exprime avec une certaine brusquerie et est totalement dépourvu de tact. J'ai été tenté de raccrocher quand il a commencé à demander à Lucie sa pointure. Mais Maggie est apparue de l'autre côté de la vitre, ses écouteurs Bluetooth sur les oreilles et elle nous a fait signe de continuer. J'avoue que je ne comprends pas ses intentions. À moins qu'elle ne veuille entendre ma tête exploser en direct.

Lucie me lance un regard interrogatif et je hausse les épaules. Pour moi, c'est elle qui est à la manœuvre dans ce genre de situations. Et je la laisse les gérer comme elle l'entend. Cela ne me dérangerait pourtant pas qu'elle mette fin à cet appel et passe au suivant. Ce type la traite comme si elle était un poisson exotique dans un aquarium – ou une tranche de viande sur l'étal d'un boucher.

— Un peu moins d'un mètre quatre-vingts, répond-elle enfin.

— C'est grand.

— Vous trouvez ? répond-elle. C'est bizarre. Je ne me suis jamais considérée comme…

— Décrivez-moi votre visage, l'interrompt-il de nouveau.

Elle marque une pause et cligne des yeux, décontenancée.

— Eh bien… Il n'a rien de particulier. C'est un visage comme les autres…

Je ne peux réprimer un sourire que je cache aussitôt derrière ma main. Lucie est parfaite lorsqu'elle oublie qu'il s'agit d'une émission de radio destinée à l'aider à trouver l'âme sœur. Mais dès qu'elle se trouve confrontée à ce genre de questions directes, elle a tendance à répondre de façon maladroite et peu naturelle.

Et dire que c'est elle qui m'accuse d'avoir du mal à parler de moi…

Elle doit remarquer la manière dont je la regarde, car elle fait pivoter son fauteuil et me décoche un petit coup de genou dans la cuisse.

— On peut savoir ce qui vous fait rire, Aiden ?

Je lève les mains, feignant l'innocence.

— Rien. Je ne ris pas du tout…

Je rapproche mon micro pour dissimuler le large sourire qui barre mon visage.

— Ne t'en fais pas, Baltimore, ajouté-je. Lucie a bien un visage.

Elle croise les bras sur sa poitrine et me lance un regard de défi.

— Très bien, vous n'avez qu'à le décrire au lieu de faire le malin.

— Eh bien, vous avez un nez, déclaré-je avec emphase.

Elle laisse échapper un petit soupir moqueur.

— Et deux oreilles. De très jolies oreilles, d'ailleurs.

— Vous voilà fixé, lance-t-elle à notre auditeur dont j'avais presque oublié l'existence. J'ai de belles oreilles.

— De longs cheveux, poursuis-je avec un sourire plein d'autodérision. Suffisamment longs pour pouvoir m'étrangler avec.

Elle se rembrunit.

— Et lorsqu'elle me regarde en fronçant les sourcils, cela fait apparaître une légère fossette au niveau de son menton.

J'éclate de rire et esquive la pichenette qu'elle envoie en direction de mon bras. Je décide cependant de garder le reste pour moi. Le fait qu'elle a les plus beaux yeux verts qu'il m'ait jamais été donné de voir, par exemple. Les taches de rousseur qui constellent ses pommettes et celles qui se devinent sur ses épaules, lorsqu'elle porte un pull qui bâille légèrement. La façon dont son corps tout entier paraît s'animer chaque fois qu'elle éclate de rire. Il me semble à chaque fois voir surgir une forme de lueur intérieure qui la rend resplendissante.

Je sais bien que ce ne sont pas des détails que je suis censé remarquer. Mais c'est plus fort que moi.

— Tout ça ne répond pas vraiment à ma question, remarque le type au téléphone.

— J'imagine que c'est parce que vous n'êtes pas l'homme qu'elle cherche, déclaré-je en levant les yeux au ciel. Baltimore, nous allons nous offrir un petit intermède musical. Lucie, y a-t-il un morceau particulier que vous souhaiteriez écouter ?

Elle s'est adossée confortablement au dossier de son siège et a étendu ses longues jambes devant elle sous le bureau. Elle me décoche un sourire auquel je ne peux m'empêcher de répondre.

— Je voudrais bien *A Kiss to Build a Dream On* de Louis Armstrong, s'il vous plaît.

Je sens mon sourire se désintégrer tandis que mon cœur se serre dans ma poitrine. J'ai dû entendre cette chanson un millier de fois dans un millier de chambres d'hôpital différentes au gré des traitements de chimiothérapie, des scanners et des opérations. Lorsque ma mère a besoin de s'évader, elle écoute cette chanson. À chaque fois.

Elle fait toujours ressurgir en moi des tas de souvenirs douloureux que je préfère généralement enterrer qu'affronter. Elle évoque cette odeur si particulière de désinfectant et de produits chimiques que l'on ne trouve que dans les hôpitaux.

— Lorsque Maya était encore bébé, me dit Lucie qui ne peut se douter du désarroi qu'elle vient d'éveiller en moi, elle passait la moitié de ses nuits à pleurer. J'essayais de lui chanter cette chanson pour la calmer mais j'étais si fatiguée que j'oubliais toujours la moitié des paroles. Alors je finissais par fredonner le refrain en boucle sans m'arrêter…

Lucie s'interrompt brusquement et son sourire s'étiole lorsqu'elle avise mon expression.

— Quelque chose ne va pas ?

Je secoue la tête, me forçant à faire abstraction de ces souvenirs bien trop vivaces, si douloureux en fait que je n'ai jamais réussi à me remettre complètement des blessures qu'ils m'ont infligées.

— Ce n'est rien.

Je toussote légèrement et fais pivoter ma chaise en direction de l'écran sur lequel figure notre bibliothèque musicale. Assez mécaniquement, je sélectionne la chanson qu'elle a demandée.

— Vous n'avez pas menti. Vous êtes vraiment une romantique.

C'est une accusation que je me suis bien gardé de proférer à son encontre depuis notre toute première conversation. Elle m'observe d'un air réprobateur.

— Vous n'êtes pas obligé de dire ça comme si c'était négatif.

— Ce n'est pas le cas, protesté-je en sachant pertinemment qu'il s'agit d'un mensonge.

Je sais aussi que c'est une façon de me protéger. Ce n'est pas très gentil mais c'est plus fort que moi. J'ai toujours eu le réflexe de me préserver des émotions trop intenses. C'est ma façon de survivre. Et je dois bien reconnaître que j'ai un peu perdu de vue cette précaution élémentaire depuis que je collabore avec Lucie.

Je dois me rappeler qu'elle est uniquement là pour trouver son futur petit ami.

— Louis Armstrong, annoncé-je en pressant un peu trop violemment la touche qui me permet de lancer le morceau. Comme demandé…

Je ne prends même pas la peine de préciser à nos auditeurs que nous serons bientôt de retour. Avant même que la chanson ne commence, je retire mes écouteurs pour ne surtout pas entendre les premières notes de piano. Le casque retombe bruyamment sur le bureau.

Je me tourne vers la cafetière pour m'occuper les mains.

— Je vous ressers ? demandé-je à Lucie.

— Non merci, répond-elle d'une voix hésitante.

Elle se demande sans doute la raison pour laquelle mon humeur semble s'être détériorée d'un seul coup depuis qu'elle m'a fait cette demande musicale. Le revêtement en cuir de son fauteuil crisse doucement tandis qu'elle se redresse.

— Si je bois du café trop tard, j'aurai du mal à trouver le sommeil, me dit-elle. Et je commence tôt demain matin.

Je saute à pieds joints sur cette occasion de détourner la conversation. Je préfère retrouver un terrain plus neutre, ce qui m'évitera probablement de me conduire comme un salopard à son égard.

— Est-ce que…, hésité-je. Est-ce que ça ira, pour demain ? Vous ne risquez pas d'être trop fatiguée ?

Elle hausse les épaules.

— Je tiendrai le coup. Avoir un enfant vous habitue rapidement au manque de sommeil. Et tous les gens avec qui je travaille à l'atelier savent que je participe à cette émission. Jusqu'à présent, je m'en sors, conclut-elle en haussant les épaules.

— À l'atelier ?

Je prends soudain conscience que nous travaillons ensemble une nuit sur deux depuis près de deux semaines et que je ne sais toujours pas ce qu'elle fait, le reste du temps.

— Je suis mécanicienne de voitures, m'explique-t-elle. D'où le cambouis, ajoute-t-elle en me montrant ses doigts qui sont effectivement maculés de noir au niveau des articulations. Ce sont les risques du métier. Je n'arrive pas à m'en débarrasser. Un des hommes que j'ai rencontrés m'a dit un jour qu'il trouvait qu'un travail aussi manuel était un véritable tue-l'amour…

— *Aussi* manuel ? répété-je en fronçant les sourcils.

— Je crois que ce qu'il voulait dire c'était « aussi masculin ».

— J'espère que vous lui avez balancé un bon coup de genou dans les parties !

Elle soupire tristement. Je commence à connaître cette expression résignée qui se peint si souvent sur son visage – comme si elle s'en voulait de s'être laissée aller à espérer quelque chose de différent. Et je déteste lire cette déception dans ses yeux.

— J'aurais voulu le faire. J'aurais voulu être assez courageuse pour cela.

Je remplis ma tasse, m'efforçant de dominer le mélange d'anxiété et de tension qui m'habite.

— Est-ce que votre garage se trouve dans le coin ? lui demandé-je.

Elle hoche la tête.

— Il est situé sur Fells. C'est le grand bâtiment avec le toit bleu.

Je connais très bien cet endroit. Je passe devant très régulièrement.

— Je crois que Jackson a fait faire une vidange là-bas.

— Vraiment ? s'exclame-t-elle en souriant.

Elle penche la tête légèrement sur le côté.

— Quel genre de voiture conduit-il ?

— Une Honda Civic, répond Jackson.

Je sursaute violemment, manquant renverser mon café. Je ne l'ai même pas entendu entrer dans le studio.

— C'était le modèle recommandé par l'Institut des assurances comme le plus sûr de l'année 2022. Apparemment, il avait les meilleures notes en matière de résistance aux crashs.

— Intéressant, commente Lucie d'un ton amusé.

— C'est ce que je me suis dit, acquiesce Jackson en refermant la porte derrière lui.

Je remarque alors qu'il tient une boîte de cookies Berger qu'il a posée sur son bloc-notes. Il la présente à Lucie en m'ignorant ostensiblement.

— Vous voulez un petit gâteau ?

Cela ne contribue guère à dissiper ma mauvaise humeur.

J'ai déjà remarqué que Jackson était coutumier du fait : il surgit de nulle part lorsque nous nous trouvons dans le studio, Lucie et moi. Ses apparitions sont totalement décorrélées de ses interventions à l'antenne et s'accompagnent presque systématiquement de regards entendus qui me sont directement adressés. J'ai confusément l'impression qu'il essaie de me provoquer mais je ne suis pas sûr de comprendre pourquoi.

Une chose est sûre, en tout cas : cela fonctionne à merveille.

— Il n'y a pas vraiment la place pour trois dans cette cabine d'enregistrement, remarqué-je d'un ton agacé.

Je ne saurais dire ce qui m'irrite le plus, en fait : l'attitude de Jackson proprement dite ou le fait qu'elle me fasse sortir de mes gonds. Lucie, qui tendait la main vers la boîte de cookies, s'immobilise brusquement et tous deux se tournent vers moi d'un air étonné. Je jette un regard revêche à Jackson.

— Est-ce que tu as besoin de quelque chose ?

Il ouvre de grands yeux.

— C'est l'heure du point sur la circulation et la météo.

Je jette un coup d'œil en direction de la pendule.

— Pas avant dix minutes.

Un sourire amusé se dessine sur ses lèvres.

— J'interviens généralement après ton intermède musical.

— Bien sûr que non !

— Bien sûr que si.

— C'est faux.

— C'est vrai.

— Est-ce que vous voulez que je vous laisse ? suggère Lucie qui a suivi notre match verbal en grignotant un cookie. Vous voulez peut-être en discuter entre vous…

— Non, c'est moi qui vais sortir, déclaré-je en repoussant mon siège. Il faut que je mange un morceau, de toute façon.

En réalité, j'ai surtout besoin d'espace et de distance. Et ce n'est pas en restant confiné avec deux autres personnes dans cette pièce minuscule que je pourrai espérer en bénéficier. Je me sens toujours perturbé par cette chanson et par les souvenirs douloureux qu'elle a fait remonter à la surface de mon esprit. Je crois que j'ai juste besoin d'un peu de temps pour me ressaisir et tout ira bien. Je tends donc mon casque à Jackson.

— Si tu y tiens tant, je te laisse la place.

Il me jette un regard quelque peu médusé.

— Merci de me laisser faire mon travail, raille-t-il.

Je dois mobiliser tout mon self-control pour résister à l'envie que j'ai de lui décocher un coup de poing dans le bras. Mais cette pièce est remplie de matériel hors de prix et je n'ai pas les moyens de rembourser l'un de ces appareils. Je m'éloigne donc à grands pas et me rends dans la salle de pause.

Là, je dois me contenter de petits gâteaux aux flocons d'avoine puisque Jackson a jugé bon de monopoliser les cookies. J'en coupe un en morceaux avant de le mâcher rageusement en regardant Jackson et Lucie qui discutent dans le studio d'enregistrement. Peut-être sont-ils toujours en train de disserter sur les caractéristiques techniques de la Honda Civic. Jackson doit être le genre de personne à mémoriser l'intégralité du manuel qui accompagne le véhicule. Quant à Lucie, si elle est mécanicienne, c'est probablement le type de sujet qui l'intéresse.

— Tu es vraiment un très mauvais partenaire, s'exclame Maggie, paraissant surgir de nulle part.

Je sursaute et manque m'étrangler avec la fin de mon biscuit à l'avoine. Elle me décoche une tape dans le dos qui semble bien plus punitive qu'amicale.

— Tu te souviens que tu es censé l'aider à trouver un petit ami ? me demande-t-elle.

— C'est ce que je fais.

Elle m'observe pensivement.

— Vraiment ? Cela fait deux semaines que vous êtes ensemble à l'antenne, Aiden.

— Rome ne s'est pas faite en un jour…

— Pourquoi ne la laisses-tu pas s'entretenir plus de trois minutes avec qui que ce soit ?

— Trois minutes est la durée moyenne des appels que nous recevons, lui rappelé-je.

— Parce que tu interromps systématiquement les échanges.

— Je fais en sorte qu'elle puisse discuter avec des tas de gens différents. Ce genre de choses prend du temps, Maggie. Elle ne va pas trouver l'amour en deux temps, trois mouvements. Il serait irréaliste de croire le contraire.

— Irréaliste, vraiment ? m'interroge Maggie en posant les mains sur ses hanches. Tu es sûr que ce n'est pas toi qui en as décidé ainsi ?

Elle me considère d'un air ouvertement réprobateur.

— Est-ce que tu vas en faire un problème ?

— De quoi est-ce que tu parles ?

— Tu le sais très bien.

Sur la défensive, je croise les bras sur ma poitrine.

— Je t'assure que je ne vois pas du tout à quoi tu fais allusion.

Maggie sort de sa poche le téléphone portable de la station de radio. C'est celui dont nous nous servons pour poster des messages, pour promouvoir nos émissions et parfois pour passer des commandes de repas en fin de soirée.

— Je ne suis pas idiote, Aiden. Je sais que tu trouves cette idée stupide, que tu penses être au-dessus de tout ça…

J'ouvre la bouche mais Maggie désigne le studio d'enregistrement d'un doigt sévère et reprend la parole sans me laisser le temps de protester, de lui assurer que ce n'est absolument pas ce que je pense.

— Tu es censé aider Lucie à trouver l'homme de sa vie. Dois-je te rappeler que ton poste et celui de tous tes collègues en dépendent ?

Elle tapote ma poitrine à l'aide de son téléphone.

— Alors transforme-moi cette grimace en sourire et tâche de venir en aide à cette fille. Elle le mérite vraiment.

J'en suis tout à fait convaincu. Mais les candidats qui se sont manifestés pour le moment ne m'ont pas franchement paru être à la hauteur. Maggie m'assène un nouveau coup de portable en plein plexus, me faisant tressauter.

— Peut-on savoir pourquoi tu essaies de m'enfoncer ce téléphone dans la cage thoracique ?

— Je veux que tu le donnes à Lucie.

— Pourquoi ?

Maggie lève les bras au ciel comme pour le prendre à témoin.

— Faut-il vraiment que tu questionnes la moindre de mes décisions ?

Probablement, songé-je.

— Pourquoi aurait-elle besoin de ce téléphone ?

— Pour pouvoir recevoir des messages de nos auditeurs sans avoir à donner son numéro personnel à des tarés qui s'intéressent à la taille de ses pieds ou à ses oreilles, répond Maggie. Je veux lui donner une chance de faire un peu mieux connaissance avec les hommes qui seraient susceptibles de l'intéresser – tout en bénéficiant d'une certaine intimité.

Elle me dévisage tel un oiseau de proie, me mettant au défi de la contredire. Mais je garde sagement la bouche close.

— J'ai reçu une bonne nouvelle, ce soir, me dit-elle alors. Nous venons de décrocher un contrat avec un très gros annonceur. Désormais, nous allons rebaptiser ce segment de l'émission *Lucie sur la route de l'amour*, sponsorisé par Le Roi du Pneu.

Je la contemple d'un air interloqué.

— J'espère que c'est une blague, murmuré-je enfin.

Mais Maggie n'arbore pas même l'ombre d'un sourire.

— Dis-moi que ce n'est pas vrai, que c'est juste une plaisanterie vaseuse…

— Je suis tout à fait sérieuse. Pourquoi est-ce que tu fais cette tête-là ?

— *La Route de l'amour ?* Sponsorisée par Le Roi du Pneu ? Pourquoi ne lui collerait-on pas directement un code-barres de supermarché sur le front ? Nous pourrions même imaginer une opération spéciale : si elle trouve l'amour, tous les auditeurs de l'émission gagnent un jeu de chaînes à neige !

Cela ne fait pas du tout rire Maggie.

— Tu as fini ? me demande-t-elle sèchement.

— Non. Tu ne peux pas venir me parler d'âme sœur et de magie et la vendre ensuite au plus offrant !

Une étrange lueur passe alors dans les yeux de Maggie, trahissant un mélange de colère et de volonté farouche. Elle paraît prête à m'étrangler de ses mains nues en y prenant plaisir.

— Je ne cherche pas à vendre Lucie, espèce d'imbécile ! Je cherche juste à tirer avantage de la situation pour tenter de sauver notre chaîne en péril. Je fais ce que je peux pour remonter la pente parce que quelqu'un que je ne citerai pas nous a fait mordre la poussière !

Elle me flanque un nouveau coup de téléphone.

— Alors essaie de faire abstraction de ton complexe de supériorité complètement déplacé et donne-lui ce téléphone. Laisse-la parler aux auditeurs. Elle est parfaitement capable de décider par elle-même si elle veut aller plus loin ou non. Arrête de jouer les chiens de garde.

Je me saisis du portable qu'elle persiste à plaquer contre ma poitrine.

— Lucie trouvera son âme sœur, Aiden. Que tu le veuilles ou non.

AIDEN VALENTINE : Je viens juste d'activer la messagerie SMS de *Lucie sur la route de l'amour* sponsorisé par Le Roi du Pneu.

LUCIE STONE : [Rire]

AIDEN VALENTINE : N'en rajoutez pas…

LUCIE STONE : Je suis désolée… C'est juste…

AIDEN VALENTINE : Je sais.

LUCIE STONE : C'est sans doute ridicule mais je suis flattée… En étant sponsorisée par Le Roi du Pneu, je me fais un peu l'impression d'être une pilote de Formule 1 !

AIDEN VALENTINE : Au moins, vous ne risquerez pas de crever sur la *route de l'amour*…

LUCIE STONE : Ne dites pas ça comme ça.

AIDEN VALENTINE : Comme quoi ?

LUCIE STONE : Comme si c'était une blague salace. C'est une quête. Quelque chose de poétique. Venez vous aventurer sur ma *route de l'amour*…

AIDEN VALENTINE : Là, c'est vous qui en faites quelque chose de salace… [Soupir] Sois prévenu, Baltimore. Abstiens-toi de poster des SMS déplacés. C'est moi qui y répondrais et je t'assure que cela ne te plairait pas. D'autant que nous gardons en mémoire les numéros de tous les correspondants… Puis-je savoir ce qui me vaut un tel regard ?

LUCIE STONE : Je vous trouve un peu trop protecteur.

AIDEN VALENTINE : Vraiment ? J'imagine que je ne vous ai pas encore parlé de ce déluge de photos de pieds que nous avons reçues…

CHAPITRE 13
LUCIE

LE TÉLÉPHONE N'ARRÊTE PAS DE VIBRER.

Aiden me l'a confié, hier soir, en revenant prendre place dans la cabine d'enregistrement. Il n'a trahi strictement aucune émotion, à ce moment-là. Et je ne sais pas trop pourquoi il est brusquement passé d'une humeur affable et sympathique à une telle réserve mais je sens bien que j'en suis responsable.

Peut-être n'aime-t-il pas le jazz. Peut-être ai-je dit quelque chose qu'il a mal pris. Je me suis creusé les méninges comme on inspecte un moteur défectueux pour tenter de déterminer quel pouvait bien être le problème mais je n'ai rien trouvé. Rien de ce que j'ai dit ne m'a semblé déplacé.

J'imagine que je devrais me réjouir des millions de messages que j'ai reçus depuis lors. Mais il me semble au contraire que ma *route de l'amour* s'est changée en véritable autoroute vers l'enfer.

— Est-ce que tu comptes répondre à ces messages ou bien laisser ce téléphone vibrer jusqu'à ce qu'il ait creusé un trou dans mon comptoir ? me demande soudain Patty.

— Je n'ai pas encore décidé, réponds-je en me penchant en avant pour chiper un petit gâteau dans l'assiette de Maya.

Elle la fait pivoter pour que je puisse attraper l'une des grottes à la framboise qui sont mes préférées. Elle préfère les toasts à la crème d'avocat qui se retrouvent de son côté de l'assiette. Une affaire qui roule…

— Ça devient vraiment de la folie, remarqué-je.

— Tu ne crois pas que ça a toujours été de la folie ?

— Je n'ai pas encore décidé, répété-je.

Maya tape du pied contre la barre métallique qui court le long du bar. Il lui arrive régulièrement de venir m'attendre au café après l'école lorsque je finis tard et que Grayson est occupé à donner un cours. Patty garde un œil sur elle et l'aide même à faire ses exercices de maths. Puis elle la laisse monter au premier étage où Maya se plonge généralement dans un livre de science-fiction.

Au départ, je me sentais un peu coupable de me reposer sur Patty mais elle m'a répété à maintes reprises qu'elle appréciait plus la compagnie de Maya que la mienne. Alors j'ai fini par arrêter de discuter.

— Tout le monde au collège trouve que tu t'en sors super bien, déclare Maya.

Elle croque dans l'un de ses toasts, maculant son pull d'une large tache d'avocat. Je sais que je ne devrais pas me reposer sur une bande d'ados en proie à des montées hormonales, mais je dois bien reconnaître que ces louanges me vont droit au cœur.

— C'est vrai ?

Maya hoche la tête.

— Mme Parker a même dit qu'Aiden et toi étiez faits pour vous entendre.

Patty s'approche du comptoir sur lequel elle dépose la tasse de café au lait qu'elle vient de me préparer.

— Je suis d'accord avec cette Mme Parker. Et je trouve que cet homme a une voix sacrément sexy.

— Patty…

— Eh ! Je ne fais qu'énoncer un fait, dit-elle avant de se tourner vers Maya. Est-ce que tu trouves déjà des garçons sexy, à ton âge, ou est-ce que ça commence seulement vers treize ans ?

— Patty, protesté-je derechef d'un ton nettement plus menaçant.

Maya hausse les épaules et entreprend de nettoyer son pull-over.

— Moi je trouve qu'il n'y a pas plus sexy que les livres, déclare-t-elle très sérieusement. Jusqu'à présent, je n'ai rencontré personne au collège qui arrive à la cheville d'Aragorn.

À ces mots, je sens mon cœur se gorger d'amour et de fierté maternelle. Me penchant vers elle, je dépose un petit baiser sur sa tempe.

— Je ne veux pas te décevoir d'avance, ma chérie. Mais tu ne trouveras *jamais* quelqu'un d'aussi sexy qu'Aragorn.

— Pas faux, concède Patty en regagnant la machine à café.

Les épaules de Maya s'affaissent légèrement.

— Ça craint, quand même.

Sur ce, le téléphone se remet à vibrer sur le comptoir. Maya jette un coup d'œil dans sa direction.

— Est-ce que je peux regarder ? me demande-t-elle, curieuse.

J'avale une gorgée de café. Avant que je ne quitte la radio, cette nuit-là, Maggie m'a assuré qu'elle se chargerait de filtrer les messages les plus inappropriés. Je crois qu'elle espère secrètement que je serai meilleure pour répondre aux textos que je recevrai que pour discuter avec les auditeurs qui nous appellent. Mais jusqu'à présent, la plupart des messages que j'ai reçus prenaient la forme de tentatives de drague maladroites. Sans parler de cet homme qui a appelé hier et voulait que je lui décrive mon visage…

Ce matin, j'ai passé dix minutes à parcourir les SMS que j'ai reçus. Mais je me suis trouvée rapidement submergée et j'ai fini par ranger le téléphone au fond de mon sac à dos sans répondre à aucun d'entre eux.

— Vas-y, si tu veux. Mais si tu vois quelque chose de bizarre, je serai obligée de t'emmener dans l'arrière-boutique de Patty pour te laver le cerveau à l'eau de Javel et lui faire retrouver sa pureté d'origine.

— C'est noté, acquiesce-t-elle en se saisissant aussitôt du téléphone dont elle débloque l'écran d'une main fébrile. Ouah ! s'exclame-t-elle alors. Tu as reçu plus de mille messages !

Patty revient s'accouder au comptoir et encourage Maya.

— Lis-nous les plus croustillants à voix haute !

Je lève un sourcil réprobateur.

— Dis, tu n'aurais pas du travail ? lancé-je en désignant deux personnes qui attendent patiemment près du comptoir qu'elle vienne prendre leurs commandes.

— C'est beaucoup plus important, rétorque Patty en riant.

— Vraiment ?

— C'est même une question de vie ou de mort. Ils peuvent attendre encore un peu…

Maya et Patty se penchent sur le téléphone et font défiler les messages tandis que j'essaie de me distraire en grignotant un autre petit gâteau. Mais j'en reviens toujours à ce qui s'est passé la veille et à ce que j'ai bien pu faire pour assombrir à ce point l'humeur d'Aiden.

Je pensais pourtant que nous étions sur la bonne voie, tous les deux. En abordant cette émission, je me sentais terriblement nerveuse. Mais je suis parvenue à trouver mes marques relativement facilement. Peut-être n'est-il pas habitué à devoir partager son espace de travail. Peut-être me suis-je remise à parler trop fort dans le micro sans m'en rendre compte. Toujours est-il que lorsqu'il est revenu dans le studio après l'interruption de Jackson, il s'est comporté très différemment. Il était nettement plus froid, plus abrupt. Nous avons passé le reste de l'émission à prendre des appels qui traînaient en longueur. Je crois qu'il essayait sciemment d'éviter de me parler. Et je n'ai aucune idée de ce que j'ai bien pu faire pour mériter ça.

Patty pousse alors une exclamation de dégoût.

— Qu'est-ce que c'est que ce truc ? Un lézard ?

Je jette un coup d'œil à l'écran du téléphone.

— J'espère bien que c'est un lézard.

— Il s'appelle Bartholomew, apparemment, intervient Maya. Franchement, maman, ces types craignent tous plus les uns que les autres !

— C'est ce que je t'ai dit.

Tout cela n'est probablement qu'une colossale perte de temps. Ça ne sert à rien de continuer à lire tous ces SMS de gens qui m'envoient leurs photos ou des messages sans âme. Quelle chance y a-t-il pour que cela débouche sur une véritable relation ? Aucune s'il faut en croire ce portrait d'homme-lézard.

— Cet autre type paraît vraiment très intéressé par tes pieds.

— Tu peux supprimer le message, soupiré-je.

— C'est déjà fait, répond-elle en continuant à faire défiler les textos. Celui-là écrit qu'il tient un stand qui vend des pâtisseries et que tu peux t'arrêter quand tu veux pour venir manger une part de flan à l'œil. Il est installé dans le parking de ce club de strip-tease, près du vendeur de sandwichs au bœuf.

— Voilà qui semble plus prometteur, déclaré-je en souriant. Tu peux le marquer au cas où il aurait aussi des muffins aux myrtilles.

— Il y a aussi un message d'Aiden, fait remarquer alors Maya. Il l'a envoyé ce matin.

Je prends le téléphone des mains de ma fille.

— Fais-moi voir !

Patty laisse échapper un petit ricanement moqueur.

— Tiens, tiens… On dirait qu'elle est intéressée, soudain.

Je tiens le portable de façon qu'elle ne puisse pas lire ce qui est écrit à l'écran.

— Tu ferais mieux d'aller servir tes clients avant qu'ils ne déclenchent une révolution.

— J'aimerais bien voir ça, ironise Patty en posant son torchon en travers de son épaule.

Mais elle finit par se diriger vers l'imposante machine à expresso qui se situe à l'autre bout du comptoir et commence à préparer les commandes.

— Salue le beau ténébreux de ma part, me dit-elle en s'éloignant.

Maya reprend sa place sur le tabouret à mes côtés.

— Qu'est-ce qu'il dit ? s'enquiert-elle avec curiosité.

Je jette un nouveau coup d'œil à l'écran.

AIDEN : Pour info, ce n'était pas mon idée...

AIDEN : J'espère que vous n'êtes pas trop submergée de messages.

Mon téléphone s'est déjà mis à vibrer deux fois depuis que je l'ai repris à Maya. Submergée tient vraiment de l'euphémisme.

— Est-ce que tu vas lui répondre ? me demande Maya en posant sa joue contre mon bras.

— Je ne sais pas... Normalement, ce téléphone est réservé à mes communications avec mes soi-disant soupirants...

— Il ne t'aurait pas envoyé un message s'il ne voulait pas te parler.

Si seulement je pouvais avoir conservé l'optimisme que j'avais à son âge... Mais je change le paramétrage pour couper les notifications. Puis je referme la messagerie. Je m'occuperai de ça plus tard. Lorsque Patty ne sera pas en train de me surveiller du coin de l'œil et que Maya ne se tortillera pas d'impatience sur son siège...

— Que dirais-tu de commander de la pizza pour le dîner ? lui suggéré-je en espérant ainsi détourner son attention.

Qui sait ? Cela me changera peut-être aussi les idées. Cela m'aidera peut-être à me défaire de cette sensation d'oppression qui pèse sur moi, de ce brouillard qui a envahi mon esprit, de ce fourmillement désagréable qui se propage le long de ma colonne vertébrale. J'ai la désagréable impression d'avoir été propulsée hors de mon orbite habituelle et de ne plus savoir comment retrouver ma place. Et ce n'est pas comme s'il existait un manuel d'instructions pour cela...

Maya me décoche un sourire et, en la regardant, j'ai l'impression de voir un miroir qui ne refléterait que la partie positive de moi-même. Je sens mon cœur se gonfler dans ma poitrine sous l'effet de l'amour maternel – le seul, peut-être, que je connaîtrai jamais vraiment. Mais n'est-ce pas le plus important ? Le seul qui ne s'étiolera jamais et ne risque pas de s'achever en une ultime et douloureuse explosion ?

— Tu sais que je suis toujours partante pour une pizza, lance Maya en passant son bras autour du mien et en me serrant contre elle. Surtout si tu commandes aussi des cannoli…

J'attends que la maison se retrouve plongée dans le silence et l'obscurité. J'attends que Maya se soit enfin endormie – vraiment endormie et pas seulement cachée sous sa couette en train de passer des appels secrets à un animateur de radio au beau milieu de la nuit. Je m'autorise alors enfin à ressortir le téléphone que m'a fourni l'équipe des *Liens du cœur*. J'y trouve encore une centaine de messages supplémentaires et je prends même le temps d'en lire quelques-uns.

NUMÉRO INCONNU : Est-ce que vous aimez les hommes de petite taille ?

NUMÉRO INCONNU : Retrouvez-moi au prochain match des Orioles. Je serai habillé en orange.

Autant que je m'en souvienne, le match en question doit avoir lieu dans deux mois. C'est long comme délai pour prévoir un rendez-vous…

NUMÉRO INCONNU : J'espère que vous pourrez m'aider à trouver ce que je cherche…

NUMÉRO INCONNU : Les clés de votre cœur.

Celui-là m'arrache un petit ricanement et je me blottis sous ma couverture. Au moins, cette lecture a le mérite d'être distrayante…

NUMÉRO INCONNU : Bonjour, Lucie. Je sais que ça va vous paraître étrange mais lorsque je vous ai entendue parler à la radio, j'ai eu l'impression que vous vous adressiez directement à moi. J'ai connu bon nombre de relations désastreuses.

Et je me suis dit que nous pourrions peut-être essayer de remonter la pente ensemble…

NUMÉRO INCONNU : J'imagine que ça pourrait être utile de vous donner mon prénom. Je m'appelle Elliott. J'espère que vous me répondrez.

Elliott… Intéressant. Au moins, ce message-là n'est pas trop mal. J'active un petit drapeau rouge pour pouvoir le retrouver facilement et continue à faire défiler les conversations.

Il y a d'autres tentatives de drague. Quelques messages d'auditeurs qui souhaitent partager leur propre expérience. Un autre qui me fait chaud au cœur : il a été envoyé par une femme qui vit dans le Tennessee et a décidé de se remettre à chercher l'amour après avoir entendu ma première discussion avec Aiden. Il y a quelques textos provenant d'hommes qui m'accablent de reproches parce qu'après avoir entendu l'émission, leur compagne leur a dit qu'elles étaient insatisfaites et attendaient plus d'eux. Je trouve aussi une commande adressée à un restaurant chinois de Federal Hill. Et la photo d'une collection de torchons brodés.

Cet afflux de messages me paraît à la fois touchant, intimidant et inquiétant. Jamais je n'aurais pu imaginer que mon intervention causerait de telles réactions. Et je ne suis toujours pas sûre de comprendre ce que tous ces gens attendent véritablement de moi.

Je retombe alors sur le message d'Aiden. Son numéro doit être enregistré dans le répertoire, car il est le seul correspondant dont le nom apparaisse. Et celui qui l'a enregistré a ajouté à côté un petit cœur rouge.

AIDEN : J'espère que vous n'êtes pas trop submergée de messages.

Apparemment, il m'a adressé ce message durant la matinée, tandis que je m'efforçais d'ignorer le déferlement de textos. Je me mordille l'ongle, hésitant un instant avant de lui répondre.

LUCIE : Ça dépend. Combien de photos d'un homme-lézard appelé Bartholomew peut-on recevoir avant de considérer que ça s'apparente à du harcèlement ?

Sa réponse m'arrive quasiment instantanément. Pourtant, je sais qu'il doit être en plein enregistrement de l'émission. Je me demande s'il est dans le studio ou dans la salle de pause, en train de manger l'un de ces cookies auxquels il semble vouer une véritable passion.

AIDEN : Vous êtes sûre que ce n'est pas juste un lézard ?

LUCIE : Même si c'est le cas, ce ne serait que la face émergée de l'iceberg, mon pauvre ami...

AIDEN : Ainsi, nous sommes amis, désormais ? Intéressant.

Je ne peux m'empêcher de sourire.

LUCIE : Intéressant ? Pourquoi ?

AIDEN : Je me demandais jusqu'ici si vous n'aviez pas l'intention de causer ma perte.

LUCIE :Je vois. Ce ne serait pas très amical de ma part, en effet.

AIDEN : Pas vraiment.

LUCIE : Quel terme préféreriez-vous employer ? Collègue ? Pote ?

AIDEN : Je me considère plutôt comme votre gourou amoureux.

Cette fois, j'éclate de rire. Trois points apparaissent alors sous son dernier message. Je l'imagine penché sur son téléphone, le cachant peut-être sous son bureau. Je peux presque voir son sourire à la lueur des moniteurs de contrôle dans une clarté gris-bleu.

Dans la rue qui passe sous la fenêtre de ma chambre, j'entends un groupe de gens qui discutent, venant probablement de sortir du bar voisin. La musique diffusée par un autoradio se rapproche puis s'éloigne. Au loin, j'entends la sirène d'un bateau qui doit naviguer dans la baie. Un autre lui répond.

Le monde continue imperturbablement à tourner autour de moi tandis qu'assise sur mon lit, j'attends avec impatience l'arrivée du prochain message d'Aiden.

AIDEN : Je me demande quel titre pourrait bien porter quelqu'un qui a involontairement entraîné une femme innocente à participer plus ou moins contre son gré à une émission de radio sponsorisée par Le Roi du Pneu...

Je ris de plus belle.

LUCIE : Je vous ai dit que cette histoire de Roi du Pneu ne me dérangeait pas.

AIDEN : La réciproque n'est pas vraie, je vous assure...

Mon rire se mue en bâillement. Il m'apparaît soudain que j'ai probablement eu plus de contacts sociaux en l'espace d'une semaine que durant tout le reste de mon existence. J'ai les paupières lourdes soudain. Mais une douce sensation de chaleur a envahi ma poitrine. Je me rallonge et rabats ma couette, me laissant doucement gagner par le sommeil. Mon téléphone s'illumine alors entre mes doigts.

AIDEN : Je vous souhaite une bonne nuit, Lucie.

Je souris et tape une brève réponse.

LUCIE : À vous aussi, Aiden.

— Je crois que tu devrais vraiment lui donner sa chance, me crie Harvey pour couvrir la musique qui résonne dans l'atelier.

C'est au tour de Dan de la choisir, aujourd'hui, et, comme souvent, il a opté pour du Céline Dion. Il prétend que c'est parce qu'il apprécie les artistes canadiens. Mais, curieusement, il ne nous a jamais fait écouter d'albums de Drake, par exemple…

Je sors de sous la Range Rover que je suis en train de réparer et jette un coup d'œil interrogatif à Harvey. En guise d'explication, il me désigne le portable des *Liens du cœur* qu'il tient à la main.

— Ce Patrick, précise-t-il. Je pense que tu devrais lui laisser sa chance.

Je n'ai strictement aucune idée de qui est Patrick. J'ai de nouveau décidé d'ignorer ces messages depuis que j'ai trouvé ce matin une photo de chewing-gum que m'avait envoyée un correspondant anonyme. Un chewing-gum que l'on avait mâché avant de le poser sur une table de salle à manger. Il n'y avait aucune légende. Aucune explication. Juste un chewing-gum.

J'ai décidément beaucoup de mal à comprendre les gens.

— Pourquoi est-ce que tu regardes mes messages ?

— Tu as laissé ton téléphone posé sur l'établi. J'ai pensé que tu voulais avoir mon avis.

— Je n'ai pas besoin de ton avis, merci, rétorqué-je un peu sèchement avant de me glisser de nouveau sous la voiture.

Je reste étendue là, les yeux mi-clos, en comptant jusqu'à dix tandis que le refrain de *It's All Coming Back to Me Now* retentit à travers l'atelier. Il semblerait que je sois cernée de toute part de gens qui n'ont strictement aucun respect pour mon intimité…

— Il paraît vraiment sincère, insiste Harvey. Et en plus, vous avez les mêmes goûts musicaux, tous les deux.

Je juge préférable de l'ignorer.

— Et il dit qu'il veut t'emmener au Captain James. C'est un super restaurant, Lu !

Captain James est un boui-boui construit en forme de bateau renversé qui vend des fruits de mer et surtout du crabe. Lorsqu'elle avait quatre ans, nous y sommes allés avec Maya qui a rendu tripes et boyaux sur le parking. Ça a inspiré à Grayson des tas de blagues sur le mal de mer pendant plus de deux ans après ça.

Je fais glisser ma planche à roulettes pour émerger de nouveau à l'air libre.

— Pose ce téléphone, Harvey !

— Bah, ne t'en fais pas. Ça ne me dérange pas de t'aider…

— Je suis vraiment touchée, grondé-je en tendant la main vers lui. Donne-moi ce téléphone.

Il me le remet en fronçant les sourcils.

— Tu n'es vraiment pas drôle, tu sais.

— Je suis très drôle, au contraire.

Sur ce, je glisse le portable dans la poche frontale de mon bleu de travail et replonge sous la voiture. Cette suspension me donne vraiment du fil à retordre et je me remets à l'inspecter avec attention. Au bout de quelques instants, j'entends Harvey se racler la gorge. Tournant la tête de côté, je constate qu'il n'a pas bougé d'un pouce.

— Qu'est-ce que tu veux, encore, Harv ?

— Quand doit avoir lieu ton premier rendez-vous ?

— Je n'en ai pas encore fixé.

Une autre paire de chaussures de travail fatiguées rejoint celle d'Harvey.

— Mais alors, à quoi ça sert, tout ça ? s'enquiert Dan. Tu es censée chercher l'amour. Comment espères-tu le trouver si tu n'acceptes aucune invitation ?

— Je n'ai encore participé qu'à quelques émissions.

— L'amour n'attend pas, tu sais…

Je ne sais pas s'il attend ou pas mais une chose est sûre : lui s'est fait attendre. Au cours des vingt-neuf années qui viennent de s'écouler, le seul amour romantique que j'aie vraiment connu, c'est dans les livres de la section romance du Flibustier.

— Merci beaucoup pour tes conseils avisés. Dois-je te rappeler que c'est toi qui as divorcé trois fois ?

Dan laisse échapper un petit grognement.

— C'est vraiment mesquin de ta part. Et si j'ai divorcé trois fois, c'est justement parce que je crois toujours à l'amour, moi.

Dan est également convaincu que l'endroit idéal pour rencontrer ses compagnes est le Fer à cheval, le plus célèbre casino de Baltimore. Mais son manque de discernement ne justifie pas que je lui fasse subir ma propre frustration.

— Tu as raison, Dan. Je n'aurais pas dû dire ça.

— J'accepte tes excuses, répond-il, pas rancunier. Nous essayons juste de t'aider. Tu ne peux pas nous en vouloir de nous sentir un peu excités pour toi !

C'est bien là le problème, songé-je. Tout le monde semble bien décidé à m'aider. Des dizaines de milliers de personnes se sont déjà manifestées. Et le tumulte qu'elles causent m'empêche en réalité de me concentrer sur ce que *je* veux. Je n'ai aucune idée de ce qui serait juste, de ce qui me semblerait authentique. C'est un peu comme si ma vie était un puzzle et que j'avais étalé toutes les pièces sur le sol. Et je n'ai plus aucune idée de celles qui sont censées se compléter.

Une fois de plus, je m'extrais de sous la voiture et je considère mes deux collègues depuis le sol. Ils ont la tête baissée et les bras croisés.

— Je ne pensais vraiment pas que tout cela vous intéressait.

À ces mots, Dan se rembrunit brusquement.

— Bien sûr que ça nous intéresse, Lu ! s'exclame-t-il. Nous t'aimons beaucoup, tu sais. Et nous voulons que tu sois heureuse.

Harvey pose ses mains sur sa poitrine massive.

— Nous voulons que tu trouves l'amouuuuuuuuur ! s'écrie-t-il en tentant d'imiter les trémolos de Céline Dion. Nous écoutons l'émission tous les soirs et nous avons même créé un groupe WhatsApp pour en discuter.

Je sais que ce n'est pas anodin : il m'a fallu près de trois ans pour parvenir à les convaincre de se servir de cette application. Angelo s'approche à son tour, s'essuyant les mains à l'aide du torchon posé en travers de son épaule.

— Tu pensais vraiment que nous ne nous sentions pas concernés ? me demande-t-il d'un ton empli de reproches.

Lors de mon entretien d'embauche avec Dan, il y a dix ans de cela, j'étais la mère épuisée d'une fillette particulièrement remuante. J'avais mon bac en poche mais aucun diplôme d'études supérieures et aucune recommandation d'employeur à faire valoir. Et, à dire vrai, je n'avais encore qu'une idée très approximative de la façon dont on fait une vidange. Grayson venait tout juste de commencer ses études à l'Institut universitaire des Beaux-Arts en bénéficiant d'une bourse. Quant à moi, j'avais décidé de remettre à plus tard mon admission au sein de l'Université du Maryland pour pouvoir commencer à travailler. Nous avions besoin d'argent et nous savions que Grayson n'avait pas le droit à l'échec. J'avais repéré une pancarte accrochée à la fenêtre du garage qui indiquait qu'un poste était disponible et j'étais entrée sur un coup de tête.

Dan m'avait longuement observée, assise sur la chaise qui faisait face à son bureau, le chemisier encore taché de purée de légumes. Il avait alors décidé de me donner une chance. C'est lui qui m'a appris tout ce que je sais au sujet des voitures et il m'a soutenue de façon indéfectible dans les moments les plus difficiles de mon existence. Et je l'ai toujours considéré comme un père – bien plus encore que mon véritable géniteur. C'est aussi le cas d'Angelo.

— Je sais que vous vous inquiétez pour moi. En revanche, je n'avais pas compris que vous étiez aussi investis.

Tous trois froncent les sourcils et Harvey place ses mains sur ses hanches.

— C'est vraiment insultant, Lu. Je suis vexé !

— Moi aussi, renchérit Dan.

Angelo plisse ses paupières.

— Considère que nous nous sentons tous trois insultés.

Je m'efforce difficilement de ravaler un sourire.

— Je suis vraiment désolée, les gars. Je vous promets de ne plus jamais sous-estimer l'ampleur de votre soutien.

— Tu ferais bien, rétorque Harvey. Nous serons à tes côtés quoi qu'il arrive, Lu.

Un tintement de clochette se fait entendre du côté de la porte d'entrée.

— Occupe-toi de ce client, me dit Harvey. Pendant ce temps, je vais jeter un coup d'œil à ce téléphone et je te ferai une sélection des trois partis qui me semblent les plus prometteurs.

— Ça n'est pas vraiment ce que j'appelle un échange équitable.

Je lui tends mon téléphone à contrecœur.

— Au contraire, c'est tout à fait équilibré, lance Harvey en se penchant vers l'écran.

Son médecin lui a prescrit des lunettes pour compenser sa presbytie, un an auparavant, mais il refuse de les porter. Il fait défiler les messages à une vitesse effrayante.

— Cela ne va pas être de tout repos. À mon avis, c'est toi qui as le beau rôle dans cette histoire, Lu.

Ce n'est pas du tout mon sentiment. Tout particulièrement lorsque je découvre l'homme qui m'attend devant le bureau de la réception. Il arbore une expression peu amène et a les bras résolument croisés sur sa large poitrine comme s'il s'apprêtait à devoir en découdre. Physiquement, il me fait penser à un joueur de football américain. Ou à un bûcheron en colère, c'est selon…

— Est-ce que vous prenez en charge les voitures de collection dans ce garage ? me demande-t-il avant même que la porte de l'atelier ne se soit refermée derrière moi.

Pas même de « Bonjour ». Pas de « Comment allez-vous ? » Voilà qui promet.

— Quelquefois, réponds-je en m'efforçant de faire preuve de patience et de dominer la sensation de frustration qui m'habite de façon quasiment permanente, ces temps-ci.

Je n'apprécie pas les gens qui ne prennent pas le temps de faire preuve d'un minimum de politesse.

— De quoi avez-vous besoin ? lui demandé-je en plaçant un formulaire sous la pince d'un porte-bloc.

C'est quelqu'un de plutôt jeune – bien plus jeune que la plupart des clients qui fréquentent le garage. Dan aime répéter que sa clientèle est uniquement constituée de gens qui ont passé non seulement leur vie actuelle, mais aussi toutes leurs vies antérieures à Baltimore. Je ne crois pas avoir déjà vu cet homme, en tout cas. Il est grand. Avec des cheveux courts blonds au niveau des racines et qui foncent sur la longueur jusqu'à prendre une couleur de bronze doré. Son visage est sévère, sans la moindre trace d'humour. La mâchoire carrée et des yeux bleus au regard perçant. Le genre de personne qui doit s'amuser à briser des gens comme des brindilles lorsqu'elle en a l'occasion. Qui sait ? Peut-être est-il membre d'un cercle de combats clandestins…

— Je voudrais faire installer un kit de LED sous le châssis de ma Chevrolet de 1958.

Je retiens à grand-peine une exclamation horrifiée. J'arrête aussitôt de remplir le formulaire d'entrée et le regarde fixement.

— Vous voulez ajouter un underglow à une Chevrolet de 58 ? articulé-je.

— C'est ce que je viens de dire, confirme-t-il sans laisser échapper le plus petit sourire.

— Je vois, lui dis-je en reposant mon stylo dans la tasse destinée à cet effet. C'est non.

Il ouvre de grands yeux.

— Non ? répète-t-il.

Dan va probablement m'étrangler mais tant pis. Il n'est pas question que j'installe une option aussi vulgaire sous une voiture aussi élégante. C'est au-dessus de mes forces.

— Vous aviez une couleur spécifique en tête ?

— Bleu, répond-il sans hésiter.

— De quelle couleur est votre voiture ?

— Rouge.

Cette fois, je laisse échapper un gémissement. Mais quelle horreur… J'arrache le formulaire d'entrée du porte-bloc et le froisse.

— Nous ne pouvons pas nous occuper de votre véhicule. Je peux vous indiquer un autre garage en ville si vous voulez. Mais j'estime qu'il est de mon devoir de vous dire que ce que vous vous apprêtez à faire constitue un crime de lèse-majesté à l'égard de tous les véhicules de collection. Vous devriez vraiment avoir honte.

Il décroise enfin les bras et pose ses mains sur le comptoir.

— Vraiment ?

— Oui.

Je me dis que je devrais en rester là, qu'il est inutile d'insister. Mais je ne peux pas m'en empêcher. Qui sait ? L'assurance dont fait preuve Aiden commence peut-être à déteindre sur moi. Ou bien j'ai juste atteint mon point de rupture. C'est difficile à dire.

— C'est une Chevrolet de 1958 ! m'exclamé-je. Franchement, je ne comprends même pas pourquoi vous prenez la peine de me demander si nous prenons en charge les voitures anciennes si c'est pour défigurer la vôtre avec un underglow ! Un underglow *bleu*… sous une Chevrolet *rouge* ! Il devrait y avoir une branche de la police pour s'occuper de ce genre de cas ! Ça vous fait sourire ? Vous trouvez vraiment ça drôle ?

— Non, répond-il en passant une main sur ses lèvres comme pour faire disparaître son sourire qui ne fait que s'élargir un peu plus.

Son visage semble transfiguré par cette expression. Il paraît soudain beaucoup plus jeune, beaucoup plus abordable, beaucoup plus séduisant, à vrai dire…

— Je crois que je viens de tomber amoureux.

Je le regarde en clignant des yeux.

— Pardon ?

— Cela fait des semaines que je cherche quelqu'un à qui confier Rosie – c'est le nom de ma voiture. Je suis arrivé à Baltimore depuis peu. Et vous êtes le premier garage qui refuse d'installer un underglow ! Merci !

Je cille de nouveau.

— Euh… De rien…

Il désigne le porte-bloc que j'ai reposé sur le comptoir.

— Si cela ne vous ennuie pas, j'aimerais vraiment beaucoup que vous jetiez un coup d'œil à ma Rosie. Elle n'est plus toute jeune et a besoin d'une révision complète et probablement de quelques réparations. Je voudrais vous la confier si vous avez le temps de vous en occuper.

En rougissant, je reprends mon porte-bloc. Je crois que c'est la première fois que je m'emporte contre quelqu'un et qu'il me remercie pour cela. C'est aussi la première fois que quelqu'un me demande de me charger personnellement de son véhicule.

— Eh bien… Je suis vraiment très prise jusqu'à la fin de la semaine et pendant la majeure partie de la semaine prochaine mais je suppose que je pourrais m'arranger pour libérer un peu de temps.

— Je suis prêt à patienter, m'assure-t-il. Vous en valez la peine.

Il me décoche alors un clin d'œil complice et je sens un léger fourmillement dans ma poitrine. Je n'irais pas jusqu'à dire que j'ai des papillons dans l'estomac. Mais il y a tout de même quelque chose. Un frisson.

— Que les choses soient claires. Vous ne comptez pas installer d'underglow ?

Il éclate de rire.

— Non ! Je ne tiens pas à me faire arrêter par la police des voitures d'occasion !

C'est à mon tour de me mordiller la lèvre pour réprimer un sourire. Je devrais peut-être me sentir un peu vexée de m'être fait piéger de cette façon. Mais en réalité, je suis un peu… sous le charme. Et je commence à remplir un nouveau formulaire d'entrée.

— Très bien. Voyons ce que nous pouvons faire pour Rosie…

Le temps que je finisse de m'occuper du propriétaire de la Chevrolet, Harvey, Angelo et Dan ont chacun écrit leur sélection de soupirants au dos d'un bon de commande de pièces détachées. Lorsque je rentre à la maison, Maya complète la liste et Mateo décide de créer un tableau Excel qu'il partage avec l'ensemble de la famille. Il a entrepris de noter les différents messages selon trois critères et d'en faire la moyenne. Patty me conseille de demander à chacun de mes soupirants la taille de leur pénis avant de se raviser en m'expliquant que, de toute façon, la plupart d'entre eux mentiraient à ce sujet. Grayson, quant à lui, refuse de me faire part de ses opinions, se bornant à répéter que je suis la seule à pouvoir faire un tel choix. Cela lui vaut un petit baiser sur la joue. Maya et Mateo réagissent en nous huant et en nous lançant du pop-corn.

Lorsque je me retrouve de nouveau assise auprès d'Aiden, mon casque sur les oreilles et ma tasse de café fumant posée devant moi, je me rends compte que je n'ai toujours pas pris de décision. Je garde les yeux résolument fixés sur le bureau derrière lequel nous sommes installés tandis qu'il prépare la console pour l'émission qui est sur le point de débuter. Il marmonne à mi-voix quelque chose au sujet de l'acoustique de la pièce. Depuis que nous nous sommes retrouvés, je n'ai perçu aucun signe de la tension qui l'habitait à la fin de l'émission précédente ni de la complicité qui transparaissait dans nos messages, hier soir.

— Je crois que je vais organiser un rendez-vous, déclaré-je enfin à brûle-pourpoint.

Ma voix résonne étrangement dans la pièce et semble presque forcée. Heureusement que les micros ne sont pas encore connectés. Aiden marque un temps d'arrêt avant de me jeter un coup d'œil par-dessus son épaule. Son profil est à moitié plongé dans l'ombre et il porte encore son casque autour du cou.

— Un rendez-vous, répète-t-il.

— Oui.

— Quel genre de rendez-vous ?

— Eh bien, un rendez-vous amoureux…

Il fronce légèrement les sourcils, paraissant quelque peu désarçonné par cette déclaration.

— Arrêtez de me regarder de cette façon, protesté-je. C'est pour cela que je suis ici, non ?

J'englobe d'un geste la pièce dans laquelle nous nous trouvons, avec ses posters fatigués et l'affiche manuscrite accrochée juste sous la pendule qui proclame : « Prière de vous taire quand vous m'adressez la parole ». Je crois deviner qui a écrit ça.

— Oh, vous avez fait votre choix, comprend enfin Aiden. Votre choix sponsorisé par Le Roi du Pneu…

— Oui. Je crois, en tout cas.

Il lève un sourcil inquisiteur. Le sweat-shirt qu'il porte ce soir-là a un col rond légèrement distendu par l'usage et j'aperçois une chaîne en or qui est accrochée autour de son cou et disparaît sous sa chemise.

— Vous croyez ?

— Oui, répété-je en hochant la tête d'un air hésitant.

— Vous ne paraissez pas très convaincue.

Je redresse les épaules et pose mes mains bien à plat sur mes cuisses. J'essaie de rassembler toute la confiance en moi dont je dispose.

— Je le suis. Je compte bien trouver quelqu'un, ce soir.

Il me fixe longuement de son regard bleu qui semble effleurer mon visage, mes yeux, mes joues, ma bouche sur laquelle il s'attarde quelques instants avant de se détourner brusquement. Je me demande ce qu'il peut bien penser, en cet instant.

— C'est vraiment ce que vous voulez ?

Je hoche vigoureusement la tête et l'arceau de mon casque bascule légèrement vers l'avant, me barrant le front. Je le repousse et avise le demi-sourire qui joue sur les lèvres d'Aiden.

Cette vision éveille en moi un délicieux fourmillement que je me force à réprimer sans pitié.

— Oui, insisté-je. C'est ce que je veux.

Je veux trouver quelqu'un qui puisse apaiser un peu cette sensation de solitude qui m'oppresse presque continuellement. Je veux nouer avec lui une vraie connexion, quelque chose qui soit réel, palpable. Or je n'ai aucune chance d'y arriver en restant indéfiniment enfermée avec Aiden dans cette cabine d'enregistrement à discuter au téléphone. Il faut que je me montre un peu plus courageuse que cela, que j'accepte de prendre des risques. En demeurant auprès d'Aiden, je joue la sécurité. Et cela ne peut plus durer.

Je le vois serrer les dents puis se détendre légèrement. Il m'observe toujours aussi attentivement.

— Qu'y a-t-il ?

Il secoue doucement la tête et se retourne enfin vers la console. Je fixe sa nuque et les cheveux qui rebiquent légèrement au-dessous de son oreille gauche. Il enfile alors son casque et j'ai l'impression que c'est une façon pour lui de refermer une porte entre nous.

— Rien, murmure-t-il en tapotant les différents boutons de contrôle.

Il effectue des réglages, ajuste des potentiomètres.

— Vous avez raison, ajoute-t-il enfin. C'est le motif de votre présence ici. Alors faisons en sorte de trouver ce fameux rendez-vous.

AIDEN VALENTINE : J'ai une grande nouvelle, pour vous, fidèles auditeurs des *Liens du cœur* ! Lucie a fixé son premier rendez-vous !

LUCIE STONE : N'en faites pas une montagne.

AIDEN VALENTINE : C'est tout de même la moitié de la raison de votre présence ici !

[Silence]

LUCIE STONE : Quelle est l'autre moitié, d'après vous ?

AIDEN VALENTINE : Pardon ?

LUCIE STONE : Vous dites que c'est la moitié de la raison de ma présence. Quelle est l'autre moitié ?

AIDEN VALENTINE : Me pousser à bout, bien sûr !

CHAPITRE 14
AIDEN

ELLE A CHOISI UN TYPE APPELÉ EVERETT. Ou Elliott. Elle m'a dit son prénom mais je n'ai pas jugé utile de le retenir.

C'est un banquier d'affaires qui travaille pour l'une de ces boîtes prestigieuses qui ont leurs bureaux dans ces immeubles de luxe au bord de l'eau. Lors d'une émission, ils sont convenus de se rencontrer pour dîner ce soir et c'est ainsi que je me retrouve seul dans le studio d'enregistrement. Ça ne m'ennuie pas du tout. Je vais bien. Je suis heureux que Lucie ait fixé un premier rendez-vous.

Tout se passe exactement comme prévu.

C'est parfait.

Un plan sans accroc.

Jackson se laisse tomber sur le siège à mes côtés.

— Tu veux en parler, mon pote ? me demande-t-il.

— Parler de quoi ?

Il enfourne une chips au crabe dans sa bouche et la mastique bruyamment. J'étais tranquillement assis là jusqu'à ce qu'il débarque, pour s'assurer que tout va bien apparemment. Cela fait maintenant vingt minutes qu'il est assis sur le fauteuil de Lucie pendant que j'anime l'émission en mode pilotage automatique. Il m'a dit qu'il attendait le moment de présenter son bulletin météo mais je crois savoir ce qu'il veut réellement.

— Je trouve ça touchant que tu fasses semblant de ne pas comprendre, raille-t-il.

Il finit sa dernière chips avant de froisser le paquet et de le lancer en direction de la corbeille à papier. Il parcourt environ la moitié de la distance avant de retomber sur le sol. Je sais que c'est moi qui vais devoir le ramasser tout à l'heure et cela ne fait qu'ajouter un bloc à la tour Jenga de ma frustration.

— Je faisais allusion à Lucie et à son rendez-vous. Est-ce que tu veux en parler ?

— J'en ai déjà parlé.

En réalité, je n'ai fait quasiment que cela durant toute la soirée. C'est le seul sujet dont nos auditeurs veulent discuter, apparemment. Où elle va. Ce qu'elle va porter. Depuis combien de temps elle échange des textos avec ce type. Je me suis efforcé de répondre du mieux que je pouvais mais j'avoue que je commence à perdre sérieusement patience. Je crois que si je prononce une fois encore les mots « route de l'amour », je vais vomir.

Je suis d'ailleurs convaincu que Lucie n'aimerait pas que tout un chacun spécule à loisir sur les chances qu'elle a d'embrasser ou pas l'homme avec lequel elle sort ce soir. Quant à moi, je n'ai aucune envie de m'étendre sur ce sujet.

Jackson s'essuie les doigts à l'aide de l'une de ces lingettes désinfectantes qu'il garde toujours en réserve dans ses poches.

— Qu'est-ce que tu ressens, exactement ? me demande-t-il.

— À propos de quoi ? De ce rendez-vous ? Je ne ressens rien de particulier. Maggie a voulu organiser une émission pour l'aider à sortir avec quelqu'un et maintenant, elle sort avec quelqu'un. Tout se passe exactement comme prévu.

Un peu plus vite que je ne l'avais anticipé, peut-être. Mais cela ne change rien. C'est sa décision, après tout. C'est elle qui a choisi en son âme et conscience. De mon côté, je suis juste décidé à veiller à ce que personne ne la force plus jamais à accomplir quelque chose contre son gré.

— Qu'est-ce que tu sais de cet Elliott, au juste ?

— Rien.

Il reste encore trois minutes avant que cette chanson ne se termine, puis nous enchaînerons sur quatre minutes de publicité. Sept minutes de délicieux répit. Je préférerais vraiment les passer en silence, à regarder fixement le mur devant moi. Mais Jackson paraît bien décidé à poursuivre cette conversation.

— Elle ne t'en a pas parlé ? insiste-t-il.

— Non.

À vrai dire, je me suis senti un peu vexé qu'elle ne le fasse pas. Mais je suis bien conscient du fait qu'elle n'a aucune raison de s'épancher sur les détails de son existence. Je presse un bouton avec plus de force que nécessaire. Évidemment, il reste coincé en position basse et je me vois obligé d'utiliser un couteau en plastique que quelqu'un a laissé dans la cabine pour le débloquer.

— Elle m'a dit qu'ils avaient échangé quelques textos et qu'il paraissait relativement normal. Elle semblait estimer que c'était une bonne base de départ.

Jackson fronce légèrement les sourcils.

— Relativement normal ne trahit pas à proprement parler un enthousiasme débordant…

— Qu'est-ce que tu veux que j'y fasse ?

Jackson se tortille nerveusement sur sa chaise.

— Ça ne me dit rien qui vaille, déclare-t-il enfin.

— Elle ne nous a pas demandé notre avis.

Moi non plus, ça ne me dit rien qui vaille en dépit de ma volonté bien arrêtée de me tenir à l'écart de cette situation. J'ouvre la bouche pour conseiller à Jackson d'aller faire un tour en salle de pause et de m'épargner ses ruminations inutiles. Mais je vois alors apparaître Hughie derrière la vitre insonorisée du studio. Sa chemise est sortie de son pantalon et ses cheveux sont en bataille. Une expression terrifiée se lit sur son visage rond.

— Pourquoi est-ce que Hughie ressemble à une future victime de film d'horreur ?

— Il a toujours un peu cet air-là.

Je vois Hughie faire de grands gestes et nous parler.

— Qu'est-ce qu'il dit, à ton avis ?

— Je ne sais pas. Tu crois que nous devrions…

Je secoue la tête.

— Attendons de voir ce qui se passe.

Nous ne faisons pas mine de bouger et Hughie se met à tambouriner à coups de poing contre la vitre insonorisée en nous montrant la direction de l'entrée.

— On dirait vraiment que c'est urgent, remarque Jackson.

Il ne semble pas plus pressé que moi d'aller s'enquérir de la situation et nous demeurons assis, suivant Hughie du regard tandis qu'il se dirige vers le studio. Il tente de pousser la porte qui s'ouvre dans l'autre sens durant trente bonnes secondes avant de prendre conscience de son erreur.

Il fait vraiment peine à voir.

Il finit par ouvrir la porte à la volée et pénètre dans la pièce en haletant.

Je demeure parfaitement immobile. À ce stade, il ne me reste plus que trois minutes de pause.

— Que se passe-t-il, Hughie ? lui demandé-je. Tout va bien ?

— Non. Tout ne va pas bien du tout !

Il pointe son pouce vers l'arrière.

— Il y a un type furieux à la réception qui demande à te parler.

Jackson se lève enfin de son fauteuil avec un gémissement résigné.

— Ce doit être ce type qui pète un plomb à cause de l'absence de neige. Je lui ai dit que je ne pouvais strictement rien y faire. Ce n'est pas de ma faute si cet hiver est exceptionnellement sec. Même si j'en avais envie, je serais bien incapable d'invoquer des flocons !

Hughie secoue la tête d'un air impatient. Il semble à cran, comme s'il craignait à tout instant qu'un homme masqué ne surgisse du placard de la salle de pause en brandissant un couteau de chef.

— Ce n'est pas le type de la neige.

Il me jette un coup d'œil nerveux.

— Ça a un rapport avec toi, me dit-il. Il menace de se menotter à un radiateur si tu refuses de venir lui parler.

— Moi ? m'exclamé-je.

Hughie hoche la tête.

— Mais de quoi est-ce qu'il veut discuter, au juste ?

— Il dit que c'est au sujet de Lucie.

Je me lève si brusquement que j'envoie rouler mon fauteuil en arrière. Il percute bruyamment la table sur laquelle est posée la cafetière, manquant la faire tomber.

— Au sujet de Lucie ? répété-je. Que lui veut-il au juste ?

— Je ne sais pas. Mais tu ferais mieux de venir voir ce qu'il en est.

Eileen passe alors la tête par l'embrasure de la porte de son bureau depuis lequel elle gère la technique.

— Quelqu'un doit rester à l'antenne, nous crie-t-elle. Nous serons en direct dans moins d'une minute.

Je repousse Jackson sur sa chaise.

— Tâche de meubler en leur parlant de la pluie et du temps. C'est ta spécialité, après tout. Je reviens dès que possible.

Je ne prends pas la peine d'attendre sa réponse et me dirige vers le bureau de la réception, le cœur battant à tout rompre. S'agit-il d'Elliott ? S'est-il passé quelque chose de grave au cours de leur rendez-vous ? Je sais que certains auditeurs se sont plaints qu'elle ait suscité chez leurs partenaires des aspirations romantiques, les poussant à se montrer plus exigeantes envers eux. Mais ils n'iraient tout de même pas jusqu'à s'en prendre à elle, j'espère…

Maggie était censée filtrer les soupirants de Lucie. Elle devait veiller à ce qu'il n'y ait parmi eux que des hommes normaux, des gens sûrs…

Je pousse la porte en verre et m'avance dans le hall d'entrée. Un grand type aux cheveux fous se tient au milieu de la pièce, les bras résolument croisés sur sa poitrine, le visage déformé par la colère. Lorsqu'il m'aperçoit, il s'avance vers moi, faisant voler son épaisse tignasse de cheveux bouclés. Il semble décidé à me flanquer son poing dans la figure. Peut-être même à m'enchaîner au radiateur.

— Vous ! s'exclame l'inconnu en venant se planter juste devant moi.

Il enfonce son index dans ma poitrine tandis que Hughie s'agite autour de nous. Je suis plutôt athlétique mais le nouveau venu n'est pas en reste. Si je mesure entre trois et cinq centimètres de plus, il semble animé d'une volonté farouche. Il me tapote de nouveau le torse, plus durement encore.

— Je comptais sur vous pour prendre tout cela au sérieux ! Vous avez promis que vous ne vous moqueriez pas d'elle !

Je repousse son bras. Je n'ai absolument aucune idée de ce dont il est en train de parler. Croit-il que je me sois moqué de Lucie d'une façon ou d'une autre ?

— Qu'est-ce que vous racontez ?

— Elle pensait que c'était un vrai rendez-vous, espèce de salopard ! Est-ce que c'est vous qui avez organisé ça ? Est-ce que vous comptiez délibérément l'humilier ?

Il agrippe mon sweat. Son visage est empourpré par la rage qui l'habite.

— Je lui ai dit que vous pourriez l'aider et, pendant tout ce temps, vous vous êtes moqué d'elle !

J'aurais bien du mal à définir la nature exacte de mes relations avec Lucie. Mais une chose est sûre : jamais je n'ai cherché à me servir d'elle. Je me suis toujours efforcé de faire preuve d'honnêteté à son égard et j'ai fait ce que j'ai pu pour l'aider. Je suis peut-être un peu cynique comparé à l'idéalisme dont elle fait preuve dans le domaine amoureux. Mais jamais je n'essaierais de lui faire du mal.

Je suis sur le point de le dire à cet homme lorsque la porte d'entrée s'ouvre en grand, laissant passer Lucie qui déboule du parking. Elle porte un manteau de laine sombre qui lui arrive aux genoux. Ses cheveux ont été balayés par le vent qui souffle au-dehors et ses joues sont rosies par le froid. Elle est essoufflée et manque déraper sur les chaussures à talons qu'elle porte ce soir-là. Je ne peux m'empêcher de remarquer au passage la finesse de ses chevilles et le petit nœud adorable qui orne le fermoir. Je ne saurais dire pourquoi je me concentre sur de tels détails alors que cet homme continue à me secouer comme une poupée de chiffon.

— Grayson ! s'écrie Lucie. Je te jure que je vais t'arracher la colonne vertébrale à mains nues !

Elle agrippe le dos de la veste de mon agresseur et tente de l'écarter de moi. Il recule à contrecœur mais se refuse toujours à lâcher mon pull. J'ai l'impression que nous nous trouvons engagés dans un tir à la corde un peu absurde. Lucie assène une tape sur le poignet de l'inconnu.

— Mais qu'est-ce que tu fabriques ? s'exclame-t-elle, hors d'elle.

Il la considère avec stupeur.

— Ne me dis pas que c'est contre moi que tu es colère !

— Bien sûr que je suis en colère !

Elle frappe de nouveau son poignet et il me libère enfin. Je fais mine de défroisser mes vêtements et m'éclaircis la gorge. Mais aucun des deux ne me prête la moindre attention.

— Tu ne m'as même pas laissé le temps de t'expliquer quoi que ce soit avant de t'élancer hors de la maison ! s'emporte Lucie.

— Mais tu étais en larmes, Lu, proteste-t-il. Que voulais-tu que je fasse ?

— Certainement pas que tu déboules ici comme Rambo ! Tu aurais dû écouter ce que j'avais à te dire. Mais tu ne m'as pas laissé la moindre chance de m'expliquer.

Ils continuent à se disputer mais je ne les écoute plus. J'ai les yeux rivés sur Lucie. Ses yeux gonflés prouvent en effet qu'elle a pleuré. Et si ses joues sont rougies, ce n'est pas uniquement à cause du froid mais aussi parce qu'elle les a frottées, probablement pour essuyer ses larmes.

Et comme je prends conscience de cela, une colère sourde monte en moi, éveillant un bourdonnement au creux de mes oreilles.

Je finis par m'interposer entre eux en faisant face à Lucie.

— Pourquoi avez-vous pleuré ?

Elle me jette un regard étonné et ses longs cils papillonnent brièvement. Elle fait mine de me repousser mais je m'approche d'elle et soulève son menton pour pouvoir observer plus attentivement son visage.

Ses joues humides et son nez légèrement rougi ne laissent strictement aucun doute.

— Qui vous a fait pleurer, Lucie ? lui demandé-je.

Les pièces de ce puzzle commencent à s'assembler dans mon esprit. Le rendez-vous de Lucie. Les accusations de cet inconnu qui semblait croire que la radio était responsable, qu'elle avait délibérément cherché à humilier la jeune femme.

— Est-ce à cause d'Elliott ? insisté-je. Est-ce qu'il vous a fait quelque chose ?

Elle laisse échapper un soupir tremblant.

— Ce n'est rien.

— Si tel était le cas, vous n'auriez pas pleuré.

Lucie recule, s'écartant de moi. D'un geste machinal, elle porte la main à ses boucles d'oreilles qu'elle triture nerveusement, ce qui ne fait qu'ajouter à mon désarroi.

— Je vais bien. Il m'arrive de pleurer lorsque je suis déçue ou lorsque je suis en colère.

Elle se tourne vers l'inconnu qui se trouve derrière moi.

— C'est quelque chose que Grayson sait pertinemment mais qu'il a choisi d'ignorer pour débarquer ici avec la subtilité d'un char d'assaut !

L'homme hausse les épaules d'un air indifférent.

— Je ne compte pas m'excuser, lui dit-il.

— Tu le devrais pourtant, réplique Lucie.

— Je venais défendre ton honneur. Je pensais que ce type avait une part de responsabilité dans cette affaire…

— Ce n'est pas le cas.

Elle se tourne vers moi et prend une profonde inspiration. Lorsqu'elle la laisse échapper, son corps tout entier semble brusquement se détendre.

— Il ne ferait jamais une chose pareille, ajoute-t-elle avec conviction.

— D'accord, soupire Grayson en me considérant d'un air pensif. Je vous dois sans doute des excuses pour vous avoir secoué de cette façon et avoir abîmé votre pull.

— Ça ne fait rien, dis-je.

Je me moque de ce qu'il a bien pu faire à mon sweat. En revanche, je ne peux m'empêcher de fixer Lucie.

— Quelqu'un pourrait-il m'expliquer ce qui se passe ici ? demandé-je.

Lucie ne paraît guère disposée à répondre. En cet instant, elle semble surtout vouloir se trouver très loin d'ici.

Elle finit par soupirer.

— J'ai été à mon rendez-vous avec Elliott ce soir comme prévu. Simplement, les choses ne se sont pas passées comme je l'avais espéré…

Elle croise les doigts devant elle et s'abstient d'ajouter quoi que ce soit.

— Qu'est-ce que vous voulez dire ?

Ma voix me fait penser à l'enregistrement d'un vieux vinyle déformé et rayé.

Lucie croise mon regard à regret. Elle semble fatiguée, épuisée même, comme si le poids qu'elle portait sur ses épaules était soudainement devenu trop écrasant. Je voudrais pouvoir l'envelopper dans une couverture et lui offrir une tasse de mon café spécial. Je voudrais pouvoir asséner un coup de poing vengeur à Elliott.

— Qu'est-ce qui se passe ici ? s'exclame alors Maggie qui vient de nous rejoindre avec Hughie.

Elle écarte sans ménagement ce dernier de son chemin et il semble se recroqueviller sur lui-même.

— Pourquoi est-ce que Jackson est à l'antenne, en train d'épiloguer sur la différence entre la grêle et le grésil ? Je te rappelle que tu es censé animer une émission, Aiden !

Elle semble soudain prendre conscience du chaos qui règne dans le hall d'entrée. Elle observe successivement Lucie et ses yeux rougis, moi qui semble probablement habité par une pulsion de meurtre, et le type aux cheveux frisés qui a voulu m'attacher à un radiateur.

— Qui êtes-vous ? lui demande-t-elle en le considérant d'un air méfiant.

— Le papa de la fille de Lucie, répond-il en s'avançant vers Maggie, la main tendue.

Lucie gémit et lève les yeux au ciel.

— Grayson Harris, ajoute l'homme avec un sourire.

Maggie serre la main qu'il lui tend en fronçant les sourcils d'un air songeur.

— Pourquoi est-ce que ce nom m'est familier ? dit-elle à voix haute.

— Grayson est un artiste plasticien, précise Lucie. C'est aussi un chieur de première classe.

— Bien sûr ! fait Maggie dont le visage s'illumine brusquement. Figurez-vous que j'ai acheté l'une de vos œuvres !

— Laquelle ? s'enquiert-il, curieux.

— Un petit tableau qui représente un bouquet de fleurs sauvages. Je l'ai acheté lors d'une vente aux enchères…

— Pour le soutien à l'éducation prioritaire, complète-t-il. C'était l'année dernière.

Il décoche un coup de coude à Lucie. Celle-ci semble désireuse de se réfugier dans les profondeurs de la terre.

— Le monde est petit, n'est-ce pas, Lu ?

— Microscopique, acquiesce-t-elle d'une voix blanche. Pouvons-nous y aller, maintenant ? À moins que tu ne veuilles casser quelque chose après t'être rendu coupable d'entrée par effraction ?

Grayson lui jette un regard chargé de reproches.

— Eh ! proteste-t-il. Je n'ai commis aucune effraction. Je suis entré parce que la porte était ouverte.

— De coups et blessures, alors !

Grayson me décoche une grande tape sur l'épaule.

— Il n'a rien.

Lucie se tourne alors vers moi.

— Je suis vraiment désolée.

Je secoue la tête.

— Ne vous en faites pas pour ça, lui dis-je.

Je me fiche de ces histoires de tableaux, du fait que Hughie semble toujours être en état de choc ou de la façon dont le père de Maya s'est jeté sur moi au beau milieu de la nuit pour défendre l'honneur de la jeune femme. Tout ce qui importe à mes yeux, en cet instant, c'est le désarroi que je lis dans les yeux de Lucie et ce qui a bien pu causer une telle réaction.

— Pourquoi n'entreriez-vous pas ? lui suggéré-je. Vous pourriez prendre un café.

— Je ne veux pas participer à l'émission.

Je me contrefiche également de cela.

— Rien ne vous y oblige, lui dis-je en esquissant un pas dans sa direction.

J'effleure son avant-bras.

— Vous êtes glacée. Venez au moins vous réchauffer.

Je tiens absolument à ce qu'elle reste. Je sens en moi une envie incoercible – un besoin impérieux – de faire quelque chose pour elle. N'importe quoi.

— Lucie n'est pas obligée d'animer l'émission mais toi, oui, nous interrompt alors Maggie. Ça fait trop longtemps que Jackson est à l'antenne. Et tu sais ce qui se passe lorsqu'il devient nerveux.

Je sais. Il se met à parler de météo avec des mots de plus en plus cryptiques jusqu'à ce que plus personne n'ait la moindre idée de ce qu'il raconte. Je soupire, passablement agacé. Maggie doit le comprendre, car elle pose la main sur mon épaule et me repousse doucement.

— File au studio, Aiden, me dit-elle. Lucie, Grayson, pourquoi ne viendriez-vous pas dans mon bureau ? Nous discuterons de tout cela à tête reposée.

— Pas question, grommelé-je.

Maggie me jette un regard sidéré.

— Pardon ?

— Tu ne peux pas me forcer à retourner à l'intérieur.

J'ai l'impression d'être en train de perdre pied. Je me tourne vers Lucie. Ses bras sont serrés autour de son corps et ses yeux gonflés et rougis demeurent résolument rivés sur le sol. Cette vision me brise le cœur. Serrant les dents, je fais de nouveau face à Maggie.

— Pas tant que je ne serai pas certain que Lucie va bien, ajouté-je.

À mes côtés, Grayson émet un petit grognement approbateur.

— Il me plaît bien, en fait, dit-il à Lucie. Je suis vraiment désolé d'avoir failli vous casser la figure, ajoute-t-il à mon intention.

J'esquisse un geste vague. Je me serais cassé moi-même la figure si je m'étais cru responsable de la détresse de Lucie.

— Sans rancune.

Nous nous tenons quelques instants en silence dans le hall tous les quatre – tous les cinq en comptant Hughie. Je perçois distinctement l'impatience qui émane de Maggie mais, à sa décharge, elle se garde de presser Lucie de questions.

— Tout ça est de ma faute, soupire celle-ci. J'ai surréagi.

Grayson plonge ses mains dans ses poches.

— À ce stade, tu n'as pas le choix. Tu ferais mieux de nous dire exactement ce qui s'est passé, Lu.

Elle lui jette un regard de reproche qui manque singulièrement de conviction puis se frotte nerveusement l'oreille avant de laisser retomber sa main en soupirant.

— Je vais bien.

Toutes les personnes présentes dans la pièce laissent échapper un grognement dubitatif.

— Elliott avait juste fait un pari stupide avec ses amis. Il avait prévu de me piéger en disant tout ce que j'avais envie d'entendre. Je crois qu'il voulait me ridiculiser, prouver qu'une fille trop romantique comme moi était prête à gober n'importe quoi. Mais je l'ai percé à jour et je l'ai planté là pour rentrer chez moi. Il ne s'est rien passé de grave. Simplement, je me suis sentie complètement stupide…

J'ai de nouveau des envies de meurtre.

— Maggie, dis-je d'une voix étrangement calme en dépit de la colère qui bouillonne en moi, est-ce que tu as constitué une base de données pour recenser les gens qui cherchent à contacter Lucie ?

Grayson semble tout aussi furieux que moi. Il a les épaules crispées et la mine très sombre.

— Vous avez peut-être une adresse ? demande-t-il à son tour.

— J'ai un pic à glace dans ma voiture, croit bon de suggérer Hughie depuis l'encadrement de la porte.

Maggie lui jette un regard atterré.

— Bon sang, Hughie.

— Arrêtez, nous dit Lucie.

Un sourire tremblant est apparu sur ses lèvres, même si ce n'est que l'ombre de celui qu'elle arbore d'ordinaire. Elle se tourne tour à tour vers Hughie, vers Grayson et vers moi.

— Ce n'est pas la peine, ajoute-t-elle. Tout va bien. Le sujet est clos. J'ai renversé un verre de vin blanc sur son pantalon pour que tout le monde pense qu'il s'était pissé dessus. À présent, je veux juste tourner la page et ne plus jamais reparler de cette soirée.

— Tu sais quelle serait la meilleure façon de tourner la page ? demande Grayson.

Il semble toujours en proie à une colère homicide. Mais, simultanément, son expression trahit une certaine exaltation, comme s'il venait tout juste de recevoir le cadeau de ses rêves. Lucie, quant à elle, semble résignée.

— Je suis sûre que tu vas me le dire, Gray, raille-t-elle.

Il ne relève pas son ironie.

— Tu devrais accepter un nouveau rendez-vous.

— Je ne vois pas très bien en quoi…

— Il faut que tu te remettes en selle, l'interrompt Grayson. Je ne veux pas que tu te serves de ce prétexte pour te murer dans la solitude durant dix ans de plus. Ce type était un salopard mais ce n'est pas étonnant.

Nous savons tous que tu n'es pas très douée pour choisir les hommes avec lesquels tu sors.

— Merci, répond-elle d'un ton ironique. Au passage, dois-je te rappeler qu'à une époque, je t'ai choisi toi ?

— Je suis l'exception qui confirme la règle.

— Ça va sans dire.

— Mais ne t'en fais pas, poursuit-il. Je crois avoir trouvé la solution à ce dilemme.

Maggie a suivi leur conversation avec attention. Je la vois alors plisser les yeux et devine qu'elle cherche à anticiper la prochaine étape et les décisions qu'elle va devoir prendre.

— Qu'est-ce que vous suggérez ? demande-t-elle.

Grayson se redresse et décoche à Lucie un grand sourire.

— Que ce soit moi qui choisisse la personne avec qui tu iras dîner la prochaine fois.

JACKSON CLARK : L'effet de grésil se produit lorsque la couche d'air glacial est suffisamment fine pour que les gouttes de pluie n'aient pas le temps de geler complètement en tombant. L'eau ne gèle en fait que lorsqu'elle entre en contact avec le sol gelé, créant ainsi du verglas. Tout particulièrement sur les surfaces planes telles que les routes ou les trottoirs. Cela peut se révéler dangereux. Vraiment très... euh... dangereux. Et vous devriez donc faire preuve de prudence pour éviter tout... euh... danger. Je ne parle pas de ce soir, bien sûr. Non, rassurez-vous. Nous n'aurons pas de grésil, ce soir. Le ciel est entièrement dégagé et... [Rire gêné] Aiden ne devrait pas tarder à revenir. Il est sorti un moment. Mais je pourrais en profiter pour vous parler de la poudrerie neigeuse en attendant...

CHAPITRE 15
LUCIE

CETTE JOURNÉE A VIRÉ À L'ABSURDE.

Il y a un mois de cela, si vous m'aviez dit que je me retrouverais assise dans ce studio d'enregistrement en sortant d'un rendez-vous désastreux avec un homme qui a tenté de m'humilier, en attendant que le père de mon enfant fixe pour moi un nouveau rendez-vous, je vous aurais probablement souri poliment avant de vous indiquer les urgences psychiatriques.

Ce n'est pas du tout la façon dont cette soirée était censée se terminer.

Je me sentais pleine d'espoir. Un peu nerveuse. Excitée, aussi.

Je ne m'attendais certainement pas que les choses prennent un tel tournant. Mais j'imagine que cela résume assez bien ma vie amoureuse. *Déçue et frustrée*. Voilà qui pourrait me servir d'épitaphe.

Je sombre un peu plus profondément au creux du pouf que Hughie est allé chercher Dieu sait où pour le traîner jusqu'à la cabine d'enregistrement. J'ai mon casque sur les épaules et une tasse de chocolat chaud entre les mains. Je considère pensivement le petit marshmallow qui flotte à la surface de ce délicieux breuvage tout en m'efforçant de comprendre à quel moment ma vie a vraiment déraillé.

Une paire de rangers en cuir fatigué apparaissent soudain dans mon champ de vision. Un des lacets est défait.

— Est-ce que ça va ? me demande Aiden.

Je ne lui réponds pas. Non, ça ne va pas. Je suis au fond du gouffre. Complètement déprimée et passablement pathétique. Et dire que je pensais que les applications de rencontre n'étaient pas faites pour moi. J'aurais sans doute mieux fait d'opter pour le couvent.

— J'imagine que les gens de chez Le Roi du Pneu seront très déçus, murmuré-je en jouant tristement avec mon marshmallow.

Aiden laisse échapper un profond soupir et s'agenouille face à moi.

— Je ne pense pas qu'ils vous en veuillent à vous.

Le dos de ses mains effleure mes tibias, éveillant en moi un léger frisson qui se propage le long de mes jambes. Je regrette de ne pas avoir eu le temps de me changer avant que Grayson ne se décide à jouer les vengeurs masqués. Je me sens un peu ridicule avec cette robe, ces chaussures. Un peu comme si j'étais costumée pour un rôle que je n'étais pas vraiment prête à jouer.

— Lucie, fait Aiden.

Il tapote ma cheville du bout de l'index avant de la serrer doucement.

— Ça me fend le cœur de vous voir aussi triste.

Ça me fend le cœur d'être aussi triste. Je n'ai jamais aimé cette sensation. Au cours de ma vie, je me suis toujours efforcée de voir le bon côté des choses, le verre à moitié plein. Même dans les pires moments, c'est quelque chose que j'ai toujours réussi à faire.

Mais en cet instant, je veux juste rester là, assise dans ce studio à m'apitoyer sur mon propre sort. Je crois que je me suis beaucoup trop investie émotionnellement dans cette histoire, que j'ai partagé bien trop de choses que je garde d'ordinaire profondément enfouies en moi. Et je me suis laissée aller à espérer. Tout ça pour un pauvre type en pantalon kaki qui portait des chaussures bateau sans chaussettes.

J'aurais pourtant dû le savoir dès l'instant où j'ai mis le pied dans ce restaurant.

En plus, il était blond.

— Lucie, murmure de nouveau Aiden d'une voix très douce, presque suppliante.

Il est tout proche de moi et j'ai soudain l'impression que nous sommes seuls dans la pièce. Je peux sentir l'odeur de café qui s'accroche à son sweat. Celle des cookies que Jackson et lui se disputent à longueur de temps. Je voudrais poser mon visage au creux de son cou, me laisser submerger par son parfum, oublier que le reste du monde existe. J'ai le cœur en miettes et je crois que j'ai besoin que l'on me réconforte.

Mais je réprime cette envie et je reste assise tristement sur mon pouf en serrant mon chocolat chaud entre mes doigts.

— Est-ce que je peux faire quoi que ce soit pour vous ?

Il y a quelque chose de très protecteur dans sa voix, dans son attitude corporelle.

— Je vais bien…

Avec une pointe d'horreur, je constate que ma voix tremble légèrement. Je m'éclaircis la gorge et reprends d'un ton un peu plus ferme.

— Je vous assure. Tout va bien.

Ses mains massent doucement mes chevilles, lentement, de haut en bas et de bas en haut, éveillant de nouveaux frissons. Une agréable sensation de chaleur aussi tandis que ma peau glacée se réchauffe à ce contact.

— Inutile de me mentir, vous savez, souffle-t-il.

Il avale difficilement sa salive et son regard ne quitte pas le mien. Il fait preuve de tant de délicatesse, en cet instant. Son visage qui peut sembler parfois sévère est soudain détendu et reflète une douceur infinie.

— Est-ce que vous voulez d'autres marshmallows ? propose-t-il.

Contre toute attente, je me sens sourire.

— Ça va. Merci.

Par-dessus son épaule, j'aperçois Grayson qui est assis sur mon siège habituel aussi fier qu'un roi sur son trône. Je soupire.

— Je ne sais pas si nous allons au-devant d'un triomphe ou d'un désastre.

Aiden suit mon regard.

— Je ne laisserai pas les choses virer à la catastrophe, m'assure-t-il en se tournant de nouveau vers moi. Mais est-ce que vous êtes vraiment sûre que c'est ce que vous voulez ? Rien ne vous y oblige, vous savez...

— Rien ne m'oblige à quoi ?

— À participer à cette émission. À sortir avec ces gens. À vous prêter à tout ça...

— Si c'est une façon de me dire « je vous l'avais bien dit », vous avez choisi un drôle de moment.

— Ce n'est pas ça, m'assure-t-il en se rembrunissant légèrement.

— Je sais que vous pensez que c'est stupide. Que tout ça ne vous plaît pas.

Sa mâchoire se crispe avant de se détendre.

— Ce n'est pas cela non plus.

— Vous comptez utiliser cette occasion pour reprendre le contrôle de l'émission ?

— Est-ce que vous pensez que je l'ai perdu ?

— Peut-être. En tout cas, ce serait une opportunité idéale pour me pousser vers la sortie.

C'était censé être une plaisanterie mais le ton de ma voix est nettement plus sérieux que je ne voulais.

Aiden secoue doucement la tête.

— Ce n'est pas ce que je compte faire.

— D'accord.

En réalité, cette promesse me procure un profond soulagement.

Cette soirée a été une véritable catastrophe mais je ne crois pas que je supporterais un nouveau rejet. Aiden ne croit peut-être pas à l'amour et aux idylles mais il n'a jamais cherché à ridiculiser mes propres convictions. Durant des années, j'ai enfoui en moi le besoin que j'avais d'établir une véritable connexion avec quelqu'un. Et j'ai peur qu'en y renonçant maintenant, je ne me retrouve de retour à la case départ. Et je ne suis pas sûre que j'aurais de nouveau le courage nécessaire pour m'exposer de cette façon.

Cette émission me semble constituer mon meilleur espoir.

Je veux avoir droit à ma fin heureuse. J'estime que je la mérite. Et désirer une telle chose ne signifie pas que je suis faible ou stupide comme me l'a laissé entendre Elliott d'un ton méprisant en grignotant une bruschetta hors de prix.

Au contraire, même, je trouve que je fais preuve d'une forme de courage – tout particulièrement en acceptant de poursuivre l'aventure.

Mais pas ce soir.

Je tapote l'épaule d'Aiden.

— Vous devriez reprendre le micro à Grayson avant qu'il ne fasse n'importe quoi…

Il ne bouge pas.

— Lui non plus n'est pas obligé de passer à l'antenne, ce soir. C'est vous qui décidez.

Je me force à sourire.

— Je me suis déjà fait traiter de salope nombriliste, ce soir. Je ne crois pas que ça puisse être pire.

Le regard d'Aiden se fait très dur et son visage se ferme tandis que ses mâchoires se crispent convulsivement.

— Il vous a vraiment dit ça ?

Elliott m'a dit beaucoup de choses.

Tout avait pourtant bien commencé. J'avais mis cette belle robe rouge que Mateo avait trouvée au fond de mon armoire et une paire de chaussures à talons que j'avais achetée pour me rendre à un enterrement de vie de jeune fille auquel je ne suis même pas allée, en fin de compte. Je me suis coiffée et j'ai laissé Maya me maquiller. Lorsque je suis arrivée au restaurant où nous avions rendez-vous, Elliott m'attendait auprès de la baie vitrée. Il m'a embrassée sur la joue et a galamment tiré ma chaise pour que je m'assoie. Nous avons commandé à boire et discuté assez librement. Tout semblait très bien se passer.

Mais à un moment donné, entre l'apéritif et l'arrivée de nos entrées, j'ai brusquement pris conscience du fait qu'il ne riait pas avec moi mais de moi. Il avait un regard de prédateur et un sourire satisfait. C'est alors qu'il m'a parlé du pari qu'il avait fait. Il m'a dit qu'il savait exactement ce qu'il devait dire pour obtenir un rendez-vous avec quelqu'un comme moi. Il m'a dit que j'étais terriblement prévisible. Que mes attentes étaient aussi autocentrées qu'irréalistes. Qu'une femme qui avait un enfant avait de la chance qu'on s'intéresse à elle. Que je me berçais d'illusions en croyant pouvoir me montrer aussi exigeante. Et que j'étais déjà beaucoup trop cabossée par la vie.

Cet homme est un véritable salopard, bien sûr. Mais ses mots ont malheureusement éveillé un écho en moi et m'ont impitoyablement poursuivie durant mon trajet de retour à la maison. Je ne pouvais pas non plus m'empêcher de remarquer que, parmi tous les hommes qui m'avaient envoyé des messages, c'était probablement l'un des pires que j'avais choisi.

Patty doit avoir raison. Je n'ai vraiment pas de chance.

C'est alors que Grayson m'a trouvée en train de sangloter de rage et d'humiliation tout en essayant de déboucher une bouteille de vin blanc.

— Aiden, appelle Maggie depuis la console en lui tendant son casque. Est-ce que tu es prêt ?

Il continue à me regarder comme il le fait toujours, avec ce mélange de gravité et d'attention si particulier. Je me fais parfois l'impression d'être une équation qu'il cherche à résoudre sans y parvenir. Ou bien encore une constellation qui lui servirait à se diriger.

— Qu'est-ce que vous en dites ? me demande-t-il. Est-ce que vous êtes vraiment prête à continuer ? Est-ce que vous vous êtes remise de vos émotions ?

Il a toujours cette étrange façon de prendre soin de moi, de veiller sur moi.

— Oui, tout va bien.

Il hausse un sourcil inquisiteur.

— Je vais bien, insisté-je.

Je crois que personne n'a jamais fait preuve de tant de prévenance à mon égard.

— Je vous le promets.

— Très bien.

Il m'observe encore durant quelques instants puis se redresse. Avant de s'éloigner, il se saisit du casque que je porte autour du cou et le pose délicatement sur mes oreilles.

— Pour que vous puissiez suivre l'émission, ajoute-t-il.

Son pouce effleure mon cou.

— Bien, dit-il avant de se détourner pour gagner son fauteuil à l'autre bout de la petite pièce.

Là, il enfile à son tour ses écouteurs et relance l'émission.

Je ferme les yeux et me concentre sur sa voix qui résonne dans mon casque. Il me semble qu'elle pénètre en moi, qu'elle se coule dans mes veines et parcourt mon corps, m'aidant à me détendre. Je sens toujours cette douce chaleur au niveau de mes chevilles, là où il a posé ses mains quelques minutes auparavant. J'écoute le rythme chantant des voyelles et des consonnes, la façon dont la cadence de ses mots fluctue. Et je me sens glisser dans un monde où je ne serais pas en proie à de telles attentes, où mes sentiments ne seraient pas aussi fragiles que du cristal.

Une heure plus tard, l'émission se conclut.

Je suis assise à une table de pique-nique branlante installée au bout du parking de la station de radio, face à une immense tour illuminée de lumières rouges qui clignotent lentement dans la nuit. J'ai dit à Grayson que je le rejoignais à la maison mais au lieu de retourner directement à ma voiture, je suis venue m'installer ici.

Assise sur le banc, je laisse mes jambes pendre dans le vide et se balancer doucement. J'observe la ville qui s'étale face à moi. D'ici, sur les hauteurs, on peut apercevoir les lumières du port en contrebas. Un énorme cargo chargé de marchandises est en train de passer sous un pont. Je distingue également les rangées de grues alignées le long de la rive, telles des sentinelles faisant le guet.

Aiden se laisse soudain tomber sur le banc à côté de moi et pousse un profond soupir. Il est si proche que sa hanche effleure la mienne. Le banc émet un grincement tandis qu'il se penche vers moi pour poser un pull sur mes épaules. Je prends alors conscience du fait que j'ai oublié mon manteau à l'intérieur, près du pouf.

— Il fait froid, me dit-il.

Il jette un bref coup d'œil en direction de mes jambes. La lueur de la lune se reflète sur ma peau nue. Il détourne presque aussitôt le regard.

— J'avais peur que vous ne tombiez malade.

— Merci.

Il laisse échapper un petit grognement et nous demeurons assis là côte à côte en silence. Mon souffle dessine un petit nuage de vapeur dans l'air et je m'emmitoufle un peu plus dans le pull d'Aiden. C'est celui qu'il portait tout à l'heure – un pull bleu marine arborant le logo brodé des *Liens du cœur* au niveau de la poitrine, sur la gauche.

— Grayson est un sacré personnage, lâche-t-il. Je comprends mieux de qui Maya tient ses talents de…

Il paraît hésiter sur le choix du mot adéquat.

— Conspiratrice ? suggéré-je.

Aiden se gratte pensivement la joue.

— J'allais dire de comédienne. Mais les deux conviennent, j'imagine.

Je ris doucement. L'apparition de Grayson dans *Les Liens du cœur* a été aussi haute en couleur que l'on pouvait s'y attendre. Il a passé une partie de son temps à vanter mes qualités et l'autre à détruire les soupirants qui étaient assez courageux pour se manifester.

— Est-ce que vous croyez que Maggie regrette de l'avoir laissé passer à l'antenne ?

Aiden secoue la tête et se penche en avant, posant ses avant-bras sur ses genoux.

— Certainement pas, vu les chiffres d'audience que nous avons eus ce soir. À mon avis, elle est ravie.

Aiden fait mine de reprendre la parole puis se ravise et secoue doucement la tête.

— Qu'y a-t-il ? lui demandé-je, curieuse.

Il tourne la tête vers moi. La lueur de la lune souligne les traits de son visage.

— Lorsque vous avez rejoint l'émission, je pensais que vos problèmes sentimentaux pouvaient provenir d'une mauvaise expérience avec le père de Maya.

— Oh, non, dis-je en riant. Pas du tout. Grayson est mon meilleur ami.

— Alors pourquoi est-ce que vous… ?

Il se ravise de nouveau.

— Vous vous demandez pourquoi nous nous sommes séparés ?

Il acquiesce.

— Lorsqu'il a appris que j'étais enceinte, il m'a proposé de m'épouser. C'est ce que nos parents auraient voulu. Mais j'ai refusé.

— Pourquoi ?

— Parce que je savais qu'il n'était pas amoureux de moi. Gray et moi avons passé presque toute notre vie ensemble mais nous étions juste des amis. Des amis très proches. Et nous n'étions encore que des enfants lorsque nous avons eu cette brève… aventure et que je suis tombée enceinte. Mais je ne voulais pas gâcher ses chances de trouver le véritable amour.

Aiden m'observe avec attention mais je ne parviens pas à déchiffrer l'expression de son visage.

— Je ne voulais pas gâcher les miennes non plus, ajouté-je en baissant les yeux vers mes mains. Mais contrairement à lui, je n'ai pas eu la chance de trouver la bonne personne.

— Et ce n'est pas trop dur, pour vous ?

— De le voir avec Mateo ? Non. Il m'arrive de leur envier ce qu'ils ont, c'est sûr. Mais je ne suis pas jalouse de Mateo. Et j'aime assez la famille que nous formons. Maya a deux papas extraordinaires et moi deux très bons amis. Grâce à eux, je ne me sens jamais seule.

— Est-ce que vos parents vous en ont voulu ? De ne pas vous être mariée ?

— Ils étaient furieux. À tel point que nous ne nous sommes plus parlé depuis douze ans.

— Alors, ils ne connaissent même pas leur petite-fille ?

Je sens mon cœur se serrer.

— Non, réponds-je d'une voix légèrement tremblante.

Je joue nerveusement avec la manche du pull-over d'Aiden.

— Ils ont coupé les ponts avec nous lorsque j'ai refusé d'épouser Grayson ou de faire adopter Maya. Je sais que nous étions encore très jeunes mais je ne voulais pas perdre ma fille. Elle n'était peut-être pas voulue mais je n'ai jamais considéré pour autant que c'était une erreur. Je m'efforce de ne pas juger les choix que font les autres et celui-ci était le mien.

Je pousse un profond soupir et regarde le petit nuage de vapeur ainsi créé s'élever dans les airs. J'ai eu si peur, pendant ces premiers mois. J'étais terrifiée à l'idée des choix qui s'offraient à moi.

— Mes parents ont estimé que c'était une injure envers eux et non une décision que je devais prendre par moi-même. Les parents de Gray ont réagi à peu près de la même façon. Nous venions tous deux de vieilles familles très fortunées. Et lorsque nous avons enfreint leurs traditions, ils ont tout simplement fait comme si nous n'existions plus.

Je claque des doigts.

— Comme ça, d'un seul coup. Nous sommes tous deux rentrés chez nous un jour pour trouver toutes nos affaires sous le porche d'entrée sans même un mot d'explication.

Je pense à Maya, à ce qu'elle éprouverait si j'agissais de la même façon à son égard. Et cette seule idée éveille en moi un profond sentiment d'horreur. Je me suis promis que cela n'arriverait jamais. C'est ce que je lui répète depuis le jour où je l'ai tenue pour la première fois au creux de mes bras, minuscule et déjà si pleine de vie. Jamais je ne lui ferai une chose pareille.

— Nous avons eu de la chance que la grand-tante de Grayson, Tabitha, ait décidé de prendre notre parti contre nos parents. C'est elle qui nous a soutenus financièrement jusqu'à ce que nous ayons trouvé nos marques et soyons prêts à subvenir à nos propres besoins.

Je me demande parfois s'il arrive à mes parents de penser à moi, à nous et à cette incroyable petite-fille qu'ils n'ont pas vue grandir. Parfois, lorsqu'il est tard et que Maya est chez Grayson, je vais me poster sur le seuil de sa chambre emplie de livres, de couleurs, d'animaux en peluche et de notes manuscrites qu'elle accroche un peu partout. Je me demande alors ce qu'ils ont fait de ma propre chambre d'enfant. L'ont-ils transformée en salle de sport pour ma mère ou en deuxième bureau pour mon père ? Peut-être est-elle toujours vide. Une pièce vide dans une grande maison pleine de beaux objets au sein de laquelle mes parents se croisent comme des fantômes sans vraiment se prêter attention l'un à l'autre.

— À vous entendre, ce sont de vrais connards, déclare Aiden d'une voix vibrante de colère.

J'éclate de rire.

— C'est vrai. C'est précisément ce qu'ils sont. Et les parents de Grayson sont encore pires, dans le genre. Mais il s'est rapproché avec deux de ses frères et sœurs depuis et Maya est entourée de beaucoup d'amour. C'est tout ce qui compte à mes yeux.

— Est-ce que vous croyez qu'ils vous ont entendue à la radio ?

Je m'arrache à la contemplation des lueurs de la ville et me tourne vers Aiden. Ses cheveux sont aussi noirs que de l'encre dans la pénombre mais les étoiles qui brillent dans le ciel semblent former un halo autour de sa tête.

— Est-ce que vous croyez qu'ils ont entendu Maya ? ajoute-t-il.

À vrai dire, je n'avais même pas pensé à cela.

Je ne peux réprimer un bâillement et frissonne en m'emmitouflant encore un peu plus dans le pull d'Aiden. Cela fait désormais si longtemps que mes parents sont sortis de ma vie que je ne me préoccupe plus du tout d'essayer de deviner la façon dont ils réagiraient à ce que je traverse.

Il était difficile pour moi de ne pas me poser la question, au début. Mais plus le temps passe et plus cela devient une évidence.

— Ils vivent toujours dans le coin, aux dernières nouvelles. Alors, oui, j'imagine qu'ils ont pu entendre parler de l'émission.

— Je ne suis pas sûr que je serai très affable avec eux s'ils s'avisent de nous appeler.

— Parce que vous croyez que vous êtes affable, le reste du temps ? répliqué-je d'un ton moqueur.

Je lui décoche un petit coup d'épaule. Mais au lieu de m'écarter, ensuite, je reste pressée contre lui. Parce qu'il fait froid. Parce que son corps dégage une agréable chaleur. Parce que cette nuit a été l'une des plus longues de ma vie.

Au bout d'un moment, je m'enhardis à poser ma tempe contre son épaule. Il ne fait pas mine de s'écarter, bien au contraire. Je contemple rêveusement les lumières tremblantes qui se reflètent sur la baie en contrebas. Elles me font penser à des gouttes d'eau sur une vitre. À des trous d'épingle sur un rideau noir qui laisseraient voir des lueurs colorées au-delà.

Mon corps me semble délicieusement engourdi.

— Aiden ? murmuré-je.

— Oui ?

— Est-ce que vous croyez que je trouverai quelqu'un ? lui demandé-je, formulant pour la première fois à voix haute une question qui me taraude depuis plus de dix ans. Est-ce que vous pensez que je trouverai la magie que je cherche ?

Il demeure très longtemps silencieux. Si longtemps, en fait, que mes yeux finissent par se fermer tout seuls. La sensation d'engourdissement se fait plus forte encore et je vois danser derrière mes paupières des lueurs bleues et violettes. Je m'imagine que je dérive au milieu des étoiles et que leur lumière dorée s'écoule en cascade d'or et d'argent entre mes doigts. Je sens alors une main remonter entre mes épaules, pour venir se poser doucement sur ma nuque. Du bout du pouce, Aiden explore le relief que dessinent mes vertèbres. À ce contact, je me détends encore un peu.

— Non, Lucie, dit-il à voix basse.

Dans mon rêve, il me semble qu'il se penche vers moi pour déposer sur mon front un petit baiser.

— Je pense que c'est de vous que vient cette magie.

AIDEN VALENTINE : Rebonsoir, Baltimore. Nous avons un nouvel invité dans le studio, ce soir. Son nom est…

GRAYSON HARRIS : Salut, bande de lézards. Sachez qu'il y a un nouveau shérif en ville !

AIDEN VALENTINE : Diable…

GRAYSON HARRIS : Écoutez-moi bien. Il semble que Lu n'ait pas reçu le respect et l'attention qu'elle mérite. Alors je vais devoir me charger moi-même de la recherche de son âme sœur.

AIDEN VALENTINE : De façon temporaire.

GRAYSON HARRIS : C'est ce que nous verrons. En attendant, je vous suggère d'attacher vos ceintures, les gens, parce que je ne laisserai rien passer !

AIDEN VALENTINE : Que diriez-vous d'y aller en douceur ?

GRAYSON HARRIS : C'est ce que je fais… pour le moment.

AIDEN VALENTINE : Voilà qui est dûment noté. Pourriez-vous décrire votre relation avec Lucie pour les gens qui nous écoutent ?

GRAYSON HARRIS : Bien sûr ! Lucie est le grand amour platonique de ma vie. C'est aussi la maman de notre adorable fille, Maya. Lucie et moi nous nous connaissons depuis l'âge de trois ans. Elle m'apportait en secret des biscuits au fromage à la garderie très chic où nous passions nos journées.

[Silence]

GRAYSON HARRIS : Lucie est l'une des personnes les plus importantes dans ma vie. Elle a des goûts douteux en matière de musique et est complètement nulle en pâtisserie, mais c'est la femme la plus généreuse, la plus douce et la plus adorable du monde. Je n'hésiterai pas à commettre des crimes capitaux en son nom.

AIDEN VALENTINE : Je ne pense pas que ce soit nécessaire.

GRAYSON HARRIS : C'est ce que nous verrons. Mais en attendant, je suis bien décidé à l'aider à trouver l'homme de sa vie.

AIDEN VALENTINE : Je connais peu de gens qui ont une relation aussi épanouie avec leur ex.

GRAYSON HARRIS : C'est parce que la plupart des gens ne sont pas Lucie.

CHAPITRE 16
LUCIE

JE REDRESSE MA SERVIETTE et réaligne mes couverts. J'avale une petite gorgée d'eau et repose le grand verre aussi élégant que peu maniable à sa place sur la table. Dans un coin de la pièce, mon serveur s'entretient à voix basse avec la gérante du restaurant, mais je m'efforce de les ignorer et garde les yeux résolument fixés sur la belle nappe blanche.

J'étais censée retrouver William à sept heures du soir. C'est du moins ce qu'indiquait le carton d'invitation que Maggie m'a fait suivre. C'est Grayson qui a choisi la date et Maggie qui s'est chargée de la réservation. Mais cela fait à présent quarante-cinq minutes que je suis arrivée et personne ne s'est manifesté.

Je sors le téléphone portable des *Liens du cœur* du sac minuscule que j'ai pris ce soir-là et j'active l'écran.

Je commence par vérifier le calendrier.

Duck Duck Goose, 19 h 00.

Je jette un coup d'œil à l'heure qui figure en haut de l'écran. 19 h 48.

Le serveur vient déposer sur ma table une autre corbeille de pain, accompagnée cette fois-ci d'un petit pot de beurre et d'un bol rempli d'un assortiment de noix.

Super. J'ai droit aux noix de consolation, maintenant.

— Vous êtes sûre que vous ne voulez pas que je vous apporte une entrée ? me demande le serveur.

L'expression de son visage reflète un mélange terriblement embarrassant d'appréhension et de commisération. Il n'y a que six tables dans ce restaurant et j'ai soudain l'impression que la mienne se trouve sous le feu des projecteurs.

— Notre soupe à l'oignon est particulièrement délicieuse, vous savez.

Je n'en doute pas un seul instant. Mais j'ai décidé au bout de vingt minutes que si attendre un homme qui vous a posé un lapin est déjà très humiliant, le faire en mangeant une soupe serait plus pitoyable encore.

— Je vais attendre encore quelques minutes. Il a peut-être été retardé par un embouteillage…

Nous jetons tous deux un coup d'œil par la fenêtre. La rue pavée est vide de tout véhicule.

— Peut-être, fait le serveur.

Derrière lui, une femme est en train de manger sa soupe sans me quitter des yeux. L'attention soutenue qu'elle me porte ne fait qu'ajouter à ma nervosité.

— Il y a peut-être des bouchons sur l'autoroute, suggère aimablement le serveur qui a l'art d'ignorer les regards inquisiteurs dont je fais l'objet. En attendant, je vais vous apporter un deuxième verre de vin, d'accord ?

Sur ce, il s'éloigne. Mon regard croise celui de la femme à la soupe et un moment embarrassant s'ensuit. Elle porte un chemisier imprimé de motifs représentant des chats et ses cheveux sont attachés en un chignon qui lui confère un air sévère.

Je jette un nouveau coup d'œil en direction du téléphone.

Je pourrais envoyer un message à Grayson mais je ne tiens pas à ce qu'il organise une nouvelle expédition punitive à l'encontre de la station de radio. Et puis, il était si enthousiaste, ce soir, convaincu qu'il avait trouvé l'homme qu'il me fallait. Je n'ai pas plus envie de le décevoir que de lui expliquer qu'on m'a posé un lapin.

Je fais défiler les quelques noms qui sont enregistrés dans le répertoire et mon pouce hésite au-dessus de l'un d'eux.

Il n'y a pas d'émission, ce soir. Je ne risque donc pas de l'interrompre en plein travail. Je pourrais lui envoyer un petit message – ne serait-ce que pour vérifier que je suis bien au bon endroit…

LUCIE : Salut. J'espère que je ne vous dérange pas.

Aiden ne tarde pas à me répondre.

AIDEN : Pas du tout. Est-ce que vous avez besoin que je vous appelle pour une fausse urgence ?

Je ne peux m'empêcher de rire, ce qui me vaut un regard étonné de la femme à la soupe.

LUCIE : Pas encore. Pouvez-vous juste me confirmer que je suis bien au bon restaurant ? Il est possible que je me sois trompée.

Trois points apparaissent puis disparaissent tandis que je grignote un petit bout de pain.

AIDEN : J'ai vérifié. C'est le Duck Duck Goose, un restaurant français assez chic sur Fells. Il paraît qu'ils ont une soupe aux oignons délicieuse. Où êtes-vous ?

Je soupire.

LUCIE : Au Duck Duck Goose.

AIDEN : Seule ?

LUCIE : Pas si vous comptez tous les clients autour de moi qui me regardent d'un air désolé.

Cette fois, je ne vois pas de points apparaître dans notre conversation. Je contemple longuement l'appareil en tapotant l'écran chaque fois qu'il s'obscurcit. Mais Aiden ne répond pas. Curieusement, ce silence me paraît plus déprimant encore que la chaise vide qui me fait face.

Je finis mon verre de vin en picorant les noix et décide qu'il est sans doute temps de jeter l'éponge. Maya est avec Grayson, ce soir, et je crois que je vais m'incruster chez eux. Je pourrais même dormir avec elle, la serrer dans mes bras et me laisser bercer par le rythme régulier de sa respiration. Cela m'aidera peut-être à trouver le sommeil.

— Rappelle-toi, murmuré-je. Tu as tout l'amour dont tu as besoin.

Je retire la serviette posée sur mes genoux et la replie soigneusement avant de la poser sur la table devant moi.

— Tout ira bien.

Le serveur refait alors son apparition.

— Ne vous inquiétez pas pour l'addition.

— Si, si, lui dis-je en ouvrant mon petit sac à main. J'ai pris du vin. Et des noix…

Le serveur secoue la tête. Il est jeune, avec des cheveux rouge vif et une pluie de taches de rousseur qui rehaussent ses pommettes très marquées.

— Ce n'est pas la peine, m'assure-t-il. Je sais qui vous êtes. Laissez-moi m'en charger.

Je grimace légèrement.

— C'est si lamentable que ça ?

— Non… Enfin, oui, j'imagine. C'est triste que vous vous soyez retrouvée seule. Mais si je veux régler votre addition, ce n'est pas parce que je me sens désolé pour vous, c'est surtout… Eh bien… C'est un peu gênant. Je n'ai pas l'habitude…

Il soupire et joue nerveusement avec le cordon du tablier qui est accroché autour de sa taille.

— J'étais dans une relation toxique, m'avoue-t-il à voix basse.

Il doit lire l'inquiétude sur mon visage, car il secoue la tête et se rapproche légèrement de ma table.

— Ne vous en faites pas. Je vais bien. Enfin, je commence à m'en sortir. À comprendre ce qui s'est passé et ce que j'aurais dû faire différemment. Mais ce que je voulais vous dire…

Il s'exprime de manière précipitée, comme si ses émotions étaient trop fugaces pour qu'il puisse les formuler clairement, comme s'il avait peur aussi de perdre le courage qu'il lui faut pour me faire cette confession.

— Eh bien, avant d'entendre votre discussion avec Aiden Valentine, je n'avais même pas conscience d'être dans une relation toxique, reprend-il. Mais quand je vous ai entendu parler de ce que vous espériez d'une relation, j'ai compris à quel point la mienne était malsaine… Ça a été…

Il secoue la tête, les lèvres pincées.

— Merci, ajoute-t-il enfin dans un murmure. Juste merci.

Je sens monter en moi une émotion que j'ai beaucoup de mal à contenir. Je n'avais pas réellement pris conscience du fait qu'en décidant de me montrer courageuse, j'avais pu pousser d'autres gens à faire de même.

— Il n'y a pas de quoi, dis-je d'une voix légèrement étranglée. Vous méritez que de belles choses vous arrivent.

— Oui. C'est ce que je commence à comprendre. Donc, vous êtes mon invitée, conclut-il.

Il sourit et frappe doucement dans ses mains.

— Et aussi…, ajoute-t-il en désignant la place libre en face de moi. On emmerde ce type.

— Vous avez raison, réponds-je entre rire et larmes. On emmerde ce type.

Je crois que ce sont ces chaussures à talons.

Tandis que je progresse précautionneusement sur les pavés glissants et inégaux, je me convaincs que ces chaussures me portent malheur. Je ne les ai mises qu'à deux reprises et, à chaque fois, j'ai été déçue. La prochaine fois, j'opterai pour des chaussures plates.

Je repousse la mèche de cheveux qui me retombe dans les yeux. La prochaine fois ? Est-ce que je tiens vraiment à organiser un nouveau rendez-vous de ce genre ? Je n'en suis plus si sûre. Certes, la partie la plus romantique de moi-même a très envie de poursuivre cette quête. Mais la facette plus pragmatique m'enjoint à renoncer à ce jeu de massacre.

Une chose est sûre, en tout cas : je ne laisserai plus Grayson choisir les candidats.

— Lucie !

Surprise de m'entendre ainsi hélée en pleine rue, je trébuche et manque tomber les fesses dans une poubelle. S'agit-il du serveur du Duck Duck Goose ? A-t-il changé d'avis et décidé de me faire payer l'addition, en fin de compte ? Est-ce l'homme avec qui j'avais rendez-vous qui est enfin arrivé avec un grand bouquet de marguerites et une excuse en béton pour son retard ? Il a sauvé une famille de canards, par exemple, ou bien il perfectionnait la fabrication de son pain au levain et n'a pas vu l'heure tourner…

Visiblement, la Lucie romantique ne se laisse pas facilement décourager.

Mais il ne s'agit ni de mon serveur, ni de l'homme que j'attendais, ni de qui que ce soit dont j'aurais raisonnablement pu imaginer la présence dans les environs.

C'est Aiden qui remonte en courant le trottoir et ne tarde pas à atteindre la flaque de lumière projetée par le lampadaire sous lequel je me trouve actuellement. Je l'observe avec une pointe de stupeur. Il porte un jean noir, ses rangers fatiguées, un caban en laine que je ne lui ai encore jamais vu et, dessous, un T-shirt blanc assez moulant.

Il s'arrête à trente centimètres de moi, légèrement haletant.

— Salut, me dit-il d'une voix essoufflée. J'espérais arriver à temps pour vous rattraper.

Il me considère de la tête aux pieds avant de relever les yeux et de m'adresser un sourire un peu gêné.

— Vous êtes vraiment en beauté, ce soir.

Je baisse les yeux sur ma robe, mes jambes nues et ces maudites chaussures porte-malheur avant de redresser la tête, un peu confuse. Que fait Aiden ici ? Et pourquoi a-t-il les cheveux mouillés ?

Je me demande brièvement si je n'ai pas des visions. Peut-être ai-je glissé à cause de ces maudits talons et me suis-je cogné la tête.

— Vos cheveux sont mouillés, lui dis-je un peu bêtement.

Il porte la main à sa tête, juste au-dessus de l'oreille.

— Ah, oui. C'est vrai. Je viens de prendre une douche. Un incident impliquant un plat de pâtes et une bière tiède… Vous savez quoi ? Ça n'a pas d'importance.

J'avise une goutte d'eau qui coule le long de son cou et je la suis des yeux un peu trop longtemps.

— Vous êtes ici.

Il paraît visiblement déstabilisé par ce constat.

— Oui.

— Vous êtes venu au restaurant ?

— Oui.

— Pourquoi ?

Cette fois, il semble plus amusé qu'autre chose.

— La soupe est délicieuse, paraît-il.

— Oh…

Je fronce les sourcils et me tourne vers le Duck Duck Goose.

— Est-ce que vous voulez en commander une ?

— Non, Lucie. Je ne suis pas venu pour manger une soupe.

Il se rapproche encore et je sens mon estomac se nouer sous le coup d'une étrange émotion. À moins que ce ne soit à cause du vin que je viens de boire… Après tout, tout ce que j'ai mangé, c'est ce délicieux pain français. Et ces noix.

Aiden est ici. Et je ne m'explique toujours pas réellement pourquoi.

— À vrai dire, reprend-il, je pensais vous inviter à aller boire une bière. Vous semblez en avoir bien besoin.

Je fronce les sourcils.

— Vous voulez dire que j'ai l'air d'être au bout du rouleau, n'est-ce pas ?

Il sursaute légèrement et s'abstient de répondre à la question.

— Qu'est-ce qui vous fait dire que j'ai besoin d'une bière ? insisté-je.

Aiden pousse un soupir et renverse la tête en arrière pour contempler le ciel nocturne avec une pointe d'agacement. Quant à moi, j'en profite pour admirer sa gorge, le léger creux sous sa pomme d'Adam et la chaîne en or qui est suspendue autour de son cou.

— Vous ne me laisserez pas m'en tirer à bon compte, n'est-ce pas ? murmure-t-il.

— Reconnaissez-le : vous aimez quand je vous asticote.

Mon ventre est toujours étrangement noué.

— Et puis, ajouté-je, je n'ai pas grand-chose d'autre à faire pour me remonter le moral.

Il rabaisse la tête avec un soupir et s'approche encore plus.

— Si je dis que vous avez besoin d'une bière, c'est à cause de votre expression triste et dépitée. Ça vous va ?

Je fronce de nouveau les sourcils.

— Je ne suis pas triste et dépitée.

— Alors pourquoi froncez-vous les sourcils ?

— Je ne fronce pas les sourcils, objecté-je en les fronçant de plus belle.

— Il y a aussi la façon dont vous marchiez.

Il se détourne et pose sa main au creux de mes reins.

— Vous aviez l'air de vous diriger vers la potence, tout à l'heure, lorsque je vous ai aperçue de loin.

— Comment avez-vous su que c'était moi, au fait ? demandé-je en le laissant me guider vers le bar qui se dresse au coin de la rue.

C'est celui avec de belles jardinières accrochées aux fenêtres et de vieilles lanternes en cuivre qui éclairent l'entrée.

— Il y a des tas de filles tristes à Baltimore.

— Ah, Lucie, s'exclame Aiden en souriant. Je vous assure que je vous reconnaîtrais entre toutes.

CELIA BLYTHE : Bienvenue dans notre émission *Les Matous du matin*, la seule émission de Baltimore entièrement consacrée à nos amis les chats. Avant la pause, Genevieve et moi discutions d'une autre émission de radio locale. Est-ce que vous aussi, vous écoutez *Les Liens du cœur* ?

GENEVIEVE POWERS : Pour nous, c'est devenu une véritable drogue.

CELIA BLYTHE : C'est peu de le dire.

GENEVIEVE POWERS : Pour ma part, je suis convaincue qu'il se passe quelque chose entre Aiden et Lucie.

CELIA BLYTHE : Tu crois ?

GENEVIEVE POWERS : J'en suis quasiment sûre.

CELIA BLYTHE : Nous devrions peut-être demander son avis à Cacahuète. Cacahuète, est-ce que tu penses qu'il se passe quelque chose entre Aiden et Lucie ?

CACAHUÈTE : [Léger miaulement]

GENEVIEVE POWERS : Je te l'avais bien dit.

CELIA BLYTHE : C'est vrai, tu l'avais dit.

GENEVIEVE POWERS : Tu sais comme moi que Cacahuète ne se trompe jamais dans ces cas-là.

CELIA BLYTHE : Jamais, en effet.

CHAPITRE 17
AIDEN

JE L'EMMÈNE DANS UN BAR MINUSCULE situé tout près des docks – celui qui a un perron un peu de guingois et un jukebox qui ne joue plus qu'un seul morceau. L'endroit est bondé mais nous parvenons à trouver une petite table située juste à côté de la fenêtre en verre dépoli, non loin du fameux jukebox. Lucie étudie la liste des chansons disponibles tandis que je vais nous commander au bar deux bières et un panier de frites. Lorsque je reviens vers elle, je constate que la lumière des néons nimbe son visage de bleu et de rose.

— C'est un choix intéressant, me dit-elle en acceptant la bière que je lui tends. Le seul morceau qu'ils ont est *Thong Song*, un hymne entièrement dédié aux femmes aux grosses fesses qui portent des strings.

Elle avale une gorgée de bière et pousse un petit soupir de bien-être. Je remarque qu'un peu de mousse est restée accrochée à sa lèvre supérieure et je me force à prendre place de l'autre côté de la table avant de faire quelque chose de stupide comme l'essuyer du bout de mon doigt.

— C'est un classique.

— Sans doute.

— Auparavant, le jukebox proposait aussi la bande originale de la comédie musicale *Hairspray*. Mais je crois que quelqu'un a renversé son verre dessus après avoir chanté *Good Morning Baltimore* avec un peu trop d'enthousiasme. Depuis lors, nous sommes condamnés à écouter Sisqó.

— Un bien funeste destin, plaisante-t-elle, feignant la commisération.

— Je ne sais pas. Certains l'ont surnommé le Tchaïkovski de notre époque.

Elle renverse la tête en arrière et éclate d'un rire qui sonne de façon très différente que dans la cabine d'enregistrement. Comme s'il était plus libre. Un peu plus rauque et d'autant plus troublant. Elle se rassied et étend ses longues jambes sous la table. L'une d'elles se presse doucement contre la mienne et, cette fois, nous n'avons pas l'excuse de l'exiguïté du lieu. Je me demande si elle l'a fait exprès. Et je me garde bien de m'écarter.

— Merci de m'avoir amenée ici, me dit-elle en repoussant ses cheveux qui lui tombent dans les yeux.

Je remarque qu'elle porte plus de maquillage que d'habitude, ce soir. Et ses yeux sont étincelants.

— Est-ce que vous étiez dans le quartier ?

Je suis bien trop occupé à la regarder se défaire de son manteau pour répondre à sa question. La robe qu'elle porte au-dessous est de couleur vert émeraude et forme un très joli drapé sur ses épaules. J'aperçois sur sa gorge et au creux de sa clavicule des taches de rousseur que je n'avais encore jamais vues. Troublé, j'avale une longue gorgée de bière glacée.

— Pardon ? dis-je d'une voix légèrement rauque, voyant qu'elle semble attendre une réponse.

Je repose ma canette sur la table.

— Vous deviez être tout près d'ici, lorsque je vous ai envoyé ce message.

— Oh, non… Enfin, je n'étais pas non plus très loin. J'habite un peu plus haut sur Fleet Street.

En réalité, dès que j'ai reçu son SMS, je me suis précipité sous la douche avant de me rhabiller à la hâte en prenant le premier T-shirt qui m'est passé sous la main.

— Ce n'est pas très loin à pied, ajouté-je, un peu embarrassé de la façon dont je me suis rué à son secours.

Je sais pourtant que Lucie est une adulte parfaitement capable de se débrouiller sans mon aide. Mais je ne pouvais m'empêcher de penser au léger tremblement que j'ai perçu dans sa voix lorsque nous étions assis côte à côte à la table de pique-nique et qu'elle m'a demandé si je croyais qu'elle trouverait enfin quelqu'un.

Je m'éclaircis la gorge, mal à l'aise.

— Je ne voulais pas vous laisser seule.

Elle m'observe fixement et sa bière demeure suspendue en l'air, à mi-chemin entre la table et sa bouche. Le silence entre nous se prolonge durant si longtemps que j'ai l'impression qu'il va m'étouffer.

— Qu'est-ce que vous cachez, Aiden ? me demande-t-elle enfin.

Je la regarde avec étonnement.

— Ce que je cache ?

— Oui, dit-elle avant d'avaler une grande goulée de bière.

Cette fois, elle essuie la mousse à l'aide de son pouce.

— Il y a quelque chose d'étrange, chez vous.

— Étrange ou bizarre ?

— Vous êtes un présentateur de radio, explique-t-elle sans tenir compte de ma question et en commençant à compter sur ses doigts. Vous animez une émission prodiguant des conseils amoureux, ajoute-t-elle en levant un deuxième doigt. Pourtant, vous prétendez ne pas croire à l'amour. Et malgré ça, vous voilà, bien décidé à m'aider à trouver mon âme sœur alors que vous pourriez être tranquillement chez vous, ce soir… Comment expliquez-vous ça ?

— Je ne suis pas en train de vous aider à trouver votre âme sœur. Je vous ai juste offert une bière. Et des frites.

Je pousse le panier dans sa direction.

— Est-ce que vous avez mangé, au moins ?

Elle secoue la tête, attrape une frite et croque dedans avec appétit. Elle laisse alors échapper un petit gémissement appréciatif et s'empare de deux frites supplémentaires.

— Alors ? insiste-t-elle avant d'attraper la bouteille de ketchup posée sur la table située derrière elle.

Je prends une frite à mon tour.

— Alors quoi ?

— Vous ne pouvez nier le fait que vous êtes un homme plein de contradictions, Aiden Valen.

Je hausse les épaules.

— Je ne fais que mon travail. Ça me permet de payer mon loyer.

Elle lève les yeux au ciel et je ne peux m'empêcher de rire.

— Quoi ? C'est vrai, insisté-je néanmoins. J'ai accepté ce poste à la radio parce que j'avais besoin de me faire un peu d'argent, à l'époque où j'étais encore à l'université. Je me disais que ce serait plus sympa que travailler à la cafétéria. Une amie avait besoin de quelqu'un en urgence pour un remplacement et elle était prête à payer le double de ce que j'aurais gagné en faisant la vaisselle.

— Et vous êtes aussitôt tombé amoureux de ce travail ?

— Je suis désolé de contredire votre éternel optimisme mais pas du tout. Simplement, ça payait bien et ça m'a permis de récupérer le numéro de quelques filles.

Je croque une autre frite et lui décoche un clin d'œil malicieux.

— Et on m'a dit que j'avais une jolie voix.

Lucie ne semble guère apprécier ma version de l'histoire.

— Eh ! protesté-je en riant. Ne me regardez pas comme ça… Je vous rappelle que j'étais à l'université.

— Ce n'est pas une excuse pour se conduire comme un goujat.

Je ris de plus belle et deux hommes installés au bar se retournent pour jeter un coup d'œil dans notre direction. Je m'efforce de recouvrer mon sérieux avant de poursuivre.

— Pour être honnête, j'ai aussi aimé l'idée que je pouvais devenir quelqu'un d'autre. L'espace d'un moment, je pouvais mettre tous mes problèmes de côté et me transformer en une tout autre personne.

— Aiden Valentine, l'alter ego d'Aiden Valen.

— Exactement. Le plus grave dilemme d'Aiden Valentine était de savoir quel morceau il passerait après celui qu'il venait de programmer. Quand j'étais lui, il n'était pas difficile d'être heureux. Je n'avais aucun mal à engager la conversation avec des inconnus. À me montrer charmant avec tout le monde.

Aiden Valentine n'avait pas de mère malade, de moyennes en baisse ou de problème avec qui que ce soit.

— J'aimais discuter avec les gens. En revanche, le fait que je me sois retrouvé à traiter spécifiquement de problèmes de cœur est un pur hasard. Mais ça ne me déplaisait pas, au début. Je trouvais même ça passionnant. Jusqu'à ce que les choses changent…

— Pourquoi ?

Je ne sais si c'est à cause de la pénombre, de l'alcool que j'ai bu ou tout simplement du fait que je parle à Lucie. Mais, pour une fois, je décide de me montrer parfaitement honnête à ce sujet.

— Eh bien… J'ai commencé à remarquer une sorte de fil rouge dans les témoignages des auditeurs qui nous appelaient. Ce qu'ils disaient tous en substance, c'était que l'amour les rendait profondément malheureux. J'ai compris que ce sentiment avait réellement la capacité de vous briser le cœur. Et à partir du moment où j'en ai pris conscience, je n'arrivais plus à voir les côtés positifs. Je m'attendais systématiquement au pire. Je m'y préparais. Je crois que ça me paraissait plus facile de cette façon…

— Pourquoi ? me demande Lucie dont la jambe est toujours pressée contre la mienne.

— Parce que j'ai constaté le même phénomène dans ma propre vie. Je l'ai vu chez mon père… lorsque ma mère est tombée malade…

Ma voix s'est faite légèrement tremblotante et je presse mes paumes contre ma canette de bière glacée.

— Son état se dégradait de plus en plus et ça mettait mon père au supplice. Je crois que c'est à ce moment-là que j'ai décidé de ne plus croire aux fins heureuses.

Lucie prend une petite inspiration légèrement haletante et se penche vers moi.

— Est-ce qu'elle… ?

— Elle va bien, aujourd'hui, mais ça a été…

Je me concentre sur mon pouce qui trace des figures abstraites sur la condensation qui recouvre la bouteille de bière. Cela me permet de tenir les souvenirs à distance, de m'ancrer dans le moment présent.

— Je n'étais qu'un enfant lorsque la maladie a été diagnostiquée pour la première fois. C'est arrivé trois jours avant l'anniversaire de mes huit ans.

Je me rappelle encore qu'il y avait des ballons dans la cuisine où mes parents se sont assis avec moi pour me parler. Après cela, nous n'avions jamais mangé le gâteau qui se trouvait dans le réfrigérateur.

— Ça a vraiment été très difficile pour nous tous. Mais pour mon père…

Ma voix se fêle, manquant se briser complètement. Je me force à ravaler le chagrin qui m'étrangle.

— Il a été anéanti. Ma chambre était située juste à côté de la salle de bains et, certains soirs, après que ma mère s'était endormie, je l'entendais à travers le mur. Il laissait couler la douche pour essayer de dissimuler le son. Mais je pouvais l'entendre pleurer…

Et le matin, je pouvais le lire sur son visage en avisant ses yeux rougis et ses traits tirés. Je remarquais aussi la façon dont il regardait ma mère lorsqu'il pensait que personne ne faisait attention. À chaque fois, j'avais l'impression qu'on lui arrachait son cœur sous mes yeux. Il me semblait que, si elle devait mourir, lui-même n'y survivrait pas.

Je continue à parler, bien décidé à aller jusqu'au bout de mon récit. Il me semble que cette conversation est un champ de mines qu'il me faut traverser en courant, livrant le plus succinctement possible les moments les plus douloureux de mon existence pour permettre à Lucie de comprendre qui je suis réellement.

— Il l'aimait tellement que ce cancer le tuait aussi sûrement qu'elle. Après cela, je me suis dit que ma vie serait sans doute plus simple si j'évitais de succomber à de tels sentiments.

Lucie laisse échapper un petit gémissement de compassion et ses doigts effleurent mon avant-bras.

— Aiden…

Je secoue la tête.

— Ne me plaignez pas. Ce n'est vraiment pas pour moi que vous devriez vous sentir désolée.

Je reprends une bonne rasade de bière avant d'adopter un ton nettement plus léger.

— Quoi qu'il en soit, j'ai travaillé pendant des années pour une émission que j'appréciais beaucoup. Et puis, j'ai commencé à l'apprécier beaucoup moins.

J'essaie alors de détendre un peu l'atmosphère.

— Il faut croire que j'ai entendu un peu trop de gens se plaindre de leurs cadeaux d'anniversaire de mariage. Ça a sérieusement dégradé la valeur que j'attribuais à l'amour et aux engagements.

Le menton posé sur sa main, Lucie me considère d'un air songeur. Je m'attends à ce qu'elle me pose plus de questions au sujet de mes parents mais elle a dû percevoir l'appréhension qui se lisait sur mon visage. Le fait est que je ne parle jamais d'eux. À personne. C'est la façon dont j'ai appris à gérer mes sentiments. À tenir le coup.

Son regard s'adoucit.

— Pourtant, vous essayez de m'aider, remarque-t-elle alors. Vous devez bien encore y croire un tout petit peu si vous êtes prêt à le faire.

— Maggie m'a menacé de s'en prendre à moi physiquement si je refusais.

— Est-ce pour cela que vous êtes ici, ce soir ? Parce que Maggie vous l'a demandé ?

— Non, pas cette fois, lui avoué-je. Je ne peux blâmer que moi-même et mon sens de la chevalerie complètement déplacé.

Je me mets à tousser.

— Je crois que je suis en train de tomber malade.

— Menteur, rétorque Lucie en pointant vers moi un index long et effilé.

Je m'en saisis et repose sa main sur la table. Voyant qu'elle ne cherche pas à la retirer, j'éprouve une étrange sensation d'exaltation.

— Je pense que vous êtes un romantique qui s'ignore, me dit-elle.

— Ou juste un être humain décent.

— Je suis sûre que vous êtes secrètement fan de romance et de comédies romantiques ! s'exclame-t-elle en riant.

Je pousse un grognement douloureux. Je sens la main de Lucie bouger doucement sous la mienne et je caresse la tache de cambouis qui macule ses phalanges.

— Une chose est sûre. Si quelqu'un devait me convaincre d'y croire de nouveau, ce serait vous, Lucie.

Elle me décoche un sourire par-dessus le col de son IPA et ses joues rosissent légèrement.

— Par la force de ma volonté, fait-elle d'un ton plein d'autodérision.

— Quelque chose comme ça, acquiescé-je en étreignant ses doigts.

Deux bières plus tard, Lucie s'empare du menu plastifié orné d'une tache qui pourrait aussi bien être du ketchup que du sang versé lors d'une bagarre de bar. Elle m'a repris sa main, il y a une heure de cela, et, depuis, je guette la moindre occasion de m'en saisir de nouveau.

C'est une impulsion parfaitement irrationnelle sur laquelle je préfère ne pas trop m'étendre.

Lucie étudie le menu avec le sérieux d'un astrophysicien de la NASA.

— Vous savez ce qu'il me faut ? me demande-t-elle.

J'avale une gorgée de bière et me demande si elle a remarqué la façon dont j'avais rapproché ma chaise. L'une de mes mains repose à présent sur le dossier de la sienne et je m'interroge sur la façon dont elle réagirait si je m'avisais de jouer avec ses cheveux. L'odeur de son shampoing et la vue de cette robe verte exercent sur moi un effet que j'ai beaucoup de mal à ignorer.

— Un gin-tonic et deux paniers de frites supplémentaires ?

— Ouiiiiiiii, répond-elle, étirant le mot comme s'il était constitué d'au moins dix syllabes.

Je l'ai vue regarder les boissons servies à la table voisine avec une expression que je qualifierais de désir insidieux.

— Et non, ajoute-t-elle en plissant légèrement les yeux.

— Non ?

— J'aimerais m'amuser un peu, Aiden. Cela ne m'arrive jamais. Où que j'aille, je suis toujours la personne la moins amusante de la bande.

— Ça, c'est faux. Il se trouve que nous sommes dans la même pièce trois jours par semaine et je peux vous assurer que je suis beaucoup moins amusant que vous !

Elle a l'élégance de ne pas soulever d'objections.

— Je ne sais même pas ce que font les gens qui veulent s'amuser, soupire-t-elle.

— J'ai entendu parler de quelque chose qui s'appelle la télévision.

Elle me fusille du regard.

— Je suis sérieuse, proteste-t-elle.

— Moi aussi.

Elle rapproche à son tour son siège et nos genoux se heurtent. Son visage s'illumine alors.

— Vous vous souvenez de notre toute première conversation ? Je vous ai dit que j'en avais assez de devoir me forcer à faire des choses ?

Il me semble parfois que je revis cette discussion en rêve. Il m'est même arrivé de me réveiller et de constater avec surprise que Lucie ne se trouvait pas à mes côtés alors que je venais tout juste de lui parler dans mon sommeil. Je pouvais encore entendre son rire résonner dans ma tête.

— Je me rappelle très bien.

— Eh bien, ce soir, je ne veux pas me forcer. Je ne veux plus penser à l'émission, ni à l'échec de mon premier rendez-vous, ni à l'andouille qui m'a posé un lapin ce soir.

Je répète en silence le mot « andouille » et ne peux m'empêcher de sourire.

— Je vais mettre une pièce dans ce stupide jukebox et écouter *Thong Song* à plein volume. Puis je commanderai une autre bière et des frites. Peut-être même un shot. Je ne crois pas avoir jamais bu un shot, Aiden !

À mesure qu'elle cède à l'enthousiasme, ses yeux s'agrandissent. Une pointe d'inquiétude commence à se mêler à mon amusement initial. Elle paraît être sur le fil du rasoir, prête à fondre en larmes à tout moment.

— Lucie, vous êtes sûre que ça va ?

— Je vais très bien.

Elle avale une nouvelle rasade de bière.

— C'est juste qu'à l'âge où tout le monde s'amusait et faisait la fête, je préparais des biberons pour Maya ou m'endormais à ses côtés en lui lisant *La chenille qui fait des trous*. J'ai raté toute cette partie de l'existence où l'on est libre de faire des bêtises sans en redouter les conséquences. Et je crois que ça me rend nostalgique. Ou que j'idéalise cette époque. Je suis vraiment très douée pour idéaliser les choses, vous savez.

Elle masse doucement la ligne de ses sourcils du bout des doigts comme pour chasser une migraine puis se tourne vers la télévision qui trône au-dessus du bar et diffuse un vieux match de base-ball des Orioles datant du début des années 1990. À l'écran, Cal Ripken émerge de l'abri en brandissant sa casquette et le public tout entier est en délire.

Lucie soupire.

— Ne faites pas attention à moi.

— J'en serais bien incapable, murmuré-je.

— Qu'est-ce que vous dites ?

Je secoue la tête.

— Rien.

Son visage est toujours défait et ses épaules voûtées.

Cette fois, je ne peux résister à la tentation. Mes doigts qui reposaient sur le dossier de sa chaise viennent caresser doucement son épaule nue.

— Vous savez, si vous voulez vous amuser, il y a une machine de Skee-Ball dans l'arrière-salle.

Elle me regarde d'un air suspicieux.

— Vous vous moquez de moi ?

Je secoue la tête.

Un immense sourire se dessine sur ses lèvres et, à cette vue, j'ai l'impression de recevoir une brusque décharge d'électricité qui me traverse tout le corps, me faisant frissonner de la tête aux pieds. C'est comme si les nuages s'étaient brusquement écartés, laissant apparaître le soleil.

— Où ça ? demande-t-elle en faisant déjà mine de se lever pour partir à la recherche du jeu.

— Allons chercher quelque chose à nous mettre sous la dent, suggéré-je. Puis je vous donnerai une petite leçon de Skee-Ball.

— Aiden ? m'interpelle Lucie d'une voix rieuse.

— Quoi ? grogné-je.

— Est-ce que vous avez toujours été aussi mauvais au Skee-Ball ?

— Non, grommelé-je en lançant un regard noir au tableau des scores surmontant la machine.

Il indique que je viens de marquer la somme de zéro point au cours de cette manche. La dernière boule que j'ai lancée a même atterri sur la rampe voisine. Celle d'avant, au lieu d'atteindre l'un des anneaux sur le pan incliné, a percuté le tableau des scores, y creusant une légère encoche dont la vue me désespère.

— C'est nouveau, soupiré-je.

Je suppose que je suis victime de la combinaison de deux facteurs : l'alcool que je viens d'ingérer joue sans doute pour une petite part. Mais ce qui me déconcentre beaucoup plus encore, c'est la vue des longues jambes dénudées que Lucie étend nonchalamment sur la machine. Je crois que je n'ai pas réussi à propulser une seule de mes boules dans l'un des anneaux centraux.

— Vous n'êtes vraiment pas très doué.

Ses lèvres se referment alors sur sa paille et elle décroise puis recroise ses jambes. Ma dernière boule rebondit sur le plan incliné et roule sur le sol. Lucie se laisse glisser au bas de son perchoir et se baisse pour la ramasser. Je suis incapable de détourner les yeux et contemple avec fascination la façon dont sa robe moule la forme de ses cuisses lorsqu'elle se penche en avant.

Je déglutis nerveusement et finis ma bière en l'espace de deux longues gorgées tout en gardant les yeux résolument rivés sur le clown ricanant peint au-dessus du tableau d'affichage de la machine. J'ai l'impression que son regard fixe me contemple d'un air ouvertement réprobateur.

C'est sans doute moi, le clown. Lucie fait partie de la zone interdite – d'autant plus qu'elle cherche une relation sérieuse et rêve d'engagement. Elle n'a vraiment pas besoin de se faire draguer par un présentateur de radio torturé et caractériel.

— Regardez, me dit-elle en se rapprochant de moi pour me tendre la boule.

Elle pose son verre vide à côté de ma canette de bière et vient se placer juste derrière moi. Là, elle m'enlace de son bras et pose son autre main sur la mienne, par-dessus la boule.

Mon cœur se met instantanément à battre la chamade.

— Euh…, articulé-je gauchement en sentant son corps se presser doucement contre le mien. Qu'est-ce que vous faites ?

Elle grogne et tente de changer la position de mon bras.

— J'essaie de corriger votre technique.

— Ma technique ?

— Oui, répond-elle avec une pointe de frustration dans la voix. Votre technique laisse vraiment à désirer.

Ainsi, c'est pour cela qu'elle essaie de me manipuler comme une marionnettiste ?

— Depuis quand êtes-vous une experte en matière de Skee-Ball ?

Elle se penche sur le côté de mon épaule pour me jeter un regard ironique. Avec ses talons hauts, elle est quasiment aussi grande que moi et si je me penchais de quelques centimètres, je pourrais effleurer le bout de son nez d'un baiser.

Décidément, le self-control dont je me targue d'ordinaire laisse sérieusement à désirer, ce soir. Il a volé en éclats sous l'effet combiné d'une demi-douzaine de bières et surtout de Lucie. Je passe beaucoup trop de temps à la regarder. Et sa vue éveille en moi de troublantes pensées, me forçant à trouver beaucoup trop d'excuses…

— Je maîtrise parfaitement la technique du Skee-Ball, déclare-t-elle avec assurance.

Sur ce, elle me tapote le bassin et je me mords l'intérieur de la joue pour réprimer un grognement de désespoir.

— Tout est dans les hanches, ajoute-t-elle.

— Vraiment ?

— Oui, dit-elle en plaçant ses mains de chaque côté de ma taille.

Je peux sentir la chaleur de ses paumes à travers le fin tissu de mon T-shirt. Elle me pousse légèrement vers l'avant et je sens sa poitrine effleurer mon dos. Puis elle entoure de nouveau mon torse de son bras. L'odeur désormais familière de son shampoing ainsi que cette note métallique toujours présente en contrepoint me chatouille les narines. Je prends une profonde inspiration.

Son visage apparaît de nouveau sur le côté.

— Est-ce que je vous ai pincé ? me demande-t-elle d'un air désolé.

— Non, réponds-je d'une voix légèrement rauque.

Son corps se presse contre mes épaules, contre mon dos. Et je voudrais qu'elle se serre encore plus, je voudrais plaquer ma main contre sa cuisse et sentir sa peau nue contre ma paume. Je titube légèrement et sa main se referme sur mon T-shirt pour me retenir. Je ferme les yeux.

— Tout va bien, reprends-je.

— On ne dirait pas.

— Je vous assure que si. Qu'étiez-vous en train de me dire ? Au sujet de mes hanches ?

— Oh…

Elle relâche mon T-shirt et sa main descend un peu plus bas, sur mon abdomen. Ses ongles semblent tracer des arabesques sur ma peau comme si elle cherchait à cartographier mon corps au toucher. Ce contact éveille sur ma peau une délicieuse chaleur qui s'insinue en moi. Lorsque son auriculaire effleure enfin le bouton de mon jean, je pose ma main sur la sienne pour l'immobiliser.

— Lucie…

— Hum…

— Qu'est-ce que vous faites ?

— Oh…, répète-t-elle.

Je sens son front se poser entre mes omoplates et elle laisse échapper un profond soupir.

— J'ai oublié ce que j'étais en train de vous dire…

Elle a la voix légèrement pâteuse. Je jette un coup d'œil en direction de notre table. Il y a là deux paniers de frites vides, une véritable collection de verres, vides eux aussi, et une assiette sur laquelle se trouvait un hamburger que Lucie a dévoré en l'espace de quelques minutes. La part la plus raisonnable de moi-même – qui me semble étrangement distante – me suggère que nous avons déjà beaucoup trop bu. Et pourtant… Je ne parviens pas à m'arracher à son étreinte.

— Je crois que vous étiez sur le point de me montrer la technique adéquate pour le lancer de Skee-Ball.

— C'est vrai, grommelle-t-elle.

Elle frotte son visage contre mon dos et émet un petit soupir de pur bien-être.

— Vous sentez bon.

— Merci, fais-je en serrant doucement sa main dans la mienne. Vous aussi.

Sa tête apparaît de nouveau sur ma droite et elle me regarde de ses grands yeux verts.

— J'ai dit ça à voix haute ?

— J'en ai peur.

— Super, gémit-elle.

Elle me tapote alors le ventre.

— Très bien, reprend-elle. Il est temps de passer aux travaux pratiques.

— Des travaux pratiques ? Je suis partant.

— Tâchez de faire preuve d'un peu de maturité. C'est très sérieux.

— Bien sûr.

Elle repose sa main sur la mienne qui tient la boule et entreprend de replacer mes doigts convenablement. Je ne peux m'empêcher de provoquer une bataille de pouces mais elle esquive mes tentatives maladroites et me signifie sa réprobation d'un claquement de langue.

— Concentrez-vous un peu !

Je le ferais si j'en étais encore capable. Mais en cet instant, la seule chose sur laquelle je parviens à me concentrer, ce sont tous les endroits où nos corps sont en contact. Elle place alors l'une de ses jambes entre les miennes et mon imagination s'embrase.

— Bien. Le problème, c'est que lorsque vous lancez la boule, vous avez tendance à interrompre votre geste en cours de route. Il faut que vous alliez vraiment jusqu'au bout du mouvement.

Elle guide mon bras vers l'arrière puis vers l'avant en un large arc de cercle. Et tandis que nous bougeons ainsi à l'unisson, je sens son corps se presser contre moi, éveillant sur ma peau d'irrépressibles frissons.

— Parfait, approuve-t-elle. Vous voyez ce que je veux dire ?

Je réitère le mouvement que nous venons d'effectuer.

— Comme ça ?

Elle hoche la tête et ses longs cheveux soyeux viennent caresser mon bras, ajoutant encore à mon trouble.

— Exactement comme ça, me souffle-t-elle à l'oreille. Essayez.

Elle s'écarte de moi et je lance la boule. Une fois de plus, elle percute la grille métallique et rebondit hors de la piste pour aller rouler sous l'une des tables situées près de la fenêtre.

— J'ai peur d'être irrémédiablement mauvais au Skee-Ball, murmuré-je.

— Je dois dire que vous êtes particulièrement nul, reconnaît-elle d'un ton amusé.

Je me retourne vers elle et avise l'immense sourire qui illumine son visage. Elle sourit tellement que ses yeux semblent minuscules. Avisant l'expression sévère que je m'efforce d'arborer, Lucie éclate de rire et je ne peux m'empêcher de me joindre à elle.

Et tandis que nous pouffons de la sorte, je me dis que j'aime énormément cette nouvelle facette de Lucie – libérée de ce poids qui semble si souvent l'accabler, détendue, espiègle même.

— Oh ! s'exclame-t-elle soudain. Vous savez ce que nous devrions faire, maintenant ?

— Boire un grand verre d'eau et commander un autre hamburger ?

— Je veux danser ! déclare-t-elle, ignorant totalement ma recommandation.

Elle virevolte et se dirige à grands pas vers le jukebox de la salle principale. Là, elle s'arrête devant l'appareil et fait mine d'étudier très attentivement la sélection qui se réduit à un morceau. Puis elle se tourne vers moi qui lui ai emboîté le pas et me tend la main, paume tournée vers le haut.

Je lui tape dans la main et elle me décoche un regard noir.

— Qu'y a-t-il ? demandé-je en prenant appui sur le jukebox.

Tout autour de moi semble se mouvoir au ralenti et légèrement flou comme si je me trouvais sous l'eau. À moins que je ne flotte dans l'espace, pris dans l'orbite de Lucie. Il me semble d'ailleurs qu'elle scintille comme un soleil, nimbée par la lueur orangée qui émane du jukebox.

— Des sous.

— Dessaoule ? dis-je en songeant que ce serait probablement une très bonne idée.

— Non, des sous, soupire-t-elle. De la monnaie. Pour le jukebox. Pour la musique.

— Oh…, murmuré-je à mon tour.

Je fouille ma poche et y trouve deux pièces de vingt-cinq cents que je lui tends.

— Merci, fait-elle joyeusement.

Elle les glisse dans la fente et presse quelques boutons d'un air très concentré. Les premières notes de violon ne tardent pas à résonner, saluées par une acclamation amusée des habitués des lieux. Elle me tend de nouveau la main.

— Je vous ai donné toutes les pièces que j'avais.

— C'est de vous dont j'ai besoin, pas de pièces.

Je lui tape de nouveau dans la main.

— Arrêtez de me taper dans la main.

— C'est plus fort que moi, lui dis-je d'une voix légèrement pâteuse.

Elle me tend de nouveau la main et je lui jette un regard interrogateur.

— Vous n'allez quand même pas me laisser danser toute seule sur *Thong Song*.

— Je suis sûre que vous vous en tireriez à merveille, marmonné-je.

Elle tape du pied d'un air agacé, ce qui me fait rire. Sisqó s'est mis à chanter, célébrant les femmes aux « culs comme des camions ». J'ai brusquement l'impression très étrange qu'au cours de cette soirée, j'ai dû me trouver projeté dans un univers parallèle. Je me dis aussi que j'ai trop bu ou pas assez pour faire ce que me demande Lucie.

— Aiden, insiste-t-elle en se rapprochant de moi. Dansez avec moi. S'il vous plaît.

— Lucie. Vous ne pouvez pas me faire danser en public sur *Thong Song*…

Elle commence à onduler des hanches au rythme de la musique tout en me jetant un regard de chien battu. Je comprends rapidement que je n'ai strictement aucune chance de lui résister.

— Très bien, soupiré-je.

Elle laisse échapper un cri de victoire en sautant sur place et levant les bras au ciel et j'ai vraiment un mal fou à ne pas sourire. Je remarque aussi que l'ourlet de sa robe est remonté de cinq bons centimètres sur ses cuisses et je me permets de le remettre rapidement dans sa position initiale avant de croiser les mains dans mon dos.

— Je ne suis pas un grand danseur, la préviens-je.

— Nous pouvons nous contenter de nous balancer en rythme.

Elle attrape mon T-shirt et me tire jusqu'au carré de plancher poisseux qui sert de piste de danse. Les deux hommes barbus qui étaient assis au bar un peu plus tôt se sont installés entretemps à une table haute et nous considèrent d'un air amusé.

Lucie passe ses bras autour de mon cou et pose sa joue contre mon épaule. Après quelques secondes de réflexion brumeuse, je pose une main sur sa taille et l'autre sur son épaule. Ses cheveux caressent mes doigts tandis que nous évoluons lentement sans tenir aucun compte du rythme de la musique. À l'autre bout de la piste, deux étudiants encore plus éméchés que nous et portant des sweat-shirts de leur fraternité improvisent une hilarante danse en ligne.

— Vous savez, me dit alors Lucie, pour quelqu'un qui s'est fait poser un lapin, j'ai vraiment passé une très bonne soirée.

Elle s'écarte de mon épaule et tourne vers moi ses yeux magnifiques. Il me semble tomber dans un océan de vert.

Je pense à l'*Hedera canariensis* de mon père. Et je me dis que ce sont vraiment les plus beaux yeux qu'il m'ait jamais été donné de contempler.

— C'est ce troisième gin-tonic qui vous fait dire ça, plaisanté-je.

Elle émet un petit grognement de protestation.

— Vous est-il donc si difficile de croire que quelqu'un puisse passer une soirée agréable en votre compagnie ?

— Peu de gens m'ont fait ce genre de compliment.

— Je trouve ça très difficile à croire, dit-elle d'un ton plein de sous-entendus.

Je sens mon cœur s'emballer dans ma poitrine. Mon pouls bat la chamade contre la paume de Lucie, derrière mes genoux, au creux de ma gorge. Et je prends alors conscience du contact de ses doigts sur mon cou. Ils semblent dessiner de petits motifs, comme si elle cherchait à écrire quelque chose sur ma peau. Je crois que je me moque de savoir ce que cela dit tant qu'elle continue…

Ma main glisse de sa hanche au creux de son dos et je la rapproche encore un peu de moi. Je sais que je suis sur une pente très glissante, que je suis en train de m'attacher à elle bien plus que je ne le devrais. Mais je ne peux résister à l'envie d'emmagasiner ces sensations délicieuses. Je me promets de les conserver précieusement pour les moments où nous aurons recouvré notre sobriété et où je devrai de nouveau faire semblant d'être immunisé contre le charme qu'elle exerce sur moi chaque fois que nous nous trouvons dans la même pièce.

Je crois que j'ai sérieusement le béguin pour elle. Et je sais que c'est une mauvaise idée.

Une *très* mauvaise idée.

— Vous êtes vraiment une excellente danseuse, murmuré-je contre sa tempe.

— Nous ne dansons pas vraiment, rétorque-t-elle d'une voix un peu ensommeillée.

— Disons alors que vous êtes très douée pour vous balancer en rythme.

Elle répond par un grommellement indistinct et mes mains se crispent légèrement.

— Je crois que je ferais mieux de vous ramener chez vous, lui dis-je à contrecœur.

— Quoi ? s'exclame-t-elle.

Elle se recule de nouveau et me considère avec la moue la plus charmante que j'aie jamais vue. Je ne peux m'empêcher de rire. Elle est irrésistible.

— Non, proteste-t-elle.

Je lisse ses cheveux sur ses épaules.

— J'ai bien peur que si. Malheureusement, la chanson est terminée.

En réalité, le morceau s'est fini voici une bonne minute. Mais Lucie ne semble pas l'avoir remarqué et je me suis abstenu de le lui signaler.

— Vous êtes sûr que vous n'avez plus de monnaie ?

Je secoue tristement la tête et ses épaules s'affaissent légèrement sous le coup de la déception.

— Zut.

— Une prochaine fois, suggéré-je en la guidant doucement vers notre table.

Je prends soin de maintenir ma main contre son dos. Nous ne sommes guère plus stables sur nos jambes l'un que l'autre mais elle doit composer en plus avec une paire de chaussures à talons redoutable. Elle ramasse ses affaires et parvient même à enfiler l'une des manches de son manteau. Elle se contente de draper l'autre pan sur son épaule et bâille à s'en décrocher la mâchoire.

Elle est tout simplement adorable avec ses cheveux en bataille. Et je ne peux m'empêcher de la dévorer des yeux au milieu de ce bar. Il m'apparaît au même instant que je suis bel et bien foutu. Ce ne serait pas si grave si j'aimais passer du temps en compagnie de Lucie parce que j'admire la longueur interminable et le galbe exquis de ses jambes lorsqu'elle porte une robe aussi courte. Ou pour la façon dont son nez se retrousse chaque fois qu'elle éclate de rire. Ou pour le regard émerveillé qu'elle pose sur le monde qui l'entoure et son irréductible optimisme. Mais il y a toutes ces choses et bien d'autres encore. Son intelligence. Sa vivacité. Sa générosité et son ouverture d'esprit. Sa gentillesse et sa douceur. Je ne saurais dire laquelle de ces qualités je préfère.

Résigné, je l'aide à enfiler sa deuxième manche et je referme les deux premiers boutons de son manteau. Lorsque mes phalanges effleurent involontairement sa poitrine, je l'entends prendre une petite inspiration.

— Je vais vous ramener chez vous, répété-je en achevant de boutonner le vêtement.

Je prends mon temps, espérant contre toute attente que le temps que j'en finisse avec tous ces minuscules boutons en plastique, j'aurai recouvré un semblant de bon sens.

— D'accord, me dit Lucie quand je me redresse.

Elle ne recule pas, ce qui fait que nous nous retrouvons face à face, presque collés l'un à l'autre. Elle penche alors légèrement la tête et caresse facétieusement mon nez avec le sien. Le peu de lucidité que j'étais parvenu à rassembler semble aussitôt s'évaporer.

— Lucie…, dis-je en luttant désespérément pour me raccrocher à la décence, faute de bon sens.

Elle a bu. Moi aussi. Il est hors de question que je l'embrasse. Même si le petit diablotin perché sur mon épaule me souffle toutes sortes de suggestions totalement déplacées, m'encourageant notamment à poser mes lèvres sur les siennes pour savoir si elles sont aussi douces qu'elles en ont l'air. Je me force à détendre mes doigts crispés et à relâcher son manteau. Malheureusement, elle se trouve toujours tout contre moi.

— Je vais vous ramener à la maison, répété-je en espérant convaincre au moins l'un d'entre nous.

Elle ferme les yeux et ses longs cils forment un délicat éventail au-dessus de ses pommettes. De nouveau, elle frotte son nez contre le mien et je suis saisi d'un violent frisson qui dévale entre mes omoplates et se propage dans mon corps tout entier. Je peux sentir l'odeur du gin sur ses lèvres. Et le parfum qu'elle porte ce soir-là.

— Lucie…, murmuré-je.

C'est une supplique mais je ne saurais dire ce que j'espère. Qu'elle me repousse ? Qu'elle m'attire contre elle ? Je n'en ai aucune idée.

Quelqu'un la bouscule alors par-derrière et elle oscille sur elle-même, se raccrochant à mon T-shirt pour ne pas tomber. Je l'aide à recouvrer un semblant d'équilibre et ma main se retrouve au creux de son dos, beaucoup trop proche de la courbure affolante de ses fesses.

— Faites attention ! grondé-je à l'intention de l'imbécile qui vient de la heurter.

Lucie pose alors son front contre mon torse et se laisse aller entre mes bras. En soupirant, je récupère mon blouson, le glisse sous mon bras et entraîne la jeune femme en direction de la sortie. Elle titube légèrement tandis que nous nous frayons un chemin à travers la foule. Quand nous atteignons enfin les marches de marbre du perron, je lui fais signe de s'arrêter.

Elle tourne vers moi des yeux ensommeillés et je lis une interrogation dans son regard. Je me place sur la marche inférieure à celle sur laquelle elle se tient et me tourne à demi vers elle.

— Montez sur mon dos.

Elle me lance un regard éberlué.

— Vous ne pouvez pas marcher sur les pavés avec ces chaussures, expliqué-je.

Je me penche légèrement vers l'avant.

— En selle !

— Sur votre dos ?

Je hoche la tête.

— Vous allez tomber !

— Je vous promets que non.

Elle se mordille la lèvre sans se douter de l'effet que ce geste aussi innocent que sensuel provoque en moi.

— Lucie, je vous jure que je ne vous laisserai pas tomber. Laissez-moi vous ramener chez vous.

— Je pourrais rentrer pieds nus.

— Excellente idée. Parcourir les rues de Baltimore pieds nus au mois de mars…, ironisé-je. Allez-y, montez !

— Est-ce que vous êtes toujours aussi autoritaire ?

— Ça peut m'arriver, dis-je avec un sourire malicieux.

Elle cligne des yeux et se met à rougir. Je ne manque pas de remarquer la façon dont elle se tortille d'une jambe sur l'autre.

— Très bien, soupire-t-elle enfin.

Elle s'avance et pose une main sur mes épaules. Je sens son buste se presser contre mon dos. Je place mes mains sous ses cuisses douces et musclées et me demande si c'est la meilleure ou la pire idée que j'ai eue ce soir-là. Je me redresse enfin et Lucie pose son menton sur mon épaule avec un petit soupir de contentement.

Je me mets aussitôt en marche, descendant précautionneusement les dernières marches avant de m'avancer dans la rue illuminée par le clair de lune. Lucie laisse pendre ses bras sur ma poitrine et je résiste à l'envie démente que j'ai de la voir glisser ses mains sous mon T-shirt. Je suis sûr que cela nous réchaufferait tous les deux…

— C'est très agréable, me dit-elle.

Je me demande soudain s'il est possible de mourir de la sensation qu'on éprouve en touchant les cuisses d'une femme comme elle. En tout cas, cela me semble être un risque bien réel en cet instant.

— Je suis d'accord, murmuré-je. C'est très agréable.

Commentaire relevé sur la page des *Liens du cœur.*

COMMENTAIRE DE BALTIMORON78 :

Nous devrions lancer une pétition pour demander que *Les Liens du cœur* soient aussi diffusés le samedi. Je veux absolument savoir ce qu'il s'est passé !

CHAPITRE 18
LUCIE

EN ME RÉVEILLANT, CE MATIN-LÀ, je constate avec surprise que je suis allongée sur le ventre sur mon canapé. J'ai la bouche complètement desséchée et ma tête me fait souffrir comme si quelqu'un s'acharnait dessus au marteau piqueur. Je me félicite d'avoir pris le temps d'enfiler des chaussettes et de me couvrir d'un plaid avant de sombrer dans une inconscience éthylique.

La soirée précédente me revient par flashs successifs. Je me revois assise toute seule au restaurant. Je me rappelle la femme qui mangeait sa soupe. Aiden courant vers moi sur le trottoir dans la lumière jaune des lampadaires. Un petit bar au parquet poisseux avec un jukebox au fond. Une partie de Skee-Ball. Mes bras noués autour du cou d'Aiden. Son sourire qui n'avait cessé de s'élargir petit à petit. Sa paume sur ma cuisse nue.

J'ouvre brusquement les yeux. À cet instant, le coussin sur lequel repose ma tête laisse échapper un grognement et se met à bouger. Je pousse un hurlement strident, fais mine de m'écarter et m'affale de tout mon long sur le sol.

De là, je vois avec stupeur Aiden se pencher vers moi. Ses cheveux sont tout embroussaillés et il plisse les yeux pour se protéger de la luminosité. Sa joue est barrée par un pli laissé par le coussin du canapé. Nous nous entre-regardons tous deux avec une certaine confusion.

— Lucie ? dit-il en se massant la nuque.

Cela ne fait qu'ajouter au chaos capillaire préexistant. Il baisse alors les yeux vers ses jambes qui sont reliées à ma taille par le plaid tout entortillé.

— Est-ce que ça va ? demande-t-il en clignant des yeux.

Aussi bien qu'on peut aller en se réveillant allongée de tout son long contre l'homme qui est censé vous aider à trouver votre âme sœur, j'imagine.

— Ça va, articulé-je en m'efforçant de me dégager de la couverture.

Pour le coup, je ne me rappelle pas du tout m'être endormie dans les bras d'Aiden.

Ce dernier cligne de nouveau des yeux et je ne peux m'empêcher de remarquer qu'il est irrésistible, même au réveil.

— Vous m'avez demandé de rester auprès de vous, m'explique-t-il d'une voix nettement plus rauque que d'ordinaire.

Il se penche en avant pour m'aider à me libérer du plaid en laine. Je me demande comment j'ai fait pour me retrouver à ce point emmaillotée. Ai-je tenté de m'accrocher à Aiden dans mon sommeil ?

Mon Dieu.

— Et ensuite, vous avez monopolisé presque tout le canapé, ajoute-t-il. Et je dois dire que vous êtes étonnamment forte…

Voilà qui ne fait qu'ajouter à mon embarras. Je sens mon visage s'empourprer. Je suis mortifiée. Non, pire que ça. Je sais bien que j'ai tendance à être affectueuse, lorsque j'ai trop bu. Grayson avait une expression pour ça : il m'appelait le calinomonstre. J'imagine que la désinhibition a tendance à faire ressortir mon besoin inassouvi de contact physique. Mais jusqu'à présent, cela ne m'a jamais conduite à adopter une attitude déplacée vis-à-vis de qui que ce soit. Jusqu'à ce que je décide de jouer les bernacles avec Aiden, apparemment…

Je parviens enfin à me défaire du plaid que je jette sur Aiden avant de trouver refuge à l'autre bout du salon.

J'ai besoin de prendre un peu de distance. J'aurais également besoin d'un rapport circonstancié sur ce qui s'est passé la veille. Qu'est-ce que j'ai encore bien pu faire ? Ou dire ? Je n'ai plus que des souvenirs vagues et brumeux. Je me rappelle un slow que nous avons dansé dans le noir. Je me rappelle avoir plongé ma main dans ses cheveux. M'être demandé à quoi pouvaient bien ressembler ses baisers. Je me rappelle m'être assise sur ses genoux, sur le canapé. Avoir pressé mes lèvres contre sa gorge. L'avoir supplié de rester parce qu'il ferait un super oreiller.

Je me rappelle qu'il a caressé doucement mes cheveux et qu'il a accepté.

— Est-ce que je vous ai embrassé ? ne puis-je m'empêcher de lui demander.

J'ai un vague souvenir de nos visages tout près l'un de l'autre. Je me rappelle que j'ai frotté mon nez contre le sien. J'avais terriblement envie de l'embrasser, à ce moment-là. Et puis… rien. Je ne me rappelle rien d'autre.

Les yeux d'Aiden papillonnent toujours, trahissant son manque de sommeil et sa confusion. Je crois que jusqu'à hier soir, je ne l'avais encore jamais vu que vêtu d'un sweat-shirt informe. Et j'avoue que je suis légèrement déconcentrée par la vue de ses épaules musclées que l'on devine sous son fin T-shirt blanc. Lorsqu'il tend la main pour frotter le bijou accroché à la chaîne autour de son cou et dissimulé par ce haut, je ne peux m'empêcher d'admirer son bras musclé.

— Pardon ?

— Est-ce que je vous ai embrassé ? répété-je d'une voix plus lente.

Qui sait ? Si je fais semblant d'être calme, je finirai peut-être par le devenir. Comme le dit l'adage : parfois, il faut faire semblant pour réussir.

L'ombre d'un sourire vient flotter sur ses lèvres et j'ai soudain très envie de lui lancer un coussin à la figure.

— Non, dit-il en se laissant retomber contre le dossier de mon canapé, les jambes écartées.

Il étouffe un bâillement tandis que je réprime à grand-peine une exclamation admirative. Je ne l'imaginais vraiment pas si musclé. Mais son T-shirt moulant ne laisse aucun doute à ce sujet. Toute la question est de savoir pourquoi cette vision me met dans un tel état, moi qui ne suis pourtant pas du genre à fantasmer sur le physique des hommes que je rencontre.

— C'est intéressant de savoir que vous y avez pensé, en revanche, ajoute-t-il en repliant un bras derrière sa nuque.

— Aiden…, protesté-je d'un ton empli de reproches.

Reproches infondés, à vrai dire. Parce qu'au fond, il a raison : j'y ai bel et bien pensé.

Une fois ou deux. Peut-être trois.

Pas plus de sept, en tout cas.

— Lucie…, réplique-t-il avec un sourire dans la voix et un rire au fond des yeux.

— Arrêtez de flirter avec moi.

La distance qu'Aiden maintient d'ordinaire vis-à-vis des autres semble avoir fondu dans la douce lueur qui filtre à travers les fenêtres aux vitraux colorés donnant sur la rue. Il me considère avec une pointe d'amusement évident.

— Ça fait pourtant un moment que je le fais.

— Depuis quand ?

— Depuis que je vous ai abordée en vous parlant de vos dents, j'imagine.

— Oh…, murmuré-je. Vraiment ?

Il hoche la tête avant d'étouffer un nouveau bâillement. Il semble se détendre légèrement et je l'observe avec un brin d'incrédulité. J'ai du mal à croire qu'Aiden soit vraiment chez moi. Sur mon canapé.

— Vous aussi, vous flirtez avec moi, ajoute-t-il au bout d'un moment.

Je fronce les sourcils.

— Vous croyez ?

Il acquiesce. Je repense alors à cette sensation de légèreté et d'exaltation qui m'envahit chaque fois que je le rejoins dans le studio d'enregistrement. Je songe à la façon dont c'est toujours lui que je cherche des yeux, dans une pièce. Au plaisir que j'ai à me moquer gentiment de ce que j'ai baptisé son uniforme réglementaire – jean noir, sweat-shirt et rangers – de ses Post-it ou de ses goûts en matière de musique – la dernière fois, il a passé deux morceaux de Hoobastank et je refuse de croire qu'il s'agissait d'une erreur.

D'accord. J'ai peut-être un peu flirté avec lui.

— Ne ferions-nous pas mieux d'arrêter ? demandé-je.

Il me regarde longuement sans que je parvienne à déchiffrer son expression.

— Sans doute, dit-il enfin d'une voix hésitante. Nous devrions probablement arrêter.

— Parce que nous ne sommes pas du tout compatibles, tous les deux, précisé-je aussitôt. Je cherche une relation stable et vous…

— Je ne suis pas fait pour les relations stables, concède-t-il.

Je ne suis pas sûre que ce soit une question de nature intrinsèque. Cela semble plutôt être un choix délibéré de sa part. Mais je me garde d'épiloguer sur la question. Je sais qu'il traîne de vieilles cicatrices et ce n'est pas moi qui le jugerai pour cela.

Il passe ses mains sur son visage.

— C'est juste une passade. Parce que nous passons beaucoup de temps ensemble, dit-il avant de laisser tomber ses bras. Ça nous passera, conclut-il, légèrement mal à l'aise.

— Oui, approuvé-je en m'efforçant d'ignorer l'immense déception que j'éprouve sur le coup.

Je baisse les yeux pour cacher mes joues rouges.

— C'est vrai, ajouté-je.

— En tout cas, je cesserai de flirter si vous arrêtez aussi.

— Ça ne marche pas comme ça !

Aiden lève un sourcil. Il me fait soudain penser à un grand prédateur – un félin tout en grâce et en puissance.

— C'est exactement comme ça que ça marche, au contraire, insiste-t-il. Si vous arrêtez d'entortiller vos cheveux au studio…

— D'entortiller mes cheveux ? l'interromps-je. De les natter, vous voulez dire ?

— C'est ça. Arrêtez de tresser vos cheveux de cette façon et je cesserai de flirter avec vous.

— Mais Aiden, protesté-je. Ce n'est pas… Je veux dire, je ne fais pas ça pour flirter. C'est juste une façon de me détendre.

Sa main se crispe légèrement sur le canapé.

— Arrêtez de tresser vos cheveux et j'arrêterai de flirter avec vous, répète-t-il d'un ton décidé.

Je déglutis en me rappelant un fragment de notre conversation de la veille.

Est-ce que vous êtes toujours aussi autoritaire ?

Ça peut m'arriver…

Je sens les battements de mon cœur s'emballer et j'ai soudain une conscience aiguë de toutes les parties de mon corps qui ne sont pas couvertes par ma robe – mes chevilles, mes genoux, le bas de mes cuisses… Je suis convaincue qu'après avoir passé la nuit sur ce canapé sans me démaquiller, je dois ressembler à un raton laveur s'étant bagarré pour une part de pizza abandonnée. Pourtant, Aiden me regarde exactement comme si j'étais un café de contrebande caché dans une boîte de cookies au chocolat.

— Lucie, je…

— Salut, à toi, Reine de la Nuit ! s'exclame une voix retentissante provenant de ma cuisine.

Grayson.

Je ferme les yeux et pousse un soupir de pure frustration.

— Je suis là pour le débriefing ! s'écrie encore joyeusement Grayson. J'exige absolument tous les détails !

Il faut vraiment que j'installe un cadenas sur la porte de la cuisine. Ou peut-être juste une de ces sécurités pour enfant que l'on place sur la poignée. Évidemment, je pourrais également partir pour Puerto Rico. Je m'imagine un instant étendue de tout mon long sur une chaise longue, un cocktail glacé à la main. Mais lorsque je tourne la tête, je découvre à mes côtés un homme au corps athlétique et bronzé, aux cheveux noirs, les joues couvertes d'une ombre de barbe avec une petite chaîne en or autour du cou…

Je n'aurais sans doute pas dû boire ces shots en plus des verres de gin-tonic.

— Pas la peine de crier, papa, proteste alors Maya.

En entendant sa voix, je me résigne à mourir d'embarras en présence de ma fille.

— Je sais que tu as autant envie que moi de tout savoir, rétorque Grayson. Inutile de te la jouer cool lorsque nous ne sommes que tous les deux. Tu n'es pas encore une ado. Tu as le droit de faire preuve d'enthousiasme et…

Grayson s'immobilise sur le seuil du salon. Il tient à la main une pomme qu'il a chipée dans ma corbeille à fruits. Ses yeux passent de moi et ma robe ultracourte à Aiden allongé sur le canapé. Il avise ensuite la couverture posée à ses côtés et un sourire entendu commence à se dessiner sur ses lèvres.

— Eh ben, ça alors, murmure-t-il.

Maya le contourne pour voir ce qui se passe. Elle porte un chapeau de feutre à large bord et a recouvert ses joues de mascara – mon mascara, probablement – pour simuler une ombre de barbe. Elle a dû ramener ses cheveux frisés en chignon sous son chapeau. Et elle a un fouet accroché à sa ceinture. J'avais complètement oublié que c'était le jour de son défilé de cosplay…

Grayson lui cache aussitôt les yeux comme s'ils nous avaient découverts en pleins ébats, Aiden et moi.

— Papa, proteste-t-elle. Tu vas abîmer mon maquillage !

— Arrête tes bêtises, Grayson, lui dis-je.

Aiden se redresse en tenant toujours le plaid que je lui ai lancé un peu plus tôt. Il considère les nouveaux arrivants avec une évidente curiosité.

— Euh… Bonjour, lance-t-il d'une voix gênée.

Je porte ma main à ma bouche pour dissimuler le sourire qui me vient aux lèvres. Au moins, je ne suis pas la seule à me sentir embarrassée. Maya repousse la main de son père pour pouvoir regarder Aiden. Ce dernier cligne des yeux et l'observe attentivement. Un large sourire se dessine alors sur son beau visage.

— Docteur Jones, je présume, dit-il en inclinant la tête.

À ces mots, les yeux de Maya s'illuminent et mon propre cœur se serre dans ma poitrine.

— Est-ce que c'est vous qui aviez rendez-vous avec ma mère, hier soir ? demande-t-elle. William, c'est ça ? Elle vous a invité à dormir à la maison ?

— Ce n'est pas William, mais on dirait effectivement qu'il a dormi à la maison, commente malicieusement Grayson.

Il est évident qu'il est aux anges. Aiden, lui, semble avoir recouvré son assurance habituelle en dépit des circonstances. J'aurais pensé qu'un interrogatoire en règle de la part d'une enfant de douze ans le mettrait très mal à l'aise mais il semble étrangement décontracté. En le voyant, je m'émerveille une fois de plus à la vue de ses bras musclés. Il a dû retirer ses chaussures après que je l'ai forcé à passer la nuit avec moi et je remarque qu'il porte des chaussettes dépareillées – une rouge et une bleue.

Cela ne le rend que plus adorable à mes yeux.

— Qui êtes-vous, alors ? demande Maya qui a visiblement oublié toutes ses bonnes manières – probablement à force de fréquenter son père.

— Je m'appelle Aiden, répond simplement ce dernier.

Il me lance un regard que je ne parviens pas à déchiffrer puis repose le plaid sur le canapé avant de faire deux pas en avant.

— Je suis ravi de te rencontrer enfin en chair et en os. Ta mère me parle tout le temps de toi.

— Je reconnais votre voix, murmure-t-elle en repoussant légèrement son chapeau pour le regarder plus attentivement. Vous êtes Aiden Valentine.

— Et toi, tu es Maya, la conspiratrice en chef. As-tu déjà pensé à faire de la radio ?

— Je rêve de devenir archéologue.

Aiden laisse échapper un rire doux et chaud, encore légèrement ensommeillé.

— À te voir, je dirais que tu es sur la bonne voie.

— C'est vrai, acquiesce-t-elle fièrement.

Je lis dans son regard qu'elle s'apprête à tout lui raconter – tous les plans qu'elle a arrêtés pour les dix prochaines années. Mais lorsqu'elle ouvre la bouche, elle la referme aussitôt et plisse légèrement les yeux. Elle se tourne alors vers moi. Avec sa fausse barbe et ses cheveux tirés en arrière, elle ressemble tellement à une version de poche de Grayson que j'ai du mal à garder mon sérieux.

— Attendez une minute, nous dit-elle. Pourquoi est-ce qu'Aiden Valentine est dans notre salon à cette heure-là ?

— C'est vrai, ça ! s'exclame à son tour Grayson, hilare. Très bonne question, Maya. Que fait Aiden Valentine dans ton salon ?

Aiden m'interroge du regard et je hausse les épaules. Au point où nous en sommes, il ne nous reste plus qu'à nous laisser porter par les circonstances, j'imagine.

— Est-ce que ça vous dirait de prendre le petit-déjeuner avec nous ? lui proposé-je.

Je monte dans ma chambre pour troquer ma robe contre un sweat-shirt et un pantalon en flanelle fatigué. Aiden le considère avec attention lorsque je le rejoins à la cuisine et lui tends un tube d'ibuprofène.

— Qu'y a-t-il ? lui demandé-je.

Il secoue la tête en souriant malicieusement. J'ai déjà remarqué que ses sourires étaient souvent de biais : sa bouche se relève généralement plus du côté gauche. C'est un peu comme si son visage n'était pas habitué à exprimer de la bonne humeur. Mais il est en net progrès depuis que je le connais.

Ses doigts effleurent les miens lorsqu'il me prend le tube des mains. Je retire la mienne aussi vivement que si je venais de m'électrocuter à ce contact. Son sourire s'accentue encore.

— Qu'y a-t-il ? répété-je en rougissant.

— Rien, rien, répond-il en secouant doucement la tête.

Il ouvre le tube, fait tomber deux pilules au creux de sa main, renverse la tête en arrière et les avale. Fascinée, je contemple la courbe de sa gorge.

— Cette tenue a l'air nettement plus confortable, remarque-t-il. Et c'est très mignon.

— Je ne suis pas mignonne.

— Oh, je vous assure que si.

Je lève les yeux au ciel et bats en retraite en direction du réfrigérateur.

Vous aussi, vous flirtez avec moi…

J'imagine que c'est vrai.

Aiden s'installe à table aux côtés de Grayson et Maya tandis que je m'active dans la cuisine. Ma cuite carabinée s'est quelque peu résorbée, se limitant à une douleur sourde au niveau de la nuque et à une envie impérieuse de protéines. Je prépare assez d'œufs et de pancakes pour nourrir une petite armée et lance la cafetière. Les voix des trois autres qui conversent joyeusement m'aident à panser la blessure que m'a infligée hier soir cet inconnu que j'attendais au restaurant et qui n'est jamais venu. En réalité, ce processus de guérison a commencé à l'instant précis où j'ai entendu Aiden me héler dans la rue. Il s'est poursuivi durant notre folle soirée et s'achève ici, dans cette cuisine. Je suis de retour chez moi. Auprès des gens qui comptent à mes yeux. Et c'est le plus important.

— Il n'est pas venu ? s'exclame Grayson d'une voix vibrante de rage.

Aiden est en train de lui raconter ce qui s'est passé la veille et je ne peux qu'espérer qu'il livrera une version très édulcorée de la suite. Me penchant par-dessus son épaule, je dépose une assiette garnie de tranches de lard grillées au centre de la table avant de prendre place à ses côtés.

— Non, confirmé-je. Il n'est pas venu. Désolé, Gray, mais tu n'es pas plus doué que moi pour trouver l'homme de mes rêves.

— Est-ce que je peux essayer ? suggère Maya avant de tapoter le bras d'Aiden pour lui demander un toast.

Il comprend sans qu'elle ait besoin de préciser sa pensée et, une fois de plus, je sens cette étrange émotion m'envahir.

— Est-ce que je peux choisir le prochain, maman ? me demande-t-elle.

Je grignote pensivement une tranche de lard grillé.

— Je ne pense pas.

— Pourquoi pas ?

— Je pense que tu en as suffisamment fait comme ça.

Elle grommelle dans sa barbe en mascara et je reconnais les mots « têtue » et « injuste ».

— Qui va le faire ? dit-elle alors d'un ton légèrement moqueur. Toi ?

— Il me semble qu'elle a déjà prouvé qu'elle n'était pas la mieux placée pour cela, intervient Grayson.

Je soupire.

— Peut-être est-ce une malédiction familiale, suggéré-je.

Maya avale pensivement une gorgée de jus d'orange.

— Dans ce cas, nous pourrions demander à Aiden de s'en occuper. Il pourrait choisir quelqu'un.

Je manque m'étouffer avec mon café. Les paroles d'Aiden – *c'est juste une passade* – résonnent toujours dans mon esprit embrumé par l'excès d'alcool.

Aiden, quant à lui, s'est brusquement figé à mes côtés.

— Je ne pense pas être qualifié, répond-il, mal à l'aise.

Maya le considère avec stupeur.

— Vous animez une émission sur l'amour, n'est-ce pas ?

Il acquiesce, visiblement à contrecœur.

— Dans ce cas, choisissez quelqu'un pour maman. Cela paraît être la solution la plus logique.

Grayson nous observe tous deux avec beaucoup d'intérêt. Je suis tentée de lui planter ma fourchette dans la cuisse sous la table.

— C'est vrai, renchérit-il d'un ton faussement innocent. Cela semble logique.

— Je ne suis pas sûre de vouloir d'autres rendez-vous de ce genre, déclaré-je. Ni même de continuer l'émission…

Aiden sursaute si violemment que toute la table tremble.

— Désolé. Une mauvaise toux…

Je lui jette un regard intrigué tandis qu'il se met à tousser à retardement. Sur ma gauche, Grayson tente de réprimer un éclat de rire. Aiden reprend sa fourchette en s'efforçant d'afficher un air décontracté.

— Vous comptez vraiment arrêter l'émission ? demande-t-il.

En réalité, je n'en ai pas envie. Et j'aimerais que l'un de ces rendez-vous débouche sur quelque chose. Mais je n'aime pas l'idée que ce soit Aiden qui l'organise. À vrai dire, cette seule idée me donne la nausée. Peut-être parce que je me suis réveillée le visage blotti contre lui – au point qu'il doit avoir la forme de mon nez imprimée sur sa peau.

— Non, soupiré-je. Pas vraiment… Je ne voudrais pas décevoir Le Roi du Pneu…

Aiden me considère longuement avant d'enfoncer sa fourchette dans un morceau de pancake avec nettement plus d'énergie que nécessaire.

— Je veux bien choisir votre prochain soupirant, déclare-t-il alors.

Mon cœur se serre dans ma poitrine.

— Vous n'êtes pas obligé de faire ça, protesté-je. Je suis sûre que je suis capable de trouver au moins un homme dans la région de Baltimore qui ne soit pas…

— Une andouille ? suggère-t-il.

Je joue nerveusement avec ma fourchette.

— Oui, une andouille… Je dois pouvoir trouver quelqu'un qui soit doté de qualité non-andouilliques.

— Vous ne pensez pas que j'en sois capable ?

Je ne suis vraiment pas sûre de comprendre pourquoi cette idée semble l'offusquer.

— Je suis certain que vous pouvez le faire, Aiden. Ce n'est pas comme s'il s'agissait de participer à *American Gladiators*. Trouver quelqu'un pour sortir avec moi ne devrait pas être si difficile que cela…

Même si l'histoire de ma vie amoureuse semble indiquer le contraire…

— Dont acte, rétorque Aiden. Je vais m'en occuper.

Curieusement, dans sa bouche, cet engagement sonne comme une menace. Il a la mâchoire serrée, ses yeux lancent des éclairs et il continue de réduire son pancake en charpie à coups de fourchette.

— Et je suis sûr que je tirerais mon épingle du jeu si je participais à *American Gladiators*.

Après avoir vu ses biceps, je me dis qu'il n'a probablement pas complètement tort.

— C'est noté.

J'ai vaguement l'impression que nous sommes en train de nous disputer mais je serais incapable de dire pourquoi exactement. Grayson frappe alors bruyamment dans ses mains.

— C'est donc décidé, déclare-t-il. *Lucie sur l'autoroute du bonheur…*

— *Sur la route de l'amour*, le reprends-je en soupirant.

— … continue son petit bonhomme de chemin, complète Grayson qui se penche vers moi pour m'ébouriffer affectueusement les cheveux. Je suis fier de toi !

— C'est entendu, donc, conclut Aiden en mordant rageusement dans une tranche de lard.

Il a un coude sur la table et arbore une expression faussement indifférente qui, pour une raison que je ne m'explique pas vraiment, me met hors de moi.

— C'est entendu, acquiescé-je sèchement. Parfait.

Maya et Grayson échangent un regard un peu trop satisfait.

— Dites donc, vous deux, leur dis-je, n'êtes-vous pas censés vous rendre à un concours de cosplay ?

— Merde, s'exclame Grayson en se redressant brusquement.

Il se penche pour récupérer le chapeau que Maya a ôté, le temps de prendre son petit-déjeuner.

— On y va, ma puce. Tu as un crâne de cristal à récupérer !

— *Le Royaume du crâne de cristal* est le plus mauvais film de la série ! proteste-t-elle vivement.

Elle se lève à son tour et me tapote affectueusement la tête au passage.

— Salut, maman.

Elle jette ensuite un coup d'œil un peu intimidé en direction d'Aiden.

— Au revoir, Aiden Valentine, dit-elle.

Il lui sourit gentiment. La tension qui l'habitait un instant auparavant semble s'être dissipée et il paraît juste fatigué. Je me rappelle l'avoir entendu dire qu'il n'était pas du matin.

— À un de ces jours, Indy, lance-t-il à Maya en lui adressant un petit signe de la main.

Elle lui décoche un sourire jovial et file en direction de la porte. Grayson la suit de près et la cuisine se retrouve alors plongée dans le silence.

— Je devrais y aller, fait Aiden d'une voix hésitante.

Il garde les yeux résolument fixés sur son assiette. Quant à moi, je sens se dissiper la douce ignorance dans laquelle je me trouvais en me réveillant. Progressivement, mes décisions désastreuses de la veille ont ressurgi sous forme de souvenirs brumeux et décousus. Je me rappelle l'avoir supplié de danser avec moi sur *Thong Song*, m'être collée à lui sous prétexte de lui donner des cours de Skee-Ball, lui avoir décoché des coups de talon tandis qu'il me ramenait sur son dos jusque chez moi…

Je ne sais plus trop où me mettre.

Je décide courageusement d'enterrer tout cela dans les tréfonds de ma mémoire et de m'y confronter ultérieurement. Repoussant mon siège, je me lève. Aiden fait de même et commence à ramasser les assiettes sales qu'il emporte jusqu'à l'évier.

— Je suis vraiment désolée d'avoir monopolisé le canapé, dis-je tandis qu'il rince les couverts avant de les placer dans le lave-vaisselle.

Je remarque à cette occasion qu'il prend soin de disposer les fourchettes avec les dents vers le haut, comme je le fais toujours – ce qui ne contribue guère à atténuer ma « passade » ainsi qu'il la qualifie…

— Et surtout, je vous remercie d'être venu me tenir compagnie, hier soir.

— Il n'y a pas de quoi.

Il referme la porte du lave-vaisselle et s'essuie les mains avec un torchon sur lequel est dessiné un fouet à battre les œufs surmonté de la mention : « Rien ne vaut un bon coup de fouet ».

— Vous n'avez pas non plus à vous excuser, ajoute-t-il.

— Vraiment ?

Il me décoche de nouveau ce demi-sourire si familier.

— J'aime une femme qui sait se faire respecter.

Je me mords la joue pour tenter de garder mon sérieux.

— Je croyais que nous avions décidé de ne plus flirter, tous les deux.

— C'est vrai, soupire-t-il. Vous avez raison…

Il replie soigneusement le torchon et l'accroche à la poignée du lave-vaisselle.

— Je vous promets que je ferai attention, dorénavant.

Nous nous entre-regardons à travers la cuisine. Un nouveau souvenir remonte alors à la surface de mon esprit – Aiden boutonnant mon manteau. Je me rappelle le contact involontaire de ses phalanges contre mes seins. Et l'irrépressible éclair de désir que j'ai vu passer dans son regard.

Suis-je vraiment certaine de vouloir qu'il *fasse attention* ?

Aiden tambourine du bout des doigts sur le dossier de la chaise qui se trouve en face de lui et je recouvre brusquement mes esprits.

— On se voit au studio lundi, dit-il.

J'aime à penser que l'hésitation que je perçois dans sa voix n'est pas uniquement le fruit de mon imagination.

— J'essaierai de vous trouver un rendez-vous digne de ce nom…

Je hoche la tête. Tel est le plan. Tel a toujours été le plan. Et il n'y a strictement aucune raison pour que j'éprouve la moindre déception à cette idée. Et pourtant… je ne peux pas m'empêcher de penser que je suis en train de passer à côté de quelque chose. Quelque chose d'important. J'ai eu un aperçu du véritable Aiden, la nuit dernière. Et force est de reconnaître que j'en veux plus…

Mais c'est impossible. Bien sûr.

— Oui, dis-je en déglutissant difficilement. Oui, bien sûr. Je serai là.

— Parfait.

Il ne fait toujours pas mine de bouger.

— On se voit lundi, alors.

Je fais un signe d'approbation de la tête, m'émerveillant presque qu'elle demeure attachée à mon cou.

— Oui.

— Lundi, répète-t-il.

— Lundi.

— Au revoir, donc.

— À bientôt.

Il passe ses mains dans ses cheveux et ne fait pas mine de se diriger vers la sortie. Au lieu de cela, il me considère avec attention, l'air très concentré, les sourcils légèrement froncés. Il porte la main à sa nuque qu'il masse doucement comme il le fait au studio chaque fois qu'il est confronté à un problème délicat. Finalement, il soupire et recule d'un pas. Curieusement, j'ai l'impression de ressentir physiquement cet éloignement.

— Je vais y aller.

— C'est ce que je me suis laissé dire, rétorqué-je d'un ton faussement décontracté en croisant les bras sur ma poitrine.

Il me décoche un sourire et cette fois, tout son visage semble métamorphosé. Ses traits souvent très durs et résolus s'adoucissent, le rendant soudain presque abordable. Il traverse la cuisine pour regagner le salon. Je le suis du regard tandis qu'il me surveille du coin de l'œil.

— Merci pour le petit-déjeuner, déclare-t-il en enfilant ses chaussures.

— Il n'y a pas de quoi.

— Je… On se voit lundi…

— Filez ! m'exclamé-je en riant.

Il lève les yeux au ciel, attrape son blouson et se dirige vers la porte d'entrée. Quelques instants plus tard, elle se referme derrière lui et je m'effondre sur le fauteuil le plus proche. Je masse doucement mon visage qui me fait mal à force de sourire.

J'entends alors biper le téléphone des *Liens du cœur* posé sur la table basse. Je m'en saisis et lis le message qui s'affiche à l'écran.

AIDEN : Et au fait… À lundi !

Cette fois, je ne peux réprimer un grand éclat de rire.

AIDEN VALENTINE : Bienvenue sur *Les Liens du cœur*, Baltimore. Tu nous as manqué, ce week-end…

LUCIE STONE : C'est vrai. Vous tous qui nous écoutez rendez notre vie bien plus intéressante ! Qu'est-ce que vous avez fait, ce week-end, Aiden ?

AIDEN VALENTINE : Oh, vous savez… Comme d'habitude…

LUCIE STONE : Quelque chose d'excitant ?

AIDEN VALENTINE : Oui. Il s'est passé quelque chose de très excitant. Et vous ?

LUCIE STONE : Eh bien… Oui. Il m'est arrivé quelque chose de très excitant à moi aussi.

CHAPITRE 19
AIDEN

C'EST PARFAIT.

C'est exactement ce dont j'avais besoin pour me rafraîchir la mémoire.

J'avais besoin de simplifier les choses, de les voir en noir et blanc. Lucie est là pour se trouver un petit ami. Quelqu'un qui sera capable de lui offrir tout ce qu'elle mérite. Elle n'est pas là pour se promener sur le dos de quelqu'un dans la rue au beau milieu de la nuit, pour danser de façon suggestive dans les bars ou pour donner des leçons douteuses de Skee-Ball à des hommes qui ne sont pas disponibles sur le plan émotionnel. Je me suis toujours dit que je ne souffrirai jamais par amour et je le pense toujours. Je vis très bien sans.

Lucie, en revanche, veut trouver quelqu'un à aimer.

Et je suis bien décidé à l'y aider.

— Donnez-moi votre téléphone, lui demandé-je dès que j'ai envoyé la première césure publicitaire.

Je ne suis pas de très bonne humeur, ce soir, et j'en tiens pour responsable les candidats très médiocres qui se sont manifestés à l'antenne. Je comptais choisir quelqu'un parmi eux mais tous ceux qui ont appelé sont soit des abrutis finis, soit des narcissiques à l'ego surdimensionné. J'avoue que je ne sais plus comment je vais bien pouvoir m'y prendre, à moins de choisir quelqu'un au hasard dans l'annuaire en priant pour bien tomber. Personne ne semble être à la hauteur.

Lucie me regarde avec étonnement. Elle a replié ses jambes devant elle et posé son menton sur ses genoux.

— Pardon ?

— J'ai besoin de votre téléphone.

— J'ai entendu. Mais qu'est-ce qui me vaut ce ton boudeur ?

— Je ne boude pas.

— J'ai une fille de douze ans, objecte-t-elle. Croyez-moi, je sais reconnaître quelqu'un qui boude.

Elle porte un jean, ce soir. Plutôt ample avec un trou en haut de l'une de ses cuisses. Au-dessus, elle a enfilé un T-shirt élimé sous lequel j'ai une folle envie de glisser mes mains.

Je me suis réveillé ce matin la tête encore peuplée de rêves torrides. Je me rappelle des caresses, des respirations haletantes et les taches de rousseur qui parsèment les épaules de Lucie. Je me souviens aussi de son rire qui flottait autour de moi comme de la fumée ainsi que du contact de ses lèvres brûlantes contre les miennes.

J'ai passé nettement plus de temps que d'habitude sous ma douche. Glacée.

— Aiden ? me demande-t-elle. Pourquoi avez-vous besoin de mon portable ?

Je m'éclaircis la gorge et m'efforce de ne pas trahir par mon regard le genre de rêve qu'elle m'inspire.

— Est-ce important ?

— Eh bien, oui, répond-elle.

Je lâche un grognement qui me vaut un sourire narquois. Elle me défie du regard.

— Demandez-le gentiment et je vous le donnerai.

Dans mon esprit, cette phrase prend un sens des plus suggestifs. Et ces mots tournent en boucle dans ma tête comme une promesse. Il faut croire que la règle que nous nous sommes imposée à propos du flirt est bien plus difficile à respecter que je ne le pensais. Je penche ma tête d'un côté et de l'autre pour faire craquer ma nuque et tenter de me détendre. Puis je retente enfin ma chance.

— Pourrais-je s'il vous plaît vous emprunter votre portable ?

Elle me tend son téléphone et je fixe l'écran avec étonnement. La photo qui sert de fond d'écran la représente en compagnie de Maya à un match des Orioles, en train de se partager une énorme barbe à papa. Lucie porte une casquette de l'équipe tournée à l'envers et rit si fort que ses yeux sont fermés. Elle a un petit nuage de sucre au bout du nez.

— Pas celui-là, lui dis-je en le posant sur le bureau.

L'écran redevient noir et je le tapote pour le seul plaisir de revoir cette image charmante.

— Je voulais parler du téléphone de l'émission.

Elle plisse les yeux d'un air suspicieux.

— Pour quoi faire ?

— Je veux jeter un coup d'œil aux SMS, expliqué-je en tentant de contenir l'exaspération qui monte en moi. Il y a peut-être quelqu'un dans le lot qui fera l'affaire.

— Non, répond-elle en se rembrunissant soudain.

— Non ?

Elle ramène ses cheveux derrière ses oreilles. Elle les porte détachés, ce soir, et il n'y a pas la plus petite trace de tresse ou de natte.

— Il n'y a personne qui m'intéresse parmi ces correspondants, m'assure-t-elle. J'ai même fini par arrêter de lire leurs messages.

— Vraiment ?

Elle hoche la tête.

— À vrai dire, je n'allume même plus le téléphone.

Je sais que c'est un mensonge. Je l'ai entendu vibrer à plusieurs reprises durant l'émission. J'étudie le visage de Lucie et remarque la façon qu'elle a d'éviter mon regard. Je ne suis pas sûr qu'il y ait beaucoup de gens à Baltimore qui mentent aussi mal que Lucie.

— Qu'est-ce que vous me cachez ?

— Moi ? Je ne vous cache rien du tout.

Ses doigts se rapprochent de son oreille comme pour frotter machinalement ses boucles d'oreilles mais elle se ressaisit à temps et se force à reposer sa main bien à plat sur sa cuisse.

— Croyez-moi sur parole. Il n'y a aucun candidat prometteur parmi ceux qui m'ont envoyé ces messages.

Sans surprise, ces déclarations ne font que renforcer mon envie de jeter un coup d'œil au téléphone.

— Lucie ?

— Oui, Aiden ?

— Donnez-moi ce portable, s'il vous plaît.

— Non.

— Si.

Cette femme a vraiment le don de faire ressortir la version la plus têtue de moi-même. J'attrape l'accoudoir de son fauteuil et le fais pivoter de façon que nous nous retrouvions face à face, genoux contre genoux.

— Donnez-le-moi.

Elle croise les bras sur sa poitrine et ne fait pas mine de bouger.

— Ne me forcez pas à employer les grands moyens, lui dis-je.

Elle lève les yeux au ciel.

— OK, John Wayne, réplique-t-elle. Qu'est-ce que vous comptez… ?

Je l'attrape alors par la taille, la faisant basculer par-dessus mon épaule avant de la soulever. Mon fauteuil fait entendre un couinement de protestation relativement discret comparé aux hurlements indignés de Lucie. Du bout des doigts, je récupère alors le téléphone dans la poche arrière de son jean troué comme si c'était une pomme mûre sur un arbre.

— Aiden ! proteste-t-elle.

— Lucie ?

Elle se débat toujours contre moi et me décoche soudain un coup de genou dans le ventre, m'arrachant un grognement douloureux. Je rajuste aussitôt ma prise sur sa taille et ouvre le téléphone avant de faire apparaître la liste des messages.

Les trois derniers qu'elle a reçus me font lever les yeux au ciel.

— Ce type est un clown. « Est-ce que vous avez un pansement ? Je me suis écorché les genoux en tombant en adoration devant vous. » Je crois que je vais le supprimer rien que pour le principe. Ridicule…

Résignée, Lucie a cessé de se débattre et son corps repose toujours en travers du mien.

— Je savais que vous m'aviez menti en prétendant avoir éteint votre téléphone, lui dis-je.

Elle marmonne quelque chose de très peu flatteur que je choisis d'ignorer.

Les messages qui suivent sont tous à peu près aussi médiocres que le premier : il y a des tentatives de drague maladroites ou lourdingues, des demandes carrément étranges, des questions idiotes… Au milieu surnagent quelques messages d'encouragement venant d'auditeurs de l'émission. Mais je finis par tomber en arrêt sur d'autres d'une nature très différente.

— Nom de Dieu ! m'exclamé-je.

Lucie tente de nouveau de s'arracher à moi mais je rajuste ma prise et elle y renonce rapidement.

— Qu'y a-t-il ? me demande-t-elle d'une voix faussement innocente.

— Vous savez très bien ce qu'il y a ! lâchai-je en déroulant la conversation.

Ce que je découvre est de pire en pire.

— Bon sang, Lucie ! Ce type vous menace…

— Non…, proteste-t-elle faiblement. C'est juste…

— « Tu vas fermer ta gueule, salope », lis-je à l'écran d'une voix légèrement tremblante. « Sinon, c'est moi qui te la ferai fermer ! »

— D'accord, concède-t-elle. C'est peut-être un peu hostile. Mais je vous ai dit la vérité, Aiden : je ne consulte presque plus ces messages. Je vous le jure. La plupart des correspondants de ce genre…

— Parce qu'il y en a plusieurs ? m'étranglé-je.

— La plupart d'entre eux font juste des commentaires désobligeants sur ce que je dis dans l'émission. Ils se moquent de moi ou me traitent d'imbécile…

Elle laisse échapper un petit rire qui sonne faux.

— Je suppose qu'Elliott a pas mal d'amis du même genre que lui…

La porte du studio s'ouvre alors, laissant apparaître Maggie qui nous considère d'un air réprobateur. Lucie est toujours perchée en travers de mon épaule.

— Vous avez une façon intéressante d'occuper les pauses publicitaires, remarque-t-elle.

Je repose Lucie sur ses pieds sans cesser de faire défiler les messages. Elle en a reçu des centaines et la moitié d'entre eux sont tout bonnement inacceptables. Et le pire, c'est que tous ont été lus. Toutes ces insultes ont atteint leur cible.

— Aiden, reprend Maggie d'un ton sec, est-ce que tu comptes te remettre au travail, ce soir ?

J'ignore ses tentatives de sarcasme et brandis le téléphone face à elle.

— Je croyais que tu avais mis en place des protections pour éviter ce genre de messages !

— Ce n'est pas si grave, Aiden, proteste Lucie.

— Si, c'est grave, protesté-je sèchement.

Elle sursaute légèrement et me jette un regard blessé.

— Je suis désolé, m'excusé-je aussitôt. Mais une telle chose n'aurait jamais dû se produire…

Maggie m'arrache le téléphone des mains.

— De quoi est-ce que tu parles ?

— Des messages que Lucie a reçus. Elle est victime de harcèlement.

J'observe Maggie tandis qu'elle passe rapidement en revue les messages en question.

— Tu devrais au moins diffuser un morceau, suggère-t-elle au bout d'une minute. Nous sommes en plein silence radio.

J'étouffe un juron et me détourne pour gagner la console. En l'espace de quelques instants, je lance le premier morceau qui me passe sous la main et la voix de Shania Twain se fait entendre dans mon casque.

— Depuis combien de temps est-ce que cela dure ? demande alors Maggie à Lucie.

Celle-ci triture le lobe de son oreille.

— Quelques jours, répond-elle enfin.

— Des jours ? répété-je.

Elle grimace de nouveau. Je porte machinalement la main à ma poitrine et, à travers mon T-shirt, j'effleure la chaîne que je porte autour du cou.

— Vous recevez ce genre de messages depuis plusieurs jours ?

Je ne peux m'empêcher de me demander si c'était déjà le cas l'autre soir, lorsqu'elle attendait ce William au restaurant. Était-elle en train de les lire pendant ce temps ? Mon regard croise celui de Lucie qui détourne prestement les yeux et contemple la tablette de chocolat à la menthe qu'elle a apportée ce soir-là. Elle finit par en prendre un carré.

— Je crois que les commentaires que j'ai faits concernant le manque d'efforts de certains hommes ont été très mal pris par certains d'entre eux.

— Aiden a déjà pris des positions bien plus provocatrices que cela, objecte Maggie d'une voix tendue.

Elle continue à lire et un message en particulier la fait se renfrogner encore un peu plus.

— Il a même qualifié l'un de nos auditeurs de « trouduc » en direct.

— Ce n'est arrivé qu'une fois, m'empressé-je de préciser.

Mais il est vrai que j'ai dit pas mal de bêtises à l'antenne, au fil des ans. Et personne ne m'a jamais menacé pour autant de me « faire fermer ma gueule ». Maggie pousse un soupir et éteint l'écran du portable.

— D'accord, dit-elle. Ça ne peut plus continuer comme ça. Plus de messages. Je suis vraiment désolée que vous ayez eu à supporter ça, Lucie.

Celle-ci hausse les épaules.

— Je n'ai pas pour habitude d'accorder beaucoup d'importance aux ego fragiles des hommes, déclare-t-elle avant de se tourner vers moi. Sans vouloir vous offenser…

— Il n'y a pas de mal, lui assuré-je d'une voix sourde.

Mais j'ai beaucoup de mal en revanche à surmonter la colère qui bouillonne en moi. J'en ai presque la tête qui tourne.

— Est-ce que nous pourrions au moins déposer plainte ? demandé-je à Maggie. Ou leur envoyer une bombe à paillettes ?

Lucie laisse filtrer un sourire, ce qui contribue à faire un peu retomber mon accès de rage.

— Personne ne devrait vous envoyer ce genre de message, ajouté-je à son intention.

— Je vais voir ce que je peux faire, déclare Maggie.

— Mais je…

— Je m'en occupe, m'interrompt-elle d'une voix qui n'admet pas de réplique. Et je prendrai un très grand plaisir à le faire. Ce sera même le point d'orgue de ce mois déjà riche en émotion.

Elle s'approche alors de moi et me décoche une pichenette sur le front.

— Maintenant, retourne t'occuper de ton émission, s'il te plaît. Et si tu es toujours en colère, tout à l'heure, je te prêterai une batte de base-ball pour que tu ailles taper dans le canapé que quelqu'un a abandonné au bout du parking.

— Il y est toujours ?

— Oui. Les ratons laveurs en raffolent.

Sur ce, elle tourne les talons, bien droite dans son élégant tailleur en soie, et s'éloigne en cliquetant des talons sur le sol. Un carré de chocolat apparaît alors dans mon champ de vision.

— Une petite douceur ? me suggère Lucie.

Je me saisis de la friandise et la mets dans ma bouche. Elle m'en tend un second carré que je prends également.

— Pourquoi ne m'avez-vous rien dit ? demandé-je après avoir englouti trois carrés d'affilée.

Ils ont nettement contribué à anesthésier ma colère.

Lucie hausse les épaules.

— Parce que ça n'en valait pas la peine.

J'ouvre la bouche pour lui dire que c'est plus grave qu'elle ne veut bien le reconnaître mais elle plaque alors sa paume sur mes lèvres. Je la considère avec une pointe de stupeur.

— Je vous assure que ce n'était pas très grave, reprend-elle. Pas pour moi, en tout cas. Ce n'est pas la première fois de ma vie que des hommes m'adressent de tels commentaires déplacés, vous savez. Pensez-vous vraiment que ce ne soit pas le lot quotidien d'une femme qui travaille dans la mécanique ?

Elle ôte sa main de ma bouche.

— Pour une raison mystérieuse, il y a des tas d'hommes qui n'aiment pas l'idée qu'une femme puisse réparer des voitures – tout particulièrement la leur. Mais par chance, je ne me suis jamais beaucoup souciée de ce que les gens pouvaient bien penser de moi. Je vous assure que ça ne m'a pas touchée plus que cela.

— Vous en êtes certaine ?

— Oui, dit-elle avant de croquer en souriant dans un carré de chocolat.

Je scrute attentivement son visage à la recherche de la moindre trace d'hésitation mais je n'en discerne aucune. Tout ce que je vois, en fait, ce sont ses grands yeux lumineux, ses joues légèrement rougies et cette bouche dont la seule vue me rend fou. Elle replace alors ses écouteurs sur ses oreilles.

— Il va falloir nous y remettre si nous ne voulons pas être obligés de passer Shania Twain en boucle.

— Tout le monde aime Shania Twain.

— Peut-être pas la même chanson trois fois d'affilée, objecte-t-elle.

— Ça se discute.

Presque à contrecœur, je nous ramène à l'antenne et nous prenons de nouveaux appels. Par chance, ils s'avèrent moins lamentables que je n'en viens à le redouter. Pas très prometteurs, cependant. La plupart des gens appellent soit pour tenter de démontrer à Lucie qu'elle a tort d'être romantique, soit pour lui faire part de leurs problèmes personnels et lui demander conseil. Il en résulte une émission plutôt déprimante et je finis par me demander si après ça et ses deux premiers rendez-vous plus que décevants, Lucie ne va pas se résoudre à quitter définitivement l'émission.

La simple idée de me retrouver assis de nouveau seul dans ce studio pour écouter Charlene commander six rouleaux de printemps parce qu'elle n'a toujours pas compris que nous n'étions pas un restaurant chinois me paraît si déprimante que je ne peux m'empêcher de reprendre un carré de chocolat. Plus de Lucie, plus de chocolat. Plus de petits mots gribouillés sur son calepin pour me dire : « Arrêtez de bouder ». Plus de voix à la fois puissante et douce au creux de mon casque. Plus d'odeurs mêlées de métal et de pâquerette.

Plus d'effleurements accidentels pour émoustiller mes sens.

Une fois que Lucie aura décidé d'en finir avec toutes ces sornettes, je ne la reverrai probablement plus jamais.

— Aiden semble avoir complètement oublié où il se trouve et ce qu'il est censé dire alors je vais le faire pour lui.

Lucie me tapote l'épaule avec un stylo gravé du logo de l'émission et je prends soudain conscience du fait que j'ai complètement perdu le fil.

— Bienvenue dans *Les Liens du cœur*, s'exclame Lucie. Merci de nous avoir appelés.

Elle me fait les grands yeux et j'écarquille les miens en retour. *Qu'y a-t-il ?*

Elle penche légèrement la tête de côté. *Ça va ?*

Je hoche la tête. *Oui, ça va.*

Je vais bien… en dehors bien sûr de ces sentiments que je ne devrais pas éprouver, de ces rêves que je ne devrais pas faire, de ces faux-semblants que je devrais cesser d'entretenir. J'adore Lucie. J'éprouve même une telle affection pour elle que lorsqu'elle n'est pas là, j'ai l'impression qu'un poids s'exerce sur ma poitrine, m'empêchant de respirer librement. Et j'en viens à caresser des possibilités que je ne devrais même pas envisager.

Lucie se met alors à pouffer, m'arrachant brusquement à mes réflexions. Le type au téléphone a dû faire une très bonne plaisanterie parce qu'elle est vraiment morte de rire.

— C'est la pire blague que j'aie jamais entendue ! s'exclame-t-elle sans cesser de sourire.

Elle me jette un coup d'œil en biais et son sourire chancelle brusquement. C'est un don que j'ai. Je peux même le faire disparaître complètement. Je fronce les sourcils.

— Et ça en dit long parce qu'Aiden, lui, ne blague jamais. Je ne suis même pas sûre qu'il connaisse la moindre plaisanterie.

— Ça m'arrive de faire des blagues, protesté-je.

Pas souvent, certes. Mais c'est arrivé. Probablement.

Le type au téléphone – son nom commence par O – dit alors à Lucie qu'elle a un rire merveilleux et je la vois s'empourprer légèrement. Je me fais l'impression d'être un gamin boudeur, de ceux qui refusent de prêter leurs jouets.

— Peut-on savoir pour quelle raison vous nous appelez ce soir, Otis ? grondé-je d'un ton peu amène.

Lucie me jette un regard étonné que je fais mine de ne pas remarquer.

— Euh… C'est Oliver, en fait.

Un silence un peu gêné s'ensuit que je ne fais aucun effort pour combler.

— Je ne sais pas, répond-il enfin. Je vous écoutais, tous les deux, en allant travailler et je me suis dit soudain que je devrais le faire. J'avais envie de parler à Lucie.

Le sourire de celle-ci s'élargit de nouveau, dessinant de charmantes petites rides au coin de ses yeux.

— C'est à cause de Shania Twain, n'est-ce pas ?

Oliver éclate de rire.

— C'est vrai, je plaide coupable. J'ai entendu *Man ! I Feel Like a Woman* deux fois d'affilée et je me suis dit brusquement qu'il fallait que je vous appelle pour vous faire ce genre de confidence.

Lucie rit à son tour et je prends ma décision. C'est ce type qu'il lui faut – avec son goût pour les blagues nulles et pour Shania Twain, avec son nom qui commence par O, et que j'ai déjà oublié. C'est peut-être le dernier des idiots mais il la fait sourire. Et Lucie mérite vraiment quelqu'un qui lui inspire ce genre de sourires. Pas un salopard grincheux capable de les faire disparaître.

Et je lui ai promis que je lui trouverai quelqu'un.

Ce quelqu'un, c'est lui.

— Oswald, à quoi ressemble votre emploi du temps, cette semaine ?

AIDEN VALENTINE : Toc, toc.

LUCIE STONE : Pardon ?

AIDEN VALENTINE : Ce n'est pas ça que vous êtes censée répondre.

LUCIE STONE : Répondre à quoi ?

AIDEN VALENTINE : À « toc, toc ».

[Silence]

AIDEN VALENTINE : Toc, toc.

[Silence]

LUCIE STONE : Qu'est-ce qu'il y a ? Pourquoi est-ce que vous me regardez comme ça ?

AIDEN VALENTINE : Toc, toc, Lucie. Il y a quelqu'un qui frappe à la porte.

LUCIE STONE : Vous devriez aller ouvrir, alors.

[Silence]

AIDEN VALENTINE : J'essaie de vous raconter une blague.

LUCIE STONE : Vraiment ?

AIDEN VALENTINE : Oui.

LUCIE STONE : Une blague toc-toc ?

AIDEN VALENTINE : Visiblement...

LUCIE STONE : Je suis vraiment désolée. Je n'étais pas prête à ça. Recommençons.

AIDEN VALENTINE : Non.

LUCIE STONE : Allez, ne soyez pas timide. C'est de ma faute. J'ai juste été surprise.

AIDEN VALENTINE :Trop tard.

LUCIE STONE : C'est à cause de ce que j'ai dit tout à l'heure ? Que vous… ?

AIDEN VALENTINE : Oubliez ça. Ça n'a pas d'importance.

CHAPITRE 20
LUCIE

— OÙ EST-CE QUE VOUS AVEZ RENDEZ-VOUS, DÉJÀ ?

La voix de Patty amplifiée résonne dans l'habitacle de la voiture.

— Au Tagliata, réponds-je en tournant sur la droite. C'est un restaurant italien du côté des quais.

Se garer dans le quartier de Harbor East est toujours un enfer, même dans un bon jour. Et ce soir, il pleut. Je jette un nouveau coup d'œil à l'heure qui s'inscrit sur le tableau de bord et pousse un juron en m'apercevant que j'ai déjà cinq minutes de retard. Le pire, c'est qu'Aiden n'a même pas jugé bon de me donner le numéro d'Oliver. Je n'ai eu droit qu'à un horaire, un lieu et le nom sous lequel la réservation avait été faite. Rien d'autre. Pas même un « Bonne chance ». Ou le smiley au visage neutre qu'il utilise perpétuellement.

Je ne sais vraiment pas quelle mouche a piqué Aiden, cette semaine, mais il m'a à peine adressé la parole en dehors de l'émission depuis qu'il a découvert ces messages d'insulte sur le téléphone des *Liens du cœur*. J'ai bien tenté de lui en reparler à plusieurs reprises mais à chaque fois, il a éludé la question, changé de sujet ou bien m'a ignorée complètement.

Et comme je suis une adulte pleine de maturité, je me suis mise à l'ignorer en retour.

Lorsqu'il m'a envoyé les informations au sujet de ce rendez-vous, je n'ai même pas daigné renvoyer un pouce jaune.

Au moins, je n'ai plus à me soucier de notre « passade ». Il avait raison, au fond. Ça n'aura pas duré bien longtemps…

— Oh ! s'exclame Patty. Ce restaurant est vraiment délicieux.

— Prends les rigatoni ! hurle Maya de loin.

Lorsque je les ai laissées à la maison, toutes les deux, elles étaient confortablement installées sur le canapé sous une montagne de couettes et de plaids dont seuls leurs yeux dépassaient. À l'écran, Harrison Ford était en pause, fouet en main, et Patty avait apporté suffisamment de chocolat pour tenir un siège. Je doute fort que Maya aille se coucher de sitôt.

— Je prendrai des rigatoni si je parviens à trouver une place pour me garer, grommelé-je en amorçant un nouveau tour du pâté de maisons.

Et en plus, il pleut des cordes, ce qui signifie que je risque d'arriver à mon rendez-vous trempée de la tête aux pieds.

— Maya, est-ce que par hasard, il y aurait un parapluie caché quelque part dans la voiture ?

— Mon diorama pour la classe de sciences est toujours dans le coffre. Celui que nous avons réalisé sur les grands parcs nationaux, suggère-t-elle. Tu peux t'en servir pour te protéger de la pluie si tu veux.

— Pas question que je ruine ta belle maquette pour garder les cheveux au sec. D'autant qu'utiliser des ours en gélatine pour fabriquer la montagne du Half Dome est ma plus grande réussite en tant que parent !

Maya pouffe de rire.

— Papa ne s'en est toujours pas remis, tu sais. Il veut me faire signer un contrat qui dit que si j'ai un nouveau projet artistique de ce genre, c'est avec lui que je dois le faire.

— Tu n'as qu'à utiliser ce sweat à capuche qui traîne sur la banquette arrière, me conseille Patty d'une voix faussement détachée.

— Quel sweat à capuche ? demandé-je en fronçant les sourcils.

— Le sweat *pour homme* que j'ai vu la semaine dernière, précise Patty. Tu sais, celui qui a le logo des *Liens du cœur* devant ?

Je lève les yeux au ciel.

— Je vais raccrocher, à présent.

Patty éclate d'un rire qui me fait penser à la mauvaise fée dans un dessin animé.

— Au moins, il servira à quelque chose. À moins que…

— Salut Maya, l'interromps-je. Amuse-toi bien ce soir. Je t'aime.

Sur ce, je raccroche avant que Patty n'ait le temps d'ajouter quoi que ce soit. Qu'est-ce que ça peut bien faire si j'ai gardé le pull qu'Aiden m'a mis sur les épaules, le soir où nous avons discuté à la table de pique-nique ? J'aurais pu le lui rendre, bien sûr, mais… je n'en ai pas envie. Il est doux et j'aime bien son odeur. Et puis, Aiden ne m'a pas demandé de le lui rendre. Et, si j'en crois ce que j'ai pu voir, il doit avoir des tonnes de sweat-shirts dans son armoire. Il n'a probablement même pas remarqué qu'il avait disparu. Et il est à moi, maintenant.

Je finis par trouver une place libre et par me garer. Je m'élance en courant vers le restaurant dans lequel j'arrive enfin avec douze minutes de retard et ma robe trempée par la pluie. J'imagine que j'ai l'air de quelqu'un qui a emmené sa voiture à la station de lavage en oubliant la voiture en question. J'ai bien tenté d'utiliser une copie du *Baltimore Sun* pour m'abriter mais il semble que ce journal soit bien moins imperméable que je ne le pensais.

— C'est l'exemplaire le plus utile que le *Sun* ait publié depuis des années, remarque un homme à la voix grave qui est adossé au bar près de l'entrée.

Je me tourne vers lui. Il porte un costume bleu marine parfaitement taillé et une chemise blanche sans cravate dont le col est ouvert. Il est vraiment très beau – comme une pièce de monnaie que l'on aurait astiquée pour lui rendre son brillant ou un vase précieux sur une étagère.

Il me décoche un sourire qui creuse une délicieuse fossette au coin de sa joue gauche et je me sens brusquement très intimidée.

— Vous êtes Lucie ? me demande-t-il alors.

Je demeure quelques instants figée dans ma robe trempée, avec mes cheveux qui bouclent sous l'effet de l'humidité et ce journal vieux de deux semaines.

— Oliver ? articulé-je enfin.

Il s'écarte du bar en rajustant sa veste qui semble sortir tout droit du pressing.

— C'est bien moi, dit-il avec un sourire presque timide. Je commençais à me demander si vous n'aviez pas changé d'avis…

J'ai du mal à détacher mon regard de son visage. On dirait une statue grecque.

— La pluie, balbutié-je. Ma voiture…

— Le journal, ajoute-t-il en s'avançant vers moi.

Je baisse les yeux vers le *Sun* détrempé que je tiens toujours à la main.

— Oui. Ça aussi…

Nous nous entre-regardons durant quelques instants dans l'entrée de ce restaurant. Il finit par s'éclaircir la gorge avant de désigner la salle principale.

— Nous pourrions peut-être…

— Oui, bien sûr. Nous devrions…

Je tends maladroitement mon journal imbibé d'eau à la jeune femme qui fait office de maître d'hôtel.

— Pourriez-vous mettre ça à la poubelle ?

Elle le prend entre le pouce et l'index et me lance un sourire totalement dépourvu d'empathie.

— Certainement. Votre serveuse va vous conduire à votre table.

Oliver pose sa main au creux de mes reins et me guide à travers la salle éclairée aux bougies. Notre serveuse nous conduit jusqu'à une table pour deux située dans un coin discret et Oliver tire galamment ma chaise. J'ai l'impression étrange de me retrouver projetée à une autre époque. Je crois que c'est la première fois qu'un homme a une telle attention à mon égard.

Je le lui dis tandis que lui-même prend place face à moi.

— De deux choses l'une, répond-il en posant sa serviette en lin sur ses genoux. Soit vous avez fréquenté des gens qui ne vous méritaient pas. Soit je n'aurais pas dû regarder autant de films joués par Gregory Peck. J'ai bien peur de manquer un peu de pratique dans ce genre de situation.

Je ne peux m'empêcher de rire et commence légèrement à me détendre. Ce rendez-vous est nettement mieux engagé que le premier où j'ai eu le droit à une leçon de morale avant même qu'on nous apporte nos entrées. Et infiniment mieux que le deuxième où mon soi-disant soupirant n'a même pas pris la peine de se déplacer. Sans compter les messages sur le portable des *Liens du cœur* qui me parlaient de mes pieds ou m'agonissaient d'insultes... Il faut dire que je n'ai jamais été vraiment à la pointe en matière de relations amoureuses.

Je ne sais pourquoi mais une image s'impose alors à moi, celle d'un sourire en biais dans la lueur bleutée d'un moniteur, une mâchoire volontaire recouverte d'une ombre de barbe... Un frisson me parcourt et je m'empare du menu pour dissimuler cette réaction inattendue.

— J'ai entendu dire que leurs rigatoni étaient délicieux, murmuré-je.

— Moi aussi. Cela fait quelque temps que j'ai envie d'essayer ce restaurant...

Nous commandons un apéritif et commençons à discuter des différentes entrées qui sont proposées. Je me détends peu à peu et hasarde même quelques plaisanteries. Oliver rit si fort qu'il recrache une partie de son verre de vin qui macule sa belle chemise. Il semble un peu embarrassé par la chose mais, en ce qui me concerne, je me réjouis de cet incident. Il est rassurant de savoir que je ne suis pas la seule à ne pas maîtriser ce genre de situations, à pouvoir me montrer maladroite ou inadaptée.

Oliver ne manque pas non plus d'humour. Il me fait rire, lui aussi, avec ses plaisanteries ringardes et les histoires qu'il me raconte au sujet du collège où il est enseignant. Il est professeur d'histoire-géographie et, visiblement, il considère les réseaux sociaux comme une véritable malédiction.

— Vous n'avez pas idée du nombre de gamins qui se mettent à croire mordicus que la Terre est plate.

— J'imagine. J'ai une fille qui est collégienne. Elle ne croit pas à la Terre plate, Dieu merci. En revanche, elle est persuadée que c'est Taylor Swift qui a inventé les bracelets brésiliens.

Oliver me décoche un sourire plein de sympathie.

— Ils ont vraiment le don de vous faire sentir comme de vieux croûtons, n'est-ce pas ?

Ce rendez-vous se déroule bien – très bien, même. Mais mon esprit ne cesse de partir à la dérive. Et il en revient toujours à ce petit studio d'enregistrement, à cette chaise qui couine chaque fois que je change de position et à ce présentateur taciturne et caractériel qui m'ignore depuis deux jours.

Que fait-il dans le studio, en cet instant ? Est-ce qu'il pense à moi ? Est-il soulagé que je ne sois pas à ses côtés ? Compte-t-il les jours qui le séparent du moment où cette expérience prendra fin et où il retrouvera pleinement les commandes de son émission ?

— Vous semblez distraite, remarque Oliver.

Nous en sommes au plat de résistance, à présent, et je viens de lui demander de répéter quelque chose qu'il vient de me dire pour la seconde fois.

Je rougis, embarrassée.

— Je suis vraiment désolée. Je suis juste…

— Amoureuse de quelqu'un d'autre, dit-il en s'emparant du menu des boissons. Voulez-vous un autre verre de vin ?

Je sens mon cœur se serrer dans ma poitrine.

— Je ne suis pas… Je veux dire… Je…

Il me décoche un sourire compréhensif.

— Cela ne fait rien, vraiment. Je ne vous en veux pas.

— Non… Je ne suis pas amoureuse. Sinon, je ne serais jamais venue à ce rendez-vous…

Oliver repose le menu et me regarde gravement.

— Vous avez fait allusion à Aiden au moins six fois dans la conversation.

— C'est vrai ?

— Et nous n'en sommes même pas encore au dessert, plaisante-t-il.

Je rougis, triturant nerveusement la nappe blanche devant moi.

— C'est que… Je…

Je me force à prendre une profonde inspiration et à desserrer mon étreinte sur la nappe. Ne sachant que faire de mes mains, je les pose sur mes genoux.

— Je ne m'en étais pas rendu compte, avoué-je.

L'expression d'Oliver trahit un mélange de compréhension et d'amusement tandis qu'il porte son verre d'eau à ses lèvres et avale quelques gorgées. La lumière de la bougie éveille sur son visage des ombres dansantes.

— Vous ne vous êtes pas rendu compte que vous parliez de lui ou que vous éprouviez des sentiments à son égard ?

J'ai soudain très envie de me cacher sous la table, de m'enfoncer sous terre ou même d'escalader le mur le plus proche pour m'enfuir par le système d'aération…

— Je n'avais pas conscience de parler autant de lui, soufflé-je d'une voix légèrement tremblante. Et je vous assure que je n'éprouve aucun sentiment particulier à son égard.

Oliver lève un sourcil ironique.

— C'est vrai, insisté-je.

— Si vous le dites…

— Nous travaillons ensemble, c'est tout.

Bien sûr, je lui en veux de ne plus m'adresser la parole. Après tout, il flirtait avec moi pas plus tard que samedi dernier et maintenant, il ne répond même plus à mes SMS.

Je dois bien reconnaître aussi que je pense souvent à lui. Constamment.

Je m'empare de mon verre de vin et m'aperçois qu'il est vide. Je le repose.

— Pourquoi est-ce que vous me dites une chose pareille ? demandé-je à Oliver d'un ton légèrement accusateur.

Il me lance un regard navré.

— Je suis désolé. Je ne voulais pas vous mettre mal à l'aise. C'est juste…

Il se mordille la lèvre inférieure d'un air embarrassé. Je me dis alors que si Aiden faisait cela, je trouverais le geste adorable.

— Écoutez, je pense que je ferais mieux d'être honnête avec vous.

Je lui jette un regard empreint d'une certaine méfiance.

— Je vous écoute…

Mentalement, je me prépare à une révélation terrifiante. Le fait qu'il est en réalité un tueur en série en cavale. Qu'il ne pense pas que *Piège de cristal* soit un bon film de Noël. Ou qu'il préfère manger les nuggets de poulets *sans* sauce barbecue.

— Il y a une bonne raison pour laquelle je manque de pratique pour ce genre de rendez-vous, reprend-il d'une voix hésitante.

Il me regarde longuement comme si lui-même se préparait au pire. Je m'attends presque à voir des masques à oxygène tomber soudain du plafond.

— Moi aussi j'éprouve des sentiments envers quelqu'un d'autre. C'est pour cela que j'ai compris que nous étions dans la même situation. J'imagine que j'ai reconnu les symptômes. Et j'en conclus que contrairement à ce que je pensais, je n'ai peut-être pas complètement tourné la page, de mon côté.

Nous nous entre-regardons longuement. Au bout d'un moment, la serveuse vient nous demander si nous voulons un dessert et je lui dis que nous prendrons deux tiramisus et un assortiment de glaces.

— Je ne sais pas si je dois me sentir effrayé ou rassuré, dit Oliver lorsqu'elle disparaît en direction de la cuisine.

Il laisse échapper un rire nerveux.

— Et j'espère que vous n'allez pas me scalper avec cette petite cuillère, ajoute-t-il.

Je secoue la tête.

— J'ai juste besoin de sucre pour réfléchir. Mais voyons si j'ai bien compris ce que vous me dites. Vous avez accepté un rendez-vous avec moi alors que vous saviez que vous aviez des sentiments pour une autre femme ?

— C'est aussi votre cas, rétorque Oliver d'un ton blessé.

— Je n'ai pas de sentiment envers une autre femme.

Il sourit.

— Soit, reconnaît-il. Mais vous parlez vraiment beaucoup d'Aiden.

Je le considère en silence et dois bien reconnaître qu'il marque un point.

Oliver pose ses avant-bras sur la table.

— Mes intentions étaient louables, je vous assure. Je pensais que j'avais besoin d'aller de l'avant et de tourner la page. Et là, j'ai entendu votre voix à la radio. J'ai eu l'impression… Je ne sais pas… Que c'était un signe, je pense.

Un signe. De la magie. L'univers qui semble vous désigner une nouvelle direction. Ce sont des choses que je peux comprendre. N'est-ce pas précisément ce que j'ai espéré trouver, d'ailleurs ?

— Je trouve vraiment que vous êtes quelqu'un d'exceptionnel, reprend Oliver d'une voix très douce. Vous êtes drôle, intelligente et terriblement sexy.

Je ne peux réprimer un soupir dubitatif et il part d'un petit rire.

— Je vous assure. Malheureusement, je sais désormais que mon cœur est bel et bien pris. Et je pense que c'est aussi le cas du vôtre.

La serveuse revient alors avec les desserts. Je m'attaque aussitôt au tiramisu comme si c'était une bouée de sauvetage et que j'étais tombée à l'eau au beau milieu de l'Atlantique. Jamais je n'aurais pensé que mes sentiments plus qu'ambigus envers Aiden étaient si évidents. Est-ce pour cela que ce dernier a brusquement creusé cette distance entre nous ? Me suis-je trahie, dans le bar ? En ai-je trop fait ? J'ai toujours cette image qui me poursuit : moi, la main crispée sur son T-shirt et le visage levé vers lui, attendant un baiser qui – je crois – n'est pas venu. Il m'a dit que nous ne nous étions pas embrassés. Mais cela ne veut pas dire que je n'ai pas essayé. M'a-t-il repoussée avant que je ne lui impose de passer la nuit à mes côtés ?

— Est-ce que vous voulez en parler ? demande Oliver d'une voix emplie de prévenance.

Voilà que je recommence. Je suis assise en face d'Oliver et mon esprit est entièrement obnubilé par Aiden. Oliver s'empare de sa cuillère et cueille un morceau de glace. Je le regarde la glisser entre ses lèvres et me rends compte que cela ne m'inspire aucune réaction particulière. Certes, je ne peux nier le fait qu'il est vraiment très beau. Mais en vérité, je ne ressens pas d'attirance physique à son égard. Absolument aucune.

— Avec vous ?

Il hausse les épaules.

— Pourquoi pas ? Je me suis laissé dire que j'étais un excellent confident. Vous pourriez en parler à notre serveuse, remarquez. Je crois qu'elle aussi s'intéresse à quelqu'un d'autre que nous…

Je suis son regard et aperçois la porte de la cuisine qui est grande ouverte, au fond du restaurant. Par l'embrasure, on aperçoit la cheffe pâtissière qui est en train de garnir des desserts à l'aide d'une poche à douille. Elle a des cheveux rouge vif qui forment deux longues couettes retombant dans son dos. Et tandis qu'elle s'active en salle, notre serveuse ne cesse de lui lancer des œillades passionnées. Il est évident que ces deux-là sont plus que de simples collègues. Je suis presque tentée de recommander un autre dessert juste pour leur donner une occasion de se parler.

— Ça ne se fait pas vraiment de parler de ce genre de choses au cours d'un tel rendez-vous, remarqué-je enfin.

— Qu'est-ce que cela peut faire ? réplique Oliver en haussant les sourcils d'un air amusé. Nous avons déjà clairement établi que ce dîner était d'ores et déjà un échec. Autant en profiter pour sortir ce que vous avez sur le cœur…

Il se penche pour récupérer son tiramisu tandis que je joue avec le mien en réfléchissant à sa proposition. Je dois bien reconnaître que ce serait agréable de pouvoir en discuter avec quelqu'un, d'essayer de dénouer l'écheveau de ma relation avec Aiden.

— Je serai un interlocuteur parfaitement neutre, me promet Oliver. Vous pouvez vous confier à moi sans crainte.

Il grappille un petit bout de tiramisu à l'aide de sa cuillère et le porte à sa bouche. Ses yeux s'illuminent alors.

— Nom de Dieu ! s'exclame-t-il avec enthousiasme. C'est vraiment succulent.

— Je suis d'accord, approuvé-je avec un pâle sourire.

— Incroyable… Mais revenons-en à vous. Dites-moi pourquoi vous pensez ne pas avoir de sentiments pour cet homme pour qui vous avez visiblement des sentiments.

Je plante ma cuillère dans mon dessert avec plus de force que nécessaire.

— Je croyais que vous étiez objectif.

— Objectif. Pas stupide.

Je lui jette un regard incertain et il hausse les épaules.

— Il suffit de vous écouter discuter à la radio pendant plus de trente secondes pour sentir qu'il y a quelque chose entre vous, m'assure-t-il. Dois-je vous rappeler aussi que lorsqu'il s'entretenait avec moi, Aiden s'est trompé de prénom une bonne quinzaine de fois ?

Je repense soudain à Grayson qui riait pendant le petit-déjeuner à la maison. Ou à mes collègues de l'atelier et leurs listes. À Maggie dans son bureau avec son air entendu. Ou encore à Jackson qui semble avoir le don pour nous interrompre au pire moment.

Est-ce qu'ils savent, tous autant qu'ils sont ?

Est-ce que toute la ville de Baltimore m'a vue m'enticher d'Aiden en direct ?

J'avale une nouvelle bouchée de tiramisu.

— C'est assez embarrassant, murmuré-je.

— Pas du tout. C'est plutôt charmant, à vrai dire. Il y a dans votre relation une forme d'honnêteté qui est assez rafraîchissante.

— Sauf que ce n'est pas réciproque…

Oliver émet un petit rire.

— Bien sûr que si.

Je secoue la tête, repensant à ce qui s'est passé l'autre soir. Les images qui me reviennent prennent soudain des allures de film d'horreur. Quand je l'ai supplié de danser avec moi devant le jukebox. Quand il m'a bordée sur le canapé et que j'ai attrapé son T-shirt, refusant de le lâcher. Je me souviens maintenant de la façon dont j'ai insisté pour qu'il reste.

— Je ne pense pas.

— Moi si, insiste Oliver. Vous auriez dû l'entendre lorsqu'il m'a appelé pour fixer ce rendez-vous. Il n'a pas dû prononcer plus de dix mots. Et avant de raccrocher, il m'a dit : « Soyez réglo avec elle ou je viendrai en personne vous casser la gueule. » La citation est au mot près.

— C'est juste sa façon d'être.

— Bien sûr, rétorque-t-il d'un ton ironique.

Je penche alors la tête de côté.

— Je ne comprends pas. Si c'était si évident, pourquoi avez-vous appelé ? Pourquoi vous êtes-vous dit que ce serait une bonne idée de sortir avec moi ?

Oliver se fend d'un sourire pensif.

— Parce que je me suis vraiment dit que si quelqu'un avait une chance de me guérir de mes sentiments, c'était vous, Lucie. Vous êtes une femme captivante. Et je pense que la moitié de la ville est amoureuse de vous, à l'heure actuelle.

J'ai déjà entendu ça – dans la bouche d'Aiden. C'était juste avant le début d'une de nos émissions. Sur le coup, j'ai cru que c'était une plaisanterie. Mais rétrospectivement…

— J'ai passé vingt minutes à expliquer comment changer une roue, l'autre soir.

— C'était plutôt charmant…

Je ricane doucement.

— Et vous, alors ? demandé-je.

— Moi ?

— Pourquoi tenez-vous tant à vous défaire de vos sentiments pour cette fille ? Qui est-elle et pourquoi vous met-elle dans un tel état ?

Il grimace légèrement.

— Tout le problème est là, je suppose. C'est l'ex de mon frère.

Je pousse un petit sifflement et le vois s'empourprer.

— Oui, acquiesce-t-il. Vous voyez le problème…

— Mon Dieu.

— Comme vous dites… J'ai essayé de l'oublier, bien sûr. Mais je crois que j'en suis incapable.

— Alors ? Qu'est-ce que vous allez faire ?

— Que puis-je faire tant que j'éprouve cela ? soupire-t-il en haussant les épaules.

Il attrape sa petite cuillère et commence à la faire tourner machinalement entre ses doigts.

— Ce ne sont pas des sentiments que j'ai choisis. Je ne sais pas pourquoi il a fallu que ce soit elle parmi quelque soixante-quinze millions de femmes dans ce pays… Mais il se trouve que c'est elle. J'ai essayé de passer outre, mais en vain. Je ne peux pas me forcer à aimer quelqu'un d'autre. Alors je suppose que je vais devoir suivre ce que me dicte mon cœur, pour le meilleur ou pour le pire…

Je ne peux m'empêcher de penser que dans une telle situation, le pire est plus probable que le meilleur. Mais j'espère vraiment qu'il trouvera ce qu'il cherche, en fin de compte. Une chose est sûre : cette émission et le rôle que j'ai accepté d'y jouer m'ont au moins permis de découvrir que je ne suis pas seule à souffrir de la solitude. Loin de là.

Une bouffée d'affection m'envahit soudain et je lève mon ramequin de tiramisu aux trois quarts vide pour trinquer avec Oliver.

— Je crois que c'est le rendez-vous amoureux le plus étrange que j'aie jamais vécu, lui dis-je.

Il rit.

— Pour moi aussi.

— Mais c'est aussi l'un des meilleurs.

Le sourire qu'il me décoche est empreint d'une immense complicité.

— Pour moi aussi.

AIDEN VALENTINE : J'espère qu'elle passe un bon moment.

JACKSON CLARK : Je crois que c'est la soixantième fois que tu me dis ça, ce soir.

AIDEN VALENTINE : C'est vrai ? C'est parce que j'espère vraiment qu'elle passe un bon moment.

JACKSON CLARK : Ce serait plus convaincant avec un peu plus d'énergie, mon vieux. Un peu plus d'enthousiasme...

CHAPITRE 21

AIDEN

J'ÉTAIS EN SECONDE LORSQUE MA MÈRE s'est vu diagnostiquer un cancer pour la deuxième fois. Jusque-là, j'étais presque parvenu à me convaincre que parce qu'elle en avait déjà eu un, elle était plus ou moins immunisée, désormais.

Elle était tombée très malade. Elle s'en était remise. Nous avions tourné la page. Fin de l'histoire.

Alors quand elle a commencé à se sentir fatiguée, quand les maux de tête sont revenus, la part optimiste de moi-même s'est dit que ce devait être une mauvaise grippe.

Mais ce n'était pas une grippe. Et cette facette pleine d'espoir de ma personnalité a disparu du jour au lendemain.

Depuis lors, j'ai développé une aptitude à faire abstraction de tout ce qui me mine le moral. Un thérapeute que j'ai consulté lorsque j'étais plus jeune m'a dit que j'étais un expert en matière de compartimentation. Mais il semble que les lourdes portes que j'ai érigées pour me protéger soient devenues branlantes, ces derniers temps. Et plus je les sens faiblir, plus je me conduis comme un salopard. J'en ai bien conscience mais je suis incapable de m'en empêcher. Cette forme d'autodéfense est bien trop profondément ancrée en moi.

La porte de service de la station de radio s'ouvre, laissant apparaître Maggie.

— Il doit faire moins dix degrés dehors, dit-elle en frissonnant. Pourquoi est-ce que tu restes assis sur le parking ?

— Je suis debout, marmonné-je.

Elle m'observe en plissant les yeux.

— Lucie est arrivée.

Je sais pertinemment qu'elle est arrivée. C'est même la raison pour laquelle je me trouve dehors alors qu'il fait moins dix degrés. Parce que lorsque je suis assis à côté d'elle, je n'arrive plus du tout à compartimenter les choses.

— Il va bien falloir que tu rentres tôt ou tard, déclare Maggie d'une voix étonnamment douce.

Elle s'approche de moi et me décoche un petit coup d'épaule presque affectueux.

— Ne la fais pas attendre.

— Ce n'est pas le but.

Sauf que si, c'est très précisément le but. Je la fais attendre – et ce de bien des façons…

Je n'arrive plus à penser à rien d'autre qu'à la nuit que nous avons passée dans ce bar. Ce souvenir me hante. Je me rappelle précisément le contact de ses hanches sous mes mains, de ses doigts sur mon cou et dans mes cheveux tandis que nous dansions sur cette piste poisseuse. Je me rappelle la façon dont elle a tendu ses bras vers moi lorsque nous étions dans son salon. Sa robe remontait de façon indécente, exposant presque l'intégralité de ses cuisses magnifiques. Je me rappelle son soupir de contentement lorsque je lui ai enfilé des chaussettes pour réchauffer ses pieds glacés. Je me rappelle enfin la façon dont elle s'est nichée tout contre moi dans son sommeil, son nez pressé contre mon cou.

Le canapé de son salon était cabossé et beaucoup trop étroit mais j'y ai passé la meilleure nuit de toute mon existence.

C'est juste une passade. Parce que nous passons beaucoup de temps ensemble. Ça nous passera.

Je crois que c'est la pire réplique et le plus piètre mensonge que j'aie jamais proférés. Même si je me suis activement efforcé, depuis, de le transformer en réalité.

— Eh merde, murmuré-je.

Je prends une profonde inspiration et me détourne pour regagner le studio alors que tout ce dont je rêve, en cet instant, c'est de sauter dans ma Ford Bronco et de mettre les voiles.

Le temps que j'atteigne la cabine d'enregistrement, Eileen se trouve déjà sur place pour nous indiquer qu'il ne nous reste que deux minutes avant le début de l'émission. Je lui adresse un petit hochement de tête. Elle se sert de ses deux doigts pour désigner ses yeux puis moi. J'imagine que c'est une façon de me faire comprendre que je dois me reprendre en main.

Je lève un pouce.

Si seulement j'en étais capable…

Lucie a déjà pris place sur son fauteuil derrière la console. Ce soir, elle a tressé ses longs cheveux en une natte assez lâche qui repose sur son épaule. Je me demande s'il s'agit d'une provocation. Elle sirote une tasse du bon café dont je ne cesse de changer la cachette et qu'elle parvient néanmoins à trouver à tous les coups.

— Alors, comme ça, vous travaillez vraiment ici ? demande-t-elle d'un ton narquois.

Je remarque qu'elle prend soin d'éviter mon regard.

— Je commençais à me poser la question, ajoute-t-elle.

— Je suis là, lui dis-je assez inutilement.

Je demeure près de la porte tandis qu'elle remet de l'ordre dans le pot à stylos posé devant elle. Puis elle rajuste le casque qui est accroché autour de son cou. Elle ne l'a pas encore mis. Généralement, elle attend que j'aie placé le mien sur mes oreilles pour faire de même.

À quoi me servira cette information lorsqu'elle sera partie ? Tous ces détails que j'ai emmagasinés à son sujet. La façon dont elle boit son café. Dont elle s'assied sur son fauteuil. Dont elle frotte ses boucles d'oreilles lorsqu'elle est mal à l'aise. Que deviendra ce savoir lorsqu'elle retournera à sa vie normale et que je demeurerai seul ici ?

Parce qu'elle finira par partir. Que ce soit avec cet Oliver ou avec toute autre personne possédant les qualités requises pour devenir l'homme de sa vie.

Elle soupire et se retourne sur sa chaise, m'observant par-dessus son épaule. Je me rappelle notre discussion après cette fameuse nuit. Nous étions dans son salon et elle était vêtue d'un pantalon en flanelle et d'un sweat-shirt trop large. À ce moment-là, j'ai eu distinctement l'impression que nous étions sur le point de basculer vers autre chose, tous les deux. Et c'est alors que je suis parti. Depuis, j'ai passé presque chaque instant à me demander ce qui se serait passé si j'étais resté.

— Votre téléphone a vibré à plusieurs reprises, dit-elle.

— Pardon ? articulé-je en clignant des yeux.

— Votre téléphone, répète-t-elle. Il a vibré pendant que vous étiez dehors.

À cet instant précis, le téléphone en question que j'avais laissé près de mon micro s'illumine, indiquant l'arrivée d'une notification. Il vibre une fois puis deux.

— Est-ce que vous voulez répondre ? demande-t-elle.

Je passe une main dans mes cheveux.

— Non.

— Non ?

— Ce n'est pas la peine.

— Qu'est-ce qui vous fait dire ça ?

— Parce que je sais qui c'est.

Et parce que je n'ai aucune envie de regarder dix-sept photos différentes de la même feuille, en cet instant. Je porte ma paume à ma poitrine et la masse énergiquement pour tenter de me défaire de la pression que je ressens. J'ai la désagréable impression d'avoir avalé un pneu qui ne cesserait de gonfler en moi, menaçant de m'étouffer.

— Oh…

Elle observe attentivement mon visage avant de détourner de nouveau les yeux pour fixer le bureau devant elle. Elle fronce les sourcils en apercevant la tablette de chocolat à la menthe qui y est posée.

— Je vois, ajoute-t-elle d'une voix atone.

— Vous voyez quoi ?

Elle se mordille nerveusement la lèvre puis lève les yeux vers le plafond. Sa natte en profite pour s'échapper de son épaule et retombe dans son dos où elle oscille doucement.

— Vous ne me devez aucune explication, dit-elle d'une voix hésitante.

— À quel sujet ?

— À propos de la personne qui vous écrit, explique-t-elle en désignant mon téléphone d'un geste de la tête. Mais il est évident qu'elle cherche absolument à vous joindre…

— C'est vrai. Elle peut se montrer vraiment très insistante, par moments.

Le visage de Lucie semble s'assombrir encore.

— Visiblement, murmure-t-elle.

Je la considère attentivement. Pendant ce temps, mon téléphone vibre deux fois de plus contre la tasse près de laquelle il est posé, faisant trembler les stylos qui se trouvent à l'intérieur.

C'est précisément la raison pour laquelle je suis resté si longtemps sur ce parking glacial. J'ai l'impression de devenir dingue dans cette pièce minuscule. Et je ne parviens pas à penser clairement quand Lucie est dans les parages.

— Que se passe-t-il, exactement ? demandé-je.

— C'est juste que…

Elle porte la main à ses boucles d'oreilles et je sens ma gorge se serrer face à son désarroi évident.

— Je m'inquiète pour votre solvabilité, Aiden.

— Ma quoi ?

— Votre solvabilité. Est-ce que vous devez de l'argent à quelqu'un ? Est-ce que vous souffrez d'une addiction au jeu ?

C'est d'une tout autre addiction que je souffre, ces temps-ci. Et je commence vraiment à me demander si je parviendrai un jour à m'en défaire.

— Je ne dois de l'argent à personne, réponds-je enfin, me sentant de plus en plus désarçonné par cette conversation.

Je finis par aller récupérer mon téléphone et allume l'écran.

— Ce n'est pas tout à fait vrai, ajouté-je. Je dois dix-sept dollars à Jackson mais j'espère qu'il va finir par oublier. Tenez. Regardez.

Je lui tends le téléphone et elle le regarde en clignant des yeux.

— Pourquoi ?

— Pour vous prouver que ce n'est pas la mafia qui cherche à collecter des dettes que j'ai contractées ou je ne sais quel scénario bizarre que vous avez bien pu concocter dans votre tête. Regardez mes messages.

— Ce n'est pas la peine.

J'attrape son avant-bras, déplie ses doigts et pose mon téléphone sur sa paume.

— Allez-y. Regardez.

Les épaules de Lucie s'affaissent et elle pousse un profond soupir.

— Vous avez le droit de communiquer avec qui bon vous semble, dit-elle d'une voix nettement moins distante. Je suis… Je ne sais pas pourquoi j'ai réagi de cette façon.

Je la considère fixement, prenant soudain conscience de ce qui est en train de se passer. Les gens qui se ressemblent se reconnaissent entre eux. Et je crois bien que Lucie et moi sommes possédés par le même démon.

Je sais que nous avons déjà pris du retard sur l'heure officielle de l'émission. Mais même pour tous les cookies Berger du monde, il n'est pas question que je n'aille pas jusqu'au bout de cette conversation. Je viens donc prendre place sur mon siège à côté d'elle.

— Lucie. Seriez-vous jalouse par hasard ?

Elle me jette un regard noir. Au moins, elle me regarde droit dans les yeux, ce qu'elle évite soigneusement de faire depuis que je suis entré dans le studio.

— Non.

Curieusement, j'éprouve alors un indicible sentiment de soulagement. Il est si puissant, en fait, que je manque m'écrouler sur le bureau. Peu importe comment s'est passé son rendez-vous avec Oliver, hier, puisqu'aujourd'hui elle est avec moi, puisqu'elle s'inquiète à l'idée qu'il puisse y avoir quelqu'un d'autre dans ma vie…

— Vous êtes jalouse.

— Pas du tout. Je suis juste inquiète à propos…

— De mon addiction au jeu et de mes dettes. Bien sûr.

Je tourne la tête vers elle. L'allégresse qui m'habite en cet instant est si intense que je pourrais probablement m'envoler jusqu'à la Lune. Mais c'est loin d'être mon unique émotion. Beaucoup d'autres se bousculent en moi.

— Est-ce que vous voulez savoir pourquoi je suis sorti me promener sur le parking ? demandé-je.

Une moue pleine de tristesse se dessine sur ses lèvres.

— Parce que vous m'évitez.

Je hoche la tête.

— Je ne voulais pas que nous ayons le temps de parler avant le début de l'émission, avoué-je. Je ne voulais pas entendre parler de votre rendez-vous d'hier. Je ne voulais pas voir vos yeux s'illuminer pendant que vous me parleriez de quelqu'un d'autre…

Elle laisse échapper un petit soupir de stupeur.

— Vous êtes peut-être jalouse mais je le suis également. Probablement bien plus encore que vous.

Elle ouvre la bouche sous le coup de la surprise. Depuis le jour où je me suis réveillé avec son visage pressé contre ma poitrine, je me suis efforcé de me persuader que je n'étais pas l'homme dont Lucie avait besoin.

Mais cela ne m'empêche pas de l'apprécier. De l'apprécier énormément, même.

Ma passade, comme je l'ai qualifiée, ne s'est pas dissipée au fil des jours. Au contraire, elle n'a fait que se renforcer.

Mon téléphone se remet à vibrer et je le désigne du menton.

— C'est ma mère, expliqué-je. Mes parents sont en voyage dans le parc national d'Acadia et mon père est dingue de botanique. Ils m'ont envoyé des photos en continu pendant presque toute la journée.

Lucie me regarde toujours droit dans les yeux.

— Des photos de plantes ?

— Oui. Papa s'est mis au jardinage, il y a des années de cela parce que…

Parce que ma mère ne supportait plus l'odeur de l'hôpital et que celle de la lavande était la seule qui lui permettait de s'endormir chaque soir. Mon père en avait fait pousser des tas de pieds dans notre jardin et lui en apportait régulièrement, emplissant sa chambre d'hôpital de vases et de bouquets. C'était aussi une façon pour lui de canaliser le stress qu'il éprouvait et de recouvrer un semblant de calme.

— C'est devenu une véritable obsession chez lui. D'où les images dont ils m'ont bombardé toute la journée. Regardez…

Elle jette un coup d'œil à l'écran de mon portable tandis que je fais défiler les dizaines de clichés pris par mes parents.

— Ouah ! s'exclame-t-elle, impressionnée. Vous n'exagériez pas…

Je rapproche ma chaise de la sienne jusqu'à ce que nos accoudoirs soient en contact.

— Comme vous le voyez, il s'est notamment pris de passion pour les champignons, ces derniers temps.

— Apparemment, murmure-t-elle en regardant se succéder les images.

Il y a au moins seize champignons différents, diverses herbes et fougères, des gros plans d'un pin aux aiguilles vert foncé. Vient ensuite un selfie de mes parents face à une rivière. Le cadrage est très approximatif et le pouce de mon père masque une partie de la photo. Mais on discerne clairement le sourire réjoui de ma mère et je peux presque entendre les éclats de rire de papa.

Lucie me prend l'appareil des mains et se penche pour observer l'écran de plus près.

— Vous ressemblez beaucoup à votre mère, dit-elle. Vous avez les mêmes yeux qu'elle.

— Elle est beaucoup plus sympathique que moi, réponds-je avec un petit soupir.

Je me penche alors vers la console pour effectuer les derniers réglages avant de pouvoir lancer l'émission. Ce faisant, j'essaie de ne pas laisser mon esprit s'attarder sur les souvenirs plus douloureux que je conserve de ma mère – sa chambre d'hôpital emplie de fleurs et elle, allongée sur son lit aux draps trop blancs, avec des pétales dans les cheveux.

J'aimerais pouvoir parler de maman sans sentir immédiatement ce poids sur ma poitrine. Malheureusement, l'inquiétude et la panique sont désormais inextricablement liées à l'image de ma mère. Je n'ai jamais réussi à faire abstraction de cette association d'idées morbide. J'ai fini par y renoncer il y a si longtemps que je doute d'y parvenir un jour.

Peut-être devrais-je réessayer, cependant. Prendre exemple sur Lucie qui ne renonce jamais, même lorsque c'est difficile.

C'est sans doute une idée à creuser.

— Elle… euh… Ce voyage est une sorte de célébration, pour elle, expliqué-je, le cœur battant à tout rompre.

J'ai beaucoup de mal à trouver la formulation adéquate. Je m'aperçois que si je ne parviens pas à en parler de façon naturelle, c'est parce que je n'en ai jamais discuté avec personne auparavant.

— Ils avaient fait ce projet durant la dernière chimiothérapie qu'a subie ma mère. Les médecins ont dit que ça l'aiderait beaucoup si elle se fixait un objectif, quelque chose à quoi elle pourrait aspirer.

Tout en parlant, je me débats avec le cordon d'alimentation de l'un des moniteurs de contrôle qui est à moitié dissimulé derrière la console.

— Est-ce qu'elle va mieux, aujourd'hui ? Votre maman ?

Je peux sentir les yeux de Lucie peser sur moi mais je refuse de la regarder en face.

J'arrive enfin à agripper le câble et je tire dessus d'un coup sec, faisant trembler tout le bureau.

— Pour le moment, oui. Mais j'essaie de ne pas être trop… Elle a déjà connu plusieurs rechutes au fil des années.

Lucie demeure silencieuse tandis que je finis de dégager le cordon et l'enroule à l'arrière du moniteur. Si Eileen ou Maggie me reprochent notre retard, j'ai bien l'intention d'en rendre ce câble responsable. Dans ma tête, je compte jusqu'à dix en m'efforçant de visualiser un coucher de soleil sur l'océan ou un mouton sautant au-dessus d'une barrière – n'importe laquelle de ces images stupides que m'a suggérées le psychothérapeute de l'hôpital qui m'a aidé à dominer l'anxiété qui menaçait de m'étouffer complètement.

Com-par-ti-men-ter.

— Vous n'avez pas eu envie de les accompagner ? s'enquiert enfin Lucie.

Les battements furieux de mon cœur se calment très légèrement lorsque j'entends sa voix.

— Où ça ?

— Dans le parc d'Acadia, dit-elle en se penchant vers moi.

Elle glisse mon portable dans la poche avant de la chemise à manches longues que je porte ce soir-là. Je me fige brusquement.

— J'ai vu le message de votre mère, explique-t-elle. Elle dit que vous lui manquez beaucoup et qu'elle espère que vous pourrez vous joindre à eux l'année prochaine.

Lucie me décoche un sourire très doux.

— J'ai l'impression que votre père a décidé d'effectuer un pèlerinage annuel pour aller voir ces champignons.

— Cela ne m'étonnerait pas du tout.

Je fais mine de redresser le clavier de mon ordinateur qui est déjà parfaitement aligné avec le bord de la table puis je tourne de façon parfaitement inutile quelques pages de mon calepin.

— Je n'avais pas le temps, cette année, ajouté-je. Il s'est passé beaucoup trop de choses…

Nous avons maintenant six minutes de retard sur le programme. Je suis stupéfait que Maggie ne se soit pas encore mise à tambouriner contre la vitre insonorisée.

— À la radio ? demande Lucie.

Je hoche la tête.

— Oui. Notre taux d'audience n'était pas fameux, ces derniers temps, et Maggie tenait à ce que je fasse quelque chose pour qu'il remonte.

Elle n'a jamais vraiment dit cela de cette façon mais c'est une excuse qui me semble suffisamment crédible.

— Le timing n'était pas idéal et je n'ai pas pu les rejoindre, conclus-je.

— Je vois.

Je décide d'écarter mon anxiété et mes incertitudes. J'aurai tout le temps de me repencher sur mes doutes lorsque je serai seul, lorsque je n'aurai plus à mes côtés Lucie qui grignote pensivement un carré de chocolat à la menthe.

— Quoi qu'il en soit, je trouve ça mignon, murmuré-je.

Comme chaque fois que je me sens exposé et vulnérable, je préfère me concentrer sur ce qui me fait me sentir bien. Et depuis le moment où j'ai fait sa connaissance en l'abreuvant de commentaires totalement inappropriés sur son hygiène buccale jusqu'à aujourd'hui, la présence de Lucie a toujours été pour moi un facteur d'apaisement. Elle est ce qui m'est arrivé de mieux.

Comme elle m'observe par-dessus le morceau de chocolat dans lequel elle est en train de croquer, je place mon casque sur mes oreilles.

— C'est pas trop tôt ! s'exclame Eileen.

Sans attendre, elle lance le compte à rebours.

— Qu'est-ce qui est mignon ? demande Lucie.

— Que vous ayez été jalouse.

Elle lève un instant les yeux au ciel avant de faire disparaître entre ses lèvres le dernier morceau de chocolat. Je remarque au passage qu'elle réprime à grand-peine un sourire. Et je suis pris soudain d'une folle envie de l'embrasser.

J'ai bien peur que ma « passade » ne se soit muée en quelque chose de bien plus intense.

Mais je ne veux plus me battre contre mes propres sentiments – à vrai dire, je ne suis même pas sûr d'en être capable.

— Ce que je trouve mignon, c'est que vous pensiez ça, réplique Lucie à mi-voix.

— Ne vous avisez pas de baratiner un baratineur, Lucie Stone.

Lorsque la lumière rouge s'allume au-dessus de la porte, Lucie est toujours en train de rire à gorge déployée.

Je fais de mon mieux pour rester professionnel. Nous prenons des appels d'auditeurs. Je ne raccroche au nez de personne. Et je ne m'autorise à toucher Lucie que deux fois au cours de la première partie de l'émission. Puis quelqu'un appelle pour lui demander comment s'est passé son rendez-vous de la veille. Instantanément, je sens chaque muscle de mon corps se crisper à l'idée que, la nuit dernière, Lucie se trouvait avec un autre homme.

— Oh, s'exclame-t-elle avec un large sourire qui illumine tout son visage.

Cette réaction ne fait qu'ajouter à la tension nerveuse qui m'habite.

— J'ai passé une très bonne soirée, dit-elle. Oliver est quelqu'un de formidable.

L'auditeur à l'autre bout du fil laisse échapper une exclamation joyeuse.

— Cela semble prometteur. Est-ce que vous avez prévu de vous revoir ?

Sans le faire exprès, je renverse la tasse emplie de stylos qui est posée devant moi. Lucie m'observe du coin de l'œil tandis que je commence à tout ramasser.

— Non, reprend-elle en s'efforçant de ravaler son sourire mais sans y parvenir vraiment. Nous avons décidé d'un commun accord que nous n'étions pas faits l'un pour l'autre. Mais j'espère que nous pourrons rester bons amis.

Notre auditeur ne semble pas partager mon soulagement.

— Ça craint.

— C'est la vie, interviens-je d'un ton un peu sec. Et c'est à Lucie d'en décider.

— Tout ce que je veux dire, grommelle notre auditeur, c'est que si vous, vous ne parvenez pas à trouver quelqu'un, quelle chance avons-nous d'y arriver ?

À ces mots, Lucie tressaille légèrement.

— Je ne pense vraiment pas que vous devriez vous servir de moi comme point de comparaison. Ma situation n'a rien d'ordinaire. Mais je suis sûre que lorsque je rencontrerai la bonne personne, je le saurai.

— Est-ce que vous cherchez toujours à rencontrer des gens ?

Lucie me jette un bref coup d'œil par-dessus le bureau.

— Oui mais j'ai décidé d'être beaucoup plus prudente. Et désormais, ce seront des choix personnels et mûrement réfléchis. Je vais éviter les rendez-vous à l'aveugle organisés par des tiers. *La Route de l'amour de Lucie* va devenir une voie privée, en quelque sorte. Et je prendrai les décisions moi-même.

— Qu'est-ce que vous voulez dire par là, au juste ?

Plongée dans ses pensées, Lucie incline la tête.

— Que je ne pense plus solliciter de rendez-vous à l'antenne, désormais. J'espère que Le Roi du Pneu me pardonnera…

— Je suis sûr qu'il s'en remettra, murmuré-je.

Cela signifie que les règles du jeu ont changé, en tout cas. D'un côté, je n'aurai plus à rester assis là à écouter Lucie discuter avec des gens qui cherchent à la séduire et à sortir avec elle. En revanche, je vais devoir apprendre à vivre avec l'idée qu'elle peut trouver quelqu'un à tout moment par elle-même. Car je ne me fais aucune illusion : le cœur de Lucie est désormais ouvert à de nouvelles possibilités – bien plus qu'il ne l'était lorsque sa fille Maya a décidé d'appeler l'émission. Et elle est plus proche que jamais de trouver cette fin heureuse qu'elle recherche désormais activement. Je le sens.

Cette idée éveille en moi une violente frustration. Je rêverais de rester ici dans ce studio avec elle jusqu'à nouvel ordre. Je me découvre non seulement jaloux mais aussi possessif. Je voudrais la garder pour moi, avoir l'exclusivité de ce rire merveilleux et de ces sourires immenses qui font scintiller ses yeux.

— Je ne resterai à l'antenne que le temps qu'Aiden voudra bien de moi, reprend-elle. Je ne tiens pas à imposer ma présence. J'ai bien conscience que ce sera nettement moins distrayant maintenant que le désastre qu'est ma vie amoureuse ne sera plus exposé au grand jour.

Si elle savait…

— Aiden a très envie que vous restiez, en tout cas, interviens-je.

Je sais que je dois sonner comme l'idiot du village. Mais tout ce qui m'importe, en cet instant, c'est la façon dont son visage s'illumine brusquement et dont elle se tortille joyeusement sur son fauteuil.

— Je suis ravi de vous avoir à mes côtés, ajouté-je. Et je suis sûr que nos auditeurs apprécient vos choix musicaux nettement plus que les miens.

— Ça, c'est probable, dit-elle en riant. Et puis, ce n'est pas parce que je ne chercherai plus l'amour par l'entremise de l'émission que je ne continuerai pas à le faire d'une autre façon.

Elle me jette un nouveau coup d'œil et lorsque nos regards se croisent, je la vois rougir et détourner prestement la tête. Elle ramasse un morceau de papier alu qui enveloppait le chocolat à la menthe et entreprend de fabriquer le plus petit avion en papier du monde.

— Il faut juste que je continue à garder les yeux ouverts, je suppose, ajoute-t-elle. Comme l'autre soir…

Je me caresse pensivement la lèvre inférieure. Je ne peux m'empêcher de repenser à une certaine robe verte, à un jukebox qui ne joue plus qu'un seul morceau, à Lucie à cheval sur mon dos, ses bras drapés autour de mon cou…

— L'autre soir ? demandé-je.

Un léger sourire flotte soudain sur ses lèvres.

— Vous savez, la nuit où l'on m'a posé un lapin. Eh bien, figurez-vous qu'en sortant du restaurant, j'ai rencontré quelqu'un par hasard dans la rue.

— Vraiment ?

Je ne suis pas sûr que « par hasard » reflète fidèlement le fait que je me sois précipité vers le Duck Duck Goose à l'instant même où elle m'a envoyé ces messages. Je me garderai de lui dire que, jusque-là, j'étais affalé sur mon canapé, en train de manger une tablette de chocolat à la menthe que j'avais volée dans sa réserve personnelle.

— Vous ne l'aviez pas mentionné.

— C'est vrai, reconnaît-elle en souriant de plus belle.

C'est précisément le genre de sourire qui fait scintiller ses beaux yeux verts de façon magique.

— Je pense que je voulais garder ça pour moi – au moins durant un moment. Mais nous sommes allés boire un verre ensemble.

— Un parfait étranger qui vous invite à boire un verre ? demandé-je.

Je sens nos coudes qui se pressent doucement l'un contre l'autre, sur le bureau. La pièce dans laquelle nous nous trouvons semble soudain avoir rétréci. Et j'ai l'impression que quelque chose est en train de s'écrouler – un mur invisible qui nous séparait et qui se disloque soudain brique par brique. J'ai beaucoup de mal à garder une voix calme et neutre.

— Ça ne vous a pas mise mal à l'aise ?

— Pas du tout. C'était très agréable. Nous avons bu quelques verres et j'ai désespérément essayé de lui apprendre comment jouer au Skee-Ball. Mais il était vraiment irrécupérable. Alors nous avons dansé, tous les deux. Et je crois…

Elle passe nerveusement sa langue sur ses lèvres. J'ai brusquement une conscience aiguë de chaque point de contact entre nous et du rythme légèrement haletant de sa respiration qui résonne dans mes écouteurs…

— Je crois que c'est ça, que je veux, dit-elle.

— Des inconnus rencontrés dans la rue qui sont nuls au Skee-Ball ?

Elle secoue la tête.

— Je veux commencer par ressentir les choses avant de les intellectualiser. Je veux vivre dans le moment présent et non m'inquiéter sans cesse au sujet de l'avenir. Je ne veux plus me rendre malade à l'idée de ce que j'attends d'un partenaire…

— Alors ne le faites plus…, murmuré-je.

— Je compte bien arrêter.

— Bien.

Elle me décoche un nouveau sourire. Je crois que je suis désormais jaloux de l'homme que j'étais à l'époque où désirer quelqu'un comme Lucie m'aurait semblé légitime – naturel, même. Je suis déchiré entre celui que je suis et celui que j'aspire à être.

— Est-ce que vous comptez le revoir ? demandé-je. Ce mystérieux joueur de Skee-Ball ?

— Je ne sais pas.

Elle hausse les épaules et se concentre de nouveau sur le minuscule avion. Elle lisse soigneusement chaque pliure à l'aide de son pouce avant de passer à la suivante.

— Je ne sais pas si lui aussi a passé une bonne soirée. Peut-être n'a-t-il pas du tout envie de me revoir.

— Je suis sûr que si, dis-je sans hésiter un seul instant.

Elle relève brièvement les yeux vers moi avant de s'attaquer à la deuxième aile.

— Pourtant je n'ai pas de nouvelles de lui depuis cette soirée.

— Il a peut-être une bonne raison, plaidé-je d'une voix légèrement étranglée. Peut-être avait-il besoin d'un peu de temps pour faire le point, lui aussi.

Peut-être cherchait-il tout simplement à ne pas craquer complètement. Peut-être espérait-il vous laisser une chance de trouver ce que vous cherchiez.

Lucie termine son petit avion et le lance dans ma direction. La pointe vient frapper le centre de ma poitrine avant de retomber sur mes genoux. En plein dans le mille.

— J'imagine que nous verrons ce qu'il en est.

— J'imagine. Quoi qu'il en soit, je suis vraiment désolé que ça n'ait pas marché avec Oswald.

— Oliver, me reprend Lucie en riant.

— Si vous le dites…

Nous nous entre-regardons durant plusieurs secondes et le léger crépitement dans mon casque me semble brusquement se propager en moi, de mes oreilles à ma tête et ma poitrine.

— Il est tard, remarque Lucie en désignant la pendule d'un mouvement de tête sans me quitter des yeux. Nous devrions probablement songer à conclure. Voulez-vous dire bonsoir à Baltimore ou est-ce que vous voulez que je m'en charge ?

— Bonne nuit à tous, bonnes gens de Baltimore !

Le rire de Lucie se réverbère au plus profond de moi.

— Lucie, dis-je d'une voix un peu tremblante tandis que mon cœur bat à tout rompre dans ma poitrine. C'est toujours un plaisir de vous avoir ici dans ce studio.

Elle essaie de dissimuler son sourire derrière son épaule mais je ne suis pas dupe.

— Et c'est réciproque.

Tandis que je me charge d'envoyer le générique de l'émission, je tente de rationaliser ce qui vient de se passer. Mais j'ai beaucoup de mal à y parvenir alors que mon esprit est en proie à un tel chaos. Je me dis qu'il est parfaitement normal que j'éprouve une certaine affection envers Lucie. Après tout, nous passons trois soirs par semaine ensemble. Mais ce que je ressens pour elle ne se limite pas à de l'affection – ce qui serait nettement plus facile à gérer.

La vérité, c'est que je suis accro à son sourire. Que j'ai désespérément envie d'en apprendre plus à son sujet. Je veux connaître ses garnitures de pizza préférées, sa marque de dentifrice, si lorsqu'elle rougit, cela s'arrête au bas de sa gorge ou si cela se prolonge au-delà. Je me suis mis à acheter du chocolat à la menthe à mon supermarché parce que ça me fait penser à elle. Je rêve continuellement de plonger mes mains dans ses cheveux. De poser mes lèvres au creux de sa gorge. J'ai même imaginé ce qui se passerait si je l'allongeais là, sur la console. Mais parfois, je m'imagine aussi que nous sommes assis côte à côte sur son canapé et que je lui beurre ses toasts…

J'ai essayé de me convaincre qu'avec elle, j'étais au bord du gouffre. Mais la réalité, c'est que j'y ai basculé depuis bien longtemps.

— Le générique est terminé.

La voix de Lucie me parvient, étouffée par les écouteurs que je porte toujours. Les siens sont déjà posés sur le bureau, à leur place habituelle sur son petit calepin. Je les laisse toujours à cet endroit lorsqu'elle n'est pas là, comme pour me rappeler qu'elle reviendra bientôt.

— Est-ce que vous comptez l'enlever ? demande-t-elle en désignant mon propre casque.

— Je ne sais pas encore.

L'ombre d'un sourire joue sur ses lèvres et elle se penche vers moi pour me l'ôter elle-même. Son petit doigt effleure le lobe de mon oreille, me faisant frissonner.

Elle pose alors mes écouteurs juste à côté des siens.

— Est-ce que vous voulez en parler ?

Elle semble bien décidée à jouer cartes sur table. Mais moi, je n'ai d'yeux que pour ses lèvres.

Eileen est partie, il y a cinq minutes. Par réflexe, elle a éteint les lumières derrière elle. Le seul éclairage provient des moniteurs situés en face de nous et de l'éclairage public qui filtre par la fenêtre. Le visage de Lucie se trouve donc nimbé d'ombres et de lumière.

Et nous ne sommes plus que deux dans le bâtiment.

— Je ne sais pas encore, soufflé-je.

— Nous ne pouvons plus continuer comme ça, Aiden.

— Comme quoi ?

— Vous savez bien, soupire-t-elle.

J'ai découvert bien des facettes de Lucie mais jusqu'ici, je n'ai eu que de brefs aperçus de cette Lucie-là. Les yeux mi-clos, les joues rosies, la lèvre légèrement tremblante… Je peux presque sentir son désir.

Je fais pivoter ma chaise et nos jambes se cognent l'une contre l'autre. Je pose mes mains sur ses genoux pour l'immobiliser.

— Ce ne serait pas une bonne idée.

— Pourquoi ?

— Parce que ce n'est pas ce que tu cherches…

Ses yeux glissent jusqu'à ma bouche avant de se planter dans les miens. Jamais je ne les ai vus prendre une teinte aussi sombre. *Tortula ruralis*. Ils ont la couleur de la mousse juste après la pluie. Sans m'en rendre compte, je me suis mis à caresser son genou du bout de mon pouce. C'est un geste bien innocent. Mais elle se penche alors en avant.

— Je sais. Mais je ne peux pas m'arrêter d'y penser.

Elle pousse un petit soupir et me regarde gravement.

— Toi aussi, tu y penses, n'est-ce pas ?

Je hoche la tête. En réalité, je ne pense plus qu'à ça – qu'à elle. Mon cerveau semble avoir été entièrement reconfiguré et elle en constitue désormais le moyeu central.

Elle secoue doucement la tête.

— Peut-être…

Elle s'interrompt aussitôt et je vois sa mâchoire se crisper légèrement. Elle ne me quitte toujours pas des yeux.

— Peut-être ? répété-je en effleurant de nouveau sa jambe, juste au-dessus du genou, cette fois-ci.

Je sais que je n'ai besoin que d'une excuse pour l'allonger sur le bureau. Je la supplie mentalement de me la donner, de faire ce choix pour moi, pour nous.

— Peut-être devrions-nous essayer, dit-elle.

Elle passe nerveusement sa langue sur ses lèvres et mon corps tout entier s'embrase. Il me semble que des étincelles crépitent brusquement au creux de ma poitrine.

— Juste pour voir, ajoute-t-elle en se penchant encore un peu plus vers moi.

Ses yeux cillent doucement et je pose ma paume sur le côté de son cou.

Sa peau est si douce. J'écarte légèrement les doigts pour mieux en sentir le contact.

— Oui, peut-être, articulé-je.

Son visage s'incline légèrement en direction du mien et je me rapproche à mon tour. La distance entre nous se réduit inexorablement jusqu'à ce que mon nez effleure le sien. Elle pousse un petit soupir qui vient caresser ma joue.

— Nous sommes des adultes responsables, n'est-ce pas ? Tout ceci est…

— … parfaitement légitime, complété-je.

Qui sait ? Peut-être que si je cède enfin à ce désir, il finira par s'atténuer un peu. C'est comme passer son doigt sur le glaçage d'un gâteau. Un petit aperçu pour calmer sa gourmandise.

Ma main remonte jusqu'à son menton et je laisse mon nez glisser le long du sien.

— Lucie…

Je tente une dernière fois de laisser une chance à ma raison de l'emporter. Surtout, je ne veux rien prendre d'elle qu'elle ne soit entièrement prête à m'offrir.

— Je ne suis pas le genre d'homme qu'il te faut.

Elle acquiesce d'un air rêveur.

— Tu n'es peut-être pas celui qu'il me faut mais tu es celui dont j'ai envie. Et ça me suffit. C'est une décision que je prends en mon âme et conscience.

Je pose alors mon autre main sur le bas de sa cage thoracique, à équidistance de sa poitrine et de sa hanche.

— Il est encore temps de me dire d'arrêter, murmuré-je.

Elle agrippe mon T-shirt d'une poigne décidée.

— Certainement pas !

Elle comble alors la distance qui nous sépare et effleure brièvement mes lèvres du bout des siennes. Un grondement sourd monte en moi. Je sais que je devrais tout arrêter. Que je devrais mettre fin à notre flirt, à nos frôlements pas tout à fait innocents, à nos regards lourds de non-dits, à ce désir qui dévale le long de ma colonne vertébrale et court sur ma peau chaque fois que ses yeux se posent sur moi. Je ne suis qu'une distraction pour elle, un détour inutile sur la voie qu'elle a elle-même tracée. Et ce baiser ne peut rien lui apporter de bon.

Le problème, c'est que je ne me suis jamais considéré comme quelqu'un de totalement altruiste. Et cela fait plusieurs semaines que je me fais violence et lutte contre mon propre instinct. Aussi, lorsque Lucie murmure mon nom, je sens céder les ultimes digues qui nous protégeaient encore.

— Eh merde, soupiré-je avant d'attirer sa bouche contre la mienne.

AUDITRICE : Comment savez-vous si quelqu'un se sent attiré par vous ?

LUCIE STONE : Oh, euh... Eh bien, à vrai dire, je suis vraiment très mauvaise pour décoder ce genre de signaux. Vraiment nulle, même. C'est d'ailleurs la raison de ma présence dans cette émission.

AIDEN VALENTINE : Ce n'est pas pour cela que vous êtes ici.

LUCIE STONE : Vraiment ?

AIDEN VALENTINE : Oui. Vous êtes avec nous parce que vous en avez assez de sortir avec – comment avez-vous dit, déjà ? Ah oui, des andouilles !

LUCIE STONE : [Rire] C'est vrai. J'ai dit ça.

AIDEN VALENTINE : Mais nous y travaillons.

LUCIE STONE : C'est vrai. Nous y travaillons.

[Silence]

AIDEN VALENTINE : Pour en revenir à votre question, si quelqu'un se sent attiré par vous, il va chercher des prétextes pour pouvoir vous toucher. Et vous le surprendrez sûrement en train de vous observer à la dérobée – pas de façon dérangeante, bien sûr.

LUCIE STONE : De quelle façon, alors ?

AIDEN VALENTINE : Avec tendresse.

LUCIE STONE : C'est ce qu'on appelle le *smize*.

AIDEN VALENTINE : Le quoi ?

LUCIE STONE : Le *smize*. Vous n'avez jamais entendu parler de ça ? C'est quand on sourit uniquement avec ses yeux. Tenez, regardez-moi.

AIDEN VALENTINE : Je vous regarde, Lucie. Mais vous ne faites rien de particulier. C'est votre tête habituelle.

LUCIE STONE : Je vous *smize*, pourtant.

CHAPITRE 22
LUCIE

AIDEN EST EN TRAIN DE M'EMBRASSER et il ne fait pas semblant. Un instant auparavant, il me disait que nous devrions nous arrêter. Mais la seconde d'après, sa bouche trouve la mienne et sa main posée sur ma nuque incline mon visage pour pouvoir accéder plus facilement à mes lèvres. C'est un baiser ardent, sauvage et absolument irrésistible. Il y a presque une forme de férocité dans la façon dont sa bouche a capturé la mienne.

Lorsque j'effleure sa lèvre inférieure du bout de ma langue, il laisse échapper un grondement sourd et se force à grand-peine à s'écarter de moi. Ses paupières sont hermétiquement closes et ses joues sont rougies, de même que l'extrémité de ses oreilles.

— Demande-moi de m'arrêter, dit-il encore d'une voix presque suppliante.

Pourtant, ses lèvres caressent déjà la commissure des miennes avant de descendre jusqu'à ma mâchoire. Il y dépose une pluie de petits baisers comme s'il espérait ainsi pouvoir temporiser et ralentir le rythme de ce qui est en train de se passer entre nous. Comme s'il craignait soudain de prendre plus qu'il n'est en droit de le faire.

Mais je veux qu'il continue. Ce que je lui offre en cet instant est librement consenti et je veux qu'il le prenne.

— Non, répliqué-je en tournant délibérément la tête pour intercepter sa bouche.

Le gémissement qui m'échappe est une supplique et Aiden ne s'y trompe pas. Il émet un nouveau grondement et, déjà, notre baiser a repris, plus ardent encore que le précédent.

Aiden m'a dit qu'il pouvait se montrer autoritaire, en certaines circonstances, et il est en train de me le démontrer. Ses baisers se font de plus en plus passionnés, de plus en plus conquérants, de plus en plus urgents. Presque désespérés. Il se raccroche à moi comme s'il avait peur que je ne disparaisse entre ses doigts. Les accoudoirs de nos fauteuils se heurtent en cliquetant chaque fois que nous changeons de position. À mon tour, j'agrippe son sweat-shirt auquel je me retiens comme si ma vie en dépendait. Et je lui retourne chacune de ses audaces avec un incandescent enthousiasme.

— Aiden, gémis-je contre sa bouche.

Sa réponse a quelque chose d'animal. Son pouce se presse contre ma joue comme pour me forcer à ouvrir la mâchoire et je me laisse faire. Sa langue explore alors l'intérieur de ma bouche et je suis parcourue par un violent frisson qui me traverse de part en part. Je me raccroche presque désespérément aux larges épaules d'Aiden. Il m'entoure de l'un de ses bras et sa paume se presse contre le bas de mon dos, me forçant à me cambrer légèrement.

La position est inconfortable et, pire encore, frustrante. Elle m'empêche de bouger comme je le voudrais et de soulager la tension sans cesse croissante qui s'accumule au creux de mon ventre. J'émets un petit grognement de pure frustration et Aiden se recule aussitôt. Le regard qui surmonte sa bouche légèrement tuméfiée par nos baisers passionnés trahit une pointe d'incertitude. Puis il avise mon expression et un sourire délicieusement canaille se dessine sur ses lèvres.

Nous y voilà enfin, songé-je, le cœur battant à tout rompre.

— Tout va bien ? demande-t-il en sachant pertinemment qu'il n'en est rien, que je veux plus – bien plus.

Je lui jette un regard noir, lui arrachant un rire rauque. Se penchant vers moi, il dépose un petit baiser sur le bout de mon nez puis sur ma joue. Nous avons dépassé depuis un bon moment la simple curiosité, le « baiser pour voir » mais je n'éprouve aucun regret. Je me contrefiche de savoir quel sera l'état de nos relations lorsque nous quitterons ce studio d'enregistrement. Tout ce qui importe, en cet instant, c'est la sensation qu'éveillent les baisers mouillés qu'Aiden dépose successivement sur le lobe de mon oreille puis le long de mon cou. Je ne vis que pour sa main qui se presse entre mes reins, pour sa poitrine qui, à chacun de ses mouvements, effleure la pointe de mes seins.

— Viens par là, dit-il tout contre ma gorge tandis que sa main se glisse lentement sous mon pull-over pour venir se poser sur ma peau nue.

Je ne peux m'empêcher de sourire, ne voyant aucun endroit où aller.

— Où ça ? articulé-je.

— Ici…

Ses lèvres explorent à présent ma clavicule me faisant frissonner de plus belle.

— Comme ça…

Je me laisse faire et ne tarde pas à me retrouver à demi agenouillée au-dessus de lui, un genou plaqué contre le dossier de sa chaise. Elle oscille légèrement sous notre poids combiné et Aiden renverse la tête en arrière. Il me tient toujours par la taille et j'agrippe ses épaules. C'est à mon tour de prendre l'initiative de notre baiser. Mais la position n'a rien d'idéal : j'ai toujours une jambe posée au sol et mon équilibre est plus que précaire.

— Viens sur moi, Lucie.

Sa voix vibrante et rauque éveille sur ma peau d'irrépressibles fourmillements qui se propagent à l'ensemble de mon corps. Je lui obéis et me retrouve ainsi à califourchon sur lui. Tout mon corps se trouve à présent au contact du sien. Il émet un grognement approbateur qui ne fait qu'amplifier le désir qui pulse au creux de mes cuisses.

— Bien, murmure-t-il en plongeant sa main dans mes cheveux, juste sous ma natte.

Lorsqu'il m'attire vers lui, je sens quelque chose basculer en moi. Incapable de résister au besoin impérieux que j'ai de lui, je l'embrasse avec passion. Encore. Et encore. Et encore. Je ne peux me rassasier de lui. Ma bouche explore la courbe de sa mâchoire, suit le contour délicieusement râpeux de sa joue. Ma main se crispe sur ses cheveux noirs et c'est moi qui guide son visage, désormais, le soumettant à chacune de *mes* envies. Je suis affamée, hors de contrôle. Il me semble que chaque étincelle de désir qui s'est allumée en moi au cours de ces deux dernières semaines, chaque sourire, chaque soupir, chaque effleurement plus ou moins involontaire que je me suis efforcée d'ignorer se condense brusquement en cet instant. Il n'est que la conséquence directe et inévitable de centaines de petits gestes préfigurant ce déchaînement de sensualité.

Aiden se laisse faire, ne manifestant son impatience que lorsque mes lèvres s'attardent un peu trop longtemps sur cet endroit où sa peau est si douce et si brûlante, à la jonction de son cou et de son épaule. Écartant le col de son sweat-shirt, je laisse alors glisser ma langue le long de la chaîne en or dont il ne se sépare jamais et il frissonne. Plongeant ses doigts dans mes cheveux, il guide de nouveau ma bouche vers la sienne. J'ai l'impression d'être bien plus saoule à présent que je ne l'étais dans ce bar. Ivre de lui et de ses baisers.

Sans le faire exprès, il tire sur ma natte et, loin de calmer mes ardeurs, la douleur éveille au creux de mon ventre une explosion de chaleur moite. Mon corps s'affaisse contre le sien tandis que mes mains se crispent convulsivement sur ses épaules.

— Aiden, articulé-je.

Dans la pénombre bleu-vert du studio d'enregistrement, je vois une lueur incandescente passer dans ses yeux. La tête légèrement renversée en arrière contre le dossier du fauteuil, il me contemple fixement, se mordillant la lèvre comme s'il réfléchissait. Il enroule alors ma natte autour de son poing et, avec une lenteur délibérée, presque expérimentale, il tire de nouveau sur mes cheveux.

Je halète brusquement et mon corps se charge de répondre à sa question muette, mes hanches se mettent à onduler d'elles-mêmes au-dessus de lui. C'est une réaction purement instinctive, sans aucune considération pour les limites tacites que nous avons établies jusqu'ici. Mon corps tout entier n'est plus que désir et la chaleur qui m'envahit déferle en moi par vagues successives. Elle se concentre au creux de mes cuisses en un besoin si intense qu'il en devient presque insoutenable. Je me presse contre lui pour tenter désespérément de soulager cette tension. La logique et la raison n'ont plus leur place. Pour le moment, le plaisir que je sens monter en moi occulte tout le reste.

Aiden a fermé les yeux et ses cils s'étalent au-dessus de ses joues embrasées.

— Lucie…, articule-t-il d'une voix brisée.

— Aiden, gémis-je en retour, amplifiant le mouvement de mes hanches.

J'adore ce petit rituel qui nous unit désormais. La façon dont nous prononçons nos prénoms trahit toujours un mélange d'amusement, d'exaspération et de tendresse perceptible dans chaque syllabe. C'est un appel animal. Les couplets d'une chanson qui se répondent. C'est une musique qui m'obsède.

Aiden pose ses mains sur mes hanches pour interrompre leur mouvement compulsif.

— Nous devrions arrêter, dit-il d'une voix si rauque qu'elle en devient méconnaissable.

Je plaque mes lèvres contre son cou. Je ne m'étais pas trompée. C'est là que se concentre l'odeur affolante de sa peau qui se mêle à celles que j'associe désormais à lui – celle du café, de sa lessive et de ces chewing-gums à l'eucalyptus dont il raffole.

— Tu crois vraiment ? soufflé-je.

Il marmonne quelque chose que je ne parviens pas à identifier.

— Oui, dit-il enfin.

Mais cette affirmation sonne bien plus comme une question. Je dépose alors sur sa peau un nouveau baiser. Il a relâché mes cheveux et sa main est en train de descendre paresseusement le long de ma colonne vertébrale.

— Probablement, ajoute-t-il d'un ton tout aussi incertain.

— Tu as sans doute raison, fais-je d'une voix tremblante.

Je sens bien que, si nous continuons, il deviendra rapidement impossible de nous arrêter. Sous mes doigts, je sens son cœur battre à mille à l'heure et le mien ne vaut probablement guère mieux.

— Nous devrions probablement en rester là.

— Oui, pour un premier baiser, c'était déjà assez… spectaculaire, me dit-il en souriant.

Je suis toujours agenouillée au-dessus de lui, mes mains posées sur ses épaules.

— Explosif.

Aiden soupire. Tandis qu'il continue à masser doucement mon dos, je laisse mon regard glisser sur lui. Il semble à la fois anéanti et heureux. Ses cheveux sont tout embroussaillés du fait de mes caresses, ses lèvres tuméfiées par l'ardeur de nos baisers. Le col de son sweat-shirt est légèrement distendu, laissant apparaître sa clavicule. J'ai toujours pensé qu'il était très beau mais, en cet instant, il est tout simplement magnifique. Débraillé, échevelé, entièrement offert à mes regards et à mes caresses, la garde baissée.

Je soupire. Une partie de moi aurait trouvé rassurant que ce baiser me le rende moins aimable.

— Pourquoi est-ce que tu me regardes de cette façon ? me demande-t-il.

— Comment est-ce que je te regarde ?

— Comme si tu mijotais quelque chose.

— Je ne mijote rien du tout, rétorqué-je en riant.

En réalité, je suis juste en train d'apprécier l'effet que j'ai réussi à produire sur lui – pour la première et sans doute aussi la dernière fois. Car au fond, je sais qu'Aiden a raison. Nous ne sommes pas faits l'un pour l'autre. Et, si délicieuse qu'ait été l'expérience, nous ne pouvons nous permettre de la réitérer. Cet entichement qu'il m'inspire doit cesser. Il m'a très clairement fait comprendre qu'il ne pouvait m'offrir ce que je recherche et je n'ai pas l'habitude de forcer la main des gens qui m'entourent. Je n'ai aucune raison de croire qu'il ne pense pas ce qu'il m'a dit et je ne vais pas le supplier de changer juste pour moi.

Je laisse mes mains glisser sur sa poitrine et mes doigts suivent le contour des lettres qui se dessinent sur son sweat-shirt.

— Nous devrions sans doute éviter de recommencer, n'est-ce pas ?

Je ne suis pas sûre que ce soit vraiment ce que je veux, en réalité. Et une partie de moi aimerait qu'il proteste, qu'il suggère une autre voie. Mais ce n'est pas ce qu'il fait.

— Tu as raison, dit-il en retirant à contrecœur sa main qui se trouvait toujours sous mon pull-over. Tu as parfaitement raison, ajoute-t-il comme pour se convaincre lui-même.

Il se mord la lèvre inférieure et grimace légèrement sous le coup de la douleur. Je souris, quelque peu rassurée de savoir que je ne suis pas la seule pour qui c'est difficile. Je descends de son siège et m'efforce de ne pas prêter attention au désir évident qu'il s'empresse de dissimuler. Les joues brûlantes, j'entreprends de rassembler mes affaires. Aiden fait de même de son côté du bureau. Et, curieusement, malgré l'étroitesse des lieux, notre cohabitation forcée ne me semble pas si embarrassante que cela. Il éteint la console et ferme son ordinateur puis étouffe un petit bâillement avant de passer une main dans ses cheveux.

— Allons-y, dit-il alors. Je vais te raccompagner jusqu'à ta voiture.

Le trajet jusqu'à ma petite Subaru garée à l'extrémité du parking ne m'a jamais paru à la fois aussi long et aussi court. La petite lumière qui clignote lentement au sommet de la grande antenne radio baigne la scène d'une lueur éthérée, à cette heure de la nuit. Le ciel est dégagé au-dessus de nos têtes, offrant à nos yeux un véritable champ d'étoiles scintillantes. On les voit nettement mieux ici, depuis les hauteurs, et je suis sûre que Maya adorerait ça.

Nous nous immobilisons enfin devant ma voiture et nous la contemplons tous deux en silence, comme si nous étions surpris de la trouver là. Peut-être parce qu'elle nous rappelle l'imminence de notre séparation et que je ne me sens pas encore prête à ce que cette soirée finisse.

— Nos auditeurs…, murmure Aiden d'une voix légèrement enrouée.

Il me jette un coup d'œil avant de se tourner de nouveau vers la voiture. Nos deux silhouettes se reflètent vaguement sur le pare-brise. Je vois nos têtes se rapprocher et la mienne se pose sur l'épaule d'Aiden qui laisse échapper un profond soupir.

— Nos auditeurs voudront probablement être tenus informés de tes prochains rendez-vous. Si tu es toujours d'accord pour en discuter, bien sûr…

Il y a bien une pointe de gêne dans sa voix mais c'est aussi comme si ce qui venait de se passer au cours des vingt dernières minutes n'avait pas existé. Je sais que c'est ce que je devrais vouloir et pourtant, ce constat m'accable. J'aurais préféré qu'il ne me parle pas de l'émission de ce soir – pas après m'avoir embrassée comme il l'a fait.

— Bien sûr, soupiré-je en m'efforçant de retrouver mes marques.

Je me redresse et hausse les épaules, me sentant soudain minuscule.

— Je leur fournirai tous les détails croustillants, ironisé-je.

Aiden fronce les sourcils. Lorsque je me détourne pour aller ouvrir ma portière, il me retient par la main. Ses doigts me serrent si fort que je sens les clés mordre ma paume.

— Lucie.

Il y a dans sa façon de prononcer mon prénom comme un léger écho de ce qui s'est passé dans le studio.

— Je ne sais vraiment pas ce que je suis censé dire…

Ce n'est probablement pas sa faute mais j'ai un peu l'impression de me voir attribuer un prix de consolation. Pourtant, il fait preuve d'une indéniable honnêteté. Peut-être suis-je juste fatiguée – physiquement et émotionnellement. Ma tête et mon cœur ont toujours eu beaucoup de mal à regarder dans la même direction mais, en cet instant, ils semblent tout particulièrement en désaccord.

Je lui décoche un pâle sourire et le contemple une dernière fois, essayant de graver dans mon esprit l'image de son visage encore troublé par mes baisers. Je me dresse sur la pointe des pieds et en dépose un tout dernier sur sa joue avant de serrer doucement ses doigts entre les miens.

— J'imagine qu'à cette heure, tout ce qu'il nous reste à dire, c'est bonne nuit.

Lorsque je rentre chez moi, j'ai la surprise de tomber sur Mateo assis sur mon canapé, un livre à la main et une tasse de thé vide posée devant lui sur la table basse. Je ne m'attendais pas du tout à trouver quelqu'un dans mon salon et laisse tomber mes clés en poussant un petit cri.

Tandis que je me baisse pour les ramasser, il me semble vaguement qu'une énorme enseigne lumineuse est suspendue au-dessus de ma tête qui proclame en lettres de néon :

J'AI EMBRASSÉ AIDEN À LA RADIO.

Et en plus petits caractères, juste au-dessous :

Et j'ai aimé ça.

Et en plus petit encore, en caractère huit, dans le coin tout en bas :

Je ne devrais sans doute pas recommencer.

— Je ne voulais pas te faire peur, me dit Mateo tandis que je me redresse lentement.

Il pose son livre près de sa tasse vide.

— Maya a demandé à dormir ici, cette nuit, m'explique-t-il.

Je fronce légèrement les sourcils et jette un coup d'œil en direction de l'escalier.

— Est-ce que tout va bien ?

Il hoche la tête.

— Aucun problème. Mais Grayson est en pleine création et elle m'a dit que l'odeur de la peinture lui donnait mal à la tête.

Mateo se lève en étouffant un bâillement.

— Entre nous, je pense qu'en réalité, tu lui manques. J'ai bien vu qu'elle lisait sous sa couverture et je pense que c'était pour être sûre d'être réveillée à ton retour.

Je sens mon cœur se serrer dans ma poitrine. Il est vrai que j'ai passé beaucoup de temps à la radio, ces dernières semaines. Trop de temps, sans doute.

— Merci de t'être occupé d'elle.

— C'est normal.

Il s'approche alors de moi et pose une main sur mon bras qu'il serre affectueusement.

— Et ne te culpabilise pas, d'accord ? dit-il d'un air entendu. Tu as le droit de prendre du temps pour toi.

J'ôte mon écharpe.

— Mais si Maya a besoin de moi…

Si elle a besoin de moi alors que je roule des pelles à l'homme le plus séduisant de Baltimore, que je joue au Skee-Ball avec lui ou que je me balade à califourchon sur son dos à travers les rues de la ville…

Mateo secoue la tête.

— Tu lui manques. Mais cela ne veut pas dire qu'elle a *besoin* de toi. Tu as veillé à satisfaire tous ses besoins *et* ses désirs au cours des douze dernières années. Il est grand temps que tu t'occupes un peu de toi.

Mateo baisse alors la tête pour s'assurer que je le regarde bien dans les yeux. J'ai déjà entendu Grayson dire qu'ils avaient la couleur du whisky et je dois dire que c'est une description tout à fait fidèle de ses grands yeux bruns translucides et pleins de chaleur.

— Ce dont elle a besoin, c'est que sa mère soit heureuse. Elle sera alors elle-même libre de rechercher son propre bonheur et pourra se donner toute latitude pour le faire.

— C'est…

Je marque une pause et éclaircis ma gorge serrée par l'émotion.

— C'est très gentil, Teo.

— C'est surtout vrai, dit-il avant de s'étirer doucement la nuque.

Il se penche pour récupérer son livre sur la table.

— J'ai écouté l'émission, ce soir. Tu avais l'air heureuse.

Je repense aussitôt à la main d'Aiden plongée dans mes cheveux. À sa voix grave et légèrement râpeuse tandis qu'il attirait mon corps vers le sien. Au grincement de son fauteuil et à son sourire dans le clair-obscur du moniteur.

Je presse mes lèvres l'une contre l'autre et entreprends de sonder cette sensation qui m'habite et éveille un irrépressible fourmillement juste sous ma peau.

— Je suis heureuse, acquiescé-je d'une voix légèrement hésitante, comme si j'avais peur qu'en l'admettant de façon plus tranchée, je ne voie ce bonheur se dérober. Participer à cette émission a été une très bonne chose pour moi, en fin de compte.

Mateo émet un grognement approbateur, s'efforçant visiblement de réprimer un sourire. Je le dévisage d'un air méfiant.

— Grayson t'a dit qu'il avait trouvé Aiden dans mon salon, l'autre matin, j'imagine ?

— Bien sûr ! s'exclame Mateo.

Il étouffe un nouveau bâillement et m'adresse un petit sourire ensommeillé.

— Mais en tant que coparent respectueux, je ne compte pas te soumettre à la question à ce sujet…

— Merci.

— Je laisserai mon conjoint s'en charger et je préfère te prévenir : il aura sans doute des milliers de questions à te poser dès qu'il en aura terminé avec sa dernière création. Et il n'est pas impossible que ta fille ait voulu rester éveillée pour pouvoir te cuisiner, elle aussi.

Je ris tandis qu'il s'étire.

— Je vais rentrer, dit-il. Y a-t-il quoi que ce soit que je puisse faire pour toi avant de partir ?

Je secoue la tête et le raccompagne jusqu'à la porte de la cuisine. Là, je reste quelques instants appuyée contre l'embrasure, le regardant traverser le petit jardin pour gagner le portillon rouillé que nous devrions vraiment faire réparer au plus vite. Il se dirige ensuite vers le large porche qui s'étend derrière leur maison et gravit les marches. De là, il m'adresse un dernier salut de la main avant de disparaître à l'intérieur. Je referme la porte et la lumière de la cuisine.

Tandis que je monte l'escalier, j'entends la maison craquer doucement autour de moi. C'est une musique familière que je connais de façon intime. Le plancher qui grince légèrement sous mes pas, la porte du placard hanté au bout du couloir qui s'entrouvre sous l'effet de la chaleur, l'air qui circule dans les tuyaux de la VMC et le vent qui souffle au-dehors et fait vibrer la vitre en verre coloré qui surmonte la porte d'entrée.

J'entrouvre la porte de la chambre de Maya et passe la tête par l'embrasure. La vue de ma fille emmaillotée dans ses draps, une main étendue dans le vide éveille en moi une immense bouffée de tendresse. Elle est si grande, déjà, et pourtant encore si petite par certains aspects… La façon dont elle se tient lorsqu'elle dort n'a quasiment pas changé depuis l'âge de deux ans.

Je m'avance pour éteindre les guirlandes lumineuses qui courent le long de ses étagères et du plafond. Elle se retourne alors dans son sommeil et finit par se réveiller en sursaut.

— Maman ? murmure-t-elle d'une voix encore ensommeillée. C'est toi ?

Combien de fois m'a-t-elle appelée au beau milieu de la nuit depuis qu'elle est née ? Combien de fois le fera-t-elle encore ? Est-ce que cela me manquera, lorsqu'elle ne le fera plus ?

— C'est moi, soufflé-je en allant m'asseoir au bord de son lit.

Je pose une main sur sa cheville que je caresse doucement.

— Mateo m'a dit que tu voulais dormir ici, cette nuit.

— Papa s'est lancé dans une nouvelle peinture, marmonne-t-elle contre son oreiller sans même ouvrir les yeux. Il écoute Fleetwood Mac beaucoup trop fort, dans ces moments-là. Et puis, je voulais savoir comment s'était passée l'émission.

— Tu es vraiment très intéressée par ma vie amoureuse, on dirait.

— Je te rappelle que c'est moi qui l'ai relancée, réplique-t-elle d'une voix pâteuse.

Elle demeure silencieuse durant quelques instants et je me demande si elle ne s'est pas rendormie.

— Bien sûr que ça m'intéresse, conclut-elle alors.

— J'imagine que c'est compréhensible, dis-je en souriant. Quoi qu'il en soit, l'émission s'est très bien passée.

Et la suite a été plus exaltante encore mais il n'est pas question que je parle de cela avec ma fille.

Maya émet un petit grognement interrogateur.

— Je dois bien admettre que j'ai passé un bon moment, ajouté-je.

— Tu vois ? articule Maya en ramenant sa couette par-dessus sa tête. J'ai bien fait d'appeler. Je suis un génie.

— C'est vrai, ma puce.

Je ramasse son livre qui est tombé au bas de son lit, y place un marque-page et le pose précautionneusement sur la table de nuit.

— Aiden doit être content, marmonne Maya.

— À quel sujet, ma chérie ?

— Du fait que tu ne veuilles plus de rendez-vous amoureux. J'ai écouté l'émission. Je suis sûre qu'il sera soulagé de ne plus avoir à les organiser.

— Qu'est-ce qui te fait dire cela ? demandé-je en caressant ses longs cheveux qui émergent de sous la couverture. Tu penses qu'il en a assez de m'avoir dans les pattes ?

— Non, articule-t-elle, luttant contre le sommeil. Il t'aime bien.

— Moi aussi, je l'aime bien. C'est quelqu'un de très gentil.

— Non. Il t'aime bien pour de vrai.

— Qu'est-ce qui te fait penser ça ?

— Tout le monde sur Internet le dit…

Maya parlait souvent dans son sommeil, lorsqu'elle était plus petite. Il lui arrivait de se réveiller dans tous ses états et de m'affirmer avec aplomb que de petits gobelins bleus étaient en train d'installer une colonie dans la passoire rangée sous notre évier. Ou qu'une tribu d'hommes chauves-souris vivait dans la salle de bains. Et je ne peux m'empêcher de me demander si sa déclaration n'est pas du même ordre.

— Sur Internet ? répété-je d'un ton dubitatif.

— Oui. C'est un village à la taille du monde, tu sais, maman…

Elle bâille si fort qu'elle laisse échapper un petit couinement.

— Tout le monde dit… Ils pensent que vous allez bien ensemble, tous les deux. Je suis sûre qu'il y en a qui en parlent en ce moment même…

— Je doute que qui que ce soit parle de nous, en ce moment. Tout le monde doit dormir.

J'enroule une de ses boucles au bout de mon doigt.

— Tu devrais faire pareil. Repose-toi bien. Tu pourras toujours me poser des questions demain matin, si tu veux.

Elle marmonne encore quelque chose au sujet de myrtilles, de fromage de brebis et de la durée de vie moyenne des gibbons. Je finis par quitter sa chambre pour gagner la mienne. Physiquement, je me sens épuisée. Mais mon esprit fonctionne à pleine vitesse.

Je sais que l'émission battait de l'aile avant mon arrivée. Et bien que les taux d'audience se soient améliorés depuis, je sais aussi que Maggie espère faire encore mieux. Et bien que j'aie du mal à croire qu'Aiden puisse cautionner une telle stratégie, je ne peux m'empêcher de me demander s'il ne m'a pas embrassée uniquement dans l'intérêt de l'émission.

La femme que j'étais il y a moins d'un mois aurait probablement écarté une telle hypothèse. Mais ma collaboration avec *Les Liens du cœur* a eu le mérite de m'apprendre à ne plus me laisser marcher sur les pieds et à défendre mes prérogatives. Je sors donc mon téléphone de ma poche, ouvre la messagerie et tape directement le numéro d'Aiden que je connais par cœur, désormais. Je rédige un mot et l'envoie sans me laisser le temps de tergiverser.

LUCIE : Il paraît qu'on parle de nous sur Internet…

Je laisse tomber mon téléphone et me déshabille avant d'enfiler un T-shirt trop large et le short noir troué au niveau de la cuisse qui me servent de pyjama en ce moment.

Mon téléphone ne tarde pas à vibrer. Je me force cependant à aller me laver les dents et la figure avant de consulter le message que je viens de recevoir.

AIDEN : Qu'est-ce que tu veux dire par « nous » ?

Je lève les yeux au ciel.

LUCIE : Toi et moi. Aiden Valentine et Lucie Stone.

AIDEN : Oui, j'imagine. Pourquoi ? Est-ce que tu as vu quelque chose en particulier ?

Non. À ce stade, je suis encore trop terrifiée pour aller faire un tour sur les réseaux sociaux. Je crois que je préfère m'en tenir à une bienheureuse ignorance.

Je tapote l'écran de mon téléphone du bout de l'ongle.

LUCIE : Qu'est-ce qu'on dit exactement ?

AIDEN : Pas mal de choses…

Cet homme est vraiment impossible ! Parfois, je me demande s'il ne se montre pas délibérément obtus. Il a aussi l'art de faire deux pas en avant puis trois en arrière. Sans parler de cette mauvaise habitude qu'il a de jouer de sa supposée indigence émotionnelle…

LUCIE : Comme quoi ?

AIDEN : Lucie…

LUCIE : Aiden ?

AIDEN : Je préférerais que tu me poses directement la question que tu as sur le cœur.

Je soupire et me laisse tomber sur mon lit.

LUCIE : Maya m'a dit quelque chose.

AIDEN : Est-ce que ça a un rapport avec l'Arche perdue ou le Graal ?

LUCIE : J'étais sûre que son déguisement te plairait.

AIDEN : Bien sûr ! Il était fabuleux.

AIDEN : Alors ? Qu'a-t-elle dit ?

Je me mordille la lèvre inférieure, hésitant à taper la question que je brûle de lui poser. Je me sens un peu ridicule.

AIDEN : Je retiens mon souffle, Luce.

Je décide de me jeter à l'eau.

LUCIE : Pourquoi m'as-tu embrassée, ce soir ?

Mon téléphone se met presque aussitôt à sonner. Je suis tentée de le lancer violemment à l'autre bout de la pièce, d'enfouir ma tête sous mon oreiller et de faire semblant de dormir.

Mais ces temps-ci, j'essaie de m'améliorer et je me dis que la nouvelle

Lucie n'est pas du genre à avoir peur d'un simple coup de téléphone, si difficile ou embarrassant puisse-t-il être.

Je gémis intérieurement et prends l'appel.

— Allô ?

— Serais-tu en train de sous-entendre que je suis prêt à me prostituer dans l'espoir d'améliorer mon taux d'audience ? demande Aiden sans autre forme de procès.

Je retombe sur mon oreiller en soupirant et pose un bras en travers de mes yeux.

— Non.

— C'est pourtant ce à quoi ça ressemblait…

— Ce n'est pas ce que je voulais dire, marmonné-je, me sentant soudain terriblement stupide.

Rien dans ce baiser ne semblait forcé ou préparé d'avance. Je le sais bien.

— C'est juste… Eh bien, je ne pensais pas que les gens parlaient de nous. Pas de cette façon-là, en tout cas…

— Franchement, je n'y prêterais pas attention, si j'étais toi.

J'entends un bruit de tissu en arrière-plan et me demande s'il est dans son lit, lui aussi, un bras replié sur son visage et le téléphone pressé contre son oreille. Je me demande comment il est habillé pour dormir. Et s'il garde sa chaîne autour du cou pendant la nuit.

— Les gens adorent se raconter des histoires au sujet des célébrités. Crois-le ou non, mais pendant six mois environ, un bruit a couru selon lequel Jackson et moi étions secrètement amants.

— Et c'était le cas ? demandé-je en souriant.

— Il n'est pas vraiment mon type. Il faut croire que je préfère les brunettes aux longues jambes qui me piquent mon café.

Je me mords la lèvre pour réprimer un sourire.

— Aiden…

— Lucie ? réplique-t-il aussitôt d'une voix chantante et amusée.

Je voudrais lui dire d'arrêter. Lui dire qu'il ne devrait pas. Mais les mots restent coincés tout au fond de ma gorge. Le fait est que j'aime l'idée qu'il pense à moi. Je caresse pensivement l'extrémité de ma couette du bout de mon pouce.

— Alors le baiser de ce soir n'était pas un plan machiavélique destiné à alimenter l'intérêt des auditeurs pour l'émission ?

— Ce ne serait vraiment pas très efficace comme stratégie, étant donné que nos auditeurs ne sauront jamais ce qui s'est passé.

Il a dû rapprocher son téléphone, car sa voix me paraît plus présente. Plus grave, aussi.

— Ce qui s'est passé ce soir ne concerne que toi et moi, dit-il. Personne d'autre.

— Parfait.

— Parfait.

Il demeure silencieux durant quelques secondes et mes paupières se ferment. J'écoute sa respiration et j'imagine qu'il se trouve à mes côtés – un bras glissé sous son oreiller et l'autre reposant en travers de mes hanches. Je peux presque sentir sa peau brûlante contre la mienne et nos jambes entremêlées.

— Ce baiser ne devait pas être si terrible, grommelle-t-il soudain. Sinon, tu ne me poserais pas ce genre de question…

Je rabats ma couette sur moi et la ramène jusqu'à mon menton.

— Tu étais très bien.

— Bien ?

— Très doué, ajouté-je.

— C'est mieux. Beaucoup mieux.

Je souris et rouvre les yeux pour contempler le plafond de ma chambre.

Aiden laisse échapper un soupir.

— Je t'ai embrassée parce que j'en avais très envie, Lucie. Cela fait longtemps que j'en ai envie et je crois que j'en ai eu assez de prétendre le contraire. Ce n'est pas une simple passade, contrairement à ce que j'ai pu te dire. Ce serait sans doute plus simple pour nous deux si tel était le cas. Mais ce n'est pas ça. C'est ce que j'aurais dû te dire lorsque je t'ai raccompagnée jusqu'à ta voiture. Mais je crois que j'avais momentanément perdu l'usage de mes facultés intellectuelles après ce qui venait de se passer dans le studio.

— Moi aussi, avoué-je en effleurant mes lèvres du bout des doigts comme pour sentir le sourire qui s'y dessine. Je ressens la même chose.

— Très bien, soupire-t-il. Je suis heureux que nous ayons établi ça. Maintenant, il faut passer aux questions importantes.

Je roule sur le flanc et replie mes jambes contre ma poitrine, coinçant mon téléphone entre mon oreille et le coussin.

— Quelles questions ?

— Qu'est-ce que tu portes, en ce moment ?

Je me sens rougir jusqu'à la racine des cheveux et enfouis mon visage dans l'oreiller pour étouffer un éclat de rire embarrassé.

— Aiden ! protesté-je.

— Quoi ? C'est une question totalement platonique, je t'assure.

— Vraiment ? L'as-tu déjà posée à Jackson ?

— Bien sûr ! plaisante-t-il. Tout le temps. Pour que nous puissions coordonner nos tenues.

— Ah… Dans ce cas, j'imagine que je vais devoir répondre.

— Ce serait très mal élevé de ta part de ne pas le faire.

Je baisse les yeux vers mon T-shirt trop large. Certaines des taches qui le maculent doivent remonter à plus de dix ans. C'était l'un des rares dans lesquels je pouvais encore rentrer quand j'étais enceinte de neuf mois. Et j'y suis bien trop attachée pour le jeter comme j'aurais probablement dû le faire depuis bien longtemps.

Aiden s'éclaircit la gorge de façon insistante.

— J'attends, Lucie.

— Je porte un T-shirt trop large de l'équipe des Ravens qui date de 1997 et un short de cycliste, lui dis-je, contrefaisant le ton qu'il prend lorsqu'il est à l'antenne. Le short en question est troué au niveau de la cuisse.

— Des chaussettes ?

— Oui, confirmé-je. Tricotées main.

Il pousse un profond soupir et je sens monter au creux de mon ventre une douce chaleur qui ne tarde pas à se répandre dans tout mon corps. J'ai l'impression que quelque chose irradie à l'intérieur de moi. Et j'ai soudain très envie de pousser ce petit jeu un peu plus loin. De lui demander ce qu'il porte, par exemple. Peut-être de sentir le rythme de sa respiration changer comme il l'a fait dans le studio, lorsque j'étais assise sur ses genoux avec mes mains dans ses cheveux.

Mais je sais que cela ne ferait que compliquer encore un peu les choses et je ne suis toujours pas complètement certaine de savoir où nous allons, tous les deux. Ce que je sais, en revanche, c'est que j'ai un art consommé pour me monter la tête et me bercer d'illusions. Et que cela se termine généralement par une douloureuse déconvenue.

Je passe doucement la main sur mon ventre.

— Je pense que nous devrions raccrocher.

— Sans doute, répond-il.

Je le sens pourtant hésiter.

— Tu as sans doute raison, répète-t-il.

Quelques instants de silence s'ensuivent, lourds de non-dits et d'incertitudes.

— Bonne nuit, Lucie, me dit-il enfin.

— Bonne nuit Aiden.

Cette nuit-là, je rêve de grands éclats de rire, de grains de café cachés dans des boîtes de petits gâteaux, de la voix d'Aiden au creux de mon oreille et de ses mains sur mes hanches.

Commentaires relevés sur la page des *Liens du cœur.*

MORETHANRATSHERE

C'est moi ou l'émission a duré moins longtemps que d'habitude, cette fois-ci ?

ORIOLESMAGIC28

Elle a commencé en retard, aussi...

CHAPITRE 23
AIDEN

EMBRASSER LUCIE ÉTAIT UNE ERREUR.

Non pas parce que je le regrette, loin de là, mais parce que je suis désormais incapable de penser à quoi que ce soit d'autre.

Lorsque je pénètre dans le studio d'enregistrement et que j'aperçois mon fauteuil, je ne peux m'empêcher de repenser à la façon dont elle s'est assise sur moi, ondulant ses hanches contre les miennes. Lorsque je me sers une tasse de café, je repense au goût qu'il avait sur sa langue. En plaçant mon casque sur mes oreilles, il me semble percevoir une trace de son parfum qui s'attarde dans la pièce. À vrai dire, je ne sais même pas si cette fragrance de pâquerette à laquelle se mêle une note métallique est réellement un parfum ou juste l'odeur de sa peau.

Lucie est toujours présente dans cette pièce comme un fantôme qui y aurait élu domicile. Et le fait de l'embrasser n'a pas eu raison du désir que j'avais d'elle, bien au contraire. Il me semble rétrospectivement avoir voulu éteindre un feu en l'arrosant d'essence. Et désormais, un brasier fait rage continuellement au creux de ma poitrine.

Comme je suis en train de passer énergiquement mes mains sur mes joues pour tenter de recouvrer mes esprits, Maggie entrouvre la porte et passe la tête par l'embrasure.

— Tout va bien ? Tu es prêt à lancer l'émission ?

Je hoche la tête et fixe le moniteur qui se trouve devant moi en m'efforçant de ne plus penser à Lucie ou au contact de ses lèvres sur ma gorge.

— Ça va, marmonné-je.

Elle s'avance dans le studio et referme la porte derrière elle.

— Tu es sûr ?

Je grommelle de nouveau et elle pousse un soupir.

— Tu es vraiment le pire des grincheux, dit-elle en ramenant une mèche de cheveux derrière son oreille.

Elle croise les bras et s'adosse au chambranle de la porte.

— Je voulais que nous discutions du départ de Lucie avant qu'elle n'arrive.

Mes mains se figent sur le clavier de l'ordinateur.

— Le départ de Lucie ? répété-je.

Maggie hoche la tête.

— Oui. Elle a dit qu'elle ne comptait pas poursuivre la recherche de l'homme de sa vie par l'entremise de la radio. J'imagine donc que, tôt ou tard, elle va vouloir reprendre une vie normale.

— Sans doute, réponds-je d'une voix légèrement hésitante.

J'imagine que c'est assez stupide de ma part mais je n'ai jamais vraiment envisagé la chose. Pas une seule fois. Je regarde sans le voir l'écran de mon ordinateur et Maggie finit par s'approcher pour claquer des doigts devant mon visage, me faisant violemment sursauter.

— Qu'est-ce qu'il y a ?

Elle me jette un regard légèrement menaçant.

— Tâche de te ressaisir, Aiden.

— Je suis complètement… ressaisi.

— Eh bien, tâche d'être plus « ressaisi » que tu ne l'es actuellement. Tu as l'air complètement à cran. Est-ce que tu voudrais qu'elle soit déjà partie ? C'est ça, ton problème ?

J'ai beaucoup de mal à ne pas éclater de rire. Ce que je veux, c'est l'exact opposé. Je veux que Lucie ne quitte plus le fauteuil voisin du mien. Je veux entendre son rire légèrement rauque et contempler ce sourire secret qu'elle arbore parfois. Je ne veux certainement pas discuter de son départ parce que je ne supporte pas l'idée de revenir à la situation antérieure – moi, seul dans ce studio, cherchant désespérément quelque chose en quoi je puisse croire.

— Les chiffres d'audience sont en hausse, poursuit Maggie sans paraître se rendre compte de mon désarroi. Notre podcast fait partie des plus diffusés. J'aimerais garder Lucie encore un peu plus longtemps mais le fait est que tu as regagné la sympathie des auditeurs. Et c'est précisément ce que j'espérais.

Je la considère d'un air interdit.

— Pardon ?

— Lucie a réussi à dissiper le nuage noir qui semblait flotter au-dessus de ta tête. Je l'ai entendu dans ta voix dès la première fois où vous vous êtes parlé, tous les deux.

— Je… Je ne sais pas trop quoi te dire, Mags. Dois-je comprendre que je me suis fait manipuler ?

Maggie hausse les épaules. Elle paraît n'éprouver strictement aucune culpabilité à l'idée de s'être servie de Lucie et de moi. Sortant un paquet de chewing-gums de sa poche, elle en glisse un dans sa bouche.

— C'était pour le bien de l'émission, dit-elle en englobant d'un geste le studio dans lequel nous nous trouvons actuellement. Et regarde-toi. Tu es de nouveau heureux d'être là. J'ai retrouvé l'Aiden d'autrefois. Je crois que ça fait un mois que je ne t'ai pas entendu marmonner d'un air dépressif au micro.

Elle n'a pas idée de ce qui l'attend si Lucie s'en va…

— Tu aurais pu me dire depuis le début que c'était ton objectif !

— Si je l'avais fait, tu aurais probablement refusé de collaborer et tu aurais tout fait pour décourager Lucie. J'ai fait d'une pierre deux coups. Non seulement j'ai offert à Lucie l'occasion de trouver l'histoire d'amour qu'elle méritait. Mais, de plus, j'ai guéri mon présentateur vedette de la dépression dans laquelle il sombrait. C'est gagnant-gagnant.

Je passe ma main sur mon visage.

— Dans ce cas, pourquoi veux-tu que Lucie s'en aille ? Puisque tout se passe comme prévu…

Maggie hoche la tête.

— Toutes les bonnes choses ont une fin. De plus, je crois que tu avais raison : ce n'est pas grâce à cette émission qu'elle va trouver ce qu'elle cherche. Mais nous lui avons donné tous les outils dont elle a besoin pour réussir. Il est temps désormais que l'oisillon vole de ses propres ailes.

Maggie fait claquer son chewing-gum et son visage s'adoucit soudain.

— Je ne veux pas que nous continuions à lui faire perdre son temps, Aiden. C'est une jeune femme très occupée.

— Oui, j'imagine.

— Et puis, reprend Maggie, ces salopards d'Orion se sont enfin décidés à nous laisser tranquilles.

Une expression froide et calculatrice passe alors dans son regard. Une fois encore, je me prends à songer que je ne voudrais surtout pas avoir un jour Maggie comme adversaire.

— J'ai renvoyé Cooper West dans le trou fangeux dont il n'aurait jamais dû sortir.

— Qui est ce Cooper West ?

— Un légume pourri qui s'est réincarné directement en humain. C'est l'homme le plus arrogant et le plus égoïste qu'il m'ait jamais été donné de rencontrer.

Je cligne des yeux, un peu désarçonné par sa véhémence.

— OK…

— Mais tout va bien à présent. Il a compris qu'il devait avoir peur de moi.

— C'est le cas de la plupart des gens, remarqué-je. Les plus raisonnables d'entre eux, en tout cas.

Maggie lève les yeux au ciel et sort son téléphone portable de sa poche arrière. Elle l'allume et commence à faire défiler l'écran.

— Est-ce que tu veux bien lui en parler ? demande-t-elle, déjà concentrée sur tout autre chose. Tâche de trouver comment elle voudrait conclure sa participation à l'émission.

Je hoche de nouveau la tête, presque surpris qu'elle ne se détache pas de mon cou pour aller rouler à mes pieds.

— Oui, je lui parlerai.

Jackson apparaît alors à la porte, derrière Maggie. Il arbore une expression furieuse et sa chemise est recouverte d'une substance brune et gluante. En l'apercevant, Maggie recule brusquement, percute l'armoire métallique qui se trouve derrière elle et laisse tomber son téléphone.

— Mais qu'est-ce qui t'est arrivé ? demande-t-elle. Et qu'est-ce que c'est que ça ? ajoute-t-elle en désignant sa chemise.

— C'est à cause de Delilah Stewart, déclare-t-il entre ses dents serrées.

Ses mains sont également couvertes de cette mixture peu ragoûtante et il les tient écartées de son corps, ce qui lui donne vaguement l'aspect d'un épouvantail.

— Cette fille est un véritable danger public ! s'exclame-t-il. Aiden, est-ce que par hasard tu aurais des vêtements de rechange, ici ?

— J'ai quelques T-shirts, oui.

Je me penche pour récupérer mon sac de sport duquel je sors un T-shirt sur lequel est inscrit : « Rien ne vaut la moule de Bertha ». Je l'ai gagné lors d'une fête de quartier, il y a quelques années de cela. Je le pose sur la nuque de Jackson de façon qu'il ne touche pas la substance, quelle qu'elle puisse bien être.

— Est-ce qu'elle t'a attaqué ? demandé-je.

— Presque. Elle m'a renversé son pudding au chocolat dessus.

Il écarte encore plus les bras.

— Maggie, est-ce que tu peux ouvrir les portes pour moi ? J'ai bien peur d'avoir déjà laissé une coulée de chocolat à travers tout le couloir.

Elle récupère son téléphone, contourne Jackson en se tenant prudemment à l'écart et lui ouvre la porte de la cabine.

— J'espère que ce n'est pas vraiment le cas.

— Je n'avais malheureusement pas le choix.

Ils quittent la pièce et s'éloignent dans le couloir. À l'entendre, Maggie semble quelque peu traumatisée par l'état de la moquette.

Quelques minutes plus tard, alors que je me trouve dans la salle de pause, la porte s'ouvre, laissant apparaître Lucie qui a un bon quart d'heure d'avance sur son horaire habituel. Il faut croire que j'ai aussi commencé à régler ma montre sur ses allées et venues...

— Ai-je besoin de savoir ce qui s'est passé ici ? demande-t-elle.

Les murs et le sol du couloir sont couverts de traces de pudding au chocolat et l'on se croirait dans le décor d'un film d'horreur à petit budget.

— Je ne suis même pas sûr que je pourrais te l'expliquer, lui dis-je, adossé à l'un des rares pans de murs qui semblent avoir échappé au massacre.

J'observe attentivement Lucie. Ses joues sont rougies par le froid. Ses cheveux ne sont pas attachés et elle porte un petit bonnet en laine qui lui couvre les oreilles. Je sens mon cœur se serrer dans ma poitrine. Un sourire se dessine sur ses lèvres, qui s'agrandit à mesure que je la dévore du regard.

— Qu'y a-t-il ? demande-t-elle enfin. Pourquoi est-ce que tu me regardes comme ça ?

— J'adore te regarder, murmuré-je.

Son sourire s'élargit encore et elle tourne la tête pour tenter de me le dissimuler. Mais je le vois. Je *la* vois.

— Tu es en avance, remarqué-je en m'efforçant de respecter les règles que nous nous sommes fixées.

J'avais un plan. Peut-être pas un plan parfait mais il avait au moins le mérite d'exister. J'embrasserais Lucie. Je satisferais ainsi le mélange de désir et de curiosité qu'elle m'inspirait et cela me permettrait de tourner la page, de me guérir de cette obsession.

Mais maintenant qu'elle est là devant moi, je n'ai qu'une envie : prendre ses mains dans les miennes, la serrer dans mes bras, enfouir mon visage dans ses cheveux... Et la tentation est plus grande encore qu'auparavant.

Mon fameux plan est un échec total.

— C'est vrai, je suis en avance…

Elle me regarde, elle aussi, et penche légèrement la tête en se mordillant nerveusement la lèvre inférieure. Je ne peux détacher mes yeux de sa bouche couleur corail.

— Est-ce que tu veux que j'aille nous faire du café ? suggère-t-elle avant de jeter un coup d'œil en direction des murs maculés de chocolat. Ou que j'aille chercher des serviettes en papier ?

— Non, ne bouge pas.

Il faut que je lui demande quand et comment elle compte mettre fin à sa collaboration avec la radio. Mais je suis incapable de trouver les mots. Je n'en ai même pas envie. La vérité, c'est que je ne veux pas qu'elle parte. Je veux qu'elle reste ici. Indéfiniment.

Je continue à la regarder.

Elle me lance un regard inquiet.

— Est-ce que tout va bien, Aiden ?

Ça ne va pas du tout. Je ne suis plus que l'ombre de moi-même. Et je ne fais pas ce que l'on m'a demandé. Je jette un coup d'œil en direction du couloir dans lequel Maggie et Jackson ont disparu. Finalement, je m'avance vers Lucie, prends sa main dans la mienne et la conduis dans la direction opposée.

Près de l'entrée, il y a une pièce minuscule, à peine plus grande qu'un placard, où nous rangeons nos fournitures de bureau. Hughie l'appelle sa salle de méditation. Je m'y dirige à grands pas, entraînant Lucie à ma suite.

— Aiden, mais qu'est-ce que tu fais ? s'exclame-t-elle en trébuchant.

Je ralentis un peu le pas et elle me rentre dedans avant de passer un bras autour de ma taille pour reprendre son équilibre. C'est comme un câlin à l'envers.

— Mais qu'est-ce que tu fabriques ? demande-t-elle en pouffant contre mon cou.

— Il faut que je te parle, dis-je en poussant la porte de la réserve.

Je l'attire à l'intérieur et elle y entre en riant de plus belle. Je referme la porte derrière nous et nous nous retrouvons aussitôt plongés dans une obscurité totale. Je ne peux pas la voir mais je sens son corps contre le mien et j'entends chacune de ses respirations.

— Dans un placard ? s'exclame-t-elle, un sourire dans la voix. Tu veux vraiment me parler dans un placard ?

Comment ai-je bien pu penser que je pourrais me contenter d'un seul baiser ? Que je n'aurais pas envie de plus ? De plus, la conversation que je viens d'avoir avec Maggie a tout changé, m'insufflant un sentiment d'urgence. Le temps qui nous est imparti à Lucie et moi est beaucoup trop court. Je ne peux plus avoir la certitude que je la reverrai, une fois qu'elle aura franchi cette porte.

Je me rapproche d'elle, la repoussant doucement contre les étagères métalliques sur lesquelles sont entreposés les ramettes de papier, les cartouches d'encre de nos imprimantes, et un panier rempli de bâtons d'encens dont Hughie doit se servir pour ses fameuses séances de méditation.

— Oui, il faut que je te parle dans ce placard. C'est à peu près le seul endroit où nous aurons un minimum d'intimité.

— Et pourquoi avons-nous besoin d'intimité ? murmure-t-elle.

À l'aveugle, je parviens à poser ma main sur sa nuque et la serre doucement, lui arrachant un petit soupir tremblant.

— Parce qu'il faut que je te dise quelque chose.

— Ça ne ressemble pas vraiment à une discussion.

— Nous sommes en pleine conversation. Nous prononçons bien des mots, non ?

— Mais ils n'ont ni queue ni tête…

Le problème, c'est ce maudit compte à rebours qui s'est mis en branle dans ma tête. Les mots « départ de Lucie » se répètent en boucle dans mon esprit, comme un vieux vinyle qui n'arrêterait pas de sauter. Je ne peux supporter l'idée de voir Lucie me filer entre les doigts. Et oui, je sais qu'elle ne m'appartient pas – que nous ne sommes même pas ensemble. Mais cela ne m'empêche pas de vouloir la garder.

Théoriquement, je devrais lui tenir un discours cohérent et argumenté. Je devrais lui dire ce que je ressens. Mettre des mots précis sur mes émotions. Me conduire en adulte mûr et responsable. Définir mes attentes et faire en sorte qu'elles soient raisonnables. M'en tenir au plan initial.

Mais dans la réalité, tout ce que je parviens à faire, c'est lui ôter son charmant petit bonnet et le jeter sur l'étagère qui se trouve derrière elle. Puis je presse mon front contre le sien.

— Si tu ne veux pas que je t'embrasse, dis-le-moi maintenant, déclaré-je d'une voix rauque.

— Je croyais que nous ne devions pas recommencer, fait-elle dans un murmure.

— Je ne suis qu'un imbécile.

Elle rit doucement et mon nez se cogne contre le sien dans le noir.

— Je pensais qu'une fois suffirait…, soupiré-je.

— Et ce n'était pas le cas ?

Je secoue la tête. Il m'a suffi de la voir entrer dans la salle de pause pour prendre conscience en l'espace d'un instant de la stupidité monumentale de cette décision.

Lucie pose ses mains sur mon torse, au niveau de mes côtes.

— Ce n'était pas suffisant pour moi non plus.

Je l'entoure de mes bras comme je rêvais de le faire et ma main caresse tendrement son dos en un mouvement lent et régulier.

— Nous devrions peut-être nous embrasser de nouveau, suggère-t-elle. Peut-être que deux fois suffiront.

— J'en doute.

— Tu as raison, murmure-t-elle tout contre ma bouche. Disons trois fois, alors.

— Lucie…

— Aiden ?

Une fois de plus, je perçois le sourire qui se reflète dans sa voix. Et je sens un long frisson dévaler le long de ma colonne vertébrale.

— Tout va bien, dit-elle alors gravement. Tu n'es pas en train de me mentir, de me faire des promesses que tu ne pourrais pas tenir. Pendant la majeure partie de ma vie, j'ai fait passer les besoins des autres avant les miens. À présent, je veux vivre un peu pour moi-même. Tu as été parfaitement clair concernant ta position vis-à-vis des sentiments et des engagements. Et de mon côté, j'en ai assez de passer mon temps à analyser et à rationaliser chacune de mes pensées et de mes décisions. Je veux suivre mes envies. Et je comprends parfaitement ce qui se passe entre nous…

— Vraiment ? Eh bien, je serais ravi que tu me l'expliques parce que, personnellement, je n'en ai pas la moindre idée.

Sa main glisse jusqu'à ma taille.

— Tu te rappelles ce que je t'ai dit lorsque nous étions au bar ? Que je ne m'étais jamais autant amusée.

— Oui.

Son petit doigt s'est glissé sous mon T-shirt et caresse le haut de ma hanche, m'arrachant de nouveaux frissons.

— Peut-être ne faut-il pas chercher plus loin. Nous sommes deux personnes qui prennent du bon temps.

— Du bon temps, répété-je.

Elle hoche la tête et se cogne le nez contre le mien une fois encore.

— Oui, du bon temps. Et c'est ce que je veux.

Nous nous rapprochons encore l'un de l'autre, jusqu'à ce que sa poitrine se retrouve pressée contre mon torse. Elle inspire à chaque fois que j'expire et le temps paraît brusquement ralentir puis s'arrêter complètement. Il me semble être parvenu à un embranchement et je sais que je vais devoir faire un choix. L'une des voies qui s'ouvrent devant moi est certainement plus tortueuse que l'autre. Mais c'est celle où se trouve Lucie.

Et, vu sous cet angle, ce choix n'en est pas vraiment un.

Lucie est prête à se contenter de prendre du bon temps. Et c'est quelque chose que je peux lui donner. Je ne suis peut-être pas capable de lui offrir le conte de fées dont elle rêve mais je peux au moins lui offrir ça.

— D'accord.

— Bien, dit-elle en étreignant mon T-shirt. Parfait, même…

Je souris et me penche vers elle, trouvant sa bouche dans l'obscurité. Je l'embrasse en prenant tout mon temps. C'est un baiser plein de douceur et de tendresse, très différent du premier que nous avons échangé dans la cabine d'enregistrement. Il faut dire que j'ai énormément réfléchi à la façon dont je l'embrasserais si j'avais un jour la chance de recommencer. Jamais je n'avais autant imaginé un baiser à l'avance.

Je pose de nouveau ma main sur sa nuque et renverse sa tête en arrière, arrachant mes lèvres aux siennes pour couvrir sa gorge d'une pluie de petits baisers.

— Je voulais te demander…, articule-t-elle.

Elle s'interrompt d'un soupir tremblant quand je trouve soudain un endroit particulièrement sensible, juste sous son oreille, près de là où son pouls bat la chamade. Encouragé par cette réaction, je la mordille délicatement et je sens les ongles de Lucie s'enfoncer dans ma poitrine à travers la chemise.

— Je t'écoute, murmuré-je tout contre sa peau.

Je voudrais rester là pressé contre elle pour toujours.

— L'autre soir…, reprend-elle avant de s'interrompre de nouveau lorsque je recommence à lui mordiller le cou.

Un puissant frisson dévale entre ses omoplates.

— Quand je t'ai appelée ?

— Oui, soupire-t-elle. Je voulais te demander comment toi, tu étais habillé. J'y ai pensé mais…

Elle est momentanément distraite lorsque je glisse deux doigts sous le col de son pull-over sur lequel je tire précautionneusement pour dénuder le haut de son épaule. J'effleure du bout de mon nez la bretelle de son soutien-gorge avant de reposer mes lèvres sur sa peau. Elle soupire et incline la tête sur le côté pour laisser le champ libre à mon exploration.

— Ce n'était pas juste que je sois la seule à décrire ma tenue, souffle-t-elle.

— Ce qui était injuste, c'est de me laisser passer la nuit à imaginer ce short moulant avec un trou au niveau de la cuisse.

Elle rit.

— Je n'ai pas dit qu'il était moulant.

— Chut, réponds-je du tac au tac. Ne gâche pas mes fantasmes.

— Je crois que tu mérites de meilleurs fantasmes.

Je me redresse et capture de nouveau sa bouche sous la mienne. Je suce doucement sa lèvre inférieure avant de la mordiller précautionneusement. J'aime assez l'idée qu'elle pensait à moi dans son lit, ce soir-là, tandis que je faisais de même. Je passe doucement mes lèvres sur les siennes et pose ma main sur une fesse rebondie.

— Est-ce que tu m'as imaginé avec toi ? demandé-je.

Elle acquiesce, haletante.

— Oui, murmure-t-elle.

Je ne peux réprimer un gémissement sourd et glisse mon genou entre ses cuisses. Derrière elle, l'étagère fait entendre un tressaillement métallique.

— Dans mon imagination, tu portais une grenouillère avec des motifs de lapin, dit-elle avec un rire légèrement pantelant.

— C'est toi qui mérites de meilleurs fantasmes, répliqué-je en riant à mon tour.

— Je ne sais pas. Celui-là a très bien fait l'affaire…

Elle penche la tête, m'invitant à caresser de nouveau cette partie apparemment si sensible au creux de son cou. J'essaie de me déplacer légèrement pour éviter que son corps ne soit comprimé contre les étagères métalliques. Mais cela ne fait que nous rapprocher un peu plus l'un de l'autre. Ma cuisse se retrouve pressée de façon un peu plus intime encore contre son entrejambe et elle laisse échapper un petit gémissement rauque.

J'ai du mal à croire que les choses aient pu basculer aussi rapidement. Initialement, je voulais vraiment lui parler en étant sûr que personne ne pourrait nous interrompre ou surprendre notre conversation. Et voilà qu'elle halète de plaisir en se frottant contre ma cuisse tandis que ma bouche plaquée sur sa gorge marque sa peau de mes lèvres et de mes dents.

— Je me demandais…

Sa voix se perd dans un râle tandis que ses hanches ondulent contre moi. Je ne suis pas sûr qu'elle ait complètement conscience de ce qu'elle est en train de faire. Mais elle paraît soudain s'en apercevoir et s'immobilise brusquement, étreignant de ses poings l'arrière de mon sweat-shirt et poussant un grognement de pure frustration.

— Tu n'es pas obligée de t'arrêter, articulé-je d'une voix rauque.

Pour l'encourager, je pose mes mains sur ses fesses fermes et musclées et la guide doucement tandis qu'elle se raccroche à mes épaules. Elle frémit violemment sous le coup du désir qui enfle de nouveau en elle.

— Parle-moi. Dis-moi ce que tu ressens.

— Je me demandais comment tu me toucherais si tu étais vraiment là, m'avoue-t-elle, haletante.

Dans les ténèbres, je ne perçois que les parties d'elle qui se trouvent en contact avec mon propre corps. Je sens distinctement l'odeur familière de son shampoing. Et j'entends son souffle entrecoupé qui trahit mieux que des mots la montée de son plaisir.

— Je ne sais pas…, murmure-t-elle. Je ne devrais probablement pas te dire cela…

Je secoue la tête et laisse l'extrémité de ma langue courir sur sa gorge, remontant jusqu'à sa bouche que j'embrasse, comme pour la remercier de son honnêteté.

— Tu n'as rien à me cacher. Moi aussi, je pensais à toi.

— Vraiment ?

— Oui.

Après notre coup de téléphone bien trop bref, je suis demeuré allongé sur mon lit, observant les lueurs que les phares des voitures faisaient apparaître et disparaître sur l'écran de mon plafond. Je l'imaginais vêtue de ce maudit T-shirt et de ce maudit short dont mon esprit enfiévré me fournissait toutes sortes de représentations particulièrement suggestives.

Elle continue à aller et venir contre ma cuisse tandis que l'une de ses mains se glisse sous mon sweat pour venir se poser sur ma peau brûlante.

— Dis-moi, lâche-t-elle d'une voix que le désir rend presque méconnaissable. Qu'est-ce que tu aurais fait si tu t'étais vraiment trouvé dans mon lit avec moi ?

J'ai passé des semaines à lutter pied à pied contre ce genre de fantasmes. Mais ils ressurgissent soudain en un vertigineux kaléidoscope, encore alimentés par les petits gémissements involontaires que pousse Lucie. Si je m'étais trouvé dans son lit, ce soir-là, nous y serions probablement encore. Je presse mon visage contre son cou en accompagnant de mes mains le mouvement de ses hanches.

— Tu me tues, soufflé-je.

— C'est à ce point ? demande-t-elle avec un petit rire rocailleux.

— Tu n'as même pas idée.

— Je crois que c'est la première fois qu'on me dit une chose pareille.

— Tu dois avoir un effet particulier sur moi, plaisanté-je.

— Cette idée me plaît beaucoup…

Le rythme de ses mouvements s'accélère et sa gorge exhale un petit gémissement presque continu. Je regrette amèrement de ne pouvoir la regarder, en cet instant. Je voudrais voir à quoi elle ressemble tandis qu'elle se donne ainsi du plaisir. Je serais prêt à parier que c'est la première fois qu'elle se montre aussi égoïste avec l'un de ses partenaires. Et, curieusement, cette pensée ne fait qu'ajouter à mon désir. Je suis si dur contre le tissu de mon jean en cet instant que c'en devient douloureux.

Elle laisse soudain échapper un petit rire perlé et pantelant.

— C'est tellement bon, me dit-elle d'un ton presque incrédule.

— Est-ce que tu crois que je pourrais te faire jouir, juste comme ça ?

À cette question, ses hanches tressautent légèrement avant qu'elles ne reprennent leurs allées et venues obsédantes.

— Je dirais plutôt que c'est moi qui vais me faire jouir juste comme ça, rétorque-t-elle. Il me semble que je fais quasiment tout le travail…

Encouragé par cette provocation, je plonge ma main sous son pull-over et laisse mes doigts glisser sur la peau satinée de son ventre. Je remonte ainsi jusqu'à sa poitrine que je m'abstiens délibérément de toucher, me contentant d'effleurer le tissu de son soutien-gorge.

— C'est assez mal élevé de ma part, je suppose.

— Très mal élevé.

Fort de sa bénédiction tacite, je laisse mon pouce glisser sous le bonnet pour suivre le contour de son sein. Sa peau est brûlante.

— Je devrais peut-être t'aider un peu.

— Avec plaisir…

Je trouve la fermeture de son soutien-gorge que je détache pour libérer sa poitrine. Ma main revient alors se poser sur l'un de ses seins. Je sens son téton se dresser contre ma paume et je ne peux réprimer un grondement de désir. Tout en elle me rend fou.

Elle me répond par un nouveau gémissement et renverse la tête en arrière sans cesser de se frotter contre moi. Je calque les mouvements de ma cuisse sur les siens de façon à amplifier encore l'effet de ce délicieux massage. Haletant, nous bougeons à l'unisson contre les étagères remplies de fournitures.

— Est-ce que tu pourrais… ?

Je ne lui laisse pas le temps de terminer et décale légèrement ma main sur son sein pour que mon pouce repose sur son téton que je commence à masser doucement. Je la sens hocher la tête.

— Oui, râle-t-elle. C'est vraiment très agréable.

— Agréable ? m'exclamé-je d'un ton faussement meurtri. C'est tout ce que ça t'inspire, Lucie ?

Tout en parlant, je continue à agacer son téton qui est aussi dur que de la pierre.

Elle rit doucement.

— Ce n'est pas le bon mot, concède-t-elle, haletante. C'est vraiment très…

Elle est interrompue par un gémissement plus marqué lorsque je pince soudain le téton entre mes doigts.

— Vraiment très quoi ? insisté-je, moqueur. Quel mot pourrions-nous bien utiliser ?

Personnellement, j'en ai au moins une dizaine qui me viennent à l'esprit : incroyable, exceptionnel, parfait, doux, brûlant, trop, pas assez, vertigineux…

— Agréable, conclut-elle en riant de plus belle.

Au cours des semaines qui viennent de s'écouler, j'ai entendu Lucie émettre toutes sortes de sons fascinants : des éclats de rire, des soupirs et même ce grommellement à la fois incrédule et amusé qu'elle réserve aux appels les plus ridicules que nous recevons. Il y a aussi cette voix légèrement voilée lorsqu'elle se sent fatiguée. Et sa façon si particulière qu'elle a de prononcer mon prénom en détachant bien les deux syllabes et le N final.

Je me considère dorénavant comme un spécialiste en matière de phonologie luciique. Mais je pense que le rire mêlé de plaisir qu'elle vient de moduler est le son que je préfère. Il restera à jamais gravé dans mon esprit, tout comme la scène qui se déroule actuellement dans cette réserve.

Lucie poursuit toujours cet orgasme qui monte insidieusement en elle. Ses deux mains sont désormais plongées dans mes cheveux tandis que sa bouche grande ouverte est plaquée contre mon épaule pour étouffer ses cris.

— Aiden.

Les mouvements de ses hanches se font plus précipités et elle perd le rythme à mesure que dérape son self-control. Elle rejette brusquement la tête en arrière et je pose ma main derrière sa tête pour éviter qu'elle ne se cogne contre les étagères derrière elle. J'en profite pour agripper ses cheveux. Parce que j'en ai envie.

Instantanément, son corps tout entier est parcouru par un spasme de plaisir. Je ne sais pas pourquoi mais savoir que Lucie aime qu'on lui tire les cheveux ajoute encore à ma propre excitation.

— Oh, Aiden, gémit-elle d'une voix éperdue.

— Oui, comme ça, murmuré-je. C'est bon, n'est-ce pas ?

— Je veux que tu me touches, dit-elle en prenant ma main posée sur sa poitrine pour la guider jusqu'à son entrejambe.

J'effleure le bouton de son jean, lui arrachant un hoquet d'impatience.

— Non, dis-je en accentuant la pression de ma jambe entre ses cuisses.

— Mais…

— Non.

— Pas même un tout petit peu ?

Je pose mon front contre le sien.

— Je ne peux pas, Lucie.

— Pourquoi ?

— Parce que si je te touche, si je sens à quel point tu mouilles pour moi, je ne résisterai pas. Et je te baiserai dans ce stupide placard.

— Je ne vois pas où est le problème, réplique-t-elle avec un rire de gorge d'une terrifiante sensualité.

— Je refuse que notre première fois se passe dans le noir complet, dans un placard, au risque de nous faire surprendre par un de nos collègues…

La tentation est pourtant immense de bloquer la poignée de la porte, de défaire le jean de Lucie et de me mettre à genoux pour la faire jouir avec ma bouche ou bien encore de la prendre là, debout contre les étagères métalliques.

Je retire précipitamment ma main avant de céder à cette envie presque irrépressible. Je me remets à caresser son sein, pinçant son téton peut-être un peu plus fort que je ne le voulais. J'ai bien conscience du fait que ma résistance ne tient plus qu'à un fil. Elle pourrait être balayée à tout moment comme un château de cartes emporté par un ouragan.

— Je vais commencer par te faire jouir et nous aviserons ensuite, d'accord ?

— D'accord, souffle-t-elle en passant ses bras autour de mon cou. C'est ce que je veux…

— Et je te donnerai tout ce que tu veux, Lucie. Absolument tout…

Elle frémit violemment et laisse échapper un petit rire incrédule. Je la serre un peu plus étroitement contre moi, guidant ses allées et venues contre ma cuisse. J'ai l'impression de me trouver au beau milieu d'un songe et je me demande si, d'un moment à l'autre, Lucie ne va pas me donner un coup de genou sous le bureau pour me tirer de cette rêverie érotique.

Mais cela n'arrive pas et nous continuons à nous mouvoir à l'unisson. Elle laisse échapper de petits gémissements étouffés qui semblent provenir des tréfonds de sa gorge. Ses mains se crispent spasmodiquement sur mes épaules. À chaque ondulation de ses hanches, elle effleure mon sexe qui est maintenant dur comme de la pierre. Je pourrais sans doute jouir comme ça, juste en écoutant Lucie gémir et se frotter contre moi, dans ce stupide placard à fournitures.

— Aiden, soupire-t-elle.

Ses ongles griffent ma nuque.

— Encore.

Je ne me fais pas prier et redouble d'intensité. Posant la main sur son sein, je me penche vers elle pour mordiller son téton à travers son pull-over. Je suis à présent presque aussi frénétique qu'elle. Mes mains tremblent convulsivement. Des grondements sourds s'échappent de ma poitrine. Il faut qu'elle jouisse. Vite. Sinon, je perdrai définitivement le peu de contrôle que je parviens encore à conserver. Je baisserai son jean et je lui ferai l'amour sans plus attendre.

Elle agrippe mes cheveux et je sens son corps se raidir de plus en plus à mesure que le plaisir grandit inexorablement en elle.

— C'est ça, l'encouragé-je en posant mon front contre le sien. Tu le sens monter en toi, n'est-ce pas ?

Elle bouge frénétiquement la tête et je comprends qu'elle se trouve à présent tout au bord du gouffre. Je glisse alors ma main entre ses cuisses et, à travers son jean, je masse son sexe brûlant. Mes doigts fouaillent le tissu rêche, dessinant des cercles toujours plus rapides jusqu'à ce qu'elle se mette à trembler de tout son corps.

— Aiden, articule-t-elle alors que l'orgasme déferle enfin en elle, balayant toute résistance.

Ses dents se referment sans ménagement sur mon épaule contre laquelle se perd son cri de pure jouissance. Je perçois l'impact de son plaisir et regrette amèrement de ne pouvoir le lire dans ses yeux et sur son visage en cet instant. Je me demande de quelle couleur sont ses joues et si ses yeux se font brume ou orage, dans ces moments-là.

Ma main est toujours posée sur son sexe. Contre moi, je sens son cœur battre à tout rompre. Et son souffle haletant vient caresser mon cou.

J'attends patiemment qu'elle recouvre un semblant de calme.

— Ça va ? lui demandé-je alors.

— Oh, oui, souffle-t-elle, toujours pressée contre mon épaule. Ça va même très bien, grâce à toi. Merci, Aiden.

Je dépose un petit baiser sur ses cheveux et elle se met à rire doucement. C'est le plus beau son qu'il m'ait jamais été donné d'entendre.

— Je ne m'étais vraiment pas attendue à ça en venant ici aujourd'hui, murmure-t-elle.

Elle se redresse légèrement et tire doucement sur mes cheveux pour me forcer à relever la tête. Sa bouche cherche la mienne et elle m'embrasse avec une infinie tendresse.

— Moi non plus, avoué-je.

Je la sens sourire contre ma bouche.

— Ne me dis pas que ce n'était pas prémédité.

— Non, lui assuré-je gravement.

Je m'écarte légèrement d'elle. À présent que je ne suis plus uniquement concentré sur le désir de Lucie, je prends brusquement conscience de celui qui pulse toujours en moi. Je suis si dur que c'est tout mon corps qui me semble être en érection.

— Je t'assure que je n'avais pas prévu de me mettre dans un état pareil juste avant d'aller travailler.

Dans l'obscurité, je sens la main de Lucie se poser à tâtons sur mon jean. Ce simple contact m'arrache un gémissement incontrôlable et je saisis aussitôt son poignet pour écarter ses doigts.

— Pas maintenant, objecté-je.

Si elle me touche de cette façon, les choses ne peuvent que très mal se finir.

— Tu n'es pas drôle, fait-elle d'un ton boudeur.

Je porte sa main jusqu'à mes lèvres et l'embrasse doucement.

— Je suis à peu près convaincu que nous sommes déjà en retard. Maggie ne va pas tarder à se mettre à notre recherche.

À vrai dire, je suis surpris qu'elle ne soit pas déjà en train de le faire. Mais cette histoire de pudding est peut-être plus grave que je l'ai cru initialement.

— Tu ne veux pas que… ?

Je la fais taire d'un petit baiser sur les lèvres.

— Ce n'est pas une question d'envie, tu peux me croire. Je t'assure que je veux. J'ai terriblement envie de poursuivre ce que nous avons commencé. Mais pour le moment, nous allons devoir passer quelques heures assis côte à côte dans un studio minuscule. Et j'en serai incapable si nous continuons nos… expérimentations.

Je l'embrasse de nouveau.

— En revanche, nous pourrions remettre ça à plus tard.

— Promis ?

— Promis, répété-je avec bien plus d'assurance que je n'en éprouve réellement.

J'ai un peu l'impression d'avoir seize ans de nouveau et d'inviter pour la toute première fois une fille pour qui j'ai un énorme béguin.

— Si tu es d'accord, m'empressé-je d'ajouter.

Cochez la bonne réponse.

— Oui, répond Lucie, un sourire dans la voix. J'en ai très envie.

— Bien… Tant mieux…

Je m'autorise un tout dernier baiser. Mais Lucie en profite pour mordiller ma lèvre inférieure et se presser contre moi de façon plus que suggestive.

— Tu es vraiment sûr ? demande-t-elle d'une voix terriblement sensuelle.

Je la repousse fermement et lui assène une petite tape sur les fesses.

— File !

— Très bien, soupire-t-elle. Tant pis pour toi…

Sur ce, elle essaie de gagner la porte et nous devons effectuer un curieux pas de deux pour que je puisse la laisser passer. Elle se prend alors les pieds dans un seau posé à terre et se rattrape de justesse à l'une des étagères, faisant basculer le bol tibétain de Hughie qui tombe sur le sol avec un bruit métallique.

Lucie pouffe et je ferais sans doute de même si je n'étais aussi à cran. Elle entrouvre alors la porte et la lumière du couloir illumine l'intérieur de la réserve. J'aperçois enfin Lucie qui ne ressemble plus à rien. Ses cheveux sont complètement emmêlés, ses joues cramoisies, ses yeux brillants. Ses vêtements sont complètement froissés et son pull-over dévoile la quasi-entièreté de son épaule droite.

— Dehors, murmuré-je, lui arrachant un large sourire.

Elle sort et je referme la porte derrière elle, me retrouvant seul dans le noir. Je peux l'entendre rire de l'autre côté de la porte et cela m'arrache malgré moi un sourire.

— Je suis dans la merde, marmonné-je pour moi-même.

Je ne sais pas vraiment si je fais référence à Lucie, à moi-même ou à cette douloureuse érection qui ne semble pas décidée du tout à se résorber. Ou bien encore à ces émotions que je sens monter en moi et que je n'ose affronter.

— Je suis vraiment dans la merde…

LUCIE STONE : J'ai reparlé au joueur de Skee-Ball. Il a appelé, l'autre soir.

AIDEN VALENTINE : [Toux] Ah ? Vraiment ?

LUCIE STONE : Oui.

AIDEN VALENTINE : J'imagine qu'il s'était bien amusé, lui aussi, alors ?

LUCIE STONE : Apparemment, oui.

[Silence]

LUCIE STONE : Est-ce que ça va ?

AIDEN VALENTINE : Très bien.

LUCIE STONE : Vous êtes sûr ? Vous avez l'air...

AIDEN VALENTINE : Ça va, je vous assure. J'ai juste renversé un peu de café.

[Bruits étouffés]

AIDEN VALENTINE : Ça a l'air de vous réjouir.

LUCIE STONE : De me réjouir ? Non. De m'amuser, plutôt.

AIDEN VALENTINE : Je n'avais pas vu que ma tasse était posée là.

LUCIE STONE : Ça doit bien faire une heure qu'elle n'a pas bougé.

AIDEN VALENTINE : Eh bien, je... euh... Je ne l'avais pas vue...

CHAPITRE 24

LUCIE

JE SUIS PENCHÉE SUR LE CAPOT d'une Chevrolet de 58, le nez plongé dans le moteur, lorsque mon téléphone se met à vibrer. Du bout de mes doigts couverts de cambouis, je le tire de ma poche et presse mon pouce contre le lecteur d'empreinte, y laissant une belle trace noire.

AIDEN : Attends, tu m'as bien dit que ta garniture préférée sur les pizzas, c'était l'ananas ???

La question m'arrache un petit rire. J'ai conversé par SMS avec Aiden durant une bonne partie de la journée, entre mes différentes réparations et mes passages par la machine à café. Nous nous sommes tous deux bien gardés de faire la moindre allusion à ce qui s'est passé mercredi dernier à la station de radio. Mais cela n'empêche pas mon esprit d'être assailli de souvenirs torrides chaque fois que je vois son nom s'afficher à l'écran.

LUCIE : J'ai comme l'impression que quelqu'un cherche une bonne raison pour se disputer avec moi.

Sa réponse ne tarde pas.

AIDEN : Pas faux.

LUCIE : Tu sais que j'aime bien ton côté grincheux.

Je soupire et replace mon téléphone dans la poche de mon bleu de travail. Nous sommes passés d'un baiser aussi impulsif qu'urgent à un moment hautement érotique dans un placard avant de flirter par SMS interposés… Je dois bien reconnaître que depuis que j'ai accepté l'idée de revoir mes attentes dans le domaine amoureux, je m'amuse nettement plus.

Après avoir terminé mes derniers réglages, je referme le capot et m'essuie les mains à l'aide du chiffon accroché à ma ceinture. Peut-être était-ce mon problème, au fond. J'avais peut-être trop de projets bien arrêtés, trop d'exigences. J'ai dit à Aiden que je voulais de la magie mais j'avais peut-être une idée fausse de ce que pouvait être une telle magie.

Peut-être que ce que je voulais, au fond, c'était m'amuser.

— Lu ? m'interpelle Harvey depuis la porte séparant l'atelier de la réception. Tu aurais une minute ? Le type de la Chevrolet est là. Il dit qu'il aimerait bien que tu lui fasses un rapide compte rendu avant qu'il ne parte.

— Il est toujours là ? m'exclamé-je, sidérée.

Cela fait bien deux heures que je travaille sur son véhicule. Le propriétaire était le tout premier client à se présenter, ce matin-là. Il était arrivé avant l'heure d'ouverture du garage et attendait patiemment au volant de sa belle voiture.

Que les choses soient claires, m'a-t-il dit en souriant. *Je ne veux toujours pas d'underglow.*

— Il veut savoir si sa Rosie va s'en tirer, dit Harvey en souriant.

— J'avais oublié qu'il lui avait donné un nom, marmonné-je en récupérant la fiche du véhicule.

L'homme m'attend patiemment au même endroit que la dernière fois, appuyé contre le comptoir de la réception, les bras croisés sur sa poitrine.

Il a taillé sa barbe et porte une veste en toile qui souligne ses larges épaules, un jean éclaboussé de taches de peinture et des chaussures de sécurité dont le talon bat régulièrement contre le comptoir.

Je n'arrive toujours pas à croire qu'il ait attendu pendant tout ce temps.

Mlle Shirley, une petite femme avec un goût prononcé pour les pulls faits main, est assise sur une chaise, en train de tricoter. Elle vient nous voir une fois par mois pour faire réviser son scooter électrique. J'ai remarqué qu'elle s'arrangeait toujours pour que ce soit Harvey qui s'en charge et qu'elle le regardait souvent travailler par la fenêtre qui donne directement sur l'atelier.

— Ce garçon ne tient pas en place, souffle-t-elle sans cesser de faire cliqueter ses aiguilles. Il va me rendre folle.

— Ne vous en faites pas, mademoiselle Shirley. Je vais m'occuper de lui.

— Bien. Faites en sorte qu'il se décale un peu. Il me bouche la vue.

De fait, l'homme est placé entre Mlle Shirley et la fenêtre de l'atelier derrière lequel je devine Harvey, agenouillé auprès du scooter dont il ajuste l'assise. Je serais prête à parier que Mlle Shirley a une fois de plus « perdu » l'une des vis de la selle.

— Vous savez que Harvey est marié, mademoiselle Shirley.

Elle hausse les épaules.

— Il n'y a pas de mal à regarder.

Je réprime un sourire et rejoins le propriétaire de la Chevrolet. Il lève la tête et me jette un regard inquiet de ses grands yeux bleus. Il semble nettement moins intimidant, aujourd'hui. À vrai dire, il me fait penser à un chiot un peu triste.

— Alors ? C'est grave, docteur ?

Je lui adresse un sourire rassurant. Il est évident qu'il adore cette voiture, ce que je trouve plutôt mignon, à vrai dire.

— Je ne suis pas médecin mais mécanicienne, vous savez.

— Vous êtes le docteur de ma Rosie, répond-il.

Je ne suis pas tout à fait sûre que ce soit de l'humour.

— Est-ce qu'elle va s'en tirer ?

— Elle va s'en tirer.

Il pousse un profond soupir de soulagement avant de passer ses mains dans ses cheveux.

— En revanche, poursuis-je, elle va avoir besoin de pas mal de soins. Laissez-moi vous lire la liste de mes recommandations et vous déciderez de ce que vous voulez faire – à part un underglow, bien sûr.

— Bien sûr, acquiesce-t-il avec un pâle sourire. Par contre, je ferai tout le reste.

— Pas si vite, dis-je en riant.

Je désigne deux fauteuils installés dans un coin de la pièce.

— Allons nous asseoir, suggéré-je. Nous passerons en revue les différents problèmes. Est-ce que vous voulez un café ? Vous semblez en avoir bien besoin.

— Vous n'auriez pas quelque chose de plus fort ? Ça fait des heures que j'imagine les pires scénarios dans ma tête…

— Désolée, je ne peux vous offrir que du café.

— Je ferai avec, déclare-t-il en souriant. Mais je vais aller nous servir. Asseyez-vous, j'arrive.

Je vais prendre place sur l'un des sièges et passe en revue mes notes pendant qu'il va nous chercher deux tasses à la machine. Sa voiture requiert un certain nombre de révisions mais la plupart sont mineures, en dehors du remplacement de la pompe à carburant. Au moins, le système de transmission est toujours en bon état et les freins et les disques ont été remplacés récemment. Visiblement, Rosie a toujours été très bien bichonnée.

— Tenez, dit son propriétaire en me tendant un gobelet en carton fumant.

Il prend place sur le siège qui me fait face.

— Je ne savais pas comment vous buviez votre café alors je vous l'ai pris sucré mais sans crème.

D'ordinaire, je le bois noir. Mais il a été assez prévenant pour m'en rapporter et je décide de passer sous silence mes goûts en la matière. Je parviens à en avaler une gorgée sans faire la grimace puis entreprends de lui faire mon rapport détaillé, distinguant bien les réparations que je considère comme nécessaires et celles qui sont juste recommandées. Je précise à chaque fois le coût approximatif et le délai qu'il devra compter. Il m'écoute avec attention, son regard passant successivement de la liste à mon visage.

Je termine mon exposé et serre mon porte-bloc contre ma poitrine.

— Dans l'ensemble, elle est en très bon état. Il lui reste encore bien des kilomètres à parcourir.

Le propriétaire pousse un nouveau soupir de soulagement.

— Dieu merci ! C'est mon oncle qui m'a offert cette voiture pour mes seize ans. Elle fait partie de notre famille depuis des décennies.

— Vous croyez qu'on vous déshériterait si Rosie devait un jour rejoindre le grand garage dans le ciel ? plaisanté-je.

Il laisse échapper un rire un peu rauque.

— Non. Il n'y a plus personne pour me déshériter, hélas. Je suis le dernier de ma famille. Et cette voiture est tout ce qui me reste d'eux.

Il me décoche un sourire empli de douceur.

— Il doit vous paraître étrange que je sois aussi attaché à un objet inanimé. Mais elle est très importante à mes yeux.

Je lui tapote le bras.

— Je vous comprends. Et je vous promets qu'elle est entre de bonnes mains.

Il pose sa main sur la mienne d'un air grave.

— Je sais, dit-il avec conviction.

Il s'interrompt soudain et m'observe avec curiosité.

— Il y a chez vous quelque chose de familier… Est-ce que nous aurions pu nous croiser quelque part ?

Je retire ma main et fais mine de jeter un coup d'œil à la fiche de sa voiture.

— Je ne crois pas que vous nous ayez amené Rosie avant aujourd'hui.

— Non. Comme je vous l'ai dit, je viens d'arriver ici… C'est…

Il se caresse le menton, semblant réfléchir.

— C'est votre voix ! s'exclame-t-il. Est-ce que vous auriez enregistré des jingles, par hasard ?

— Des jingles ? répété-je en riant. Non, pas que je sache.

— Pourtant, je suis sûr d'avoir déjà entendu votre voix…

Je me lève et essuie mes mains sur mon bleu de travail.

— Elle doit vous faire penser à celle de quelqu'un d'autre.

Mlle Shirley fait entendre un petit ricanement de l'autre côté de la salle d'attente et je prends bien soin de ne pas réagir.

— Je vous appellerai dès que Rosie sera prête, d'accord ? Probablement d'ici une semaine ou deux.

L'homme se lève à son tour et je dois incliner la tête pour le regarder dans les yeux. Je ne m'étais pas aperçue à quel point il est grand lorsqu'il se trouvait derrière le comptoir.

— J'attendrai ça avec impatience. Merci… Lu, ajoute-t-il en avisant le prénom brodé sur mon bleu de travail.

Sur ce, il se dirige à grands pas vers la porte qui tintinnabule joyeusement derrière lui.

— Hum, intervient Mlle Shirley en enroulant un nouveau fil de laine autour de son aiguille. On dirait que cet homme vous aime bien…

Elle jette un coup d'œil à la fenêtre de l'atelier pour observer Harvey qui soulève le scooter pour inspecter quelque chose. Ses bras musclés se raidissent sous l'effort, faisant saillir ses muscles sous le T-shirt blanc qu'il porte. Mlle Shirley laisse échapper un petit soupir appréciatif.

Je pose mon porte-bloc sur le comptoir et vais vider mon gobelet au trois quarts plein dans l'évier situé près de la machine à café.

— Vous vous trompez, lui réponds-je.

— Oh que non !

— Vous aimez juste les ragots croustillants.

— Peut-être. Mais vous, vous êtes vraiment naïve, rétorque Mlle Shirley en enroulant un fil couleur moutarde. Je comprends mieux pourquoi votre fille s'est décidée à intervenir dans votre vie amoureuse…

Je m'apprête à lui répondre qu'elle se trompe, que ce n'est pas du tout ce à quoi ressemble un flirt. Si c'en avait été un, j'aurais ressenti cette tension si particulière sur ma gorge comme si une main venait se poser doucement dessus, comme si des yeux ni vraiment bleus, ni vraiment gris s'étaient posés sur moi, semblant me transpercer de part en part…

Mais le hurlement d'une sirène interrompt brusquement notre conversation et le cours de mes pensées, m'arrachant un gémissement résigné. Je sais pertinemment ce que signifie ce son assourdissant.

— Vous devriez y aller, dit Mlle Shirley avec un petit sourire ravi. Sinon, vous serez déclarée forfait…

Je me précipite vers la porte de l'atelier et pénètre à l'intérieur où je rejoins Harvey, Angelo et Dan qui se sont déjà regroupés. Ce dernier tient dans sa main quatre spaghettis secs.

— Très bien, déclare-t-il dès que je les ai rejoints. La règle habituelle s'applique : celui qui tire la courte paille doit conduire la dépanneuse.

Tout le monde parmi nous déteste ça. La dépanneuse est vieille et sent constamment l'oignon depuis l'époque où Harvey a oublié un sandwich italien à la viande dans la boîte à gants pendant deux semaines. Le volant est collant et remorquer quelqu'un signifie rentrer avec un inconnu généralement de très mauvaise humeur parce que son véhicule vient de tomber en panne et qui passe souvent le trajet entier pendu à son téléphone portable.

— Mais laissez-moi vous rappeler, reprend Dan. Celui ou celle qui se charge de cette corvée pourra prendre le reste de sa journée. Voyez le bon côté de la chose. Vous devriez tous rêver d'une telle opportunité.

— Sauf que la journée touche déjà à sa fin, fais-je remarquer. Le temps de ramener le véhicule accidenté, les autres seront sans doute déjà partis.

— C'est vrai, reconnaît Harvey en croisant les bras sur sa poitrine. Si c'est une telle opportunité, comme tu dis, tu n'as qu'à te porter volontaire.

— Impossible, réplique Dan avec un large sourire. Je suis le patron. Ma présence ici est indispensable.

Harvey lâche un ricanement moqueur.

— Je ne manquerai pas de te le rappeler pendant la saison de baseball, lorsque tu voudras partir en avance pour ne pas manquer le match des Orioles.

Il secoue la tête d'un air entendu.

— Indispensable ? Tu parles ! Ça doit faire soixante-trois ans que tu n'as pas tenu une clé anglaise !

— Et en plus, insiste Angelo en tapotant la poitrine de Dan de son index décharné, tu n'aimes pas parler aux clients.

— Et alors ? Toi non plus !

Ce sketch se reproduit plus ou moins à l'identique chaque fois que nous recevons une demande de dépannage. Tous trois se disputent et en viennent même parfois à se jeter des noms d'oiseaux. Je n'ai vraiment pas la patience de supporter ça, aujourd'hui. Tendant la main vers les spaghettis, j'en choisis un au hasard et pousse un grognement de défaite.

— S'il te plaît, dis-moi qu'il y en a un encore plus minuscule !

Dan secoue la tête et ouvre la main pour me le prouver.

Angelo se détourne immédiatement pour regagner son atelier. Quant à Harvey, il pousse un grand cri de joie.

— Bien que je compatisse avec ta malchance à répétition, Lu, je dois t'avouer que ça me soulage, déclare Harvey.

Je me retiens à grand-peine de lui balancer un coup de poing dans le bras.

— Ne te réjouis pas trop. En mon absence, il n'y aura plus personne pour jouer les tampons entre Mlle Shirley et toi.

Je le vois se décomposer et lui brandis mon morceau de spaghetti au visage.

— Tu vois ? ajouté-je. Je ne suis pas la seule à jouer de malchance…

Nous voilà donc parties, ma déveine et moi.

Conduire cette dépanneuse me donne toujours l'impression de piloter un navire de croisière – tout particulièrement dans le centre de Baltimore où les rues sont si étroites. Les ruelles pavées me font violemment tressauter sur mon siège, la radio est bloquée sur une chaîne qui ne passe que du jazz d'ascenseur et l'odeur d'oignon est plus écœurante que jamais. Le temps que j'atteigne l'intersection que l'on m'a indiquée et aperçoive les feux de détresse du véhicule que je dois remorquer, je n'ai plus qu'une envie : rentrer chez moi au plus vite. Je me promets de ne plus jamais participer à ces sessions de tirage au sort. Ma malchance chronique m'a valu d'effectuer cette corvée bien plus souvent qu'à mon tour.

Je pourrais leur proposer un concours de bras de fer. Ou un chifoumi. Peut-être un tournoi de fléchettes sur une cible où nous accrocherions nos photos respectives.

Je gare le camion et saute au bas de la cabine et manque tomber à la renverse au beau milieu de la rue.

Parce que je connais très bien la silhouette de l'homme qui est adossé à la voiture accidentée, les bras nonchalamment croisés sur sa poitrine. Elle est nimbée par la lumière orange clignotante des feux de détresse. C'est celle de l'homme qui m'a plaquée contre une armoire métallique avant de glisser sa cuisse entre les miennes. Et je peux toujours sentir son souffle brûlant sur ma peau, au creux de mon cou.

Je crois que je reconnaîtrais cette silhouette les yeux fermés.

— Aiden ?

Il relève la tête et je vois un sourire dévastateur se former sur ses lèvres.

— Lucie, réplique-t-il inévitablement.

J'éclate de rire.

PRÉSENTATEUR : Votre programme habituel sera remplacé par un enregistrement en direct de l'orchestre symphonique de Baltimore. Vous retrouverez *Les Liens du cœur* dès demain à l'horaire habituel.

CHAPITRE 25
AIDEN

JE VOIS LA PORTIÈRE DE LA DÉPANNEUSE s'ouvrir et le chauffeur sauter au bas de l'imposant véhicule qui vient de se garer de l'autre côté de la rue. Sidéré, je découvre alors que le technicien en question n'est autre que Lucie vêtue d'un bleu de travail. Je me demande brusquement si je ne suis pas victime d'une hallucination causée par l'ingestion de fumées toxiques. Car je me rappelle distinctement avoir vu une épaisse fumée sortir du capot au moment où ma voiture a décidé de s'arrêter net. Peut-être a-t-elle altéré mes facultés mentales.

À moins bien sûr que je ne sois en train de rêver. Jusqu'ici, je n'avais jamais particulièrement fantasmé sur les mécaniciennes, mais je dois bien reconnaître que même en bleu de travail, avec des chaussures de sécurité et les mains couvertes de cambouis, Lucie est toujours aussi désirable.

— Parmi toutes les rues de Baltimore ! s'exclame-t-elle.

— Et toutes les dépanneuses ! crié-je tandis qu'un camion passe entre nous en klaxonnant bruyamment.

Pas un instant je n'ai imaginé en appelant une dépanneuse qu'elle puisse être envoyée par le garage de Lucie. Les forces de la destinée auxquelles je refuse obstinément de croire doivent bien se moquer de moi à l'heure actuelle.

Lucie traverse la rue et me rejoint. Elle m'observe avec attention avant de regarder ma voiture.

— Est-ce que ça va ? me demande-t-elle, inquiète.

Je hoche la tête. Tout va aussi bien que possible pour quelqu'un dont la voiture s'est mise à cracher de la fumée avant de voir sa vitesse brusquement réduite à quinze kilomètres-heure sur une rue embouteillée du centre-ville en pleine heure de pointe. Mais tout cela n'a plus d'importance maintenant qu'elle est ici.

Elle pose le porte-bloc qu'elle tient à la main sur le toit de ma voiture et met ses mains sur ses hanches. Je suis aussitôt distrait par la fermeture Éclair de son bleu de travail. Elle est à moitié descendue, révélant le T-shirt gris qu'elle porte au-dessous.

— Tu n'es pas supposé être à la station, à cette heure ?

Au prix d'un effort, je détourne mon regard de sa tenue et réprime l'envie que j'ai de l'attirer contre moi pour la serrer dans mes bras et sentir son corps tout entier se presser contre le mien. Je secoue la tête comme un boxeur sonné et vois se dessiner sur ses lèvres un sourire malicieux.

— Pas ce soir. Il y a un concert de l'OSB qui est diffusé en direct sur plusieurs chaînes en même temps. Maggie candidate chaque année.

J'avais prévu de me commander une pizza et de passer la soirée sur mon canapé à regarder des rediffusions de *The Office* en essayant de résister à l'envie d'envoyer des messages à Lucie. Mais étant donné la façon dont cette journée s'est déroulée, j'imagine que j'aurais rapidement fini par céder à la tentation.

— Tu en as de la chance de ne pas être de service, dit-elle d'un ton narquois.

Je ne suis pas sûr que je me qualifierais de chanceux, ces temps-ci. Abattu, peut-être, désorienté, certainement et complètement obnubilé par elle sans aucun doute.

— Un vrai veinard, répliqué-je en désignant ma voiture.

Elle plisse le nez de façon adorable. Aujourd'hui, elle a opté pour une tresse particulièrement compliquée qui, repliée sur elle-même, forme une sorte de chignon. Je n'ai qu'une envie, soudain : démêler une à une ses mèches soyeuses. Il me semble qu'au contact de Lucie, je me trouve traversé d'impulsions plus ou moins incontrôlables. Sa simple présence éveille une curieuse sensation de faiblesse au creux de ma poitrine et à l'arrière de mes genoux.

Une voiture nous dépasse en klaxonnant sans raison et je décoche un doigt d'honneur au conducteur. Lucie abaisse aussitôt mon bras.

— Du calme, fait-elle en riant.

Je glisse de nouveau ma main dans la poche de mon sweat-shirt. Elle me désigne alors ma pauvre Bronco qui continue à fumer.

— Que lui est-il arrivé ?

— Elle est tombée en panne.

Son sourire s'élargit encore.

— Je vois bien.

Je joue nerveusement avec la petite chaîne en or que je porte autour du cou.

— Elle a émis un drôle de bruit et a commencé à dégager de la fumée noire alors je me suis rangé sur le bas-côté. J'ai essayé de redémarrer mais elle refuse obstinément.

— À quoi il ressemblait ?

Je lui jette un regard désarçonné.

— Le bruit, précise-t-elle.

Elle récupère son porte-bloc et commence à prendre des notes. Je la vois remplir le formulaire de dépannage de sa belle écriture. Elle commence par écrire mon nom *Aiden Valentine*, suivi de celui du technicien *Lucie Stone.*

— Alors ? À quoi est-ce qu'il ressemblait ?

— Le bruit ?

Elle hoche patiemment la tête. J'essaie d'imiter le mélange de claquement et de glougloutement que produisait ma voiture, vingt minutes auparavant. Lucie tente de dissimuler son rire au creux de son bras, mais je vois bien ses épaules tressauter doucement.

— Est-ce que tu te moques de moi ? demandé-je en plissant les paupières.

— Absolument pas, m'assure-t-elle.

Elle se remet à écrire sur sa feuille de service. Je la vois griffonner : *Surchauffe* et *Transmission.*

— Il n'y a pas de quoi rire, dit-elle en s'efforçant de recouvrer son sérieux. Et si je voulais vraiment me moquer de toi, je te demanderais de refaire ce bruit.

— Si ça t'amuse, je peux recommencer…

Elle me décoche un adorable petit sourire.

— Pas pour le moment. Mais peut-être plus tard.

Une autre voiture passe en klaxonnant et elle lève les yeux au ciel.

— Je vais accrocher ta voiture à la dépanneuse. Est-ce que tu as besoin de récupérer quelque chose à l'intérieur ?

J'ai juste ma pizza que j'ai laissée sur le siège passager dont j'ai activé la fonction chauffante pour éviter qu'elle ne refroidisse trop vite. Tandis que je vais la récupérer, Lucie rapproche sa dépanneuse. Elle accroche alors un câble à l'avant de ma Bronco.

Pendant tout ce temps, je la regarde faire depuis le trottoir, fasciné par la dextérité avec laquelle ses mains fines et musclées manipulent cette machinerie lourde. Elle est rapide, efficace, précise et ses gestes donnent une étrange impression de facilité.

Lorsque ma voiture est en place, elle se hisse dans la cabine de la dépanneuse, reprend le volant et manie le lourd véhicule de façon à venir effleurer le pare-chocs de ma voiture. Lors de cette manœuvre, elle a le bras posé sur le dossier de la banquette. Sa tête tournée vers l'arrière dégage son cou gracile dont la seule vue me rappelle le goût de sa peau et ce point si sensible que j'ai trouvé près de son pouls.

Je me force à écarter ce souvenir et à penser à Jackson couvert de pudding, ce qui a le don de doucher un peu mes ardeurs.

Lucie redescend alors de sa cabine et se penche sur la Bronco pour vérifier une dernière fois qu'elle est bien arrimée. Pour éviter la vue délicieusement troublante qu'elle m'offre en cet instant, je lève les yeux au ciel.

— Tu es inquiet pour ta voiture ? demande-t-elle, se méprenant sur les causes de la tension qui m'habite en cet instant.

— J'ai surtout peur pour ma santé mentale, murmuré-je.

Je n'arrive pas à croire que je doive lutter pour tenter de réprimer une érection juste en la regardant remorquer une voiture.

— Tu dis ?

Je baisse la tête et avise Lucie, tournée vers moi, qui me regarde d'un air interrogatif.

— Rien. Ce n'est rien. Tout va bien.

— Je n'en ai plus que pour une minute.

— Prends tout ton temps.

Lorsqu'elle a enfin fini de hisser la Bronco sur le plateau de la dépanneuse, elle me rejoint en s'essuyant les mains. Ses joues sont rosies par le froid et elle a une petite tache de cambouis sur le bout du nez. Je l'essuie à l'aide de mon pouce et elle me décoche un sourire reconnaissant. Mon esprit bourdonne comme si un essaim entier d'abeilles avait élu domicile à l'intérieur. J'ajoute cela à la longue liste des symptômes étranges qu'elle a le don de provoquer chez moi.

— Allez, viens. Je te ramène jusqu'au garage.

Je ne suis pas sûr qu'il soit très recommandé pour moi de me retrouver seul avec elle. Cependant je la suis et me hisse à bord de la dépanneuse du côté passager. Là, je m'assieds avec ma pizza tiède en travers des genoux. Je me raccroche à elle comme à une bouée de sauvetage tandis que Lucie s'installe près de moi au volant et claque sa portière.

Alors que nous prenons la direction de son garage, elle tente de me faire la conversation. Mais je suis bien trop concentré sur ma cohabitation avec elle dans un espace aussi exigu. À chaque fois que je la revois, je me convaincs que je parviendrai à garder un semblant de self-control, mais il faut bien reconnaître que j'en suis parfaitement incapable. Et j'ai beau réfléchir à chaque détail de notre relation, je ne parviens pas à me l'expliquer. Mes réactions vis-à-vis de Lucie semblent n'avoir tout bonnement aucun sens. Je ne sais même plus si elles sont censées en avoir un.

Depuis que je l'ai fait jouir dans la réserve du studio, ce souvenir m'obsède. Je peux entendre son souffle haletant contre mon oreille, sentir ses hanches contre mes paumes. Je revois le sourire qu'elle m'a lancé lorsqu'elle a disparu dans le couloir et la façon dont elle a ri dans la cabine d'enregistrement après ça. Jamais encore je n'avais connu cela – l'indicible magie de ce qui se passe *après*. Le rouge qui s'est progressivement dissipé sur ses joues. La façon dont nos regards se cherchaient et s'évitaient tandis qu'assis côte à côte, nous faisions comme si de rien n'était.

Je m'agite sur la banquette de cuir qui crisse sous mes fesses. J'ai dû lui envoyer des messages presque toutes les heures, depuis lors, dans l'espoir sans doute qu'elle pense à moi le plus souvent possible. Je me fais un peu l'impression d'être ce gamin à la crèche qui passe son temps à tirer les couettes d'une petite fille juste pour susciter une réaction. Le fait est que je ne sais pas comment gérer tout ça. Je ne sais pas quelles règles s'appliquent dans ce genre de situations. Ce que je suis censé faire à présent. Jusqu'alors, je n'étais jamais resté assez longtemps avec quelqu'un pour avoir à me poser ce genre de questions.

Au troisième feu rouge, Lucie finit par renoncer à cette discussion à sens unique mais le silence rend les choses encore plus difficiles. Je me creuse la tête à la recherche de quelque chose d'approprié à lui dire mais mon cerveau refuse obstinément de coopérer. Plus je me creuse les méninges et plus les sujets de conversation semblent se dérober.

Le temps que nous atteignions le garage, j'ai enfoncé la boîte de ma pizza en plusieurs endroits à force de l'étreindre de toutes mes forces. Quant à Lucie, elle s'est progressivement rembrunie.

— Accorde-moi quelques minutes et je te raccompagnerai chez toi. Je dois d'abord décrocher ta voiture.

— Tu n'es pas obligée de faire ça.

— En fait, si, répond-elle avec un petit rire un peu forcé. Si je laisse ta voiture accrochée à la remorque, je ne pourrai pas refermer la porte du garage.

— Ce n'est pas ce que je voulais dire, balbutié-je. Tu n'es pas obligée de me ramener à la maison.

Le garage est désert et seules quelques lumières sont encore allumées. Cela signifie qu'elle aurait probablement déjà terminé sa journée si elle n'avait pas dû voler à mon secours. Sans doute préférerait-elle rentrer directement chez elle.

Lucie garde les yeux résolument fixés sur son volant, évitant mon regard.

— Comme tu préfères.

Avisant la déception qui se lit sur son visage, j'ai brusquement envie de me décocher un coup de poing en plein visage.

— Tu devrais pouvoir trouver un taxi à la station située juste à côté du garage, dit-elle d'une voix atone. Je t'appellerai demain matin pour te donner des nouvelles de ta voiture.

Sur ce, elle ouvre sa portière un peu brusquement. Mais avant qu'elle n'ait eu le temps de sauter au bas du camion, je me penche pour attraper la poignée et claquer la portière. Je reste face à elle, prenant appui contre sa vitre.

— Lucie…

— Quoi ? répond-elle sèchement en détournant son visage autant que le lui permet l'espace restreint de la cabine.

— Regarde-moi.

— Je n'en ai vraiment pas envie.

Je soupire.

— S'il te plaît.

Je lâche la portière pour prendre son menton au creux de ma main.

— Je sais que je ne m'y prends pas du tout comme il faudrait, plaidé-je. Je t'en prie, Lucie…

Elle se tourne enfin dans ma direction et plante ses beaux yeux dans les miens. Nos visages ne se trouvent qu'à quelques centimètres l'un de l'autre. Je peux distinguer chacune des nuances de vert qui se mêlent au sein de ses iris.

— Salut, soufflé-je.

Une fois de plus, toutes mes pensées semblent s'être soudain évaporées de mon esprit.

Lucie ne m'accorde pas l'ombre d'un sourire.

— On dirait que je n'arrive pas à trouver les bons mots, soupiré-je.

— C'est assez récurrent, en effet.

— C'est vrai. C'est parce que tu me mets dans tous mes états…

J'espère qu'elle peut lire sur mon visage la sincérité de cette confession. Peut-être que si je me montre transparent envers elle, elle pourra m'aider à comprendre ce qui m'arrive exactement. Et comment m'améliorer.

— Je suis complètement perdu, Lucie.

— À cause de ce qui s'est passé dans la réserve ?

— À cause de beaucoup de choses.

Je suis conscient de la boîte à pizza qui s'enfonce dans mon côté, de la radio qui grésille légèrement, du moteur de la dépanneuse qui ronronne… Mais rien de tout cela ne m'aide à retrouver mes marques. Une fois de plus, j'ai perdu le contrôle de la situation.

— Il y a la réserve, bien sûr. Il y a le fait que je t'ai embrassée et que j'ai très envie de recommencer. Et puis, je ne sais pas comment te cacher le fait que la pizza que j'ai sur les genoux depuis tout à l'heure est à l'ananas…

Elle me considère d'un air stupéfait avant de baisser les yeux vers la boîte à pizza puis de les relever vers moi.

— Tu as acheté une pizza à l'ananas ?

Je hoche la tête, un peu embarrassé.

— Oui.

— Mais tu m'as dit que tu trouvais ça dégoûtant !

— Ça l'est.

— Je ne comprends pas…

— Tu m'as dit que c'était ta garniture favorite. Et je voudrais être capable de partager ça avec toi...

En réalité, lorsque le type derrière le comptoir m'a demandé ce que je voulais, j'ai répondu « une pizza à l'ananas » sans réfléchir. Le problème, je crois, c'est que mon cerveau semble n'être plus connecté qu'à une chose à l'exclusion de toutes les autres. Elle est assise à mes côtés dans cette dépanneuse et me considère actuellement avec un mélange de stupeur et d'incompréhension. Quant à moi, je ne suis vraiment pas habitué à ressentir des sentiments aussi intenses que ceux qui m'habitent en cet instant. Et je ne suis pas sûr que ça me plaise beaucoup.

— Ne me regarde pas comme ça, soupiré-je. C'est justement pour ça que j'essayais de te le cacher...

— Comment est-ce que je te regarde, au juste ?

Du bout de mon index, j'effleure le sourire qu'elle cherche à dissimuler. Sans grand succès.

— Comme ça, dis-je en laissant retomber ma main sur mes genoux.

— Je suis désolée. C'est juste que...

Elle frotte à son tour ses lèvres comme si elle essayait de faire disparaître son sourire. Ça ne fonctionne absolument pas.

— Tu sembles étrangement affecté par cette histoire de pizza.

— Parce que c'est embarrassant.

— Pas du tout, proteste-t-elle en souriant de plus belle. C'est adorable.

— Arrête de me qualifier d'adorable.

— Mignon, alors, suggère-t-elle.

Je pousse un grognement désespéré et m'effondre de mon côté de la banquette. Elle se rapproche alors légèrement de moi et pose son menton sur mon épaule.

— Tu as toujours un petit faible pour moi.

Je la regarde du coin de l'œil.

— C'est un euphémisme.

— Ne prends pas cela de façon si tragique, dit-elle avant d'éclater de rire.

Elle s'efforce de recouvrer son sérieux, mais sa bouche tremble sous l'effet du rire qu'elle tente de contenir.

— Tu as un faible pour moi et les pizzas à l'ananas…

— Je n'ai pas dit que j'aimais ça, protesté-je.

— Je comprends bien.

— Je cherche juste à tester une théorie…

— Ça va sans dire.

— Et c'est probablement toujours aussi dégoûtant.

Elle fronce légèrement les sourcils.

— La pizza, je veux dire. Pas ce que je ressens pour toi…

Je crois que j'aurais du mal à paraître plus idiot que cela même en essayant. Qui est donc ce type qui semble avoir pris ma place ? Pourquoi suis-je brusquement incapable de coordonner mes pensées et mes paroles ? Mon métier consiste presque exclusivement à parler aux gens. Et pourtant, lorsque je me retrouve face à Lucie, je suis à peine capable d'aligner trois phrases cohérentes.

Je passe mes mains dans mes cheveux avant de les croiser derrière ma nuque. Je la regarde.

— Je crois que je devrais peut-être tout simplement arrêter de parler.

Lucie a toujours son menton sur mon épaule. Ses yeux sont redevenus chaleureux et le sourire qu'elle arbore est d'une douceur infinie. Je remarque alors qu'elle a toujours une petite tache de graisse de moteur sur l'une de ses pommettes. Je me rends compte que, si j'ai beaucoup pensé à la Lucie de la réserve, j'ai aussi rêvé à cette version-ci de sa personnalité – calme, heureuse, tendre…

— Surtout ne fais pas ça, dit-elle. J'aime bien t'entendre parler.

Elle se mordille la lèvre.

— Tu veux que je te dise un secret ?

Ne faisant toujours pas confiance à ma bouche incontrôlable, je me contente d'acquiescer.

— Moi aussi, j'ai toujours un faible pour toi.

— C'est vrai ?

Elle hoche la tête en rougissant légèrement.

— C'est vrai.

Elle presse un instant son visage contre mon bras avant de regagner l'autre extrémité de la cabine. J'ai aussitôt envie de la ramener de mon côté.

— Est-ce que tu en doutais vraiment ? me demande-t-elle, surprise. Après ce qui s'est passé dans la réserve ?

— Tu veux dire après que tu t'es frottée contre ma cuisse jusqu'à en jouir ?

De rouge, ses joues ont viré au cramoisi.

— À ce propos…, murmure-t-elle.

Ces quelques mots suffisent à éveiller en moi une sensation de chaleur irrépressible.

— Tu as toute mon attention.

Elle lève les yeux au ciel.

— Pendant que tu essayais désespérément de me cacher la garniture de ta pizza, j'étais bêtement en train de me demander si tu avais des projets pour ce soir…

Elle passe nerveusement sa langue sur ses lèvres.

— Étant donné que tu ne travailles pas, ajoute-t-elle.

Je ne peux m'empêcher de poser mon bras sur le dossier de la banquette et d'attraper une mèche de ses cheveux qui s'est échappée de son chignon.

— Je comptais regarder la télévision et essayer de résister à la tentation de t'envoyer des messages.

Elle baisse les yeux vers ses genoux et s'efforce une fois encore de ravaler un sourire. Qui sait ? Lucie n'a peut-être pas le don de me rendre stupide, comme je le pensais initialement, mais honnête. C'est un peu comme si, lorsque je suis auprès d'elle, mes émotions étaient toujours proches de la surface, prêtes à surgir à tout moment. C'est une sensation assez étrange. Mais pas désagréable du tout.

Elle relève les yeux et me regarde attentivement.

— Nous pourrions peut-être…

Elle hésite un instant et se tortille sur son siège.

— Nous pourrions regarder la télé ensemble. Maya est chez l'une de ses amies où elle doit passer la nuit. Nous pourrions aussi partager cette pizza. Si ça te dit, bien sûr… Au moins, ce sera plus facile de ne pas m'envoyer des SMS si je suis juste à côté de toi.

— Ça n'est pas bête, ça, réponds-je, les yeux rivés sur sa bouche.

Elle hoche la tête et se rapproche légèrement.

— N'est-ce pas ?

— Pas bête du tout. Mais j'aimerais te poser une question…

— Vas-y.

— Pourquoi diable as-tu comparé ce qui s'est passé dans la réserve à une pizza ?

Elle hausse les épaules et je remarque alors que nous sommes désormais serrés l'un contre l'autre sur cette banquette hautement inconfortable. J'ai un début de crampe dans la cuisse mais je ne bougerais pour rien au monde. Pas tant que Lucie me regarde de cette façon.

— Parce que manger une bonne pizza à l'ananas confine à l'orgasme, me répond-elle en souriant.

Je pose ma main sur sa nuque et caresse doucement son cou gracieux.

— À ce point-là ?

— Tu n'as pas idée.

— J'ai des doutes mais je suis prêt à tenter ma chance.

— Est-ce que tu vas arrêter de dire du mal de cette pauvre pizza alors que c'est toi qui l'as commandée ?

Je souris et pose doucement mon front contre le sien.

— Je te l'ai dit : c'était juste une expérience.

— Très bien, fait-elle d'une voix haletante. Mais ne viens pas te plaindre si ta vision du monde s'en trouve complètement bouleversée.

Je frotte mon nez contre le sien.

— Je crois que mon monde a déjà basculé. Et je ne m'en plains vraiment pas.

— Tant mieux, dit-elle en riant.

J'aimerais pouvoir me draper dans ce son si précieux, l'emporter avec moi partout et toujours. Je suis sûr qu'il m'aiderait à ne plus jamais me sentir vide et déprimé comme c'est parfois le cas.

— Je ne sais même plus de quoi nous étions en train de parler.

— Tu me disais que tu voulais venir à la maison.

— C'est vrai. Alors ? Est-ce que je peux ?

Je joue avec la petite fermeture Éclair à l'avant de son bleu de travail. Je me rends compte alors que je n'ai jamais fait l'amour avec quelqu'un dans une voiture. Et je me dis que ce serait probablement une expérience fondatrice.

— Oui, dis-je avant d'effleurer ses lèvres d'un baiser.

Il est bien trop rapide et me laisse un goût d'insatisfaction dans la bouche. Je lâche alors sa fermeture Éclair et pose ma main sur sa cuisse.

— Oui, répété-je. J'aimerais beaucoup que tu viennes.

— Parfait ! s'exclame Lucie en se reculant prestement.

Elle me file littéralement entre les doigts et je la contemple d'un air passablement sonné tandis qu'elle coupe le moteur de la dépanneuse. Le ronronnement s'interrompt brusquement et Lucie rouvre sa portière pour sauter au bas du camion.

— Je vais décrocher ta voiture et nous pourrons y aller.

Sur ce, elle disparaît.

Et je me retrouve assis bêtement dans sa dépanneuse, ma pizza sur les genoux, les yeux fixés sur la banquette où elle se trouvait un instant seulement auparavant. Un sourire béat se dessine sur mes lèvres.

Commentaire relevé sur la page des *Liens du cœur.*

COMMENTAIRE DE BALTIMORON78 :

Je ne veux pas écouter le concerto pour piano en *fa* ! Je veux écouter Aiden flirter avec Lucie !!!

CHAPITRE 26
LUCIE

Nous nous garons dans un lotissement, devant une petite maison à la porte bleu cobalt surmontée par un vitrail représentant un bateau aux voiles déployées qui semble fendre les flots. Trois chiffres dorés sont peints sur le vantail, indiquant le numéro de la rue, 612.

— N'y avait-il pas une pâtisserie italienne, dans le coin, autrefois ?

— Si, confirme Aiden. C'était le bâtiment voisin.

Je souris.

— Je m'en souviens parfaitement. Ils faisaient de délicieux cannoli.

— Ils existent toujours. Ils ont juste déménagé à quelques pâtés de maisons d'ici. C'est probablement la meilleure décision qu'ils pouvaient prendre pour sauvegarder mes finances.

Il m'observe d'un air songeur.

— Je me demande si…

— Si nous aurions pu nous croiser dans cette pâtisserie ?

— Précisément.

Nous nous entre-regardons durant quelques instants avant de contempler la maison qui a remplacé la petite pâtisserie. C'est une idée que je trouve follement romantique, à vrai dire. Je nous imagine, nous croisant dans la boutique sans réaliser un seul instant qu'un jour, nous serions ici tous les deux. D'un autre côté, je crois que je commence à mieux discerner le romantisme fictionnel de celui qui s'inscrit dans la réalité. Et je crois que je préfère de plus en plus ce dernier. J'aime par exemple le fait qu'Aiden soit là, avec moi, dans ma minuscule Subaru, les genoux serrés contre la boîte à gants et une pizza *à l'ananas* posée sur ses cuisses.

— Je vais devoir te demander de patienter une seconde avant de te laisser entrer, me dit-il.

— Une seconde ?

— Disons sept minutes, répond Aiden en ouvrant la portière du côté passager.

— Voilà qui est étonnamment précis, remarqué-je. Est-ce le temps qu'il te faut pour cacher ta collection de poupées ?

Aiden prend appui sur la carrosserie et se penche à l'intérieur du véhicule. J'entraperçois contre la peau dorée de son cou le scintillement de sa chaîne en or. Une mèche de cheveux noirs tombe en travers de son œil gauche. Il me décoche un sourire empreint d'une pointe de malice.

— Je vais tenter de cacher tout le linge sale qui traîne dans la maison sous le canapé en espérant que tu ne t'en rendras pas compte, dit-il avant de tapoter le toit de ma petite Subaru. Sept minutes, répète-t-il.

Il s'élance en courant et gravit les marches menant à son porche. Quelques instants plus tard, il disparaît à l'intérieur. La couronne tressée de feuilles de magnolia séchées tremble lorsqu'il claque derrière lui la porte d'entrée à laquelle elle est accrochée. Ce n'est pas le genre d'objet que j'imagine Aiden acheter ou fabriquer. Peut-être s'agit-il d'un cadeau de son père. Aiden m'a dit qu'il était fan de botanique – d'où le pèlerinage annuel au pays des champignons. Comme je m'interroge à ce sujet, je me rends soudain compte que je ne sais pas grand-chose d'Aiden en dehors de son travail à la radio.

J'espère cependant que j'aurai l'occasion d'en apprendre plus à son sujet. Je veux tout savoir de lui. À commencer par ce qui se trouve à l'extrémité de cette petite chaîne en or qu'il semble ne jamais quitter. Je veux aussi savoir pourquoi il arbore cette expression songeuse et mélancolique lorsqu'il passe certains morceaux à la radio. J'aimerais également qu'il me dise s'il me trouve toujours aussi naïve de vouloir poursuivre mes rêves ou si, peut-être, il pourrait vouloir faire de même.

Je suis toujours plongée dans ces pensées, six minutes et vingt-trois secondes plus tard, en gravissant à mon tour les marches du porche et en m'apprêtant à frapper à sa porte. Celle-ci s'ouvre avant que je n'aie eu le temps de le faire et Aiden apparaît sur le seuil, les cheveux ébouriffés et une des manches de son T-shirt vert forêt retroussée sur son bras. Il paraît légèrement hors d'haleine et je ne peux m'empêcher de fixer son torse athlétique avec une pointe d'admiration non dénuée de gourmandise.

— Salut, lancé-je en m'arrachant à la contemplation de son anatomie.

Aiden semble avoir recouvré son aplomb habituel et je regrette presque la facette de lui qu'il m'a laissée entrevoir lorsque nous étions dans la dépanneuse.

— Oh, oh, dit-il en me prenant par le coude pour m'attirer à l'intérieur de la maison.

Il referme la porte derrière moi.

— Cette mine ne me dit rien de bon. Tu ne veux plus de pizza ?

— Si, si, murmuré-je d'un ton un peu distrait.

Je défais mon écharpe et l'accroche à la patère à laquelle il a déjà suspendu son blouson. La vue de ces deux vêtements superposés éveille en moi une curieuse émotion et je les contemple quelques secondes de trop.

— J'étais juste en train de réfléchir, ajouté-je.

— Ne me dis pas que tu penses encore à cette publicité pour les animaux battus. Comme je te l'ai dit, je peux les appeler pour leur demander s'ils ne pourraient pas enregistrer une nouvelle version moins déprimante.

De fait, l'autre soir, lorsque j'étais à la radio, Aiden a passé un spot publicitaire réalisé par la Société du Maryland pour la prévention de la cruauté envers les animaux. Elle m'a tellement miné le moral que j'ai passé dix bonnes minutes les larmes aux yeux. Et ma réaction a complètement bouleversé Aiden à son tour.

— Je ne veux surtout pas qu'ils enregistrent une nouvelle version, objecté-je. Celle-là est vraiment très efficace. Et ce n'est pas du tout ce à quoi je pensais.

Il m'aide à ôter mon manteau et le plie soigneusement avant de le placer sur la rampe de l'escalier. Sa maison ressemble à la plupart des maisons de lotissements de Baltimore. Elle s'ouvre sur une petite entrée avec un escalier sur la gauche. Un étroit couloir le longe et débouche sur le salon. J'imagine que la cuisine est située sur l'arrière comme la mienne.

Aiden soulève mon visage pour me forcer à le regarder dans les yeux. En cet instant, ses yeux sont emplis d'une immense douceur et d'une patience infinie.

— Tu n'es pas obligée de rester, si tu as changé d'avis, dit-il gravement. Je peux te donner la moitié de la pizza à emporter.

Je secoue la tête et agrippe son poignet.

— Je veux rester, répliqué-je avec assurance. C'est juste…

Je me mordille la lèvre, réfléchissant à ce que je m'apprête à lui dire. J'ai confié à Aiden un très grand nombre de mes secrets. Lui, au contraire, ne m'en a livré quasiment aucun. Je finis par désigner sa poitrine.

— J'ai remarqué que tu portais toujours ce collier.

Il baisse les yeux. Tendant la main vers lui, j'effleure du bout du doigt la chaîne en or au niveau de son cou.

— C'est vrai. Je ne l'enlève quasiment jamais.

— Qu'est-ce que c'est, exactement ?

— C'est… Eh bien…

Ses pommettes saillantes s'empourprent légèrement.

— C'est un porte-bonheur, m'avoue-t-il.

Je lève un sourcil étonné.

— Voilà qui semble étonnamment sentimental pour un homme qui ne croit pas à la chance.

— Je n'ai jamais dit ça, proteste-t-il.

— Disons que tu l'as sous-entendu.

— Quand ça ?

— Eh bien, quasiment chaque fois que nous avons eu une discussion, tous les deux.

J'abaisse la tessiture de ma voix et tente de contrefaire la façon qu'il a de s'exprimer.

— *Le destin et la magie sont des notions que nous reconstruisons* a posteriori*, intellectuellement, parce que cela nous permet de nous sentir mieux dans notre peau. Mais la seule vérité réside dans ce que nous pouvons voir, blablabla…*

Il croise les bras sur sa poitrine et s'appuie contre le mur. Je suis un peu déconcentrée par la façon dont son T-shirt épouse son physique athlétique et dont ses muscles saillent sous la peau de ses bras et de ses avant-bras. Je ne peux m'empêcher de penser qu'il est criminel qu'il passe son temps à porter des sweat-shirts informes. Personnellement, je serais ravie de pouvoir passer plus de temps à admirer ses biceps…

Une légère ride se forme au coin de sa bouche. Il lutte pour réprimer un sourire et ne s'en tire pas très bien.

— Est-ce que je parle vraiment comme ça ? demande-t-il.

— Exactement comme ça.

Je pose alors mes doigts sous la fameuse chaînette en or. Elle est tiède, comme sa peau. Je ne peux voir ce qui y est accroché et qui se trouve sous son T-shirt. Il attrape mes avant-bras. Je tourne alors mon regard vers lui.

— Puis-je ? demandé-je.

Il hésite quelques instants puis consent à libérer mes poignets. Je soulève précautionneusement la chaîne. Nous sommes presque aussi proches l'un de l'autre que lorsque nous étions dans la réserve, mais ma bouche ne se trouve pas à portée de la sienne. Et ses mains pendent sagement à ses côtés. En découvrant le petit anneau métallique qui est accroché à la chaîne, je hausse les sourcils d'un air étonné.

— C'est un anneau de porte-clés, n'est-ce pas ?

— Exact.

Je m'attendais à un pendentif quelconque. Peut-être une médaille de saint. La mère de Grayson en avait plein chez eux. Elle les accrochait un peu partout : à des cadres photos, au ventilateur du plafond, au-dessus du lavabo de la salle de bains destinée aux invités…

Mais il ne s'agit ni d'un pendentif, ni d'un médaillon. Juste un anneau de porte-clés parfaitement banal qui est attaché à la chaîne en or. C'est le genre que l'on pourrait trouver accroché à un sac à dos ou autour d'un trousseau. Il n'y a même pas d'ornement.

— Ce n'est pas ce à quoi tu t'attendais ? demande-t-il.

Je secoue la tête tout en continuant à examiner l'anneau métallique. Il doit être assez vieux parce que certaines portions ont perdu leur éclat, la dorure d'origine ayant viré à l'argenté.

— Ma mère m'a acheté ce porte-clés dans la boutique de l'un des hôpitaux où elle a été soignée, m'explique-t-il d'une voix hésitante.

Il se saisit de l'anneau qu'il examine attentivement tandis que son pouce le caresse machinalement.

— Il y avait quelque chose d'accroché à l'anneau, évidemment. Une boussole, je crois. Ou peut-être un petit bateau. J'ai oublié. Mais c'était un gadget en plastique fragile et il s'est très vite décroché. Je crois qu'il n'a pas tenu plus d'un jour ou deux.

— Pourtant tu as conservé l'anneau.

— Oui, je l'ai gardé, confirme-t-il en le replaçant sous son T-shirt avant de le tapoter doucement. Je me suis dit qu'il me porterait bonheur. Quand le porte-clés proprement dit s'est perdu, j'ai glissé l'anneau dans la poche de mon jean et je l'ai laissé là pendant longtemps.

— Combien de temps ?

— Trois semaines, peut-être.

— Tu l'avais oublié ?

Aiden hoche la tête.

— Et tu ne lavais jamais ton jean, à cette époque ?

— Bien sûr que non. J'étais adolescent.

Un adolescent dont la mère était à l'hôpital, souffrant d'un cancer qui avait connu plusieurs rechutes… Je m'imagine un garçon plutôt grand et efflanqué avec les cheveux perpétuellement en bataille et un anneau de porte-clés dont il ne se séparait jamais.

Je lui prends la main et la serre affectueusement dans la mienne. Un sourire un peu hésitant se dessine sur ses lèvres.

— Lorsque j'avais cet anneau sur moi, il y avait généralement de bonnes nouvelles. Quand je ne l'avais pas, au contraire, elles étaient mauvaises. Je l'ai laissé à la maison, une fois, et elle n'a pas…

Il secoue la tête et baisse les yeux vers le sol. Je le vois déglutir à deux reprises. Je ne suis pas sûre qu'il se rende compte à quel point il serre ma main.

— C'est à ce moment-là que j'ai commencé à le porter autour de mon cou, reprend-il. Et je ne l'ai plus jamais enlevé depuis.

Je l'observe avec attention, me demandant quelles étaient ces bonnes et ces mauvaises nouvelles auxquelles il a fait allusion. Je sens bien que j'ai soulevé un tout petit pan de l'armure dont Aiden ne se départit jamais et je voudrais bien la lui ôter tout entière. Je pose ma main libre sur sa poitrine, sentant sous mes doigts le rythme lent et puissant de sa respiration.

— C'est une histoire vraiment touchante.

Il arbore alors l'un de ces sourires en coin dont il a le secret.

— Tu sembles étonnée.

— Pas du tout. Je savais déjà que tu étais quelqu'un d'adorable.

— Ce n'est vraiment pas l'adjectif que je choisirais, objecte-t-il en fronçant les sourcils.

Je lui pince la poitrine et il agrippe de nouveau mon poignet, m'attirant tout contre lui. Je ne sais pas si c'est parce qu'il veut me sentir à ses côtés ou juste parce qu'il veut éviter que je ne recommence à le pincer. Peu importe la raison, au fond. J'aime me trouver ainsi nichée contre lui et je me détends à son contact. L'espace d'un instant, il me semble voir passer dans son regard une expression sombre, presque sauvage. Mais elle disparaît aussitôt, remisée sans doute quelque part dans les profondeurs de son esprit où il conserve tous ses secrets ainsi que ses impulsions les plus spontanées.

J'ignore peut-être bien des choses au sujet d'Aiden mais je connais les grandes lignes de sa personnalité. Ses aspects les plus fondamentaux transparaissent au travers de son armure. Et je sais qu'en dépit de ses farouches protestations, c'est quelqu'un de fondamentalement bon. Il sait se montrer extrêmement prévenant. Et il fait preuve d'un réel sens de l'humour, même s'il peut être teinté d'ironie et de dérision. Il s'efforce de transmettre de l'espoir et du réconfort à ceux qui l'entourent, ce qui explique qu'il ait lancé une émission consacrée à l'amour. Il peut être un peu rude, parfois, mais il se soucie vraiment des autres. Sans doute bien plus qu'il ne veut bien le montrer.

— Je ne suis pas dupe, dis-je gravement. Je te connais et tu ne peux pas te cacher de moi.

— C'est bien l'impression que j'ai.

— Et tu as raison de le penser.

Je l'entoure de mes bras et le serre très fort contre moi avant de poser mon menton sur sa poitrine.

— Qu'as-tu vraiment fait de ces sept minutes ? demandé-je.

Aiden s'arrache à grand-peine à la contemplation de ma bouche.

— Pardon ?

Je sens mon ventre se nouer sous l'effet de l'émotion. J'ai toujours aimé la façon dont Aiden me regarde. Mais j'ai l'impression que ce qui s'est passé dans la réserve a dévoilé une facette différente de sa personnalité. Ou peut-être qu'il s'est senti brusquement autorisé à l'exprimer, je ne sais pas. Quoi qu'il en soit, il me regarde souvent comme s'il avait peur de perdre le contrôle de ses actes, comme s'il brûlait de me plaquer contre la première surface plane venue pour me posséder.

Pour moi, les relations sexuelles ont toujours été… tolérables, j'imagine. Mais les quelques relations maladroites et embarrassées que j'ai pu avoir au fil des années m'ont convaincue que ce n'était pas vraiment mon truc. Et cela n'avait pas beaucoup d'importance, à mes yeux. Je savais ce que j'aimais et ce que je n'aimais pas et j'ai toujours été capable de satisfaire les besoins les plus élémentaires de mon corps. Je me débrouille très bien comme ça.

Et puis… j'ai passé quinze minutes d'anthologie dans cette réserve et je dois bien reconnaître que ça a tout fait basculer. Ça m'a fait ressentir des choses dont je n'avais entendu parler que par Patty lors de nos soirées aux cookies et au vin. Jamais encore je n'avais joui aussi vite et aussi intensément – et ça sans même ôter un seul de mes vêtements.

Je n'ai cessé d'y repenser depuis lors.

Et j'avoue que je suis curieuse de découvrir quelles autres sensations Aiden peut encore me dévoiler. À cette idée, je sens monter en moi une irrépressible chaleur qui se répand comme un incendie le long de ma colonne vertébrale. Il me faut ensuite quelques instants pour renouer le fil de notre conversation.

— Ces sept minutes, reprends-je en observant avec curiosité la façon dont il se mordille nerveusement la lèvre. Qu'est-ce que tu en as fait, exactement ?

— Oh…, murmure-t-il en rougissant de plus belle.

Il passe la main sur sa joue.

— Eh bien… Ça va te paraître un peu ridicule, j'imagine…

Je me dresse sur la pointe des pieds pour tenter de jeter un coup d'œil par-dessus son épaule. La seule chose que j'aperçois depuis l'entrée où nous nous trouvons, c'est un bout de canapé couleur gris ardoise sur l'accoudoir duquel est posé son sweat-shirt.

— Qu'est-ce que tu me caches ? insisté-je.

Il renverse la tête légèrement en arrière et marmonne quelque chose d'indistinct en direction du plafond. J'observe attentivement son visage. Son expression me rappelle celle qu'il arborait dans la dépanneuse lorsqu'il m'a confessé du bout des lèvres avoir commandé une pizza à l'ananas – comme s'il était lui-même désarçonné par ses propres actes.

— Je brûle de le savoir, maintenant…

— Je vais te montrer, soupire-t-il.

— Si tu comptes m'emmener à la cave, je ne suis pas intéressée, dis-je en riant.

Il n'esquisse pas même un sourire.

— C'était une blague.

Mais il se tient si parfaitement immobile en cet instant que je me surprends à vérifier qu'il respire toujours.

— Aiden ?

— Je vais te montrer, répète-t-il en détachant chaque syllabe d'une voix plus lente, presque résignée.

Il me prend par la main et m'entraîne en direction du salon. Sur le moment, je suis tellement fascinée par la façon dont nos doigts se sont naturellement entremêlés que je ne fais attention à rien d'autre et entre brusquement en collision avec lui lorsqu'il s'arrête sur le seuil de la pièce.

Il m'aide à conserver mon équilibre et je découvre avec stupeur à quoi il a utilisé le délai qu'il m'a demandé avant de me laisser entrer.

— Je me suis dit que nous pourrions manger notre pizza ici, déclare-t-il d'une voix hésitante.

Il me jette un bref coup d'œil et détourne nerveusement les yeux. À le voir, on pourrait penser qu'il vient de me montrer une bombe artisanale et non… une sorte de cabane construite à la va-vite au beau milieu de son salon. J'observe avec fascination le chaos de coussins et de couvertures qu'il a dû collecter à travers toute la maison et entasser là. Il y a même une grande serviette de plage bleue décorée de motifs en forme de tortues qui tient lieu de toit de fortune.

— Un pique-nique dans une cabane, murmuré-je, émerveillée.

Je me tourne vers lui et lui décoche un sourire rayonnant.

— Tu t'en es souvenu…

Je me retrouve soudain projetée plusieurs semaines en arrière, dans le studio en clair-obscur, avec mon casque sur les oreilles, ma tasse de café chaud à la main et la jambe d'Aiden doucement pressée contre la mienne.

Ce qui me plairait, c'est de constater que je mérite l'attention de cette personne.

— Je me rappelle tout ce que tu m'as dit, murmure-t-il d'une voix si basse que je ne suis pas certaine qu'il s'adresse réellement à moi.

Il se triture nerveusement la lèvre en contemplant sa création, sans même s'apercevoir qu'à ses côtés, je suis aux anges. Il me semble que l'on vient de déboucher en moi une bouteille de champagne pétillante de joie et d'enthousiasme. J'ai l'impression d'être Charlie dans la chocolaterie, juste après avoir ingéré la boisson gazeuse aérodynamique et je crois bien qu'en cet instant, je pourrais vraiment me mettre à flotter jusqu'au plafond.

— C'est une super cabane ! m'exclamé-je en souriant à pleines dents.

En réalité, c'est peut-être bien la plus piteuse qu'il m'ait été donné de voir. Alors même que nous la contemplons depuis le seuil du salon, l'un de ses murs en coussin s'écroule, entraînant avec lui le drap qui était posé au-dessus.

— Inutile de mentir, soupire Aiden.

— Non, je t'assure. Elle me plaît beaucoup.

Je m'avance dans la pièce les mains croisées dans le dos et inspecte sa création avec la même attention respectueuse que si je parcourais le musée du Louvre et que la cabane était la Joconde en personne.

— En plus, ce sont des draps-housses, remarqué-je d'un ton malicieux.

— Ne sois pas trop dure. Je n'avais que sept minutes…

— Je ne critique pas, dis-je alors qu'un autre coussin s'écroule sous nos yeux. Mais je te rappelle que c'est toi qui as fixé ce délai. Tu aurais pu demander… je ne sais pas, moi… un quart d'heure ?

— Je ne suis pas sûr que cela aurait suffi à améliorer drastiquement la qualité de la construction, remarque Aiden avec un pâle sourire.

J'éclate de rire. Je ris à gorge déployée sans pouvoir m'arrêter. C'est plus fort que moi. J'imagine qu'avec quelqu'un d'autre, je ferais preuve d'un peu plus de modération. Mais avec Aiden, j'ai l'impression de pouvoir être pleinement moi-même.

Au bout de plusieurs dizaines de secondes, je parviens à recouvrer un semblant de sérieux et essuie mes yeux emplis de larmes d'allégresse. Aiden est appuyé contre le chambranle de la porte, les bras croisés, et il me contemple avec une immense tendresse. À le voir, on pourrait presque avoir l'impression que c'est lui le visiteur du Louvre et moi l'œuvre d'art inestimable.

— Toujours partante pour cette pizza ? me demande-t-il.

Je finis de m'essuyer les yeux.

— Plus que jamais, réponds-je avec un sourire radieux.

Les draps qui formaient le toit de la cabane ont achevé de s'écrouler tandis qu'assis en tailleur au milieu des coussins, nous commençons à manger la pizza tiède qu'il a achetée. Il déclare avec conviction qu'elle est atroce, mais je le soupçonne d'avoir grandement exagéré, car non seulement il reprend une deuxième part, mais je le vois aussi manger des petits cubes d'ananas qui sont tombés dans la boîte. J'en profite pour admirer à la dérobée la ligne de sa gorge et la façon dont ses doigts se referment sur son verre. Je ne suis pas peu fière de moi d'avoir su patienter aussi longtemps pour exprimer à voix haute l'envie lancinante qui me trotte dans la tête depuis l'instant où j'ai sauté au bas de la dépanneuse et où j'ai constaté que c'était lui qui attendait d'être secouru.

— Je pense que tu devrais m'embrasser, déclaré-je.

Il arrête de zapper d'une chaîne de télévision à l'autre à la recherche d'un programme à nous mettre sous la dent. Étendu de tout son long contre les coussins, il tourne la tête vers moi et m'observe avec une attention soutenue.

— Vraiment ?

Je hoche la tête.

Il éteint la télévision avant de projeter la télécommande sur la pile de draps désormais entassés sur le sol. Il se redresse alors d'un mouvement fluide et je sens ma bouche s'assécher tandis que mon cœur se met à battre la chamade.

— Je t'avais promis que nous recommencerions. Dans la réserve.

— C'est vrai, acquiescé-je.

Je m'efforce de réprimer le sourire dément qui me vient aux lèvres de peur de l'effrayer. Mais force est de constater que j'ai de plus en plus de mal à me contrôler à son contact et j'en viens presque à me demander pourquoi je me donne encore cette peine.

Je considère cette question avec intérêt. Le fait est que j'ai pris l'habitude de réprimer toutes mes réactions émotionnelles. C'est devenu chez moi une seconde nature. Mais tandis que je regarde Aiden approcher en sentant monter en moi une délicieuse sensation d'excitation, de tendresse et de désir mêlés, je prends soudain conscience qu'avec lui, rien ne m'oblige à me censurer.

Car auprès d'Aiden, je ne risque rien. C'est la première chose qu'il m'ait dite lors de notre toute première discussion ensemble. Et je lui fais totalement confiance.

Alors je laisse s'épanouir ce sourire qui monte en moi et je le vois marquer un temps d'arrêt.

— Tu es si excitée que cela ? dit-il en riant.

Je fais mine de le pincer, mais il saisit ma main avec une facilité désarmante et la porte à ses lèvres. Il dépose alors un petit baiser sur ma paume, m'arrachant un léger halètement de désir.

— Vraiment très excitée, on dirait, constate-t-il d'une voix rauque.

— Tais-toi.

En réalité, tout en lui conspire à éveiller mon désir : ses lèvres brûlantes, son corps puissant et athlétique, l'odeur de sa peau qui se mêle à celle de son eau de toilette, ainsi qu'à une pointe de café et une note d'eucalyptus qui s'accrochent à son sweat-shirt. Je me fais l'impression d'être un petit morceau de cire plongé dans cette flamme vive qu'est Aiden.

Sa bouche se pose alors à la base de mon pouce, faisant naître sur ma peau un frisson qui remonte le long de mon bras et se communique à mes épaules. Je le sens sourire contre moi et je suis tentée de poser ma main sur ses lèvres pour toucher littéralement du doigt cette preuve trop rare de bonheur.

— Tu aimes que je pose ma bouche sur toi, Lucie ?

Sans attendre ma réponse, il laisse ses lèvres courir le long de mon poignet, ponctuant cette caresse d'un baiser à l'endroit précis où mon pouls bat la chamade. J'ai l'impression de fondre à ce contact.

— C'est vraiment très agréable, dis-je d'un ton un peu moqueur.

— Encore ce mot..., murmure-t-il en parvenant au creux de mon coude qu'il agace du bout de sa langue, me faisant frémir de plus belle.

Il prend alors ma main et la place sur son épaule, m'encourageant à le prendre dans mes bras. Mais je préfère plonger mes doigts dans ses cheveux tandis qu'il se penche vers moi pour m'embrasser dans le cou.

— Nous devrions pouvoir faire mieux qu'agréable, déclare-t-il en posant son front contre mon épaule.

Il glisse une main sous mon T-shirt, au niveau de ma hanche, et je frissonne violemment en sentant ses doigts sur ma peau nue.

— Tu vas devoir me dire ce que tu veux, d'accord ? Je ne veux surtout pas te pousser à faire quelque chose que tu ne voudrais pas.

— Ne t'en fais pas pour ça, lancé-je en renversant la tête pour mieux offrir mon cou à ses baisers.

Le contact de sa barbe naissante contre ma peau ajoute encore à mon trouble. J'espère qu'elle laissera une marque et que je pourrai contempler demain dans ma glace la preuve tangible de son affection.

Pourtant, les gestes d'Aiden demeurent étrangement mesurés, comparés à la passion dévorante qui l'animait lorsque nous nous trouvions dans la réserve. Je tire sur ses cheveux pour écarter son visage et pouvoir le contempler. Je crois deviner le désir qui gronde dans ses yeux sombres mais il y a aussi une forme d'hésitation, comme s'il n'était pas complètement certain de l'attitude à adopter à mon égard.

Or je tiens à ce que les choses soient parfaitement limpides entre nous : je veux que cette expérience ne soit ternie par aucun doute de part ou d'autre.

— Aiden. J'aimerais clarifier quelque chose.

Il cligne des yeux, comme s'il venait d'être arraché à une douce rêverie. Mes ongles s'enfoncent légèrement à l'arrière de son cuir chevelu et je sens sa main se crisper sur ma hanche.

— Je t'écoute, dit-il d'une voix grave.

— Je vais te dire très précisément ce que j'attends de toi.

Quelque chose dans ma voix ou dans mon regard le fait réagir et je vois sa pomme d'Adam osciller doucement tandis qu'il avale sa salive.

— Je suis tout ouïe.

Je m'humecte nerveusement les lèvres avant de reprendre la parole.

— Je veux que tu m'embrasses jusqu'à ce que je ne puisse plus respirer…

J'hésite un instant avant d'opter pour l'honnêteté et la transparence, ainsi qu'il m'a toujours encouragée à le faire.

— Et ensuite, je veux que tu m'allonges au milieu de ce fort en coussins et que tu me fasses jouir. Plusieurs fois si possible. Ça ne m'est encore jamais arrivé et je serais curieuse de savoir si j'en suis capable.

Ses yeux ont pris une teinte d'obsidienne.

— Maintenant ? demande-t-il gravement.

Je hoche la tête.

— Si tu n'y vois pas d'inconvénient…

LUCIE STONE : Est-ce que vous pouvez me passer ça ?

AIDEN VALENTINE : Quoi donc ?

LUCIE STONE : Le petit gâteau qui est là. Oui, celui-là.

AIDEN VALENTINE : Bien sûr.

LUCIE STONE : Je veux bien un peu plus de café, aussi, s'il vous plaît. [Rire]

AIDEN VALENTINE : Pas de problème… Mais dites-moi, vous êtes très exigeante, ce soir, Lucie.

LUCIE STONE : J'ai toujours su ce que je voulais.

AIDEN VALENTINE : [Toussotement] C'est… euh… C'est important.

LUCIE STONE : Enfin, peut-être pas dans… euh… tous les domaines.

AIDEN VALENTINE : Je vois.

LUCIE STONE : Je pense que nous devrions enchaîner, maintenant, Aiden.

AIDEN VALENTINE : Je pense aussi.

CHAPITRE 27

AIDEN

LUCIE ME REGARDE DROIT DANS LES YEUX tandis que ses doigts dessinent de mystérieux petits motifs le long de ma nuque. C'est assez excitant mais pas autant que ce qu'elle vient tout juste de me dire.

— Si je n'y vois pas d'inconvénient, répété-je.

— Oui, répond-elle très sérieusement en posant son autre main sur ma joue. C'est ce que je voudrais.

— Non, je n'y vois strictement aucun inconvénient.

Je m'éclaircis la gorge, me sentant étrangement embarrassé.

— D'accord, ajouté-je un peu maladroitement.

— Parfait, approuve-t-elle gravement.

— Oui. Euh… Bien.

Je me demande si je serai en état d'aligner une phrase à peu près cohérente d'ici quelques minutes. Car force est de constater que, pour le moment, j'en suis tout bonnement incapable.

Renonçant momentanément à parler, je laisse ma main glisser de sa hanche à ses reins. Elle rit tandis que je l'attire vers moi et ne tarde pas à se retrouver sur mes genoux, avec ses cuisses de chaque côté de mon bassin et ses bras reposant sur mes épaules. Nous allons pouvoir enfin reprendre là où nous nous en étions arrêtés dans la réserve. Et cette fois, nous ne risquons pas d'être interrompus.

Je vois les yeux de Lucie s'écarquiller brusquement lorsqu'elle sent pointer contre ses hanches le désir que j'ai d'elle. Me penchant en avant, je capture sa lèvre inférieure entre les miennes. Elle laisse échapper un grognement qui se propage en moi, venant se nicher au creux de mon ventre. J'incline la tête pour pouvoir l'embrasser.

Lucie fond littéralement contre moi tandis que nous nous dévorons de baisers. Son corps est totalement détendu, ses jambes largement écartées pour que nous puissions être pressés l'un contre l'autre, hanches contre hanches, poitrine contre poitrine. Je n'arrive toujours pas vraiment à croire que je puisse la toucher de cette façon, qu'elle en ait envie. Je glisse l'une de mes mains dans la poche arrière de son jean pour sentir ses fesses. Mon autre paume est posée sur sa joue tandis que mon pouce guide son menton au gré de nos baisers.

J'ai soudain l'impression de me perdre. La chaleur brûlante de sa bouche, les petites ondulations de ses hanches me rendent fou. Mes doigts se crispent légèrement sur sa fesse, l'attirant plus près encore tandis que j'embrasse et lui mordille le cou. Une partie de moi espère que les marques que j'y laisse seront visibles de tous, qu'elle-même les apercevra chaque fois qu'elle se regardera dans un miroir. Jamais aucune femme avant elle ne m'a inspiré un sentiment de possessivité aussi intense.

Ses mains se crispent légèrement sur mes cheveux, m'infligeant la plus délicieuse des douleurs.

— Aiden, articule-t-elle, dis-moi ce que toi, tu veux.

Je ris contre sa peau frémissante.

— Toi, Lucie. C'est toi que je veux, tout entière.

Elle tire de nouveau sur mes cheveux et je me laisse faire, posant ma nuque contre le canapé privé de ses coussins. Je contemple le visage de Lucie tandis que, du bout des doigts, elle parcourt mon visage, effleurant mes pommettes, mes joues, la courbe de ma mâchoire avant de descendre le long de mon cou. Et tandis qu'elle me caresse de la sorte, elle ne me quitte pas un instant des yeux.

Si j'avais pu douter jusqu'ici du fait qu'elle puisse me désirer autant que moi je la désire, mes inquiétudes sont balayées, à présent. Si étrange que cela puisse paraître à mes yeux…

— Cette fois-ci, je ne veux pas que ce soit juste pour moi, dit-elle en ondulant des hanches de façon suggestive.

Je tends alors la main vers ses cheveux et défais l'élastique qui les retient. Leur masse soyeuse cascade librement sur ses épaules et je ne peux résister à la tentation d'y plonger mes doigts. Elle sourit et ondoie de plus belle contre moi.

— Je veux que toi aussi, tu prennes ce dont tu as besoin…

À ces mots, je sens mon corps se raidir. Il serait si tentant de la prendre au mot et d'assouvir le besoin impérieux que j'ai d'elle en cet instant. Mais je me force à ralentir, à conserver le contrôle de moi-même et pose doucement mes mains au niveau de ses côtes. J'ai du mal à réguler le rythme de ma respiration et il me semble que mon corps tout entier vibre de l'intérieur, faisant tressaillir tous mes membres et se réverbérant jusque dans mes dents.

— Embrasse-moi encore, demandé-je d'une voix plus rauque que je ne le voudrais.

Si je lui laisse prendre le contrôle, je pourrai me concentrer pour tenter de maîtriser cette impatience qui m'habite et me fait trembler comme une feuille. Je me tiens donc parfaitement immobile tandis qu'elle se penche sur moi pour m'embrasser. Ses longs cheveux forment un lourd rideau autour de nos deux visages. Je tente de mettre à distance le feu qui fait rage en moi. Mais lorsque sa langue vient provoquer la mienne, je sens mon self-control se fissurer encore un peu plus.

— J'ai envie de toi, murmure-t-elle contre ma gorge.

Je prends une profonde inspiration comme un homme sur le point de se noyer.

— Moi aussi, j'ai envie de toi, Lucie, lâché-je, cédant enfin à mes pulsions.

J'agrippe ses cheveux et renverse sa tête en arrière, dégageant son cou magnifique le long duquel ma langue remonte lentement, la faisant frissonner convulsivement. Je capture enfin le lobe de son oreille que je suce délicatement. Elle se tord sous l'effet de l'excitation qui s'empare d'elle et je me cambre pour venir à sa rencontre.

Elle me rend la pareille, se mouvant contre moi comme une liane et m'arrachant un cri rauque qui serait peut-être embarrassant s'il me restait ne serait-ce qu'une once de retenue.

— L'autre nuit, lorsque nous étions dans la réserve, tu étais…, commence-t-elle avant de s'interrompre, semblant ne pas trouver ses mots. Je n'ai jamais ressenti ça auparavant…

Posant de nouveau mes mains sur ses hanches, je la renverse en arrière jusqu'à ce qu'elle se retrouve étendue de tout son long sur les coussins, ses bras toujours noués autour de mon cou. Elle s'étire alors aussi langoureusement qu'un chat et, à cette vue, j'avale difficilement ma salive.

— Jamais ressenti quoi ?

— Tu avais l'air presque désespéré… Affamé… Tu me touchais comme si ta vie en dépendait. Et j'ai trouvé ça terriblement excitant.

Je gémis. Je me rappelle en effet que, ce soir-là, j'avais le plus grand mal à me maîtriser. Et je m'en suis voulu de m'être montré bien plus brusque avec elle que je ne l'aurais voulu.

— Ne me dis pas ça, murmuré-je.

— Pourquoi ?

— Je vais finir par croire que tu aimes les hommes autoritaires.

— Tu m'avais dit que tu pouvais l'être, me rappelle-t-elle en riant.

Encouragé par ses aveux, je passe mes mains le long de la taille de son jean jusqu'à atteindre le bouton métallique. Je le détache et découvre la culotte en coton grise toute simple qu'elle porte au-dessous. Si elle tient vraiment à ce que je me montre autoritaire et conquérant, je n'y vois pas d'inconvénient. À vrai dire, je suis prêt à être tout ce qu'elle attendra de moi.

Sous ma paume, je peux sentir la chaleur de sa peau sous le fin tissu. Je constate aussi qu'il est déjà trempé par son désir. De mon autre main, j'agrippe le haut de son pantalon et le tire vers le bas avec une impatience fébrile.

— Soulève tes hanches, Lucie.

Elle obéit sans dire un mot et gigote pour m'aider à dégager ses longues jambes. Sa peau pâle est d'une douceur veloutée. Je remarque un bleu sur l'un de ses genoux et y dépose un léger baiser avant de m'allonger entre ses cuisses.

— Écarte les jambes, ordonné-je en tapotant sa hanche.

Je ne parviens pas à détacher les yeux du triangle de tissu qui constitue l'ultime rempart de sa nudité. Elle éloigne ses genoux l'un de l'autre et, en guise de récompense, je pose mes lèvres sur son nombril que je lèche délicatement. Elle halète et son ventre frémit contre ma bouche.

M'enhardissant, je glisse mes pouces sous l'élastique de sa culotte.

— Je veux que tu me regardes faire, d'accord ?

Je retire enfin le sous-vêtement gênant, et soulève l'une de ses jambes pour le lui ôter. Je suis cependant trop impatient pour faire de même avec l'autre et la laisse pendre au niveau de son genou.

— Regarde-moi te faire jouir, ajouté-je.

Elle se mord la lèvre et prend appui sur un tas de coussins. L'une de ses mains plonge dans ses cheveux, ajoutant à la sensualité de sa pose. Je préférerais qu'elle agrippe les miens pour guider mon exploration. Mais nous aurons tout le temps pour cela ultérieurement, j'imagine. Cette fois-ci, je me fierai à mon instinct. Et je compte bien faire preuve de toute la patience nécessaire.

J'en ai à revendre.

Je pose ma bouche contre l'intérieur de sa cuisse, lui arrachant un petit soupir de bien-être. Il se change en gémissement lorsque ma langue se pose sur sa fente et la parcourt lentement sur toute sa longueur. J'attrape alors sa culotte et m'en sers pour écarter encore un peu plus sa cuisse. Je sens son sexe s'ouvrir sous mes lèvres comme une fleur et le goût de Lucie envahit ma bouche. Je ne peux m'en rassasier et je me demande si je ne vais pas passer toute la nuit, là, entre ses cuisses. Je me demande aussi combien de fois je parviendrais à la faire jouir, juste avec ma bouche et mes doigts. J'apprendrai tout ce qu'elle préfère, je découvrirai chacun de ses secrets et je laisserai ma marque au plus profond d'elle tout comme elle a déjà laissé la sienne en moi. Je ne serai peut-être jamais l'homme de sa vie mais je peux au moins lui procurer du plaisir.

Je plaque ma bouche contre elle, embrassant son sexe avec autant de passion que je l'ai fait avec sa bouche, quelques minutes auparavant. Je me concentre tout particulièrement sur son clitoris, jusqu'à ce que je sente ses jambes trembler convulsivement de chaque côté de moi. Lucie ne peut réprimer un cri de plaisir et, lorsque je relève les yeux vers elle, je constate qu'elle s'est débarrassée de son T-shirt, l'envoyant rejoindre les draps et son jean à l'autre bout de la pièce. Elle porte un soutien-gorge très simple et je peux voir ses tétons pointer sous le tissu.

Je gémis à mon tour et plonge la main dans mon propre jean pour ajuster mon sexe contraint par le tissu trop rigide. Je suis frappé par l'érotisme du tableau que nous formons en cet instant au beau milieu de mon salon : Lucie, totalement offerte, étendue sur les coussins, uniquement vêtue de son soutien-gorge et moi, entièrement habillé, agenouillé entre ses jambes comme pour la vénérer.

— Touche ta poitrine, demandé-je. Laisse-moi te regarder pendant que je te lèche.

Elle hoquette et je la vois s'empourprer. Cependant elle s'exécute. Je m'attendais à ce qu'elle se caresse par-dessus le tissu mais ses doigts plongent sous son soutien-gorge et je devine qu'elle masse ses tétons du bout des doigts.

— Aiden, gémit-elle.

— Lucie…, murmuré-je d'une voix étranglée.

Ma langue replonge en elle et je reprends mon exploration momentanément interrompue. Mais je me montre à présent plus conquérant, plus audacieux. Ses hanches se soulèvent et se creusent au gré de son plaisir et je me laisse guider par ses gestes. Mon propre bassin se frotte contre les coussins sur lesquels je suis allongé pour tenter de soulager l'excitation croissante qui s'empare de moi. La prochaine fois, je m'allongerai sur le dos et lui demanderai de s'asseoir au-dessus de moi. De cette façon, elle sera encore plus en contrôle. Je pourrai aussi lui demander de se courber par-dessus le dossier du canapé et la lécher par-derrière…

L'orgasme déferle soudain en elle et je l'accompagne de mes caresses, ne la laissant pas refermer ses cuisses, les ouvrant plus encore pour pouvoir plonger au plus profond de sa chair frémissante. Je veille à accentuer encore son plaisir jusqu'à ce qu'elle se mette à sangloter sous l'effet d'une jouissance plus grande encore. Elle a plaqué une main sur ses yeux et son visage est comme sublimé par cette extase qui semble se réverbérer en elle, encore et encore.

Lorsque je sens cette vague refluer enfin, j'atténue progressivement l'intensité de mes caresses pour accompagner son retour à la réalité. Je conclus par un petit baiser déposé du bout des lèvres sur son clitoris et me redresse à genoux pour la contempler.

Son soutien-gorge est remonté au-dessus de sa poitrine, dégageant ses seins sublimes. Ses cheveux sont étalés tout autour de sa tête comme une immense auréole. Ses yeux scintillent et son torse se soulève de façon précipitée tandis qu'elle lutte pour recouvrer un semblant de self-control.

Elle est magnifique et jamais je ne l'ai désirée à ce point.

Je déboucle ma ceinture et la fais glisser à travers les passants de mon jean.

— Tu sais que lorsque tu es sortie de la réserve, j'ai été obligé de me soulager ?

Elle secoue la tête et me considère avec un mélange de curiosité et d'excitation.

— Je ne savais pas, murmure-t-elle.

— Je me suis masturbé en pensant précisément à ce que nous sommes en train de faire aujourd'hui.

Je pose ma main au bas de son ventre et écarte les doigts. Mon pouce effleure son sexe trempé et je serre les dents, luttant contre mon propre désir.

— Je suis resté dans ce placard et j'ai imaginé ce qui se serait passé si je t'avais caressée comme tu me l'avais demandé. J'ai bien peur d'avoir ruiné l'un des T-shirts de l'émission. J'ai dû m'en débarrasser ensuite discrètement en le cachant tout au fond de la poubelle, dans les toilettes. Malheureusement, ça n'a pas suffi…

Tout en parlant, j'ai commencé à la caresser à l'aide de mon pouce. Ses hanches accompagnent mes mouvements, cherchant à se rapprocher. Mais je fais en sorte de conserver le même rythme lent et mesuré.

— Qu'est-ce que tu veux dire ? articule Lucie.

— Que même après ça, j'avais toujours envie de toi. C'est plus fort que moi.

C'est plus qu'un simple aveu – une confession, peut-être, ou des excuses… Je ne suis même pas sûr que si je pouvais contrôler l'envie que j'ai d'elle, je le ferais. C'est une sensation que j'aime beaucoup trop pour cela. Tout comme j'aime l'aura qui se dégage d'elle et me fait l'effet d'un rayon de soleil.

— J'ai le même problème, gémit-elle.

Elle pose sa main sur mon poignet.

— S'il te plaît, Aiden. Fais-moi encore jouir.

— Je vais le faire. Je te l'ai promis…

J'accélère le rythme de mes caresses qui se font plus ardentes, plus impétueuses. Je glisse un doigt en elle, puis deux. Sa peau est désormais parcourue de frissons incoercibles. Les bras levés au-dessus de sa tête, elle s'abandonne à moi sans la moindre hésitation. De façon lente et méthodique, je souffle sur les braises de son désir. Et pendant tout ce temps, elle ne me quitte pas des yeux.

— Demande-le-moi gentiment.

Un sourire sensuel se dessine sur ses lèvres.

— S'il te plaît, Aiden, me dit-elle d'une voix déjà transfigurée par l'approche du plaisir. Fais-moi jouir.

Incapable de lui résister, je me penche de nouveau vers elle et ma bouche se joint à mes doigts. Je voulais qu'elle me supplie mais je n'avais pas pensé à l'effet que produiraient sur moi les mots qu'elle vient de prononcer. Je glisse un troisième doigt en elle et les recourbe légèrement pour accentuer encore ses sensations. Elle se raidit légèrement puis se force à se détendre et s'abandonne à moi.

— Bien, fais-je d'un ton approbateur. Est-ce que ça te plaît ?

Elle hoche la tête et passe ses bras autour de mon cou pour m'attirer contre elle. Je l'embrasse avec passion sans cesser de la caresser, accélérant progressivement la cadence. Finalement, son corps se met à trembler et elle renverse la tête contre les coussins tandis que ses cuisses se referment sur ma main. Un nouvel orgasme la traverse et elle s'arque violemment, laissant échapper un feulement inarticulé.

— Tu es magnifique, déclaré-je en voyant s'empourprer non seulement son visage, mais aussi son cou et sa poitrine haletante.

Je dépose un petit baiser sur la bretelle de son soutien-gorge.

— Tu en veux encore ?

Elle hoche la tête et tend les mains vers mon T-shirt sur lequel elle tire doucement. Je fais de même et, l'espace de quelques instants, nous nous débattons tous deux avec le vêtement, nous gênant l'un l'autre plus que nous ne nous aidons. Mais Lucie finit par jeter au loin le T-shirt récalcitrant. Elle me contemple alors en silence. Puis elle s'humecte nerveusement les lèvres et laisse ses mains glisser sur ma peau. Elle caresse au passage le petit anneau métallique qui pend au bout de ma chaîne en or. Ce geste éveille en moi une profonde tendresse qui se mêle au désir impétueux qui m'habite, formant le plus enivrant des cocktails. Je lui ai dit que c'était un porte-bonheur et, en cet instant, je me prends à penser qu'il est redoutablement efficace et que je suis le plus heureux des hommes. La présence de Lucie à mes côtés est la réalisation d'un vœu que je n'aurais sans doute jamais osé formuler.

— Est-ce que tu as des préservatifs ? demande-t-elle alors.

Je confirme. J'en ai une boîte toute neuve que j'ai prise sur un coup de tête dans l'épicerie où j'étais allé acheter une tablette de chocolat à la menthe, ma toute nouvelle drogue.

Comme je caresse le ventre de Lucie, y dessinant d'obscurs hiéroglyphes, elle me décoche un petit coup de genou.

— Est-ce que tu pourrais aller les chercher ?

Je suis bien trop occupé à contempler son sein vers lequel je me penche pour capturer son téton entre mes lèvres. Lucie plonge ses doigts dans mes cheveux et tire dessus pour me forcer à m'écarter. Elle se redresse sur un coude et nous nous retrouvons quasiment nez à nez. On dirait que je ne suis pas le seul à me montrer autoritaire, par moments.

— Va chercher les préservatifs, dit-elle avant de déposer un petit baiser d'encouragement sur mes lèvres. S'il te plaît, ajoute-t-elle pour faire bonne mesure.

Je grogne et m'écarte d'elle avant de me redresser et de me diriger vers l'escalier. L'éclat de rire rauque et sensuel de Lucie m'accompagne tandis que je gravis les marches quatre à quatre et file vers la salle de bains. Dans mon enthousiasme à récupérer les préservatifs, je fais s'effondrer l'une des étagères de l'armoire à pharmacie, envoyant voler à travers la pièce un tube de dentifrice, un déodorant à bille, et une boîte d'ibuprofène. Je ne prends pas la peine de les ramasser. Tout ce qui compte à mes yeux, c'est d'aller retrouver Lucie au plus vite.

De retour au salon, je la trouve qui m'attend au milieu des coussins. Elle s'est débarrassée de son soutien-gorge et se trouve désormais entièrement nue. Je demeure quelques instants immobile sur le seuil de la pièce, la dévorant du regard.

— Tu es sublime.

Elle rougit et joue nerveusement avec ses boucles d'oreilles.

— Ces sous-vêtements n'étaient pas très sexy, dit-elle avec un pâle sourire. Mais à ma décharge, il faut dire que je ne m'attendais vraiment pas à tomber sur toi…

Moi non plus, à vrai dire. Mais Lucie est apparue, semblant sortir de nulle part, et elle a fait vaciller toutes mes certitudes. Et contrairement à elle, je ne parle pas seulement de ce soir. Je pense aussi à ce qui s'est passé, voici plusieurs semaines, lorsqu'elle a pris le téléphone des mains de sa fille pour m'accuser de je ne sais quels maux.

J'avale difficilement ma salive et abaisse la fermeture Éclair de mon jean sans la quitter des yeux. J'ai l'impression que je pourrais jouir à tout moment. Jamais je n'ai désiré quelqu'un à ce point. Je me débarrasse de mon pantalon et l'envoie rejoindre le reste de nos habits. Je me retrouve en caleçon face à Lucie qui m'observe avec attention, me dévorant littéralement du regard.

— Moi, j'ai trouvé ton soutien-gorge très sexy.

Et je le pense vraiment. Justement parce qu'il est semblable à Lucie : simple, vrai, authentique. Dépourvu d'artifices. Il correspond aussi parfaitement au fantasme que j'ai concocté et qui pourra me servir d'inspiration, si je me retrouve de nouveau coincé dans la réserve. Je n'aurais qu'à m'imaginer être secouru par une dépanneuse aussi compétente qu'irrésistible…

— Tu veux peut-être que je le remette ? demande-t-elle malicieusement.

Je secoue la tête et viens m'agenouiller face à elle sur les coussins. Je pose la boîte de préservatifs puis me penche vers Lucie pour nouer ses mains dans les miennes.

— Je préfère te regarder.

Elle se mord la lèvre et me laisse la rallonger sur les coussins. Étendue là, elle me fait penser à une fleur mystérieuse. J'effleure sa joue du bout des doigts avant de descendre le long de son cou, jusqu'à sa poitrine. Il me semble que sa peau scintille doucement dans la lumière déclinante qui éclaire le salon. Je ne sais combien de fois je l'ai imaginée ainsi, lorsque j'étais sous la douche ou dans mon lit, mais la réalité dépasse de loin la fiction. Et elle a le mérite d'être vraie.

Lucie pousse un long soupir tremblant lorsque j'effleure ses tétons.

Je suis tenté de m'attarder là un moment mais je n'en fais rien. Ma main court le long de son flanc, jusqu'à sa hanche avant de revenir vers son ventre. Je fais le tour de son nombril charmant avant de glisser sur son sexe brûlant que j'effleure à peine. Je m'attarde un instant de plus sur sa cuisse. Puis ma main vient se poser au creux de son genou et je me place entre ses jambes.

Quelles jambes… À elles seules, elles ont bien dû m'inspirer quelques centaines d'idées plus indécentes les unes que les autres.

— Dis-moi quelque chose, demande-t-elle d'une voix légèrement rauque.

Mes yeux reviennent se poser sur son visage et je me rends compte qu'elle triture nerveusement ses boucles d'oreilles.

— Tu es bien silencieux, ajoute-t-elle, visiblement embarrassée.

En réalité, je suis sans voix. Une partie de moi est toujours convaincue que je me trouve au beau milieu d'un rêve particulièrement réaliste. Jamais personne ne m'a regardé comme le fait Lucie – avec ce mélange de désir, d'affection et de complicité. Ce n'est pas seulement du sexe. Ce sont des conversations à bâtons rompus au beau milieu de la nuit. Des genoux qui se cherchent et se frôlent sous un bureau. Des plaquettes de chocolat à la menthe partagées et de minuscules avions en papier qui volent droit vers mon cœur.

Il me semble que toutes ces dimensions coexistent en ce point précis de l'espace et du temps. Et tandis qu'elle est allongée devant moi dans sa magnifique nudité, il m'est facile d'oublier que ce n'est pas à moi qu'elle est destinée mais à un autre. Et que je suis censé l'aider à trouver cette personne. Pas lui faire l'amour au beau milieu de mon salon, sur les ruines d'une cabane en coussins…

— Je tente simplement de recouvrer le contrôle de mes facultés motrices, dis-je en souriant.

J'essaie aussi et surtout de mémoriser ce moment magique. De la mémoriser elle.

Elle rit et je lui retourne un petit sourire plein de tendresse. Puis je m'allonge sur elle et mon collier atterrit entre ses seins. Elle passe son index dans l'anneau du porte-clés et s'en sert pour m'attirer à elle.

— Est-ce que par hasard, tu aurais besoin de bouche-à-bouche ?

— Je crois que ça ne me ferait pas de mal.

Elle attrape alors ma joue et approche son visage du mien. Ses lèvres trouvent les miennes et nous échangeons un long baiser, prenant tout notre temps. Puis Lucie écarte les jambes et les replie autour de moi. À travers mon caleçon, je peux sentir son sexe se presser contre le mien. Il est brûlant, trempé, irrésistible. Mes hanches s'avancent pour mieux la sentir se presser contre moi.

— Laisse-moi te regarder, me souffle-t-elle.

Je scelle ses lèvres d'un nouveau baiser avant de me redresser légèrement.

— Vas-y, l'encouragé-je. Déshabille-moi.

Elle ne se fait pas prier et se redresse en position assise, libérant mes hanches. Elle place alors ses doigts de chaque côté de mon caleçon et le tire vers le bas. Lorsqu'elle découvre mon sexe fièrement dressé, je la vois passer sa langue sur ses lèvres. Un brusque élan de possessivité m'envahit soudain – je voudrais être le seul qu'elle regarde de cette façon.

— Eh bien, dit-elle en posant sa main sur ma taille.

Imitant mes gestes de tout à l'heure, ses doigts remontent jusqu'à mon ventre que noue une étrange émotion. Puis ils redescendent jusqu'à mon sexe sur lequel ils se posent. Elle m'enveloppe alors de sa paume brûlante et me serre doucement. Puis elle me caresse très lentement, ajoutant encore à l'envie dévorante que j'ai d'elle.

C'est si bon. Une fois de plus, Lucie dépasse mes attentes les plus folles. Il y a dans sa façon de me caresser quelque chose d'à la fois infiniment sensuel et de totalement naturel. Je renverse la tête en arrière et ferme les yeux pour mieux me concentrer sur ce merveilleux massage. Mais je sais que si je n'y prends garde, je ne pourrai contenir le plaisir qui monte en moi à une vitesse prodigieuse.

Je finis donc par capturer ses poignets. Elle lève son regard vers moi et je remarque que ses yeux verts magnifiques ont pris une teinte plus sombre, presque orageuse.

— Est-ce que tu me veux ?

— Oui, répond-elle sans hésiter.

— Allonge-toi, alors.

— Comme ceci ? me demande-t-elle en s'étendant de nouveau sur les coussins, bras et jambes écartés.

Une étrange émotion s'empare de moi lorsque je découvre sur l'intérieur de sa cuisse une marque qui a la forme de ma bouche.

— Oui, grondé-je. Comme ça.

Je soulève ses chevilles et mes mains remontent le long de ses jambes jusqu'à ses fesses que je soulève légèrement, orientant vers moi son sexe qui s'ouvre déjà pour m'accueillir. Je ne peux résister à la tentation de l'effleurer du bout de mon gland et nous soupirons tous deux au même instant.

— Est-ce que tu veux bien me mettre un préservatif ?

— Avec plaisir, répond-elle en ouvrant la boîte d'une main légèrement tremblante.

Puis elle déchire délicatement l'un des emballages à l'aide de ses dents. Il y a quelque chose de terriblement érotique à la regarder m'enfiler ce préservatif. Elle se rallonge alors et je me place au-dessus d'elle prenant appui sur mes bras. Il me faut faire appel à tout mon self-control pour résister à la tentation de plonger en elle. Je me sens trembler, soudain, comme à la veille d'une révélation.

— Lucie, murmuré-je, goûtant plus que jamais la saveur unique de son prénom.

— Aiden.

Ses mains caressent mes flancs pour venir se poser sur mes hanches et elle fait mine de m'attirer vers elle.

— Je t'en prie, viens, dit-elle d'une voix plus douce encore que le miel.

Elle fait voler en éclats mes derniers doutes, mes ultimes hésitations.

Cela fait des semaines que je suis assis à côté d'elle, priant, espérant, la désirant. Et voilà qu'elle est là, à présent, nue et offerte, suppliante. Sans quitter son beau visage des yeux, je me positionne entre ses cuisses et entre en elle. Je prends tout mon temps, pour qu'elle puisse s'habituer à moi. Centimètre par centimètre, je m'enfonce tandis qu'elle me regarde, les yeux agrandis par un mélange d'émerveillement et de plaisir.

— C'est comme si tu étais faite pour moi, murmuré-je en plongeant plus loin encore, tout au fond d'elle, jusqu'à ce que nos bassins se retrouvent soudés l'un à l'autre. Nous nous complétons parfaitement.

Elle pousse un profond soupir qui se conclut par un gémissement de pur contentement.

— Aiden…

Je hoche la tête et ferme les yeux, m'abandonnant un temps à cette sensation sublime. C'est bon. Si bon… Ma joue est posée contre le cou de Lucie. Mes mains reposent sur ses cuisses. L'espace de quelques instants, je me demande si je pourrai de nouveau bouger un jour.

Je commence à bouger mon bassin mais y renonce aussitôt. Et quand Lucie fait de même, je lui mordille doucement le cou pour l'obliger à se tenir tranquille. Je crois que je veux rester là, enfoui en elle, à tout jamais.

— C'est agréable, me souffle-t-elle.

— Encore ce mot…, grondé-je.

— Très agréable, ajoute-t-elle en souriant malicieusement.

Elle atteint son objectif. Passablement vexé, je me redresse légèrement sur mes bras, me retire lentement d'elle avant de replonger d'un seul coup, lui arrachant un gémissement de plaisir. Sa tête se renverse en arrière, me révélant toute la longueur de son cou et la courbe merveilleuse de ses seins. Elle me fait penser à une sculpture antique. Il y a en elle quelque chose de presque sacré en cet instant.

Puis elle se met à bouger sous moi, ondulant avec la sensualité d'un succube.

— Ne te retiens pas. Je veux que tu me prennes, Aiden, que tu me possèdes entièrement.

— Tu es sûre ?

— Certaine.

Cette fois, je me redresse complètement, me plaçant à genoux entre ses jambes et je la soulève de façon à pouvoir pénétrer en elle au maximum. Ses jambes se nouent derrière mon dos et je commence à bouger, allant et venant en elle. D'abord lentement puis de plus en plus vite, de plus en plus fort. Lucie s'abandonne totalement à moi. Ses gémissements se sont mués en véritables cris de plaisir.

Quant à moi, je suis dans un état second. J'ai l'impression d'être en apesanteur ou de flotter sous l'eau. Mes os se transforment en sable. Des éclairs fourmillent à la surface de ma peau, sous ma peau. J'ai glissé une main sous les fesses de Lucie pour la guider, l'autre est posée au bas de son ventre et mon pouce masse la partie la plus sensible de son anatomie tandis que je la pénètre encore et encore.

Elle tremble de tous ses membres à présent et moi aussi.

— Est-ce que c'est toujours *agréable* ? grondé-je.

— *Très* agréable, articule-t-elle, son rire entrecoupé d'ahanements de plaisir.

Je ris à mon tour, ce qui ne fait bizarrement qu'accentuer chacune de mes sensations. Je me penche vers sa poitrine pour mordiller l'extrémité de l'un de ses seins.

— Je devrais peut-être te faire attendre.

Au prix d'un effort de volonté dont je ne me serais pas cru capable, je parviens à m'immobiliser. Lucie laisse échapper un grognement de pure frustration.

— Je retire ce que j'ai dit, lâche-t-elle d'une voix brisée. Ce n'est pas agréable du tout !

Je me penche pour lécher son cou avant de capturer sa bouche sous la mienne et de l'embrasser avec toute la passion dont je suis capable. Elle me rend mon baiser avec ardeur et je daigne enfin recommencer à bouger. Instantanément, toutes les sensations ressurgissent, plus intenses encore qu'auparavant. Lucie glisse l'une de ses mains entre nous et elle vient se poser sur la mienne qui continue à masser son clitoris.

Le plaisir qui monte en moi est trop intense désormais pour que je puisse maîtriser complètement mes mouvements. Ils se font plus saccadés, plus urgents. Je la pilonne sans relâche à présent, la clouant contre les coussins tandis que mes caresses s'accélèrent à l'endroit où nos deux corps se rejoignent.

Les paroles qui s'échappent de mes lèvres sont incohérentes. Je crois que je lui parle de tous les endroits où j'ai rêvé de lui faire l'amour. De ces T-shirts blancs qu'elle porte sous ses pulls et que je déteste et adore à la fois. De l'envie que j'ai de la déshabiller un jour uniquement avec mes dents. De combien j'aime son sourire. Et son rire. De ce que j'éprouve chaque fois que je l'entends prononcer mon prénom.

Je suis totalement hors de contrôle. Je n'ai plus aucun filtre, plus aucune retenue. Et chacun de ses hoquets de plaisir ajoute encore à cette sensation de vertige.

Je devine très précisément l'instant précis où elle va commencer à jouir. Elle se fige soudain sous moi, l'espace d'un instant, et articule mon nom dans un souffle. Je sens son sexe pulser autour du mien. Comprenant qu'il ne me reste plus que quelques instants tremblants pour la rejoindre, je redouble d'intensité, plongeant au plus profond de sa chair encore et encore et encore…

Et soudain, je suis là, avec elle. J'ai à peine le temps de crier son nom avant d'être foudroyé par un orgasme d'une vertigineuse intensité. Nos extases se mêlent et se confondent et le monde tout entier semble suspendre son souffle tandis que nous ne faisons qu'un.

Je ne sais combien de temps cela dure avant que je ne reprenne mes esprits, pantelant. Les coussins se sont écartés, et nous nous trouvons tous deux à même le sol, intimement enlacés, le souffle court, le cœur battant à tout rompre. Lucie laisse alors glisser ses ongles depuis mon épaule, le long de mon bras, m'arrachant un frisson. Mon corps est comme engourdi et j'ai la bouche sèche.

— Tu avais raison, articulé-je avec difficulté.

Lucie rouvre un œil à la pupille encore dilatée.

— À quel sujet ?

— C'était vraiment très agréable…

Si le bonheur était un son, ce serait celui du rire qu'elle laisse alors échapper.

Je dois bien reconnaître qu'en fait, cette pizza à l'ananas est délicieuse.

Surtout consommée à température ambiante, avec une Lucie entièrement nue pressée contre moi.

Elle attrape un petit morceau d'ananas qu'elle porte à ses lèvres avant de ramener sur nous la couverture qu'elle a improvisée à l'aide des draps qui formaient le toit de la cabane en coussins. Ils dégagent à présent une odeur de sexe et de sauce tomate.

— Je savais que tu aimais cette pizza ! s'exclame Lucie en se redressant sur un coude.

Je remarque la rangée de suçons qui ornent à présent sa gorge et, sans trop savoir pourquoi, cette vision m'emplit d'une intense satisfaction.

J'avale la bouchée gargantuesque que je viens d'enfourner.

— Elle est pas mal.

— Seulement pas mal ? proteste Lucie. Tu en as englouti quatre parts !

Cinq, en réalité, mais je n'ai pas l'intention de m'étendre sur ce point. Il me semble que ce moment est plus proche de la perfection que tout ce que j'ai pu vivre jusqu'ici. Qu'imaginer de mieux que Lucie, étendue là, une jambe posée en travers des miennes, sa peau pâle dépassant des draps blancs, me disputant des restes de pizza froide ?

— Il faut croire que toute cette activité m'a ouvert l'appétit, réponds-je en riant.

Elle rougit et je me penche vers elle pour effleurer des lèvres sa joue brûlante. Juste parce que je peux le faire. Parce que j'ai passé je ne sais combien de semaines entières à résister à cette tentation. Et une décennie entière à me répéter comme un mantra que je n'avais besoin de rien ni de personne. Lucie est la première personne que je me suis autorisé à approcher réellement.

Elle place ses mains de chaque côté de mon cou et le serre doucement.

— Je devrais peut-être y aller.

À ces mots, je sens ma gorge se nouer et je ne peux réprimer un grondement qui se perd contre sa peau. Le seul endroit où je veux la voir aller, c'est dans ma chambre, à l'étage. Et peu importe les conséquences. J'aurai tout le temps de m'en préoccuper ultérieurement.

— Pas question.

— Non ? fait-elle en souriant.

— Je pense que tu devrais rester ici, dis-je en glissant deux doigts sous la toge que forment les draps qui la recouvrent.

Son visage trahit un mélange de timidité et de joie.

— C'est vraiment ce que tu veux ?

Je hoche la tête et tire un peu plus sur le drap, dénudant son corps magnifique jusqu'au niveau des cuisses. Ma main se pose sur l'un de ses seins que je presse doucement contre ma paume.

— Dois-je t'en convaincre ? demandé-je d'une voix légèrement rauque.

Elle bascule alors sur moi et entoure mes épaules de ses bras.

— Seulement si tu le fais en douceur, me souffle-t-elle à l'oreille.

AUDITRICE : Combien de temps comptez-vous participer encore à l'émission ?

LUCIE STONE : Oh... Eh bien... Je ne suis pas sûre, à vrai dire. Je suppose que cela dépend d'Aiden...

AIDEN VALENTINE : Non, ce n'est pas à moi d'en décider. Je vous l'ai dit, Lucie : c'est vous le patron.

LUCIE STONE : Vous en avez peut-être assez de partager ce minuscule studio.

AIDEN VALENTINE : Pas du tout. Pourquoi ? Vous en avez assez, vous ?

LUCIE STONE : Non.

AUDITRICE : Alors ? Est-ce que vous allez rester ?

LUCIE STONE : Non... Non, bien sûr... Je ne reste pas. Simplement, je ne sais pas encore quand je partirai.

AIDEN VALENTINE : Vous avez votre réponse.

AUDITRICE : Mais... ce n'est pas une réponse !

CHAPITRE 28
LUCIE

DEBOUT DANS MA CUISINE, je contemple ma machine à expresso en méditant sur les mystères de mon existence.

Cela fait vingt minutes que je suis rentrée chez moi et, jusqu'à présent, je n'ai rien fait d'autre qu'errer à travers la maison tel l'Esprit des Orgasmes du passé. À moins que ce ne soit l'Esprit de l'Excitation du présent ? C'est difficile à dire.

Ainsi c'est à cela qu'est censé ressembler le sexe, le vrai ? Je comprends mieux à présent pourquoi Patty me conseille régulièrement de « tirer un bon coup ». J'éprouve un mélange de délicieuse lassitude et d'irrépressible euphorie. Et j'ai l'impression que je pourrais tout aussi bien dormir durant dix mille ans que traverser la baie de Chesapeake à la nage.

La porte d'entrée s'ouvre soudain à la volée et j'entends des bruits de pas marteler l'escalier. Maya me crie un bonjour distrait de loin. Quant à moi, je me réjouis secrètement qu'Aiden et moi nous nous soyons limités à trois étreintes passionnées, ce matin. Car je ne sais pas ce que j'aurais bien pu raconter à ma fille si j'étais rentrée après elle et que j'étais tombée sur elle en train de manger ses Froot Loops.

Je passe mes mains dans mes cheveux pour tenter de les démêler un peu. Après la douche que nous avons prise ensemble, ce matin, Aiden m'a fait l'amour contre le lavabo, plongeant sa main dans mes cheveux et inclinant ma tête de façon que je puisse nous regarder dans le miroir couvert de buée. Le simple souvenir de la forme incertaine de nos corps se mouvant à l'unisson éveille en moi un violent frisson, instantanément suivi d'une explosion de chaleur qui se répand au creux de mon ventre.

Moi qui voulais prendre du bon temps, j'ai été servie bien au-delà de mes attentes les plus folles.

— Salut, Lu ! J'ai envoyé Maya se laver la figure pour se débarrasser de sa moustache. Apparemment, ils ont fait un Cluedo grandeur nature et elle jouait le colonel Moutarde. Elle m'a foutu les jetons pendant tout le trajet de retour. Chaque fois que je jetais un coup d'œil dans le rétroviseur, j'avais l'impression de voir un mini Borat assis sur la banquette arrière…

Grayson pénètre dans la cuisine, les yeux rivés sur son téléphone portable et, sans m'adresser un regard, il se dirige tout droit vers mon réfrigérateur.

— Et tu savais que la mère de Cindy était une vraie baba cool ? J'ai compté au moins six symboles Peace and Love dans l'entrée. Dieu seul sait à quoi peuvent bien ressembler les chambres… C'est le genre à mettre des pots-pourris un peu partout. J'espère qu'elle n'aura pas une mauvaise influence sur Maya…

Gray s'empare d'un pot de yaourt et referme la porte du frigo d'un coup de hanche.

— Je pense vraiment que nous devrions…

Il s'interrompt brusquement et écarquille les yeux au moment où son regard se pose enfin sur moi.

— Nom de Dieu ! Toi, tu as fait l'amour !

Sous l'effet de la surprise, il a lâché le pot qu'il tenait à la main. Il éclate contre le sol, répandant un flot de yaourt à la myrtille sur le plancher vitrifié. Mais Grayson n'y prête aucune attention et continue à me regarder avec sidération.

— Nom de Dieu, répète-t-il. Nom de Dieu de nom de Dieu !

— Arrête ! m'exclamé-je en tendant l'oreille pour m'assurer que Maya se trouve toujours à l'étage. Tais-toi un peu !

— Il n'en est pas question !

— Il ne s'est rien passé, articulé-je d'une voix absolument pas convaincante. C'était juste…

— Ne t'avise pas de me mentir, Lucille ! m'avertit solennellement Grayson. Tu te tiens à peu près dans la même position que John Wayne, tu portes le sweat-shirt qu'Aiden portait, il y a deux semaines de cela, et tu te prépares du café sans avoir mis de tasse dans la machine…

Suivant son regard, je m'aperçois effectivement que le réservoir de la machine à expresso a déjà débordé sur le plan de travail. Je pousse un juron et cherche le premier récipient qui me tombe sous la main – un bol en forme de grappe de raisin – pour récupérer le café qui continue à couler.

Grayson tend vers moi un index accusateur.

— Tu as fait l'amour avec Aiden.

— Je…

L'espace d'un instant, j'envisage de lui mentir avant de décider que le jeu n'en vaut pas la chandelle. Je frotte la manche du sweat-shirt d'Aiden contre ma joue avant de hocher la tête.

— C'est vrai. Nous avons fait l'amour.

— Et ? demande Grayson en plaçant ses mains sur ses hanches.

— Et quoi ?

— Comment était-ce ? Non attends… Avant cela…

Il plonge la main dans sa poche pour ressortir le téléphone qu'il vient tout juste d'y glisser.

— Il faut que j'envoie un message à Patty.

— À Patty ?

— Oui, à Patty, répond-il en commençant à taper un message, le front légèrement plissé sous l'effet de la concentration.

Au-dessus de nos têtes, Maya a mis de la musique et chante à tue-tête à l'unisson avec Olivia Rodrigo. Ce vacarme traverse le plafond qui nous sépare et semble s'insinuer tout droit dans mon cerveau, menaçant de me flanquer une migraine carabinée.

Je masse mon front douloureux du bout de mes doigts.

— Pourquoi est-ce que tu écris à Patty ? demandé-je à Grayson.

Avant même que je n'aie terminé ma phrase, ma porte d'entrée s'ouvre de nouveau à la volée. Un instant plus tard, Patty débouche à fond de train dans la cuisine, manquant déraper au passage. Elle tient son tablier dans une main et une bouteille de champagne dans l'autre.

Il est à peine neuf heures et demie du matin.

— Tu es venue en courant ? lui demandé-je.

— Évidemment !

— Pourquoi ?

— Parce que Grayson m'a envoyé le mot de passe.

— Quel mot de passe ?

— Confiture à l'abricot, précise Grayson qui s'est accroupi pour éponger les séquelles de l'explosion de yaourt qu'il vient de provoquer.

Je l'observe avant de me tourner vers Patty puis de nouveau vers lui.

— Et qu'est-ce que ce mot de passe est censé signifier ?

Patty pose sa bouteille de champagne sur la table de la cuisine.

— Que tu as enfin tiré un coup, bien sûr ! s'écrie-t-elle joyeusement. Maintenant, crache le morceau. Je veux connaître absolument tous les détails.

— Je ne… Vous avez vraiment un mot de passe pour le cas où je sortirais avec quelqu'un ?

— Pour le cas où tu *coucherais* avec quelqu'un, me reprend Patty.

— Entre autres…, murmure Grayson en jetant les morceaux d'essuie-tout dont il s'est servi pour essuyer le yaourt.

Il se dirige alors de nouveau vers le réfrigérateur pour aller chercher une bouteille de jus d'orange.

— C'était avec Aiden, précise-t-il à l'intention de Patty.

Celle-ci a déjà commencé à décacheter le bouchon du champagne.

— Bien sûr que c'était avec Aiden ! s'exclame-t-elle. Chaque lundi, mercredi et vendredi, nous avons droit à un véritable récital de flirt et de tension sexuelle entre ces deux-là. Je crois que la moitié de Baltimore s'attend à tout moment à ce qu'ils se mettent à baiser en direct live au beau milieu de l'émission !

— Pardon ? articulé-je d'une voix blanche.

Grayson va récupérer trois verres dans le placard et les dispose en ligne sur le bar.

— Tu as remarqué, elle a un suçon dans le cou.

— Elle en a même deux.

— Dites donc ! répliqué-je avec humeur. Je suis là, au cas où vous ne l'auriez pas remarqué !

Et j'ai *trois* suçons, en réalité. Mais l'un d'eux se trouve à l'intérieur de ma cuisse. Je ne peux m'empêcher de rougir en songeant dans quelle circonstance il est venu s'ajouter à la collection. Pendant ce temps, les deux autres continuent à discuter comme si je n'étais pas là. Résignée, j'avale une gorgée de café dans mon bol en forme de grappe de raisin et pense à la façon dont Aiden m'a prise dans ses bras, hier soir, juste avant que nous ne nous endormions. Sa main était posée sur ma hanche et son autre bras glissé sous mon oreiller. Son corps élancé paraissait complètement détendu sous la couette. Il était dans la même position lorsque je me suis réveillée ce matin. Et quelques instants plus tard, il a ouvert à son tour ses beaux yeux bleu-gris.

Et la première chose qu'il a faite alors, c'est me décocher un grand sourire.

Puis il m'a repoussée sur le dos, a écarté mes genoux et a entrepris de me ramener au septième ciel.

À ce souvenir, je ne peux réprimer un soupir de pur contentement.

— Regarde un peu la tête qu'elle fait ! s'exclame Patty en avalant son verre de jus d'orange au champagne cul sec comme si c'était un shot lors d'une soirée entre filles.

Elle repose son verre vide sur le bar.

— Dis-moi ? Est-ce qu'il en a une grosse ? Je ne sais pas pourquoi mais en l'entendant parler, je me suis toujours dit qu'il devait être généreusement doté par la nature…

— Patty ! protesté-je en rougissant comme une pivoine. Il y a des enfants dans cette maison !

— Il y a *une* enfant et elle est en train de chanter *Déjà vu* à pleins poumons. Je t'assure qu'elle n'entend pas un traître de mot de ce que nous pouvons bien raconter. Et puis je sais que tu lui as déjà dit tout ce qu'elle avait à savoir sur ce genre de choses. J'étais là.

Elle s'interrompt et m'observe avec attention des pieds à la tête.

— À te voir, je pense qu'il en a une grosse, conclut-elle.

— Ce n'est pas parce que Maya a reçu une éducation de base en matière de sexualité qu'elle a forcément envie d'entendre parler de sa mère et de… taille de… phallus.

Patty se ressert un Mimosa nettement plus dosé en champagne qu'en jus d'orange.

— Alors vous l'avez enfin fait, dit-elle en levant son verre en un toast muet. Félicitations, Lu, je suis fière de toi !

— Tu le mérites vraiment, renchérit Grayson en trinquant avec elle. Cela fait longtemps que nous attendons ce moment.

— Que vous attendez que je fasse l'amour ? murmuré-je d'une voix incrédule.

— Oui, répond Patty.

— Non, répond Grayson. Enfin, pas vraiment… Ça fait longtemps que nous attendons que tu sois enfin heureuse. Et tu as l'air de l'être…

Il tapote le tabouret situé près de lui devant le bar.

— Viens t'asseoir et raconte-nous tout.

— Non merci, répliqué-je du tac au tac.

Il lève un sourcil faussement menaçant.

— Tu veux vraiment jouer à ce petit jeu avec moi ? demande-t-il. Tu sais que je peux me montrer très têtu. Je ne te laisserai pas de repos tant que je n'aurai pas obtenu tous les détails croustillants.

Je sais qu'il en est capable. Et Patty aussi. Dans ce genre de situation, tous deux sont à peu près aussi subtils qu'une horde de hyènes affamées. Et en l'absence de Mateo, je n'ai aucune chance de leur résister. J'avale une nouvelle gorgée de café pour me donner du courage tout en les observant tour à tour d'un œil méfiant.

Finalement, je repose ma tasse près de la cafetière.

— Je ne peux pas venir m'asseoir avec vous.

— Pourquoi pas ?

Je fais disparaître mes mains dans la poche du sweat-shirt qu'Aiden m'a enfilé avant que je ne parte de chez lui, ce matin. Il m'a ensuite embrassée sur la bouche avant de me donner une petite tape sur les fesses. Et je crois que j'ai dû sourire bêtement pendant tout le trajet de retour jusqu'à la maison.

Je m'éclaircis nerveusement la gorge.

— Parce que c'est plus facile pour moi de me tenir debout qu'assise, pour le moment, dis-je d'un ton pince-sans-rire.

Patty et Grayson me considèrent tous deux d'un air interdit, leurs verres à mi-chemin de leurs bouches respectives. Puis, simultanément, tous deux partent d'un puissant fou rire. Grayson rit si fort qu'il finit même par tomber de son tabouret, se roulant littéralement par terre.

De mon côté, je m'efforce de réprimer le sourire que m'inspire leur hilarité communicative.

Sur ces entrefaites, Maya déboule dans la cuisine. Elle a les cheveux humides et plus aucune trace de la fameuse moustache. Sans paraître se formaliser outre mesure de voir son père étendu sur le sol, elle l'enjambe pour venir se jeter dans mes bras. Je pose mon menton sur sa tête et la serre très fort contre moi.

— Est-ce que tu t'es bien amusée, hier soir ? demandé-je en m'efforçant de faire abstraction des deux hyènes qui continuent de ricaner à l'autre bout de la cuisine. Est-ce que ton déguisement a eu du succès ?

Maya hoche la tête.

— Oui, ma moustache leur a beaucoup plu et figure-toi que c'était moi le meurtrier ! Le colonel Moutarde dans la bibliothèque avec le chandelier !

Elle mime le coup fatal porté par le colonel homicide.

— Qu'est-ce qui leur arrive, à ces deux-là ?

Je hausse les épaules.

— Va savoir…

— Bah, je crois que j'ai deviné…

— Que veux-tu ? Ils boivent du champagne avant midi. Pas étonnant que ça les mette dans cet état…

— Je pense que le sweat-shirt que tu portes y est aussi pour quelque chose.

— Je ne vois pas ce qu'il a de drôle…

— Je ne crois pas que ce soit le pull mais plutôt celui à qui il appartient…

Je la considère d'un air étonné et elle hausse les épaules.

— Il n'est pas à toi. Il est beaucoup trop grand. De la taille d'un homme.

Maya se dégage de notre étreinte et poursuit son analyse.

— Le logo des *Liens du cœur* ne laisse pas beaucoup de doute sur la personne à qui il appartient.

— Je travaille là-bas, moi aussi. J'aurais pu en prendre un dans la réserve…

— Il y a le prénom d'Aiden brodé sous le logo, objecte Maya.

Malheureusement, elle a raison.

Les déductions de Maya n'ont fait apparemment qu'ajouter à l'hilarité des deux autres. Quant à moi, je dois être aussi rouge qu'une pivoine. Je viens de me faire griller en beauté par ma fille de douze ans…

— Ce n'est pas… Nous avons juste…

— Est-ce que c'est ton petit ami ? me demande-t-elle sans se démonter.

— Je…

Je me tourne vers Grayson pour quémander son aide et constate qu'il a brusquement recouvré son sérieux et paraît guetter ma réponse avec attention. Me tournant de nouveau vers Maya, je soupire.

— Je ne sais pas, ma chérie.

— Pourquoi pas ? insiste-t-elle en croisant les bras sur sa poitrine. S'il t'a prêté son T-shirt, c'est que c'est du sérieux.

— Elle a raison, Lu, renchérit Grayson en se redressant lentement. C'est vraiment sérieux.

Je résiste très difficilement à la tentation de lui jeter ma tasse à la figure et me concentre sur ma fille.

— Tu penses que c'est sérieux ? demandé-je gravement.

Elle acquiesce.

— Daisy Wagner n'a commencé à porter le blouson de foot de Luke Sinclair que quand ils ont officialisé leur relation, me dit-elle.

— Qui sont ce Luke et cette Daisy ?

— Des élèves du lycée, répond Patty en sirotant son Mimosa.

Avisant mon regard étonné, elle hausse les épaules.

— Je suis très au fait des potins locaux. Et Maya me tient au courant lorsqu'elle vient faire ses devoirs au café.

Maya hoche la tête d'un air pénétré.

— J'ai appelé la radio parce que je voulais que tu te trouves un petit ami toi aussi, maman, me rappelle-t-elle. Peu importe comment ça s'est passé ensuite. Tu n'es pas obligée de me mentir, tu sais…

— Je sais que c'est ce dont tu rêvais pour moi, Maya, dis-je en la prenant par les épaules. Et je t'assure que je ne te mens pas. Aiden et moi… Eh bien, nous aimons beaucoup passer du temps ensemble.

Patty fait entendre un petit ricanement que je m'empresse d'ignorer.

— Et je l'apprécie vraiment beaucoup, poursuis-je. Mais je crois… J'ai l'impression que j'ai passé trop de temps à théoriser ce dont je pensais avoir besoin. La nuit où tu as appelé la radio, j'ai dit à Aiden que ce que je voulais, c'était de la magie. Tu t'en souviens ?

— Le monde entier s'en souvient, maman.

— Eh bien, je pense que c'était un mensonge.

Visiblement troublé, Grayson abaisse lentement son verre et le repose sur le bar.

— Lu, si tu changes d'avis pour te conformer à ce qu'Aiden attend de toi…

— Ce n'est pas ça, lui assuré-je.

Il hausse un sourcil dubitatif et je me redresse, m'intimant de faire preuve de volonté et de courage.

— Ce n'est pas ça, répété-je d'une voix plus assurée. J'ai dit que je ne voulais plus seulement essayer mais je crois qu'en réalité, j'avais peur d'essayer. Je crois que je m'étais convaincue que je voulais de la magie, une profonde révélation, quelque chose qui bouleverse d'un seul coup mon existence parce que c'était plus facile que de supporter de constantes déceptions…

Grayson fait mine de prendre la parole mais je ne lui en laisse pas le temps.

— En me persuadant que quelque chose de mieux finirait par se produire, je pouvais me permettre d'éviter ces blessures à répétition. Je me disais que je ne manquais pas grand-chose – que je finirais par trouver ma grande histoire et qu'alors, tout irait pour le mieux dans le meilleur des mondes. Je ne sais pas si vous comprenez ?

— Oui, ma chérie, dit Patty d'une voix très douce. Je comprends parfaitement.

— Alors j'ai patiemment attendu mon histoire idéale, mon conte de fées. Mais Aiden a raison…

Je me force à sourire malgré la tristesse que m'inspirent mes propres paroles.

— Les contes de fées n'existent pas. L'amour ne fonctionne pas de cette façon. Et maintenant que je l'ai accepté, mes attentes ont changé.

Maya me considère très attentivement.

— Qu'est-ce que tu souhaites, alors ? demande-t-elle enfin.

Je repense aussitôt à Aiden allongé près de moi, ce matin-là, à ses cheveux encore ébouriffés, à son bras reposant en travers de ma taille. Je pense au petit bureau que nous partageons à la radio et à la façon dont, sans le dire, il m'y a fait de plus en plus de place. Je pense à la fois où il a crié mon nom dans cette ruelle et que je l'ai vu arriver vers moi en courant à la lueur des réverbères. Je pense à ce petit-déjeuner que nous avons pris ici même et où il a tendu l'assiette de toasts à Maya sans dire mot. Je pense à ce regard triste et à ce sourire tendre qu'il s'efforce le plus souvent de cacher. Je pense aussi à une voix dans l'obscurité qui me murmure entre rêve et éveil :

Je pense que c'est de vous que vient cette magie.

Je reprends mon bol de café pour me laisser le temps de formuler ma réponse.

— Je ne veux plus une relation parfaite, déclaré-je enfin. Je veux une relation vraie. Pas un simple rêve mais quelque chose de bien réel.

Je prends la main de Maya et elle glisse ses doigts entre les miens et les serre doucement.

— Je crois qu'il est grand temps que je commence à accomplir ma propre magie.

J'arrive à la radio quinze minutes plus tôt que d'habitude et tombe sur Aiden dans la salle de pause. Il est en train de regarder d'un air mauvais la boîte métallique dans laquelle il cache sa réserve de café personnelle.

— J'espère que personne ne t'a volé ton café ! m'exclamé-je en ôtant ma veste.

Surpris, il manque laisser tomber la boîte et ne la rattrape qu'*in extremis*. En se refermant dessus, ses doigts la cabossent légèrement.

— Parce que c'est *ma* spécialité, ajouté-je avec un sourire malicieux.

Il se tourne vers moi et me décoche ce demi-sourire que j'adore et qui fait apparaître ce faisceau de petites rides au coin de ses yeux. Nous avons échangé des messages pendant une bonne partie de la journée, parlant de tas de petits riens – la meilleure façon de replier un drap-housse, nos avis respectifs sur les mérites d'une pizza à l'ananas et à la sauce barbecue (merci mais non merci), les avantages comparés des tasses et des bols à café… Mais le fait de le revoir en personne change tout et semble éveiller au creux de ma poitrine une réaction chimique aussi instantanée que détonante.

M'avançant dans la pièce, je me mets à ranger des serviettes en papier que quelqu'un a laissées sur la petite table histoire de me donner une contenance et de résister à la tentation de faire quelque chose de stupide comme lui sauter au cou pour l'embrasser. Je ne sais même pas si j'ai le droit de faire une chose pareille dans l'enceinte de la radio. Je me demande aussi si cet interdit n'ajouterait pas encore à mon excitation.

Aiden s'éclaircit la gorge et repose la boîte de petits gâteaux de Noël sur l'étagère qui lui fait face.

— Personne ne vole mon café, déclare-t-il sans se tourner vers moi.

— Est-ce que ça t'a énervé que je le fasse ?

— Pas vraiment, répond-il en me lançant enfin un regard amusé.

Il me regarde finir de plier les serviettes en papier provenant majoritairement de la pâtisserie voisine.

— Qu'est-ce que tu fais ? demande-t-il.

Je hausse les épaules.

— Je remets un peu d'ordre dans les serviettes.

Il s'approche, feignant de porter un immense intérêt à mon activité parfaitement superflue.

— J'ai toujours dit que réorganiser les serviettes en papier dans la salle de pause devait être une priorité absolue, déclare-t-il d'un ton pince-sans-rire.

Je hoche la tête en m'efforçant de réprimer un sourire. Il s'est approché de moi et effleure mon avant-bras du bout des doigts, faisant naître instantanément d'irrépressibles frissons à la surface de ma peau.

— Une salle de pause ordonnée est…

Il s'interrompt, se penchant vers moi pour humer mon parfum.

— Une salle de pause prospère ? suggéré-je.

— Lucie…, murmure-t-il d'une voix sourde.

Je peux entendre son sourire dans sa voix. Il approche alors son visage de la jonction entre mon cou et mon épaule et y dépose un petit baiser.

— Laisse tomber les serviettes.

— OK, dis-je en lâchant celles que je tiens à la main.

Elles tombent à terre, me faisant vaguement penser à une chute de flocons de neige.

— Parfait, me murmure-t-il à l'oreille.

Je me tourne vers lui et agrippe son sweat-shirt. Je pensais profiter de mon avance pour discuter avec lui avant le début de l'émission. Mais ce nouveau programme me convient aussi parfaitement.

— Maintenant, j'aimerais beaucoup t'embrasser avant de passer trois heures assis bien sagement à côté de toi alors que je ne cesserai de repenser à ce qui s'est passé chez moi, l'autre nuit. Est-ce que ça te convient ?

Je hoche la tête.

— C'est… euh… parfaitement acceptable.

Son rire se réverbère contre mes doigts toujours posés sur sa cage thoracique.

— Tant mieux. Viens par ici.

Je n'ai même pas le temps de m'exécuter. S'avançant vers moi, il pose une main sur ma nuque et attire mon visage vers le sien. Son baiser est d'une douceur étonnante. Il aspire légèrement ma lèvre inférieure avant de la mordiller délicatement, se contentant d'effleurer ma langue de la sienne avant de s'écarter. Il jette alors un coup d'œil par-dessus mon épaule en direction de la porte. Puis il se tourne de nouveau vers moi et retire sa main de mon cou.

Je l'attrape au vol avant qu'il ne puisse s'écarter complètement. J'ai dit à Maya que je voulais accomplir ma propre magie et je crois que c'est par là que cela commence : être courageuse et dire à Aiden ce que je pense vraiment.

— Tu m'as manqué, avoué-je en me sentant rougir malgré moi.

C'est absurde : il m'a fait toutes sortes de choses, l'autre nuit, mais c'est à cause de *ça* que je rougis. Les humains sont vraiment des créatures étranges.

— Je ne devrais probablement pas te le dire mais c'est la vérité. Tu m'as manqué.

Aiden me considère fixement. Son expression est parfaitement indéchiffrable et je sens les battements de mon cœur s'accélérer dans ma poitrine. Je m'efforce de ravaler les regrets qui menacent déjà de me submerger. J'en ai sans doute trop dit. Trop vite. Mais je ne connais pas les règles de ce jeu et…

Il prend alors mon menton entre ses doigts et soulève lentement mon visage. Ses yeux sont d'une douceur infinie et son sourire est irrésistible. Je crois que jamais il ne m'a paru aussi beau qu'en cet instant précis. Je pose ma main sur sa poitrine, à l'endroit où est accroché l'anneau de son porte-clés. J'espère que cela va me porter chance, à moi aussi.

— Tant pis si ce n'est pas la chose à dire, affirme-t-il gravement. Toi aussi, tu m'as manqué.

Il lâche mon visage et jette un nouveau coup d'œil empreint de nervosité en direction de la porte.

— Comment veux-tu que nous procédions ? demande-t-il alors.

— Que nous procédions ?

— Oui. Je te laisse en décider. Dis-moi ce qui te mettra le moins mal à l'aise.

Je ne suis pas certaine de comprendre ce qu'il veut dire. Machinalement, je triture les boucles d'oreilles que j'ai choisies ce matin-là. Parmi elles se trouve un petit cœur en émail rouge que Maya m'a offert pour mon anniversaire.

— Ce qui me mettra le moins mal à l'aise ? répété-je de nouveau.

Il hoche la tête d'un air patient et compréhensif.

— Nous aurions sans doute dû en parler plus tôt. Mais j'étais trop… distrait.

Je plonge mon regard dans les yeux bleu-gris d'Aiden et remarque que ses pupilles sont légèrement dilatées sous l'effet du désir. C'était aussi le cas, ce matin-là, et j'ai dû m'y reprendre à quatre fois avant de pouvoir quitter sa maison. Effectivement, nous n'avons que peu parlé, particulièrement après qu'il s'est mis à lécher la confiture à la fraise que j'avais fait tomber sur ma main.

Je ne peux m'empêcher de frissonner à ce souvenir.

— C'est vrai que nous n'avons pas beaucoup discuté…

C'était la première fois de ma vie que je faisais l'amour sur la table du petit-déjeuner. Et ça avait été une expérience… mémorable. Je vois Aiden passer la langue sur ses lèvres et je suis prête à parier qu'il pense à la même chose que moi.

— Alors ? Comment veux-tu que nous nous conduisions vis-à-vis des autres ? Et de nos auditeurs ?

— Oh ! m'exclamé-je, comprenant enfin où il veut en venir. Eh bien… Je ne sais pas… Ne pourrions-nous pas nous conduire normalement ? Comme nous le faisons d'habitude ?

Je ne tiens pas spécialement à mentir et à faire semblant. Mais je n'ai pas non plus envie d'expliquer à qui que ce soit ce qui nous arrive. Pour le moment, je préfère que cela reste entre nous. Que ce soit notre petit secret. Je n'ai encore jamais eu de relation de ce genre et, égoïstement, je souhaiterais garder Aiden pour moi avant que tout le monde ne vienne s'en mêler. Je ne m'imagine surtout pas l'annoncer à nos auditeurs. Cela ne regarde que nous.

Aiden plonge ses mains dans ses poches. Il paraît tenté de dire quelque chose puis jette un nouveau coup d'œil à la porte. Je le vois alors se raviser et hocher la tête.

— Bien sûr, dit-il avec un demi-sourire. Nous pouvons tout à fait la jouer comme ça.

À cet instant, des voix se font entendre dans le couloir. Jackson et Eileen se rapprochent en se disputant. Comme ils arrivent près de nous, j'entends des bribes de leur discussion : « Bien sûr que si l'assaisonnement

Old Bay se marie avec tous les plats ! », « J'aimerais bien que tu utilises plus souvent le terme haboob dans tes bulletins météo » et « Si Mercure n'est pas en position rétrograde, alors comment expliques-tu l'attitude actuelle d'Aiden ? »

Cette dernière question me fait beaucoup rire. Aiden, lui, lève les yeux au ciel mais je le vois sourire malgré tout. Il recule alors d'un pas pour ménager un peu plus d'espace entre nous. Quelques instants plus tard, Jackson et Eileen débouchent dans la salle de pause en continuant à débattre avec passion. Ils se dirigent aussitôt vers la machine à café tandis qu'Aiden s'accroupit pour ramasser les serviettes que j'ai laissées tomber.

En apparence, tout semble parfaitement ordinaire.

Aiden et Jackson débattent au sujet du dosage du café. Maggie nous hurle depuis son bureau que nous devons faire attention à l'heure. Quelques minutes plus tard, nous nous installons à nos places habituelles derrière la console et, comme toujours, nos jambes se frôlent sous la table. Je me rapproche encore un peu et passe mon pied derrière le sien. Pour mon plus grand plaisir, il rapproche le second, enserrant ainsi mon mollet. C'est comme un invisible câlin. Nous buvons nos cafés et discutons avec les auditeurs. À plusieurs reprises, je lui jette des regards en coin, jusqu'à ce qu'il pose sa main sur ma cuisse. Son pouce caresse mon genou à travers la déchirure de mon jean. C'est une façon de m'enjoindre à me tenir tranquille sans prononcer un seul mot. Je me concentre alors sur mon calepin couvert de gribouillis et m'efforce de ne pas respirer trop bruyamment dans le micro. À la fin de l'émission, il me raccompagne jusqu'à ma voiture et dépose un petit baiser au creux de mon cou, juste sous mon oreille. Cela ne dure qu'un instant avant qu'il ne s'écarte. Il me serre pourtant affectueusement la main et me décoche un clin d'œil complice. C'est comme un secret partagé. Une promesse muette.

Ce n'est que lorsque je me retrouve enfin chez moi, emmitouflée dans ma couette et portant son sweat-shirt en guise de chemise de nuit que je repense à l'expression qu'il avait lorsque j'ai décidé que nous devrions rester discrets.

L'espace d'un instant, il m'a semblé discerner une pointe de déception dans son regard.

AIDEN VALENTINE : La prochaine partie de notre émission est sponsorisée par Matthew's Pizzas. Je vous rappelle que tous les mardis, elles sont à moitié prix. Et j'ai entendu dire que leurs pizzas à l'ananas étaient délicieuses.

LUCIE STONE : Je croyais que vous n'aimiez pas ça ?

AIDEN VALENTINE : Je crois que je commence à m'y faire, petit à petit…

CHAPITRE 29

LUCIE

JE CHANTONNE DOUCEMENT en lavant la vaisselle de notre dîner de la veille. Maya parcourt le rez-de-chaussée de la maison en tous sens pour tenter de localiser ses chaussures qu'elle a jetées n'importe où en rentrant de l'école. La fenêtre de la cuisine est entrouverte, les cookies que nous avons préparés après avoir fait les devoirs de Maya sont encore chauds et je suis habitée par une délicieuse sensation qui semble enfler à chacune de mes respirations.

C'est comme flotter mais en mieux. Comme un câlin ni trop serré, ni trop lâche. Comme un sweat-shirt dégageant un parfum d'eucalyptus. Ou comme une cuisse se pressant doucement contre la mienne.

— Je suis un véritable génie ! s'exclame Maya lorsque je ferme le robinet après avoir terminé la vaisselle.

L'expression à la fois satisfaite et malicieuse qu'elle arbore en cet instant me fait furieusement penser à Grayson. Mais je préfère garder cette comparaison pour moi. J'ai déjà eu l'occasion de remarquer que les jeunes de douze ans n'apprécient pas du tout d'être comparés à leurs parents – si évidentes que puissent être les similarités.

Je m'essuie les mains à l'aide d'un torchon.

— Je suis tout à fait d'accord, lui dis-je.

Son sourire torve s'élargit encore, lui donnant momentanément un air enfantin qu'elle a tendance à perdre de plus en plus.

— Mais pourrais-tu être un tout petit peu plus explicite ? demandé-je en lui rendant son sourire.

Maya fait tourner son doigt en direction de mon visage avant de toucher le coin de ma bouche.

— Pièce à conviction numéro un.

— Pardon ? dis-je en riant.

J'écarte sa main et elle la plante au milieu de ma poitrine, à l'endroit précis où je sens bouillonner en moi cette étrange allégresse.

— Pièce à conviction numéro deux, ajoute-t-elle. Lorsque j'ai conçu mon plan diabolique, j'avais de grandes attentes. Mais tu les as dépassées !

Son plan diabolique – appeler l'émission de radio d'Aiden et manipuler ma vie amoureuse…

— Qu'est-ce que tu espérais, au juste ?

— Peut-être quelques rendez-vous amoureux pour toi, répond-elle en enfilant une vieille Converse dont elle écrase les contreforts.

Je lui ai proposé à maintes reprises de lui acheter des chaussures qu'elle pourrait enfiler directement, mais, pour une raison qui m'échappe, elle préfère porter des modèles classiques qu'elle martyrise.

— Lorsque j'ai mis papa dans la boucle, il espérait aussi que tu déciderais de changer de look.

J'émets une brève protestation.

— Moi, je me disais qu'il y aurait peut-être une bande de types qui se battraient entre eux pour que tu les choisisses. Ça aurait pu être vraiment cool. Mais le premier vrai objectif, c'était que tu aies confiance en toi. Check !

— Parce qu'il y avait plusieurs objectifs ?

— Oui. L'objectif numéro deux, c'était que tu aies droit à quelques dîners gratuits et à un fan-club. Double check !

Je la considère avec une pointe de stupeur.

— L'objectif numéro trois, c'était que tu t'envoies en l'air…

Avisant ma réaction, elle fronce les sourcils.

— Bah quoi ? Ne fais pas cette tête. C'était un objectif important.

Que Dieu me vienne en aide…

— Est-ce que tu sais ce que ça veut dire, exactement ?

— Je crois que j'en ai une bonne idée, oui.

— D'où la tiens-tu, exactement ?

Elle hausse les épaules, ne paraissant pas se rendre compte que je suis en pleine crise existentielle.

— Je préfère ne pas le dire, rétorque-t-elle. Quoi qu'il en soit, check aussi ! Passons à l'étape suivante. Ça a toujours été un espoir, mais je n'étais vraiment pas sûre que ça puisse marcher…

— Que quoi puisse marcher ?

Suis-je vraiment certaine de vouloir le savoir ? Pour le moment, mon esprit est resté bloqué sur « t'envoyer en l'air ». Qui a dit que la vérité sort de la bouche des enfants ?

— L'objectif quatre, donc, c'était que tu tombes amoureuse, m'assène-t-elle.

Elle est soudain distraite par la vue de son autre chaussure qui a glissé sous la table de la cuisine. Se mettant à quatre pattes, elle la récupère avant de se redresser.

— Je n'aurais jamais pensé que ça tomberait sur Aiden, remarque-t-elle presque pour elle-même.

J'ai la gorge serrée, l'estomac dans les talons et je regrette soudain de ne plus faire la vaisselle. Cela me donnerait au moins quelque chose à faire de mes mains.

— Qu'est-ce que tu veux dire ? articulé-je.

Elle se frotte le nez et se met en quête de son sac à dos.

— J'ai fait quelques recherches avant d'appeler cette émission, m'explique-t-elle. J'ai écouté plusieurs épisodes. Aiden était plutôt du genre grincheux. Mais il paraissait avoir vraiment envie d'offrir son aide à ceux qui la lui demandaient. Je me suis dit qu'il pourrait t'aider à trouver quelqu'un…

Elle me jette un regard malicieux.

— Mais je ne pensais pas que lui-même se porterait volontaire, ajoute-t-elle. Ni que ça irait aussi vite.

— Ça ne s'est pas fait si rapidement que ça.

Maya me lance un regard ironique.

— Si tu le dis…

J'ai comme l'impression d'avoir été remise à ma place.

— En tout cas, reprends-je, j'ai été surprise, moi aussi.

Mais n'en va-t-il pas toujours ainsi ? Les choses les plus précieuses et les plus délicates s'insinuent d'elles-mêmes dans les interstices des plans que vous avez patiemment ourdis.

Au bout de neuf mois d'angoisse et de panique, elles sont finalement là, entre vos bras, à refermer leur minuscule petit poing autour de votre pouce.

Elles déboulent dans votre cuisine pour vous voler votre ketchup entre deux œuvres d'art.

Elles répondent à un coup de téléphone de votre fille au beau milieu de la nuit.

Je prends soudain conscience du lien complexe et subtil qui m'unit à Aiden. Il m'a fallu très longtemps pour commencer à le démêler mais, maintenant que j'ai commencé, je suis bien décidée à aller jusqu'au bout.

— Étant donné la situation, j'estime que je mérite bien une glace, déclare Maya avec aplomb.

Je lève les yeux au ciel en m'efforçant de conserver mon sérieux.

— Nous en avons mangé hier soir, lui rappelé-je.

— Je mérite bien *plus* de glace, réplique-t-elle en réglant les sangles de son sac à dos. Je dirais… Au moins trois fois par semaine.

— C'est le prix de ton intervention dans ma vie amoureuse ?

— Il va me falloir une attestation écrite. Je demanderai à mes avocats de contacter les tiens.

— C'est noté, dis-je en lui ébouriffant les cheveux.

Je la pousse alors gentiment vers la porte de la cuisine. En l'ouvrant, j'aperçois Grayson qui l'attend sous le porche de sa maison. Par la fenêtre, je vois Mateo s'activer en cuisine, tentant probablement de sauver la dernière création culinaire en date de Gray.

— Embrasse tes papas de ma part, Maya.

Elle acquiesce et s'élance dans le jardin, son sac tressautant dans son dos. Au bout de quelques mètres, elle s'arrête brusquement et se retourne vers moi. Ses cheveux embroussaillés retombent sur ses épaules et son visage est pensif. Cette vision éveille en moi un flot d'affection qui m'étreint le cœur.

— Tu sais, maman. Tu me dis toujours que tu as tout l'amour dont tu as besoin. Que notre famille suffit amplement à faire ton bonheur. Mais je me suis dit que, pour une fois, tu pourrais avoir l'amour que tu mérites en plus de celui dont tu as besoin. C'est ça, le quatrième objectif.

Elle me lance un petit sourire et je sens les larmes me monter aux yeux.

— Maya, articulé-je.

Débordée par la tendresse qu'elle m'inspire, ma gorge se serre. L'émotion que je lis dans son regard en cet instant me donne à penser qu'elle comprend précisément ce que je ressens.

— Est-ce que tu sais à quel point je t'aime ?

Elle rit et hausse les épaules.

— Évidemment, répond-elle.

De l'autre côté de la barrière qui sépare nos deux jardins, j'entends le rire de Grayson faire écho à celui de sa fille. Maya s'élance alors en courant vers le portail, ses cheveux volant derrière elle comme la traînée d'une comète.

— Salue Aiden de ma part ! me crie-t-elle.

Je l'entends avant même de le voir. Sa voix de baryton retentit à travers le couloir de la station de radio. Je lui ai proposé d'aller le chercher, ce soir, puisque sa voiture se trouve toujours au garage. Mais il m'a assuré que Jackson passerait le prendre au passage. Tous les derniers mercredis du mois, toute l'équipe de 101.6 LITE FM se réunit pour faire un point d'étape et, de toute évidence, la séance de ce soir n'est pas encore terminée.

En attendant, j'ai décidé d'en profiter pour fouiller la salle de pause à la recherche du dernier endroit où Aiden a caché son café préféré. Mais alors que je viens tout juste de le découvrir, j'entends prononcer mon nom. Je m'immobilise brusquement et tends l'oreille. Et je l'entends de nouveau, provenant du couloir qui mène au bureau de Maggie dont la porte est grande ouverte. Je repose la boîte de biscuits de Noël et réfléchis aux différentes options qui s'offrent à moi. Certes, écouter aux portes est un peu puéril. Mais il est difficile de résister à la curiosité – après tout, on a prononcé mon nom. Et à deux reprises. Je décide d'aller jeter une oreille et me rapproche sur la pointe des pieds.

— Tu ne lui as rien dit, soupire Maggie. Aiden… Nous en avons parlé, il y a déjà une semaine.

— Je sais, répond-il, sur la défensive.

Je jette un coup d'œil à travers la vitre du studio d'enregistrement. La fenêtre qui se trouve à l'intérieur et donne sur le bureau de Maggie me permet de voir qu'Aiden et elle sont seuls à l'intérieur. Aiden passe une main dans ses cheveux et les plaque contre sa nuque.

— Le sujet ne s'est pas présenté.

— Il ne s'est pas présenté ? répète Maggie d'un ton ouvertement dubitatif.

— Non.

— Et quand penses-tu qu'il se présentera ?

Aiden ne répond pas et Maggie laisse échapper un claquement de langue agacé. Pourtant, lorsqu'elle reprend la parole, sa voix s'est légèrement radoucie.

— Tu m'as dit que tu ne voulais pas l'avoir dans les pattes. Mais il est hors de question que nous la mettions dehors sans avertissement préalable. Ce n'est pas de cette façon que je gère cette radio, Aiden.

Je sens mon cœur se serrer. Aiden veut-il vraiment que je quitte l'émission ? Depuis quand en parle-t-il à Maggie ? Une semaine ? Plus que cela ?

Avant que je ne passe la nuit chez lui ?

Avant que nous ne sortions dans ce bar ?

Je m'efforce de me détendre, décidant de ne pas tirer de conclusions trop hâtives. Après tout, Aiden ne m'a jamais donné la moindre raison de douter de lui. Et je ne vais pas commencer à spéculer en me fondant sur un fragment de conversation que je n'étais même pas supposée entendre.

Prenant une profonde inspiration, je m'avance donc dans l'embrasure de la porte.

— Vous pourriez me poser directement la question.

Je décoche un pâle sourire à Aiden qui vient de tourner la tête vers moi.

— Il me semble avoir démontré que je pouvais me montrer parfaitement raisonnable…

Aiden avale difficilement sa salive.

— Lucie, murmure-t-il d'une voix blanche.

J'attends qu'il continue mais il n'en fait rien, se contentant de me regarder fixement. Une expression paniquée se lit sur son visage. Maggie se lève alors de son siège.

— Je vais aller me faire un café, déclare-t-elle.

Sur ce, elle quitte le bureau en me serrant affectueusement le bras au passage. J'entends le cliquetis de ses talons résonner derrière moi. Aiden et moi nous nous observons fixement. Il semble être sur la défensive, comme si je venais de le surprendre le bras plongé dans la réserve de cookies de l'équipe.

— Maggie ne boit pas de café, remarqué-je enfin, espérant dissiper la tension presque palpable qui s'est installée entre nous.

Il hoche la tête, mais se garde de tout commentaire. Et je n'arrive pas à décrypter son expression. Cela fait deux jours que nous nous envoyons des messages de façon presque continue et j'avais réellement l'impression que tout allait pour le mieux entre nous. Se peut-il que je me sois trompée ? Que j'aie fait quelque chose qui lui a déplu ?

Je m'avance dans la pièce et gagne le pouf posé dans un coin sur lequel je me laisse tomber. Il émet un petit bruit sifflant qui arrache un frêle sourire à Aiden.

— Tu veux vraiment que je quitte l'émission ?

Il secoue la tête sans me quitter des yeux.

— Non.

— C'est pourtant ce que Maggie vient de dire.

Aiden se frotte la nuque et son pouce masse le creux derrière son oreille. Il pousse alors un profond soupir et laisse retomber son bras. Il semble épuisé. Son corps paraît recroquevillé sur son fauteuil et j'ai même l'impression qu'il a mis son T-shirt à l'envers.

— Ton séjour parmi nous a toujours été censé n'être que temporaire, Lucie. Et il se trouve que j'ai du mal à l'accepter…

Je fronce les sourcils.

— Tu as du mal à accepter le fait que je ne sois ici que pour un temps ?

Il confirme d'un hochement de tête.

— Mais Maggie a dit au contraire que tu voulais que je parte, objecté-je. C'est ce que j'ai entendu.

Il ne me quitte pas des yeux.

— Elle se trompe.

— Ah…

Il se penche en avant et pose ses coudes sur ses genoux avant de nouer ses mains.

— Pour être plus exact, c'était vrai au début. Mais ce n'est plus du tout le cas, bien au contraire…

Un profond soulagement déferle en moi.

— Ça me rassure, murmuré-je.

Aiden secoue lentement la tête. Il avance ses pieds et les serre l'un contre l'autre. Ses yeux semblent luire comme deux pierres précieuses dans la pénombre du bureau de Maggie et ses cheveux noirs sont ébouriffés.

— Je ne supporte pas l'idée de te voir partir, avoue-t-il d'une voix presque torturée.

— Tant mieux. Parce que je ne veux pas que tu me laisses partir.

— C'est pourtant ce que je devrais faire, objecte-t-il en contemplant pensivement ses mains.

Je voudrais le prendre dans mes bras, caresser ses cheveux et faire tout ce qui est en mon pouvoir pour chasser cette terrible lassitude qui se lit dans son regard.

— Je devrais, répète-t-il d'une voix plus douce, comme s'il essayait de se convaincre lui-même.

— Écoute, nous avons toujours su que ma participation à cette émission ne serait que temporaire. Mais cela ne signifie pas que tout soit fini pour autant. Je quitte *Les Liens du cœur*, Aiden, mais je ne te quitte pas toi…

Je m'interromps, saisie par une violente émotion à cette seule idée. Je m'efforce de ne pas trop réfléchir à ce qu'elle signifie.

— Tu ne te débarrasseras pas si facilement de moi, ajouté-je d'un ton qui se veut plus léger.

Mais il ne me regarde toujours pas. Au loin, j'entends une porte claquer, quelque part dans le bâtiment.

— Qu'est-ce que tu en penses ? me demande-t-il enfin, les yeux rivés sur le sol. La semaine prochaine ?

Je tends la jambe vers lui et envoie un petit coup de pied dans sa chaussure.

— Pour quoi ?

Il relève enfin la tête et je perçois distinctement la distance qu'il cherche à établir entre nous. Ça me rappelle les premiers temps de notre rencontre. Mais je ne m'explique pas ce brusque revirement.

— Ta dernière émission, répond-il.

— Oh…

Je me pince les lèvres, prise de court par la question.

— Oui, bien sûr… Pourquoi pas ? Ça me va.

— D'accord.

— Bien.

— Parfait, fait-il en soutenant mon regard durant quelques instants avant de baisser de nouveau la tête. C'est parfait…

— Aiden, soufflé-je, prise d'un affreux pressentiment. Que se passe-t-il, exactement ?

— Rien…

Il prend mes mains dans les siennes. Ses pouces effleurent les jointures de mes doigts.

— Je pense que je me suis un peu trop habitué à t'avoir auprès de moi. Mais ça ira. C'est promis.

— Ça me plaisait d'être auprès de toi, dis-je d'une voix émue.

Il m'adresse un pâle sourire.

— Oui. Ça me plaisait à moi aussi, Lucie.

Loin de le quitter lorsque l'émission commence, la mélancolie d'Aiden semble au contraire s'amplifier. À plusieurs reprises, durant l'enregistrement, il perd le fil. Il oublie la moitié de son introduction habituelle. Au lieu d'opérer une transition en douceur avant les pages de publicité, il se contente de lancer les annonces presque sans préavis et demeure ensuite parfaitement immobile, la tête entre ses mains. Je lui balance des petits coups de genou sous la table pour tenter de l'aider à recouvrer ses esprits. Mais il se contente alors de poser une main sur ma cuisse et de l'agripper comme s'il avait peur de me voir disparaître, peur que je ne m'envole et le laisse seul dans le studio.

— Aiden, demandé-je lors d'un intermède publicitaire. Est-ce que tu vas bien ?

— Ça va, marmonne-t-il sans même prendre la peine d'ouvrir les yeux. J'ai juste une migraine, je pense.

Je fronce les sourcils, inquiète.

— Est-ce que tu as besoin de quelque chose ?

Il marmonne de nouveau quelques mots inintelligibles. Jackson apparaît alors de l'autre côté de la vitre insonorisée. Les bras croisés sur sa poitrine, il arbore une expression préoccupée. Lorsqu'il m'interroge du regard, je me contente de hausser les épaules, démunie. Cela ne contribue guère à le rassurer.

— Aiden, insisté-je. Est-ce que tu veux que je t'apporte quelque chose ? Du paracétamol ou de l'aspirine, peut-être ?

— Non, répond-il en effectuant quelques réglages sur la console.

Il ne me regarde toujours pas et finit par faire signe à Jackson de partir.

— Ça ira, m'assure-t-il. Finissons juste l'émission.

— Tu es sûr ?

— Certain.

Nous sommes censés prendre quelques appels après la coupure publicitaire, mais je l'encourage à passer quelques morceaux de musique à la place. Il ne veut cependant rien entendre et, malgré sa détresse aussi évidente qu'inexplicable, il répond à un auditeur dès que nous reprenons l'antenne.

— Bienvenue aux *Liens du cœur*. Vous êtes avec Aiden et Lu…

Il achoppe sur mon nom et me lance un bref coup d'œil que je ne parviens pas à interpréter.

— Lucie, reprend-il avant de s'éclaircir la gorge. Que pouvons-nous faire pour vous aider, ce soir ?

Très franchement, je ne suis pas convaincue que nous puissions aider qui que ce soit. Pas tant qu'Aiden sera dans cet état étrange. Je déballe pourtant une tablette de chocolat à la menthe et en pose quelques carrés sur son calepin avant d'en faire autant sur le mien. Il ne me reste plus qu'à espérer que tout se passera sans trop d'accrocs. En temps normal, Aiden mange son chocolat après le deuxième auditeur dont nous prenons l'appel, comme pour se récompenser. Je suis nettement moins patiente et je mange généralement le mien au beau milieu de l'entretien avec notre premier correspondant.

L'auditeur que nous venons de prendre en ligne toussote.

— Bonsoir à tous les deux. Je voulais juste vérifier quelque chose…

Il rit et le son me semble étrangement familier, bien que je n'arrive pas à le replacer. Je penche légèrement la tête de côté et repose le carré de chocolat dans lequel je m'apprêtais à croquer.

— Est-ce que vous êtes bien la Lucie du garage ? demande l'homme.

— Oui, réponds-je d'une voix prudente.

Aiden me lance un regard intrigué. Je lui réponds par un haussement d'épaules incertain. Je n'ai toujours aucune idée de qui cela peut bien être. L'auditeur pousse un petit cri de victoire qui résonne joyeusement dans mon casque.

— Il me semblait bien vous avoir reconnue, l'autre jour ! s'exclame-t-il, ravi. C'est Colin !

— Colin…, répété-je. Bonsoir.

Je ne crois pas avoir jamais connu un seul Colin au cours de ma vie.

— Vous ne vous souvenez pas de moi ?

Je grimace d'un air navré.

— Euh, non, j'en ai peur. Je suis désolée.

Colin soupire et Aiden s'agite sur sa chaise.

— J'espérais pourtant ne pas vous avoir laissée complètement indifférente, mais ça ne fait rien. Je suis le papa de Rosie, l'homme à la Chevrolet de 1958.

— Ah oui, bien sûr ! m'exclamé-je en souriant. Bien sûr que je me rappelle ! J'ai une bonne nouvelle pour vous, Colin. Rosie devrait être bientôt prête. J'allais justement vous appeler.

— Il faut croire que je vous ai devancée, répond-il d'un ton enjoué. Est-ce que vous avez reçu mes fleurs ?

Le stylo avec lequel Aiden jouait nerveusement se brise soudain en deux, répandant de l'encre sur son calepin. Je lui jette un coup d'œil réprobateur.

— Quelles fleurs ? demandé-je à Colin.

— Des roses. Elles étaient du même rouge que Rosie. Cela doit faire une semaine. Il y avait une carte avec.

Je me rappelle parfaitement ces fleurs mais il n'y avait pas de carte. Du coup, nous les avions offertes d'un commun accord à Harvey. C'est le seul d'entre nous qui fasse réellement l'effort de décorer son espace de travail.

Je me sens soudain un peu gênée.

— Nous avons bien reçu vos fleurs, confirmé-je. En revanche, la carte a dû se perdre et nous ne savions pas qui les avait envoyées. Je suis désolée…

— Bah, ne vous en faites pas pour ça. Quoi qu'il en soit, je me suis dit qu'une belle femme comme vous méritait d'avoir de belles fleurs.

— Oh… C'est vraiment très gentil. Merci…, balbutié-je.

Je dois être rouge comme une pivoine. Aiden, quant à lui, se contente de considérer son calepin constellé de taches d'encre. Je n'ai strictement aucune idée de la façon de gérer cette étrange situation. J'ai la désagréable impression d'être tombée à l'eau au beau milieu de l'océan, et de voir passer Aiden au loin sur le pont d'un bateau qui s'éloigne de moi à vive allure.

— Que diriez-vous d'écouter un peu de musique, Lucie ? demande alors Colin.

Je décoche un coup de pied sous la table à Aiden qui sursaute sur son siège.

— Vous voulez passer un morceau pour elle ? lâche-t-il d'une voix étrangement atone.

Colin rit doucement.

— Oui, si c'est possible, j'aimerais beaucoup.

C'est officiel. Je ne sais plus où me mettre. Je me prends à rêver que la terre s'ouvre brusquement sous mes pieds pour m'engloutir. Je crois que je préférerais encore ça. Une chose est sûre en tout cas : j'avais sous-estimé les talents de psychologue de Mlle Shirley…

— C'est vraiment très gentil, Colin, mais…

— À quelle chanson pensiez-vous ? m'interrompt Aiden.

— *Gasoline* d'Audioslave. Vous savez… parce que Lu est mécanicienne.

— C'est adorable, répond Aiden sans que je puisse savoir s'il le pense ou non. Vous feriez un excellent candidat pour notre segment *Lucie sur la route de l'amour*, sponsorisé par Le Roi du Pneu.

Prise d'une brusque sensation de nausée, je couvre mon micro et me tourne vers Aiden.

— Mais qu'est-ce que tu fabriques ?

À l'autre bout du fil, Colin laisse échapper un petit rire nerveux.

— Eh bien, c'est vrai, dit-il. J'espérais qu'elle pourrait éventuellement être intéressée…

— Elle l'est, lui assure Aiden.

J'ai l'impression qu'il vient de me planter un couteau entre les omoplates. Il sait très bien que je ne suis pas intéressée du tout. À quoi joue-t-il, au juste ?

— Restez en ligne, Colin. Nous allons essayer d'arranger ça juste après votre chanson.

Tout en parlant, il pianote sur le clavier de son ordinateur pour sélectionner le morceau d'Audioslave qu'il lance sans transition. Sans même attendre que la musique commence, il ôte son casque. J'entends le riff de guitare éclater dans le mien et retire à mon tour les écouteurs.

Un silence assourdissant s'installe dans la cabine d'enregistrement. J'attends une explication qu'Aiden n'est visiblement pas décidé à me fournir.

— Intéressée ? m'exclamé-je enfin tandis qu'Aiden tente d'arrêter l'hémorragie de son stylo à l'aide d'une serviette en papier.

Sa mâchoire est crispée et sa jambe s'agite nerveusement sous le bureau.

— Il a l'air d'être un type bien, répond-il en jetant les serviettes dans la poubelle.

Seule la grosse tache noire qui macule le calepin témoigne désormais de son geste d'humeur.

— Alors, tu as décidé de m'arranger un rendez-vous ? articulé-je d'une voix que je souhaiterais moins tremblante.

Je déteste me sentir aussi faible – et, pire encore, aussi stupide.

Aiden hausse les épaules.

— Il t'a envoyé des fleurs.

— Et ?

— Tu ne m'as jamais dit que quelqu'un t'avait envoyé des fleurs.

À vrai dire, je n'ai pas imaginé un seul instant qu'elles puissent être pour moi. Jusqu'à ce jour, personne ne m'en avait encore envoyé.

— Je n'ai pas...

— Vous semblez aussi avoir des centres d'intérêt en commun, me coupe Aiden. Vous ne manquerez pas de sujets de conversation...

— Réparer des voitures est plus un métier qu'un centre d'intérêt mais...

— C'est un bon candidat, je trouve. Probablement un excellent choix.

Je secoue la tête.

— Je te rappelle ce que tu m'as dit dès le début : c'est moi qui décide.

Aiden hoche la tête et se tourne enfin vers moi. Nos regards se croisent vraiment pour la première fois de la soirée. Mais le sien est différent de celui auquel il m'a habituée. Il est distant, sur ses gardes. Et je le vois croiser les bras et se renverser sur sa chaise.

— Je ne fais que te pousser dans la bonne direction. Parfois c'est tout ce dont on a besoin.

Je tressaille.

— Mais qu'est-ce que tu... ?

Ma voix se brise au beau milieu de ma phrase.

— Que se passe-t-il, Aiden ? parviens-je enfin à articuler.

Il baisse de nouveau les yeux. J'ai l'impression terrifiante d'avoir avalé un nid de guêpes. Je peux presque les entendre bourdonner en moi au creux de ma gorge et je sais qu'elles peuvent me piquer à tout moment. J'avale difficilement ma salive. Plus le silence se prolonge et plus cette sensation de malaise se fait étouffante.

— Aiden…

Comme je prononce son nom, il me semble que son regard s'adoucit très légèrement. Mais il évite toujours le mien.

— Tu veux vraiment que je sorte avec ce type ?

Il lève une main jusqu'à son visage et je remarque qu'elle tremble un peu. Il passe son pouce sur sa lèvre inférieure, prenant son temps pour me répondre. C'est une autre forme de torture. Il me semble à présent qu'une profonde fêlure est apparue au milieu de ma poitrine.

— Il serait parfait pour toi, déclare-t-il.

— Qu'est-ce qui te permet de dire ça, au juste ?

La douleur et le chagrin opèrent en moi une soudaine mutation, se transformant en une colère incandescente.

— Tu penses tout savoir à son sujet parce que tu as passé vingt secondes avec lui au téléphone ? grondé-je. À moins bien sûr que tu n'aies décidé de me refiler au premier homme à peu près présentable qui appellerait l'émission ?

Il relève enfin les yeux.

— Lucie…

— C'est bien ça, n'est-ce pas ? Virée de l'émission. Dégagée de ta vie. Refilée à un autre. Qu'est-ce que je t'ai fait, dis-moi ?

Rien de tout cela ne fait sens. Ni son étrange humeur. Ni cette conversation avec Maggie que je n'étais pas censée entendre. Ni son refus de me dire ce qu'il attend de moi. De me dire quoi que ce soit, en fait. Il m'a fallu lui arracher de la bouche le peu de mots qu'il a daigné prononcer ce soir. J'essaie de réprimer la rage qui m'habite mais j'en suis incapable. Je me suis montrée plus honnête envers Aiden qu'envers quiconque au cours de mon existence. Et il est visiblement incapable de me retourner la pareille. Je pensais que nous étions sur la même longueur d'onde, lui et moi. Mais il est évident que je me suis cruellement trompée à ce sujet.

— Tu n'y es pour rien, m'avoue-t-il enfin.

Il y a de la frustration dans sa voix – le seul sentiment honnête qu'il ait manifesté ce soir.

— Mais tu m'as dit que c'était ce que tu voulais.

— Quand ai-je dit une chose pareille ?

Il lève les bras au ciel comme pour le prendre à témoin.

— Mais dès le début ! Tu m'as dit que c'était ce que tu voulais. De la romance, de la magie… Il a appelé pour te dédicacer un morceau. Il t'a envoyé des fleurs.

— Je ne qualifierais pas la musique d'Audioslave de romantique.

Il me jette un regard chargé de reproches.

— Ne joue pas sur les mots.

— Je cesserai de jouer sur les mots si tu cesses de te conduire comme un imbécile ! répliqué-je aussitôt.

Il hausse les épaules.

— Je suis juste pragmatique.

Se penchant vers son clavier, il enfonce quelques touches.

— Et dire que je me tue à essayer de te donner ce que tu veux…, marmonne-t-il.

— Je crois plutôt que tu *te* donnes ce que *tu* veux, répliqué-je d'une voix vibrante de colère.

J'ai brusquement envie de l'attraper par le col de son sweat et de le secouer de toutes mes forces jusqu'à ce qu'il comprenne enfin.

— Ne joue pas les naïfs, ajouté-je. Tu sais pertinemment que tu es en train de te faciliter les choses.

Aiden s'immobilise, les mains figées au-dessus de la console sur laquelle il est penché. Quant à moi, je poursuis sur ma lancée.

— C'est toi que je veux, Aiden. Mais pour une raison qui m'échappe complètement, tu ne sembles pas vouloir me croire.

Il tourne vers moi un regard accusateur.

— Mais tu as dit…, s'écrie-t-il.

Il s'interrompt et prend une profonde inspiration avant de reprendre d'une voix plus calme.

— Tu as dit que tu voulais que cette relation reste secrète, que rien ne change entre nous…

— Ce que j'ai dit, c'est que je ne voulais pas proclamer à tous nos auditeurs ce qui s'était passé entre nous. Cela ne change rien au fait que j'ai toujours envie de te voir, de passer du temps avec toi, de parler avec toi…

— Tu as dit que tu voulais juste t'amuser.

— Mais tu es la seule personne avec qui j'ai envie de le faire. La seule personne avec qui je veux être. Cela a peut-être commencé comme une simple passade, comme tu l'as dit toi-même, mais ça ne veut pas dire que ce n'est pas devenu quelque chose de bien plus important. Ne le sens-tu pas ?

J'attends vainement une réponse. Aiden demeure parfaitement silencieux. Au bout d'un moment, il ouvre la bouche puis la referme. Il se rembrunit alors, toujours en proie à une évidente frustration.

— Lucie…, murmure-t-il.

Sur ses lèvres, mon nom résonne étrangement, comme un amalgame brisé de syllabes sans vie. D'habitude, j'adore entendre Aiden le prononcer. Mais en cet instant, il me fait horreur. Et je sens que c'est le prologue à une phrase que je n'ai pas envie d'entendre.

— Je ne suis pas l'homme qu'il te faut, poursuit-il.

Il dit cela comme s'il s'agissait d'un fait objectif, quelque chose qu'il a toujours su. Il sous-entend que notre relation était vouée à l'échec et que j'ai été bien naïve de croire qu'il pouvait en être autrement. Je suis prise d'une sensation de nausée et je détourne les yeux, fixant mes mains.

J'ai déjà vécu cela. Je connais cette sensation. Cette prise de conscience du fait que mes sentiments sont inadaptés. Que je me suis laissée aller à éprouver trop de choses, trop vite. Que j'ai fait des suppositions qui se sont révélées erronées. Que j'ai mal jugé la situation et projeté mes rêves et mes espoirs sur quelqu'un qui ne les partageait pas.

Sauf que cette fois, je sais que les choses sont différentes. J'en suis convaincue. Et je sais que je ne me suis pas trompée à son sujet.

— C'est n'importe quoi, murmuré-je.

J'entends un froissement de tissu lorsque Aiden s'agite sur son siège.

— Lucie, écoute…

Je redresse la tête et refuse de laisser couler les larmes qui me montent aux yeux.

— C'est de la connerie. Tu dis n'importe quoi. Et je ne te crois pas.

— Mais je…

Une fois de plus, je ne lui laisse pas le temps de finir sa phrase.

— Non ! m'exclamé-je d'une voix étrangement calme, posée et précise en dépit de la tempête qui fait rage dans ma poitrine. Tu te répètes que tu ne mérites pas les choses que tu désires véritablement. De cette façon, il est plus facile de ne pas être déçu. Après tout, quelqu'un qui ne s'attache pas ne court pas le risque de souffrir. Combien de mensonges de ce genre t'es-tu racontés, Aiden ?

Son visage me fait penser à celui d'un animal acculé.

— Je ne te mens pas à ce sujet, Lucie. Je ne peux pas t'offrir ce que tu désires.

Je secoue la tête.

— C'est à moi d'en décider. Pas à toi.

J'écarte ma chaise de la sienne et coupe un nouveau carré de chocolat que je déballe précautionneusement. Mon cœur bat à tout rompre dans ma poitrine. J'essaie cependant de me concentrer sur les gestes familiers que j'effectue et non sur le fait que je suis en train de me disloquer intérieurement.

Je dresse la liste de toutes les excuses que je l'ai entendu proférer au cours de ces dernières semaines :

— Tu n'aimes pas ton métier, tu ne crois pas à l'amour, tu n'es pas assez bien pour moi… C'est plus facile, de cette façon, n'est-ce pas ?

Il me foudroie du regard.

— Je n'appellerais pas ça facile, rétorque-t-il.

— Pourtant, ça l'est. Pour toi, en tout cas. Tu préfères en finir avant de t'être trop investi et de courir le risque de souffrir. Tu es tellement habitué à te protéger contre tes propres sentiments que tu ne t'en rends même plus compte. Je sais pourquoi tu ne regardes que des extraits de films : c'est pour ne surtout pas courir le risque de t'investir émotionnellement dans une histoire, même fictive. Tu refuses de rejoindre tes parents en vacances parce que c'est plus facile de les aimer de loin que face à face. Tu as accepté de prendre du bon temps avec moi tant que tu as pensé que tu ne courais aucun risque. Mais je ne compte pas rester assise là à t'écouter minimiser ce que je ressens parce que tu as trop peur de ce sur quoi ça pourrait déboucher.

J'observe le visage d'Aiden et avise ses mâchoires convulsivement crispées, sa bouche pincée qui se réduit à une ligne pâle. Je lis la peur dans son regard – la peur que je lui inspire – et ça me déchire le cœur. Je n'arrive pas à croire qu'en dépit de tout ce qui s'est passé entre nous, il ne soit pas prêt au moins à essayer.

— Il me serait si facile de tomber amoureuse de toi, Aiden, murmuré-je.

Je vois bien que mes mots le heurtent de plein fouet. Ses paupières papillonnent légèrement, ses poings se crispent machinalement. Il prend une inspiration saccadée avant d'expirer lentement. L'espace d'un instant, il me semble distinguer à travers lui l'enfant qui a attaché ce porte-clés vide à cette chaîne en or et s'est convaincu qu'il s'agissait d'un porte-bonheur. Puis son regard se voile et il redevient brusquement l'adulte qui ne veut plus croire en rien.

Je me mords la lèvre pour ne pas hurler ma frustration.

— Moi, je ne me laisserai pas effrayer aussi facilement. Je sais ce que nous avons. Je peux le sentir.

Je le sens dans chaque geste, chaque rire, chaque regard qu'il me lance. Je le *sais*. J'essaie de lui décocher un sourire rassurant mais il sonne faux. Je déploie bien trop d'énergie pour réprimer mes larmes.

— Et je peux être assez courageuse pour nous deux, reprends-je. Je suis capable d'accomplir ma propre magie. Il faut juste que tu me donnes une raison de le faire…

Une fois de plus, il ouvre la bouche et la referme aussitôt. Il semble terrifié. Ses yeux sont écarquillés, son corps comme tétanisé. Je crois qu'il ne s'attendait pas à ce que je me révolte de cette façon et c'est presque ce qui me fait le plus mal.

Aiden m'a menti : il n'a pas arrêté de croire en l'amour. Il a juste oublié comment on fait. Au fil du temps, il a érigé une forteresse imprenable pour protéger son cœur. Et, à un certain moment, il en a tout bonnement perdu la clé.

— Donne-moi juste une bonne raison, Aiden.

Nous nous entre-regardons longuement. J'aimerais désespérément qu'il me dise quelque chose, n'importe quoi. Mais il demeure parfaitement silencieux. À l'antenne, le morceau choisi par Colin prend fin et un nouveau commence. Je reconnais les notes de piano de la chanson de Louis Armstrong que j'avais demandée lors de ma toute première soirée ici. Si je n'étais pas si triste, j'en rirais presque.

Tout s'achève comme ça a commencé, j'imagine.

Je me détourne et commence à rassembler les objets qui se sont entassés sur mon bureau au cours du mois qui vient de s'écouler. Mon calepin. Mes tablettes de chocolat. Quelques élastiques. Un Post-it bleu clair sur lequel est dessiné le smiley le plus maladroitement représenté que j'aie jamais vu. J'hésite à le laisser là mais me rappelle alors le rire grave et doux qu'a laissé échapper Aiden en le dessinant, ce soir-là. Je le glisse dans mon sac avec le reste de mes affaires. Puis je me lève.

— Lucie, ne fais pas ça, proteste Aiden en attrapant mon poignet. Ne t'en va pas.

Je jette un regard noir en direction de la main qui se referme sur mon avant-bras. Son pouce caresse doucement la veine délicate qui court sur la face interne de mon poignet. L'appréhension qui se lisait dans sa voix ne m'a pas échappé. Sans doute dit-elle en creux ce qu'il éprouve réellement pour moi. Mais ce n'est pas suffisant. J'ai besoin de mots. Je lui ai dit que je ne voulais plus opter pour la facilité et cela s'applique aussi à notre relation.

— C'est ma dernière émission. Je sais que tu dois te dire que je fais ça pour te punir. Mais…

Ma voix se fêle alors et je presse mes lèvres l'une contre l'autre, m'efforçant de réprimer le violent tremblement qui se réverbère au plus profond de moi. Je dois être forte. Courageuse. Je sais que j'en suis capable.

— Ne pas vouloir que je m'en aille n'est pas la même chose que d'avoir envie que je reste. Je veux être avec toi, Aiden, et avec personne d'autre. Alors, la balle est dans ton camp. Il ne tient qu'à toi de décider de la suite.

Je m'arrache à lui, refusant de céder à la tentation de lui faciliter les choses. Je sens ses doigts courir sur ma peau, de mon poignet à mes mains et jusqu'au bout de mes doigts. Il ne me lâche qu'au tout dernier moment comme s'il voulait encore se raccrocher à moi.

— Mes sentiments ne changeront pas de sitôt, dis-je d'une voix calme. Alors fais-moi savoir quand tu seras prêt à parler. D'ici là…, conclus-je, le cœur broyé par le chagrin. D'ici là, je resterai à l'écoute.

AIDEN VALENTINE : Colin ? Vous êtes toujours là ?

COLIN PARKS : Oui, je suis là. Mais vous m'avez laissé en attente pendant plus d'un quart d'heure !

AIDEN VALENTINE : Je sais... Je suis... Je suis désolé. Il s'est passé quelque chose. Lucie a dû partir.

COLIN PARKS : Oh... C'est dommage. [Silence] Est-ce qu'elle va revenir ?

AIDEN VALENTINE : Je ne pense pas, Colin.

COLIN PARKS : Vous croyez qu'elle voudra toujours venir à ce rendez-vous avec moi ?

AIDEN VALENTINE : Je crois que j'ai merdé, Colin.

COLIN PARKS : À propos du rendez-vous ?

AIDEN VALENTINE : À propos de tout...

CHAPITRE 30

AIDEN

JE RESTE AU STUDIO jusqu'à ce que tout le monde soit parti.

Jackson a passé dix minutes à tenter de me convaincre d'aller boire un verre avec lui. À la fin de l'émission, Maggie est venue se planter devant moi, les bras croisés sur sa poitrine et m'a juste dit :

— Je suis du côté de Lucie, sur ce coup-là.

Je l'ai longuement regardée avant de hocher la tête et de lui répondre :

— Moi aussi.

Son visage s'est alors radouci et elle a tourné les talons pour s'éloigner à grands pas.

Et depuis, je n'ai pas bougé de mon fauteuil, les yeux rivés sur les écrans et les potentiomètres qui brillent doucement dans l'obscurité. J'ai l'impression que, tant que je resterai ici, je pourrai faire comme si ces dernières heures n'avaient pas existé. Que je pourrai continuer à me convaincre que Lucie finira par revenir. Que tout redeviendra exactement comme avant.

Du temps où mes sentiments pour elle étaient contenus, gérés, consciencieusement réprimés…

Mais ils ne le sont plus. Et elle ne reviendra pas.

Lucie a raison. Tout ce qu'elle a dit est vrai. Je gère soigneusement mes attentes pour m'éviter de souffrir. Je me tiens à prudente distance de tout ce qui pourrait menacer mon ataraxie soigneusement cultivée. Mais Lucie a trouvé une fissure dans la muraille que j'ai érigée autour de moi et a réussi à se faufiler jusqu'au plus profond de mon cœur sans même que je m'en aperçoive. Elle a réduit toutes mes défenses à néant et ce, sans jamais perdre le sourire.

Et puis, j'ai tout fichu en l'air.

En ne lui disant rien.

En essayant maladroitement de la pousser dans les bras d'un autre.

En restant assis sur cette chaise comme une statue tandis qu'elle mettait son cœur à nu devant moi. Je n'ai même pas trouvé le courage de lui répondre quoi que ce soit. En réalité, je ne vaux pas mieux que le salopard qui lui a posé un lapin au Duck Duck Goose. Ou que cette ordure qui lui a donné rendez-vous juste pour l'humilier et la faire pleurer. Peut-être suis-je même pire que ces deux-là. Parce qu'avant de lui briser le cœur, je lui ai fait croire qu'elle était en sécurité avec moi.

Je passe mes mains sur mon visage et presse mes paumes contre mes yeux jusqu'à ce que ma vue se couvre de taches sombres qui volettent en tous sens. J'ai juste besoin de quelques instants. D'une minute ou deux. Et je saurai alors quoi faire.

Sauf que la révélation tant attendue ne vient pas. Je me sens plus perdu que jamais. Et après d'interminables tergiversations, je finis par prendre mon téléphone et composer son numéro.

Il répond dès la deuxième sonnerie.

— Aiden ?

Sa voix est enrouée de sommeil et j'entends les draps bruisser puis le léger cliquetis de l'interrupteur lorsqu'il allume sa lampe de chevet.

— Est-ce que tout va bien ? demande-t-il d'une voix inquiète.

Je jette un coup d'œil à la pendule accrochée au-dessus de la porte. *Eh merde.* Il est déjà minuit passé. Je suis resté assis dans ce studio à broyer du noir bien plus longtemps que je ne l'avais imaginé.

— Je suis désolé, articulé-je d'une voix presque aussi rauque que la sienne. Tout va bien. Je te rappellerai demain.

— Non, non, ça ne fait rien. Inutile de raccrocher maintenant que je suis réveillé…

J'entends une voix étouffée à l'arrière-plan. Ma mère demande à mon père qui est au téléphone. Il la rassure gentiment avant de se lever. J'entends craquer le plancher lorsqu'il quitte la chambre et s'avance dans le couloir. Je reconnais les lattes sur lesquelles j'évitais soigneusement de marcher lorsque je ne voulais surtout pas déranger le sommeil fragile de ma mère.

— Je suis toujours là, me dit-il.

Il soupire doucement et je l'imagine prendre place sur le banc situé près de la fenêtre en saillie, sur la façade ouest de la maison. À travers le verre légèrement dépoli, on aperçoit la forme massive d'un grand chêne dont les branches basses viennent caresser les carreaux. Combien de fois suis-je venu m'asseoir sur ses genoux alors qu'il se trouvait là au beau milieu de la nuit ? Il passait tendrement ses doigts dans mes cheveux. Il avait coutume de me dire alors que cet arbre était notre protecteur. Que chaque nuit, il étendait ses branches autour de la maison et veillait sur nous.

À l'autre bout du fil, mon père étouffe un bâillement.

— Que se passe-t-il, fiston ? demande-t-il. Tu as du mal à dormir ?

— Je suis toujours à la radio, en fait.

— Tu as besoin que je vienne te chercher ?

J'entends bruisser ses vêtements et je m'imagine qu'il cherche ses chaussons. Cette idée m'inspire un sourire plein de tendresse.

— Non, papa, ça n'est pas la peine.

Sauf que je n'ai effectivement plus de voiture et que c'était Jackson qui était censé me ramener. Mais je réglerai ce problème le moment venu. J'en ai d'autres bien plus graves.

— Je… J'aurais pu me joindre à vous lors de ce voyage…

Je ne m'attendais pas du tout à lui dire cela. C'est sorti tout seul, me prenant totalement de court. J'imagine qu'il est rassurant de se dire que je suis encore capable de faire preuve d'honnêteté, de temps à autre…

— Comment ça ? demande mon père d'une voix légèrement hésitante.

— J'aurais pu me joindre à vous lors de votre voyage à Acadia, répété-je avant de m'éclaircir la gorge. Mais j'ai dit à maman que je ne pouvais pas, que j'avais du travail.

— Nous savons que tu es très occupé. Ça ne fait rien. Ce sera pour la prochaine fois. J'essaie de convaincre ta mère d'aller visiter un arboretum. Et nous retournerons certainement à Acadia un de ces jours.

— Ce n'est pas ce que je voulais dire. Je n'étais pas réellement pris. Ou plutôt, j'aurais sans doute pu trouver quelqu'un pour me remplacer. Mais je n'ai même pas essayé. Pourtant, j'aurais pu… j'aurais dû vous accompagner.

Ma respiration est oppressée, ma gorge nouée. Mon père, lui, demeure longuement silencieux, me laissant tout le temps qu'il faut pour dénouer le fil de mes émotions.

— Je sais que je n'arrête pas de faire ça… Je m'invente des excuses chaque fois que vous m'invitez à vous rejoindre quelque part. Je manque des déjeuners en famille. Et je ne réponds pas à tous vos messages…

— Aiden…

— Je sais que c'est une solution de facilité pour moi. Je crois que je me suis convaincu que si je vous voyais moins – que si je voyais moins maman – ça me ferait moins mal si jamais je devais… je devais la perdre…, articulé-je d'une voix étranglée. Alors je me suis délibérément tenu à l'écart.

Après trois cancers en l'espace de dix ans, j'ai fini par comprendre que je ne savais pas comment gérer ça et j'ai fait en sorte de n'avoir plus à le faire. Je me suis enfoui la tête sous le sable. J'ai délibérément essayé de me tenir à l'écart de toute forme d'attachement émotionnel. Et de cette façon, j'ai enfin pu respirer librement.

— Je ne sais pas comment tu as fait, reprends-je d'une voix brisée. Comment tu fais encore aujourd'hui. Tu l'aimes tellement et tu…

Je m'interromps et presse mes lèvres l'une contre l'autre pour les empêcher de trembler.

— Je ne te l'ai jamais dit mais je pouvais t'entendre pleurer, la nuit. Tu te désagrégeais littéralement sous mes yeux et je ne voulais pas que ça m'arrive. J'ai essayé d'être fort mais je crois qu'en fin de compte, j'ai tout gâché…

Mon père pousse alors un profond soupir qui résonne dans mon oreille.

— Oh, Aiden… Fiston…

— Ça ne marche pas, dis-je en pressant de toutes mes forces les jointures de mes doigts contre mon front. Ou plutôt, ça ne marche plus – si tant est que ça ait jamais marché… Et je ne sais pas comment réparer les choses.

— Que cherches-tu à réparer, au juste ? demande gravement mon père.

— Moi, lui avoué-je. Il faut que je me répare moi…

En tout cas, cette part de moi qui a besoin de se tenir à distance de la vie pour pouvoir fonctionner. Cette part qui m'empêche de me rapprocher de qui que ce soit parce que l'idée de m'attacher à quelqu'un que je pourrais perdre me terrifie. J'ai essayé de jouer sur les deux tableaux avec Lucie mais ça s'est soldé par un échec. Je n'arrive plus pour autant à revenir en arrière. J'ai essayé mais c'est impossible. Et je ne sais pas non plus comment devenir la personne qu'elle voudrait que je sois…

— Aiden, murmure mon père, tu n'as pas besoin de te réparer. Tu n'es pas brisé.

— C'est pourtant ce que je ressens.

— Je crois que tu es seulement contusionné.

Derrière lui, j'entends des branches craquer dans le vent et, comme lorsque j'étais enfant, je m'imagine un instant que le chêne les referme autour de moi pour me protéger.

— Tu étais très jeune lorsque ça s'est passé pour la première fois, soupire mon père. Et je me dis parfois que nous t'en avons trop demandé.

Je laisse mon regard dériver jusqu'au casque de Lucie qu'elle a laissé à sa place habituelle. Mais son bureau est désormais désert et vide.

— Vous ne m'avez rien demandé, objecté-je.

À vrai dire, je me rappelle même l'avoir supplié à l'époque de me donner quelque chose à faire, une mission, n'importe quoi qui aurait pu me permettre de canaliser mon énergie et mon chagrin. Il a fini par me tendre une pelle et m'a demandé d'aller transférer le plant de lavande de l'avant à l'arrière de la maison. Sur le coup, c'est ce que nous avons trouvé de mieux, lui et moi.

Mais ça n'a pas changé grand-chose. Et ça n'a pas guéri ma mère.

— Tu as dû grandir trop vite. Tu passais plus de temps à l'hôpital qu'avec tes amis. Le cancer a privé ta mère de beaucoup de choses, c'est certain. Mais il ne t'a pas épargné non plus. Et il est tout à fait normal que tu aies besoin de travailler là-dessus, Aiden.

— Comment as-tu réussi, toi ? Comment est-ce que tu réussis à l'aimer en ayant constamment si peur pour elle ?

Mon père éclate d'un rire légèrement rauque qui trahit toute une palette d'émotions contradictoires.

— Mais je n'ai jamais eu le choix, Aiden. J'aime ta mère et je l'aimerai quoi qu'il puisse nous arriver. Et je n'aurais jamais pu choisir quelqu'un d'autre, même si j'avais eu connaissance de toutes les épreuves qui nous attendaient. Bien sûr, c'est plus facile lorsqu'on finit par accepter l'évidence : que tout ceci n'est que temporaire. C'est aussi ce qui rend chaque instant si spécial, si unique. L'amour, soupire-t-il, ce n'est pas seulement le soleil et les bouquets de roses. Parfois, c'est un lit d'hôpital, un crâne rasé. Mais je ne troquerai ces moments contre aucun autre parce que pendant tout ce temps, j'étais avec elle…

— Tu es plus courageux que je ne le suis.

— Non… Je crois que j'ai juste un peu plus d'expérience.

Il s'interrompt un instant, plongé dans ses pensées.

— Je ne pense pas que tu aies besoin de *réparer* quoi que ce soit, Aiden. Tu as simplement besoin de travailler un peu sur certaines choses…

— Comment ?

— Comment ? répète-t-il et il me semble que je peux entendre un début de sourire dans sa voix. Voilà ce que je te propose. Toi et moi, nous allons parler, tous les deux. Pas seulement une fois par mois. Nous allons discuter comme nous ne l'avons jamais vraiment fait. Mais pas au beau milieu de la nuit, de préférence. Contrairement à toi, apparemment, ton vieux père a besoin de dormir.

Je ne peux m'empêcher de rire en dépit des larmes qui me montent aux yeux.

— Tu vas aussi commencer à répondre au téléphone lorsque ta mère t'appelle. Et tu vas participer à notre chat familial. Tu viendras dîner à la maison, le dimanche soir. Nous irons voir quelques matchs de base-ball tous les trois dès que la nouvelle saison commencera. Et tu vas retourner voir ton thérapeute. Je sais que tu as arrêté, ajoute-t-il d'un air entendu. Mais tu as besoin de sortir de ton isolement et de parler à quelqu'un. À partir de maintenant, tu n'hésiteras pas à demander de l'aide quand tu en auras besoin. Et tu vas apprendre à aimer sans avoir peur des conséquences. Cela prendra le temps qu'il faudra mais je sais que tu en es capable. Comme je te l'ai dit, c'est juste une question de travail sur soi.

Tandis qu'il parlait, j'ai aperçu sur le bord du bureau le minuscule avion en papier que Lucie a fabriqué un jour à l'aide d'un morceau d'emballage de tablette de chocolat. Celui qu'elle a lancé droit sur mon cœur. Il s'est pris dans les fils de la console qui le dissimulent en partie. Je me penche pour le récupérer et, tout en écoutant les conseils de mon père, je le déplie précautionneusement jusqu'à ce qu'il redevienne un simple morceau de papier aluminium. Puis très lentement, je suis les pliures faites par Lucie pour le reconstituer.

— Et si je n'y arrive pas ? demandé-je enfin. Si je ne m'y prends pas comme il faudrait ?

— Eh bien, tu n'auras qu'à recommencer. Tu recommenceras jusqu'à ce que tu trouves une bonne raison d'y parvenir.

Je sens les battements de mon cœur s'emballer dans ma poitrine, tout contre le porte-clés que je porte autour du cou depuis l'âge de seize ans. L'écho des dernières paroles de Lucie me revient alors à l'esprit.

Donne-moi juste une bonne raison…

— Qu'est-ce qui a provoqué ce soudain questionnement, Aiden ? me demande mon père. Est-ce que par hasard, ça aurait un rapport avec une certaine jeune femme que tu as essayé de caser de force avec quelqu'un d'autre, ce soir ? ajoute-t-il avec une pointe d'amusement dans la voix.

— Tu as entendu ça ?

— J'ai bien l'impression que toute la côte Est a entendu ça, réplique-t-il. Très franchement, ça n'était pas très malin de ta part.

C'était même complètement stupide. Comment ai-je pu l'encourager à sortir avec quelqu'un d'autre que moi ? Non seulement je lui ai menti mais, pire encore, je l'ai blessée. Et pendant tout ce temps, j'étais convaincu d'agir pour le mieux, de me conduire de façon honorable. Mais elle m'a percé à jour. Elle a compris que ce que je cherchais avant tout, c'était à me protéger.

Elle est devenue trop proche de moi et j'ai paniqué. C'est aussi simple que ça.

Je ne suis qu'un égoïste. Et un lâche.

Je passe la main sur ma nuque douloureuse et étends mes jambes devant moi.

— Si je te dis que ça a bien un rapport avec Lucie, est-ce que tu vas me bombarder de questions à ce sujet ?

— C'est mon devoir de père. Et répondre à ces questions fait partie du processus, Aiden. C'est déjà une façon de te mettre en danger.

Je soulève le petit avion et l'observe attentivement.

— D'accord, acquiescé-je en le propulsant soudain dans les airs. Et oui, ça a bien un rapport avec Lucie.

— Bien. Raconte-moi ce qui s'est passé exactement.

Et pour la première fois depuis bien longtemps, j'entreprends de lui raconter tout ce que j'ai vraiment sur le cœur.

Je passe le plus clair de ma journée de samedi effondré sur mon canapé, vêtu d'un vieux survêtement informe, un carton de nouilles sautées posé sur la poitrine. Puis je dispose tous les coussins sur le sol, j'allume la télévision et je regarde *Indiana Jones et le Temple maudit*. Du début à la fin. Et lorsque le générique s'arrête, je le regarde une seconde fois. Pendant tout ce temps, il me semble sentir la présence de Lucie à mes côtés. Je peux percevoir l'ombre de son parfum sur les coussins sur lesquels je suis allongé. Et j'ai passé à mon poignet un chouchou qu'elle a oublié au studio.

Je me demande ce qu'elle fait, en ce moment même.

J'espère qu'elle pense à moi.

J'espère que je n'ai pas tout gâché.

Dimanche, je me réveille à une heure complètement déraisonnable et enfile une paire de baskets pour me traîner jusque chez Jackson à l'aube. Je frappe à sa porte et me laisse tomber sur la volée de marches qui y mène. En attendant qu'il me rejoigne, je regarde deux pigeons se battre pour une part de pizza tombée au milieu de la petite rue pavée qui court devant chez lui. Ce faisant, je tente désespérément de remettre un peu d'ordre dans mes pensées encore engluées par le sommeil.

Lorsqu'il ouvre enfin la porte, je lui jette un morne coup d'œil.

— Qu'est-ce que c'est que ce truc ? demandé-je en désignant le curieux sac à dos qu'il porte.

Jackson me fait à peine l'aumône d'un regard. Il se penche pour remonter ses chaussettes puis rajuste les sangles du petit sac en question.

— C'est une poche à eau, dit-il en détachant la pipette flexible qu'il porte à ses lèvres. Ça permet de s'hydrater tout en courant.

Je fronce les yeux pour me protéger de la lumière éclatante du soleil.

— Les bouteilles d'eau, ça existe, tu sais.

— Mais ça me permet de garder les mains libres.

— Franchement, ça te donne l'air…

— À ta place, j'éviterais de terminer cette phrase, Aiden. Je sais que tu n'es vraiment pas du matin et je pense que je pourrais te botter le cul sans aucun problème, à cette heure.

Il me jette un regard noir avant de poursuivre son échauffement habituel. Je remarque un autocollant aux couleurs de l'arc-en-ciel collé à l'arrière de sa poche à eau et me demande si c'est l'une de ses petites sœurs qui l'a collé là. Je me rends alors compte que cela fait longtemps que je ne lui ai pas demandé des nouvelles d'elles. À vrai dire, cela fait longtemps que je ne lui ai pas demandé de nouvelles de sa vie à lui.

Il faut croire que Lucie n'a pas été la seule victime de cette sale tendance que j'ai de me tenir à prudente distance des gens qui m'entourent. C'était d'ailleurs la raison initiale de ma venue ici ce matin. J'intronise avec Jackson la Grande Tournée des Excuses d'Aiden Valen.

— Qu'est-ce que tu fais ici ? demande mon ami après avoir vérifié par deux fois que sa porte d'entrée était bien verrouillée.

Il commence à descendre les marches alors que je n'ai toujours pas réussi à me redresser en position verticale.

— Je pensais que tu ne sortais jamais de ta grotte avant au moins midi, ajoute-t-il.

— Je sais que tu pars courir tous les matins.

— C'est vrai. Mais ça n'explique pas les raisons de ta présence.

— Je me suis dit que je pourrais me joindre à toi.

Je n'ai pas fait de jogging depuis des années mais il n'a pas besoin de le savoir.

Jackson me considère d'un air encore plus suspicieux.

— Tu ne cours jamais.

C'est vrai. Mais je vais nager cinq fois par semaine et je vais régulièrement faire un tour en salle pour ajouter un peu de musculation. Il m'arrive même de faire le tour du parking en courant lorsque je suis stressé, à la radio. Et, curieusement, j'ai été plutôt stressé, ces temps-ci…

— Je devrais pouvoir réussir à suivre.

Il m'étudie en silence pendant une bonne minute, les lèvres pincées. Je le laisse faire, espérant qu'il saura discerner mes bonnes intentions plus que l'épuisement et le désespoir qui m'habitent.

— Très bien, conclut-il enfin. Allons-y.

Sur ce, il s'élance à petites foulées sans même attendre que je me sois redressé.

Il s'avère rapidement qu'un tour de parking de temps à autre n'est pas comparable à une course soutenue de sept kilomètres et demi à travers le parc Patterson.

Jackson ne fait preuve d'aucune pitié à mon égard. Pas un instant, il ne ralentit le rythme métronomique de sa course tandis que je pantelle et halète derrière lui. Je suis déjà deux mètres en arrière lorsque nous passons pour la deuxième fois devant la grande pagode qui se trouve au centre du parc. Et je trébuche sur une boîte de nuggets de poulet abandonnée là. Perdant l'équilibre, je ne tarde pas à me retrouver allongé sur l'herbe.

Cette fois, je ne fais même pas l'effort de me relever.

Je demeure étendu de tout mon long sur le sol et contemple les branches des arbres qui s'agitent doucement au-dessus de moi. Jackson finit par apparaître dans mon champ de vision. Il a sa pipette à la bouche et ses cheveux trempés de sueur sont repoussés en arrière. Ce salopard ne semble même pas essoufflé.

Lorsqu'il a fini de boire, il fronce les sourcils et place ses mains sur ses hanches.

— Peut-on savoir ce que tu fais ?

— J'ai trébuché sur une boîte de nuggets, dis-je en désignant la coupable qui est toujours accrochée à ma chaussure. Je me demande quel genre de personne jette ses ordures au beau milieu de l'allée alors qu'il y a des poubelles partout !

— Je ne te parlais pas de ça, rétorque Jackson. Ce que je voulais savoir, c'est ce que tu fais là. Au parc.

— Je ne sais pas. Je t'ai suivi, c'est tout.

Mal m'en a pris, d'ailleurs, parce que je ne sens plus mes jambes. Ni mes bras, du reste. Et je suis intégralement couvert de sueur. À ce stade, je ne suis même pas sûr de pouvoir me relever un jour. Peut-être vais-je devoir vivre ici au beau milieu du parc Patterson. Et qui sait, on me décorera peut-être comme la pagode au moment de Noël…

Jackson m'envoie un petit coup de pied du bout de sa chaussure.

— Tu n'es pas du matin. Tu n'aimes pas courir. Et tu n'aimes pas passer du temps avec les gens. Alors, je te le demande encore une fois : qu'est-ce que tu fais là ?

— J'ai peut-être besoin de faire plus de choses que je n'aime pas, répliqué-je d'une voix rendue rauque par mes halètements continus.

Je lève les bras et les laisse lourdement retomber de chaque côté de moi.

— Ou alors, j'ai peut-être besoin de ne plus me comporter continuellement comme un salopard.

Jackson passe une main dans ses cheveux sans cesser de m'étudier avec attention.

— Tu ne te conduis pas *continuellement* comme un salopard, me dit-il enfin.

— La plupart du temps, alors.

— Parfois, me reprend-il.

Il soupire et me tend la main pour m'aider à me relever. Je m'exécute en grognant et il écarte une feuille accrochée à mon T-shirt.

— Qu'est-ce qui t'a conduit à une telle introspection ?

— Lucie, dis-je, sans même prendre la peine de me soustraire à cette question.

Je suis bien trop fatigué pour cela. Et elle me manque affreusement.

— Elle m'a percé à jour, Jackson. Et je n'ai pas aimé ce que j'ai vu. Alors, j'essaie de m'améliorer.

— Et cette soudaine envie d'exercice matinal ? Cela fait partie du programme ?

Je hoche la tête et grimace en sentant une douleur à mon côté. Soit je suis sérieusement déshydraté, soit mes organes sont sur le point d'exploser. Rétrospectivement, cette idée de poche à eau me semble nettement moins ridicule.

— Je n'ai pas été un très bon ami pour toi. Et c'est une façon de m'excuser. J'aurais aussi besoin que tu m'aides à mettre au point un plan.

Jackson s'avance vers moi et pose deux de ses doigts contre ma veine jugulaire. Je repousse sa main.

— Désolé. Je voulais vérifier tes signes vitaux. Tu viens de me demander mon aide de ton propre chef.

— Je te l'ai dit : j'essaie de m'améliorer, fais-je en serrant les dents.

J'imagine que les gens bien ne sont pas censés frapper leurs amis. Mais le fait est que j'en ai soudain très envie. Et le sourire narquois que me décoche Jackson semble indiquer qu'il en a parfaitement conscience.

— Tu as besoin d'un plan pour reconquérir Lucie ?

— Exactement.

— Bien, dit-il en m'assénant une claque sur l'épaule.

Sur ce, il se détourne et se remet à courir.

— Achète-moi un cruffin et nous pourrons en discuter.

— Toi et tes stupides cruffins…, marmonné-je.

Je jette un coup d'œil en direction de son dos qui s'éloigne, pousse un profond soupir et m'élance en boitillant à sa suite.

Brouillons de SMS d'Aiden Valen à Lucie Stone (non envoyés).

AIDEN : Je n'arrête pas d'espérer te voir entrer dans le studio bien que je ne t'aie donné aucune raison de le faire.

AIDEN : Est-ce que tu as déjà essayé la pizza à l'ananas de ce nouveau restaurant sur Broadway ?

AIDEN : Je n'arrête pas de penser à toi.

AIDEN : Bordel. Moi aussi, il me serait facile de tomber amoureux de toi, Lucie !

CHAPITRE 31
LUCIE

— EST-CE QUE TU AS ÉCOUTÉ *Les Liens du cœur*, hier soir ?

J'ai l'impression que c'est la question préférée de tous les gens que je rencontre, cette semaine, et ma réponse est toujours la même.

— Non, réponds-je une fois de plus sans quitter des yeux la liste des réparations sur lesquelles je suis en train de travailler.

Malgré l'ultime promesse que j'ai faite à Aiden de rester à l'écoute, je n'ai pas eu le courage de tenir parole. Je ne tiens pas à l'entendre se montrer charmant et détendu alors que je passe mes heures de liberté à errer chez moi vêtue d'un pyjama souvent mis à l'envers, en mangeant des Frosties à même la boîte comme un raton laveur des poubelles.

Colin est passé au garage un peu plus tôt dans la semaine pour venir chercher Rosie. Il avait pris soin de se munir d'un nouveau bouquet de roses qu'il m'a remis en mains propres.

— Comme ça, il n'y aura pas de risques de confusion, m'a-t-il dit d'un ton plein d'espoir.

L'expression qui a dû se peindre sur mon visage devait être éloquente parce que le sien s'est brusquement décomposé.

— Ah…, a-t-il lâché d'une voix très douce. J'imagine que ça a quelque chose à voir avec le type de la radio, n'est-ce pas ?

— Oui, ai-je reconnu, la mort dans l'âme.

Ça a tout à voir avec le type de la radio. Celui qui ne m'a toujours pas envoyé de message ou passé de coup de téléphone. Cela fait désormais une semaine que je n'ai pas de nouvelles et j'essaie sans grand succès de ne pas me laisser complètement abattre.

Je sais en tout cas qu'Aiden anime toujours l'émission. Chaque soir. Et je sais que Maya, Grayson, Mateo et Patty continuent à l'écouter – même s'ils ont tous la décence de me le cacher.

Mais Harvey ne s'est jamais targué de posséder le moindre tact.

Les avant-bras posés sur la cloison qui sépare mon poste de celui d'Angelo, il me considère en mâchonnant un cure-dents. C'est à son tour de choisir la musique, aujourd'hui, et nous avons le droit à la B.O. de *Bridgerton* poussée à plein volume. Nous en sommes à la version pour quatuor à cordes de *Dancing on my Own* qui est à la fois apaisante et un peu déprimante et constitue un contrepoint parfait à mon humeur morose.

— Pourquoi pas ? demande-t-il.

— Pourquoi pas quoi ?

— Pourquoi est-ce que tu n'écoutes plus *Les Liens du cœur* ?

Je lève les yeux vers lui.

— Parce que je n'en ai pas envie.

À ma connaissance, seuls les membres de ma famille et Aiden savent pourquoi j'ai décidé de ne plus participer à l'émission. La plupart des gens pensent que j'ai probablement trouvé l'homme que je cherchais et que je poursuis en sa compagnie mon chemin sur *La Route de l'amour*. Il m'arrive même presque de me convaincre moi-même que mon histoire avec Aiden n'a été qu'une sorte de rêve éveillé particulièrement réaliste. Et puis je me surprends à me demander ce qu'il peut bien être en train de faire et je me rappelle alors que je suis bel et bien tombée amoureuse de cet idiot.

C'est à lui que revient l'initiative, désormais. La balle est dans son camp. Et je refuse de me torturer en attendant qu'il se décide à la ramasser.

Je compte bien demeurer douloureusement optimiste et continuer à me noyer dans le travail et à me nourrir uniquement de céréales mangées à la main.

— Tu devrais pourtant, dit Harvey.

Avisant mon regard interrogatif, il ôte son cure-dents et me décoche un large sourire.

— Écouter *Les Liens du cœur*, précise-t-il.

— Non merci.

— Vraiment, Lu, je suis sérieux, insiste-t-il. Tu devrais écouter l'émission.

Je me replonge dans mon inventaire.

— Sans façon.

— Lucie, tu devrais vraiment…

— Lu ? l'interrompt alors Dan en le poussant de côté. Est-ce que tu bosses toujours sur l'Audi ?

Il s'empare de l'inventaire que je suis en train d'étudier et fronce les sourcils.

— C'est pour une Toyota, remarque-t-il.

Je lui reprends le porte-bloc des mains.

— Exact. L'Audi est au fond du garage. Elle est prête. Je ne devrais pas tarder à terminer les réparations sur la Toyota.

Il s'ensuit une brève conversation à voix basse entre Dan et Harvey. Le premier la conclut par un coup de chiffon à graisse sur la nuque du second.

— Que se passe-t-il ? leur demandé-je en abaissant mon inventaire. Est-ce que tu étais censé t'occuper de la Toyota, Harvey ?

— Pas du tout, répond Dan en adressant à ce dernier un regard appuyé dont je n'ai ni le temps ni l'énergie de tenter de déchiffrer la signification.

Harvey marmonne dans sa barbe quelque chose qui ressemble à « beaucoup trop rapide » et Dan soupire et se pince l'arête du nez.

— Personne ne t'a demandé de t'en charger, me dit-il.

— Tu parles de la Toyota ?

Je les observe tour à tour.

— Si tu veux assigner cette voiture à quelqu'un d'autre, tu n'as qu'à me le dire, lancé-je à Dan.

— La question n'est pas là, réplique-t-il. Je m'inquiète à ton sujet.

— Quoi ? Pourquoi ?

Angelo sort de sous la jeep qu'il est en train de réparer.

— Parce qu'on dirait que quelqu'un t'a volé ton galaktoboureko, déclare-t-il.

— C'est quoi cette histoire de « bourriquet galactique » ?

— Peu importe, répond-il en fronçant ses épais sourcils blancs. Ce que je voulais dire, c'est que tu es triste.

— C'est vrai, acquiesce Harvey en mimant la tristesse au cas où je ne comprendrais pas de quoi ils parlent. Et quand tu es triste, nous sommes tous tristes.

— Je ne suis pas triste, protesté-je.

J'ai surtout l'impression d'être coincée – quelque part à mi-chemin entre envie, angoisse et attente. Me tenir occupée m'aide à ne pas me laisser submerger par le flot de mes pensées. Et c'est précisément ce dont j'ai besoin.

— Ne vous en faites pas pour moi.

— Il y avait six jours de travail sur l'Audi, m'indique Dan. Tu l'as terminée en moins de vingt-quatre heures.

— C'est parce que nous avions les pièces en stock depuis qu'Angelo avait travaillé sur un modèle similaire, l'hiver dernier. Qui a estimé qu'il fallait six jours ?

— C'est ce que comptent les types du garage de Fed Hill pour ce genre de travail.

— Pourquoi est-ce que nous nous alignons toujours sur eux ?

Je repose mon inventaire et m'essuie les mains sur mon bleu de travail. Comme j'effleure la fermeture Éclair, je ne peux m'empêcher de penser à Aiden et à ce jour où je les ai dépannés, lui et sa pizza. C'est toujours pareil : le moindre prétexte est bon pour que mon cerveau se mette à me projeter une rétrospective de mes meilleurs moments avec Aiden « Valentine » Valen. Et ensuite, il faut que je trouve un moyen de faire face. À chaque fois, j'éprouve cette sensation si particulière que l'on ressent lorsqu'on bascule à la renverse dans un rêve. Ce moment de panique, juste avant de se réveiller en sursaut. Lorsque je pense à Aiden, il me semble que mon corps tombe en chute libre avant d'être brutalement rappelé à la réalité.

Je ferme les yeux et pousse un profond soupir. Lorsque je rouvre les paupières, j'avise Harvey et Dan qui m'observent tous deux avec inquiétude. Angelo s'est redressé sur sa planchette à roulette et me jette un regard tout aussi préoccupé.

— Comme le disait ma mère…, commence-t-il.

Je le fais taire d'un geste. Je ne suis vraiment pas d'humeur à supporter un de ses proverbes grecs, aujourd'hui.

— Je vais bien, soupiré-je.

C'est la vérité. Je vais bien. Tant que je me contente de prendre une chose après l'autre, de rester concentrée et d'avancer. Une voiture puis une autre. Et une autre encore. Bien sûr, j'aimerais pouvoir m'ouvrir la poitrine et procéder à quelques réglages internes, comme je le ferais pour un radiateur. Resserrer tous les écrous et les boulons jusqu'à ce que tout fonctionne comme sur des roulettes…

Angelo se redresse et rejoint Dan et Harvey. Leurs trois visages reflètent un même scepticisme à peine voilé.

— Très bien, déclare enfin Dan en repoussant sa casquette pour passer une main dans ses cheveux. Dans ce cas, j'ai une tâche à te confier.

— Parfait, m'exclamé-je en frappant dans mes mains. Je serai ravie de pouvoir m'occuper sainement.

Il plonge la main dans la poche arrière de sa salopette et en tire un trousseau de clés qu'il m'envoie.

— J'aimerais que tu ramènes la voiture d'Aiden à la station de radio.

Je suis très tentée de lui renvoyer directement les clés à la figure.

— Quoi ? Non… Pourquoi ?

Harvey émet un grognement entendu qu'il essaie de masquer par une brusque quinte de toux.

— Parce que les réparations sont terminées et que je lui ai promis que nous la lui déposerions.

— Tu lui as parlé ?

C'est un nouveau coup de banderille planté dans mon cœur trop fragile. Aiden continue à animer l'émission comme si de rien n'était. Et il répond aux coups de téléphone de Dan. Alors pourquoi n'a-t-il pas cherché à me contacter ?

Mon optimisme que je croyais irréductible commence soudain à fléchir.

— J'ai parlé à Maggie, précise Dan d'une voix très douce, comme s'il savait à quel point ce détail fait toute la différence à mes yeux.

Je ne peux réprimer un soupir de soulagement.

— Il avait indiqué le numéro de la station de radio en disant que c'était la meilleure façon de le contacter. C'est Maggie qui a décroché et je lui ai indiqué que nous déposerions la voiture sur le parking.

Je contemple le trousseau que je tiens à la main. Le porte-clés est un ouvre-bouteille en forme de pince de crabe. J'ai exactement le même qui vient de Chez Bertha. J'aperçois une portion décolorée par l'usage sur la partie supérieure. Elle a la forme d'un pouce et je ne peux m'empêcher d'y poser le mien.

— Et il faut vraiment que ce soit moi qui m'en charge ? soupiré-je.

— Angelo a rendez-vous avec un client dans quelques minutes.

— Et Harvey ?

— J'ai rendez-vous avec Sheila, ce soir, précise ce dernier en mastiquant de nouveau son cure-dents. Je t'en prie, ajoute-t-il en me faisant des yeux de chien battu, ne me fais pas arriver en retard à un rendez-vous avec Sheila…

Je laisse échapper un soupir exaspéré. Sheila ne mesure pas plus d'un mètre cinquante, mais c'est une maîtresse-femme qui ne s'en laisse pas conter. Elle cuisine aussi la meilleure salade de pommes de terre que j'aie jamais mangée. Et la gêne que je pourrais éprouver en me retrouvant face à Aiden paraît bien anodine, comparée à l'idée de décevoir Sheila.

Je referme la main sur le trousseau de clés et le serre si fort que les dents métalliques mordent ma chair.

— Et toi ? demandé-je en me tournant vers Dan. Quelle est ton excuse ?

— Je n'en ai pas. Mais il faut bien que quelqu'un te suive pour pouvoir te ramener ensuite jusqu'ici.

Je me mordille pensivement la lèvre en me balançant nerveusement d'une jambe sur l'autre. Je jette ensuite un coup d'œil à la Bronco garée au fond du garage avant de me retourner vers Dan.

— Tu seras juste derrière moi ?

— Juste derrière toi, me promet-il d'une voix rassurante.

Dan s'est fichu de moi.

Je ne le vois pas dans mon rétroviseur. Et je suis prête à parier qu'il n'a même pas fait deux pas en direction de sa camionnette. Je viens d'émerger du garage pour m'engager dans la rue et je ne le vois toujours pas sortir. Par acquit de conscience, je reste presque dix kilomètres-heure au-dessous de la limite de vitesse pour lui laisser le temps de me rattraper. Mais je me fais alors klaxonner par le conducteur d'un gros SUV qui roule juste derrière moi. Le cœur lourd, je me résigne à accélérer.

Tout en prenant la direction du studio, je me répète que tout se passera bien. De là-bas, je pourrai appeler un VTC pour me ramener jusqu'au garage. Et entretemps, je compte bien remettre ses clés à Aiden avec un grand sourire, comme si son silence obstiné ne m'avait fait ni chaud ni froid, comme si son souvenir n'avait pas obnubilé mon esprit durant toute la semaine. Je me conduirai en adulte raisonnable et parfaitement mature.

Malheureusement, je m'aperçois rapidement qu'il est très difficile de s'en tenir à de telles résolutions à bord de cette Bronco où tout conspire à me rappeler son souvenir. Son odeur flotte toujours dans l'habitacle et c'est un peu comme si je me trouvais dans ses bras. On sent même ces chewing-gums à l'eucalyptus qu'il garde toujours dans les poches de ses sweat-shirts et le café qu'il aime tant. Et ce parfum familier éveille une douleur sourde au creux de ma poitrine.

Lorsque je parviens enfin devant la barrière qui ferme l'entrée du parking de la station de radio, j'ai les nerfs à fleur de peau. J'ouvre ma vitre et fais mine de me pencher vers le lecteur de carte magnétique lorsque je prends alors conscience que je n'ai plus la mienne – je l'ai laissée sur le bureau de Maggie quand j'ai quitté l'émission.

Je passe rapidement en revue le tableau de bord mais ne trouve qu'un vieux menu de pizzas à emporter et un badge d'autoroute d'aspect antique coincé dans le porte-gobelet à l'avant. Sa carte d'accès ne se trouve nulle part en vue.

— C'était prévisible, murmuré-je en me penchant pour accéder à la boîte à gants.

Lorsque je l'ouvre, la moitié de ce qu'elle contient tombe au pied du siège passager : une paire d'écouteurs, une feuille de papier pliée en deux, le mode d'emploi de la voiture, une demi-tablette de chocolat à la menthe. Je remets tout à l'intérieur, mais l'écriture manuscrite d'Aiden qui figure sur la feuille éveille ma curiosité.

Je la déplie précautionneusement et la pose sur mes genoux pour déchiffrer ce qui s'avère être une liste.

Chocolat à la menthe
Marguerites
Distributeurs de sodas
Baume à lèvres à la noix de coco
Biscuits de Noël (surtout les sablés écossais)
~~*Bonbons Starburst jaunes*~~
Bonbons Starburst roses
Crème à café en poudre (pot orange)

Je relis cette liste une deuxième puis une troisième fois. C'est un inventaire de choses que j'aime. Il y en a que j'ai mentionnées au cours de l'émission et d'autres dont je n'ai pas parlé mais qu'il a dû remarquer.

La barrière s'ouvre alors devant moi. Le cœur battant à tout rompre, je replie en catastrophe la feuille que je replace à la hâte dans la boîte à gants. Tandis que je m'avance dans le parking, j'ai l'impression d'être dans un état second. Je mets un moment à remarquer la présence de Maggie qui m'attend près de l'entrée, les bras croisés sur sa poitrine. Je me gare non loin d'elle et la vois s'avancer à grands pas sur ses hauts talons qui claquent sur l'asphalte.

— Où étiez-vous ? demande-t-elle lorsque je descends de voiture.

Sans attendre ma réponse, elle claque la portière derrière moi, me prend par le coude et me remorque à grands pas à travers le parking en direction de la porte d'entrée.

— J'étais au garage, dis-je, un peu décontenancée.

J'ai presque du mal à suivre le rythme infernal qu'elle nous impose et nous ne tardons pas à franchir la porte du bâtiment pour pénétrer dans le hall de réception.

— Dan m'a demandé de ramener la voiture d'Aiden, ajouté-je. Est-ce qu'il est là ?

Derrière nous, la porte d'entrée se referme dans un claquement métallique.

— Non, justement, il n'est pas là, lance Maggie en poursuivant sa route. Et il est déjà six heures et huit minutes !

— Est-ce que… ?

Je me cogne l'épaule contre l'encoignure de la porte qui dessert le couloir menant au studio.

— Est-ce qu'il va bien ?

— Très bien. Apparemment, il a juste un problème avec un oiseau qui s'est coincé dans l'une des gouttières de sa maison…

— Quoi ?

— … et ensuite, il s'est aperçu qu'il avait oublié d'appeler un taxi pour venir jusqu'ici. Du coup, Jackson est à l'antenne, complètement livré à lui-même depuis huit minutes !

Maggie jette un coup d'œil à sa montre et grimace.

— Dix minutes, se reprend-elle. Alors il faut absolument que vous preniez le relais jusqu'à ce qu'Aiden arrive.

— Pardon ? m'exclamé-je, sidérée. Ce n'est pas possible… Je ne fais plus partie de l'émission…

Maggie s'immobilise enfin face au studio d'enregistrement. À travers la vitre insonorisée, je vois Jackson qui parle au micro en agitant les bras en tous sens. Tournant les yeux vers nous, il m'aperçoit et me lance un regard paniqué.

Aidez-moi, articule-t-il en silence.

— Cela fait cinq minutes qu'il parle des orages volcaniques, explique Maggie. Nous sommes dans le Maryland, Lucie ! Il n'y a pas un seul volcan dans la région !

— Mon Dieu…

— Vous devez absolument faire quelque chose, insiste Maggie en me tapotant l'épaule.

Je sais que, si elle s'écoutait, elle me pousserait des deux mains en direction de la porte de la cabine. Je ne l'ai encore jamais vue aussi paniquée qu'en cet instant.

— Je vous en prie, Lucie.

— Vous êtes vraiment sûre ?

— Certaine. Vous êtes la seule à pouvoir faire quelque chose.

Je jure intérieurement.

— Mais de quoi voulez-vous que je parle ? D'habitude, c'est Aiden qui prépare l'émission et aiguille la conversation.

— Racontez ce que vous voudrez, dit-elle en me tapotant l'épaule un peu plus fort. Ça ne pourra pas être pire que les orages volcaniques…

Je pousse donc la porte et pénètre dans le studio. Dès qu'il me voit entrer, Jackson laisse échapper un soupir de soulagement. Faisant pivoter dans ma direction le fauteuil d'Aiden sur lequel il est assis, il me fait signe d'approcher en vitesse.

— J'ai une surprise pour vous tous. Lucie est ici ! Dieu merci… Lucie est de retour exceptionnellement. Je vais donc cesser de vous ennuyer avec mes phénomènes météorologiques.

Il laisse échapper un rire teinté d'une pointe d'hystérie.

— Je laisse donc la parole à Lucie.

Je lui tapote l'épaule et me glisse sur le siège qui se trouve à côté du sien – mon siège. Je suis un peu étonnée qu'il n'ait pas été retiré. Après tout, cela fait déjà une semaine que je suis partie. Je constate alors qu'Aiden a également laissé mon pot à stylos – une tasse en plastique à l'effigie des Orioles que j'ai prise dans la salle de pause.

Je ne sais pas pourquoi, mais sa vue me réchauffe le cœur.

J'enfile alors le second casque qui est posé à sa place habituelle sur le bureau. Le son extérieur est aussitôt assourdi et je me retrouve instantanément projetée dans cet espace si particulier, cette interface entre moi et cette ville que j'aime tant qui attend que je lui parle par-delà cet imperceptible crépitement qui résonne dans mes oreilles. Instantanément, mon angoisse reflue.

— Bonjour, Baltimore. Ça fait un moment que nous ne nous sommes pas parlé.

Jackson se penche en avant et pose son front contre le bureau.

— Merci de voler à mon secours, Lucie.

Je lui décoche un sourire.

— Il n'y a pas de quoi. Avec un peu de chance, je ne serai ici que pour quelques minutes, le temps que… le temps qu'Aiden nous rejoigne. Maggie, la directrice des programmes, m'a dit qu'il avait trouvé un oiseau coincé dans l'une de ses gouttières.

— Elle a dit quoi ? s'étonne Jackson en ouvrant de grands yeux.

— Qu'Aiden avait un oiseau coincé dans sa gouttière.

— Un oiseau ?

Jackson se tourne vers la vitre insonorisée qui donne sur le couloir.

Je suis son regard et constate que Maggie lui adresse de grands signes. Lorsqu'elle voit que je la regarde, elle m'adresse un sourire qui me paraît un peu forcé. Je me demande si ces deux-là ne sont pas en train de me jouer un tour ou si c'est le manque de sommeil qui commence à se faire cruellement sentir. Jackson s'éclaircit alors nerveusement la gorge.

— C'est vrai. Maggie m'a parlé de cette histoire d'oiseau…

Il s'interrompt un instant et me jette un regard interrogatif.

— En attendant qu'il arrive, nous pourrions peut-être prendre quelques appels ?

Je suis de plus en plus méfiante. Trop de gens insistent pour me faire faire trop de choses. J'ai le sentiment diffus qu'il me manque une pièce du puzzle. Le même sentiment que j'ai parfois devant un moteur qui ne tourne pas rond…

— Pourquoi pas ? réponds-je à Jackson en le surveillant du coin de l'œil. C'est une bonne idée.

Il murmure quelque chose d'indistinct et paraît hésiter avant de presser l'une des touches de la console devant lui.

— Vous êtes en direct sur *Les Liens du cœur* avec Lucie et…, commence-t-il.

— Oh mon Dieu ! s'écrie une femme d'une voix retentissante.

Le flot de décibels est si intense que je ne peux m'empêcher de grimacer et de me tasser légèrement sur mon fauteuil.

— Cela fait une éternité que j'espère pouvoir vous parler ! s'exclame la femme. Où donc étiez-vous passée, ma belle ? Pourquoi avez-vous quitté l'émission ? Vous étiez au top, Aiden et vous ! Il y avait entre vous une super alchimie et…

L'appel s'interrompt brusquement.

— Oups ! lance Jackson, la main juste au-dessus du clavier. On dirait que la communication a été interrompue…

Je jette un regard accusateur en direction de son index qui se trouve suspicieusement proche de la touche « Retour arrière », celle qui permet de raccrocher.

— Interrompue, vraiment ?

— Oui, bredouille-t-il en s'essuyant nerveusement le front, repoussant ses lunettes qui glissent le long de son nez. Essayons de prendre un autre appel.

Il presse la touche correspondante et je me prépare psychologiquement à un éventuel nouvel assaut sonore. Au lieu de cela, une voix familière totalement inattendue se fait entendre.

— Maman ?

Je me redresse aussitôt sur mon siège, les mains pressées contre mes écouteurs comme si je pouvais ainsi me rapprocher de ma fille.

— Maya ?

— Salut, maman.

— Salut, dis-je un peu sèchement.

À cette heure, elle est censée faire ses devoirs, pas appeler une émission de radio.

— Je croyais avoir bloqué ce numéro sur ton téléphone, ajouté-je.

— Ne t'en fais pas, j'ai un adulte pour superviser l'appel, cette fois-ci. Papa est assis juste à côté de moi.

La voix de Grayson, un peu étouffée, confirme ce qu'elle vient de dire. Je me détends légèrement.

— Tout va bien ici, me rassure Maya. Et toi ? Comment te sens-tu ?

— Je…

Je jette un coup d'œil en direction de Jackson. Il a fait pivoter sa chaise, me tournant presque le dos. Le mystère semble s'épaissir.

— Je t'avoue que je suis un peu déboussolée.

— Je me suis dit que ce serait peut-être le cas, acquiesce-t-elle. Il s'est passé pas mal de choses étranges, aujourd'hui, n'est-ce pas ?

Jackson toussote et se détourne encore plus. Ce garçon semble avoir vraiment beaucoup de mal à résister à la pression.

— C'est peu de le dire, acquiescé-je.

— Je crois que ça a un rapport avec l'alignement des planètes, déclare posément Maya. Papa m'a parlé de ça dans la voiture, ce matin.

— Bien sûr, soupiré-je. Ce doit être ça. Mais dis-moi, pourquoi est-ce que tu as appelé la radio, cette fois-ci ?

— Parce que j'ai besoin de conseils. Je ne savais pas que ce serait toi qui répondrais. C'est une sacrée coïncidence…

— Je n'en doute pas, dis-je en entendant Grayson ricaner en arrière-plan. De quel genre de conseils as-tu besoin ?

— En fait, c'est pour un ami à moi. Il a des problèmes.

— Quel genre de problèmes ?

— Je préfère qu'il t'en parle lui-même dans quelques instants. Mais je voulais te dire quelque chose avant.

— Quoi donc ?

— Je t'aime, maman.

Dans ma poitrine, mon cœur se gonfle de bonheur, prenant au moins trois tailles de plus.

— Moi aussi, je t'aime, ma chérie.

— Bien. Alors tâche de t'en souvenir. Garde bien ça présent à l'esprit. Je vais te passer mon ami, maintenant. Salut !

J'entends un léger grésillement de parasites tandis que Maya tend le combiné à la personne qui souhaite me parler. J'entends une conversation étouffée, le claquement d'une portière de voiture, puis un bruit de pas sur l'asphalte.

Je sens ma gorge se serrer et les battements de mon cœur redoubler brusquement d'intensité. Mon cœur a reconnu sa présence bien avant que ma tête ne le fasse.

— Bonsoir, dit Aiden.

Sa voix est basse et rauque et les poils de mes bras se hérissent aussitôt. Je suis prise d'un violent frisson, comme s'il se trouvait assis à côté de moi, en cet instant. Comme si nos genoux se touchaient, que nos mains s'effleuraient sur l'anse du pot de café posé entre nous. Comme si rien n'avait changé alors que *tout* a changé.

Il s'éclaircit la gorge et je peux presque le voir se tenant là, debout, une main sur la nuque qu'il masse d'un air vaguement embarrassé.

— Je suis un très vieil auditeur de l'émission, mais c'est la première fois que j'appelle.

Je perçois dans sa voix l'ombre d'un sourire qui confère à ses mots une pointe d'ironie.

— J'espérais que vous pourriez me donner un conseil…

AIDEN VALENTINE : Souhaite-moi bonne chance, Baltimore…

CHAPITRE 32
LUCIE

MON ESPRIT SE TROUVE IMMÉDIATEMENT assailli par un flot ininterrompu de questions.

Un conseil à quel sujet ? Pourquoi es-tu avec Maya ? Pourquoi appelles-tu ta propre émission de radio ? Est-ce que tu t'es cogné la tête ? Y a-t-il vraiment un oiseau pris dans ta gouttière ?

Pourquoi ne m'as-tu pas appelée avant ?

Au lieu de cela, je prends une profonde inspiration avant de lui demander :

— Que puis-je faire pour vous ?

Aiden laisse échapper un petit son inarticulé. Je ne saurais dire s'il trahit de la joie ou du soulagement. Peut-être une combinaison des deux. Il est difficile de se faire une idée sans le voir en face.

— Eh bien…, commence-t-il.

Il demeure silencieux durant plusieurs secondes qui me semblent durer une éternité. Je regrette soudain de ne pas lui avoir volé la demi-tablette de chocolat à la menthe que j'ai trouvée dans sa boîte à gants. Peut-être aurais-je dû prendre aussi la liste de mes choses préférées pour garder une preuve tangible du fait qu'il avait pensé à moi.

Finalement, il pousse un profond soupir.

— C'est bien une émission de conseils amoureux, n'est-ce pas ?

— En théorie, oui.

— Eh bien, j'ai une question à ce sujet.

— D'accord, réponds-je d'une voix hésitante.

— Qu'est-ce que l'on ressent quand on tombe amoureux ?

— Pardon ?

J'ai l'impression que je viens de recevoir un seau d'eau glacée sur la tête. Qu'on vient de transpercer d'un coup de poing mon pauvre cœur en papier mâché. À mes côtés, la chaise de Jackson pivote brusquement et il me considère d'un air inquiet.

— J'ai rencontré cette femme, reprend Aiden.

Il s'interrompt, paraît réfléchir puis se reprend.

— Est-ce que vous vous êtes déjà réveillée en sursaut, avec le cœur qui bat à cent kilomètres-heure, mais sans savoir pourquoi ? Vous avez juste… juste une vague impression qu'il s'est passé *quelque chose*. Comme un souvenir que vous n'arriveriez plus à vous rappeler vraiment…

Il soupire et pousse un grognement de frustration.

— Je ne m'y prends pas de la bonne façon, grommelle-t-il.

— Dans ce cas, recommencez, lui conseillé-je.

— Oui. C'est ce que je vais faire.

Les battements erratiques de mon cœur ont commencé à s'apaiser légèrement. Je sens renaître en moi l'espoir. J'ai demandé à Aiden de me donner une raison. Et on dirait bien… On dirait qu'il est en train de le faire. Ou d'essayer tout du moins…

— Pendant presque toute ma vie, poursuit Aiden d'une voix plus lente et plus posée, j'ai fait tout ce que j'ai pu pour ressentir le moins d'émotions possible. Éprouver quelque chose pour quelqu'un ne pouvait qu'être facteur de souffrance et je ne voulais plus souffrir. Alors j'ai décidé de faire en sorte que ça n'arrive pas. Mais je crois qu'au fil du temps, ce qui avait été un choix conscient est devenu une habitude dont je ne savais plus comment me défaire. J'ai cessé de croire que de bonnes choses peuvent se produire. Puis j'ai cessé de croire en quoi que ce soit.

J'avale difficilement ma salive en pensant à ce petit garçon aux cheveux en bataille patientant dans un couloir d'hôpital, les doigts crispés sur un porte-clés vide.

— Alors j'espère…, poursuit-il d'une voix dont je perçois distinctement le tremblement.

Je sais qu'Aiden a toujours eu du mal avec l'espoir.

— J'espère vraiment que vous pourrez m'aider.

— De quelle façon ?

— En me disant ce que l'on ressent lorsque l'on tombe amoureux.

— Je ne suis pas sûre d'être la personne la plus qualifiée.

— En réalité, dit-il d'une voix qui trahit soudain une immense affection, vous êtes la seule qui puissiez le faire.

J'ai l'impression qu'il vient de prendre doucement mon menton entre ses doigts pour tourner mon visage vers lui.

— Qu'est-ce qui vous fait dire cela ?

— Vous verrez.

— D'accord, murmuré-je, décidant de lui accorder le bénéfice du doute.

Je n'ai plus qu'à espérer que je ne vais pas me retrouver une fois encore condamnée à ramasser les débris de mon cœur à même le sol…

— Qu'est-ce que vous ressentez, en ce moment même ? demandé-je.

— Eh bien, pour commencer, je dois vous dire que je suis en train de manger une tranche de pizza à l'ananas.

Je ne peux réprimer un éclat de rire, si intense et inattendu qu'il me fait presque mal.

— C'est la meilleure des garnitures. Je ne crois pas que vous ayez à vous inquiéter à ce sujet.

— Qui a dit que j'étais inquiet ?

Cette fois, le rire qui m'échappe me fait l'effet d'une bulle de savon.

— C'est noté. Que pouvez-vous me dire d'autre sur votre état affectif ?

— Je pense à elle tout le temps. Je me demande ce qu'elle est en train de faire. Autour de mon poignet, je porte ce chouchou que je lui ai volé. Elle ne le sait pas, ajoute-t-il après coup.

Je sens l'espoir rayonner en moi, de plus en plus intensément. C'est comme un soleil éblouissant qui se serait retrouvé piégé au creux de ma poitrine et rayonnerait en moi.

— Est-ce que par hasard, vous garderiez une liste des choses qu'elle préfère dans la boîte à gants de votre voiture ?

C'est à son tour de rire.

— Oui, c'est vrai. Je fais ça. Pour être sûr de ne pas les oublier.

— Quoi d'autre ?

— Il y a cette chose qu'elle fait lorsqu'elle rit… C'est comme si elle riait avec son corps tout entier. Je n'ai jamais rien vu de tel. Dans ces moments-là, elle entrecroise parfois ses doigts comme si elle voulait se raccrocher à son propre bonheur. Comme si elle n'avait pas peur de s'en saisir à pleines mains.

Aiden demeure un instant silencieux et j'entends sa respiration au creux de mon oreille. J'entends aussi le bruit de ses pas sur l'asphalte.

— Je rêverais d'être le genre d'homme qui mérite un tel rire, ajoute-t-il.

— Ce n'est pas une question de mérite, objecté-je, la gorge serrée par l'émotion. Si quelqu'un vous offre quelque chose, il est à vous, que vous estimiez l'avoir mérité ou non.

— Je comprends. J'ai encore quelque chose à vous dire.

— Je vous écoute, soufflé-je.

— Elle m'a dit un jour qu'elle ne voulait plus se résigner et je crois que c'est précisément ce que moi, j'ai fait. Pendant toute ma vie, j'ai intentionnellement brisé tout ce que je commençais à construire parce que c'était plus facile pour moi. Et j'ai fait la même chose avec elle. Je ne me suis autorisé qu'à vivre des bribes de relation avec elle parce que j'avais peur de ce qui se passerait si je me laissais vraiment aller. Mais je veux plus que cela. Je veux pouvoir l'embrasser en présence d'autres gens. Je veux pouvoir tenir sa main dans la mienne. Je veux manger des pancakes chez elle, les dimanches matin et l'aider à fabriquer des déguisements d'Indiana Jones. Je veux pouvoir aimer les gens qu'elle aime.

Mes yeux me brûlent soudain. Je cligne des paupières et une larme roule le long de ma joue. Personne ne m'a jamais demandé de partager cela. Pas seulement moi, mais Maya et la petite famille que j'ai rassemblée par moi-même.

Une deuxième larme chasse la première, bientôt suivie par une troisième.

Je veux le voir. J'ai *besoin* de le voir.

— Qu'est-ce que vous en pensez ? demande-t-il avec dans la voix une incertitude qui ne lui ressemble pas.

Pour la première fois de sa vie, peut-être, Aiden se présente à cœur ouvert. Enfin.

— Est-ce que vous pensez que c'est de l'amour ?

J'ignore sa question. Je me refuse catégoriquement à y répondre au téléphone.

— Où es-tu ? demandé-je seulement.

Il se tient au fond du parking, son téléphone à la main, et regarde la porte de service d'un air calme et concentré. J'en jaillis comme une véritable tornade et je vois le soulagement qui se peint alors sur son visage. Comme s'il n'était pas certain que je veuille vraiment le voir. Comme s'il s'agissait d'un pari.

Je remarque la voiture qui est garée derrière lui et à travers la vitre arrière de laquelle je distingue un petit visage familier qui ne perd pas un détail de ce qui se déroule sur le parking. Je me dirige droit sur Aiden, jusqu'à ce que nous soyons si proches l'un de l'autre que nos chaussures se touchent. Il est obligé de baisser légèrement les yeux pour soutenir mon regard. Il tient toujours son portable à la main bien que j'aie raccroché depuis déjà trente secondes. Cette partie de la conversation n'est que pour nous et pour personne d'autre.

— Est-ce que tu penses vraiment ce que tu viens de me dire ? demandé-je gravement.

— Chaque mot.

Il range enfin son téléphone dans la poche arrière de son pantalon. Je constate en effet qu'il porte l'un de mes chouchous autour de son poignet et mon cœur s'emballe à sa vue.

— Mais je t'ai tout de même un peu menti sur un point, avoue-t-il. Je connais déjà la réponse à ma question.

— Vraiment ?

— Vraiment, répète-t-il, une lueur d'amusement dansant dans ses yeux.

Il tend la main vers moi et caresse ma joue du bout des doigts avant de poser sa main derrière ma nuque et son pouce juste sous mon oreille. Je n'ai plus d'yeux que pour lui, en cet instant.

— Je sais ce que cela fait de tomber amoureux parce que c'est ce qui m'est arrivé avec toi.

À ces mots, je ne peux réprimer un soupir. Son pouce caresse doucement mon visage, partant de sous mon oreille pour suivre la courbe de ma mâchoire et effleurer ensuite ma joue couverte de larmes. Il faut croire que je n'ai pas cessé de pleurer depuis tout à l'heure.

— Est-ce que tu en es certain ?

— De quoi pourrait-il bien s'agir sinon de cela ? murmure-t-il d'une voix légèrement étouffée, pleine de révérence et de désir mêlés. Je suis désolé d'avoir attendu une semaine pour te le dire. Mais je voulais être sûr de trouver les mots qui conviendraient. Les mots justes.

— Je n'ai pas besoin des mots justes, dis-je en agrippant son sweat-shirt. Tout ce qui compte, c'est que ce soient les tiens. Ne me fais plus jamais attendre de cette façon. Je préfère savoir où tu en es, même si ce n'est pas forcément là où je voudrais.

— D'accord, répond-il d'une voix très douce.

J'ai un peu l'impression que nous sommes en train de panser les blessures que nous nous sommes infligées l'un à l'autre. Et Aiden me décoche alors un sourire complice.

— Tu as toujours été tellement plus courageuse que moi.

— Dois-je te rappeler que tu viens d'appeler une émission de radio en direct ? objecté-je.

— C'est toi qui as commencé, me rappelle-t-il en riant doucement. Et je me suis dit que nous devrions finir comme nous avons commencé.

— Parce que c'est la fin ? demandé-je, sentant soudain ressurgir mon angoisse.

Un tout nouveau sourire se dessine sur son visage. Je le vois naître dans ses yeux, puis se communiquer à ses lèvres comme un soleil levant qui ne tarde pas à l'illuminer tout entier et se réverbérer en moi.

— C'est un nouveau départ, Lucie.

L'envie que j'ai de l'embrasser est si forte, en cet instant, que j'ai l'impression qu'elle appuie résolument entre mes omoplates, me poussant vers lui. C'est comme si nous étions désormais reliés par un fil tendu qui nous attire inexorablement l'un vers l'autre.

— Et maintenant ? articulé-je d'une voix tremblante en pressant mon visage contre son cou.

Il rit de plus belle, sa large main reposant toujours tendrement contre ma nuque.

— Eh bien, tout d'abord, j'espère que tu m'aimes aussi.

— Oui, réponds-je sans hésiter un seul instant.

Les larmes s'écoulent toujours de mes yeux, trempant probablement le sweat-shirt d'Aiden. Mais je m'en moque. Jamais je n'aurais pensé pouvoir être désirée comme il me désire. Jamais je n'aurais cru pouvoir être vue telle que je suis et appréciée, adorée même, pour cela. Mais il me voit. Il me veut. Il m'aime.

— Je t'aime à la folie, ajouté-je.

Le grondement sourd qui résonne en lui se communique à moi. Sa main se crispe dans mes cheveux et il me serre encore un peu plus contre lui.

— Jamais je n'ai ressenti quelque chose de ce genre. Jamais je ne me suis autorisé à l'imaginer. Je manque cruellement de pratique. Mais je te promets que je vais apprendre, que j'y travaillerai aussi dur qu'il le faudra. Je te le jure.

— Et tu me trouveras toujours à tes côtés pour te soutenir.

— Je sais, murmure-t-il.

Je glisse une main sous son sweat-shirt. Il soupire alors et pose sa joue contre le haut de ma tête.

— Je vais t'aimer comme tu le mérites, Lucie.

Je ferme les yeux, m'efforçant de fixer ce moment à jamais dans ma mémoire. Il n'est pas parfait – loin de là. Non loin de nous, un bruit métallique venu du canapé abandonné me fait soupçonner la présence d'un raton laveur. Ma fille et ses deux papas nous observent depuis la voiture garée à deux pas sans perdre une miette de la scène. Un orage de printemps approche et l'humidité ambiante doit avoir eu raison de tout semblant de coiffure.

Mais si imparfait soit-il, ce moment est à moi.

— Est-ce que je peux t'embrasser, maintenant ? lui demandé-je en tirant doucement sur son sweat. S'il te plaît ?

En guise de réponse, sa main glisse jusqu'à ma nuque, guidant mon visage vers le sien et sa bouche descend tout naturellement vers la mienne comme si lui aussi avait attendu ce moment. Comme s'il l'avait imaginé depuis l'instant où, debout au milieu de ce parking, son téléphone à la main, il m'avait vue sortir en courant du studio.

Je passe mes bras autour de ses épaules et l'attire plus près de moi encore. Il y a en moi une impatience, une urgence, une envie presque désespérée.

— Tout doux, murmure-t-il contre mes lèvres avant d'incliner légèrement la tête pour pouvoir mieux y accéder.

Il les effleure du bout de sa langue, m'arrachant un gémissement rauque. Je me force à me détendre, à m'abandonner pleinement à lui, lui laissant l'initiative de ce baiser qui se fait progressivement plus intense, plus profond, plus excitant encore. Sous mes paumes qui reposent sur sa large poitrine, je sens battre son cœur en parfaite harmonie avec le mien.

Puis, soudain, la voiture de Maya et de ses deux papas laisse échapper un retentissant coup de klaxon et j'entends tambouriner contre la vitre. Un cri de joie retentit en même temps du côté de la station de radio.

Aiden s'écarte enfin, les joues rougies. Il me contemple avec un sourire qui trahit une tendresse qui semble croître à chaque instant.

— Salut.

— Salut, murmuré-je en retour.

— Je suis vraiment heureux que tu aies appelé la radio, il y a des semaines de cela.

— Techniquement, ce n'est pas moi qui ai appelé…

Il lève les yeux au ciel et me reprend dans ses bras pour me serrer contre lui.

Je souris et repose mon front à la place qui a toujours été la sienne, au creux de son épaule, tout contre son cou, là où je me sens si bien.

— Je suis heureux que ce soit toi qui aies répondu, lui dis-je en souriant. Et Le Roi du Pneu va être aux anges…

JACKSON CLARK : Très bien, Baltimore. Voilà la situation. Elle vient tout juste de le rejoindre sur le parking. Nous les observons par la fenêtre tandis qu'ils discutent. Et ils parlent, ils parlent, ils parlent encore...

MAGGIE LIN : Tu n'es pas obligé de te répéter.

JACKSON CLARK : J'essaie juste de fournir un compte rendu fidèle en temps réel et... Oh ! Mon Dieu ! Ça y est ! Ils s'embrassent ! Nous avons un baiser, les amis. Un vrai baiser !

MAGGIE LIN : Je l'ai toujours su.

JACKSON CLARK : C'est complètement faux ! Tu pensais qu'ils se détestaient au début. Moi, en revanche, je l'ai toujours su.

MAGGIE LIN : Si tu le dis...

[Silence]

JACKSON CLARK : Ouah... Ils n'y vont pas avec le dos de la cuillère. Ses mains se glissent...

MAGGIE LIN : Je crois que ça suffit. Bonne nuit à toi, Baltimore.

JACKSON CLARK : Eh bien... Je me demande s'ils se rendent compte que c'est un parking *public*.

MAGGIE LIN : Bonne nuit à tous. Et à très bientôt dans *Les Liens du cœur*, l'émission la plus romantique de Baltimore.

ÉPILOGUE
AIDEN

— COMMENT SE FAIT-IL QUE CE SOIT déjà aussi bondé ? murmuré-je, sidéré.

Depuis le perron de la maison de Lucie, je contemple la file impressionnante de clients qui court depuis l'entrée du Flibustier, tout le long du pâté de maisons et au-delà de l'angle de la rue.

— C'est toujours comme ça quand elle prépare des cruffins, commente Maya dont le menton est posé sur ma tête et les bras drapés autour de mes épaules.

Elle adore que je la porte sur mon dos, le matin, ce qui lui permet de garder ses nouveaux chaussons en forme de dinosaures. Et je n'ai pas le cœur à le lui refuser – ça ou quoi que ce soit d'autre, d'ailleurs. Lucie l'a bien remarqué et me reproche régulièrement d'être beaucoup trop permissif avec elle. Lorsqu'elle nous rejoint en haut des marches, elle lève les yeux au ciel avec un mélange d'exaspération et de tendresse en voyant Maya s'accrocher à moi comme un koala.

— Ne sois pas jalouse, dis-je en lui décochant un petit coup d'épaule affectueux. Toi aussi tu es montée sur mon dos.

Je repense à cette nuit glaciale, fin février, lorsque j'ai posé pour la première fois mes mains sur ses cuisses magnifiques. J'avais tellement envie d'elle, ce soir-là, que c'en était presque douloureux.

Elle tourne vers moi ses grands yeux lumineux et un sourire riche de secrets partagés se dessine sur ses lèvres. Je me penche vers elle et y dépose un petit baiser. Maya fait entendre un hurlement d'horreur.

— Arrêtez vos cochonneries, tous les deux ! Je suis encore une enfant !

— Tu n'as qu'à fermer les yeux, suggère Lucie qui s'écarte de moi pour se tourner vers sa fille. Est-ce que tu as pris la clé de la porte de service ?

Maya lâche un petit soupir agacé.

— Évidemment ! s'exclame-t-elle. C'est le jour des cruffins, maman. Je ne suis pas complètement débile.

Elle m'envoie alors un léger coup de talon.

— En avant, ma noble monture !

Je me fends d'un hennissement très approximatif aussitôt ponctué d'un éclat de rire de Lucie. Comme toujours, j'ai l'impression qu'il m'enveloppe de toute part.

Voici comment se déroulent généralement nos dimanches :

Je me réveille aux côtés de Lucie qui est nichée tout contre moi dans ce lit que recouvrent décidément beaucoup trop de couettes. Son oreille repose sur ma poitrine et ma main est enfouie dans ses cheveux. Apparemment, même dans mon sommeil, je me montre très possessif. Généralement, une fillette dégingandée déboule alors dans notre chambre et insiste pour que nous allions au Flibustier manger des cruffins. Parfois, Jackson vient nous y rejoindre avec ses sœurs. Les trois filles disparaissent le plus souvent à l'étage en discutant des mérites comparés d'Aragorn et Legolas ou d'autres sujets qu'affectionnent les adolescentes de leur âge. Parfois, Maya est chez son père. Lucie et moi nous nous installons tous deux à la table que Patty nous réserve toujours, même lorsque l'établissement est bondé.

Ce jour-là, nous nous frayons un chemin à travers la foule jusqu'à notre place habituelle et Maya nous abandonne presque aussitôt pour se précipiter vers l'escalier en nous criant quelque chose à propos de dragons. Lucie la suit des yeux en souriant tendrement, mais je perçois une pointe de nostalgie dans son regard.

Je serre doucement sa cuisse sous la table. Il faut croire que les vieilles habitudes ont la peau dure. Elle se tourne vers moi et je vole un petit baiser au coin de ses lèvres. Juste parce que j'en ai envie. Juste parce que je peux le faire. J'ai passé des années à m'interdire ce genre de gestes tendres et je commence tout juste à comprendre combien ça m'a manqué.

Fermant les yeux, elle penche la tête de côté de façon à m'offrir sa bouche entrouverte. Je plonge ma main dans ses cheveux soyeux et l'attire au fond de notre box pour partager avec elle un baiser lent, doux et brûlant comme elle les aime.

Lorsqu'elle s'écarte enfin, les paupières toujours closes, je caresse du bout de mon pouce la pluie de petites taches de rousseur qui parsèment ses pommettes.

— Tu prendras comme d'habitude ? me demande-t-elle.

— Oui, s'il te plaît.

Elle se lève et ne tarde pas à disparaître tandis que je m'adosse confortablement à la banquette. Curieusement, il m'a fallu un certain temps pour m'apercevoir que le café de Patty était celui où Jackson m'avait donné rendez-vous, il y a plusieurs mois de cela. C'est ici qu'il m'a sermonné et m'a demandé de me reprendre. J'ai du mal à croire que j'aie pu oublier un nom de café aussi étrange que Le Flibustier mais, à ma décharge, les angelots décapités qui m'avaient tant marqué ont disparu.

Je me laisse bercer par le brouhaha familier de l'endroit en attendant le retour de Lucie. Cet après-midi, nous avons rendez-vous chez mes parents qui nous ont invités à dîner. Maya et mon père vont encore disparaître pendant des heures dans le jardin et reviendront les joues rougies et les vêtements couverts de terre. Lucie aidera maman à préparer le dîner tandis que je ferai de mon mieux pour rater la préparation de la salade. Il y aura des éclats de rire, de grandes discussions, des confidences et d'autres éclats de rire. Et j'essaierai de ne pas laisser mon cœur gorgé de tant de joie éclater dans ma poitrine.

Lucie revient se glisser sur la banquette à mes côtés et je passe mon bras autour de ses épaules.

— Tu m'as manqué.

— Je ne suis partie que trois minutes, objecte-t-elle en riant.

— C'est bien assez pour que tu me manques.

Je caresse son oreille du bout de mon nez et laisse ma main remonter un peu plus haut le long de sa cuisse.

— Je peux faire tout un tas de choses, en trois minutes, tu sais, lui susurré-je d'un ton suggestif.

— Ça, je suis au courant, réplique-t-elle en posant sa tête contre mon épaule. Tu sais que tu es en train de virer vraiment fleur bleue, Aiden Valen.

— Ce n'est pas faux, concédé-je en riant à mon tour.

Je contemple pensivement la table vide devant nous. D'ici peu, Maya va refaire son apparition et demander un cruffin. Jackson et elle sont devenus les meilleurs amis du monde depuis qu'ils se sont découvert une passion commune pour cet improbable hybride de croissant et de muffin.

— Tu n'as pas pu récupérer directement ta commande ?

— Non, il y a beaucoup trop de monde aujourd'hui. Mais Patty devrait m'appeler dès que ce sera prêt.

— Comment va-t-elle faire avec tout ce bruit ?

À cet instant précis, comme en réponse à ma question, Patty se hisse sur le comptoir du café, se raccrochant à l'un des deux piliers de bois situés à chacune des extrémités et qui le maintiennent solidement en place. Ce faisant, elle manque percuter un client à la tignasse hérissée qui arbore un énorme casque sur les oreilles.

— Brooks Robinson ! hurle Patty d'une voix tonitruante. J'ai un café au lait, un café et cinq cruffins pour Brooks Robinson !

Lucie fait mine de se relever et je la retiens par le poignet.

— Où vas-tu ?

— Chercher notre commande. Patty vient de l'annoncer.

— Pour un certain Brooks Robinson.

— Ah oui, acquiesce-t-elle en souriant. Robinson était le plus grand joueur de troisième but de tous les temps. Pour lui rendre hommage, je donne toujours son nom lorsque je passe une commande.

Elle se penche pour déposer un petit baiser sur ma bouche.

— Je reviens tout de suite.

Sur ce, elle s'éloigne de nouveau. Je la suis des yeux, sidéré. Il y a plusieurs mois, j'étais assis à l'autre bout du café et j'ai entendu Patty appeler Brooks Robinson. Ce qui signifie que c'était Lucie qui avait passé commande, ce jour-là. Combien de fois encore nous sommes-nous croisés sans en avoir conscience ? Combien de fois ai-je frôlé la femme de ma vie sans même imaginer qu'elle pouvait exister ? Était-ce le fait du hasard ou de la destinée ?

Lucie ne tarde pas à revenir avec nos boissons et le panier empli de cruffins. J'en prends un et commence à le grignoter, toujours perdu dans mes pensées. Depuis combien de temps Lucie et moi nous trouvons-nous ainsi dans l'orbite l'un de l'autre ? Combien de chances de faire sa connaissance ai-je laissé filer avant que je ne prenne cet appel au beau milieu de la nuit ?

Lucie m'a dit alors qu'elle voulait de la magie. Par la suite, j'ai cru que nous avions trouvé autre chose, elle et moi. Quelque chose de plus terre à terre mais de bien réel. Mais il semblerait en fin de compte qu'il y ait bien eu une forme de magie à l'œuvre. Une magie qui nous a subrepticement conduits l'un vers l'autre. Comme si nous avions suivi des petits bouts de pain semés dans la forêt. Comme si un vœu que nous avions fait en jetant des pièces dans une fontaine s'était brusquement réalisé.

— Tu en fais une drôle de tête, dit Lucie en caressant affectueusement ma joue.

Elle agrippe ma bouche entre ses doigts et je les mordille doucement.

— À quoi pensais-tu, là, tout de suite ? demande-t-elle.

Toujours sous le coup de mon étrange révélation, je repose ma main sur sa cuisse et la serre très fort dans mes bras. Tandis que sa poitrine se presse contre la mienne, je pense à elle, à nous, à tout ceci. À ce café situé juste en face de chez elle et à tous les endroits où nous nous sommes presque rencontrés. Je pense à la façon dont sa main semble se fondre parfaitement dans la mienne et dont il me semble parfois que mon cœur bat au rythme de son prénom. *Lu-cie. Lu-cie. Lu-cie.*

Je réfléchis aux « presque », aux « peut-être », aux « et si ? » À la façon dont l'univers a semblé s'aligner parfaitement pour la conduire jusqu'à moi au bon moment.

J'ai eu un sacré coup de veine.

Attirant sa bouche contre la mienne, je l'embrasse avec ardeur.

— À toi. Je pensais à toi.

REMERCIEMENTS

Lorsque j'avais quatorze ans, j'ai vu *Nuits blanches à Seattle* pour la toute première fois. Je me rappelle parfaitement que j'étais assise sur mon lit durant le fameux monologue qui parle de magie et là, soudain mes yeux se sont emplis de larmes. Exactement comme Meg Ryan. Il y avait tant de choses dans ce film qui résonnaient en moi. Mais je crois que ce qui m'a touchée le plus profondément, c'est qu'il s'agissait d'une véritable lettre d'amour envers l'amour lui-même. Et *Nuits blanches à Seattle* ne traite pas uniquement d'amour romantique. Le film parle d'amour perdu, du premier amour, de l'amour pour sa meilleure amie, de l'amour qui unit les parents et leurs enfants et aussi de l'amour de soi. Il traite de la prise de conscience du fait que nous méritons mieux et de la force et du courage qu'il faut ensuite pour imaginer à quoi ce mieux pourrait bien ressembler.

Tel est aussi le but que j'ai cherché à atteindre en écrivant ce livre. C'est une lettre d'amour à l'amour et une façon de remercier Nora Ephron pour m'avoir inspirée à devenir romancière.

Comme toujours, ce livre n'aurait pu voir le jour sans le soutien de bien de gens. Mon agente, Kim Lionetti, qui sait distribuer de gentilles tapes sur la tête lorsque j'en ai besoin. Mon équipe à Berkley – Kristine, Mary, Kristin, Chelsea, et Anika – qui fait montre d'un infatigable enthousiasme et m'aide réellement à donner vie à ces histoires. L'équipe de Pan

Macmillan – Kinza, Chloe et Ana – pour sa créativité. Travailler avec elles est à la fois un honneur et un plaisir.

Merci à mon mari qui me donne chaque jour toutes sortes de preuves de son amour. L'univers s'est aligné l'espace d'un moment parfait et t'a conduit jusqu'à moi. C'est ce qu'on appelle un sacré coup de veine !

L'univers m'a aussi apporté Annie. Quelqu'un qui connaît si parfaitement la façon dont mon esprit fonctionne que c'en serait presque terrifiant si nous ne nous entendions pas si bien. Mes livres n'existeraient tout simplement pas si je n'avais pas Annie auprès de moi pour m'aider à démêler les fils de mon récit tout en exigeant à cor et à cri que j'écrive plus de scènes pour Jackson.

Merci aux merveilleuses autrices qui m'honorent de leur amitié, celles qui me tiennent la main lorsque les mots se font trop effrayants. Sarah, Chloe et Hannah. Merci. Et merci à toutes celles qui me soutiennent sans relâche, tout particulièrement Adri et Katie. Je vous suis plus reconnaissante que vous ne pouvez l'imaginer.

J'ai voulu garder le remerciement le plus important pour la fin. Merci à toi, donc, mon lecteur, pour avoir choisi ce livre. Pour avoir donné une chance à cette histoire. Pour croire en l'amour, aux histoires d'amour et à la magie qu'elles véhiculent. N'est-ce pas un cadeau merveilleux que d'exister au sein d'une telle communauté ? De se fondre encore et encore dans toutes ces histoires d'amour ? De croire au pouvoir et à la magie infaillible de ce sentiment ?

Je n'ai qu'une envie : continuer à partager de telles histoires avec vous !

Découvrez le premier chapitre de

Lovelight Farms **de B. K. Borison**

Tome 1 de sa série best-seller LOVELIGHT,
à paraître chez VERSO en novembre 2025.

— ÉCOUTE, LUKA…

Je bascule sur mon fauteuil pour récupérer à tâtons la pile de documents posée sur le dessus du classeur derrière moi. Je l'effleure à peine du bout des doigts qu'elle s'écroule en un tourbillon immaculé sur le tapis. Je jure à mi-voix.

— Tu peux arrêter de parler pizza deux secondes, s'il te plaît ?

Silence à l'autre bout du fil.

— Moi qui en arrivais justement au plus croustillant.

Ce qu'il entend par là, c'est qu'il en venait au passage où il se met à disserter fromage artisanal en long, en large et en travers, et je ne crois pas être d'humeur à supporter une thèse sur la mozzarella, en ce moment. En bon data analyst, Luka se montre toujours d'une rigoureuse précision. À tous les niveaux. Surtout niveau fromage. Je masse de l'index le point douloureux entre mes sourcils.

— Je sais, désolée, mais j'ai un truc dont il faut que je te parle.

— Ça va ?

J'entends un coup de klaxon en fond sonore, le juron étouffé de Luka et le métronome du clignotant quand il change de file.

— Ça… peut aller. (Je jette un coup d'œil aux tableaux Excel qui tapissent le sol et grimace.) Tout est OK, je veux dire. Enfin, à peu près. C'est juste que…

Le peu d'assurance que j'avais en entamant cette conversation m'abandonne et je m'effondre dans mon fauteuil, terrassée. Chaque fois qu'on s'est appelés Luka et moi, cette semaine, je me suis dégonflée. Et j'ai comme l'impression qu'aujourd'hui ne fera pas exception à la règle.

— Faut que je coupe, en fait : j'ai un de mes fournisseurs qui m'appelle.

Mon reflet fronce les sourcils sur l'écran de mon PC. J'ai des poches sous les yeux, la lèvre inférieure toute rouge à force de la mâchouiller et ma tignasse brune entortillée ressemble à un beignet haut perché digne d'une poupée de porcelaine dix-neuvième sortie du grenier.

J'ai l'air tout aussi mal en point que les bilans comptables de la ferme étalés à mes pieds.

— Aucun de tes fournisseurs ne t'appelle. Mais je veux bien jouer le jeu. Pour le moment. (Il y a comme une pointe d'amusement dans sa voix.) Rappelle-moi quand tu auras fini de bosser, OK ? On pourra parler de ce truc autour duquel tu n'as pas arrêté de tourner toute la semaine.

Le froncement de sourcils de mon double s'accentue.

— On verra.

Il se marre.

— À tout'.

Je raccroche et résiste à une folle envie de balancer mon portable à travers la pièce. Luka a le don de me percer à jour, et ce n'est vraiment pas le moment. Ce n'est jamais le moment, avec moi, pour être franche. J'ai trop peur de ce qu'il découvrira quand il commencera à croiser toutes ses données.

Mon téléphone sonne dans ma main pour annoncer un texto et je le retourne, l'écran collé contre un tas de factures. Il recommence à sonner et je me pince l'arête du nez.

Vu l'état des finances de la ferme, je vais vite me retrouver à court d'options. Je m'étais imaginé que… enfin, je trouvais sans doute ça follement romantique comme idée, de faire pousser des sapins de Noël. Comme job, j'entends. D'acheter une ferme rien que pour ça.

J'avais de grands rêves de fêtes de fin d'année débordantes de magie. D'enfants jouant à cache-cache entre les arbres. De parents se volant des baisers au goût de chocolat chaud. Tous ces trucs qu'on raconte dans les chants de Noël. De jeunes couples pris en flagrant délit sous la branche de gui. De guirlandes lumineuses et de bas de laine géants. De balustrades de bois peintes en rouge et blanc. De sablés bonshommes de neige aux épices. De cannes en sucre d'orge mentholé…

Et, au début, c'était génial. Impossible de faire plus magique que notre première saison.

Mais, depuis, ça n'a pas arrêté.

Je me suis endettée jusqu'au cou auprès d'un fournisseur d'engrais qui, comme par hasard, « oublie » de me livrer un mois sur deux. J'ai une parcelle entière de sapins qui semblent tout droit sortis d'un film de Tim Burton. Et j'ai une famille de ratons laveurs qui lancent une O.P.A. hostile sur ma Grange du Père Noël. Bref, ça n'a rien d'un hiver enchanté au pays des merveilles.

C'est plutôt un enfer glacé dont personne ne peut s'échapper, emballé dans un beau papier cadeau surmonté d'un gros nœud.

Je me sens trahie. Non seulement par tous les films de Noël que j'aie jamais vus, mais aussi par le précédent propriétaire. Hank a omis de préciser qu'il avait arrêté de payer ses factures depuis des mois et qu'en tant que nouvelle propriétaire, j'allais hériter de ses dettes. À l'époque, j'ai cru que je faisais une bonne affaire. Le terrain était vendu à un bon prix et je débordais d'idées pour le développement et le marketing. Avec un peu d'amour, cette petite ferme pourrait faire un carton. Maintenant, je me sens juste stupide. J'ai l'impression que, poussée par mon désir forcené de créer quelque chose d'unique, j'ai ignoré tous les voyants qui clignotaient.

Éblouie par le sapin de Douglas, j'ai été aveuglée.

J'ai une solution, pourtant. Si, si. C'est juste que je ne suis pas trop sûre d'avoir envie de voir ce que contient ce mail qui trône en tête de liste dans ma boîte de réception.

Franchement, à ce stade, vendre mes propres organes me paraît moins effrayant.

— Stella.

Je sursaute en voyant Beckett débouler dans mon bureau. Mon coude heurte ma tasse de café que je renverse avec une fougère à moitié morte et une pile de sapins magiques parfumés : avalanche qui rejoint bientôt mon magnifique système de classement gisant, anéanti, sur le tapis. Ignorant les dégâts, je jette un regard noir à mon régisseur.

— Beckett.

Je soupire et la migraine qui me pilonne derrière les yeux se propage pour s'enrouler à la base de mon crâne. Cet homme est physiquement incapable d'entrer normalement – et *a fortiori* discrètement – dans une pièce. Mon froncement de sourcils s'accentue à la vue de ses genoux tout crottés. Il doit revenir de la parcelle sud.

— Qu'est-ce qu'il y a encore ?

Il enjambe le tas de plante/désodorisants-cartonnés/café-renversé pour insérer son imposante carcasse dans le fauteuil qui me fait face, de l'autre côté de mon bureau – un horrible truc en cuir taille enfant que j'ai trouvé sur le bord de la route. J'avais l'intention de le faire retapisser dans un beau velours vert forêt, mais les ratons laveurs sont arrivés. Et, après, la clôture le long de la route est tombée sans crier gare. Deux fois. Alors, le voilà aujourd'hui tel qu'il était alors : avec son affreux cuir marron qui craque de partout et des touffes de rembourrage qui s'en échappent pour se déverser sur le sol. On dirait une métaphore à roulettes.

Beckett examine les arbres magiques décolorés qui jonchent le tapis avec le carton qui rebique sur les bords. Un de ses sourcils se hausse jusqu'au milieu de son front.

— Tu pourrais m'expliquer pourquoi tu as trois tonnes de ces désodorisants pour voiture de stations-service dans ton bureau ?

On peut faire confiance à Beckett pour zapper les excuses et commencer à fourrer son nez dans les trucs personnels. Mon portable se remet à sonner. Trois salves en rafale. Soit c'est la dissertation de Luka sur la bonne consistance de la pâte à pizza, soit c'est encore un fournisseur pour un retard de paiement.

Le sourcil de Beckett monte encore d'un cran.

— Ou, option numéro deux : tu pourrais peut-être m'expliquer pourquoi tu ghostes Luka ?

Je déteste quand Beckett fait son malin. Ça finit toujours mal pour moi, en général. Sa sagacité le perdra. Même s'il s'amuse à jouer les bouseux bas du front, le plus souvent. Je me penche pour ramasser un arbre magique et le balance dans le dernier tiroir de mon bureau avec tout le reste : ce joli p'tit bazar de liens emberlificotés, d'impatience éventée et de sentiments non partagés. Un arbre magique pour chaque visite de Luka, en remontant à l'époque où, à peine majeurs, on était, lui et moi, encore jeunes et bêtes. Je les trouve systématiquement une semaine ou deux après son départ, fourrés dans quelque cachette improbable : sous ma boule à neige, sous mon clavier…

Coincés dans mon filtre à café.

Je marmonne :

— Ni l'un ni l'autre. (Je fais l'impasse sur ces deux options, merci.) Et toi, tu pourrais m'expliquer ce que tu as trouvé là-bas, ce matin ?

Je désigne ses genoux crottés du doigt.

Beckett enlève sa casquette et se passe la main dans les cheveux – et réussit à se faire deux très jolies mèches couleur boue dans la foulée. Il a la peau tannée et une crinière blond foncé décolorée par le soleil et la vie au grand air. Ses manches retroussées laissent apparaître des dessins à l'encre colorée sur ses avant-bras. Toutes les femmes de la ville sont folles de lui, raison pour laquelle, sans doute, il ne va jamais en ville.

Et raison pour laquelle, sans doute aussi, il m'a regardée avec cet air-là quand j'ai proposé de faire un calendrier « Fermier Sexy » pour booster les bénéfices.

Sûr que je n'aurais plus aucun souci financier, s'il me laissait lâcher une bombe pareille sur le marché.

— Je comprends pas, marmonne-t-il, en se frottant la mâchoire du pouce.

Si Cindy Croswell se trouvait ici, en cet instant précis, elle tomberait raide direct. Elle travaille au drugstore et, quand elle voit Beck entrer, elle n'hésite pas à jouer les sourdingues, juste pour qu'il soit obligé de se pencher tout près, assez pour lui hurler au creux de l'oreille. J'ai même vu cette vieille pie trébucher dans un des rayons rien que pour que Beckett l'aide à se relever. Incurable.

— Ces arbres sont probablement les plantes qui m'ont coûté le moins d'énergie à entretenir.

Il doit y avoir un jeu de mots à faire, là, quelque part, mais, franchement, je n'ai pas le courage. Je sens mes lèvres s'incurver jusqu'à ce que ma moue reflète la sienne : deux clowns tristes.

— J'arrive pas à comprendre pourquoi les arbres de la parcelle sud ressemblent à… à…

Je repense à la façon dont les arbres qui poussent au pied des collines penchent et se courbent, à la texture friable de leur écorce, à leurs aiguilles qui pendouillent lamentablement.

— À une version gore du sapin de Charlie Brown ?

— Carrément, ouais.

Si surprenant que ça puisse paraître, il existe un marché pour les sapins de Noël orphelins. Mais ceux-là ne rentrent vraiment pas dans cette catégorie. Ils sont irrécupérables. L'autre jour, quand j'y suis allée, il y en a même un qui est tombé en poussière sous mes yeux. Non, sérieusement. Impossible d'imaginer un seul de ces trucs pourris installé chez quelqu'un – par esprit de dérision ou non. Je me tapote la lèvre inférieure de l'index tout en faisant le calcul dans ma tête. Il y a des dizaines d'arbres dans cette parcelle…

— On pourra s'en tirer sans ?

Beckett a l'air inquiet. Et pour cause. C'est encore un sale coup, un coup que nous ne pouvons pas nous permettre d'encaisser. En tant que chef de culture, Beckett est à la tête de toute l'exploitation : je lui dois la vérité. Autrement dit, que notre survie ne tient plus qu'à un fil. Il a fait un sacré pari quand il a quitté son job de maraîcher pour venir bosser ici avec moi. Alors, il entend bien que le projet marche et tienne toutes les promesses que je lui ai faites.

Et, jusqu'à présent, c'était le cas. Grâce à mes économies. J'ai dû racler les fonds de tiroir, rogner sur les dépenses et manger des nouilles – japonaises, certes, mais des nouilles quand même – plus souvent qu'à mon tour. N'empêche, pas une seule des personnes qui travaillent pour moi n'a connu la moindre baisse de salaire. Je me refuse à faire ce genre de coupe claire.

Ça ne pourra pas durer éternellement, pourtant. On court à la catastrophe.

Je reporte les yeux sur mon écran d'ordinateur. Sur ce mail en tête de liste dans ma boîte de réception.

— Eh bien…

Je me mordille la lèvre. Autant y aller franco. Perdu pour perdu… Car il y a bien quelque chose que Beckett peut faire, s'il veut qu'on tienne encore la saison prochaine avec la ferme toujours debout et en un seul morceau. Je respire un bon coup et mobilise le peu de courage qui ne m'a pas abandonnée pendant le coup de fil de Luka.

— Ça te dirait d'être mon mec ?

Je me marrerais comme une baleine en voyant la tête qu'il fait, si je n'étais pas aussi sérieuse. On dirait qu'on vient de lui demander d'aller enterrer un cadavre dans le verger.

— Est-ce que c'est… ? (Il change de position, faisant couiner le cuir du fauteuil sous ses cuisses.) Stella, je suis pas… Je te considère pas… T'es comme ma…

À quand remonte la dernière fois où j'ai entendu cet homme bafouiller à ce point-là ? Sincèrement, je ne vois pas. Quand Betsy Johnson a tenté de le peloter devant toute une classe, au beau milieu de son exposé pour la Fête de l'Arbre au collège de la ville, peut-être ?

— Détends-toi. (Je pose le bout de ma chaussure sur un énième arbre magique pour le tirer vers moi.) Je ne parle pas d'un « petit ami » au sens propre. Enfin, pas vraiment.

J'ai un peu de mal à ramener le bout de carton parfumé jusqu'à moi, alors je ne vois pas Beckett se raidir, droit comme un « i » sur son siège. Tout ce que je vois, c'est sa jambe qui tressaute à cent à l'heure sous mon bureau. Je pouffe en douce. Lorsque je relève le nez, il ouvre des yeux comme des soucoupes et, à sa tête, on dirait que je lui presse un pistolet sur la tempe. C'est exactement la tête qu'il tire – moitié appréhension, moitié mortification – chaque fois qu'il met les pieds en ville.

— Est-ce que c'est une… (Il déglutit bruyamment.) Est-ce que tu serais en train de me proposer c'que j'crois que tu m'proposes, Stella ?

— Hein ? *Mon Dieu*, Beck ! (J'en ai carrément un haut-le-corps. J'adore Beck, mais… *Mon Dieu* !) Mais non ! Je rêve ! c'est ce que tu penses de moi ?

— Ce que *je* pense ? Moi ? Et toi, alors, à quoi tu penses exactement ?

Sa voix est montée dans les aigus, à une octave que je n'avais encore jamais entendue sortir de cette bouche-là jusqu'à aujourd'hui. Il ne sait manifestement pas comment réagir. Alors, il fait de grands gestes, brassant l'air, faute de mieux.

— C'est quand même un peu limite, Stella !

— Mais enfin ! Je ne voulais pas parler d'un *vrai* petit ami !

Je m'égosille. Comme si ça tombait sous le sens. Comme si c'était le genre de choses que les gens normaux demandent à leurs relations platoniques. Comme si mon imagination débridée et la moitié d'une bouteille de sauvignon blanc n'étaient pour rien dans cette galère dans laquelle je me suis fourrée toute seule pour commencer. Je clique sur le mail et le considère d'un air maussade, ignorant l'explosion de confettis animés sur mon écran. Je le relis trois fois de suite en faisant comme si Beckett ne me perforait pas le crâne à force de me fusiller du regard.

— J'ai fait un truc.

J'en reste là. Justification dûment fournie : mission accomplie.

— « Un truc », répète-t-il comme un perroquet.

Pour toute réponse, je marmonne dans ma barbe.

— Et pourrais-tu préciser ce qu'est ce « truc » ?

Non.

— Je…

Comme invoquée par la seule force de ma volonté, Layla apparaît justement sur le seuil de mon bureau pour pénétrer dans la pièce sur la pointe des pieds. Un plateau la précède. Je perçois des effluves de cannelle, de canneberges séchées et… une touche de vanille.

Du *zucchini bread.*

Tel un ange descendant du ciel, elle a apporté du *zucchini bread* : la seule chose capable de détourner l'attention de Beckett. La seule. À tous les coups.

Beckett émet une éjaculation sonore qui frise l'obscénité, et je me dis que je l'enregistrerais bien pour la mettre sur OnlyFans. De quoi faire rentrer quelques dollars dans les caisses : « Fermier Sexy en pleine orgie de *zucchini bread* ». J'en rigole toute seule. Déjà, il tend les mains, vorace. Layla lui tape sur les doigts avec une cuillère en bois qu'elle tire de… la poche arrière de son jean ? Elle pose avec soin son plateau sur le coin de mon bureau. Je le dévore des yeux. Oh ! Elle a ajouté des pépites de chocolat, en plus ! J'en pleurerais presque.

— Je t'ai préparé un petit quelque chose, grande cheffe.

Elle pousse le plateau dans ma direction du bout de sa cuillère en bois et, d'un geste gracieux, pose son menton sur le dos de sa main. Craquant.

Si Beckett est la parfaite incarnation de l'ours mal léché réfugié au fin fond de sa forêt – avec tout le charisme d'un sac à patates –, Layla Dupree n'a qu'à entrer dans une pièce pour réchauffer immédiatement l'atmosphère, avec cette chaleureuse hospitalité des gens du Sud et son humour mordant, doublé de ce solide bon sens qui la caractérise. Brune aux yeux noisette, avec sa coupe ultracourte et son regard clair comme de l'eau de roche, elle est à tomber. Sans compter qu'elle est super gentille et fait le meilleur chocolat chaud de toute la région. Je n'avais pas plus tôt goûté un de ses cookies aux pépites de chocolat, à cette vente organisée au profit des pompiers, que je l'embarquais pour qu'elle s'occupe des différentes propositions de restauration au cœur de ma petite ferme-pépinière. Elle est le troisième membre de notre humble trio et, si elle vient m'apporter des gâteaux, c'est qu'elle a quelque chose à me demander.

Quelque chose que je n'ai sans doute pas les moyens de lui payer.

J'enfourne une tranche de cake avant qu'elle n'ait le temps d'ouvrir la bouche, bien décidée à au moins profiter de ce petit moment de pure délectation avant de devoir lui dire non.

Mon portable en profite, lui aussi, pour sonner, avec un tel entrain qu'il traverse pratiquement mon bureau. Layla le regarde d'un air perplexe, échange un coup d'œil avec Beckett, puis se tourne vers moi.

— Pourquoi tu ghostes Luka ?

— Je ne… (Une gerbe de délicieuses miettes dorées, friables à souhait, accompagne ma dénégation.) Je ne « ghoste » pas Luka.

Ce qui donne plutôt : « Jeûn gobe pas l'ska ».

Layla murmure sans conviction et pivote d'un bloc.

— Alors, comme ça, je me disais…

Bingo !

— … si j'ajoutais un autre four dans le coin, au fond de la cuisine, on pourrait presque doubler notre rendement. Peut-être même qu'on pourrait commencer à proposer des sortes de paniers-repas, si les gens veulent emporter un petit pique-nique tout préparé au cours de leur visite.

Beckett croise les bras, pendant que je continue à mâcher consciencieusement ma bouchée XXL. J'ignore Layla pour le moment et le regarde au fond des yeux en susurrant :

— Il est encore tout chaud.

Il grogne.

Layla lève les yeux au ciel et cède, attrapant une tranche de gâteau pour la lui offrir.

— Si les gens commencent à laisser des ordures dans les sapinières, je vais bientôt avoir un problème, moi, bougonne-t-il.

Il fourre carrément la tranche entière dans sa bouche et se laisse retomber contre le dossier du fauteuil avec un soupir d'extase – accompagné par un nouveau couinement sinistre du cuir qui capitule sous l'assaut. Exactement comme je m'apprête à le faire.

— J'adore l'idée. Mais on pourrait avoir à freiner sur les gros investissements pour l'instant.

Je pense aux pitoyables petits chiffres sur le solde de mon compte épargne. Comment j'ai tout juste réussi à couvrir les frais de fonctionnement le trimestre dernier.

Layla change de tête et tend la main vers moi. Ce n'est qu'une petite pression de doigts, mais c'est un geste de compassion que je ne mérite pas. Parce que je n'ai pas été tout à fait honnête sur l'état réel de notre situation actuelle : elle est beaucoup plus grave qu'il n'y paraît.

— On s'en sort bien pourtant, non ?

— On… (Je cherche un mot qui synthétise « ne plus tenir qu'à un fil ».) S'en sort.

Beckett finit par avaler sa bouchée proprement gargantuesque et étire une jambe.

— On en parlait, justement. Stella m'a fait une proposition… indécente.

— Oh ? Intéressant. Je ne vois pas trop ce que ça vient faire dans notre bilan comptable, mais bon.

— Ouais. Moi non plus. Mais c'est ce que j'ai obtenu comme réponse quand j'ai posé la question.

— Et je vais avoir droit à la même proposition, moi aussi ?

Je lève les yeux au ciel. Je préfère encore ne pas répondre. Je me contente de faire pivoter mon écran pour qu'ils puissent tous les deux profiter de l'explosion de confettis dans toute sa splendeur. Beckett ne réagit même pas. Mais Layla lève les bras en l'air avec un hurlement strident qui me fait grincer des dents.

— C'est pour de vrai ? (Elle attrape mon écran à deux mains et colle pratiquement le nez dessus.) Tu es vraiment finaliste à ce truc d'Evelyn St James ?

Beckett reluque le *zucchini bread* alors que, repoussé sur le bord de mon bureau, le plateau chancelle dangereusement. Il a le regard fiévreux d'un toxicomane en manque.

— Aspirine Saint quoi ?

Sans même se donner la peine de le regarder, Layla lui tape une fois de plus sur les doigts.

— C'est une influenceuse.

Beckett fait la moue.

— C'est un genre de truc politique, ça, non ?

— Mais dans quel siècle tu vis ? Cette fille est une killeuse sur les réseaux sociaux. Elle fait dans la *story* touristique. Un genre de croisement entre un mini Travel Channel et Trip Advisor.

Je sens monter en moi une petite bouffée de fierté. Evelyn est LA star des influenceuses en matière de destination touristique. Décrocher une publication sur sa page revient à investir plusieurs milliers de dollars dans une campagne publicitaire : un investissement pour lequel nous n'avons jamais eu le budget. Ça ferait de notre petite ferme une destination que les gens auraient envie de visiter, au lieu d'être un simple point de chute pour les promeneurs du dimanche. Et les cent mille dollars du premier prix de son concours de la meilleure petite entreprise du secteur nous maintiendraient à flot pour une année supplémentaire, si ce n'est plus.

Dommage que j'aie menti dans mon dossier de candidature.

— Et qu'est-ce que la proposition indécente en question vient faire là-dedans ?

— Je n'ai pas… Je n'ai jamais fait d'avances à Beckett !

Je retourne l'écran de mon PC vers moi et réduis le mail fautif. Pianotant des doigts sur mes lèvres, je repense alors à cette nuit fatidique, celle qui m'a valu de me retrouver dans cette galère. Je venais de passer la soirée au téléphone avec Luka, encore un peu grisée par le vin blanc et cette façon qu'il a de plisser les yeux avec ces petits éventails qui apparaissent au coin de ses paupières. Il faisait une blague nulle sur une histoire de sandwichs au jambon et se marrait tellement qu'il était incapable d'aller jusqu'au bout (je ne connais toujours pas la chute, d'ailleurs).

— J'ai écrit, dans mon dossier de candidature, qu'on avait acheté la ferme ensemble, avec mon « compagnon ». (Je mange mes mots et j'ai le feu aux joues. Je parie que je suis au moins aussi rouge qu'une des portes de ma grange.) Je me suis dit que ce serait plus romantique que « pauvre fille célibataire infichue de décrocher un *date* depuis près d'un an et demi ».

— Merde alors ! J'espère bien qu'entretemps tu as quand même eu des plans cul !

— Pourquoi t'aurais besoin d'un mec pour monter ton business ?

Layla et Beckett parlent en même temps. Quoique, rendons-lui justice, Layla se défende beaucoup plus âprement, se projetant en avant sur son siège pour clamer haut et fort son opinion sur ma vie sexuelle. Après quoi, elle se laisse retomber contre le dossier, ouvrant la bouche comme un four et la main théâtralement plaquée sur le cœur.

— La vache ! Pas étonnant que tu sois… (Elle me balaie du haut en bas du bout de sa cuillère en bois, et je fais de mon mieux pour ne pas virer au rouge pompier – on doit atteindre le degré ultime du cramoisi, à ce stade.)… comme tu es !

Je me tortille nerveusement sur mon fauteuil. Pas besoin de rappeler à Layla que sortir avec quelqu'un dans une petite ville présente certains inconvénients, sans même parler de se lancer dans des relations sexuelles sans lendemain.

— Elle doit venir passer cinq jours ici pour une interview en face-à-face et elle parlera de nous sur ses réseaux sociaux. Quant au petit copain que je me suis inventé, je ne sais pas. J'ai pensé qu'avoir un « petit ami » donnerait au décor un charme plus romantique, j'imagine. Elle adore les histoires d'amour et tout ça.

Beckett profite de l'état de stupeur et de choc dans lequel mon célibat prolongé plonge visiblement Layla pour piquer une autre tranche de *zucchini bread*.

— Ouais, eh bien, c'est une belle connerie.

Je lui balance un regard noir.

— Merci de ta contribution, Beckett. Très constructif, vraiment.

— Non mais, sérieusement. (Il fait, cette fois, l'effort de couper sa tranche de gâteau en deux.) C'est hallucinant ce que tu as fait de cet endroit. Toi. Toute seule. Tu devrais en être fière. Ajouter un mec dans l'histoire ne la rend ni plus ni moins intéressante.

Je n'en reviens pas.

— J'oublie, parfois, que tu as trois sœurs.

Il hausse les épaules.

— Après, c'que j'en dis…

— Tu es sûr que tu ne veux pas jouer les amoureux transis pendant une semaine ?

Sortant enfin de sa transe, Layla secoue la tête.

— Mauvaise idée. Tu l'as déjà vu essayer de mentir ? C'est horrible. Il se transforme en parfait abruti. Chaque fois qu'il est obligé d'aller en ville pour faire les courses, il ne s'exprime plus que par monosyllabes. Pathétique.

C'est vrai. J'ai été plus d'une fois obligée d'aller chercher sa commande chez le boucher. Je suis persuadée qu'il est devenu maraîcher juste pour réduire au strict minimum ses passages obligés au Super Discount. Beckett est misanthrope : il n'apprécie pas la compagnie de ses semblables et encore moins la drague manifeste dont il fait l'objet de la part de la moitié de la population, chaque fois qu'il a le malheur de mettre les pieds en ville. Il m'arrive de penser que Layla et moi sommes les seules à être immunisées contre sa beauté plastique. Ce qui est sans doute dû à son total manque de charisme. Mais je suppose que c'est ce qui arrive quand on a vu un homme passer la moitié de sa journée à insulter des arbres. Tous-les-jours.

Et quand on a le cœur trop occupé à se languir pour quelqu'un d'autre depuis près de dix ans. C'est difficile d'être sensible au charme d'un être humain qui n'est pas Luka.

J'attrape une autre tranche de cake et commence à la grignoter tout en considérant mes options. Les options qui ne s'appellent pas Luka, s'entend. Je pourrais demander à Jesse, le propriétaire du seul bar de la ville. Mais il s'imaginerait sans doute que c'est plus que ça n'est, et je n'ai ni le temps ni l'énergie de me taper une fausse rupture avec mon faux mec. Je pourrais peut-être m'adresser à une agence spécialisée. Ça se fait, non ? C'est bien pour ça que les agences d'escortes existent, pas vrai ? Pour que des gens… euh, je ne sais pas, moi… en escortent d'autres ?

Je presse les doigts sur mes yeux, en oubliant que j'ai toujours une tranche de cake à la main. La solution est évidente. C'est juste… qu'elle me file une trouille bleue.

— Ah, ça y est ! murmure Beckett, et je dois vraiment prendre sur moi pour ne pas lui balancer mon bout de cake à la figure. Elle a percuté.

— Je ne vois vraiment pas pourquoi tu flippes comme ça, renchérit Layla. C'est la solution la plus simple. Il ne réfléchirait même pas deux secondes avant d'accepter.

J'écarte les doigts pour lorgner vers Layla. Elle a aux lèvres un petit sourire satisfait. Telle qu'elle est là, je la verrais bien avec un monocle, en train de caresser un sphinx – le chat nu, pas le monument, hein –, style grand méchant dans *James Bond*. Comment ai-je pu penser un seul instant que cette fille était une crème ? Dans le genre crème, elle oscillerait plutôt entre raifort et wasabi.

— Tu n'as qu'à demander à Luka.

À suivre…

TABLE

Retrouvez le label VERSO
sur les réseaux sociaux :
@verso_romans

RÉALISATION : NORD COMPO À VILLENEUVE-D'ASCQ
IMPRESSION : NORMANDIE ROTO IMPRESSION S.A.S. À LONRAI
DÉPÔT LÉGAL : JUILLET 2025. N° 159929 (2502099)
IMPRIMÉ EN FRANCE